陈舟宝◎著

鱼米奇缘

中国文史出版社

图书在版编目（CIP）数据

鱼米奇缘 / 陈舟宝著. —北京：中国文史出版社，2024.1
ISBN 978-7-5205-4430-6

Ⅰ.①鱼… Ⅱ.①陈… Ⅲ.①长篇小说 – 中国 – 当代
Ⅳ.①I247.5

中国国家版本馆 CIP 数据核字（2023）第 212540 号

责任编辑：赵姣娇

出版发行：中国文史出版社

社　　址：北京市海淀区西八里庄路 69 号　　邮编：100142
电　　话：010 – 81136606　81136602　81136603（发行部）
传　　真：010 – 81136655
印　　装：廊坊市海涛印刷有限公司
经　　销：全国新华书店
开　　本：787mm×1092mm　1/16
印　　张：25.5　插页：8
字　　数：292 千字
版　　次：2024 年 5 月北京第 1 版
印　　次：2024 年 5 月第 1 次印刷
定　　价：69.80 元

泳溪香米

泳溪筋竹岭

苍山石浪樱花

华顶云锦杜鹃

天台宗祖庭国清寺

道教南宗祖庭桐柏宫

风吹狄花求知音

泳溪小壶口瀑布

灵坑丰家古村

大智山茶园

天下十七水

石梁飞瀑

巨浪滚翻的泳溪

蛇蟠岛水牢

蛇蟠岛四通八达的岩洞

香哥、桃姑对歌地

目　录

开 篇 话

东海边上有一长长的海湾，海湾岸边是一溜起起伏伏的山岭，靠海边多是悬崖峭壁。壁立的岩脉像一只五指伸展的手掌插入海中，一垄一垄高高低低的向远方深海延伸。浅平处看得见海贝在指间的空隙挪动，漂浮着的小鱼儿影子清晰地落在浅水的岩板上；再往前看水色渐深，绿杳杳的不见底。远远涌来的海水在"手掌"间回旋打转，碰到突出的礁石发出一声怒吼，轰隆隆地卷起一排劈头盖脸的冲天巨浪，像雪山崩塌似的夺人魂魄，哗啦啦的水声传得很远很远。

山岭间有一条从天台苍山下来的清澈溪流一路盘山而出，在这里注进海湾，融入东海。一淡一咸的两种水在这里混合，到这里觅食的鱼儿、蟹儿特别的多。

这里直接受海洋季风的影响，溪岸两侧广阔的空间雨量充沛，气候温和，土地肥沃。小山村里的人们一边种田一边打鱼，日子比山区好得多。村里有一个父母双亡的天台青年，顺清溪水而来到这里，他十分勤劳地在这里播种稻谷。稀奇的是经这位青年的手种出的稻米，煮饭米粒晶莹如玉，香糯可口；用来捣馍糍，一口咬去，还能拉出长长的细丝，口感香糯软韧、耐饥耐劳；用这种香米的稻草编成草鞋软韧耐磨，一双可以抵两双穿。因他种的稻米又香又糯，大家就叫他香哥，香哥的真名倒没人知道。

香哥只身一人，除了种稻米就特别喜爱到海边看鱼。东洋大海里的鱼那是数不胜数，看得香哥眼花缭乱，可是香哥只对那白白的米鱼情有独钟。他每天用自己种的香米喂她，这米鱼被香哥喂得通体剔透皎亮，洁白似玉，成为闻名东海最美丽、最苗条的鱼小姐。

米鱼的美丽、苗条引起了东海绿鳍马面鲀鱼的妒忌。她想，自己体态臃肿，老被别人瞧不起，如果也能跟着米鱼吃到香哥的香米，也一定可以变得细长、苗条、白净，就会人见人爱，于是她偷偷地跟随着米鱼。可是香哥对绿鳍马面鲀鱼视而不见，只要有其他的鱼过来，香哥就用鱼叉驱赶，气得绿鳍马面鲀鱼肺都炸了。她在肚里骂道：烂米鱼，别太嘚瑟，看我怎么修理你！臭香哥，这么小气，别落在我的手里！

再说浩浩东海无边无际，龙王全靠属下的许多大将替他维持海疆安宁。海底的秩序，巡海值班安排，这个差使平时都由龟丞相为他掌管，确保海底世界太平无事。

龟丞相的巡海队里有一个黄刺头夜叉，他浑身上下有一层厚厚的黏液，非常滑溜，身上又带着三支利刃，长在背上和两侧。后来黄刺头又拜鲶鱼精为师，学了好多功夫，本领越发高强。因此这个黄刺头有恃无恐，凶狠无比，谁碰到他不死即伤。

天长日久的，黄刺头几次巡海平乱有功，得到龟丞相多次嘉奖，升为巡海大队里的一个小头领。海里的白条、翘嘴、青占鱼都围着他，甘愿做他的帮凶。黄刺头以为自己身价大增，逐渐不把其他虾兵蟹将放在眼里。他带着一帮爪牙专干欺弱吃软，横行霸道之事。因为上有龟丞相罩着，中间有师父鲶鱼精帮着，后面还有白条、翘嘴、青占鱼等一帮小混混跟着，黄刺头很快成了东海浅水区的一大祸害。

一日，绿鳍马面鲀鱼和好色的黄刺头遇上了，她一看机会来了，就把米鱼的美丽、苗条、可爱、可亲在黄刺头跟前引诱，她说："黄将军，听说您还没有成家，我给您物色了一个美人，您一定会喜爱。"绿鳍马面鲀鱼的话正中黄刺头嗜好。他说："老马，若是你介绍的对象合我之意，我可以带你满世界地游玩。"绿鳍马面鲀鱼就把米鱼推了出去。果然，米鱼小姐的窈窕美貌被东海巡海夜叉头领黄刺头看上了。黄刺头上有龟丞相做靠山，身边有师父支撑，下面还有一帮爪牙为他呐喊，胆子越发包天。为了见到米鱼小姐，他带领白条、翘嘴、鳎鱼、青占鱼、石斑鱼天天往海边溜，日日在出海路上等候。

天长日久，黄刺头终于等到米鱼小姐出来兜风。

黄刺头吩咐白条、翘嘴、鳎鱼、青占鱼、石斑鱼们在后截断去路，自己一路紧随不舍。他追上去和米鱼套近乎。黄刺头的臭名早已在东海远扬，米鱼自然不会和他搭讪，只顾往浅水里走。黄刺头见米鱼不睬自己，就露出本性，他把米鱼拦到海边礁石滩意欲非礼。米鱼想退回深海，回路被白条、翘嘴、鳗鱼、青占鱼、石斑鱼堵住，她只好往浅水的岩石间东躲西藏和黄刺头周旋。可是米鱼哪有黄刺头的耐力，很快就被逼到一隅无处躲藏。黄刺头看到米鱼已无退路，他撑开三刺，咧开阔口，哈哈大笑："嘻嘻，小娘子，看你再往哪儿躲，到哪儿藏！"说完撑开三刺纵身一跃，直朝米鱼扑去。米鱼虽然是个弱女，但是身手矫健，肢体灵活，看见黄刺头扑来，一扭柳腰，从一个小洞钻到另一边。黄刺头一下扑空，撞在凸出的岩石上，他"啊呀"一声，肋骨生疼。黄刺头张着嘴巴吸溜，怒火中烧。他见米鱼在岩壁石隙间游动回避，可见而不可即，一汪馋涎挂得老长，却是无计可施。这时绿鳍马面鲀鱼在边上看见，就在一旁叫喊道："用针刺，用针刺。"黄刺头见这米鱼以纤细灵活在狭小水域东躲西藏，自己接近不了，正拿她没有办法。经绿鳍马面鲀鱼一说他笑逐颜开，马上有了主意。

黄刺头一下反转身体，大肚朝天背朝水下做仰游。他运动功法，把背上这根最长最尖利的背鳍刺伸得像根可收缩的撑排杆，专往岩石空隙刺。他色眯眯地想，不给她点颜色看看，她怎么知道马王爷有三只眼。

你米鱼要命就往外逃，外面的退路已经有白条、翘嘴、鳗鱼、青占鱼、石斑鱼、绿鳍马面鲀鱼拦住，他们一下就可以逮住你。你不逃，迟早会把你刺几个大窟窿，到那时你求饶都来不及。黄刺头用背鳍、侧鳍当枪使，米鱼已经几处受伤流血，累得精疲力竭，眼看小命难保。

正在危急之际，香哥喂鱼赶到，他见一条黄刺头肚皮朝天用背鳍刺米鱼，气不打一处来。一条大鱼竟然在欺侮一条小鱼。他不管黄刺头有多厉害，抓起鱼叉朝海里掷去。黄刺头眼睛向下盯着米鱼，没提防岸上有人横飞一叉，不偏不倚正中咽喉。黄刺头只是昂首一挺翻着白眼沉入海底，一命呜呼。

白条、翘嘴、鳗鱼、青占鱼、石斑鱼把巡海夜叉死于非命的消息一路散布，霎时成为东海特大新闻。消息很快在海底传开。绿鳍马面鲀鱼把黄刺头的死讯告诉鲶鱼精，鲶鱼精一听他的得意门生死了，这还得了，马上到龟丞相那里报案，非得一命抵一命不可。

龟丞相听报去调查，黄刺头是因为调戏米鱼被岸上的香哥一叉命中致死，那是自作自受。但黄刺头是东海巡海干将，曾经多次立功，如今因为这样一桩未遂案件断送性命，没法给鲶鱼精一个回复，龙王跟前也不好交代。而凶手却是凡人，龙宫虽然法力无边，只是仙凡相隔无可奈何，他只好软地打坝桩，拿柔弱的米鱼说事。

龟丞相无缘无故把遍体鳞伤的米鱼罚进海牢，要她为黄刺头祈祷超生，还要罚她下凡人间经受情感折磨，与此事相关的成员一同投生见证，然后才能了却这段公案。

诸位看官，龟丞相轻描淡写一说，大千世界却暗藏了一场爱恨情仇交杂一起的大变故、大搏斗、大爱恋后的大结局。

请你慢慢往下看。

第一回

游天台神仙小施法
登苍山僧道结善缘

天台山者，"因山有八重，四面如一，顶对三辰，当牛女之分，上应台宿"，故名。

此山为浙东名山，其主峰四周被群山层层包裹，好像一朵百叶莲花，故称"华顶"（花顶）。

天台因为山高水长，风光旖旎，适合修仙学道，素有佛宗道源之说，也是和合文化的发祥地，众多文人骚客曾到此漫游、隐居。

在这朵莲花南面，更有一脉古树苍翠，绿草黑油的高坡峻岭，成了这朵莲花的巨叶。这高耸的片片巨叶就是连绵的苍山。

苍山是天台山二十一支高峰中重要一支，巍巍地横亘在天台东面。它紧连华顶，春来繁花如锦：樱花、百合、玉兰、海棠争相怒放，整片整坡的映山红火辣辣地迎着温柔阳光在云雾之中时隐时现。夏季这里的古木森森，繁枝茂叶：樟树、柏树、松树、杉树大大小小的枝干苍劲油亮；各种形状的树叶，高高低低的草叶像泼了一层油，翠绿浓得要往下流。秋季漫山遍野姹紫嫣红：像繁星撒满天空的白色柏子被阳光耀得一闪一闪；依附着树干攀缘的黄色藤梨，像一个个小铃铛在叶间探头探脑；高大的板栗树挂满了浑身是尖刺的绿色小球，里面的棕色板栗拼了命地从裂缝里往外挤；坡上坡下，高高低低的落了叶的柿树，结满了好像喜庆人家大厅里挂着的红灯笼样的柿子，一行行、一簇簇在微风里摇呀摇；一丛一丛的南竹叶汁发出清香扑鼻的乌饭味；数不尽的一串串酸酸甜甜的七彩山果让你流连忘返。严寒隆冬之际，这里白雪皑皑：一株株古木像一把把敞开的巨伞，铺天盖地笼罩山野，指向天空的长长短短枝干如玲珑玉雕。古树下一丛丛的荆棘条，一丝丝的松针，一枚枚的杉刺全穿上透亮的玲珑白衣，在冬雪覆盖的山中闪耀着五彩七色。苍山四季，流光溢彩，缤纷耀眼。这样的山这样的脉，蕴藏着数不尽的珍馐奇宝。

更兼此山万千气象。云雾从天外飞来，填满纵横沟壑，远远近近的大小山岗如飘浮在天庭间的玉宇琼楼，一会儿升起，一会儿下沉。东起的旭日，冲破云雾的重重包围，把周边的天际染成一片殷红；朵朵山岚映得如三月桃花，白中带粉，粉里现红；从高空飘来的晨雾流云，向着峡谷倾泻，如同天河喷瀑，直下三千，气势磅礴。

千百年来，她无时无刻不在招手迎客。

话说上八洞神仙从蓬莱岛赴会后漂洋过海返回八仙湖，看到日月星三辰之下有一朵巨大莲花飘浮在云际间，铁拐李说："我们渡海观景，游遍三山五岳，哪见过这般美景，既然到得跟前，总不能错过吧！"何仙姑拍手笑说："铁仙言之有理，我是荷花之仙，路过荷花之地，焉能视而不见？"吕洞宾是个"好色之仙"，一看此地上应天宿，下合地理，实在是个和合宝地，必定还有许多适合修炼佳处，是要好好造访一番。于是他接着说道："两仙所言不差，我等八位在此巡游一日，有何不可？"

汉钟离、蓝采和、韩湘子、张果老、曹国舅诸仙渡海回来，游兴不减，齐声附和。

既然想法一致，八仙马上行动。他们从华顶到金溪，从国清寺到梁妃塔，从桐柏宫到琼台双阙，从龙穿峡到桃源洞，从寒岩明岩到九遮山，从紫凝十七水到开岩钟鼓山，又从南黄古道到"绝顶睇沧海，苍苍接云汉"的苍山，再从筋竹庵下到泳溪，走马看花的才观了个大概，天色已晚。

汉钟离对张果老说："我们匆匆忙忙像蜻蜓点水而过，散落在美景之间的许多寺院道观不及拜访，实在可惜。"张果老说："这里寺殿宫观很多，都是禅林古刹，是应该好好瞻仰礼拜。只是要在这里坐等一宿，有点寂寞。"蓝采和说："果仙之言不差，长长一晚应该有个消夜去处。"韩湘子说："这个好办，天台美景无数，但是也有遗憾。你看华顶脚下有三个大寺院，却被一溪隔绝，行人往来极不方便；国清寺虽是千年古刹，寺前却缺高塔平衡，有失偏颇；众多山峦之畔乱石挡道，有碍朝拜，应该清理成章；山脚村道，污秽多多，有碍观瞻；四围绿色浓重，色调单一，高山虽是繁花如锦，山腰尚欠雾里鲜花。我们八仙，何不略施神通，把这些欠缺一一弥补，也算我们为这如画风景之地添上重彩一笔，方不辜负我八仙乐善好施清名。"

韩湘子提议得到赞同。众仙议论道，我们本来替天行道，为民造福，既有好事可行，何乐不为。只是这么多工程，花工花时悬殊，虽然都是神仙，但在五更之前必须完工，也要适当调拨方好。吕洞宾说："山寺之间造桥，难题不少。两岸悬崖峭壁，中间激流相撞，落差很高，难度最大，应列一号工程。古刹一塔，虽在平地，只是运砖耗时，造塔头费工，可算二号工程。要将遍地乱石移至大海，面广摊大，有些费时，该排三号工程。其余活儿都是简易事儿，诸仙随意随喜则个，如何？"

吕洞宾说完静听诸仙反应，见一时没有声音，他就自告奋勇道："造桥费时，以我为主，想请何仙姑协助，任务虽重，但男女搭配，干活不累。造塔虽然没有造桥难，但运砖工程不小，还有砌塔造顶，也需二人方可，建议汉钟离、曹国舅二位大仙协作，定能旗开得胜。张果老有毛驴坐骑，风行山地，赶石填海，请韩湘子协作，也是驴到必成的事。蓝采和风流倜傥，山岭坡地广植百花，本是分内之事，何足道哉。李大仙整理山容村貌，铁杖所至，秋风扫落叶，小菜一碟。限定鸡鸣竣工，看看谁完成得最快，做得最好。"

各路神仙都想，长长一夜，以自己法力，只要桥能造好，其余都是小事一桩。

说干就干，分别动手。

他们哪里知道吕洞宾的心思。

溪上造桥，按一般民事工程先要避开山洪，再去采岩凿石，方可打梁清基砌桥墩，然后才可架桥，确是浩浩工程。但吕洞宾早就看出奥妙：金溪和大兴坑溪从东西两山下来在中方广寺院旁的峡口合二为一，溪水从高空跌落百丈，声若惊雷，闻者心惊胆战，行者脚手酸软。两岸立有三寺并设五百罗汉道场，香火旺盛，善男信女络绎不绝。因为溪水阻隔，崖高坑深，行走十分不便，香客时有失足落水甚至丧生。而这溪水两岸崖壁各有一条小龙在此修行，两边倒挂着的悬崖就是两个龙头。只要舌灿莲花，对两条小龙动之以情，晓之以理，真诚相劝，大事定能如意。他与何仙姑驾到寺院对两条小龙说："你俩在这默默修行千年，依旧没能跳出三界，越过五行，取得正果。不若以我之见，在这溪上合力成桥，方便佛门子弟和游客进出，功业远大守山。这是件替天行道的大善事，必能感天动地，修成正果。"两条小龙道："大仙之言正是。我俩在此守山，已经苦修千载，只是依旧不能造化升天成仙，今日听了吕仙之言茅塞顿开。仙家本是劝民向善，替民解忧，与其坐守不化，不若成人之美。我俩在此愿以身铺路成桥，方便善男信女，也是万世不灭之功德，何乐不为。"

吕洞宾一番调教，两条小龙点头称是。他手拍龙头，让何仙姑坐在小龙脖子上揪住龙角莫让移动。吕洞宾把右手伸进龙口拉出龙舌。又让仙姑坐在对岸龙脖子上，再伸出左手拉出龙舌，可是两个龙舌之间还差那么一丝，就是连不到一起，这桥架不成。吕大仙一想，对何仙姑说："你坐好了。"随后他两手发力捏住龙舌一拕，两条小龙吃力不起，只得开大嘴巴，一个恶心，口舌长出了那么一丁点。吕洞宾趁这瞬间把两个龙舌捏在一起，顺手一点，两条龙舌立即化为一根粗大的中段微微隆起的石梁，凭空横亘在溪水之上，成为独一无二的无墩石梁桥。没费两个时辰这石桥就竣工了。

何仙姑看看用龙口舌连成的石桥，像一道长虹横跨在两山之间，既稳固又大气。她对吕洞宾的先知先觉和说服两条小龙的要言不烦大加赞赏。仙姑升起在半空眼放神光看了一圈：汉钟离、曹国舅的国清寺塔身已建好了，只是塔头还在金地岭上没有运下来，再有半个时辰定能功成业就。移石的张果老摇着扇子倒骑驴背好不自在，潇洒帅气的韩湘子吹着竹笛子，用乐声赶着四面八方的乱石像一大群羊儿纷纷向海边涌去，已经到苍山南坡，不用一刻就到东海，也可准时完工。蓝采和在华顶山种的云锦杜鹃已是山花烂漫，正在向苍山进发，无须多久即成。铁拐李打扫村落的垃圾已经点火，但是垃圾成灰还要半个时辰。她对吕洞宾说："吕仙，都差不多了。"

吕洞宾升在半空一看，怕再等一会儿，出现两个第一就不见功力了。于是他趁汉钟离、曹国舅去金地岭运塔头之际降落在国清寺塔尖，学着公鸡一声"喔喔喔——"，立刻山上山下的雄鸡跟着打鸣。蓝采和听见鸡啼，只能把樱花籽撒在乱石堆旁完事。铁拐李的灰堆还在冒青烟，国清寺塔头还在佛龙岗。张果老的乱石刚到苍山南坡只能堆叠在坑坑洼洼的山坡。各路神仙都停下手来，大家齐聚一起看了个遍。国清寺九层六面浮屠的巨大塔身耸立在寺前的山坡上好不威风，虽然没塔头也属世所罕见，是一道独一无二的风景。乱石堆留在了苍山的南坡山弯，高低错落，好像滚滚向前的白色海浪，后来当地百姓干脆叫石浪。杜鹃花已经枝盛叶茂花艳朵大，正在怒放。那樱花虽然零乱地长在石浪边，倒也错落有致，因为云来雾遮若隐若现，好似瑶池之物，别有趣味。铁拐李烧的高大灰堆没有焖到顶，像一座三合之山一样堆积在那，下面黑乎乎，上面青郁郁也算自成一景。只有吕洞宾、何仙姑的石桥跨越在两溪合流的两端悬崖上，溪水穿过石桥轰鸣而下，声震长空。那水似一匹白练喷涌飞溅，壮观无比，成为天地间绝无仅有之景。

众仙竖起大拇指，对吕洞宾、何仙姑的法力大加夸赞。

黎明在即，众仙匆匆起身，把天台大小寺观宫庵游了个遍，直到傍晚听了高明寺晚钟才返回琼台仙谷的八仙湖安居不提。

不知过了几世几劫，一日风和日丽，苍山顶飘来一僧一道，在那顶岗的悬崖一侧站立。两人极目所见：远观东南直达大海，可数点点白帆，随风逐浪，起伏向前；近视村舍田园，能闻鸡鸣桑巅，犬吠深巷，可见农夫锄禾田间。东山西川雄伟壮阔，高崖喷瀑极致秀美，林木鸟兽和谐共鸣。寺庙道观青灯黄卷都在这里一一呈现。

好一个大千世界，五色俱全，五音俱佳，真乃佛道高士修性养身极佳所在。

这位僧人脸色清白，精神矍铄，身披一领灰色麻纱宽襟海青大褂，外罩一领赭色袈裟，直筒白布袜下着一双深色旧芒鞋，衣衫陈旧却遮不住一派佛骨禅风，看着前方说道："道兄，远坡杜鹃正红，脚旁樱花烂漫，耳中瀑水声声，还有那寺前赤塔，高耸入云。此地风光不俗，是人神交汇之地，正是养精蓄锐之处，修仙学道之洞府也。更兼今朝天时循环至佳，吾等在此小憩，或许是了祖师所嘱之事也未可知。你看天色尚早，这里有一块方正顽石，不大不小，正可做棋坪。我俩也多时没有对阵，何不就此石上手谈一局以解无聊？"

道人头戴逍遥巾，几绺乱发飘洒而出，他穿一件黑色太极百卦衣，手执拂尘，一身道骨仙风，见僧人如是言说，心想两人已走了好多地方，师祖嘱托之事还未见眉目，看看现时气象，真的与前些日子不一般，身前身后美景如斯，这份孽债如在此地开始正是时候。大师原是方外高人，自然眼光精准。道人一挥拂尘回应道："今日五行齐全，好事也该聚场。这里既然有现成棋坪，时候尚早，和大师对弈一局正合吾意。"

两人一拍即成，道人把拂尘往顽石上一抛，石面上清清楚楚出现十九条棋盘线，两厢坐定，和尚执黑，揲角开局，道长掌白，对应下子。两位仙长尖、长、立、挡、并、顶、爬、关，你一手，我一子，攻守兼顾，各施所长。棋坪上黑白两子在此消彼长。

再说这苍山脚下有一个十来户人家的小村子，村人多以打捣臼为生，那地方就叫捣臼垟。村里住着一位年轻人叫叶柳元，一家四口度日。他也会打捣臼，空时上山砍柴，日子过得紧紧巴巴。这天天气晴朗，他上苍山砍柴。一路走来望见山崖边沿有一蓬好柴，于是一个劲地朝上爬。

苍山是附近山民熟悉不过的地方，几条小道、几条横路都在山民肚里，闭着眼睛也能走到山顶。可是今天奇怪，一路上山，原先的山路没有一条，他只能从野兽出没的坡道披荆斩棘而上。叶柳元身上的旧衣被金钩刺、扎麻栎刺、百鸟不倚刺撕破了许多口子，额头、手臂、肩背都是血痕，可是他却像没事人一样，拼着老命往上爬。

叶柳元攀上岩顶，见一僧一道对坐在一块大石两端，状如入定，没有一点声响。

高高山峰，自己一路而来好不容易才到山顶，这和尚、道士从哪里而来，他俩坐在那儿干什么？

出于好奇，他悄悄地走到跟前，原来和尚、道士在这高山之顶端博弈。

叶柳元懂点围棋，也爱手谈，有空时会和村人对弈几局。他看了一会，终于看出了门道。感觉这是两位世外高人在这僻静之处对弈，手手不是寻常见识，枚枚暗藏杀机。他们每落定一子，都挟雷霆万钧之势，稍有不慎，就会满盘皆输，实在不可思议。他从来没有见过如此精妙又如此凶险的棋局，感觉自己突有所悟，对每一手棋的恰到好处有很深体会，自觉棋艺有了很大长进。

他忘记了上山来是干什么的，只是默默地注视着千变万化的局棋，不觉口中赞道："水来土掩，兵来将挡；步步为营，环环相扣。世间少有，高！"

和尚、道士被年轻人的自说自话一惊，停下手谈，和尚对他说："你也懂弈？"

叶柳元见两位都是道骨仙风，恭恭敬敬地回答说："小可在家种地，闲来无事，也会和村人玩几手。今日看了活佛仙家博弈，才算大开眼界，大长见识。妙，真是高手。"

和尚看他虽然葛衣破旧，千补百衲，但是干净利索，是下界的另类人。他对道士说："缘分到此，道长也该有所表示。"

道士说："大师目光如炬，想必所言不差，看来我们可以交接了。"说毕从百宝囊里摸出一枚青枣递在叶柳元手中说道："千里相遇是缘分，你在此观棋已久，这枣与你解渴。不知你是特意来看我们弈棋还是路遇？"

叶柳元说："我是个石匠，闲来上山砍柴。今日在半道见这里有蓬好柴，钻过刺蓬柴株才得攀上岗来，只是为了这担硬实的柴火，今日与两位仙长相识，纯属偶然巧遇。"

道士说："你在这里观棋，今天还砍柴不？"

"上山一担柴，空手不回家。"叶柳元不好意思地说。

"你在这里待了那么久，这柴是砍不成喽。"道士试探着说。

"没一个时辰吧，我手头紧一紧，砍一担柴来得及。"叶柳元不假思索地回答。

和尚说："年轻人，你知道在此有多久了？"

叶柳元抬头看天，太阳已挂西山，再看山下，见有一青一黄的色光在跳动，其他什么都看不清。他一惊，就这一会儿两眼竟然昏花了？他用力搓揉，一点不管用，赶忙去拿丢在地上的杠冲、柴索。不看不知道，一看吓了一大跳。杠冲早已霉烂成泥，柴索也成了黑灰，柴刀变成一摊铁锈，连柄都没了。他急得问和尚："活菩萨，这是怎么回事？这里的山风从来没有这么厉害过！"他心神不宁又惊慌失措。

和尚笑而不答，道士说："你这么爱棋，也有一定天赋，算是投缘，跟我们走吧。四海为家，何乐不为。"

叶柳元一脸悲伤，他说："两位仙长有所不知，我家中上有白发老娘，下有黄口小儿，一家四口，都靠我一手养活。若不回家，他们三人都没命了。"

和尚对道士说："缘分未至，让他回家，这里不是他的久留之地。"

道士从褡裢里摸出一根如鸡头一样的树根递给叶柳元说："吃了吧，不然你到不了家度不了日，以后也成不了好事。"

和尚说："很快起风，你得赶紧离开。"他伸手从身边拔了一把枯草，团成一匹马，对年轻人说，"上马吧，让它送你回家。"

叶柳元看着那匹又小又瘦的草马，犹豫不决。和尚往马身上吹一口气，一匹黄马腾身而起，四蹄乱踢，一番摇头摆尾后昂起脖子一声嘶鸣。和尚说："快上马，它会送你到家。如你家人还在等你，认你，接待你，待你也好，你就下马在家还干你那老本行。万一找不到人，也没有屋子，你就不要下马，即刻返回，跟我们一起云游四海吧。"也不等他回答，手一挥，草马扬起脖子腾空而起。

叶柳元一晃，赶紧抓住马鬃毛，只闻耳边风声呼呼，一刻工夫就落在一块荒地上。他骑在马上走了一圈，这地方似曾相识，但又如同陌路。荒地一块，人无一个，房无一间。这是一个荒废已久的村子，还能分辨道地檐阶。石阶之上他看见一个长满铜绿的青石捣臼，搓了一把眼睛仔细一看，这不就是当年自己打凿的吗？不错，这就是自己的家，看地形这里就是捣臼垟。上午出来的村子，只过了半天，却不见一间屋子、一个人影，这是为何？

他一脚踏在捣臼沿想仔细看看，这里究竟出了什么事，为什么自己家人一个都没在，连老娘也不知去向？

他的脚刚踮着青石捣臼，胯下的草马一下瘫成一堆枯草。他想骑马上山已经晚了，就一直在捣臼脚坐到第二天。他在这里待了三天，始终没见到一个人影，实在累得不行，就在捣臼脚边迷迷糊糊睡着了。

半夜时分，他听到有人在叫他，可是实在起不了身，只听见是一个声音说："你要振作起来，有一件大事要你去做，不然你就愧对我们的一番好意。"

叶柳元正要问个明白，那两个影子一下隐了去。他大声叫喊："大师，道长，菩萨，我有话……"他想追去，一脚踏空，人跌倒在檐阶下，原来是一个梦。

自从吃了道士的青枣和鸡头树根，居然没有饥饿过，连口都不干不渴。他回忆两位活神仙的话，先别管要去做什么。既然自己还在世，日子还是要过的，天天坐在这里不是办法，得先把住的地方弄起来。

他又从原路上了一次山，山道如旧，山岗依然，那块弈棋的石块也在，纵横十九条棋盘线，三百六十一个交叉点依稀可见。一眼望去，树叶绿得发黑，路边小花黄似金，花花草草依旧，除了自己，只有阵阵山风拂面，哪有什么人影？要找和尚、道士，除非在梦中。

前后山峦连绵起伏，植被丰茂。峡谷众多的苍山，每坡都有大大小小的坑沟，这些坑沟一路向下，逐渐汇合成数条细流。南面山坡的大小细流一直往下汇成一溪顺山坑而下。叶柳元随着溪流到半山腰，经过一个小谷地又沿坑而出。他在山前山后走了一遭，别无出路，只能沿着这条山溪一直下去。

他不知这溪叫啥，越往下溪越宽坡越缓。出了前面山湾，蛇行般的溪流被前面两山夹成一条直线，溪畔土厚地平，溪岸长满桃树柳树，叶柳元细看此地又在大道一侧，他就把这溪叫桃柳溪。

这里土地平旷肥沃，山泉清澈甘甜，远比原来那个捣臼垟好。他想，我有的是力气，还怕过不了日子！

他为自己打理了两间草房，每天开荒垦山，不久水田有了，坡地也挖了不少，一个人的小日子又重新开始了。

叶柳元要在这块溪畔地上生活下去，他以后的日子怎么样过？他的出路在哪？和尚、道士要他振作起来，他该去干什么？

欲知后事如何，请听下回分解。

第二回

叶柳元柳溪重扎根
小九九学堂获馈赠

桃柳溪在苍山高坡发源，山泉从陡坡的各个层面下来，共有八条分支自各个侧面往谷底汇聚。四处来的点点细流，一路兼收并蓄到谷底开始膨胀，然后沿着曲曲折折、高高低低的崎岖山坑一路向下跌落，终于在山谷底的沟壑里耐不住寂寞而发出哗哗响声。下山后水势逐渐趋和，虽然水流往前依旧是连绵交叠的崇山峻岭，但溪水已在大峡谷中兜了几个大圈，在开阔山地不急不缓地拐了十八道弯再顺坡往前向左右平铺流淌。溪水有时在大小卵石间潜行，能听到清越的叮咚之声；流经陡峭河床时放开了大嗓门作汹涌之态。

桃柳溪不算声势浩大的溪流，但出自大山之巅的丰富地下水清澈见底，常年不竭。而且两岸青山相拥而出，千变万化，一路增添水量和各种食物，溪里鱼虾越来越多。大鱼小鱼，鲜香之味享誉四方。尤其是岩下方至下溪头的这段溪流水势平坦，砂石互交，深浅适宜，又兼水草丰茂，十分适合溪鱼生存繁殖，鱼虾特别肥美。

桃柳溪侧有一条大道从村后通过，这里向内直通县城，往外出县可达宁海。因为地理位置好，这个一人的小山场有了人气渐渐热闹开化。

路过这里的人很快熟悉这个独户山场的叶柳元，几年来又有不少逃荒的穷人在这里开荒安家，他的邻居、朋友逐年增多。桃柳溪渐渐地和外地有了更多的交往。叶柳元聪明勤劳，友善好客。来来去去的路人经过这里都会在他这个山场歇脚，他马上掇出板凳请坐。客人口渴，茶水随时都准备着。遇到要饭的，只要镬里碗里还有，就给端上点饥，叶柳元很快名声在外。

一天，一个弯背屈膝的老人拄着一根木棍从县城回家，不幸在山弯路上崴了脚，到桃柳溪已肿得不能着地。叶柳元刚从田间回来，他上前问明情况，把老人安顿坐下，随手从门后抽出一把钩刀到后面山上砍了一根松条。他把松针勒下放在一个缸爿里尿上热尿再用柴火煮炖，冷却一会让老人把肿胀的脚往热尿里浸泡。他说："老人家，出门一时难，谁都会有不便的时候。您老不要急，这里有吃有住。在我家里宿一夜，睡前再浸泡一次，明天就能走回家了。"

这位老人住在十八渡下的外弯，叶柳元一番贴心话让老人感激不尽。他说："年轻人一副好心肠，怎么不见家人？"叶柳元说："家里没有多人，只有孤身一条。"老人说："我有一个女儿，还未许人，也是穷苦人家的孩子，你若不嫌弃，就让她来服侍你终生。"叶柳元没有想到自己做的一点小事却意外得到一个老婆，他马上下跪拜谢口称"岳父"。

不久叶柳元成了家，日子虽然艰辛，但家的温暖让他信心倍增。他跟着别人跑单帮，挑脚担，到明州一带去打短工，农闲了去外地割稻插秧做忙月，到象山砍柴卖给出海的渔船。他再也不上苍山，别人问他为什么，他只说山高路险，劳心费力。

一年后儿子降生，给夫妻俩添了许多喜气。叶柳元也更加拼命地干活。他要让小日子过得舒坦些，忘了早年那些令他莫名又痛心的事。

俗话说："一头牛一根绳，一个人一个名，穷人家的孩子叫叫应。"叶柳元的儿子够周了，还没有个大号。夫妻俩看着光溜溜的儿子甚是可爱，希望长大后能给这个苦难的家带来好运。妻子说："老年人讲狗来富，有好运。我们的儿子就叫'狗来'吧，狗狗猫猫的蛮皮好养。"

叶柳元说："狗来富，狗来福来，有狗在家，什么祸祟都不怕，就叫'狗来'吧。"

说也奇怪，自从狗来出生，叶柳元家的日子有了起色。他种的庄稼长得比人家好，出门挑脚担也比别人挣得多，没几年他把草房翻作瓦房，后来老婆又给他生了两个姑娘，大的叫敏芳，小的叫翠芳，一家五口其乐融融。儿子长大了，他不想让儿子和自己一样"八"字不识一撇，就把儿子送到附近书房，他要让儿子多少认些字，千万别像自己那样大小事都得请别人指点。他好像已经看到了什么，心里暖暖的。

入学那天，先生问叶柳元："府上何居，孩子大号。"叶柳元说："山乡人家，栖居桃柳溪畔，叶姓。哪有大号，家里叫他'狗来'呢，还请先生赐一大号。"先生仔细打量孩子，看他长相端正，眉宇舒展，目有精光，肢体灵动，站着庄重。这等相貌以后绝非等闲之辈。先生摸着狗来的头说："狗来哪，父母望子成龙，送你进学，你长大要有作为，还要替父母建家兴业，大号就叫建兴，全名叶建兴吧。"先生转身对叶柳元说："这孩子敦厚聪明，日后会有出息，只要好好读书，能助你叶姓兴旺发达。"叶柳元感谢先生赐名和殷切期望。

先生果然火眼金睛，所言不差。叶建兴记忆好，手指灵巧，不但背书比别的孩子快，算盘也打得特别好，同学都叫他"小九九"。叶建兴在学堂好学，回到家里，一把小算盘打得滴滴答答响。一年时间，就把算盘打得很顺溜。小小年纪，把算盘打得噼里啪啦，叶建兴很快有了小名声。

华顶、苍山、鸡冠尖、茅山，山连着山，峰接着峰，绵绵不绝；向阳之坡，弯弯有谷，谷谷有泉，泉泉相连。从涓涓细流到叮咚明泉，水量逐级递增，下了两个梯级，在杨家岙岗，东西两条溪流在这里相汇，哗哗作响的小溪已初具规模。一路下山，又有九条细流从东、中、西三路汇入合成一支汹涌溪流。过了灵坑，冲出三王岭，这就是苍山东面的三茅溪。三茅溪在一片山坡地再次接纳了一东一西两条溪水，然后十一个水兄弟随着缓坡转了一个大弯，沿着峡谷款款而去。

这支水从悬崖跌下，一路山岭交叠，乱石横空，溪坑跌宕，它左拐右弯，顺势而行，一路水势汹涌。出山以后，沿谷而流，直奔向前。溪水出山后水缓流平，岸边浅水处是女人的洗涮埠头，溪中到处都有水潭，一个连着一个，潭中四季鱼肥虾鲜，潭底细沙沉积，卵石平坦，水仅及胸。炎夏时节，这里便是男人、小孩游泳玩水的好去处，大家都把这溪称为泳溪。这大弯处水好地平，一个村子就坐落在这山弯里，自然也因溪得名叫泳溪村。

泳溪村在官道大路一侧，一条大街穿村而过，从村口东面向左上山，翻过不高的筋竹岭即是明州的山地。这一带原是无名荒山，因陈朝被隋灭时，陈后主长子陈胤从封地吴兴外逃出走，一路向东南而来。他上了筋竹岭头，见这里崇山峻岭，风光秀丽，远离朝纲，清净安宁，就在这里筑室定居，生根发脉，成为这荒山野岭的陈氏始祖。后人把筋竹岭一带以东的山岭称为王爱山。沿王爱山下去是一条长长的山坑大峡谷，这是通往明州的大道，也是天台商人东出的交通要道和东西联通的重要驿道。

泳溪随山势而行，在岩下方与西来的桃柳溪合流继续往东向前，出了天台最东的下溪头村地界就是宁海。溪流依然清澈见底，纯洁明净，当地人把这条溪改名为清溪。清溪流经宁海西部重镇桑洲再东流，进入海游地界的沙柳融入东海怀抱。

泳溪村沿泳溪而建，又在明、台两州通衢上，重要的地理位置使这里成为大苍山下唯一的集散之地。但是地处深山，土薄地瘠，十年倒是九年荒。因为重峦叠嶂，山里的百姓都是临溪靠坡叠石砌墈筑室而居，以农为生，日子过得比山外困苦得多。

传说明初年间有个王子是位有心计的人，他认为"民间细事"应该"无不究知"，他就带随从游走天下。一次他东游到江浙一带，探访百姓疾苦，在回程路上他和随从经宁海西门进山，沿大峡谷王爱山过来，长长一天没有见到一家宿店而断食。一行人只好踉踉跄跄越过筋竹庵下到筋竹岭脚，他们走进岭下的泳溪村，沿街乞讨。已是年边，遇到的人家都在忙过年事。

这里几十里方圆的深山有个习俗，过了腊月二十，不管家穷家富，男女老少都忙着张罗过年。老百姓把这些日子要干的活称为"办过年事"。春节的吃喝玩乐都要在年尾的十天里准备定当。这几天的年事有一定的规程，俗话叫"二十望望①，廿一煎糖②，廿二蒸糕，廿三碎糟糟③，廿四掸尘，廿五送长工，廿六洗麦磨，廿七磨豆腐，廿八捣馍糍包粽，廿九宰鸡杀鸭，卅日焐猪脚蹄糊饺饼筒做汤包。"王子他们走进村子，一家一户的女人有的在包粽，有的在摘蒿青，老年人在洗麦磨捣白，小孩子在烧火，个个忙得不亦乐乎。王子对一个劈柴的老人说："老丈，我们远道而来，错过时节，已经一天没有进食，请你接济则个，我们有的是银子。"老人看来人气宇不凡，只是临时落魄而已，他说："已是腊月廿八了，家家户户都在准备过年事。我们这里过年不容易，买些东西都得翻山越岭走几十里山路。年轻后生不是到坦头就是走桑洲、岔路赶市，只剩下老弱妇女等残兵败将，重大活儿还要等年轻后生回来做。家里没有新鲜的，不好意思，你们先吃点番薯枣充充饥，等年轻人回来捣了馍糍，再吃热的。"说着到里面捧出一饭篓番薯枣放在石磴上。王子一行饿得肚皮贴着脊

---

① 望望，东张西望，到处看看。

② 煎糖，用糖梗榨汁在大铁镬里边熬边搅拌成红糖。

③ 碎糟糟，零零碎碎。

梁骨，接过软软的番薯枣嚼了起来。王子哪里吃过这样又香又甜又糯的美味，就和老人攀谈番薯枣的闲话。

番薯枣是山里人将吃不及的小番薯进行特别加工。山地贫瘠缺水，山里人筑土为畦，五月后扦插番薯剪藤，农历九月后就有收获。山地广阔，每年收获的番薯堆积成山。人吃猪吃，切片晒干，磨浆沉淀成粉，既当粮又做菜。还有吃不了的糖芯番薯，从中挑出外形长条皮泽光滑、个子匀称的红黄色番薯煮熟冷却晾干，然后放在热镬膛里连续脱水成糯软的干品，这就是美味番薯枣。番薯枣不仅香糯，还可以长时间保存。老人家说："这些番薯枣光烘干脱水翻晒就花了半月，所以特别糯软香甜，口味胜过枣干，还格外入味有咬嚼。"

王子一边吃一边和老人聊天。他说："在大山深处，你们这里可算是个大村，又坐落在官道旁，不该这样冷落。"

老人说："这里方圆几十里，多多少少百姓，谁不想方便？可是世世代代都这样过来，没能人哪！"他在一旁叹苦。

王子边聊边咽番薯，若有所思。不久老人儿子回来了，女人把拣好的蒿青洗净煮熟和糯米饭一起倒入石白，几个人围着捣青馍糍。王子在一旁观看，随着石杵一下一下地反复捶打，那一粒粒的糯米饭和煮熟的蒿青被石杵不断从中间压下又从四周窜起，经过反复捶打，白白的糯米和蒿青已经分不出彼此，变成一个柔软的碧绿粉团。女人们把粉团分割搓揉成一根根粗粗的长条，再用手压扁，分别切成一箸长段，然后在外面撒上黄色的松花粉。老人把刚捣好的松花馍糍送给王子说："你们是外地人，没有吃过这个，给你尝尝山里味道。此去几十里少有人家，带着这几块松花馍糍在路中充饥，免得再受饥饿之苦。"王子把一锭银子给老人家。这位老人说："在家千日好，出门一时难。谁都会遇到一时之困。我们山里人，虽然家道贫困，但是只要是济人一时之急从来不小气。这些山里食物哪能要人银子？"老人推开递过来的银子，自顾忙别的去了。

后来王子坐上皇位，他没有忘记泳溪的番薯枣和黄黄的松花馍糍，没有忘记泳溪人的大气豪爽和廿八日的匆忙，下特诏在泳溪街立腊月廿八为年市。泳溪一年一度的廿八市就这样流传下来。

古老的泳溪街虽然只有一条狭长弯曲的小街，但街道两侧商贾云集。饭店客栈、南货北果、海产食盐、布庄染坊、百货店、水作坊、屠行一样不缺，甚至连烟花巷赌馆都盛极一时。其中要数一位胡氏老板经商有方。他一人开了三家店铺，经营老百姓最需的南北货、丝绸布匹、酒酱和食盐。这位胡老板还打得一手好算盘，人称"铁算子"。

"铁算子"生意做得活，在这深山里可算一位财主。只是没有培养出一个后人能接替他的十五挡红木大算盘，终日愁眉不展，郁郁寡欢。

后来"铁算子"听说桃柳溪有个小男孩，打算盘一遍清，从来不出错，他很想打探这个传闻的真假，也想见识一下这个聪明的小孩长得什么样。

一日天高云淡，"铁算子"骑马来到学馆，他和学馆先生见过礼，说自己到这里的目的。"铁算子"是苍山下的闻名财主，他能亲自拜访学馆，这是先生的荣耀。先生请他自便。他走进书房对学童们说："听先生说你们个个算盘打得不错。我有两道算题交你们拨打，谁打得又快又准一盘清，我奖文房四宝一副。"学童们听说打算盘有奖乐得手舞足蹈叽叽喳喳闹成一片，后来听说还要打得一盘清立马低下头不再出声。"铁算子"见大家默不作声就鼓励着说："莫胆小，只要一起参加，奖品人人有份，参加了打得一盘清再奖文房四宝。"这帮学童听说人人都奖，七嘴八舌地说："小九九算盘打得好，他从来都是又快又准一盘清。"

"铁算子"不认识叶建兴，听小孩子这么说他在人群中寻找目标。

叶建兴还没有见过这样的场面，但也不怯场，只是喃喃地说："试试吧，错了重来。请老爷爷给我们出题。"

"铁算子"眼不花，耳不聋，叶建兴轻轻地一声"老爷爷"，叫得他特别开心。他看见说话的是一个男孩，身材比一般孩子略高，头发黑黑的又粗又亮，方正的脸庞黑里透红，眉毛不浓，但是一双滴溜溜的大眼睛十分传神。他穿的粗布衣衫干干净净，说话清晰谦和，受过很好的教育。他把叶建兴仔细地打量了一番，心里想这孩子有教养，知礼仪，长大了是个人才。

"铁算子"对大家说："很简单。两道题，大家先听第一题，是一道连加，从一加二起，连续加到一百。打得快又准者获胜。"

叶建兴坐在对墙位置，"铁算子"站在一旁，其他孩子算盘还没有放平，他用右手拿起小算盘，举起时顺手向前一甩，"啪"的一声，上下两道珠子已各自就位。小算盘端放在桌上，他的拇、食、中三个手指就在算珠子上飞快地跳跃。"铁算子"一看这架势，虽然没开口，脸上已经露出笑容，心里说："名不虚传。"

一阵连续的嘀嗒声在叶建兴的算盘中响起，很快所有的算盘响成一片。"铁算子"半盅烟还没完，叶建兴的结果出来了——5050。

叶建兴把算盘放在"铁算子"跟前，眼睛看着他说："请老爷爷指教。"

一到百的连加称"打百子"，学打算盘必经这一关。叶建兴记不清自己打过多少遍百子，答案早就在肚。他知道这是人家在考指法，必须老老实实认认真真地演练一遍。

"不错。""铁算子"笑眯眯地说："我看着你一个一个地往上连加，没有一个拨错的。"说着"铁算子"转过身子对着大家，"现在我给你们出第二道连乘题，从一乘一开始连乘至十七，谁对又快得文房四宝。"

"老爷爷，我的小算盘只有十一挡，能换把十五挡的大算盘吗？"叶建兴听了后他把自己的要求提了出来。

"你打过连乘十五？""铁算子"有些吃惊。

"练过十一的连乘，十五连乘没有打过，因为我的算盘只有十一挡。现在打连乘十七，这把小算盘的挡位肯定不够。"叶建兴如实说出自己的担心。

"铁算子"有备而来，他是要考考这个"小九九"的，没有把带来的大算盘拿出。现在孩子既然开口，他从先生书房把自己的红木大算盘取来放在叶建兴桌上。叶建兴一看这把闪着亮光又很有分量的暗红色的大算盘，一脸的羡慕。他这个转瞬即逝的眼神被"铁算子"看在眼里。

叶建兴用两手端起大算盘，端端正正放在自己前面。这是把十五挡的专业大算盘，只有大笔数字往来的商家才用得着。算盘很重，中间的挡位都是黄铜铸就，四角包着厚实的铜皮，每根铜挡金灿灿的又亮又光，显示着主人经常在用它的痕迹。他一只手甩不动大算盘，用右手食、中两指在中间隔挡的两侧一划，全部算珠乖乖复位为零。"铁算子"一看那熟练的动作，实实在在是一副老手的架势，没有三五年的摸打，就没有这样的顺手快捷。

叶建兴伸出右手，食指在右首的第一挡位拨上二珠，接着马上用中、食指下五去一拨成六，拇指同时又在个位挡拨上三，中指在上挡去五的同时，拇指一展又在十位挡带上二珠变成二十四。接下来是如红镬炒豆般的清脆噼啪声响成一片，谁也看不清他的三个手指在哪个挡位上闪动，噼噼啪啪的响声不知是从哪个挡位发出。

围着叶建兴的人群静悄悄的，所有的目光都盯着他跳跃移动的手指，连一声咳嗽都没有，生怕惊扰了红木算珠的清脆响声。

"铁算子"一锅烟还剩一口，叶建兴的连乘十七的结果出来了——355687428096000，得数刚好把十五挡的红木算盘撑满。"铁算子"亲眼所见，他兴奋地对叶建兴说："孩子，你比我小时候慧多了。要什么奖，你只管说，只要我有的。"

叶建兴低着头，手心里都是汗。虽然他喜欢打算盘，可从来没有这么紧张过，也没有这么劳心过。他微微喘着气，一句话也不说，只是轻轻地抚摸着这把红木大算盘，一种爱不释手的表情不由自主地流露出来。

"铁算子"把叶建兴的微小动作和神态都看在眼里，拿起红木大算盘。他是这里前后有名望的长辈，有财更爱才。这个叶建兴，小小年纪，竟然有如此能耐，他活了这么大一把年纪还没见过第二个，而他自己家的人连摸一下都不愿。他看叶建兴对这把算盘如此喜爱就说："孩子，老人说话，板上钉钉。这文房四宝是你应该得的奖励，你收下。噢，这把红木算盘嘛，它是我一生的至宝，伴随我一辈子都没有离开过。如今都这么大年纪，我对它的挚爱一点没少。好东西就是好东西，人人都爱，你说是不是？"他目不转睛地看着叶建兴，用他的温暖大手抚摸着叶建兴的黑发，温柔又深情地说："孩子，今天遇到你，我突然明白古人说的'宝刀赠壮士'的话。最好的东西应该留给最有出息、最会使用的人保存。这把红木算盘它随我的时日不会太久，一旦我走了，这好东西就蒙尘了。我也没有多少时日可用它了，家里也没有人用得上。你打得这么好，又这么爱它，那是这把算盘找到了新主人。好吧，我今天就把它送给你，也算这把红木算盘有了新的归宿，有了继续用武之地，这比藏在暗处蒙上一层灰尘有意思得多。孩子啊，你来日方长，日后一定会派上大用场的。"说完他把算盘递给叶建兴。

"铁算子"爷爷一席深情的心里话，叶建兴听了一怔。他爱算盘，很想有一把称心的大算盘，没想到这一天竟这么快来了。他喜出望外，用双手慢慢地接过这把红木大算盘，高高地举过头顶，对着"铁算子"恭恭敬敬三鞠躬，口中说道："老爷爷错爱，我叶建兴受之有愧，但我一定不辜负您的期望，学好大算盘，用好大算盘，精心敬意保护好这个珍宝。"

"铁算子"说："孩子，山外有山，天外有天，高手还有高手在。你现在还只是快速计算，离精通还有很远的距离，以后还会有更难更复杂的题要算。你已经能把算盘打得一盘清，但是别人算错了你能纠正吗？你能光凭算盘的轻重声听出错在哪里吗？孩子呀，从现在起，你还有很长的路要走，很多的事要办呢。"

从此，叶建兴按"铁算子"爷爷的叮咛，天天用大算盘在家练指法，分辨打单珠和打双珠、三珠、四珠的不同声音，把算盘顶在头上练打盲指，他一遍又一遍一丝不苟。他的一手好算盘为后来步入社会筑实基础，并因此成全了一段美满姻缘。

在算盘的嘀嗒声里叶建兴不断长大暂且不提。

我们沿着桃柳溪一路走去，经过岩下方再继续沿泳溪向前到下溪头村，走进本书男主角家去看看那里的情况。

欲知后事如何，请听下回分解。

第三回

俏龙女怒斩癫头鼋
穷香哥托生下溪头

天台山有二十一座高峰，苍山是天台几座高峰之一，山上古树参天，山腰竹林茂密，北坡松柏虬枝横空，南坡星星点点的杂树，林间乱石嶙峋，灰白的巨石像是一群群的羊儿，你挤着我，我挨着你，好像要昂首向南，又如浑浊海浪起伏向前。倾斜的山坡，高低错落的樱花，从乱石缝里挺身而出，红艳艳的在云雾中隐隐约约，犹如天庭琼花下凡间。

这里，从苍山与华顶分流而来的两涧在一座崖壁前交汇合一奔流直下，一路曲折盘旋跌宕起伏向前，倍增的水势不是左冲就是右撞，激起的水声震人耳膜，飘跃的水花带着一阵阵凉风向山谷扩散，汗流浃背的行人进入这一段峡谷马上两腋生风、体凉汗止。溪水到岩下方，从这里开始，山势趋和，谷地开阔，水流缓进。在大拐弯处有一个小山村跨溪而建，是泳溪出县界的最后一村，叫下溪头。

下溪头村子的房屋都很低矮，大多以溪里现成的卵石堆砌而成。筑屋基的是四人扛的几百斤大卵石，上面的墙壁是扁平四方卵石，就连门窗也用或方或圆的块石砌筑叠成。这些卵石看着粗鲁笨重，细究倒是另有一番滋味。用卵石砌的石头墙不怕烈日冰冻，不怕天长地久，更不怕横行山地的白蚁蛀虫，就是那些屋顶坍塌的无主石墙，任凭风吹雨打，长满青苔藤蔓，依旧屹立百年，照样不倒不塌。因为墙体厚实，住人倒是冬暖夏凉。下溪头溪面宽阔，平坦的河床里有得是卵石，只要有力气，建这石头屋花钱不多，这是山区农民多用卵石块砌墙建屋的原因。

下溪头是天台东面最边缘的山村，往南不远，在出县界前来了一个大拐角，溪水在这个大湾里慢慢地回旋，好像出嫁的女儿，围着老家来来回回转，实在舍不得离开娘家。沿溪而行至一个突兀山岗，就是邻县宁海。

下溪头一村王、蒋、潘、陈四姓，各据一方，虽不同宗，却是亲如一家。按照老百姓的说法，抬头不见低头见，有缘才得来相会。谁家有事只要一声招呼，不分王、蒋、潘、陈，老的少的、男的女的一齐动手，像自己家人一样和合亲密。

村里有个中年人，一间石头屋还是上代留下的，因为穷一家四口挤在一起。这间石屋分为前后两节，前节门旁是一个黑乎乎的两眼土灶，几乎看不到一点灰白，灶脚旁安了一口缺一角的破水缸，紧挨着一张旧木板四方桌。一把散了架的竹椅和两条三脚拗的长凳，还有几个树墩围着破桌。墙角一个没有门的旧竹羹厨，占据了半壁江山。石屋中间被几张旧竹帘隔开，里面两条竹凳搁着三块木板，铺着用稻草扎的藁鞴①，上面摊着一张边上全是断篾的暗红竹席，一捆卷着的稻草放在一端作枕头。地上还有一张地铺，其实就是一摊乱草，上面有一张破草席。上下两条被子又旧又烂。

这就是人们常说的水缸屋灶连眠床的四口之家。

主人潘璋夫，一头的黑发像棕榈丝，又粗又硬，胡子拉碴的黑脸以下全是棕红色的皮肤，上下混为一色，一套千补万衲的灰白衣裤依旧遮不住肌肤。这个双肩能挑几百斤的壮汉，因为只靠租田过日子，去年给东家贩牛赔了钱，弄得吃了上顿没下顿，成了村里叮当响的穷光蛋。他已有两个儿子，老婆又有8个月身孕，急得他像热锅上的蚂蚁——团团转。

潘姓是这个村的小姓，只有四户人家。潘璋夫有个族弟潘璋银，靠采草药为业。一日他对璋夫说："我看你整日眉头打结心事重重，不如跟我一起到九龙潭采草药。前几天在朝北面岩壁看到一株大吊兰②，从崖壁的岩缝倒挂下来，至少几十年了。因为长在一块悬空岩壁下，生得十分凶险，人很难接近，没有得力对手，一个人是采不着的。你和我一起去，采下来我们对分，你有兴趣吗？"

吊兰是罕见的名贵中药，被尊为神药仙草。采药人挖到吊兰，都是奇货可

---

① 藁鞴，用稻草、藁草或棕榈编成的床垫子。

② 吊兰，老百姓的俗称，学名石斛，名贵中药。

居，待价而沽。这棵吊兰采挖成功，两户人家都可以解燃眉之急。

璋夫一听，明摆着这是兄弟在帮衬自己，哪有回绝之理，说："兄弟抬举我，什么时候走说一声。"

璋银说："今天十五，天气又好，不用择日。我回去拿工具，你在家等。"

采药工具都是现成的，一刻工夫璋银就来了。他头戴一个自编的红藤帽，肩上背着竹篾药篓，里面放着一把药锄，一个铲子，一把柴刀插在腰后，手提一根长长的一指粗苎绳。

璋夫是第一次采药，老婆挺着大肚子既期盼又担忧地说道："听别人说采吊兰要进深山爬高崖，平地你力气好，攀岩要用巧劲，看山势。上高落低时你要多个心眼，跟兄弟学着点，千万别蛮干，听老手的话没错。"

璋夫看着一身上下都是细小破孔黑衣的老婆，骨瘦伶仃地倚着门边，好像一根黑色的木棍靠在石墙上。他知道她的辛苦和不幸。他想说什么，张了张口却没有把话说出。这是个没有欢乐只有心酸的家庭，里里外外都是她一手张罗的，东讨西借都是她去求人，却从来没有怨过一句。这时候还有什么可说的呢。他想只要采到仙草，有点进水，她的月里也会好点。他一勾头，算是告别，从璋银手中接过长绳索跟着出门。

璋银说："今天出门晚了点，只能抄近路了。这条路要经过大家避着走的第八个龙潭，你怕不怕？"

璋夫说："听别人说，这个龙潭很邋遢，还很臭，路过时鼻子捏着些不就完了。"

"你说得对，又不是老虎吃人，紧走一程就过去了。我们赶时间要紧。"璋银也没有从这个潭走过，他不明白为什么这个八龙潭没人敢过。

璋夫两人经过半山腰的周家岭，右手边就是一条不大的进山坑门。他俩沿着弯弯曲曲的小山沟向上攀升，这里很幽静，除了远近几声鸟鸣，就是路边叽叽喳喳的昆虫鸣叫声。

进山口路不大，山道里侧岩壁陡峭，一路走高，空间逐渐扩大。坑沟弯曲向上，峡谷中的深潭一个连着一个，形状大小各不相同，只是潭潭绿杳杳的深不可测。有人数了一下从上到下共有九个潭，分别叫绒丝潭、畚斗潭、砚台潭、捣臼潭、蜂桶潭、浴桶潭、牛草桶潭、草糊潭、水井潭。这九个涧潭岩似紫玉，形态各异；水如翡翠，绿得透亮；瀑像白绫，迎风飞飘。知情的老人说这九个都是深不见底的龙潭，全连着东洋大海。苍山九龙潭还真有一个传奇故事。

九龙潭又名苍山龙湫。

苍山南麓的这条九龙坑自西向北弯曲盘旋，逶迤十里。两面高山峡谷中的四面来水从高处直挂而下，汇入这条坑谷，九个大小不一、形状各异的龙潭就自上而下地坐落在这条坑涧。当年这条龙潭坑口还有一座法轮寺，寺院香火旺盛，住持方丈是位得道高僧。老和尚善弈，经常有乡间高手慕名和他对弈，都败在他的手下。和尚的好弈早已远近闻名，传得很广。

这事传到东海龙王九个孩子耳中，俗话说"龙生九子，各有所好"。老大囚牛，喜音乐；老二睚眦，嗜杀喜斗；老三嘲风，平生好险；四子蒲牢，大声吼叫，充作洪钟提梁，鸣声远扬；五子狻猊，喜烟好坐，吞烟吐雾；六子赑屃，喜欢负重；七子狴犴，好打官司；八子负屃，雅好斯文，酷爱对弈，虽为女流，却喜男装；老九螭吻，口润嗓粗食大。

龙王的第八子是位千金。她久居海底老想出去见见世面，开开眼界，只是没有由头，出师无名，在龙王驾前开不了口。现在听说法轮寺方丈棋艺高深，独步天下，哪能错过这样的机会，就对龙王老爹说明缘由。龙王听了心里一顿，他想我龙宫富甲天下，龙子龙孙个个是人中翘楚，如果不让自己的孩子去会会方丈，这不是甘拜下风，自折锋芒？传到外界还不被世人笑话！但是她乃千金之躯，哪能随意抛头露面，何况是出海入世，非同小可。只是经不住她百般求告，八个龙子早就有心漫游江湖，也都在一旁附和。

龙王见九个孩子叽叽喳喳鼓噪不歇就吩咐说："以棋会友原是一桩美事，你们外出会客交友，礼仪当先，行事谨慎，以艺赢棋，不露锋芒，不落闲话。兄弟八人务必紧随小妹其后，不可有一丝闪失。"

龙王九子频频顿首，唯唯应诺。得到父王允许，九人扮作一群平常香客前往九龙潭口的法轮寺。

再说龙王九子一行，龙女老八那是龙中的凤凰。她肤似凝脂，窈窕绝世。这龙女坐如一池静水光鉴日月，行如春风拂柳，婀娜多姿。不但聪明伶俐，能言善道，而且琴棋书画，无一不精，尤其对棋道更在众兄弟之上，至今未逢敌手。这次外出她乐在心间，喜在眉梢。只是从小惯养的龙女也和世间富家女一样，心气高昂又多心眼，稍不如意，让你吃不了兜着走。

龙王九子到得寺院，仆人摆出供物上香点烛，一旁的沙弥从来没有见过如此排场。

九个公子哥儿衣着鲜亮，非绮即绫；冠帽饰物，镶珊瑚嵌玳瑁，色艳质丽；身上佩件，缀琥珀蜜蜡，越千载万年。其中一位娇美少年，金冠前插一枚硕大夜明珠，紧身白绫服外罩粉红大氅，如此美男连潘安也要自愧不如。小和尚慌不迭地去禀告方丈。当家和尚听闻后掐指一算说："该来的终于来了。"他对小和尚说出外迎接。

龙子们和方丈一番客套进入迎宾楼，老大倒是直率，他说："久闻宝刹辉煌，今朝特来朝拜。更知方丈棋艺独步天下，我们一行前来讨教，万望不吝赐教。"

方丈说："既然如此，不知九位相公是一对一比还是以一弈九同时开战？"

老八说："我们虽是小辈，但也不能以众敌寡，我们一对一比，输了甘拜下风，赢了方丈要答应一个要求，如何？"

方丈笑曰："谨遵施主之言。"

九龙和方丈一连弈了四十八天，八个龙子都输了。最后一天老八负屃出场，她一直在旁观棋，暗究方丈棋路。一路看来，她发现龙哥龙弟全输在方丈的一着马后炮上，她似乎摸索到破解之道。

方丈和负屃这局棋已经下了三天，方丈依然略占优势。他想九个龙子，虽然心气高昂，但是知书达礼，不能赶尽杀绝，就特意卖了个破绽，让这位貌若玉琢的龙子小哥留点喜悦。负屃固然心细目明，她以出车将军引对方跳横马吃车解围，即用一步跳马后留出空当用炮打兵成叠叠炮闷将收官。

方丈让负屃提要求。这个久在深海的龙女被龙湫美景与清静迷住了。她说："我要这山坑上下九个水潭，不知方丈是否应允。"方丈起身说："这九个深水潭，都连着东海，遥不可测，你若喜爱，老衲不会食言。"

从此，东海龙王敖广的八个龙子、一个龙女都住在这九个深潭里。这九龙潭就成了龙子们的世外桃源。

但是第八个潭名叫草糊潭，和其他的水潭大不相同。潭面飘满水草，软嗒嗒瘪塌塌的像垃圾堆，一副邋遢相。这潭不但面相不佳，还有一股说不清的气味飘浮水面。上山砍柴的樵夫说这个潭里冒出一种气味奇臭难闻。经过这里大家都绕得远远的，生怕被这难闻的气味熏翻。常言道，"富不过东海，豪华难敌龙宫"。为何这个水潭和其他八潭不一样，还有这难闻的气味哪里来？难道龙王不关心他孩子的宅邸？没有人说得清。

再说璋夫、璋银两个都是精壮后生，为了赶时间，大步向前走，很快到了第一个龙潭。今年雨水调匀，虽然还是初夏，山上来的泉水淙淙作响。一路走得急，两人到潭边小溪捧了两口水喝。璋银说这潭水比泳溪的清凉甘甜。两人边说边走继续上山。这个山弯又长又陡，水潭一个比一个险，潭边没有路，不是手脚麻利，还真的难走。前面大树参天，第八潭就在这林子一侧。一眼望去，四周古木森森，林间芳草萋萋，一路上来的七个水潭都没有这里的山色俊美宽广，但是这条道为什么没有人走呢？

璋银是个老药工，练就一双火眼金睛。他向水潭看去，这里潭水浑浊，上面长满水草，人在远处，就有一股难闻的腥味不断飘来。他对璋夫说："你闻到了什么？"璋夫说："好像是烂鱼臭。"两人正议论着，忽然听到水中有声音传来，不一会儿水面冒出一团气泡。两人哪里见过这种怪事，璋银马上把璋夫按倒在大树后，用手指嘴，示意别发出声音。他们要看看那传奇的水潭到底会发生什么不经见的事。

周围静得只有风吹树叶声，没多久，他们看见水中爬出一只很大的癞头鼋。爬上岸后癞头鼋居然直着身子走路，吓得璋夫差点叫出声来，璋银一把扪住他的大嘴，"嘘"的一声示意千万别出声。

那癞头鼋伸长脖子左顾右盼，在水潭边踱着八字步摇头晃脑地慢慢地来回走了几圈。癞头鼋一如往常没有发现什么异常，就把四肢拉得长长的，伸了个懒腰，然后把手脚连癞头都缩进十三块六角中就势一滚，"咚"的一声滚进水潭不见了。璋银说："真是没有见过的稀罕事，走吧。"

璋夫说："没有这样简单吧。奇怪的事一定还在后面，再看一会，确实没事再走。老了不差一岁，迟了不争一刻，这样难得的机会一定不能错过。"

两人正说着，更稀奇的事情真来了。

水潭中脏兮兮的水草都慢慢地退到岸边，潭中的水比下面许多水潭更清更澄，天上的云彩倒映在水中，简直分不出哪是天哪是水。刚才那股烂鱼臭变成一种好闻的芳香散发在四周。顿时，空中飞来许多蜜蜂、蝴蝶，它们似乎也在追逐这异香。大树后的璋夫被这异香一激想打喷嚏，嘴巴刚张开，璋银一巴掌把他的嘴巴堵住。"你不要命了！"璋银在璋夫耳边说，"熬住，一点声音都不能发出。"

两人看见水中裂开一条缝隙，慢慢地越来越大，缝隙中间升起一张晶亮的玑瑁梳妆台和一把嵌满珍珠的白玉靠背椅。接着慢慢地又升起四个漂亮侍女站立四周。又过了好一会，两个贴身侍女一左一右扶着一个头戴硕大明珠，两鬓插满琼花碧玉，一支粉红珊瑚玉簪上悬着一挂耀眼的红玛瑙的丽服仙姬，环佩叮咚，面南坐在椅上。

两个侍女上前，把仙姬头上的珠宝一一拔下，准备梳洗。忽然一阵微风从岸上飘来，仙姬眉头一皱，似有所觉，她马上摆手阻止侍女。顷刻之间潭中刮起一股旋风，所有美女一霎时无影无踪。天色阴暗，那股死鱼臭比原来更大。树后两人看得发呆，却不知又要发生什么怪事。两人刚要起身离开，只听潭边啪的一声，一只割断了头颈的癞头鼋血淋淋地从水中摔到岸边，四足还在不停地抽搐。

这恐怖的一幕发生在须臾之间，躲在树后的两个采药人吓得不轻，他们不知接下来还要发生什么。还是采药人璋银老到，说："快走，祸事来了。"他一把拉起璋夫的手，就往山下跑。"刚才一瞬间的怪事你也看见了，传说这潭是龙王独女所居，每逢初一、十五她要出水梳洗一次。因为怕见生眼，所以周围飘着一股难闻的死鱼臭。更怕路人下水，把水潭表面伪装得很脏。"

"龙女每月两次出水前，先派癞头鼋上岸巡查，驱除路人。因为从来没有出过事，癞头鼋也放松了戒备，才有今天这样的灭顶之灾。龙女是闻着生人气，才杀了癞头鼋以示巡察不力。当然也不会放过见了她一面的陌生人。"

潘璋夫听潘璋银一说，脖颈都凉飕飕的。两人商量着怎么避祸趋吉，该往哪里走？

也是命不该绝，在进山口被一位须发全白的老人拦住了去路。老人见两人神色慌张，问道："你们结伴上山采药，药篓空空因何匆匆下山？"

璋夫见问，把刚才在水潭边看到的事一五一十地告诉老人。

白发老人说："你们闯下大祸了。那是东海龙王的独女在梳妆，哪是一介凡夫可见的？你们害得癞头鼋丢了性命，不用一会儿，你俩也一样下场。"

璋夫闻言，扑通一下跪倒在老人跟前说道："老人家，我妻子即将临盆，家中还有两个小儿，上山采药是为了妻子月里。如果我不能活着回去，家中四条性命都不能保全。"他一手扯住老人衣襟，一手抹眼泪，"老人家，你一定要救救苦命人。"

白发老人看两个都是忠厚本分的人，心想这事也不能全怪他们，而且其中一个还负有一项使命，就有心做个善事。他说："此去下山还有里许，走到百步耸岗，你把家伙丢下悬崖，柴索挂在崖下松树上，然后倒退上山，走后面岩背再直上山岗，如果头能顶着苍天，再从反背回家，方可保一家平安无虞。一路向前，不管听到什么万勿回头，更不能出声。还有，这事不管过去多少年，也不能把今天看见的泄露出去，万一失口，性命攸关。切记切记！"老人说完，不见影踪。

两人知是遇见山神土地，他们对山拜了三拜，又对地拜了三拜匆匆下山而去。在百步耸按照老人指点把东西丢下悬崖，倒退上山。他们刚返回上山路，就听见一队人马到了百步耸岗，那些人不见下山路上有人，感到奇怪。一个说："树上挂着一根柴绳，边上还有一把柴刀，这俩小子一定逃命慌张失足掉下山去，这里悬崖陡峭，下临深渊，非死定淹，一定活不成了，回去复命吧。"

再说璋夫费劲攀上山岗，因为又怕又急，一头撞在一棵苍翠的老松树上，一个大大的肉球顶在脑袋上。他忘记了疼，站在山岗往四下里看。这里是最高处，所有的山都在他的脚下。他只知道这九龙潭就在苍山下，但这最高的山峰叫什么呢？真的没听说过。璋夫摸摸脑袋，头顶上的大肉瘤痛得他"啊哟"一声，璋银说："我也不知叫什么。我们头顶青天，就叫它'苍山顶'吧。"他们回头看了看山路，后面没有人追赶，就从山背赶回家。

到家已是黄昏。妻子见丈夫两手空空回来，问了几遍一句话都没有，不禁两眼泪汪汪，心力交瘁，半夜就肚疼异常。开始以为是丈夫的事引发，后来越来越疼。她对丈夫说，"恐怕要早产了。你去叫婶婶来帮个忙"。

婶婶赶到石屋，一看不好，是个横胎位，这是难产呀。一直等到半夜，胎儿没有转位，婶婶没有办法问璋夫怎么办。一个大男人，他能有什么办法？一直挨到天明。孩子在肚里踢腾，妻子疼得满头是汗，嘴唇咬出血。婶婶试着把胎儿推回去，让胎儿在里面转过方位，推了几次，总算转了过来，孩子倒是出来了，但妻子出血不止，一命呜呼。

璋夫一看是个男孩，一声长叹，他悲愤地说："冤孽哪冤孽，一条大人命换你个小生命，这一家以后怎么过呀？"

潘璋夫的老大生在秋天，大名秋水。老二是夏天生的，大名夏水。如今这个老三正好生在春天，顺着两个哥哥名，潘老三大名春水。

潘璋夫这个苦命人，他既要当爸，又要当娘，一个男人拖着三个男孩。璋夫一家四口，他背着这个沉重的包袱风里来雨里去。东家去讨口奶，西家去要点米汤，没日没夜连轴转。四十出头的人头发白多黑少，脸上的皱纹像老松树皮，腰背弯得像一张弓，辛苦麻木成天不说一句话。好在两个大儿子还债①，十六岁的秋水已能做男人的全部农活。十二岁的二儿子夏水帮人家牵牛，农忙时节人家就用耕牛给他家还工。小儿子从小无娘，又不足月，潘璋夫讨百家饭把他一点一点喂养大。这个不知娘是啥样的孩子居然在有一顿没一餐的环境里活了下来。糠粉麦皮他都能像大人一样吞咽，野菜野果是他幼年的美食，小小年纪就会割牛草，跟着两个哥哥玩捉迷藏，下水摸螺蛳，弶小鱼，钓弹虾，从不给家里添麻烦。

自从老婆难产去世，家里几乎揭不开锅，潘璋夫自己吃野菜把一点粮食省下给三个儿子吃。他的三个儿子也特别懂事，小小年纪就知道给父亲代力，干什么都不用老爹开口。一家四人，四条光棍，虽然贫困，但是兄弟和合，从不让老爹生气。潘璋夫穷得琅琅响，他家却是全村人都羡慕的和睦家庭。

潘老三出生在这个兄弟多的贫苦家庭，在苦水里泡大的孩子生命力强，虽然四个男人四条光棍，成了下溪头的赤贫户，但是一家人并没有沦落为被人嘲笑欺负的对象。走近潘家细细考察，你就会明白其中的奥秘。

要知后事如何，请听下回分解。

---

① 还债，对不给父母添麻烦的孩子的称呼，也叫垫债。天台人把调皮捣蛋不听话，尽给大人添麻烦的孩子叫讨债鬼。

第四回

种祠田秋水挂头埭
攀悬崖夏水采仙草

　　下溪头潘璋夫虽然家道贫困，他的三个男孩没有因为穷困而潦倒，个个都很争气。老大秋水刚及弱冠已是一条好汉，扶犁倚耙①，种田锄禾，乃至伐木砍竹，狩猎采药无所不能。老二夏水也到志学之年，已是身手快捷，机灵活泼，上山下地跟爹一起干活，有模有样。就是最小的老三春水虽然稚气未脱，在家中洗涤打扫，出田割草牵牛，下溪摸鱼钓虾已远超同龄孩子。

　　潘家有一表亲在北山村，这是苍山腰的一个陈姓大村。村里有一丘祠田，每年清明祭祖所用开销都从祠田中来。这丘祠田坐落在村前的大平岗上，坐南向阳，不但出路好，还自流灌溉，是全村最大最好的旱涝保收田。祠田一年两季收获颇丰，供用清明祭祖开支，还能余下不少。村里祠田由各房头农户推荐轮种。这年夏天，正逢潘璋夫的表亲轮植，他让璋夫去北山帮忙。璋夫知道秋水不但身健力壮，且种田的手艺远胜自己，就让秋水到北山村给远房表叔种祠田。

　　秋水是第一次到表叔家，他一早到秧田拔秧，别人都带一条独脚秧凳坐着拔秧，他在秧田口摆一个矮马，两手左右开弓，秧苗在他手中快速旋转，一会工夫一个满把的秧就出现在他身后，他一步步向前，一块田坂上密密的秧苗被他双手揎得一苗不剩，他挑着一满高畚担的秧歇在地沿。站在这丘两亩多的大田旁他放眼四望，这丘在村前高岗上的大田像金鸡独立一样，四周的梯田全

---

　　① 倚耙，倚，土话，站立。人两脚分别站立在水田中木耖耙的前后耙挡上，牛拉着耙一行一行来回地走，把水田的高低拉平。

在它的脚下，好像众星捧月特别耀眼。祠田视野开阔，进村大路从田边而过，附近山下的小村，四散在东西山沟之间。晨昏之际，缕缕炊烟从下往上袅袅而升，左飘右荡，慢慢地消失在空中。鸡鸣桑树之巅，犬吠深街陋巷，让你置身在人世间的尘埃中；远处的群山青绿掩映，层层叠叠，浓淡相宜；云雾在山间忽高忽低飘荡，让视者如悬空中；天是那么的近，气是那么的爽，云端如见天门，天庭似乎就在一箭之遥，人人有一种身临其境的感受。

一阵打秧落水声把秋水从出神中拉回田间，他看秧都打完了，就是没有人挂头塅。

什么是头塅？头塅为什么叫挂？怎么没人挂头塅？

原来山区的水田大多都是顺着山形一道一道从下往上筑的，好像家里的楼梯一样，所以叫梯田。山弯里的梯田形状各异，就是没有方正的。像祠田这样的大丘田，极为少见。山坑田有的像鹅毛一样，中间宽阔两头细长；有的像牛轭一样，两头是小弯中间是大弯；有的像毛竹扁担一样两端翘起，中间弯下；还有的像犁辕一样，一段直一段扭曲；更多的像水蛇一样，弯来绕去，曲折向前。这种梯田，都不大，山里人就叫蓑衣箬帽田。

弯曲梯田一般随田形插秧，田形弯插秧跟着弯，弯处的横行要呈放射形，左边的沿脚的秧插得略密，直行才能弯得像鹅毛一样柔和齐整。在山区，只有大峡谷、大平岗头才有几箩十几箩①的大田。种大田插秧要从田中间开始。第一个动手插秧的就叫"挂头塅"。头塅叫"挂"是因为插成的秧每一行都是一根直线，从这头往远方延伸，这一根根无依无靠凭空而去的绿色线条就像悬挂在那里。

农民把插秧叫种田，会种田的人都被尊为老司头，可见种好田的难度之大。种田挂头塅更不是人人都能的事情。水田不是丘丘四四方方，只有在平坦的大丘田里，插秧要讲究横、直、斜三行行行平平直直，根根绿线要像牵过墨斗线一样分毫不差。本来会种田插好秧的人就不多，能在大丘田挂头塅的更像沙里淘金——少得可怜。

大丘田插秧是从田中央开始向左右两边扩种，中间的第一塅是整丘田的

---

① 箩，竹篾编制的筐，用来挑谷担。这里用作农民对田的计量单位，一亩为五箩；一亩也叫五石，一箩和一石都为一百斤。

灵魂样板。第一埭的起手行也叫焦株行①，是整丘田直行的标杆。一丘田种得端正不端正，两边有没有插行②，插行多还是少，都跟这焦株行端正不端正有直接关系。后面跟种人的直行都把头埭的关门根③作依傍，横行都与头埭接平。所以种头埭的一定是种田插秧的高手，右边种完上岸后，返回时从左边插种回来。种完一埭，空手在田沿路走，省时又省力。插好的秧直行，横行锻磨行④，行行都是一根直线，不但好看，后期的田间管理拔草、耘田、打蟛虫、掣稻坑都方便，后期搁田排水快又净，稻子青秆黄熟不易倒伏，收了稻谷马上就可以为种麦子犁板田。

因为大丘田插秧没有依靠，插秧技术不高的会把直行种得像水蛇过路——弯弯曲曲，线条混乱，会给后续的田间管理增加困难。

挂头埭是个综合性的技术活，一要插得快，不影响后面人的进度。二要插得直而匀，后面跟插的人有依靠，又方便别人接你的横行。三要能打焦株⑤。田形没有正四方形的，只有挂头埭的人看对田形，焦株打得左右匀称，整丘田的插行才会大大减少。

焦株是不是打在田的中心点线上，就凭挂头埭的眼力和经验。在指定点下插这第一行开始的三株或五株的秧，要瞄准对面田沿的中心指定点上才能种成一条直线，整丘田的行埭才能端正。这起手的第一行直线秧苗，种田人就叫"焦株行"，道理和打靶一样，三点成一线，以后插的直行横行都跟随这头埭种。种田人挂的头埭就是泥水师傅砌墙时挂在墙角作垂直标准的重垂线，这是把作老师傅的活，不是儿戏。

种田插秧几乎人人会，挂头埭必须三条齐备，还要插得快。大家都要再三谦让，就是这"快、匀、直三要"很难做到位。

秋水第一次到北山村插秧，不知今天这帮种田客的手艺。他随口说："秧

---

① 焦株行，一埭田直行六至七条，第一个插秧的第一行称焦株行。焦株行必须对在对面田沿的某个指定点上。

② 插行，因为水田不是方方正正，种田时遇到变宽地方要加一行，遇到狭窄处要减一行，都称插行。

③ 关门根，一埭田右边最后一直行的专用名。

④ 锻磨行，稻田斜着的对角行专用名。

⑤ 打焦株，头埭第一行插下的三到五株秧苗必须正对后面堤沿某点，犹如打靶的眼、准星、靶子三点。

打完了。"有人说："小伙子手脚快先动手。"秋水听有人让他挂头埭，如果再推让，那不是弄得大家都背脊插灯笼，蚂蟥叮脚掌。他在田沿走了几步，看这丘田还真不小，细看这丘大田并不四方落正，整丘田形状是上头窄下头宽，去年的头埭有点拧，他在心里说，如果按原来上下水缺①打焦株，插完秧好像把一块方正的豆腐切成倒枕，不但难看，而且两边插行一边是增加一边是收缩。按这丘田的长相，只有把对面第一行焦株点从原来的水缺处向右移三行，整丘田才能种端正。他左手拿起一边秧②对表叔说："请表叔到对面水缺过三株给我插一根扁担。"他捏着一边秧下田，也不像别人先打焦株，只低头朝胯下瞧了一眼扁担的位置，调整好马步，煞下腰就开始插秧。站在地沿的种田客个个都是老手，他们见秋水挂头埭连一株焦株都不打，再看他田沿边插的几边秧有些东倒西歪，心里直打鼓。这些种田老客站在地沿都在嘀咕。一个年长的开口道："看看，挂头埭不打焦株，插的这几行进进出出，这不是苞佬③吗？"他边上一个年轻些的接嘴说："主人不知从哪里请来这尊神，大家让他上先只是一句客气话，哪里知道他不知谦让。这下好了，这丘大田今年要画符（糊）了。"众人在边上只管摇头。

看看秋水一步一步地后退，都不敢下田，怕坏了自己的清名。

好手打焦株至少三株，有的打七株都没有十分的把握。因为开始稍有一点偏离，后面的行埭就会差得很远。他们虽然不懂"失之毫厘，差之千里"那样文绉绉的话，但这个理他们都懂。看眼前的秧都歪歪扭扭，这埭田最后不知会偏到哪里？他们在田头议论纷纷，人人肚里在说，一个毛头小伙子，毛手毛脚的居然挂头埭捉弄大家。

秋水不管众人议论，只顾插自己的秧。

秋水在田中插秧已经远离地沿，连续传来扑扑的插秧声和他不断后退的哗哗水声。一会儿他种过十个秧，奇迹逐渐显现。这个头埭，近看东倒西歪，往远处瞧，六根粗粗的直行不仅像六条硬直的墨线，第一根直插的焦株行正对着那根扁担，远远瞧去分毫不差。那些横行更是秤杆一样水平：斜着看，锻磨行匀匀称称；直、横、斜三条线，条条如牵过墨斗一样挺直。秋水种过半埭，站

---

① 水缺，水稻田专门用来排水的缺口。

② 一边秧，一只手拔满一大把秧，中间用稻草系住叫一边。这样两边才算一个秧。

③ 苞佬，花苞初开。天台土话，意为是第一次的新手。

在田沿的人才明白过来，刚才第一个说他是"苞佬"的老者点点头道："看不出这位嘴上无毛的小伙子确是种田高手。"另一个说："何止是高手，他是比高手还高的神手。"说着纷纷下水。

秋水很快把头堘种出，那些老手半堘没过。别人只种了两个来回，他三个转回又给表叔接了半堘。

十二箩大的两亩四祠田，以往每年都要种到屁股挂灯笼，青草蚊子叮脚梗，蚂蟥把肚子吸得滚瓜溜圆，今年居然太阳衔山就收工了。这帮种田客一看，以往左右两侧都有许多插行，今年怎么都成了直行。老手们仔细一看，原来秋水把头堘田向右移过三行，整丘田种得端端正正。这些人种了许多年，竟然不知右移三行就没有插行。表叔拍拍秋水肩头说："看不出你年纪轻轻，就有这么好的手艺，头堘第一行直对扁担，不差半分。过去一直把头堘种偏了，整丘田像个一头大一头小的锄头枕。今年端正顺畅，后生厉害！下半年挈稻坑，用了一辈子的下水缺要移位了。"

挂头堘不打焦株，插秧像仙女穿梭，横、直、斜三行墨斗弹过，一人顶过两个。潘秋水插秧美名扬，成了苍山下几十里方圆种田的顶尖高手。

老二夏水，除了干农活，水里摸鱼，也跟着哥哥上山狩猎、挖药材、采野果都熟门熟路，他上高落低轻巧灵活得像只猴子。

记得小弟还只有几个月，因为娘走得早，又不足月，家里有一顿没一顿的，体弱带饿瘦得皮包骨头。一天潘璋银又来约璋夫去苍山采药。璋夫看着手中的孩子，含泪说："兄弟情谊，一辈子难忘，小儿子这个样子，实在走不起身。"夏水马上插嘴说："叔叔，老爹离不开弟弟，我跟你去吧。"夏水想给弟弟买点吃的，让他健起来。"叔叔，你别看我人小，给你背绳索，爬树攀岩我不比哥哥差，更比我老爸快。你只管放心。"

璋夫见老二自告奋勇，老三是老婆一条命换来的，他不能对不起死去的亲人，夏水要是能去挖吊兰，说不定老三就有救了。他对璋银说："这孩子手灵脚健，跟你去做个伴吧，他比我管用。"

璋银做梦都想着悬崖上的那棵大吊兰，既然父子俩都这么说也只有这样了。

叔侄俩从苍山背面上山，避过了九龙潭，来到悬崖上。那棵吊兰真的很大，已经能估计出大小。璋银把绳索一头系在松树上，一头拦在腰中，准备自己下去。

璋银走到崖边刚要下去，他往下一看把伸出去的脚缩了回来。这崖不但悬空，周边的岩石还很松动，他刚把脚踏下，一层砂石就唰唰往下掉。下去都这么险，上来就更不易了。一个半大的孩子能把自己拉上来吗？万一拉不上来，不就糟了。难怪这株仙药没有人来采。他在一旁左思右想好一会儿，没有办法，不敢下去。

夏水看到璋银在岗头迟迟不动手，看出了他的为难。夏水说："叔叔，要不这样，你在这里防守，我下去试试。如果挖到吊兰你把我拉上来。"

璋银想想也是，小孩体轻，上下都比大人方便。就是采不到，自己还能把孩子拉上来，也不至于出大事。就把绳索系在夏水腰间，让他背上药篓药锄。

"下去千万小心，眼睛看岩壁，双手扶着凸出的岩町，脚踏实了再下，不求快，只求稳。挖时要小心，别把药枝碰断，全药连根挖。"璋银把挖吊兰的要点向夏水交代清楚，"记住了，不慌不忙，是悬空采药的关键，心急喝不成热粥！"

"叔叔，你放心吧。"夏水系着绳索从崖顶缓缓溜下去。这悬崖生得果然凶险，一路下来，没有几步可以踏脚，岩町一碰，人在半空晃动，风化了的砂石像天下冰雹纷纷而来。悬崖下面是乱石嶙峋的山坳，别人说采药的是人在空中，命悬半天，一点不假。

他下到半山腰看见了那株吊兰，这株吊兰离他很远，几次荡悠过去，不是被边上的岩町弹开就是没能对准豁口。上面不时有大小碎石纷纷扬扬下来，好在他头上戴着璋银的红藤帽。夏水人小心细，胆大沉着。他看正面不能接近，吊兰的下方有块踏脚石，只要再下一丈，下面有一株倒挂松树，攀着树枝就能接近岩壁。他拉了拉绳索，示意璋银再往下放一丈。他刚好下降到松树枝头，脚下有根老树枝悬空而出，踩着这根树枝就可以接近吊兰。他的右脚刚踩上去就"啪"的一声，这根树枝掉下山坳。夏水一脚踏空，人在半空乱晃，把绳索拉得铁紧。这突如其来的变故，让他惊出一身冷汗。

上面璋银手中的绳子像一根绷紧了的钢丝，又听见树枝折断的响声连喊："夏水，夏水，你怎么啦，没事吧？"潘夏水抹了一把虚汗，气喘吁吁地说："踩断了一根枯枝，没事，你松一下绳子。"

夏水调整好身子，看准方向几次往松树悠去，终于抓住一把松丝。他沿着松条从枝干上一点一点溜到岩壁。夏水像只蝙蝠，他双手抓住树枝，上身贴着岩壁，一步一颤总算挨到吊兰后的岩町上。这地方非常狭窄，像他这样的半大孩子还要把大半身体悬在空中。他右手托住头上岩板稳住自己，才看清了这株吊兰。果然是长了许多年的药王，不然怎么会长得这样粗壮茂盛。

这株吊兰，在悬崖间的岩缝里发根，倒挂在空中，周围全是青苔。母根中生出许多根玉枝条，根根壮得像胖小孩手指，圆滚滚的绿中呈黄，一节一叶，透亮有光。玉枝油滑滋润，既挺又嫩又厚实。夏水年岁不大，曾经在叔叔那里见过一次，但是像这样既大又粗壮的吊兰王，还是第一次见到。

他用一只手抓住头上的岩町，悬出半个身子，站立稳当，另一只手从背后的药篓里拿出药锄，再调整好脚步重新站位，腾出左手捏住吊兰基部，右手小心翼翼地开挖。每挖一锄都有泥沙散射而下，眼睛都无法睁开，鼻孔里吸入的全是泥粉。他小心翼翼地一锄一锄地挖，用了一袋烟的工夫，吊兰突然脱落。夏水本能地用右手捧住。那把药锄却离手掉下乱石堆，"啪啦啦"的脆响从山下吞底传来。山谷里的震响变成应山脉，"啪——啦——啦——"在远近山空反复回响。

潘璋银在山顶听到从山下传来的应山脉大吃一惊，心跳得像捣米。这响声是从山坳传来，一定出大事了，要不这声音不会这么响。要是夏水出了事，他可担待不起这个责任。他顾不得一脸的虚汗，放大声音赶紧喊道："夏水，夏水，你怎么啦？"夏水喘了一会气，心头才平静下来。他人半荡到岩边的空中，一只手牢牢地捧着药篓，一只手抓住树干对着山岗喊："叔叔，没事。吊兰挖到了，药锄掉下山啦，你拉绳子吧，我上来。"

璋银听到夏水的回话，知道没有大事，只是一场虚惊而已，一颗悬着的心才定了下来。他抹了把冷汗开始拉索，夏水在悬崖上攀缘，松散的砂石纷纷脱落，他一边躲避一边往上攀爬，累出一身大汗。

一株吊兰，装了整整一药篓。潘璋银不是第一次采到大吊兰，但是像这样的吊兰王，还是初见。这株吊兰基部有一个像并蒂莲那样粗大的黄绿色并蒂体，一根根直立的玉茎从这里长出，圆润粗壮，肉乎乎的。枝枝叶叶，皮嫩透亮，里面的汁液像在流动。玉茎一节连着一节，卵形叶厚实发黑，对着不同的光线，吊兰玉茎会变色。这些玉茎一会红一会绿，让你不知它到底是红还是绿。

潘璋银轻轻抚摸吊兰，好像在抚摸他的头生儿子，生怕失手把它弄疼碰断。他对夏水说："这株吊兰，满满一药篓，至少百年。师傅曾经对我说过，'千古一仙草，吊兰有奇效。它和天山雪莲、八两老山人参、百年首乌、六十年的茯苓、苁蓉，还有深山灵芝、海底珍珠、严寒荒漠中的冬虫夏草列为华夏九大仙草'。今天采到的吊兰至少三斤以上，那是苍天可怜见的。夏水，我们发财的日子到了，你小弟也有救了。"

叔叔算是好人，他把吊兰分了几根给夏水。璋夫知道这仙草的功力，孩子还小，怕当不起仙药的神力，只取一根熬汤给老三春水治病。真是神药，不久老三就百病脱体，什么粗粮野菜吃得，身体日渐好转。

村里人见璋银每天喝酒吃肉，不知他在哪里发了大财。一日大众在祠堂前闲聊，璋银刚从泳溪街喝得三步一摇，四步一摆回村。大家见璋银跌跌撞撞的就和他打招呼开玩笑。一位小青年说："璋银叔，又喝得醉金刚一样，慢慢走好，千万别摔倒。"

"笑话，一壶自做酒，哪能醉倒了，不信？你拿一壶来，我喝给你看。"璋银浑身散发着浓重的酒气，大着口舌说自己没醉。

"璋银，别人说你发了横财，你也该请村里人喝一杯。一个人喝是闷酒，大家一起喝才是喜酒、补酒。"一位和他差不多的中年人说。

"叔叔，你在哪儿赚这么多钱，也给大家露个底，让小侄子我也挣几个花花。赚了钱我会孝敬你的。"又一个小青年打趣他。

"璋银哪，常言道马无夜草不肥，人无横财不富。我们都是同出山年，你富了一定有奇遇，说出来让大家也去碰碰运气。"

"兄弟说得对，璋银你让大家都去碰碰运气。或许你还能有更多的财运在后头呢。"

许多人在附和着，打笑着，大家把他当作取乐的对象。

经不住祠堂门口众人你一句他一句软磨硬泡，酒迷心窍的潘璋银还真想再去看看龙女的俏模样。他以为事情过去那么久了，不但什么意外都没有，日子还过得挺滋润，说不定是那个白胡子老头吓唬人呢。他打了个哈欠，把自己到苍山采药，在第八个龙潭的见闻大着口舌说了一遍，祠堂前的人都以为璋银醉了说酒话呢，没一个信他的胡说八道，哈哈大笑一番各自回家。

第二天一早，璋银的儿子哭丧着脸到祠堂前请人帮忙。他说："父亲昨天回家时在门口绊了一跤，就起不来了。我们哥俩把他扶到床上睡下。第二天老妈叫他吃早饭，许久没见人出来，走到床前推他不应，一摸身体已经冰凉僵硬，连哪个时辰过世都不清楚。"

潘璋银死得奇怪，说不定九龙潭还真有那么回事。有几个胆大的不信，约了几人到九龙潭去看个究竟。他们一个龙潭一个龙潭看过去，每个龙潭除了大小和外形有差别，没有什么大不同。就是第八个龙潭，哪有什么脏兮兮的水草，也没有死鱼的腥臭味，和其他龙潭一模一样。水清杳杳的，色绿澄澄的。大家都说"璋银死人虫，卵话三稻桶"。

潘璋银被酒精蒙蔽心窍，半夜丢了小命。这是当年白胡子老人的规劝成真，还是他饮酒过度心肌梗塞没有人去验证。我们最关心的一定还是潘家老三春水，他像两个哥哥一样聪明、能干吗？

潘家老三，人不大志不小，深潭捕鱼虾，牛背背诗文，可惜家底太薄，和他两个哥哥，斗大的字不识一个。他在梦中想着读书写字，这个有心人能实现心愿吗？

欲知后事如何，请听下回分解。

第五回

七龄童龙潭擒锦鲤
牵牛娃墙角背诗经

下溪头位于县界边，是天台东面最后的一个山村。这个虽然只有百来户的小山村，一村四姓，村人都是文盲，但一样识事明理，四姓团结如同姓，深得邻近乡村敬重。

桃柳溪、泳溪在岩下方村前的东西两个山峡流出，流到村前一片开阔地汇合后自西往东一路顺势而下，两溪合一，溪面开阔，水势和缓，原来湍急的山溪在平坦的峡谷里左右扩张成为一条大溪，依旧叫泳溪。

泳溪流经下溪头时被迎面的大山一挡改变了方向，向右折拐朝南而去，很快进入宁海桑洲地界。这一路虽然山弯水曲，但已进入山区平缓地带，到桑洲继续往东直奔海游沙柳，汇入东海怀抱。

溪水迎山一碰改变了流向，在拐弯处形成一个和软的大转弯，冲出一个很大的深潭。水流到此在深潭旋转后再向前往南流去。涡潭周边绿荫如盖，潭边岩石嶙峋，潭底深达岩板。桃柳溪、泳溪携带来的丰富食物都在这深潭汇聚沉积。这里鱼虾鳗鳖，成群游弋，在旋涡里繁衍生长。

每逢夏秋季节，溪水盈盈，鱼肥虾壮，家家户户餐桌上鲫鱼、白条、石斑、六鯩、七鲹、鲜虾、泥鳅、黄鳝，还有取之不尽的螺蛳一样不缺。这是下溪头人最富有最丰盛的日子。

自古以来，这潭就是村里孩童玩水捕捞的去处。村里的男人不论大小，都是弄水摸鱼的好手。潘璋夫一家四条光棍，自然也不例外。只是老父璋夫，年近半百，几十年过度劳累，体弱力衰，这年轻人的玩意儿，早就力不从心。

这年六月，比近几年都热，山里俗语说："要热六月六，要饱早稻熟。"入夏后的六月一天，清早起来就是天光亮日，随着太阳的移动，温度急速升高。不知从哪里来的一蓬一蓬热浪直扑大地，看来这老古话还真有点道理。从半昼前起太阳已经把皮肤晒得焦辣辣的，男人们早就把能脱下的全从身上剥去，赤身裸体，剩一条裤头四下走；年轻的女人只穿一件短裤满嘴的喊热；连那些最保守最封闭的老太太，也扯起大襟，摇着麦秆扇给自己降温。村里的狗都不敢在太阳下走，全卧在屋荫下大树脚乘凉。它们还要咧开大嘴喘着粗气，伸出红红的长舌，流下一滴一滴的口水。

中午过后，天气开始发闷，人们喘不过气来，额头、脊背的汗水一支支地往下流。树上的知了也像人一样，高声叫喊着"热死了，热死了"。年轻力壮的男人干脆跳到溪潭，潜入水底躲避高温。

中午以后，西北山头升起一条灰色的云，风卷着残云从山后徐徐过来，大片的灰云缓缓地往南移动，渐渐连成一片。西风逐渐紧起，灰云聚集变为深灰云层，不一会儿积成黑压压的厚云，一片连成为一爿，几爿结满半边，遮挡了大部分天空，最后只有东南角方向还剩一抹余光。

热风被西风一吹，大地很快降温，闷热的人群开始从树荫下、屋弄里往回走，凭以往经验，这是大雨前的征兆。大家正议论着，苍山顶上突然响了一个霹雳，一下就把仅剩的一线余光挤出天际。高空的黑云直压下来，像一口巨大的铁镬覆盖在人们的头顶。雷声就一个连着一个，一个比一个近，一个比一个响。一会儿响雷变成滚雷，滚雷变成闷雷，沉沉地从远方传来，在头顶上雷电交加。突然"噼啦啦"的一个惊雷把所有的人吓了一大跳，抱在怀里的孩子"哇哇"地慌叫。原来阴暗的天幕突然被响雷掀开一条大裂缝，响声震得耳膜嗡嗡作痛。又一个红闪把大地山岭耀得如同火烧，裂缝里"哗——"的一声，大雨倾盆而下。密集的雨点洒在树林里，满山满岭发出沙沙雨声。这雨声又像无数的木砻脱谷壳时发出的隆隆隆响；黄豆大的雨点打在小青瓦上，发出爆豆一样的噼啪声；砸在空地上，溅起粉尘一片；下在溪里，激起密密的飞溅水线。一支支水线像怒放的梨花布遍溪面。一片水气在溪面飘忽，如烟似雾。屋前舍后，断崖田沿，只要有出水的口、出水的断面，全成喷射的瀑布。那瀑布像无数支利箭，齐齐地射向远处。雨声、瀑声好似一支疯狂的打击乐队，演奏着摄人魂魄的乐章。刚刚光膀子，摇扇子，在溪水里降温的人群打着激灵，一个个忙向避风的地方靠。大千世界，人群一下从眼前消失，落得个屋前舍后真干净。

风雨冷暖天作主，稻粱黍麦勤丰收。幸好暴雨不久就渐渐收敛，天气很快放晴。村里的女人、小孩都在自家屋前舍后打理周边的坑坑洼洼；男人们提一把锄头冒雨往田头赶。这雨虽然疯狂，但是下得及时。早稻已经孕穗，再干旱几天就会歉收。天旱得久，雨下得急，缺水的要紧着引水入田，满水的要平缺退水。山塘、水池也得及时地把雨水拦入，这是晚稻丰收的基础。所有人都在忙着雨后应该抓紧干的农事，没有一个空着两手闲在家里晃。

潘家三兄弟，老大秋水领头，他们没有雨具，每人头上顶着一爿荷叶，背上披着一张芭蕉叶，踏着泥泞上山。他们的田都是高处的蓑衣箬帽田，秋水领着兄弟在山上兜了一圈，他把山水拦进梯田，控制好水缺的高低下山。回来从溪边过，看到从上游来的洪水已经把原来两边裸露的石子滩都淹没在滚滚的浊流中。宽阔的上游水在村口被两岸高坎一夹突然收缩，来水骤然升高，一下没过连接两岸的町步桥。咆哮的洪流漫过町步桥跌入下游，激起浑浊的巨浪，滚滚翻翻从左边冲入下游大水潭。一阵阵惊涛骇浪发出震人魂魄的雷电般的轰鸣朝前奔涌。浊浪像风车一样在潭里转成一个巨大的旋涡，然后被后来的山洪挤出溪潭沿着岩壁哗哗地向下游奔去。

夏水说："哥，大雨过后，明天水色一清，上下游的鱼都像赶市日一样到这里找吃的。到明天下午，这潭一定有许多大鱼好鱼。"

"看你说的，这鱼好像都听你夏水指挥。你有把握？"老大秋水有点疑惑。

"你不信，明天晚饭桌上见分晓。"夏水捏着拳头在胸前一挥，一脸的得意之色。

老三春水说："大哥哥，二哥哥说得没错。去年也有一次下了这么大的一阵暴雨，你们俩都不在家，第二天下午我也在潭里摸了一条将军鱼，老爹说一斤多呢。这鱼又肥又鲜，别人都没有这么大。明天我要抓一个更大的，让两位哥哥看看小弟我的脚手。"春水说毕手舞足蹈，兴奋异常。

老大笑着对春水说："就你这个拖鼻涕佬，给鱼咬住别哇哇叫就不错了。吃大鱼嘛，还得靠你二哥和我。"

"不信？我们拉个钩，大哥哥你敢吗？"老三春水不服气，他竟敢向他的大哥挑战。

"好啊，你抓到大鱼，下次哥到桑洲去给你买一颗大棒糖慰劳你，那抓不到呢——"老大秋水故意把话拉得长长的在激将。他要试试这个小弟有没有这个胆量。

"你换下来的衣服都归我洗。"老三春水说，"我俩拉钩，二哥作证。"老三信心十足地回应大哥，要二哥做证人。

秋水咧开嘴笑着把手举起，两兄弟伸出手掌，弯曲四指把小手指钩在一起。春水喊道："拉钩拉钩，赖糊涂是小狗。"

秋水说："大男人说话，一字一个钉，字字值千金。"

第二天半昼，阳光偏西，潭水清澈见底，斜射的太阳透过水面，游鱼历历可数。正如夏水所说，水潭的鱼比平日多得多。白条、七鲹，在上层漂，石斑在岩缝进进出出，水草中六鮹浮游，贴着黑色岩底的几尾将军鱼在捕食。嗨，不知从哪里潜入一条大锦鲤，从潭底一堆水草中钻出，红鳞一闪一闪，被清水绿草映衬得格外醒目。

村里人陆续围在潭岸，潘家三哥弟也到了。大家说龙王降甘霖，还把鱼子鱼孙都赶到这里，这是犒赏我们下溪头人呢。说着众人开始下水。

老大说："小弟人小摸几条石斑就不错了。我和你二哥抓大鱼。"

春水撇撇嘴，口里不说，肚子里在讲："小看我。好，三兄弟今天比比谁抓得大，谁摸得多。"

鱼很多，潭蛮深，石嶙峋。胆小的在浅水捡螺蛳，多数人在岩缝摸小鱼。除了潘氏三兄弟，真正能到深水的也不多。众人像鱼一样在水里游转。那些溪鱼被突如其来的人群搅得乱窜乱钻。水里人上人下，鱼儿晕头转向。那些小鱼儿逐渐被从岩缝里揪住，几条大的也被追懵了，在人堆里乱撞。一条将军鱼撞在卵石上发蒙，老大一个水底钻一把掐住鱼鳃。将军鱼是鱼中的将军，鱼肉鲜美，素以耐力强劲闻名，一般人赤手空拳是很难抓住的，可是在老大手中一招便被制服。秋水两指从口里穿过扣在鱼嘴后，这鱼便逃脱不了。老大在潭底一蹬，人像一支水箭即刻射出水面。

男人下水摸鱼，小媳妇、大姑娘、老嫂子在岸上凑热闹。老大一手划水一手提鱼上岸。一条大大的将军鱼惊动了水潭边上的大人小孩。"啊，快来看，潘老大抓到一条大将军，那么长，三斤都不止呢。"在岸上看热闹的女人和不敢下水的孩子跟在秋水身旁指指点点。一个胆大点的孩子走去摸鱼，他的小手刚触到鱼鳞，那大将军把尾巴一甩，啪的一下，正好打在小孩脸上。小孩站立不稳，一个跟跄摔倒在地。秋水一把提起小孩，说："痛不痛？"他见小孩眼泪汪汪，"不怕，没事，晚上到我家吃大鱼。"那个小孩一下破涕为笑说："秋水大哥哥叫我去吃大鱼喽。"

"将军鱼，快看将军鱼，秋水抓到将军鱼了。这么大的将军鱼这溪里不多见，老大真慧。"几个妇女在边上赞许。

老二也在岩隙缝里捧住一条长长的翘嘴游到浅滩，"哥，接住。"老二把鱼摔到石子滩。秋水把两条大鱼提回家。

老三从水里出来换气，见大哥、二哥都有收获，他一看那条锦鲤还在，一堆人在围剿它。锦鲤上蹿下钻，四面突围，累得精疲力竭。突然它尾巴一扇，一下就从一个壮汉胯下溜出，趁着水中激起的大旋涡，锦鲤躲进一蓬茂密的水草里隐蔽身影。刚巧春水潜到跟前，见锦鲤躲在水草中一动不动，他一看机会来了。好一个潘老三，双脚在潭底一顿，箭一样扑向躲藏着的锦鲤，一把抱住不放。鱼儿在水中十分了得，拼命挣扎。它尾巴一甩连草带人一块儿拔起上蹿，直朝水面犁去，想从老三手中挣脱。这下正合春水之意，他的两手紧扣鱼鳃，顺势蹬腿，人鱼一起冲出水面。老大回来和老二一起寻找小弟，看到春水骑着锦鲤朝水面游来，一步追到溪边，一起把锦鲤摁住。

一条和人差不多长的锦鲤，居然栽在七岁孩童潘春水手里，一下成为新闻。下溪头潘氏七龄童，一人独擒锦鲤，一下传遍周边村庄。

老潘家三个儿子，个个如龙似虎，身手了得，遗憾的是一家四男子，老少四光棍。

秋水早已到成家年龄，生在有钱人家里小孩都不小了。老二也长大了，都到了可讲媳妇的年龄。倒不是人家姑娘看不上潘家后生，怎奈一家四个大男人，还是水缸屋灶连眠床，和以前没有多大变化，实在是家徒四壁，无可奈何呀！

潘璋夫说起此事，一脸的愧疚。他逢人就说他亏欠孝顺吃苦的三个儿子，更对不起已故的妻子。还是老大明理，他想家里没有多少田地，后生空有一身力气都白白地藏在腰里没处施展。他在心里说："我家田地少，田畈的重大活也少，四个人在家没有地方可以着力。好像老话说的那样，'老酒放在雕里，力气藏在腰里'，不拿出来用等于没有。不如农忙时自己来干几天，其余的时候跟人家到外地打短工，挑脚担，甚至到宁海象山给渔船砍柴都可以。这样辛苦忙活几年，积蓄些零钱，在住的地方再盖几间，也好改善一下拥挤的生活现状。如果时来运转，好日子好生活或许就在眼前呢。"

其实他们家的第一件大事就是要把老屋扩建出来，讨媳妇总得有一间婚房吧。老大把自己的想法和老爹商量说："爹，这么多年把您苦熟了。如今我们兄弟都长大了，四个人这半间房早已挤不下。我想跟大伙去打工，家里的田地农忙我回来一起干，平时你们辛苦。我想有两年时间，在老屋东边再接驳二间，您说成不成？"老二听了说："哥哥去挣现钱，我在家把田地种好，一定不让爹和弟弟挨饿。"春水一听急了："大哥、二哥都出力，我去给人家牵牛，我也能养活自己。"潘璋夫听了三个儿子的话只是抹泪叹息。他心酸地说："爹没用，对不起你娘，亏欠你们兄弟三个。"

秋水说："爹，您别这样说。我们都知道您为我们三兄弟累成一把人干，如今我们都长大了，应该儿子出力来办大事。挣钱出力是后生的事，您只要给我们三兄弟当家出主意就行。"

"老爹，大哥说得对，您在家，我和二哥做田畈，一定不会让您饿肚子的。"春水人小，但是他样样都有主见。

夏水说："大哥挣现钱，我们在家捉鱼虾，有空我到溪里担卵石，做建新屋的准备，两年以后，新屋一定造好。老爹您就放心好了。"

三兄弟一席话，潘璋夫听了很高兴。他说："你娘泉下有知，她一定会管顾你们的，列祖列宗也会保佑你们。我们父子四人心往一处想，劲往一处使，我看辛苦二年，再造二间新房一定会成功的。"

第二天一早，秋水就跟着几个常年在外打工的后生到象山。夏水是家庭劳动的顶梁柱，春水早出晚归去邻村给人家放牛，他老潘一天到晚没有一刻空着。一家四人都有去处，都在为这个家忙碌。

一艘家庭航船，一人掌舵，大中小三支橹齐心合力地摇，那船就像箭一样在水上平稳地飞驰。

盛夏一过，放牛要到三里外的溪边山坡地去。这里溪面平坦宽阔，靠山一边松柏苍翠，临溪一侧沙滩地平展展的，各种牧草绿茵茵的又嫩又鲜。一天，老三春水牵着大黄牛在溪边任牛吃草，自己和同伴一起在村口的老樟树下捉迷藏。他和一帮牵牛娃在草地玩了一会儿就靠在树下打盹。四周静静的，耳边好像有一阵美妙的声音从哪里传来，听得十分悦耳，把困趣虫都赶走了。

什么声音那么好听？老三好奇，朝着声音传来的方向走，他要前去看个明白。

这是个几百户的大村，村里的祠堂有一所学堂，附近村的富家子弟都坐在自带的方桌边，跟着一位山羊胡子的老先生摇头晃脑地朗读诗文：

> 雄雉于飞，泄泄其羽。我之怀矣，自诒伊阻。
> 雄雉于飞，下上其音。展矣君子，实劳我心。
> 瞻彼日月，悠悠我思。道之云远，曷云能来？
> 百尔君子，不知德行。不忮不求，何用不臧。

这是《诗经·国风》中"雄雉"篇的诗文。老三从未进过学堂，他连《百家姓》《三字经》都没有听过，也不知"一"字是怎么写的，这文绉绉的《诗经》他哪里听得懂？可是他站在墙外已经许久，这读书声对老三来说，简直是天籁之音，像磁铁一样吸引着他。他迈不开步，离不开学堂，把回家都忘了。

太阳下山了，放牧的同伴都骑着牛早早回去了，他的同伴叫他，但老三的心全在学生读《诗经》的声音里。同伴走完了，学生走完了，他还呆呆地在墙角默默地回味着《诗经》里的美妙声音。回到家已是点灯时分。

"春水，今天这么晚回来，是主人家说你牛肚不饱什么的了还是你在外玩迟了？"潘璋夫轻轻地问儿子。潘璋夫知道自己的三个孩子都实实在在的，特别是老三，年纪虽小，特别懂事，什么时候都不用大人操心。今天这么晚回家还是第一次。他不知春水放牛出了什么意外，如是不大的事情，豁出老脸去赔个不是道个歉，千万不要委屈了孩子。他从小无娘，吃百家饭咽糠粉长大，如今只有七岁，还不到独自外出谋生的年龄。

潘璋夫问了几遍，春水只是低着头，没有说半句话。

松明灯灭了，潘春水才迷迷糊糊地睡去。

> 雄雉于飞，泄泄其羽。我之怀矣，自诒伊阻。
> 雄雉于飞，下上其音。展矣君子，实劳我心。
> 瞻彼日月，悠悠我思。道之云远，曷云能来？
> 百尔君子，不知德行。不忮不求，何用不臧。

老三看见一只披着美丽羽毛的雄雉，轻轻地扇动着翅膀向高高蓝天飞去。后面一只黑褐色的雌雉在急急地追赶。可是不管它怎么用劲儿飞，前面的那只很快就消失在无际的天边。后面的鸟儿想把前面的那只叫回来，高声鸣叫着。

飞着的鸟没有听到，倒把他的老爹惊醒了。潘璋夫发现老三在床板上舞手舞脚，口中还在自讲自话，一个屁股掴把他打醒，问道："颠头无赖又哭又喊为个啥？"

老三被打醒，他流着泪把自己白天的经历告诉老爹说："爹，我要读书，我要识字。"

儿子想读书是儿子有出息，可家里四个人还住在这间黑石头屋，连苦日子都难熬，哪有钱送他上学堂？

潘璋夫摇了摇头，叹了口气说："儿啊，谁叫你生在穷人家，原谅你爹吧，明天早点放牛去，读书的事呀，像我们这样的人家，你就蛔虫头朝下——死了心吧。"

老三年纪不大，可是十分明事理。家里穷他一清二楚，也知道上学对他来说是比上青天还难。可那琅琅的读书声始终在他耳畔挥之不去，只能在一旁暗暗流泪。

第二天，他依旧赶着黄牛，任它随意走去。直到牛儿吃草了，他才发现那老黄牛竟然又把他带到老樟树下。身不由己的他赶紧到祠堂前，学生的琅琅书声从高高的窗内传出："雄雉于飞，泄泄其羽……"不一会儿，就听到私塾先生一腔苍老的声音："这是一首描写征夫怨妇的民歌，歌里用野鸟作比，写出妇女对远征在外的丈夫思念和企盼……"

先生教学生读书，不管你理解不理解，诗词文章就得死记硬背，也必须背得如高山流水，叮咚作响。谁要是背不出来，先生桌上的戒方伺候。私塾里的学生轮流背书，好多学生还背不出来，记性特好的潘春水，站在窗外偷听，已经朗朗上口了。

有了这么个好开头，老三风雨无阻每天都去听课，里面的学生还没有读熟，墙外的旁听生已是倒背如流。一年半载下来，一部《诗经》已经让老三背得滚瓜烂熟。

随着年龄的长大，老三在家中要干力所能及的农事，他到私塾去听课的时间越来越少了。虽然《诗经》背得不错，可是那些难写的方块字他一个都不会，他是多么盼望有朝一日自己也能坐到私塾里面跟先生认字、写字，可是这个愿望始终没有实现。他和他的两个哥哥一样，那黑黑的方块字，看看明摸摸平，他不知道潘春水三个字长什么样，更不知道这三个字该怎么写。

潘家三兄弟，大哥秋水出门两年，只在农忙时节回来三两天，把梯田犁翻，插完秧马上去打工，家里轻重农事、大小农活都是潘老二夏水上前。老三春水一边放牛，一边背《诗经》，300多篇诗歌他早已倒背如流，滚瓜烂熟。他很想认字、写字，这么好的愿望、这么好的记忆，他只能垫在脑后当枕头。

三个机灵的后生，因为穷好像蛟龙被困浅滩，又像猛虎锁在铁笼，空有一副好体魄、好记性，却没有他们三兄弟可以真正施展拳脚的地方。

这样的儿郎，他们在盼天降甘霖，他们在想冲出藩篱。天道酬勤，世事向真；问心无愧，必有庇佑。他们所欠的是一股送暖的春风，他们久盼的是滋润万物的几点雨露。

老话说，一个篱笆三个桩，一个好汉三个帮。潘家人善良、勤俭村里妇孺皆知。只要有一绺春风，一阵雨露，久埋旱地里的几粒种子就会发芽生根。

这春风雨露是否已在孕育之中？何时能吹到下溪头老潘家？

欲知后事如何，请听下回分解。

第六回

丰家村义兄弟抢亲
新婚夜潘秋水献艺

中国是中华传统武术发源地，各类武功被称为中国功夫，博大精深。中国传统功夫分内家功和外家功两种，有别又相联，各自独立门派。崆峒、武当、少林、峨眉、昆仑五大派是中国功夫的主流门派。五大流派中最为著名，传播最广的是少林。单是少林一派就分有红家少林、孔家少林、俞家少林三大家。少林派还有南北少林之分。洪拳是南少林的一个重要拳种，以龙、虎、狮、豹、象、蛇、鹤、马、猴等的象形特性结合武术技法创编而成。洪门拳劲刚势猛，故有"洪门一头牛，打死不回头"之说。洪拳要求形、意、气、力、声高度统一；以威取胜，以力服人，硬打直上，劲透过身。

少林南拳中的洪拳对天台的影响最深，流传最广。说起天台洪拳，西乡流传着这样一个故事。

西乡有一吴姓之村，村里一位吴姓青年久在两湖营生，做药材生意。这位青年不但后生撑昆还懂医道，而且人缘极好。他一边采购山药一边行医。一次到太行山下的随州府采购药材，巧遇一位洪门拳师腹胀气喘久治不愈，一家人已经束手无策。一日这位吴姓青年正好走过，门人见来了一位外地游方铃医，急忙报知主母。夫人尚存一线希望把他请进内里。吴姓青年探查病情，他看病人舌淡苔白、脉弦沉弱、气虚郁积，这是寒滞、寒凝、气塞所引发的胸腹诸痛和气喘咳嗽。他开出一副上理脾胃元气，下通少阴肾经的以天台乌药为主的汤头方子：天台乌药配以木香、茴香、川楝子、槟榔、高良姜、青皮各15钱，外加巴豆2钱。此方疏肝理气，散寒止痛，暖肝驱寒，导滞破坚，疏浚理气又止痛。

这些汤头草药他随身所带，当天给拳师煎服，三帖以后这位拳师气平胀消，四天以后行走如常。

老拳师原以为自己大限已临，前些时日的许多汤药只是在耽误生命。如今沉疴脱体，身体日益康健，把个郎中视为华佗再世，贵若上宾，日日款待。他见郎中年轻魁梧又相貌堂堂，更兼医术精妙，如此后生，简直就是上天给他的恩赐，就把他收作义子并把独生小女许他为妻。这位西乡后生就在随州做了上门女婿，一晃五年。五年里他跟着拳师学会各种洪拳套路，天天和小姐切磋，武艺日精。

湖北洪拳起于明初，因为明太祖朱元璋年号"洪武"，故以"洪"字立门，称为洪门拳。十数年之后，老拳师夫妇先后故世，西乡后生就把老婆、孩子带回老家，认祖归宗。天台土话"吴、洪"难分，他所教的都被称为"吴家拳"，即洪拳。因为洪拳力达四肢，劲通任督，硬打直拼，吼声如雷，以威取胜，暗合天台人的耿直个性，很快在四乡传播，广受欢迎。

天台乡俗，一村一姓，以长幼为序分为大房、二房、三房……一个村子户籍上百，都建祠堂。每年春节，以祠堂为核心，都要热闹一番。族长发动村民，在祠堂里组织习武的青壮年男子舞狮打拳，组成村狮子班四处联络族人，壮大家族实力。狮子会在春节期间走村串户舞狮打拳，从正月初一起手直到元宵佳节落灯。于是天台老百姓都说"只要有祠堂，就会舞狮子、打洪拳"。

天台舞狮的套路拳种主要有大洪拳、小洪拳、小金刚、雪山、西川、醉拳、猴拳、棍、枪、刀、剑乃至家用扁担、长凳或农用铁叉、钢铣等手头器械，年轻人都要学几路。狮子舞一程，拳脚棍棒展一路，最后有武术高手的一路拳或一套器械封台。所到之村，根据两村关系招待。若是同宗同族，进村要放能把周围木结构屋震得摇晃的二寸半松香大炮仗，还要进祠堂拜老太公（祭祖宗）。狮子拳脚耍好，族长会送上一个大红包。来的是同宗，还要烧汤水办海参饭、捣馍糍留客。

狮子班舞到婆媳妇人家，那叫麒麟送子。两只大狮，摇头摆尾，纵跳腾跃，尽现夫妻恩爱；一只小狮，在父母中间抱头吻腿，穿越寻欢，展现一家和合亲情。这时候主人家不但要包一个大红包，还要外加一个小红包，称为多子多福，团孙兴旺，增福添寿，大吉大利。这是新春佳节的一个好彩头，得个人丁兴旺、合家和爱的好兆头。舞这类麒麟送子的往往都在年里事先约定。

下溪头村也有一台狮子，秋水十岁开始做狮子尾巴，十六岁掌控狮子头，成为村里同龄人中的一条好汉。

身强力壮的年轻人闲不住，早晚习拳劈腿，舞棒弄棍。潘秋水十岁就学会几路南拳，上百招式的大洪拳，变化多端的西川，刚健有力的雪山，他都打得呼呼出风，吼吼有声。几年后村里舞狮小弟春水雪山拳开台，二弟夏水居中一套大洪拳，最后老大秋水封台，非棍即刀，令人眼花缭乱。在舞狮拳脚一路上，他老潘家独当一面。

新春一过，狮子收藏祠堂，刀枪棍棒入库，潘秋水跟着村里一帮后生到象山砍了几个月的柴卖给出海的渔船，又在海边打了短工，再回到宁波乡下割了一个月早稻。一天的劳动，对血气方刚的秋水来说，有力没处使，就起早摸黑自习武术。正好他脚的主人是一个尚武之家，场地上有石担、哑铃、刀剑、棍棒，还有二百斤的一对石锁，没人时他偷偷在隐蔽之所习练。他和一伙年轻人在外干了两年，秋水人勤嘴甜，很讨东家喜爱，有时还砍几担好柴送给东家。东家主人看秋水如此懂礼，又是个习武之才，便收他为入室弟子。从此秋水如鱼得水，更是日夜苦练，武艺力作都有很大长进。

潘秋水在明州干了两年苦力，把所有的辛苦钱交给父亲。

潘璋夫清点了儿子交来的汗水钱，他算了一笔细账：大卵石请人到溪中扛，小卵石他和夏水俩到溪里担，木料在自山砍，只有小青瓦、泥水、木匠要付现钱。现在两间屋料已经办得差不多，秋水两年的辛苦钱造两间接驳石屋已经够应付了。春水依旧在邻村放牛。璋夫和夏水上山砍树，能剖板的裁八尺段子，条子好的又长又直的做桁条，小树开橼料，树根树梢劈柴烧。塞堵垫平的小碎石已经挑了一大堆，所有材料准备齐全，单等秋水回来动手。

宁波割稻结束，秋水去与同伴告别，他说："和老爹约过，回去搭间小屋，弟兄大了，挤不了了，各位兄弟过年见。"

与秋水同年的王廷良、王廷元是下溪头村一对王姓堂兄弟，两人听说秋水回老家去，他们虽然没有造过房，但是知道造房子有很多重活都要年轻人出力，需要众人合力帮助。王廷良说："我们虽然不是亲兄弟，但是我们和兄弟一样亲，你起屋造宅是办大事，我们多少要出点力的，不然这异姓兄弟的情谊在哪里？"王廷元说："廷良哥说得对，你造房，我们和你一起出力，大家都回去，盖好新房再出门。赚钱的日子多得是，替兄弟出力有次数，我们和你一起回家。"王氏兄弟一开口，其余的也说，大家一起回老家，给秋水做帮衬，第二天在宁波的十几个后生一起回家。

潘璋夫看村里都是老弱残兵正在担心人手不够，秋水一下把一帮最健壮的后生带了回来，他心里的担忧全放下了。

璋夫对儿子说："动土日子择在六月廿四，合你兄弟属相，必定大吉大利。平屋基师傅请的是廷良舅舅，木匠是外溪来的蒋师傅。你带来的天兵天将扛大卵石，这个对手不缺了，挑小石块的好办。后天就是廿四，寅时起手，卯时早饭。潘姓女人全来帮厨。就等你来请年岁大点的叔伯啦。"

和秋水一起回来的一帮人个个都是当家后生，他只要说个动手日子就行。潘姓是自家，户户全家出动，秋水把村里的王姓、蒋姓、陈姓的都请了个遍。他叔叔、伯伯地叫着说："秋水明天平屋基，请您老出力帮衬，明天卯时早饭。"他知道不用多说请你干什么，来的人自己心里有数。

平屋基是力气活，几百斤的卵石扛上岸，步步是实打实的活儿，差一点都不行。三餐吃的自然模糊不得，这烧汤水①也要实攒实的。潘家一向贫困，别人家造房子他们也干过这样的活。

老话说造房子要积"三年陈谷烂米"，潘璋夫早早地就在打算。去年糯米种了一亩，留下一箩捣馒糍，其余的都酿了酒。山坡荒地种了不少六月豆，夏水、春水有空到溪里摸鱼晒干。霉豆腐、酱油豆、腌冬瓜、盐鸡子、咸笋头一类的家常菜也准备了不少。老潘还养了一口肥猪，院里有鸡，溪里有鸭，地里有蔬菜，样样不缺，凡是自己能出的他都备了，三个人在家把后勤准备做得足足的。

廿四寅时一到，泥水师傅根据择日先生指定方位在地基上的小桌摆上祭礼，他点上蜡烛，焚香三炷三拜，口中念念有词道："天灵灵地灵灵，潘家新屋破土动工日，求佛祖神灵辅佐保佑，一切顺顺利利。天无忌，地无忌，阴阳无忌，百无禁忌，新屋落成，万事大吉大利。"话毕，师傅左手倒提雄鸡，右手对着头颈的喉管处拔去一把鸡毛，从桌角拿起薄刀，对准裸露的喉管嘶的一下，鸡血如水箭射出，他把鸡血洒在地基四角，一把盐米撒向四方。潘璋夫跟

---

① 烧汤水，泳溪人请客办宴席的地方语。

随其后，手捏锄头在东南西北四方各挖一锄，又朝着东南西北四方念一句"啪着声消①，无阻无挡"。四个年龄较大的潘姓人在地基四面象征性地挖了几下，没一盅烟工夫，简单的平地基仪式结束。

早餐是白米饭，四方八仙桌摆着四碟咸菜：炊皮腌菜，霉豆腐，酱油豆，咸冬瓜。中间一碗咸带鱼，一碗韭菜炒鸡蛋，一碗滚烫豆腐，一碗腔骨炖萝卜，一碗炒茄子，一碗嫩豆角，冷热十个菜。五桌人马像打仗一样吃了早饭拿起抬杠，背着石头络下溪去。

溪里满是撬卵石时发出的碰撞声，抬杠时的吆喝声，挂短柱落地时的笃笃声。从宁波一起回来的，还有潘璋银的两个儿子，他们都是秋水的好哥们，两人结一对杠，廷良和廷元一对杠，朝明与朝林一对杠，抬的都是几百斤做地基的大卵石、大块石。秋水、夏水两兄弟专挑四方六整的石条，这是门窗必用的石块，春水在水中专捡四方卵石，给两个哥哥。

从溪滩到屋基，扛大卵石的喊着号子，挑块石的拗着短柱，上上下下，来来去去，川流不息，一片生气。

半昼前的点心是汤包，这是陈姓亲份拔厨②。重担活儿肚快饥，中间一餐点心是必须的。

几个老男人负责捣馍糍，帮厨的女人掬馍糍条，绿绿的蒿青是春水清明前摘的，黄黄的松花粉是夏水在松树朗花时采的，松香、蒿青香飘满一溪。

璋夫对秋水说："过去一直都是吃人家的，今天是我们办喜事，日后欠吃自己熬，今天烧汤水至少十六碗，千万不可怠慢干重活的人。"璋夫说："我细细算过，荤菜八碗：红烧肉、梅丸、带鱼、花鲢、鱼胶、鸡肉、螺蛳、老鸭山笋煲；素菜八碗：浙嵋面干、高山茄子、水南豆腐、三合油泡、嫩豇豆、红烧萝卜、小炒、腐皮蛋汤，共十六大品碗。自做酒管喝，馍糍糕加白米饭管饱。"

山里人办喜事，厨娘都是村里的高手，每人的口味都在心里装着，吃得这帮后生满嘴油亮眉开眼笑。

下午，砌石头墙师傅在卵石堆看了一会儿，对秋水说："两间地基的大石

---

① 啪着声消，天台地方特有的防意外祸祟的口头禅。类似于"泰山石敢当"的含义。天台人出门做生意，或家里建屋造宅时避免意外发生说的话。意为好事在前，什么祸祟都远远的退避三舍。

② 拔厨，家中办婚喜大席时，族中亲份为客人制作一道接客点心。

头差不多了，转角处少一块高大的，这块卵石用在屋基转角的基础上，已经到场的不是欠高就是欠长，如果用两块，稳固性没有整块的好。排地基的差不多了，叠墙的缺口大。"

王廷良说："潭边有一块条子挺好的卵石，就是有点大，没有四个人动不了。"

朝明、朝林兄弟说："加上我们两个，来个四人扛，把它抬上来。"

秋水见他们自己安排，笑着说："有劳四位兄弟出力。"他转过身对众人说："饭后休息片刻，下午以挑叠墙的方石为主。"

大家说："现在坐着讲散，不如黄昏早点歇晏。趁肚饱，走！"

四个大后生在溪潭找到大卵石，廷良、朝明把木杠从两端插下，因为一半被砂石埋着，卵石纹丝不动，廷元、朝林下水去扒砂石，合四人之力，卵石被撬悬，络了两根索，穿上长杠，一头一个短扣①，廷良兄弟摇头②，朝明兄弟殿后，这个大家伙，分量真不小，四个人一个上午都没有压到这么重的杠头。尽管四人喊着哼唷哼唷的号子，走十几步必得挂一下。挨到上坡处，已是寸步难行，浑身的汗像一支支瓦檐水往下流，一身上下没有一寸干燥的。

秋水兄弟看到这块大石把四个好汉逼得热汗淋漓，丢下担子直奔赶来。他对廷元说："杠头我来，你帮廷良一把。"说着就从背后顶了进去。夏水接过朝明的杠头，让他和朝林合力。

六个人喊着哼唷来唷，哼唷来唷的号子，一步一挪往上力挺。六人合力，这块千斤巨石终于移到地基。

春水端着一盆水让众人擦汗，一壶苦丁茶送到桌上。

下午是善华家拔厨，点心百合粥。师傅对秋水说："大小石块够了。"

秋水对大家说："弟兄们，今天的活够累，只要地基石不欠，砌墙的不够我们自己来。"

他对众人说："谢谢叔伯、兄弟帮衬，都回去洗个澡，晚上放开了一醉方休。"

不到半月卵石墙完工，木匠架梁，父子四人齐上阵，瓦盖好，关上门窗，两间新房很快落成。

---

① 短扣，在两人扛的长木杠两端套着的一个横着的短杠，成为前后各两个的四人扛。

② 摇头，不管几个人扛重物，走在第一个的人叫摇头。

潘家新屋落成，替秋水做媒的迭迭上门。一个上好后生，堂堂七尺男子，要模样有模样，要力量有力量。当年在北山村挂一条头墢，早已名扬泳溪里。不是没有姑娘上门，是那时机缘未到，榫卯难合。

北山表叔有个表妹嫁在灵坑丰家村，那年秋水去北山种十年轮到一次的十二箩大的祠田，表叔请表妹独生囡来帮厨。这个外甥囡是丰家村的一颗红毛楂，多少媒人踏破门槛，都被她一口回绝。姑娘叫山红，人慧心气高，她说："后生一要撑昆，二要能干，三要有担当，还要身材一流好。别人说了不算数，除非自己亲眼所见。"她放言："贫富勿论，只要人中意。"其实她的择婿条件都是对着秋水身上照的样。

那年秋水在北山村种田，山红姑娘和秋水互有好感。山红暗里思忖，嫁人就要嫁秋水这样的后生，能干又帅气。所以媒人踏断门槛，她一直没有松过口。她表舅看两人很般配，曾经不指名姓替秋水去丰家提亲。山红她娘一听，男方家徒四壁，四条光棍一间破屋，撂下一句话："后生再好，我囡难道去挂板壁？"一口回绝了这门亲事。

秋水的弟兄们知道有这么回事，他们商量一计，要给自己的龙头老大办件好事，只待时机到来。

泳溪崇法寺每年有很多大佛事，大山里的老婆婆都会乘机烧香拜佛保囝孙平安。大嫂大娘讨子讨孙求发达，姑娘求菩萨保佑早日嫁个如意郎君。听说八月半寺院打水陆大法会，四村八堡的女人老早就在做去崇法寺的准备。灵溪丰家的山红母女俩各怀心事也要下山烧香，到菩萨跟前讨个吉祥。

八月十五天未透亮，这对母女一身素衣背着香袋启程。两人摸黑走到枪棋岭岔路口，前面冲出一队人马，个个黑衣黑裤，脸上蒙着黑布。上来两个人分别用黑布袋罩住母女俩的头，用绳捆住手脚。母女两个大声叫喊，可是这深山冷岙天未大亮，纵然喊破喉咙也是枉然。一个黑衣人说："别叫别闹，好事成双。吵吵闹闹，吃苦到老。"一块黑布堵住两个女人的嘴巴。

黑衣人把老太婆绑在树上说："我们不会伤你，天亮自然有人放你。"老娘知道山里有抢亲的事，今天自己算是碰上了。她想人家抢姑娘当老婆，自然也不会性命攸关，只得等天亮路人搭救，干脆就闭目养神等待天明。

姑娘被强按在竹椅轿上，挣扎不了，听了这黑衣人的话，知道没有性命之忧，也就安稳下来。她也听说大山里有抢亲的事，难道自己遇上了？

竹椅轿外蒙了红帘，转过两个山弯，黑衣人脱了黑衣裤，个个都是精壮的后生。天已大亮，过村过街时别人看了只道是一队起早迎亲的接亲客，没人怀疑这是一帮抢民女的"强人"。

天一亮，留在村里的人把这事告诉潘璋夫和秋水，一切接客的吃喝都是哥们的事，璋夫现成做公爹，潘秋水等着新娘进门拜堂，但不知抢来的新娘是癞头瞎眼还是跛脚麻粒，心里七上八下不安。

抢亲的知道这事底细，半路上廷良老婆大梅就把这事对山红姑娘唱明。大梅说："姑娘呀，潘秋水的为人你早知道，无须我啰唆。他是我们村里第一号男人，他爸是有名的老实人，一家三兄弟，从来没有一句口舌花。我听你村里人说，你一直不嫁，也都是为他。秋水家现在虽然还不富裕，以后由你把家掌舵，还愁日子不热乎？"

姑娘在竹椅上踩着脚，口里啊啊地叫着，大梅立悟，连喊停轿。众人忙问什么事，她说："还不赶快松绑。"大梅是个直性子人，很快把新娘头上黑袋、口里布巾去了，松了绳子，众人一看真是山里的一颗红毛楂。

姑娘发如乌云，圆脸蛋红扑扑的，像一颗成熟了的毛楂。粗黑的眉毛下一双忽闪忽闪的大眼睛会说话，小麦色的皮肤透着青春光彩，一身合体的素服勾勒出健壮的身材。她坐在椅上哭着说："有你们这样娶媳妇的？居然把老丈母绑在树上，我以后怎么回去见爹娘。今天不给我一个说法，就是死也不会跟你们走。"说着要下轿。

大梅一巴掌堵住姑娘的嘴，把她按在座椅上："今天好日子，不许说不吉利的。"她一边说一边赔不是。

"赶快把潘秋水叫来，不然，这事没戏。"姑娘紧接着说，因为她不知自己要嫁的伴随一生一世的人究竟是不是自己日思夜想的心上人，这事必须眼见为实，绝对不能有一丝的含糊。

本是一桩喜事，事先一点商量都没有，难怪姑娘生气！

还是王廷良沉着，他走到新娘跟前一个鞠躬满脸堆笑说："我们都是秋水的好弟兄，早知道你俩有情有义，也不怪你妈想不通，谁都不会把自己的骨肉往水火塘里推。也是我们不明道理，办事忒鲁莽。今天的事一直都瞒着秋水父子，如今这事情已经到了这一步，只有你高抬贵手。家里客人都来了，也只好委屈你。日后我带着兄弟给你赔不是。"

山红心里嘀咕，王廷良的一席话说得中肯，他们也是兄弟情谊，出此下策原本是一番好意。男人是自己看中的，做得粗糙也只好原谅。如果按娘的道理走，她要和潘秋水成双成对还不知要挨到驴年马月呢？

姑娘说："既然这么说，你们叫潘秋水亲自来，我一个黄花大闺女不能平白无故自己倒上门。"

女人最怕白送上门，以后难见族人，一生抬不起头。大梅能够领会姑娘此刻的心情。

"廷良、廷元，你们赶紧去叫秋水，这事没得商量，越快越好。"

两人应声而去，众人在一僻静山坡休息。

没半个时辰，秋水和夏水兄弟赶到。两位有情人只是深情一眼，潘秋水对新娘一个鞠躬，点了点头算是打过招呼。新娘一看真是秋水，此时她知道不是说话的时候，瞪了秋水一眼心底却泛起一轮涟漪，喜在眉梢一步上轿。秋水自己抬前面，兄弟夏水在后，两人一路如飞下山直奔下溪头新房。

一切都是哥们准备好的，新娘、新郎交拜天地送入洞房。新郎敬酒毕，就是闹洞房。

农村习俗，三日新娘打堂众。不管出什么难题主家都不能计较，还得笑脸相迎，才能皆大欢喜。这个新娘来得急，又是"抢来的"，今晚闹新房玩新妇娘按常规套路不好玩也不热闹，只能别出心裁。

王廷良说："老大新婚，新娘半途而来，闹新房要新套路，今晚我们要他们各自表演拿手好戏如何？"

"不错不错，就是要花样翻新才热闹有趣。"朝明、朝林兄弟附和，大家一致叫好。

"我们都知道秋水手脚了得，平时没有机会讨教，今天闹新房先点他的将，让他露两手如何？"璋银的两个儿子善华、善根出点子。

廷元和廷良咬了一阵耳朵，他们分头去做准备。

秋水给长辈敬完酒出来，一帮弟兄蜂拥而上，把他抛得老高。秋水连忙求饶。"好兄弟有话请讲，有要求尽说，只要我秋水能做得到，说个一二三，兄弟面前，绝不含糊。"

"到底是老大，说话办事爽。"众人附和。

"听说你在外面学了一套打狗棒，我们还没有开过眼界。"

秋水一听，只要舞一路棍棒就可以过关，这有什么难的。他说："也不算什么绝活，只能给大家亮个相，不到之处，多多原谅。"

他在屋边走了一圈，从一面墙脚操起一根檵木棍做器械，下到场地拉开架式当众一揖。突然着地一棍，啪的一声震响，把众人惊得一跳。他回手一翻木棍，身子旋转三百六十度，又在半空呼啦一声，一股肃杀之风逼退众人，只见木棍或上或下，左右翻滚，越滚越快，忽然不见了人踪。眼前一个圆圆黑影在场中飘动，人们只闻呼呼风声，黑影一会儿进一会儿退，哪有人敢近前半分。正当大伙看得眼花缭乱，黑影突然消失。秋水抵住木棍一个翻身跃起，人稳稳地悬在空中，以一招眼观八方亮相。

秋水着地收势，随手打拱道："献丑。"

围观众人方回过神来，掌声如潮。

"不过瘾，再来一手，让大家多开开眼界。"

秋水一笑也不说多话，在原地转了一圈。他抬头指着屋前的那株香栾说："树顶端有一栾果，我去摘来给大家解渴如何？"

香栾树两丈来高，全树就顶梢还挂着一个栾果，金黄金黄的，大概这果子长得太高，才留到现在。这么高的树，栾果挂在最高的树梢，人站不住，刀钩不着，大家不知秋水用什么工具去摘。

好秋水不搬长梯也没用柏子刀，他在平地一挫一跃双手在树枝上着力翻身直飞树巅，脚尖在空枝上略踮借力，一个老鹰抓小鸡掠过栾果，众人看时他已落在大家面前。潘秋水把那个黄灿灿的东西一抛说"接着"。

一套动作，一气呵成。弟兄们还没有看清，那个硕大的香栾果已在廷良手中。

秋水说："新娘今日委屈，让我赔个不是，请弟兄们放我一马。"

众人让开一条路，秋水走向新房。门前黑乎乎一堆，推不开房门，不知何物阻挡，他上前一探，房门被一块大卵石堵住，知道这是兄弟们干的好事。

房门哪来大卵石？这是王氏兄弟从溪里抬来的平基石。这块卵石生得讲究，顶面凹进，体形圆滚，奇怪的是上面两侧各有耳洞，下面外侧分岔，好像三条腿，酷像一只石鼎，分量不小。平基时卵石富余，就把这香炉石留下了，想不到今晚成了蹲在新房门口的"拦路虎"。这些好兄弟，着实给他出了一道难题。此时不露一手实力，真的难见新娘。

潘秋水在象山习武，那里多的是石锁石鼎。他伸手一探，细致一摸，感觉分量比象山的还重。他围着卵石左右摸了一圈，发现两侧有孔，心里有底。

也是人逢喜事精神爽，新婚之夜给他平添了一股力量。秋水蹲下马步，踏稳双脚，两手朝耳孔里一插，吸一口气，"嗯"的一声，那石鼎一下被移出四尺，落在道地一侧。秋水搓着手推开房门。

众人吐着口舌，一溜烟跟进新房。

"新娘是灵溪丰家莲子头，要不要来一段?"有人提议。

"新娘唱一曲，也算犒劳我们把你抬到姊丈家。"有人附和。

"叮叮当，新娘唱，山歌唱得新郎笑，大家听了朝外逃。"

"你不唱，我不走，大家坐着等天亮。"

看来不亮一嗓子是难过这一关了。

新郎在一旁撺掇，其实他也想听听新媳妇的莺歌燕语，整整一天他俩还没说过一句悄悄话。

新娘牵进新房，早有准备的新衣伺候着。红色新娘服下，果然是一朵映山红，一颗红毛楂，红扑扑的神喜色亮。

秋水赶忙递过一盏热茶，她啜了一小口，甜甜一笑，一首小曲飞出歌喉。

"燕啊燕，飞上天;天门关，飞过弯;弯上麦，麦头摇;燕子飞过桥，桥上花鼓蔽;桥下新妇娇，桥上新郎舞又跳。新妇娘，真漂亮，三间茅屋宽敞敞。新郎勤，人英俊，单手擎天摘明星，送给新妇一片心，天生一对夫妻亲。"

一屋子的后生算是大开眼界，哄的一声四散而去，他们也在兑现刚才说的话。

秋水起身关好门窗，窗纸映出两个倩影，一对新人正在倾诉衷肠，他们窃窃私语，互诉相思之情。

潘家兄弟已经长大，让我们回头看看桃柳溪叶家的叶建兴他在干什么?

欲知后事如何，请听下回分解。

第七回

叶建兴初出桃柳溪
大掌柜慧眼识才俊

"铁算子"胡爷爷进学馆寻找同类，他是多么希望自己的红木算盘有人继承。他在小小的学馆目睹一个入学不久的孩童，能把一把算盘玩得如此纯熟老练，让他刮目相看，十分欣慰。叶建兴打算盘，玩算盘，自然也爱算盘。他一直想拥有属于自己的一把心爱的大算盘，但是现实告诉他，那只是他的一个美丽的梦想。"铁算子"学馆一行，爱算盘的叶建兴以自己平时所学展示了苦学后的成果。他终于遇到了伯乐馈赠的红木大算盘。这看是时来运转，其实是他几年苦练结出的果实。老话说功夫不负有心人。叶建兴起早落晏、晨练暮习，几年工夫让他的梦想一下变成了美好的现实。

叶建兴记住老人家的金玉良言，一心在家苦打盲子，听珠声，辨正误，珠算的技巧有了很大的提高。可是天不遂人愿，老父亲叶柳元经历了一场生死大变故，在桃柳溪拼力重生，几年下来，元气消耗殆尽。不觉身子骨日益亏损，体虚力乏。他一天到晚气喘吁吁，重活累活不能干，一家人日子越过越紧迫。

叶建兴一年年的长大，已经是一个青年后生，眼看着老父一日不如一日，他只读了三年再也无心上学，辍学在家一心替老父代力。一家人守着几亩薄地，只够勉强度日。以往在大树底下乘凉，什么负担都没有，现在家庭担子压在肩上，才知当家的不易。

叶建兴思忖再三，只在地里刨食，再辛苦也出息不了多少。想改变现状，只有跟别人外出做生意，不然单靠几亩薄地的出产，很难支撑这个五口之家，何况老父还在病中。

泳溪远离县城，属于东南的边远山区。农民家里有什么大小事儿，都往外县跑。虽然到坦头和到桑洲、岔路里程差不多，但到坦头是向里走，还要翻越花板桥岭、周家岭两条长长的山路。往外走只要越过不高的筋竹岭，然后经松门岭沿白溪可去象山明州一带。南出一路随清溪而行可经桑洲到海游沙柳。这里百姓的生活方式都和宁海差不多，风俗习惯也和宁海相近，连说话的口音都带着浓重的宁海腔。两县百姓，你来我往的，男婚女嫁成了很平常的事。

他同父亲商量，外出还是先往海游、宁海一路走走，在这条近路上练练手脚，看看行情再做以后的打算。走这条路还有一个好处，他可以多照看家庭，这是目前最稳妥的办法。

山区老百姓到外地多是出卖劳动力，叶建兴自然也不例外。他翻山越岭给人家挑过脚担，到大户人家打过忙月，顺溪而下和大家一起做行贩走海边。现在正是黄鱼汛期，他要去沙柳贩鱼货。沙柳街渔行遍地，不必翻大山越长岭，这是第一次外出最好的选择。

这条沿溪大道夹在两山之间，虽然路溪交叉曲折蛇行，但山形水势分外醒目。沿溪水而出，两岸有天灯盏、神马山、金钟山、石牛山、蜈蚣岭、田螺山、雨伞山，在溪岸两侧一路排开。溪水在这山坳转了十八个弯，才到他外溪的外婆湾。有几句顺口溜这样说的："桃柳溪，十八渡，渡渡踏町步。天灯来照明，神马在引路；大嵝对小嵝，金钟对石牛；雨伞罩绣球，蜈蚣吃田螺；小水过町步，大水要脱裤；若被山洪冲，打捞外湾中。"

叶建兴跟着大家走，十八渡虽在村前，以前到泳溪只走山路不走沿溪路。这是他第一次远行出门，一路而去应接不暇，自然兴奋。

都是一帮老客，一律的后生脚马，半昼就赶到了沙柳。正是黄鱼出的五月天，沙柳的渔行都是大小黄鱼。那黄鱼背侧两面黄褐，肚腹金黄，黄里呈红，闪着亮光，有的尾巴还在扇动，虽然不会活蹦乱跳，却都是刚上岸的新鲜货。

卖鱼人有句行话："黄鱼上肩，脚底朝天。"黄梅天卖鲜鱼，要赶紧走。特别是卖鲜黄鱼，只有两脚不着地快走，才能剩俩辛苦钱，不然你会鱼臭软烂，血本无归。

叶建兴和同伴一起在沙柳最大的李记渔行进货，又一起连夜赶回到桑洲宿夜，第二天一早起身赶回天台，当日就可以卖完。两天一趟，他连着走了四趟，在家休息一日。

他盘算了一下，卖出一斤鲜黄鱼能赚两个铜钱，四趟生意多了半趟本钱。叶柳元说："第一次独立外出做生意，不亏就是赚。"

四次沙柳往返，肩头已经磨麻木了，脚筋放松了，走劲也出来了，坐在家里倒觉得憋闷。眼看黄鱼汛马上结束，至少再走一次，可能也是最后一次，这次要比以前增加十斤担头，今年的黄鱼汛就可以赚到一次本金。

李记渔行在沙柳街中心，正好在十字路口交叉点上，坐北朝东南，五间门面，是这条街位置最好的店面，也是沙柳最大的渔行。李记渔行已历三代，老板姓李名正东。这位李老板四十开外，四方脸盘肤色略棕，头戴一顶六合瓜皮帽，三绺短须，他着一件蓝缎长袍，一副文绉绉的样子。李老板不像土财主更像一位儒生，经营海产已有二十余年，很有经验。他生意做得活，外销拓得宽，只要是有信誉的老客户，他都会给予一定的优惠，所以客源广行贩多，生意火红。他在沙柳，虽然是最大的渔行，却从不与人斤斤计较，在行贩中信誉卓著，渔行经营得有口皆碑。

听说李记渔行店大信誉好，叶建兴就一直在那里进货。这次担头重，整整一百斤，走得一样轻松。他已经练出了劲，肩上百斤黄鱼，一根不大的毛竹扁担一上一下地有节奏地起伏，好像一只展翅的蝴蝶在路上飞舞。他脚下有力，走得轻快，直投北去。

这次返回他仍旧在桑洲宿夜，付晚餐时发现钱多了。带出门的钱他是数了两遍的，付了鱼款所剩应该不多，那一定是渔行少收了钱。他借了饭店的算盘打了一遍，多了好几十个铜钱。这钱怎么会多出来？叶建兴把两笔账一比又反转重算，原来不是渔行打错了算盘而是把大小黄鱼的斤两和价格算调了。

他记起了圣人的告诫："言不信者，行不果。""人背信则名不达"。数字不是很大，但账目明来明去，必须清楚无误。他觉得赚自己的辛苦钱心里踏实。老板很讲信誉，做行贩的信誉一样重要。这笔钱虽然不多，一样是来路不明之财，他不能要。

桑洲沙柳有几十里路，叶建兴挑着百斤重担返回沙柳。同伴问他这么晚了去干什么？叶建兴说鱼账算错了，渔行少收了钱。同伴说："你去沙柳送钱？"他说："大家都是生意人，买卖公平，赚钱要靠自己。"那些人说："你傻不傻，别人等不得有外快进账，你却去当傻里傻气的正人君子？当真不要就分给我们几个好了，何必还要挑着重担长夜走那么远路去讨辛苦。何况这一走，还耽误你明天的生意。"

叶建兴只当没有听见同伴的规劝，他挑起担子出门，快步前行，一个时辰赶回沙柳李记渔行。

李记渔行已经关门，东面一间还亮着灯，老板和账房正在店后结账。叶建兴叫开店门，老板看到后生行贩一脸汗水，外衣都湿了。他不知道这个年轻人长夜把黄鱼挑回渔行是为啥？

"后生，都半夜了，你回来有事？"李老板看着建兴的黄鱼担好奇地问。

叶建兴把白天鱼账错款的事说了一遍，他说："我买五十二斤半大黄鱼，四十八斤小黄鱼，一共一百零半斤，付宿夜钱时发现自己多了三十四个铜钱。我在宿店细算了一遍，这些钱刚好是大黄鱼和小黄鱼结反的款，我是来送这笔错款钱的。"

李老板一惊，他们结账时并没有发现少收了谁的鱼款。做肩头挑的小生意，偶然遇到这样的错款那也是天上掉下的馅饼，这是一笔意外的收入，这是老天优待自己呢。这小青年却挑着百斤重担往返几十里回来送三十四个错款？老板一脸的惊愕。

李老板一下想起什么来了，他对这位行贩说："先生忙着轧账。噢，你说在饭店对过账，还打过算盘？"李老板对叶建兴的话很有兴趣。

"学过几天。"叶建兴说得很诚恳，也很自信。

"我这里有算盘，要不你再算一遍？我也不好轻易多收行贩的钱。"老板把自己的算盘移到建兴面前，他要看看这个长途贩鱼后生肩头外的真功夫。

叶建兴拿起算盘在空中一甩，轻轻地放在前面，三个手指灵巧地在算盘上跳跃，一阵清亮的脆响过后，他是把大黄鱼和小黄鱼的单价换转来算，两笔账相加是三十三个半铜钱。

"老板没错。是你们把大小黄鱼价格结错了，少收了三十四个铜钱。"叶建兴把三十四个铜钱放在老板面前，起身告辞。

李记老板一看，自己的账房打算盘都没有这么利索。这个小伙子不但算盘一遍清，动作稳重而且十分坦诚，没有一点做作。他一把拉住叶建兴到里间坐下，亲自倒一杯香茗端到他面前深情地说："小伙子不急，不急。先喝口水解渴。你既然返回沙柳，回去也不差这一刻，我们好好聊聊。这是天上掉下来的馅饼，别人求之不得。即使是我们算错的账，也不知错给了谁，你为什么不要，还要挑着百斤重担来回走？"

"君子爱财，取之有道。不是我的，受之有愧。"叶建兴说得很坦诚。

老板仔细打量了眼前的这个年轻人，身高体强，一脸的正气，他在心里称嘉。李老板说："你读了几年书，为什么还要干上磨肩头、下磨脚底这样的苦活？"

叶建兴把自己家境简略地说了个大概道："用自己的辛苦换来的钱花着安心。"他说出自己的心里话。

"噢，原来你是这么想的，正人君子，难得，难得哪！"李老板拍着他的肩头夸这个年轻人。"今天这么晚了，你也不用回桑洲去，我这里有现成客房，你去洗涮一下，就在这里住一宿。明天桑洲有一大户办喜事，在我这里订了一担黄鱼，你把这担黄鱼送去给他们，然后在我这里重新挑一担新鲜的回去。以后你要什么海货，咸的、鲜的我这里都有，要多少尽管挑。我再给你一个优惠，还可以等你卖完了再过来结账。"

"天下哪有这么大的好事？"叶建兴在肚里想。他对老板说："谢谢老板一片好意，我回去与大人商量了再说。"

"不急。应该的，是要与父母商量商量。"

第三天卖完黄鱼，叶建兴回到家。叶柳元问道："出什么事了，别人第二担去了，你怎么才回来？出了什么意外？"

叶建兴把错款事情的经过细细地说了一遍。老头子说："原来是这么一回事。儿子呀，你做得对。我们虽穷，但不能没有骨气。白来钿财不做肉，不该拿的绝不能要！"

这是叶建兴第一次做生意，一个黄鱼汛叶建兴本钱翻倍，他带着两个后生去担鱼货，在泳溪街摆了个咸鱼摊，叫父亲守店，他自己进山里卖。

鱼摊摆出了，叶建兴第一件事就是去拜访"铁算子"胡爷爷，他带着最好最大的两把黄鱼鲞登门。

"铁算子"几年不见小九九，见他在泳溪街摆摊卖鱼，深感可惜。他自语道："穷哪，一根桁料操成椽。"他拍拍建兴肩头，"也罢，生意场上也会有蛟龙，以后泳溪街就靠你们年轻人兴旺发达。"

第二年，李记老板叫叶建兴开店，所有鲜鱼、咸鱼送货上门，他只要定期去沙柳结账就可。

泳溪街不长，是天台东南门户，明州至越州驿道的必经之路，宁海王爱一带山民也到这里采购生活、生产用品。

一条泳溪街，商铺林立，只要别的市镇有的，这里一样不缺。叶建兴的咸鱼铺因为货新鲜，价公道，生意特别好。第三年把原来的单间铺面扩展到两开间，自己做掌柜也当账房，生意做得风生水起。

他一次到沙柳结账，李记账房试探着问他说："后生，我们交往了一年多，我还不知道你姓甚名谁，家住哪里？父母可健，老婆哪里人，孩子多大了？"叶建兴见账房与他聊家事，他叹了一口气说："只因父母欠安，一家五口生活艰难，所以放弃学业务农经商。现在忙着立业，还没有精力和财力考虑成家。老婆还在丈母娘脚肚子里，哪有孩子？"说完一个苦笑。

账房笑嘻嘻地说："噢，原来还是单身。哎，你也不要叹气，我给你做个现成媒怎么样？"建兴以为账房和他说笑，只是默默地听着。账房看出他的疑惑接着说："我们东家老板有一姑娘，生得华丽，今年二九，比你小四岁，我看老板也中意你，我给你做个现成媒如何？"

"婚姻大事，需得回过家父方可。"叶建兴不知老板有女儿，事出突然，这门婚事虽然求之不得，但也不敢信口答应。

"应该应该，婚姻大事，必得父母之命。我们十天为期。"账房看建兴办事老成周到，重大事情不轻易应允，而且每逢大事不自作主张，信口开河，心想老板真有眼光。

回到桃柳溪，建兴把李记账房做媒的事给父母说了，两位老人齐说："账房先生是受人之托，渔行老板更是爱才加加。既然如此，我们就请一位德高望重的长辈前去撮合。"

女方远在沙柳，又是当地大户人家，地方有名商家，这个媒人也需德高望重才好。叶家没有亲人，哪怕是远房的叔叔伯伯，这媒人的角色谁来担当？

建兴说："除了二老，最关心我的只有泳溪街'铁算子'胡爷爷，他若能替我走一趟准行。可是胡爷爷年事已高，又要远路跋涉，实在难以启齿。"

叶柳元说："我去泳溪街走一趟，探探口风再作道理。"

一桩婚事天作成，有这样的美事，叶柳元一说，"铁算子"一口答应："建兴有今天，这是天意，也是他的福分。君子能成人之美，今天建兴有这样的好事，老汉我义不容辞，这个月老我做定了。"

"铁算子"带着年庚八字骑着毛驴去沙柳走了一趟。

李老板听账房说了叶建兴的家事，对他更是喜爱有加。他对账房说："三十年河东，三十年河西，富贵贫贱都是自己造就。这个年轻人，以后一定会出息，我们等吧。"两人正在聊着，一个伙计进门来报："老板，门口来了位老爷子，他说从泳溪来，和你有要事商谈。"

"快快有请。"李老板听说泳溪来人，起身一同出来。

李老板把胡老爷子接进客堂，两人议论叶建兴。

"建兴从小忠厚而不笨拙，好学而又勤奋。为了一家人，他放弃学业去帮助父亲种地，这样的青年人真是百里挑一，十分难得。""铁算子"对李老板说出自己对叶建兴的感受。

"做生意追求最大的利润，许多人为了赚钱，可以不顾一切，干出最卑鄙最龌龊的勾当，甚至为财害命。他能从余钱中发现有错，挑着重担返回来送还，这不光是口头说说而已，并能马上付诸行动，唯恐别人着急，这不是人人都会做的小事。他可算个心地善良，路不拾遗的真君子。这样的人办事可以放心，这样的人可以依靠一生。"李老板说的也是心里话。

两位老人把双方的年庚八字一拼，胡老爷子说："男生庚午年乙丑日丙寅时，是一匹早出骏马，只是马行需水，得要天降雨露滋润，方能千里万里一路奔腾。女生甲戌年丁卯月壬申时，是一只晚出的犬，晚犬是守家之犬，正是看家守家的一把手。犬命五行属金，金可为水，亦可补水。快马润水，如舟行江心，顺风顺水而下，可日行千里。八字里面，虎、马、狗为和合好爱之局。俗话说：马狗合婚，不用媒人；马狗匹配，福、禄、寿、丁、畜、谷六富跟随。李老板，这桩婚事，乃是天作之合，大吉大利之大喜。"

女婿原是自己选择，如今听胡老爷子这么一合，自然欣喜有加，十分满意。

叶、李两家联姻已成，李正东回到府上把为女儿择婿喜事告诉夫人，让她也一起高兴。夫人听说女婿隔着宁海，远在天台山区，把个独生女送得那么远，若是想她了看都看不见，走也走不到，心里老大不高兴。她对李正东说："囡是娘的贴身衣，你把我的说话人丢到山坑角落去，我以后去靠什么人！"说罢眼泪一把把地流。

李正东为自己唯一的女儿找了个好女婿正在兴头上，没有料到老伴会有这一着。他只好安慰道："以前我和你说起一个行贩挑着百来斤重担，长夜走几十里从桑洲赶回沙柳，只为了退我们算错的三十四个钱。当时你一口一个好后生，一口一个诚实人，还说什么不知谁家姑娘有福分，能嫁给这么个好人。也是你提醒，说我们家的燕飞还没有许人，不知我老李家有没有这个福分。后来我对他的了解越来越清楚，就把这好事托付给账房先生，如今眼看男婚女嫁好事成双，你倒反而一把鼻涕一把眼泪说话不算数！"

李正东俩老说话间，女儿来给父母请安。

李正东一子一女，儿子李守业已经长大，能帮助父亲料理一些业务。女儿李燕飞生得清秀可人，又知书达礼，女红针黹无不精通。父母视她为掌上明珠。她头上绾一个桃心结，髻顶饰着珠宝翠玉，穿三领窄袖紫绿花冠长衫，系一条浅色百褶裙，腰上一根绸带袅袅而来。虽已到出嫁年龄，因为父母宠爱，加之没有物色到如意后生，一直待字闺中，与父母作伴，承欢膝下。

她一天三次请安，刚走到门口，听到父亲在安慰母亲，细听原来是说自己的婚事。她赶快走进去给老娘擦眼泪，轻轻地捶背。她对娘说："娘，儿女婚事原是父母做主，既然父亲把女儿亲事定了，一定细细考较过，我也听你多次称赞过。娘，女儿的身体是你给，女儿的命是天定，只要女儿后来幸福，远即是近。既然你们都说过他好，路再远，女儿我也只能认命。女儿我如今最大的心愿，就是您二老福体安康，长命百岁。"

李燕飞的一番话把李夫人说得破涕为笑，她对燕飞说："囡啊，娘就是舍不得你远离膝下，和你早晚有个商量。其实两地快马不用半天，比我妹妹嫁得近多了。"

李正东看到老伴心结解开，就对夫人说："你说只有一个女儿，我何尝不是。我李氏就他姐弟俩，我是手心手背都是肉，这个家好歹也有她的一份。听说女婿要建新房，你看我们要不要帮一把。"李正东十分了解老伴的脾气，没有她的首肯，最香燥最鲜爽的美味都不会给你尝一口。他得把自己心里的打算露出一点口风，摸下老伴心里的底牌。不然的话，他怕她又会和他唱对台戏，闹得不可开交。

"女婿半子之辈，他要造新房，我们哪能袖手旁观。我们一定要帮，还要大帮。一切由你做主，只管去办好了。说不定以后有机会我们也会去那里住个十天半月的，你说是吧？"李夫人一窍开通倒比丈夫还大方。

"夫人有此美意，老汉我照办不误。"李正东好像得了将令，在一旁乐得笑哈哈。

为了在桃柳溪建造新房，叶建兴特地走了一趟沙柳。他从来没有造过新房，没有建房经验，也不知造什么式样，想听听岳父的意见。

李正东把自己的建房意思告诉叶建兴，要他找一块好地方，在桃柳溪建一栋独家大宅院，如有困难，他来兜底。

有了岳父家的力挺，叶建兴把原来的四合院扩建为三退九明堂，外加一个后花园。

他到县城考察了唯一的赵家台门，这是县内古老的官宦府第，深院高宅，宽敞明亮，屋顶雕梁画栋，气宇轩昂。堂屋六扇排门，上下花板人物全都镂空雕刻，分别展示一种情境；中间花窗是配套的一根藤，内嵌梅兰竹菊，尽显清雅文静。条子内暗藏展翅蝙蝠、回头奔鹿，昭示福禄齐全。又去周边几个大地方考察床笫样式，把这些顶尖工艺作为桃柳溪建造叶宅的蓝本。

诸事顺顺当当，叶建兴请高人择取吉日，破土动工建新房，准备娶亲大事。

说也奇怪，叶建兴大兴土木，叶家生意越做越红火，很快在坦头和县城又开了新门面。村里百姓说："石头碰着石头堆，好人自有富人配，这小子不知哪辈子修的福分，这生世如此顺利发达。"

叶建兴得到岳父一手扶植，在桃柳溪放开手脚大干。

欲知后事如何，请听下回分解。

第八回

渔行囡远嫁苍山下
李老板品尝山海宴

听说叶建兴要建新房，李家对这个毛脚女婿①视若亲子，他们要出资助一把。李老板对叶建兴说："吩咐伙计经营好店面，鲜咸鱼货都由这里按时发送，你安心造房，别耽误了良辰吉日。"

李老板一子一女，儿子已经接管渔行生意，女儿是太太心头肉，如今要远嫁天台，唯恐委屈了她，夫妻俩再三吩咐叶建兴，地基要高燥开阔，东面有活水流经，西边有大道贯通。南面淤池种荷播莲，背靠山丘可依可傍。女儿爱花爱草，宅邸左植花树，右插红叶，前有槐、桂、灵，后种橘、竹、椿。这样才会人丁兴旺，财源通达，富贵长存。

按照岳父、岳母吩咐要求，叶建兴在桃柳溪畔择地平基大兴土木。泥水、木匠、石匠、雕花、油漆一齐动工，近百的匠人足足干了一年零三个月大院子才告落成。这座新宅三退九明堂，一退一天井，井井都是一正两厢的四合院。

第一井正面东西两侧各设一个门头，门头外各置一对福禄石鼓。东侧大门朝南，远处是一派起伏连绵的锦绣山岭，门额上题着"南山拱秀"，西侧门头前是一片高坡，上层松林，虬枝屈曲，从上往下向左右伸展。下层是密密的竹林，翠叶浓绿，风起处，竹浪滚滚，松涛阵阵。门额题着"松苞竹茂"，各与前景呼应。进门两侧是宽阔过道，直通三井。屋前三丈是一丘浅水池塘，菱叶贴着水面，荷花占领空间，各据一方，自成一体。屋后引入一支砩水绕宅一

---

① 毛脚女婿，天台人对已经订婚尚未过门的女婿称呼。

周，暗流入溪。另有一栋三间二层小阁，独立在后院的绿荫丛中，场面不大，却玲珑精巧，这是给府上千金预留的闺房。偏右一座水榭临潭而建，三面紫竹环绕，清静幽雅，别致宽敞，是闲坐休憩和抚琴听泉的好去所。

三退九明堂正屋高大宽敞，一井比一井高。最后井正屋三丈点栋。中央明堂，丈六开间，三八一四进深，六扇棋盘门一式的黄花梨木制作，精致考究。门腰之上饰配花瓶插戟软条，四蝠（福）捧寿、鲤跃龙门、双鹿回首之类的木雕图案被一根藤缠绕，制作精美气派；三方窗户中心有鸳鸯戏水、百鸟朝凤、早得贵子图案。周围镶配四盘一羹，五角鸾鼎，六方并格的硬条。所有门窗，只要开启，都能自动发出不同的高低响声，若有生人进门主人马上知晓。

东西两侧厢房丈四开间，三八一四进深，房屋宽敞高大，室内一列的石板走地，五福捧寿榉木软条窗，晶亮映人。

天台人说一个郎，一张床。男孩一出生，父母就要为他准备一张新床。天台眠床，式样繁多。凉床木床，暖床七帐床，有简有繁。叶建兴的新房在正屋东首，习惯称为大房间。一张三进红木七帐大床。第一进前面的装饰翻献直矗天花板，整床高大宽敞，装饰豪华绚丽。这是聘请本地最好的细木师傅四出采样再经改造建成。

这张床分前后三进，要用七幅大小不等的帐帘，是名副其实的七帐床。

第一进是挂外套、衣帽置鞋靴的地方。上面的三道雕花软条罩檐，被两侧落地式的月牙软条窗直顶天花板。中间高大拱门，用软条盘出两只展翅飞舞的蝙蝠，两端花窗软条是旁倚一侧的桂树，暗示卧榻之主是福贵之人。

第二进是供主人休息小憩暂坐之处，一道起居宽敞的歇息处。拱门比前道略低，两侧纱窗呈心形，两只蝴蝶围着一柄如意飞，象征夫妻心心相印，事事如意。

第三进才是卧床，床外一端是置替换衣物的开面箱，箱面上安放照明风灯之类的床前用品。一端密置应急盖桶，一串檀香绣囊悬于一旁，芳香四溢。床里侧设置外挂壁柜，叠放四季被褥。拱门水口软条上端一对鸳鸯，交颈戏水，栩栩如生。左右纱窗连着水口像十五月亮平地而起，纱窗万字软条的边各有一株石榴，上额倒挂一串枝叶，成熟的金樱裂开口子，绽出六角形果实，粒粒鲜红剔透。雕刻的图案取夫妻恩爱，形影不离，多子多福之意。

三进纱窗水口，都有不同风格的牛腿支撑着上层重量。第一进牛腿是两员门神大将。秦琼、尉迟恭守住第一道关，卫家宅、保平安；第二进是一对倒悬辟邪，驱邪避恶、除害利禄；第三道是一对悬挂麒麟，送子降吉祥。七道帐帘由浅渐深，步步引人睡意，可谓青出于蓝而胜于蓝。走遍附近三州，没有第二。

吉日择在八月十六。叶建兴刚办完进新屋喜事接着又办娶媳婚事，他父亲喜得合不拢嘴，没想到自己遭遇灭顶之灾后，居然还有如此福分。

外孙娶亲，叶柳元把外溪岳父、岳母早早接到家里，叶建兴把大姑、小姑，两个舅家，两个姨母也在五天前请来。这些都是叶家老亲，算是坐客，在小辈大喜日子，都要提前来庆贺。一干的远近表亲，能起身的也早日赶来。三天前叶建兴把大媒人胡爷爷、启蒙先生一并请来上坐。叶家前后三井新屋，间间客房，住满宾客。

叶家从来没有这样热闹过，更没有如此大的排场。

五天之前，桃柳溪的男人女人都来帮忙，布置新房，打扫场地，洗碗刷盏，擦拭镴器，炖茶烧汤，热酒炒菜做饭，磨豆腐，烘香干，煎炒油泡，都要人手。坐客一到，宰了一口猪，一腔羊。十五日大厨进门，一头牛游山小狗牛，猪羊鸡鸭鹅，全部宰倒。喜宴上的海参、鱼胶、鱼翅、鲍鱼、干贝、青蟹、对虾、鲜蛏、香螺、牡蛎、金枪鱼、鳕鱼、秋刀鱼、鲻鱼、马鲛鱼、黄花鱼、斑石鲷、鲳鱼、墨鱼等海鲜都从沙柳直接发来。菜肴从十六碗开始，日日增加，天天不一样，餐餐换新鲜。

沙柳到桃柳溪，足足六十里。为了赶进门的时辰，送亲队伍十五日子时出发。新娘由伴娘扶持下楼，站立在红毯之中，母女抱头惜别，诉不尽的别绪愁思，说不完的悄悄话；父亲给她盖上大红丝巾，兄弟把新娘抱上婚车，熙熙攘攘的送亲车队就此启程。李府婚车一路颠簸，他们要在寅时赶到桑洲。李记老板是沙柳鱼商的头面人物，女婿是自己看中的才俊，一向聪慧贴心的独生女儿出嫁，风光自然不在话下。家具、厨具、餐具、桶具、农具统统齐全；车、轿、马、牛，丫鬟使唤，前后簇拥；箱笼抬杠，金器银器、铜器锡器，裸露的，装匣的，大小配套，晶亮夺目。浩浩荡荡的十里红装，羡煞旁人。一路鸣锣开道，吹吹打打，潇潇洒洒向桃柳溪进发。

沙柳鱼商李老板嫁囡，一时轰动三县。

十六日子时，桃柳溪迎亲队伍如期出发，寅时赶到桑洲，正好新娘车驾到。兄弟把新娘抱上轿，八抬大轿稳稳起杠，新郎骑马领先，新娘要在辰初进门。两班轿夫轮流抬杠，执事仪仗鸣锣开道。桃柳溪人接过嫁妆跟在后面，送亲的骑马上前跟进，十里红装殿后。一路灯笼火把响器齐鸣，沿途百姓搓着惺忪睡眼出来看热闹。

这大山深处几时见过这样风光的排场！

红地毯从桃柳溪村口铺到新房，叶宅门前搭了彩牌。大红灯笼高高挂起，两侧彩旗四面招展，旗上飘带在晨曦中哗哗作响。两个伴娘搀扶新娘出轿，新郎抱起新娘踏着红毯跨越象征从此红红火火的炭盆进门，迈过门口示意一路劳顿开始平平安安生活的马鞍，新娘被新郎抱入新房小憩。

随后一起进入大堂，举行隆重的拜天地仪式。

司仪由叶建兴的同窗陈立国担任。婚礼仪式在后井中堂举行，巨幅喜字悬中，两侧是建兴启蒙先生写的应景对联。四盏大红灯笼高挂中堂两侧，红烛高烧，一片红亮欢乐声充满厅堂。

"新郎、新娘各就各位。"司仪高唱。

新娘一身大红凤飞凰舞绣衣，头戴凤冠霞帔，红纱盖面，从左首由两个伴娘扶出，新郎也是乌纱绛袍的绣花红礼服，从右首由两个童男牵入。

"一拜天地"，随着司仪的声音，新婚夫妇面南跪拜天地；

"二拜高堂"，叶柳元两老一左一右坐在太师椅上承受新人跪拜。两位老人红光闪耀，喜气洋洋；

"夫妻对拜"，新郎、新娘相互对拜；

"送入洞房"。

一根大红同心结交到新郎、新娘手中，两人各执一端，新娘由贴身伴娘引道向前。

新郎把新娘牵入洞房，长辈二人，一人端着贺喜汤的和合桶盘，一人把这碗贺喜汤分别给新郎、新娘各喝一口，意为从此夫妇和和气气，秉心一同，发家致富。一会又端来两碗海参羹给新郎、新娘垫底。这是老辈人传统，新婚大喜之日，新娘被围在众人之中，从娘家起身，要坐足足一天，喝了海参羹，又耐饥又不需中途离席。

天井搭起遮阳棚，新娘、伴娘和伴姑在新房开席，送亲挚客长辈在中堂东一①座席，余下的送亲人在中堂东一下方就座。娘舅家长辈在西一座席。其余亲朋客人都在两侧中堂入席，村里客在前两个天井的正屋和两侧的三个中堂入座。

婚宴正席的喜宴是苍山脚下和宁海王爱桑洲一样的二十八碗。四方八仙桌一侧是南瓜子、西瓜子、核桃、香榧，一侧是橘子、苹果、香梨、葡萄。中间八盘上席，莲子、海参、小狗牛肉、鲳鱼、排骨、海蜇、肚片、蛏子。开席以后，肉丸、黄鱼、猪肝、鳗鲞、全鸡、对虾、三菇、鱼胶、炖蹄、青蟹、羊肉、甲鱼二十道水陆大菜如蜻蜓咬尾巴一样上席。自酿红曲糯米酒，现捣松花青馍糍敞开吃。

酒过三巡，菜上一半，新郎、新娘开始给客人敬酒。喜宴敬酒有一定规矩，不能乱套更不能随意。婚宴上最尊贵席位称为东一座，在正堂东侧的第一桌东面上座。这个座位不管送亲来客中有长辈人，但坐东一桌的首席是新妇娘的兄弟，他是代表新媳妇的父母，第一个敬的是新郎的大舅哥。第二个敬的是坐在东一对面的西一座。这个西一是送亲中辈分最长的一位，而后再敬东二和西二，然后才是上首东侧客和上首西侧客，最后敬下首西和下首东的陪酒客。远道而来的送亲客是新客，新郎、新娘要两人同执酒壶斟酒，口中说道，"客人慢用"。新郎、新娘给送亲客敬酒只要礼到礼全即可。敬完东一侧的送亲客再敬西一席。西一都是娘舅家人，这都是客席，外甥娶媳妇，外婆家的客人自然欢天喜地。但是对客人敬酒一样不能马虎，如果敬错了次序，或者动作粗鲁，客人以为这是有意怠慢瞧他不起，轻的不吃不喝以视无声抗议，挑剔的会拂袖而去，严重的拍桌翻凳大吵大闹，弄得男方下不了台。敬酒出现这样的场面都是早先已有嫌隙未了，趁机在婚宴上给对方难堪。平常婚宴上新郎、新娘给客人敬酒大多只是意思一下，礼数到了就好，新人轻松过关。

送亲的客人还没有敬遍，天井两侧的村里客已经散得稀稀拉拉。

新郎走进东首中堂，这里是"铁算子"胡爷爷和当年的启蒙先生，新郎给二位长辈先后敬酒，再敬早年的同窗好友，新郎生意场上的搭伙人。除了胡爷爷和书房先生几位，都是叶建兴一起长大的同年，这里才是敬酒最为热闹的席位。一位同窗有这样大喜的日子，年轻人都要发飙一会，尤其是无例外的同窗

① 东一，从大堂进门，东边（右边）的一列席面称为东一位，东一位的东一席是专座，是整个席面中的首席。

和朋友。这些人有的是真心佩服，有的是羡慕，有的是庆贺，也有个别不服和嫉妒，在这难得的敬酒场面都会露出点端倪。

当年和叶建兴同坐一桌的蒋光廷起身，他酒已八分，说话口齿含糊。

"同——同年，当——当——当年我们是同一桌的盆（朋）——盆（朋）友，好吃的我——我都给你——留——留一手。今天是你的大——大喜日，我们不醉不——休。我斟——斟酒，你喝——不喝？"

当年同窗同桌敬酒，哪有不喝的道理？

"三年同窗，情深似海，我先敬你一杯。"叶建兴把自己的酒杯斟满举在他前面说，"我先干为敬，你随意好了。"看着这位同窗已有几分醉意，心里高兴，让他只意思一下即可。

"好，果然是——是同窗情——情深。我也一———一口清。"他一举手，咕咚一声把酒倒进喉管。

"现在我——我敬你，你也要一———一口清——清。这才是同——同窗情谊深。"

"没问题，三年同窗敬的酒，我一定一口清。"叶建兴酒量不大，他想一杯酒总是可以对付的。

这位同窗说："我只斟——斟一次，不论多——多少，你都得——得喝——喝完，一滴——滴都不——不剩！然后我——也喝——喝这么多的。谁不喝——完，谁就是这样（他用右手在前面做了个狗爬的动作）从桌——桌下钻——钻出去。"他的不雅动作和连篇的酒话，叶建兴也没在意，酒喝多了，这个样子不少见。

大家手中都是小酒器，不会超过二两。

"没问题。"建兴一口答应。

喝喜酒赌量，不算稀奇，和新郎赌酒也是为了热闹气氛，很多人围了过来。

"酒——酒来。"蒋光廷一声喊，行堂的马上拎过一把大镴挈。

"拿大——大碗来。"

"大家一起喝，才有劲。"看到十口空碗，有人在猜测。

这位同窗把酒碗按四三二一叠起，拎起大镴挈不停地把上面的第一碗倒满，然后满出的酒流入下面两个碗，再满入下面三个，直到最下面的四碗全部倒满，五斤镴挈里滴酒不剩。

"建——建兴，这是我——敬你——的酒，请——请！"

众人哗然，就是一滴未沾，能把一镴挈酒喝光，能有几人？

这不是给新郎难堪吗？

建兴现在明白了，这个同窗同桌蒋光廷为什么要来这一出。

蒋光廷原来家境不错，读书时看建兴努力用心，被先生和同窗夸赞，又拿了很多奖品，很是羡慕，他也想做个有出息的。可是他从小被父母惯着，做什么事情都是鸡屙落地当时热——没有常性，他不知人家背后花了多少苦功才有这成就。后来父母亡故，好吃懒做的他没几年就把上辈一世辛苦留下的积蓄挥霍殆尽，家道败落。看到建兴又开咸货行，又造新房，认为他财运好，全靠老板赏识，心中愤愤不平，今天到这里来有意给新郎一点难堪，泄泄怨气。

建兴了解这位同窗，既然是客，场面上要晾得过去，给他一个台阶下。他明白做生意"人情通达即钱财"的道理。红脸容易白脸难，乡里乡亲的抬头不见低头见，何必与醉汉一般见识。

他端起上面的一碗酒，对蒋光廷说："还是那句话，三年同窗，情深如海，今天你是我的贵客，你敬的酒我不能一点不喝。我们是从小一起长大的发小，是脚碰脚的朋友，喝一盏与你同喜。还有一包红鸡子，权作伴手礼。"叶建兴双手捧起酒碗，在中间转了一圈说："别辜负了好酒，有兴趣的朋友一起来，我们把它干了。"同在围观的朋友都知道这是为难新郎，就一人一碗一起把酒干了。

"铁算子"和私塾先生两人见建兴如此大度，竖起拇指称赞，一堂的围观者说建兴仗义。只有这位蒋光廷，借着三分酒醉装疯卖傻，被众人嗤笑，脸红得像个刚出膛的猪肺。

俗话说三日新妇打堂众。新媳妇好做，闹新房难熬。别人怎么闹，谁都不能生气不能恼，还要满脸堆笑。

洞房里挤满了小孩和青年，有男有女。这些闹新房的人分成两拨。坐在新娘周围的是叶建兴亲朋好友的妻子或闺女，她们是受命保护新娘不受侵犯和解围的。男的是来玩新娘的，他们起哄、尖叫，早早地就把新房里能搬走的东西抢个精光。这些东西都要新妇娘拿红鸡子去兑换，一路的和新娘讨价还价。东西抢光了，想出种种方法给她出难题，做不到用红鸡子去摆平。有经验的让新郎躲得远远的减少麻烦。孩子们凑热闹，一个劲地叫喊。酒气、汗气、污秽气充斥整个新房。好在新娘多的是红鸡蛋，都能应付过去。直到外面摆夜宵，新房的人才逐渐散完。

第三日老丈人老娘舅^①小姨子，嫡亲叔伯来望三日，女婿家要办最体面的宴席招待。男方的亲份都要拔厨。叶建兴没有亲叔伯兄弟，只有碗来篮去的邻居。今天来了娘家人望三日，给客人拔厨上点心也都是左邻右舍。拔厨的点心大多是糯米粉丸、炒面干、肉丸麦饼等天台小吃。叶家人缘好，建兴和邻舍亲密无间，老丈人来探望女儿，与他一起走沙柳的邻居用"五虎擒羊"拔厨。五虎擒羊讲究的是品位，是格调。五盘菜肴用料顶，加工精。所用肉片是蹄髈切成，再用蒜泥爆烩，肉香四溢又美味。肉丸糕用前夹心的纯精剁成，然后在蒸锅里成型再切条。鸡子调味后搅打均匀蒸成蛋糕，猪肝香卤切薄共四大盘。还有一大盘精肉丝、香干丝、豆芽丝、香菇丝、嫩笋丝、芥菜丝、萝卜丝等爆炒后再用经高汤煮成的粉丝烩成的拌馔，红绿黄白色彩缤纷，鲜爽脆嫩。最后用大品碗扣出的现剁现揭麦饼旦热热咯咯的由客人自己包着吃。这道五虎擒羊带着麦粉的芳香和馅料的鲜香扑鼻而来。五虎擒羊货真价实，制作精美，比饺饼筒档次更高，天台人只接待第一次登门的贵客。

老丈人第一次远道探望女儿女婿，是岳父又是恩人，叶建兴从县城请来最好的厨师，办了一席赵家皇室流出的客宴——天台版御宴——"十六会馔"。

席间，岳父对建兴说："天台点心'五虎擒羊'可算地方粉食中的翘楚，比三门做的麦饺作料更精，香味更足。进口绵柔，内里糯软鲜爽，特别是用蒜泥爆烩的猪蹄片，把五虎擒羊的美味提高了一个档次，其他地方粉食没有这里的高雅上品位。"

"天台十六会馔是仿南宋皇家御宴制作。四道水果就不是泛泛之辈。橘子要黄岩产的本地早，皮色红润，个子扁圆，大小匀称，囊甜汁多；甘蔗是塘西丁山湖来的，松脆爽口，甜不钻心。还有烟台的苹果、莱阳的梨，味美甘鲜，酸味适度。这些南北鲜果各有特色，很上档次。"

"四盘坚果中的榛子产自北方，皮薄肉松，饱满香醇。天台高山板栗甜甜糯糯，枫桥香榧松脆脱皮有异香。都是剥果中的精品。"

---

① 老娘舅，女婿对老婆兄弟的称呼，俗称冷饭舅。连冷饭都可以随吃的一定是自家人。

"甜食、咸食恰到好处，点心过夹风味独特，蒸糕热茶，天台味浓。特别是苍山大智茶，用石梁山泉煮泡，入口风味独特，好似云雾滋润心田，有去腻清心提神作用，回味绵长。"

"冰糖燕窝、北山甜羊肉、香卤小狗牛、瓦罐老鸭煲、三鲜蹄筋羹、脆皮烧鸡块、百合莲子银耳羹、山楂炖蹄髈、蟹黄八珍菇，出自山野之间，有荤有素，甜咸搭配，肥不腻口，本味不变，实在难得。"

李正东说："我住海边，在海游干海鲜渔行一辈子，吃遍四季时鲜的鱼虾鳗鳖，浅滩深海的名贵珍品，今天上席的海货我都认真辨味，蚝油焖海参、三丝鱼翅羹、花胶炖全鸭、串味红烧鲍鱼、竹荪干贝羹、香糯无骨鸭掌、清凉岩衣胶冻、虾籽扒鱼唇八个宫廷菜，风味独特，非一般饭店可比。特别是用这里放山吃百草的山羊精制的肥而不腻，甜却爽口的羊肉羹，卤制嫩滑鲜香的小黄牛肉让客人闻香生津，回味无穷。'天台十六会馔'果然不是浪得虚名。"

远路而来的李正东一行在桃柳溪女婿家住了一宿，他饱尝了天台美食，对叶建兴的新宅从选址到内外配套都十分满意，虽然桃柳溪地处山区，但这里的风光风物是沙柳无法比拟的。第二天回到老家，他把自己的感受和老伴细细地唠叨了半天。他说："天台山好水好，住宅大气，清净幽雅，地方的美食更让你喜吃粉食的难忘。有机会我们到女儿家住上十天半月，说不定你更爱那里的青山绿水呢。"老伴听丈夫这么说，过去的担忧和不安一下子全被扫地出门了。她笑着回话道："等儿子把渔行的担子全担当起来，我们一起到女儿家养老。"

沙柳李家千金远嫁桃柳溪，一年之后我们的女主角就要在叶家出世，叶家之女她的特别之处，自是与众不同。

欲知后事如何，请听下回分解。

第九回

米鱼精转世下凡尘
叶柳元喜极归地府

且说米鱼精无缘无故受人欺凌还要被打入海牢，在水府苦度光阴已历二世，乌龟丞相要她为蛮不讲理的恶棍夜叉黄刺头念超度经，不知还要度过几世几劫。

一日米鱼精正在念经之际，壮妞妞的鳝鲻狱卒一摇一摆过来偷偷地对她说："米鱼哪，黄刺头已经去凡尘投胎转世，你也应该就会放人托生了，这出头的日子很快就会到来。"

米鱼当年听龟相之意，她去投生，还只是半了公案。要重归东洋大海，再回到以往自由自在的日子，还得经受无数的感情折磨，这日子真磨难。自己不过是浩瀚东海中的一根小水草，底下根浅，体柔质软，向外无依，向内无靠，乌龟丞相没有发话，一切都是白搭。一个弱女子喊天天不应，呼地地不灵，只能在一旁以泪洗面无可奈何。

她左思右想，反正命在别人手中揣着，不是她自己能左右的，就朦朦胧胧睡去。也不知过了多久，好像听见有谁在呼唤她。米鱼睁开双眼相看，原来是乌龟丞相亲自来海牢发话。

乌龟丞相迈着八字步，摇摇摆摆一步一勾头地来到米鱼跟前，他以一副讨好的样子说："米鱼哪，这段日子真是委屈你了，现在你的转折点到了。因为你老老实实的在忏悔自己，龙王说你心实文静，又甘心伏法，也不能太委屈你。今有一户富贵人家，让你前去托生，你要好自为之。待到孽缘了却之时，这浩浩东海世界你依旧可以逍遥自在。"

米鱼听了乌龟丞相的话，她叩头三拜。乌龟丞相不待米鱼起身，拂尘一挥道："早去早回。"

只见一道亮光从水府飞出，朝着西边而去，很快不见踪影。

这是一个雨后的早晨，红日朗朗，艳阳高照，远山近峰，云蒸霞蔚；天空明净无比，看得清山上的马尾松披散摇曳，像是波涛滚滚，起起伏伏向前，又似万马奔腾，呼呼啦啦有声。

桃柳溪春水泛滥，嫩嫩的柳丝在晨空中飘拂，枝头绽满花苞的桃树开出一串串淡的、深的、粉的、红的花朵，憋足了劲似的吐露芬芳，生怕这方天空被别人占领。一直在巢穴的蜜蜂围着花海成双成对地在花间穿梭，嘤嘤嗡嗡，忙忙碌碌。桃柳溪飘满花香。

桃柳溪升起一层薄薄的水雾，水雾里夹杂着芬芳的味儿，被水风一吹，整个村子弥漫着一阵芳香。宁静的山野一朵祥云从高处缓缓地斜插而下，云中载着的一团阴影往一个大户人家飞去，一闪就消失了。

一道亮光飘落尘埃，刚落入屋宇，这时那大户人家的窗内传出一声"呜哇"叫，几个女人喊道："出来了，出来了，终于生出来了。"一看是一个姑娘。一个上了年纪的稳婆说："夫人，恭喜您得了一位千金。"

"生儿不稀奇，生囡吃猪蹄。老爷您好福气。"接生的稳婆又向户主道喜。

"啊呀呀，快来看，她会眯眯笑。哎呀，乌溜溜的大眼睛一闪一闪的，像在找亲爹找亲娘呢。"站在边上的一个中年妇女笑着补充。

"夫人，您得了一件贴身小夹袄。"服侍产妇的老妈子给夫人送欢喜。

产房里的婆婆妈妈议论纷纷。

正是桃花盛开的季节，女孩红红的脸蛋像朵含苞欲放的桃花，粉红里飘着异香，这不是桃花仙子下凡尘吗？今天恰是二月十二，是百花仙子的生日。几个女人异口同声说："夫人，溪两岸桃花盛开，从来没有这么漂亮这么鲜艳。那些没有开的桃蕾，花苞特别的大，这千金小名就叫桃姑，最妥不过。"

"桃姑。"夫人重复了一遍，你说奇不奇，桃姑摇动小手居然笑着从稳婆手中扑向夫人。

粉嫩的脸蛋，两条细细的柳眉下一双忽闪忽闪的黑眼睛，甜甜的两个小酒窝在上翘嘴角的延线上，生就的一副美人胚子。

桃柳溪叶建兴生了个小天仙，落地就会找爹找娘。村里人说他们看见落地之际天降祥云，闻到溪水飘香。这样的奇事很快传遍四邻八舍。从山里进县城的路人，经过桃柳溪的客商，有事无事都要在村里转一转，借机看看这个有祥云护送的小仙女。看她白白嫩嫩的小手在空中抓。你一声桃姑，她就会扑过来，对你笑个不停，好像早就认识似的。特别是那些老婆婆，更把这个小女孩传得神乎其神。说降生之时，她们看见观音菩萨坐在祥云之上，把小仙女抛下云端，托生在叶家的。她们说这个女孩出生不凡，以后不是王妃也是诰命，叶家的大造化还在后头呢！

叶财主夫妇见女儿这么讨人喜欢，自然来者不拒，有求必应。不到一年时间，苍山脚下，筋竹岭里的村村堂堂，几乎没有人不知这个小女孩不同寻常的故事。

时间如白驹过隙，转眼间到了小桃姑可以上学的年龄，叶家有财，叶老板深知自己当年没有书读的痛苦，如今看女儿又是这么乖巧玲珑讨人喜欢，自然尽心尽意地要把姑娘好好调教一番。

叶财主在县城为女儿延请了一位饱学秀才，高薪聘请进门授课，一心要把女儿培养成一代才女，完成自己未了的心愿。

小桃姑还没有学名。先生说："桃花又名阳春花，不若以'春阳'为名，隐含她是一朵生在春天里的红桃花。"

"'叶春阳'，好。既有桃花盛开之意，又合桃姑如春天艳阳一样人见人爱。"叶建兴赞同。

叶春阳自幼聪明伶俐，心有灵犀，点到则通。她一边跟先生读四书五经，一边跟娘学习女红针黹，才及金钗之年，就把四书五经读得倒背如流。先生对建兴说："员外千金，禀性聪颖，外秀内慧。经诗古籍，过目成咏，悟性之高，实属罕见。若是男儿之身，夺取功名定如探囊取物。"

叶建兴曾经为自己辍学深感遗憾，女儿如能成为名震一时的才女，也算弥补自己一生的遗憾。

叶家后院小楼是小姐闺阁，春阳半天在前厅书房跟先生读书习字。在诗文中她尤怜蔡文姬"无日无夜兮不思我乡土，禀气含生兮莫过我最苦"的朝思暮想的怀乡情结；更慕李清照"暖雨晴风初破冻，柳眼梅腮，已觉春心动。酒意诗情谁与共？泪融残粉花钿重。乍试夹衫金缕缝，山枕斜欹，枕损钗头凤。独抱浓愁无好梦，夜阑犹剪灯花弄"的生活情趣和追求幸福的无奈与忧郁，以及"千古风流八咏楼，江山留与后人愁"的缠绵悱恻悲壮情怀。

描龙绣凤，原是女儿家本行。花鸟虫草她不要贴样，修的锦鲤跳龙门，栩栩如生。仕女孩童，神采飞扬。喜得叶财主夫妇整天合不拢嘴。

叶春阳三岁，叶建兴的大儿子叶兆龙出生，相隔了六年夫人李燕飞又生了第二个儿子叶兆虎。多年不育的妻子又给他添丁，正在担忧支脉细弱，人丁不旺的叶财主，格外高兴。第二年正月初一，家里大办果子酒，邀请亲朋好友前来同喜。叶家中堂大厅，两个侧厅坐满了贺客，来客不分生疏，到达无论早迟，随坐入席，吃完马上添加，这叫办流水席。

原来病歪歪的叶柳元自从孙女出世，竟然满脸红光，精神矍铄，越活越有神采。如今两个孙子绕膝，心情特别舒畅。贺喜客人见老太爷这样开心，一起举杯祝福。

叶柳元哈哈大笑。他喝了一大口，可能兴奋过度，呛入肺管，随即溜到桌下。众人赶忙去搀扶，哪里还来得及？

地上的人早已三魂出窍，七魄离身，直赴黄泉头不回。

建兴娘见老伴这样撒手走了，她没有抽抽泣泣，连喝三声"走得早，走得巧，走得好"。竟然呵呵大笑三声，冷不防一个气塞随老伴而去。在座的贺喜客人哪见过这样场面，一时都慌了手脚。还是叶建兴沉着，马上让家人把父母安顿在前厅，一面安排善后大事。

正月初一死人实为罕见，何况是父母同一时辰没，不知碰上什么冤孽？这突如其来的变故，一场喜事一下成了大丧事。

听说县城东门洞的先生择日子最好，叶建兴马上派人去请。

这位先生不但会择日，还懂堪舆之术。早就听闻桃柳溪畔有叶姓这户人家。他曾经走遍全县，对天台山的风水了如指掌，山里少有像叶家这样的大户人家，派去的人一请就到。

叶建兴对择日先生说："昨日为小儿降生筹办了几席果子酒热闹一番，哪想到父母居然一笑而故，希望先生选块好地，择个好时辰，让老人入土为安，福荫子孙后代。先生只要看准地方，叶某在所不惜。"

听主人之言，家中发生这样的事，一定有什么地方顾及不周，如能避凶趋吉，其他的事都可商量。日子先生对主人说："俗话说'寻龙容易点穴难'。其实寻龙实不易，点穴倒不难。关键还看穴主和在生的福分大小。"他说，"这一带我走过几次，是有几处真龙之穴，用得用不得，全在子孙福分。我们一起走走看看，再行定夺。”

先生一番话，叶建兴听得懂，他约了村里几个年长的在桃柳溪四周走了一圈，看了一遍。

“桃柳溪是个有好风水的地方，溪边、前山、后山三处都有好风水，虽然出不了公侯将相，五六品的地方官是有的。你有三个孩子，因为一个是女公子，三个地方两个可用。前山的‘灵龟出畈’地穴，因为北方玄武高度出线来势过足，东方青龙旁藏污纳垢其位不洁，犯之则主凶，这穴于长房不佳先行放弃。对面‘浮鳌出海穴’，远观山下凹地生出一岗，如水中有龟浮现，在向海边爬去。这穴稍利生意场，后发乏力。最好的是西边‘下山之龟’穴，后山主峰出线，左右两侧余脉像蝙蝠展翅，风水学里说后头托沙点穴，两滨夹出，有如龙虎拱抱，穴洁而温，富贵绵绵，商仕俱佳。”先生把三地三穴风水说得很明白。

“按先生之意那就选最后一处是了，不知出殡择在几时？”叶建兴问。

“日子要写在纸上，回家再做理会。”四人随先生下山。

先生要来主人家的年庚八字，经过精心掐算，选出一个五人冲撞最少的日子时辰。先生把日子择定，对主人说：“亡者一双，又是本命年，绝命在正月初一，可谓‘三煞’，必须以‘三巧’破之，‘福禄寿’才可齐全，这个还要看主家气运，按照命理，‘三巧’可遇，三煞能避。”

“何谓‘三巧’，如何破之，请先生详解。”叶建兴追问。

“正月十四辰时出殡，巳末午初上山，见头戴铁帽开圹，遇鲤鱼上树落圹，逢达官贵人封圹。此三者缺一不可，主人家要耐心等候，不可操之过急。切记切记，莫忘莫忘。”日子先生说毕起身告辞。家人捧出一封酬银，叶建兴对先生说道：“正月初一父母双亡，实乃一生挫折。我叶建兴从来循规蹈矩，不敢胡作非为，今日有幸遇见先生，择定龙穴，又选出吉日良辰，今后万事定能逢凶化吉，家道平安事业兴旺，这都是先生之功德，区区百两白银，权作车马之资，请先生笑纳。”

因为有三煞在先，叶家日日夜夜为亡父母守灵祭奠。也是因为故在大年初一，又是父母同时亡命，三是无疾而终，真正的寿终正寝，只有大德大慈之辈才有如此福分。叶家好客，远近闻名，来客天天增加，排场自然浩大。建兴请来崇法寺僧侣，做了一场水陆大法会超度亡灵。这样日复一日，单等十四到来。

正月十四是坦头市日，两具棺椁在灵场祭拜完毕合时辰起灵，顿时锣鼓齐奏，孝子孝女跟随而行。前面四人各举两副灵幡先导，八支唢呐吹着挽歌，后面是大队的锣钹鼓钎，孝子叶建兴头戴草圈，一身孝服，一手哭丧棒，一手扶父亲灵枢。夫人李燕飞里面一身白色长裙，外头披麻戴孝。孙女儿春阳和长孙儿兆龙头包绿色丝巾一身孝袍紧随其后。建兴的两个姐姐和姐夫外甥一样的披麻戴孝，一左一右在母亲灵枢两侧护灵，后面是三门沙柳大舅子等亲眷，建兴的亲戚朋友，最后是村里的送丧人，也按辈分着白戴帽。一队锣鼓四支长号殿后。前后的鼓乐之声，响彻山谷。不一会儿到了大女儿路祭处。叶柳元大女儿叶敏芳嫁泳溪街胡三森为妻，胡家人早在村口两张八仙桌上摆放着三牲福礼，五荤五素祭品，五果五食祭礼。大女儿一家跪地祭拜，叶建兴在旁答礼。祭拜礼毕，主家把一个大红礼包安在香台一侧作为谢礼。小女叶翠芳嫁在吞溪，也在路旁平坦处路祭，叶建兴一旁答礼发送红包感谢。

行丧至分岔路口，孝子叶建兴一行跪在路中心，双手着地，低头叩首，请年岁高的、辈分长的免送。灵枢经过一桥，叶建兴低头钻到棺材下以背顶住灵枢底，表示孝子背着父母过桥，杠夫一路喊着下面是坑，亡灵小心过桥。灵枢暂歇，孝子一行跪地扶棺，口中说道，"一路劳累，歇歇再走。"灵枢路经之处，路边人家要烧麦秆火把一堆，表示路人奠祭相送，每一处火堆主家都要还礼，撒一把糖果，放一些碎银答谢。一路炮响不断。出丧走远路，凡经过村子必须多放爆竹，让一路乡村都知道又一老人归天西去。

一路向前，旗幡飞舞，锣鼓喧天。农村里老人的丧事多当喜事办，尤其像叶柳元这对夫妇，可以说死得其所，死得安乐。叶家富贵仁慈，场面热闹，不是一般人家可比。

出殡路上虽然程序繁复，敲敲打打的刚好午时到坟地，叶建兴在心里说，日子先生安排果然精到，不差一分。

但是先人的灵枢落圹要逢"三巧"，不知这"三巧"奇事什么时候出现。灵枢到场，只能停放两侧，等候山下出现奇迹。

坟圹早做了，只等头戴铁帽的到来才能开圹。孝子贤孙、至亲好友、村人邻居送殡的都在山坡席地而坐，静待"三巧"到来。

一个时辰过去，一巧也没有出现，众人开始议论纷纷。

"帽子还有铁的？"

"谁戴铁帽?"

"打仗时将士是戴铁帽,现在太平世道没有战事,哪来戴铁帽的人路过此地?"

"就是打仗,这个山坑角落,也摆不了战场,铁帽从何而来?"

一直等到中饭送到坟前,整整一个午时过去,走过的路人不少,有戴棉帽的,有包头巾的,就是不见戴铁帽的人出现,众人难免口出怨言,日子先生在戏弄大家。

叶建兴在一旁只有好言相劝,他说:"现在尚早,时辰未到,再等等吧。"

直到未末申初,从弯道走来一个坦头赶市回家的路人,其中一位眼亮的叫喊:"铁帽铁帽,大家快看,头戴铁帽的来了。"那人走近,原来这个路人在坦头买了一口二尺铁镬,他把铁镬当帽子覆在头顶,从坟下大路经过。

众人一看,虽然不正宗,但也是铁的,可算头戴铁帽,于是众人锄头铁耙,一阵忙碌,扒开坟头泥土,开启上面盖板,在两个坟圹里烧起火堆暖圹。众人七手八脚一阵忙碌,总算第一个"开圹"程序完成。

一个中年人说:"还真有这么巧的奇事,虽然顶着的是铁镬,可算是头戴铁帽。可是鲤鱼能上树吗?"

"是啊,鲤鱼若能上树,那老鼠要捉猫了。"有人打趣。

"先生说过,命里有,天来凑。叶老板财大气粗,鲤鱼也会上树。"大家在一起说笑打发时光。

"又说笑话了,鱼在水中游,水在溪里流,此地只有山石坡地,连条山坑水沟都没有,这鲤鱼会从石上游过来?"

众人的话语,叶建兴句句听在耳中,他再次给大家赔好话:"既然先生有言在先,此坟必遇'三巧',头戴铁帽我们已经看到,我们就再等等吧。"叶建兴也对鲤鱼上树感到困惑。

主人说等,众人无语,只得再等。

一直到申时将尽,太阳衔山之时,一个年轻人走到路侧乌桕树旁,他把提在手上的一条鲤鱼挂在树丫上,走到树后方便。

眼睛盯着大路的人大喊:"哇,快看哪,鲤鱼上树了,鲤鱼真的上树了。"这人一咋呼,把昏昏沉沉的众人目光都引到路下的乌桕树上,鲤鱼还真的上树了。

那个挂鱼小便的青年被吓了一大跳，以为自己把什么弄坏了，拎起鲤鱼拔脚就跑。

杠夫把两具灵柩用麻绳吊着移入坟圹，端正方位，天色已黑。众人议论又起。头戴铁帽、鲤鱼上树原来都是削削依①凑数而已，这已是巧极之事。现在天色已晚，路上早断人迹。正月十四，还是寒冬时节，山间北风呼啸，人人身子在不停颤抖，口中怨声四起。

"哪个做官的贵人要摸黑赶路，都是早早地入住驿站。'逢达官贵人封圹'这不是睁眼说瞎话捉弄人！"又有人说闲话发牢骚。

这绝对是不可能的事，怎么办？

大家议论纷纷，开圹、进圹已是巧中之巧，现在天色已黑，难道还要在山上喝西北风过夜？他们问叶建兴："叶老板，天已大黑了，又这么冷，你看会有达官贵人摸黑赶路吗？"这一问，把叶建兴问住了，他也疑心两惑。是啊，这么晚了做官的哪个还会冒着严寒在深山里赶路程？何况送殡之中还有妻女儿子，这么冷的天时可别把他们冻坏了。他摊开两手，这"三巧"太渺茫，张着口啊啊地说不出话来。

"我有一个办法，大家听听是不是这样。头戴铁帽是把铁镬顶在头上，鲤鱼上树是买来的鱼挂在树丫，说白了都是借用的并非实有其事。那我们不妨再来一个借用的，我们自己扮一个做官的在这里走一遭如何？"

众人一听，连连称这个办法好。叶建兴想想也有道理，前面两遭也不是真的，再来一个借用有何不可。这样寒冷的夜晚，再等下去还不把老婆孩子冻坏了。在一阵寒风和一片疑惑声中，叶建兴忘记了"切记切记，莫忘莫忘"的嘱咐。主人默认犹豫，一部分人立马回去扮演官老爷和扛轿的路过这里，其余人在山上等候"贵人"的到来。

不一会像演戏一样，假官坐轿，敲锣打鼓的从一边来了，众人马上把坟盖合上坟圹封了，孝子贤孙捧着棒香，拜祭礼，围着坟茔顺着三圈倒着三圈鱼贯而下。大家都在一旁称赞出主意的高明。

众人走下山，还没有到大路，前面山弯里亮出一队灯笼火把，官锣哐哐，响彻山坑。众人一惊，这不是达官贵人要从这里经过吗？杠夫和叶建兴登时

① 削削依：天台土话，意为不是恰到好处，一边修改一边凑合着办。

傻了眼。

"真的有大官从这里过,择日先生真是神人。"

"可是棺材已经入圹封土,这事怎么解拆?"这群人六神无主。

扛着长长短短木杠、背着粗粗细细绳索的杠夫和官轿夫在大道相遇,不知谁让谁先走,双方停下脚步。

轿中大人是一位通判,他从苏州到明州路过这里,因为中途遇事,耽搁了两个时辰才到这里。杠夫七嘴八舌向这位大人报告事情的前因后果,请大人为他们解难。

这位通判大人倒是一位颇通人情的好人,感觉此事颇有意思,他对杠夫说:"堪舆先生确是未卜先知的能人,只是事情已到这步田地,没法重来。为了表示我对这位先生的敬意,留下一点信物做证。"他吩咐随从到后面车驾取下一块太湖石。通判大人对叶建兴说:"事已至此,没法挽回,这块太湖之石,是从太湖底下捞起的,质地细腻,绝非平常之石可比,你把它安排在一个适当位置,在墓地做证。"

他说:"这位看风水择日子的先生可称活着的鬼谷子王诩,果然料事如神。"

叶建兴请匠人把太湖石作坟面压石,留在坟头。

丧事过去不久,村里的孩子在唱一首歌谣:

"四四方方一座城,鱼水本是一家亲,纵然松竹围得深,汪洋一片水中清。"

大人问小孩,这歌哪里来,谁教你们唱的,知道什么意思吗?

孩子们说是两个要饭老头让他们唱的,不知这歌是什么意思。

好风水,好日子,择日先生曾经千叮咛万嘱咐,还要"切记切记,莫忘莫忘",到头来却因为禁不起风霜严寒的煎熬,最后居然自作聪明,以假乱真,草草了结丧事。

"三煞"本要"三巧"破,"切记莫忘"早嘱咐。严寒风霜测人心,自作聪明留祸根。叶建兴父母的丧事少有,先生算出破解之法,铺下一条大道,却被严寒一风吹走。给叶家埋下一场大不幸,这是后话,搁下不表。

叶宅丧事成了人们茶余饭后的一个故事。我们再回到下溪头去看看,那里又发生了什么大事。

欲知后事如何,请听下回分解。

第十回

临产妇荐贤救丈夫
小县令因祸得升迁

下溪头众兄弟在丰家抢亲，潘秋水和王山红配双搭对，成全了一对好夫妻。

当时红毛楂大骂众人强盗劫匪，现在想想下溪头的这伙小青年真是大善人。他们为秋水也是为自己做了一件多大的好事。虽然有点粗暴，但是情有可原。能为别人出力出钱，还冒歹人恶名，那是天地间少有的真朋友，胜过亲兄弟。这颗山里红，还真是人慧心灵美，不知不觉中，她和潘家三水一样对村里的兄弟情谊越发看重，什么话都愿意对他们说，大事小事要和他们商量。

山红感恩下溪头人，她把从小跟着娘亲学的持家手艺和待人接客本领尽情地施展开来。在这个当当响的潘氏新家展现了一个女人的全部魅力。

潘家四口已往过日只求餐餐能吃饱就上上大吉。一天三餐他们是怎么方便就怎么做。能一镬熟的不会分开烧。男人手大，铁镬中间煮腌菜洋芋，镬沿四方贴四个麦饼头，或者是清水咸菜镬头滚，一碗玉米粉用竹筷一搅的糊汤。好在四个男人嘴阔喉咙粗，只要能饱肚，没有他们咽不下的东西。

这位新妇娘一看，这哪是人吃的食。山里妹子有的是手艺，她要从改变一家人日常的三餐开始，让四条光棍知道女人的能耐和有老婆的美好。

家里的四个男人，根据年龄大小她给他们做了明确分工。公公年老体衰，只管种菜、养鸡养鸭轻便活。秋水、夏水兄弟年轻力壮农事田垟统包，有空出门去挣零花钱。春水两边做帮手，哪里忙往哪里走。家里上上下下、里里外外、细细碎碎、零零星星的小事她一手统揽。几天过去，潘家四光棍，景况大变样。

三餐都是山红一手操作。一样的食材，经山红的手，粗粮细吃，口味天差地别。同样是一镬玉米粉麦饼头，她先用开水烫粉，再用两手反复搓揉，把粉团揉得又糯又软，然后再搨成薄薄的麦饼头，烤熟后摊上大蒜、盐，再在火塘烙得硬脆。麦饼头颜色金黄、大蒜香玉米香直钻鼻孔，用牙一咬朗朗响，松松脆脆的，再配上一碗稀粥，口感绝对一流。她用粗粮做出细粮的味道，吃得四个男人舔唇咂舌心花齐放。这是老潘家从来都没有过的好日子，乐得四个男人对她的吩咐一讲一听，好像接到圣旨。不上一个月，潘家四条光棍，脸上有了红光。身上衣衫虽旧，但不再挈零卦片，光臀露屁股，而且洗得干干净净，补得平平直直。

一晃半年过去了，一日山红对秋水说："我被你抢来半年了，肚子里都有了你的种，我娘白给你一个老婆，都没有听你说要去谢谢她老人家。"

秋水听了狡黠一笑说："我也老想这事，可是我进不了枪棋岭上不了丰家见你父母，更怕被你的兄弟打折腿。"

"歪嘴和尚念不了正经，长长大大一个后生，人前背后哪个不敬重你，去见丈母娘胆小得像只老鼠，没出息！"山红在秋水屁股上打了一巴掌，"大后生这么小心眼，有什么进不了门的？我家没养猎狗，兄弟都是本分人，哪有跨不过的槛，进不去的门。你到底在怕谁？不用开口，我在他们前面一站，娘爹只要看我的气色，俩老还能说什么？怕什么怕，一切由我担待。"山红知道娘的脾气，心里有底，她又用手指点点自己微微隆起的小肚子，"收起你的小心眼，娘只要看到我的肚子，她马上明白应该怎么待你。到了灵坑丰家踏进我家门，不会少你一根汗毛。"秋水本来的担忧被老婆一顿刨，心里的顾忌没了，在面前呵呵傻笑，突然他狠狠地在她脸上咬了一口说："听你的。"

"男人就是不正经。"山红心里甜甜的，"坏死了，你爹、你兄弟都在外，那么大的响声都不怕被他们听见。"山红头一仰抹去了脸颊上的口水，贴着秋水耳朵轻轻地说。

秋水问老婆："新姊丈第一次上丈母娘家，你说该买些什么好？"山红这么一说他没了担忧就问。

山红推开丈夫："我娘也是穷出身，只要礼数到，她不计较东西多少。明天是桑洲市日，后天是个好日子，我们去丰家走一趟。"

第二天一早，山红夫妻俩走了一次桑洲。他们买了一大包老烟丝，二斤绵白糖，几样桑洲特产糕点，两块花布料，一块花手巾等礼物匆匆回家。

第三天起床，山红把一套前几天缝好的新衣递给秋水。一块淡蓝头巾，一身青色圆领短衣，一双没有穿过的新布鞋，把秋水打扮成一个初次上门的新女婿。他肩挑一根两头钩，前头挂着一只大公鸡，后头担着买来的礼物和溪里摸的鲜鱼，夫妻双双过三王岭上枪棋岭朝灵坑丰家走去。

王山红把乌云似的粗黑长发编成独条长辫，把长辫盘成一个大大的发结垂在脑后，发梢用红头绳系扎再插上一根镶着碧玉的牙簪，鬓角一朵鲜花，原来红彤彤的脸蛋映得光彩照人。她上穿粉红碎花衫，下身淡蓝长裙，一双紫里透红的绣花薄底鞋，一副新媳妇回娘家的样子。

山红在大襟岔口吊一条花手巾，一手挽个花包袱，跟在秋水身后，一路说着到丰家后可能发生的应对办法。

小夫妻两沿溪而上，走过泳溪里再往北上山，灵坑丰家就在半岭。

这是一个古老村落，全村房屋沿山坡而建，外墙都是溪里的卵石，几乎都是四合院，一重一重的从坑边而上，村外路下就是灵坑，溪水潺潺，清澈见底，整个村倒映在溪中微微晃动，宛若天上仙境。这里夏有清凉爽风，冬天艳阳高照，石屋冬暖夏凉。山上四季有笋，树上挂满红柿、板栗，大大小小的野果一串一串色彩斑斓；水中鱼儿穿梭，石斑、白条、鲫鱼、泥鳅、毛蟹、弹虾影布石上。踏入溪中，鱼儿一下一下地啄你脚皮，痒痒的。真是向阳门第风光好。

山红家就在进村的路边，三间矮楼坐落在四合院道地的西北角，底层是乱石墙，上层是大四六单砖墙，从下到上攀满紫绿色的爬山虎。虽然双脚还没有踏进大门，山红一声"娘"，把两个老人吓了一大跳。

"娘，爹，我来看你们了。"山红跳进屋，还像小时候一样蹲在母亲跟前，不知是高兴还是久违双亲，泪水一下溢出眼眶，"我真的好想你们。"山红扑在娘的耳边悄悄说。

看到女儿一脸红光，一身的新媳妇打扮，又看到她腰身都粗了不少，老娘的一肚子怨气像被戳了个大窟窿的猪尿泡一下泄得精光。不用多问，知道囡嫁了个称心好女婿。

"怎么就你一个人来？"娘有些奇怪。

"人家走得快嘛，看，他进来了。"山红转身门口，潘秋水挑着一担进门。

"爹好，娘好。"秋水在外面吆喝得动众人，在这样的场合腼腆得抬不起头。真是第一次做新姊丈，他站在门口不知是进还是退。正在两难，丈母娘开口说了："老货，怎么还这样坐着，快把新姊丈的担子接过来。"老伴一提醒，老头慌忙站起来接过秋水肩头一担东西搁在一边，转身去给新姊丈倒水。

新女婿一担好吃好喝好穿的挑进门，两人里新出，外新进，老两口顺水推舟现成做老丈人、老丈母，叙说抢亲的那一幕。

老头到外屋把儿子、媳妇都叫来，忙着中饭。说话间山红兄嫂进屋，端来两碗鸡子圆眼茶问婆婆中饭做什么？

"中饭来不及了，就糯米粉猪油果吧。明天捣馍糍烧汤水，把隔壁小叔公、前厢大伯公都叫来坐一桌聚一聚，新亲眷嘛大家认识认识，以后有什么事好有个帮衬。"山红娘吩咐媳妇。

秋水种田的本领他们是知道的，现在亲见女婿这样帅气，囝这样高兴，以前的不快早没了踪影。母女俩躲到房间去说体己话，翁婿两个加冷饭舅，三人叙说农家杂事。

"以后农忙，家有重活大事，㧟犁耖耙、拔秧种田招呼一声，后生人有的是力气。"秋水说的实实在在，老年人最爱听这样的贴心话。

很快到了中饭时节，大嫂的糯米粉果搨得两面金黄，红红的腊肉片，黄黄的鸡蛋丝，白白的豆芽团笋丝，红红绿绿堆得像小山似的四大品碗摆在桌上。老丈人、冷饭舅陪新姊丈，山红和老娘、嫂子在灶间用餐。吃饭向来快速的秋水把堆得山一样大品碗糯米粉果咽下肚，老丈人把边上的一碗扣在他的碗里，嘴里说："后生人，过一间餐一餐，上午走了那么多岭，要多吃点。"不容秋水推却。秋水后来对山红说，两大品碗糯米粉果，一直满到喉咙口，这是他这辈子吃得最饱最美味的一餐。

俗话说，囝落地，娘主意。女儿一落草，做娘的种棉花，扦插苎麻，早早就在准备被褥、布帐、草席等床上东西。现在亲生囝就在眼前，她把房间里的困柜打开，清水荷花被、苎布帐、草席塞了一困柜。她说："自从你被抢去后，我常常半夜惊醒，不知有生之年还能不能再见你一面。我知道你不会有生命之忧，但我到哪里去找到你？"说着眼泪就下来了。"现在好了，这都是你的东西，明天回家就叫新姊丈担走，做娘的心事也了了。"老人说完，破涕为笑。山红一下把老娘抱住："娘，您永远是女儿的亲娘。"

第二天中午，山红、老娘、大嫂一起准备了一桌丰盛的中饭。山红和秋水会见了小叔公、大伯公，吃了老丈母家烧的十六碗汤水的蒿青松花馍糍饭，下午夫妻俩告辞回家。

秋水笑着对山红说："难怪男人都要讨老婆，拿去的一点点，挑回来两重担，赚大了。"回家后山红说她哥嫂后天要送鸡蛋、馍糍、米胖、新妇娘糕到下溪头，这是新媳妇回娘家的伴手礼，喜得秋水一家合不拢嘴。

山红哥嫂第一次到姊丈家，她让秋水把王廷良夫妻请来。

山红被抢到下溪头，大梅是她最知心的姐妹。

前一阵子事多繁忙，新妇娘人生地不熟的走动少。大梅跨进她家道地，脱口而出："三日不见，我走错家门了。"

下溪头穷得叮当响的潘璋夫家，大梅认不出来了。

一个道地，三间屋宇，一片生机：四周绿意盎然，屋前舍后，两只母鸡咕咕叫着，各领着一群毛茸茸的幼雏在地头刨食。一只黄狗后脚鞯在门槛外嗥叫。屋前舍后扫得干干净净，原来东倒西歪随手丢的农具、棍棒都分类归在一起，一切井然有序。

石屋东面是秋水、山红的新房，增添了一张暖床，床上挂着一顶新苎布帐，帐门用两个漂亮的木钩拉住。一领新草席上，蓝蓝的清水荷花被叠得端端正正，一对绣花枕头，两只鸳鸯交颈而眠，这是新娘的手艺。一个大橱在床一侧，五斗柜桌靠在糊着白纸贴着大红喜字的石窗之下，上面是一只长方形的红镜箱。原先空空荡荡的房内充满了喜气与生气。

中屋是夏水和春水对铺的两张板床，放着一些瓶甏雕掇。这两间都是新屋，白白亮亮。两个小伙子把房间收拾得很干净。

西边老屋单眼地灶成了三眼灶，原来的破东西换成新的，内墙刷了石灰水，黑不溜秋的有了亮光，里间是老人床，也打扫得干干净净。

女人眼尖，她指指山红肚子问："几个月了？"

怀头胎，还挺害羞，山红伸出三个指头在大梅眼前一闪说："我哥嫂来了，请你帮厨呢。"

大梅挺有感慨地说："真快，在轿上又哭又闹还在眼前晃，马上就有了喜，下溪头人总算力气没白费。"说得山红羞得低下头，她说："要是生的是儿子，你若不嫌，以后叫你老继娘吧。"大梅一听乐了说："我今天好运气，白得了一个儿子。"

中午做"五虎擒羊"。山红说："就我哥嫂二人，你们一对加上家人，刚好一桌。'五虎擒羊'和饺饼筒不一样，必须一边剁麦饼旦一边包着吃，热热络络的这样才能吃出'五虎擒羊'的风味来，我一双手来不转。"

"猪肉、猪肝、鸡蛋、豆腐、豆面、香菇、豆芽、鲜笋、大蒜都在这里，我出去招呼一下，这里都交给你。"

夏水、春水两兄弟在溪里收获不少，有虾有鱼，老二在山上踺到一只山兔，老潘在菜地把最新鲜的嫩韭割了一大把，这些都是好酒配。

新姊丈，冷饭舅兄嫂，好弟兄都是村里好后生，自然一拍即合，语语中听，句句投机。很快酒菜上桌，山红把大哥、大嫂、王廷良、公公和三兄弟请上席。五个男人喝酒聊天，小弟春水在一旁以茶代酒，这是潘家四个男人第一次在家陪客，第一回尝到了家里来客的温暖快乐。

"五虎擒羊"的菜好了，山红剁麦饼大梅烙，新鲜的麦饼旦两面微黄，透出麦子的香味。中间一大盘杂烩、蒜泥烩猪肉、鸡蛋糕、卤猪肝，两面黄揭豆腐都冒着热气，个个自己动手，把菜肴包在刚出鏊的麦饼旦里大把往嘴里送。

山明说："小妹，怎么我在家从来没吃过这么好滋味的'五虎擒羊'？"

"哥，你妹妹家的馅料新鲜，再是我大梅姐厨艺好，你才有今天的口福。"

"回去你带点走，让爹妈都尝尝我家的美味。"

山明嘴里不说肚里在叽咕："到下溪头才几天，就我家我家的，在丰家十几年，也没听你说我家怎么怎么样的。真是'嫁出去的囡儿泼出去的水'，一点儿不错。"他一脸的笑容，知道小妹在夫家好，一颗悬着的心放下了。

好日子快如闪电，一晃山红已到临盆时节。秋水知道妻子怀孕，天天早出晚归，只要能挣钱，什么活都干，远近都走，宁海、象山、宁波，有时一人出门，有时结帮成对，为了心爱的妻子和将要出世的孩子。潘家四个男人都在为小生命的降临做准备。

嫂子月芳早早地把外婆家的呜哇衣、小面衫、大小包被、尿布和鸡子、白鲞、豆腐皮、红糖、挂面、自做酒等月里羹送来，以备不时之需。

大梅知道潘家都是男人，不懂女人的事，秋水忙着在外，不能日夜守在家里，她和廷元老婆陈素月隔三岔五地轮流过来探望。

山红在家天天盼着丈夫，她想只要秋水不离开自己，日子苦点、忙点她不怕。听秋水说这次回来他就不出去了，他要守护她，一直等到她生了孩子坐满月哩。她拗着指头算，今天应该是返回的日子了，可是从太阳上山盼到月亮东升，又从黑夜等到日上三竿，不见丈夫回家门。

直到第二天中午，夏水一头热汗从外面进屋，对他爹悄悄说："爹，不好了，我哥被宁海官府抓走了。"

这消息像一个晴天霹雳。潘璋夫一听跌坐在树墩上，"你说什么，怎么回事，谁被官府带走了？"

在潘璋夫的心里，他的儿子个个是本分人，强横乱闯的事绝不会做的，更不会与官府有进出，说秋水犯了官司打死他都不会信。

"因为哥在宁海县砍了一棵大樟树。"夏水说，"其实这不是哥的错。他是被宁海人做垫背了。"

老潘哪里见过这种大事，急得在屋里团团转。山红见夏水回来问道："秋水本该昨天到家，你在外面有信息了？"

这可是家里的大事，他知道嫂嫂快要生孩子了，说出来还不把她急死。只是含含糊糊地说："哥有事耽搁，大概要过几天回来。"

老婆头胎，产期就在这几天，外面再忙也不能耽搁这事，而且自己最清楚丈夫办事，一定有什么不好的消息在瞒着她。

"夏水，你哥什么样人，嫂子我心里都明白，你们在外有事不能瞒着我，说出来或许大家可以出出主意。"山红很平静，她知道自己一急，大家更没有方向。

夏水也是个精细人，这次是兄弟两个一起出门的。他感谢嫂嫂给这个贫穷家庭带来了欢乐和温暖，让他们父子四人感受到家的美好。他想和哥哥一起去多挣一些，让嫂嫂和马上到来的侄子有宽心的日子过。可是哪里知道船到桥门被横卡在那里。遇上这摊倒霉事，心里特别难受。

夏水看看纸是包不住火的，这事也瞒不了嫂子，就如实把前后的经过说了一遍。

宁海县令是个好官，在任期间为百姓办了不少好事，可是百姓的好事屡屡要侵犯那些权贵的利益，那些人把县令恨得要死。他们天天在找县令的茬，伺机给他小鞋穿，要罢他的官，出一口恶气，只是一时没有借口。

宁海通往宁波的官道要过一条山溪，官道和溪桥边有一棵大樟树，影响了道路的畅通。县令任期将满，他有心把这路修好再走。只是要路畅通，必须砍了路旁的大樟树，他吩咐下人去办，一直没有人接这个差事，回话说砍这么大的树没有经验。县令不知这是一些权贵在暗中阻挠，他出了一张砍树招贤榜贴在路口的大樟树上。

秋水他们一帮哥们从象山回来，经过宁海县官道时见许多人在看告示，就问别人这里出了什么大事。当地人告诉他们，这是县令找能人砍大樟树的告示。秋水对大伙说："我们顺路，把这活干了再回去也不晚。"大家想想也是，顺手的银子不捡白不捡。于是秋水上去把榜揭了。

大樟树一倒，祸事马上就到。这是宁海县的一帮富户地痞做的套，马上把揭榜的头儿抓走，理由是私砍古樟，犯了王法。抓的是秋水，打的是县令脸。一张状纸告到府衙，秋水是砍树的头人，先行关押。

这是一场被陷害的官司，县令好心办了一件犯法的大事，头上悬了一把利剑，有苦没处诉。

山红说："我在娘家时，听大人说起，王爱山岗有个家湖村，村里有位张姓山林隐士，为人刚正不阿，尤喜仗义执言，好为百姓请命。"

"一年官府差人前来苍山收税，他上诉藩台，泳溪高山峻岭，到处是荒芜之地，还有连年水旱之灾，百姓穷困，吃糠咽菜，民不聊生，这样的穷困之地，官府没有救济，还年年收税，不合天理，有背王道。藩台大人十分震惊，马上批文，让地方查办。府衙派员稽查，情况属实，后来把这里的皇粮全免了。现在这事也只有请他出马，才能转危为安。"

"王爱山是有这么一位名人，在家湖村，大家叫他'隐士张先生'。"潘璋夫知道这事，"我说不清楚，只可带路，你们请几个有名望的一起去。"

夏水和廷良商量着说，"你爹在村里说一不二，很有威望，请你爹和我们几个走一次，免得夜长梦多，迟了更不好办。"龙头老大为众人着想遭祸，岂能袖手旁观。几人马上起身。

地方隐士张先生，瘦条个子，身材不高，皮肤微黑，一身旧布长衣和周围的农民一个模样，只是他两只眼睛永远闪着智者的精光。他平时不多话语，手中常握一卷书一声不响，人却沉浸在书海的字里行间，没人知道他在想什么。四人赶到家湖隐士家，众人还没有开口，他说："已经听说了，这事好办，我给一策，你们直送县令大人，让他依计而行，定能化险为夷。"说毕把一封书札递到夏水手中，他说："后生脚马快，不要耽误时辰，当晚送到。只要说这是浙东隐士张让你送的，余话不用多说。"

第二天一早，廷良、夏水一路小跑到宁海县衙，把这封密札交给县令。县令打开一看，是一封亲笔信，白纸上只有七个黑字："砍古樟建圣旨碑亭。"

县令他也知道泳溪隐士张是浙东地方名士，曾上书藩台为泳溪免去地方皇粮，靠的就是他的一封诉求书。见到这七个字，立时茅塞顿开，如梦初醒。他竖起大拇指称赞"隐士张先生身隐心不隐，一生关护百姓，果然名不虚传，真是浙东名士圣人！"

宁海县的地痞们以为这次一定可以把县令扳倒，准备好好庆祝一番，哪里知道又是一场白日梦。

县令没有被藩台问责，他在原古樟处修了一座圣旨亭，把畅通官道、利国利民的好事都记在朝廷账上，刻入石碑。藩台知道不但不怪，还嘉奖县令疏通官道，为国为民办事周全，把他报批升迁。藩台又对原告进行申饬，以后再有这样不实诉状，定以诬告罪论处。

山红见夏水他们两天就回来了，这样快捷，知道事情成功了，一阵高兴，突然肚子胀痛。正好大梅、素月都在，一个烧水，一个陪伺。月里所用都在，也不用东借西凑，只是第一次生产，丈夫不在身边，心里有点胆怯。

王山红挺着大肚子，家中的事情没有少做一件，身体特别的健。胎儿在里面踢打腾闹，她一声不吭。只是肚子紧一蓬宽一蓬，折腾得她汗流浃背，这孩子就是不出来。

山红刚刚平静下来，眼睛蒙了一下。外面有很多声音在说着。

"啊呀，老天保佑，你总算回来了。"隔壁婆婆在说，"快过去，你媳妇肚痛得嗷嗷叫。"

秋水把东西一丢，一步跨进暗房。

"山红，山红，"秋水大声地叫着，"你看，我不是好好的。"他安慰妻子。

痛了两天一夜的产妇在昏迷中醒来，看到秋水就举起两个拳头，在丈夫胸前擂着，她闭紧了嘴唇想骂他一声，一个"啊"字说了一半，下身一声"呜哇"，在肚里闹腾了两天的胎儿落地了。

大梅对秋水说："恭喜贺喜，生了一把瓦壶嘴。"

素月说："秋水，你不来，儿子躲在娘肚里藏猫猫，把你媳妇踢得半条命。

你刚跨进门槛，他马上跳出来和你相见，这儿子可是正正宗宗不掺一滴水的。"

众人都被素月逗得哈哈大笑。

潘秋水平安回家又喜得一子，全家人高高兴兴，但是穷人家的担子重了，意外的事情也无端横生。

欲知后事如何，请听下回分解。

第十一回

破路廊山姑见真情
深山岙春水拜仙师

秋水儿子降生，一家欢天喜地。潘璋夫看到健康的第三代孙子，自己升级做了爷爷。他连做梦都没有想到，穷得叮当响的四条光棍老潘家，一个媳妇喜从天降，而且这么快就有了传宗接代的香火人，满心喜悦打心眼里升起。他一人偷偷地走到祖坟，双膝跪地默默地告诉先人和孩子他娘。他高兴地流着泪说："祖宗在上，我一贫如洗的老潘家如今第三代已经出世了，潘家后继有人，我潘璋夫对得起列祖列宗。请祖宗放心，我一定会把孙子带好，让他过得比我幸运。"

秋水、山红做了爹妈，这是夫妻俩爱情的结晶，那种发自内心的喜悦溢于言表。他们发誓要让儿子不再贫穷，送他读书，有朝一日能为老潘家扬眉吐气；夏水、春水成了二叔、小叔，两人一天到晚开心得咧着嘴笑，逢人就夸侄儿聪明可爱。有空就把侄儿捧在手上，顶得老高。春水说："小侄儿，你快快长大，家里再难也要把你送进学堂去读书，我潘家不能永远目不识丁。"

一家五口都长了辈分。人是多了，但是能直接干活的人不是多了而是少了。家庭的负担明显多了许多、重了许多，每人肩上的担子和责任更大了。这是一家人都看到的实情，所以大家更加忙碌起来。

春水早就在家和两个哥一起干活。他人虽小，心眼一点儿不小。哥哥嫂嫂待他好，他都一一记在心里。现在自己成了长辈叔叔，就想做点长辈该做的事，也不枉了侄儿的一声叔叔。他还不能像二哥夏水一样跟着大哥一起走四方，只能在家做他可以做的事。

听大人说，熬鲫鱼汤可以增加奶水，于是他几乎天天去溪里摸虾捉鱼给嫂嫂炖汤，希望侄儿早点长大。只要有空就上山去采中草药，换了钱来补贴家用。

秋季是野果、山药收获的季节，春水知道哪个弯有什么果，哪个坡长什么药，农活不忙时就往山里钻。一次他在深山里挖到一株黄郎刺根，听说用猪蹄一起炖是最好的催乳药。他把以前采来的草药都晒干整理好。他的药篓里有无寮郎刺、藤梨根、半枝莲、青木香、蛙马竹根、山绿豆、鱼腥草、千里光、铜钱草、呼脓拔、落地金钿、双飞蝴蝶、岩姜根、青蒿等。这些草药全是他起早摸黑爬了很高的山，花了好长时间积累的。正是夏末秋初后的桑洲市日，他起了个大早，背着一篓草药到桑洲市赶集。他把草药弄得很干净，整理成一把一把的摊在地上，端来一块石头坐下，从药篓里取出一段无寮郎树，拿出一把小斧子劈开，树心里面有一条筷子一样粗的焦黄长孔，一条赭黄色的像蚕宝宝一样的圆滚滚的虫子一扭一扭的在蠕动，这是无寮郎虫。这虫是一味专治幼儿因缺奶水引发的疳积病，十分灵验。病家把虫子放在瓦片或缸片上，下面用炭火慢烤，直到虫子焦黄，冷却后碾成粉末，一次三分用温开水冲服，或者拌在粥里喂食，药到病除。无寮郎刺的种子也是很好的驱虫药，它的根又是散寒祛风的良药，只是山高路远很难采挖。一个药店郎中拿起地上的草药翻看了一遍，都是货正价廉品质好的地道货，就把各种草药全都收购了。郎中看春水年岁不大，人很忠厚诚实就告诉他说，以后有草药不用摆地摊，不论多少，只要送到前面十字路口的药店他们都收。春水的一篓草药，卖了个好价钱。他拿着钱买了他想好的东西，又给小侄子买了两颗棒糖就往回走。这是他第一次做小叔的对大嫂和侄儿的一点心意。

他不在街市耽搁，背着买来的东西赶快往回走，他要到家赶中饭，把自己爬山登岭换来的果实给嫂嫂和小侄子享用。回来经过两县交界处的一个山岗，这里路边立着一个路廊，是为两县过往行人躲风避雨歇脚之用。春水眼尖，跨入路廊就发现里面暗角处躲着一个人，走近细看原来是一位比他大不了多少的姑娘，浑身瑟瑟发抖。

看见春水路过，那姑娘颤颤地对他说："小兄弟，后面有人追我，不知这里有没有躲藏的地方。"

春水经常在这一带采药、摘野果，常在路廊躲风避雨，这里附近的一草一木、一山一坡他了如指掌。他看这姑娘一身破旧单衣，浑身打着战，一定是遇到了意外。春水说："小姐姐，别怕，跟我来。"春水把姑娘领到路廊后的岩壁，拨开一丛茅草，里面有一浅浅的凹塘正好藏一个人。

他对姑娘说："别怕，我会把他们引走，但是不管发生什么事，你千万不要出声更不要出来，我自有办法对付他们。"

春水走回路廊，他坐在廊凳上休息，他想知道那姑娘为什么那么害怕，这里面一定有原因，他想知道什么人要为难一个姑娘。春水坐下屁股还没热，一长两短三个人迎面过来，一看就不是什么好人。一个歪戴黑帽的高个子气势汹汹问："看见一个山姑吗？"一副欠他多还他少的模样。

春水看他架势，不是好来头。他装作没听见，起身自顾往前走。后面的两个一伸手把他拦住。

"没听见呀，大爷问你话呢。"一副凶巴巴的口气，"有没有看见一个山姑从这里过去？"

春水人小胆不小，这样的地痞，他倒要见识一下。

"山菇？是香菇还是蘑菇？我刚在桑洲卖了，你们要我下次采来卖给你们。"春水一肚子气，他装作不懂，但是脸上还是笑嘻嘻的。

"是一个小女子。"另一个阴阳怪气地补充说。

"噢，是一条小鱼子。喏，有，我把它藏在这里。"春水故意逗三人玩。

"快说，你把她藏在哪里，说出来大爷有赏。"

"你们说话要算数，说了你不给赏那就是癞皮狗。"春水把背着的竹篓转到前面递给那三人看，"两条小鱼子都在里面，是我在桑洲买回去给大嫂通奶水的，你们要我可以卖一条给你们，就算互助吧。快把钱拿来。"春水伸手向他们要钱。

"看不出你这个麻头鬼胆量还不小，竟敢戏弄老子我。"为首的一看春水在玩他，伸手一巴掌，他要用暴力让这个不知天高地厚的小孩受点教训。

春水从小习武，眼尖手快，他把头一低，巴掌抽了个空。三个大人被春水弄得团团转，气不打一处来。

为首的那个人说："这路廊前后十里都是山岗，也没有岔路，这小女子一定是这塔里鬼藏了。"

"贱货，给我打，不打不说实话。"为首的凶相毕露。

"啪"，左边的矮个子顺手给春水一巴掌。右边的高个子又一个五花栗敲在头顶骨上。那个为首的从后面一脚把他踢倒在地。

　　这突如其来不明不白的一顿拳打脚踢，把春水激怒了。他从地上爬起，看了三人一眼，突然对着面前的矮个子一个牛头拱，两人一起滚下山坡。坡下是清溪，那矮个子一个金刚起来扭住春水不放，用拳头使劲擂。上面的两个追了下来，春水一看不好，他把矮个子往溪边顶，两人扭住了跌入清溪。岸边水不深，岸上两人一起跳进水里，一不做二不休，想把春水淹死在溪里。

　　春水从小玩水长大，在深水中能把大鱼儿抱住，他的水性在泳溪有名。清溪虽然和缓，但是溪面宽阔，中间都是深水潭，他抱住矮个子的脚往下拽，高个子想拉住同伴，可是脚下是光溜溜的卵石，俩人一起滑入深潭。两个打手是燥地鸭，一下水就站立不稳倒在水里挣扎着，春水钻出水面，一人一腿把两个恶奴踢入深潭。

　　春水脸上半边红肿，头顶一个大包，脚腕酸得伸不直，这无缘无故地屈辱让他无法忍受。他又一脚把矮个子踹一边去，抓住高个子衣服，一上一下地在水里几个来回。高个子像一只落水的狗，大口大口的冷水直往肚子里灌，三两下没了人样。春水再起一脚把他推往对面的浅滩处搁着。他又把矮个子从水底下捞起，也让他灌饱冷水，把这两个狗腿推在一起。

　　春水几下游到岸边，那个为首的原想帮一把，看到两个打手被这个半大的孩子弄得像两条肚皮朝天的死鱼浮在水面，一声鬼叫，拔腿就逃。

　　水中的精彩打斗，都被山姑看见了。见那个为首的逃了，山姑走出岩洞，她对春水福了一福说："小兄弟，今天没有你，我是在劫难逃。为了我，害得你受了伤，不知如何答谢你。你怎么也会路过这里？"

　　"这位姐姐，我在桑洲赶市，这是回天台老家的必经之地。路见不平，拔刀相助，这是男人应该做的。一点皮毛小伤，不碍事。"春水深受哥哥的影响，别人有难，遇上了帮一把这是本分。他站在溪边伸伸手，抬抬腿表示没有什么大碍。

　　"小兄弟，我还不知你姓甚名谁，家住哪里？"

　　"我叫潘春水，排行第三，村里人都叫我潘老三。家住泳溪下溪头。"

　　"今天出了这么大的意外，那两个恶奴躺在水边不知是死是活，就是不出人命，他们也不会放过你。不要回家了，跟我走吧，等过了这阵风你再回去。"山姑对春水直说这事的利害。

这时远处传来一阵马蹄声，山姑说："小兄弟，我们再去躲一躲。"

两人藏在石洞里，从茅草缝里看去，十几个人非刀则枪，他们下到溪里，把水中两人拖到岸上。为首的一探鼻子还有气，吩咐下人把两人抬到马背上拗水。那个为首的近前叫高个子名字，刚好一口脏水从口中射出，把他喷了个正着。他抬起一脚向拗水的家丁踢去，大骂："笨蛋，不长眼吗？"在马上吐水的恶奴一下子失去重心，直挺挺地摔在地上。

为首的吩咐两个家丁把两个半死不活的拖走，他和其余人骑马继续向前，很明显是去追赶春水的，他们不会放过让三人吃了大亏的厉害小孩。

两人从洞里出来，春水看清了现场情况，一群恶人向他回家的路追赶。家是回不了了，自己怎么办？难道就这样跟随山姑去吗？

山姑说："走吧，等会儿他们返回麻烦就大了。"不管春水愿不愿意，拉着他的手直往山里走。

这是一条春水从来没有走过的陌生路，一会儿春水就发现山姑不是普通姑娘，她手灵脚捷，走崎岖山路如履平地，自己得小跑着跟。

春水问山姑："那三个追你的人根本不是你的对手，你为什么要我帮你？"

山姑微笑着说："没有为什么，这是师父吩咐的，他老人家要我在这里等一个能救我的人。几个人过去了，没有一个答应帮我。你是我等到的最小的又肯冒险救我的路人。"

"那几个追你的人又从哪里来？"春水想知道事情的真相。

"不知道，大概是巧遇吧。或许他们追的是另外的姑娘。"

黄昏时光，两人进入一座大山。春水奇怪，他对这一带的山水道路都很熟悉，就是这条峡谷从来没有走过。

前面是连绵不绝的悬崖，一个连着一个。在两个悬崖中有一道倒挂的石壁，石壁下有一块很大的芳草地，四周绿草茵茵，一旁山泉叮咚。岩下一个像张着大口的山洞通向深山腹地。洞顶上面都是悬着的倒挂石条，有的像倒插的蜡烛，有的像倒长的笋，更多的是像形态各异的动物。有的像人侧卧，有的像佛参禅，有的像犬伏地，有的像虎下山，一样的密密麻麻地倒插在起伏不平的洞顶和山洞两侧。走到洞口，山姑站在外面不敢多跨一步，恭恭敬敬地直立着。

"师父，如您所说的救命恩人带到。"她轻轻地说，恭恭敬敬地站在原地一动不动。

"带到大厅。"一个苍老的声音从很远的地方传来，很轻很柔，但字字清晰。

春水听不出说这话的是男人还是女人，他紧跟着山姑往里走。洞周围很暗，但看得清路。好像拐了几个弯才有了亮光，一个大厅呈现在眼前。大厅里有个一人高的平台，平台上是一把大石椅，上面坐着一位老人，只能看见老人的白发和白衣，却分不清是男还是女。

山姑把春水带到这里，她拉了一下春水的衣袖示意，自己默默地退了出去。

春水从小胆大，现在站在这深山的石厅里，面对一位神龙见首不见尾的老者，一股森然的凉气从脚心直冲到头顶。这不是害怕，是一种发自内里的肃然之气。

他在静静地等候这位老人的问话。

"你果然不出我所料，很好。"白衣老人说。

"有许多事情你现在还不懂，到时候我会告诉你的。家里你是回不去了，安心在这里习武，这是你今后的立身之本，也是你必须走的路，别无选择。你只有一心一意走好这段路才能出山。"声音和在洞口一样，很轻很柔，字字直入心底。

春水没有说话，只是微微地点了点头。

"从现在开始，你就是我的关门弟子，以后一切听从你师兄安排。退下。"说完，人和声音一起消失。

春水眼睛没有眨过，这位神秘莫测的师父说不见就不见了。他是怎么走的，又到哪里去了？春水一肚子的疑惑，只能默默地藏在心里。

他走到洞口，没有一个人影。师父说一切听从师兄安排，他去找师兄，师兄在哪里呢？

"师兄，师兄。"他叫了几声，等了一会，不见有人来招呼自己，又轻轻地呼了两声。

"噢，出来了，好。我在给你收拾住所呢。没想你这么快出来了。"山姑笑得像一朵花，原来的破衣烂衫换成了一袭白色的飘逸长衣。他细细一看，山姑身材苗条，比他大嫂还入目，她说话的声音也像大嫂叫他一样亲切。

"姐姐，师父让我找师兄，我的师兄在哪里？"春水问山姑。

"这里就你、我和师父三人，没有别的人呀。"山姑的话不容置疑。一路而来，春水真的没有见过第四个人。但是他还是用眼睛把周围扫了一遍，除了他俩全是昏暗的岩壁，再也没有第三个人影。

山姑见春水转着身子找人，笑道："我就是你的师兄呀。我不能当你的师兄吗？师弟，我就是师父说的那个师兄呀。你不喜欢吗？"

春水一愣，但他很快醒悟过来，山姑早早地跟了师父，俗话说"先进门三日大"，这位姐姐当然就是师兄了。

"师兄，"春水恭恭敬敬地叫了一声，"以后这里有什么事您尽管吩咐，重活、轻活我都会做，真的。"春水说得很自信。

"还能有什么事，跟我走，带你去一个新地方。"

山姑把他领进一个小石房，是大洞边上的一个小山洞，里面亮着一根松明。一股松脂的清香弥漫小洞。石桌、石凳、石床，床上有一条芦花被叠得四四方方，摆在石床正中，这就是洞里的一切。

"以后你住在这里。"山姑对春水说。

这是春水的卧室，比他家里的宽敞清净。

吃饭在洞口一个不大的石洞里。石桌上都是野菜、野果、山粉和黑黑的树根。春水走了一天，原来想回到家里吃中饭，他已经饿了，随手拿起几个野果咬着，味道鲜美，芳香扑鼻，比自己在山上摘的好得多。这黑黑的树根是黄精，他曾经跟哥哥去挖过，长长的粗条黄精一节一节相连，黑中透亮，柔软甘甜。他吃了手指大的一根感觉好像吃了几碗饭一样，饥饿感一扫而光。

山姑师兄说："山里只有这样的东西，你慢慢会习惯的。今天你出了大力，早点休息。习武人不横着睡，晚上都是打坐的，因为你新来初到，我怕你一时适应不了，给你弄了一床芦花被。睡吧，我就在你对面的小洞里，有什么事你叫一声。"春水听着山姑说话，好像又回到了自己的家。

是有点累，春水倒在石床上，很快就睡着了。他没有想到，自己一宿不回家，急坏了多少人。

山红嫂子说："春水说他到桑洲卖草药，本来应该回来吃中饭的，可是现在天都黑了，仍然不见人影。"

"这小子不知野到哪里去了。"潘璋夫嘟哝着。

"三弟平时像个小大人，不是野孩子。这么晚了就是有做不完的事也要回家来，我们可以帮他一把。"夏水也感到奇怪。

"我们分头去找找，爹在村前村后转转。夏水叫几个后生在附近山里查看，或许玩累了在哪个山洞里睡着了。我和廷良到桑洲走一趟。"秋水安排好众人分头出发。

村前村后，附近的山头，都是星星点点的火把火燎，"春水——你在哪里——"的叫喊声在山谷回响。秋水、廷良赶到桑洲，他们在卖草药的地方问过几个本地人，一位在桑洲开草药铺的老人说："白天是有一个半大的孩子在这里卖草药，他的草药正是现在给小孩子吃'四日两'的应时药，没一个时辰就卖完了。他还去那边买了几条大鲫鱼才走的。"

老人说得确切，秋水、廷亮两人往回走。经过路廊，廷良看见路廊外有一只竹篓，拿起来一看里面还有两条僵硬的大鲫鱼和一只猪蹄，两颗棒糖。

秋水认得这竹篓是自己家里的，很明显小弟在这里遇到意外。两人在周围细细地搜寻，在溪边发现两个大人的帽子，草地有明显的踩踏痕迹。溪水很干净，也没有什么遗留之物。这到底怎么啦？

廷良说："白天这里出事了，至少有三人从路廊到溪边在打斗，这两个帽子在，却没见人影，说明帽子这边还有同伴。这事蹊跷了。"他们两人在这前后上下了几次，都没有发现一点新线索。

两人回到家，大家说，明天再到路廊踏勘，光天化日的一定会有新发现。

秋水、夏水他们一连走了几天，还是没有一点头绪。路廊还是原来一样，溪水一样清清白白。但是人的确在这里消失，可是他到底往哪里去了呢？

山红天天流泪，哭得两眼红肿。他是给自己买鲜鱼、猪蹄补奶水的，如今没了人影，心里刀绞一样。

潘璋夫逢人就说："这孩子是他娘一条命换来的，如今活不见人，死不见尸，叫我怎么向他娘交代！"

谁劝都没用。他不吃也不睡，不到七天，一命呜呼。秋水兄弟在村人的助力下草草地把父亲埋在他娘的边上。

天有不测风云，人有旦夕祸福。人生就像无根的草，好好的一家人，几天时间没了三分之一。

第二天起来，春水感觉自己走得太急，无论如何应该回一次家。这样不声不响地走了，家里人还不急死。他把回家的想法跟师兄说，希望师父能放行。

这样的事山姑说她做不了主，要问过师父。

山姑在洞口对师父说："师弟在此多次提及他离家没有和父亲、哥哥他们说明，走得太突然，家里一定会到处找他，他把事情说明白了马上回来。"师父回说："放他回去吧。"山姑以为师弟的进山如此不易，师父一定不会许可的，哪知师父爽快回复，她有点奇怪。但是山姑不敢多问，她告诉春水说："师父说你可以回去。但不可在外多逗留，去去就回，免得节外生枝。"她怕这个唯一的师弟一去不回，说了很多自己的意思。

春水隔着山洞，向里面磕了三个响头，又向山姑深深一揖作别。

"师兄，我去去就回，免得父亲、哥嫂担忧。"春水告别师兄，直向山外奔去。

山姑看到春水为人，年纪不大，却有一副侠义心肠。前天师父让自己改头换面去寻找他，一转眼又答应放他走，自己的一番心机不是白花了。

她在心里嘀咕，"'鳌鱼摆脱金钩去，摇头摆尾不再回。'如今师父放他出山去，这重返大水的鱼儿他还会游回来吗？"

"师父呀师父，您这不是害苦了我吗！"山姑不敢明说，她痛在心里。

太阳将要下山，春水一头汗水从外面回来。他在门口轻轻唤一声师兄，山姑一下出现在他眼前。

"师弟好脚马。这么快回来了，也不在家里住一宿，和父亲多待一会。"春水傍晚返回，山姑嘴里如是说心里却是喜出望外。

"师兄，天台、宁海的大小山头，我哪座山没有爬过，哪个坑门我没有进过，可是我在大山里兜了几圈，都没有找到出去的路，转来转去一整天，现在仍然回到这里。"春水低下头，一脸的沮丧。

山姑突然明白了师父的用心，不给他碰一次壁，他能安心在这不见人烟的荒凉之地？

山姑自讲自听：师父老谋深算，早把师弟的肚下梁看得清清楚楚。神，真神！

少年潘春水不顾个人安危敢仗义救人，现在又回不了家，家里那么多人惦记着他，父亲为他忧郁而亡，哥哥嫂嫂为他茶饭不思，他都一无所知。如今流落在这样荒凉冷僻的深山，他能习惯吗？

留在深山对这位少年的一生有多大的影响？他将如何度过师父要他留下的岁月？

欲知后事如何，请听下回分解。

第十二回

叮当岩少年展奇功
北山村夏水结良缘

　　大山里的叮当岩是深山中的深山，不到跟前看不见这一溜的悬崖。进出之路，早被洞主按照九宫八卦改造了，没有师父指点，这里就是一个迷宫，进来了出不去，出去了没有返回的路。前山后山，古木参天，鸟飞林间，兽奔陡坡，树上地下，伸手都是鲜果种子，都是受用不完的珍馐美食。

　　叮当岩形似从高空跌落的一滴水，一注瀑水从山顶飘下，常年不息。荒草地草青花红，蝴蝶蜜蜂常来光顾。山间树丫，悬崖壁下，一个个蜂巢倒挂着，蜜汁从巢内流出，百花的芳香弥漫四周，采下一个蜂巢，喝了这鲜洁润滑的甘甜蜜汁，人的皮肤气色永葆青春。靠近岩壁还有一眼冒着热气、散着硫黄味的温泉。岩洞里面空旷开阔，一直绵延着往山的深处去。山姑没有到过洞底，师父也没有让她进去过。这洞又高又长，里面没有安灯，只在师父座后顶上有一颗硕大的绿色明珠，发出青幽绿光。师父的脸刚好没在阴影中。她在这高山深洞十二年，从来没有看清师父的脸庞，也没有辨清师父是男还是女。

　　说来奇怪，虽然里洞没灯，但是进出的路依稀可辨。过去师父传授功法，以画本为主，他在一旁指点，山姑在前面演练。山姑的功夫都是这样学成的。现在师父新收了徒弟，师父指定自己教授师弟。师父说过，师弟不可能像她那样在滴水洞待那么长时间，要她严加督促，勤加管教。师弟偷懒，学不成器，唯她是问。

　　好严厉的师父！好真心的教头！

　　师弟啊师弟，你尚不知身负重任，只有把滴水洞的功夫学精了才能不负恩师栽培，也不枉师兄我对你的一番苦心。

滴水洞水滴石穿，功夫博大精深。无影步、缥缈手、飞凤追魂刀、夺命霹雳剑是镇洞四大绝技，只有滴水洞传人可以习练。

春水聪明过人，悟性超凡，在学堂墙外听听就把一部《诗经》背得滚瓜烂熟。他从小家道贫困，但是不管学什么都能刻苦耐劳，勤学苦练。而且懂得感恩，有恩必报。大哥有一身好功夫，跟他练过入门功夫，站桩、摆马、劈腿、下腰、悬空翻接大璇子步步到位，大人都不及他的身手，他是村里的小孩王。如今到了滴水洞，勤学苦练不用招呼。师兄说习武之人不横卧，他从第一天进洞就打坐。五更起床，松筋散骨，一连串的倒鞧，像一个人肉拧成的圆环，无一丝声响在空中翻滚。滴水洞老猿醉酒是基本功。这里崇山峻岭，处处坎坷不平，爬树攀岩，就像猿猴醉酒一样。看似摇摇晃晃，腿一曲，手一长，身体就飞了过去，好似灵猿在山间纵跳。和师兄去采摘野果，他已能比肩齐步。

师兄拿出一根柔铁棍对春水说："这套棍法，前挺后挫，力透树林；左右翻飞，落叶飘飘；大棍压顶，排山倒海，拦腰横扫，叶飞漫天；凌空而起，力挽狂澜。这套定海棍棒看似没有奇招，却是威力无比，势不可挡。"

师兄一遍演示，春水一一印在脑中，他练到第三遍已经心到手到，铁棍在他手中呼呼有声，势不可挡。

"习武有招有式只能算是起步，只有练到眼见手至，神力合一，自然无为这一步，那才是武学的至高境界。刀枪剑戟，独门秘功，无不如此。"师兄给春水点明武术旨要。

七天过后，山姑见春水的定海棍已经颇具威力，与他对练时有一股逼人威势，只是稍欠火候。

山姑拿出一把钢耙，春水一看和他们家的铁耙十分相似，只是宽阔都比铁耙大不少。师兄告诉他此耙是专打持叉之人的独门兵器，是师父为他量身定做的斗敌器械。

"钢耙一十八式，叉来耙去，看似简单，却招招暗藏杀机。用精了克敌制胜，功力不及，落败致命。你一生中必有所用，毋忘切记。"

"钢耙十八式，其中每六招中都有一式杀招。前六招的第五招名为'举耙朝天'。前面四式都是回避遮挡，麻痹对手。你突然之间'举耙朝天'顶开铁叉，瞬间七个耙齿压顶而下，持叉之人很难回避来势汹汹的七个耙齿。后一招是过渡。中间六招的末招叫'翻地起翘'，这招看似笨拙，因为是从敌方背后攻入，出其不意，攻其不备，敌方很难提防。最后六招分别是二防一杀，荡开左右'凌空起耙'和'落叶横扫'，二式连续进攻，步步紧逼，不给对手有一丝喘息机会。师弟你明白吗?"

山姑说得头头是道，一边讲解一边示范，只闻耳边风声啸啸，眼中人影绰绰，正是索命一十八招的惊险之处。

钢耙本是农家之物，虽然分量不轻，可是看师兄示范，当真的凌厉非凡。滴水洞的野果、黄精换了春水骨肉皮囊，他每时每刻都感觉浑身有使不完的劲，这把铁耙在手中舞得如玩竹蜻蜓呼呼有声。

山姑见师弟武艺大进，一天一个样，日日有变化，但是随机应变和灵活幻化停留在原有水平上。她向师父报告这一情况，希望师父指点迷津。

师父说:"这孩子心地敦厚，人世间的恩怨刻薄还没有切身遭遇。他目前是阅历肤浅，你带他山里转转，让他看看自然界的弱肉强食场景，如何寻求危难时刻破解规避之术。你要引而不发，过后略加点拨即可。"

翌日，师兄弟一早出发，山姑没有把外出真实意图告诉春水，只是说到远处去采些可以备冬的野果。

两人手执药锄，各背一个大竹篓，往高山密林走，一路见好就采。红中泛紫的冬柿挂在树梢，好像悬着一盏盏精巧的红灯笼。黄里带绿的藤梨在枝条下荡荡悠悠。高低错落的山楂果如一层红霞布满枝头。从金黄刺壳裂出油光晶亮的是香甜的紫板栗。一层层从黄色松塔中裸露出的是圆滑红润的松子。比板栗小巧的圆滚滚开小口的榛子一碰就像下雨似的往下掉。像戴着毛茸茸白帽的芡实果看一眼就会流口水。还有要从地下挖的莲台般的百合。狼其丛下有深埋黄土中的乌糯。像番薯一样粗壮的葛藤块。长长的一节连一节的鸡头黄精，大步间隔的玉足，还有圆圆的厚实的山捣臼。在这杳无人迹的深山老林中随处可摘可挖，他们只挑最大最美味的，背篓已满，两人越采越开心。

突然前面平静的林子里传来一阵灌木枝条互击时发出的哗啦声，远处丛林被犁开一条裂缝，声音向这边越来越近。山姑一把抓住春水。

"前面有大野兽来了，我们先躲一躲。"山姑轻轻地说，一手把他拉到自己左侧蹲下。

春水跟哥哥上山弶过山兔、麂子，捕捉雉鸡，胆子不小。他想看看高山密林里野兽有多厉害。

"就在这里吧，看看是什么东西把声音弄得这么响？"春水回应师兄。

山姑想看看这位小师弟的应变能力，就坐在大树丛后的一块岩石上。在这里他们能安全看清前面情况，又处在下风头，不会惊动山岗的大物。

山姑知道来的应该是一只大野猪，已经能闻到一股很浓的膻味。这头野猪为什么要急急忙忙又慌慌张张地往下山方向直窜。野猪号称"拼命三郎"，发动攻击时只进不退，而这头野猪却如丧家之犬，慌不择路，一定遇到了比它更强劲的对手。山姑经常上山，还没有遇到比野猪更厉害的野兽，很想知道这里还有什么凶狠的大动物。

"今天巧了，我们有好戏看了。师弟，你可以见识一下大山里的奇遇了。"山姑悄悄地对春水说。

不出山姑所料，转眼间前面山岗一只棕黑色剪刀花的吊睛兽王兀立在崖顶，一对黄绿色的大眼睛在搜索猎物，眼中露出两道凶狠的目光向下方直射，很快看到下面灌木丛在翻动。它马上调整方位身子往后一挫，后腿一蹬，前爪凌空腾起，一声呼啸，纵下山岗，直扑下面猎物。果然不枉兽王称呼，这一跳一纵不偏不倚，一脚把大野猪搓翻在地，前爪按住野猪胸腔，一口咬断脖颈。野猪在草丛中挣扎，怎么也翻不了身，不大一会儿就没有了声响。两人看着老虎把野猪拖到空地享受美餐。

老虎现身，搜捕猎物，腾空而起，俯冲扑压野猪，一口咬住喉管，一连串动作闪电般完成。春水被老虎搏击野猪的动作惊呆了。

"师兄，太精彩了。没有一个动作是多余的，没有一下作为是无用的，既稳又准，一招置敌于死地。嗯，这老虎果然可称百兽之王。"春水自言自语地称赞老虎。

"不错，动物捕食和人搏击一样，要取胜对方，眼到招式到，精力合一，融会贯通，以快准取胜，这是克敌制胜的根本。"山姑在自语，也是回应小师弟的感慨。

春水对师兄说："今天出彩，美食多多，意外收获颇丰。数年苦练，不如今朝外出一回。太长见识了。"

千闻不如一见，一场你死我活的搏斗胜过平时的千言万语。

第二天，师兄说："师父有一套九式功法要传授给你，叫'蜻蜓点水'，专练飞腾跳跃，招招以快见长，配合滴水洞的秘籍，即能发挥更大威力。你要仔细揣摩，细心领会，才能进入堂奥，得其精粹。"

"'蜻蜓点水'九式功法，每式三招，一共二十七招。第一式横空出世，第二式燕子衔泥，第三式碧波探水，第四式泥丸垒巢，第五式飞越顶戴，第六式琼台小憩，第七式穿花过街，第八式庭院筑寨，第九式闭关自守。招招式式，电光石火，起于无形，终于无踪，防不胜防。滴水洞的刀剑棍棒融入这二十七招，定能无可匹敌。"山姑把招式要领边讲边演示。

机变原是春水弱项，自从那天看了老虎扑食野猪，一下茅塞顿开了，演练起来和过去完全不一样。那个九式"蜻蜓点水"，只见人影翻飞，来去无影，山姑在一旁额首暗赞：师父洞察秋毫，师弟聪明颖悟，一点就透，一学即精，果然是可以造化之才。

三年过去，春水武艺大长进。按师父指示，山姑可以为他传授刀剑二术：滴水洞两门看家绝技。

飞凤追魂刀有七十二式，攻防结合，以攻为守，招式美艳，如凤飞舞，捷如电光，快速无比，因打得对手灵魂出窍而得名。

滴水洞藏有一柄泰阿古剑，一本夺命霹雳剑谱。这把古剑和这套剑谱大有来历。

春秋战国时期，晋曾是列强之国，多次攻打楚国，最后一次他们把楚国的大部分国土攻占了，又把都城郢重重围困，一困三年。楚国已到了弹尽粮绝的灭亡之日。

楚王不想做亡国之君，就亲自上城。他引剑刺身，以血祭剑，大声对留守将士说："这一战如若不能退敌，我引剑自刎，你们各自逃命，复兴楚国的重任落在你们身上。"

楚王吩咐完毕催马向前。他拔剑出鞘，挥剑指敌，一团排山倒海之气喷射而出。泰阿之剑一路挥舞，如风雷滚滚。宝剑所到之处，无不石飞沙走，剑锋所指之地，日月无光。晋兵营中，如闻狮吼虎啸声，片刻之间，一片鬼哭狼嚎，晋营大乱。楚王身在马上，飞速向前，泰阿之剑左砍右杀，晋兵血流成河，楚国大获全胜，最终把晋兵赶出楚地。

泰阿剑因此成为威道之剑，卫国之盾。滴水洞由此创生威道之剑谱——夺命霹雳剑法一百单八招。

刀光闪闪，剑影重重。春水苦练一年，入得堂奥。师兄弟两人对练，山姑已感力不从心。她知道师弟肩负使命，更为师弟的勤学苦练、精益求精而欣慰。

又是初夏时节，春水拂晓起身，在草坪练功。师兄要他每日各习三遍，他自觉体力充沛，一身的劲无处使，就从棍棒刀剑中摸索新章，自创一套山水联动的攀爬功法——壁虎螳螂掌。

这套掌法模仿壁虎趾端扩展黏附能力，利用脚底和手掌吸力灵巧快捷在岩壁上行走，又模仿螳螂迅雷不及掩耳之势从后背巧袭取胜。

他从滴水洞口岩壁黏吸而上，活像一只巨大的壁虎在石壁间游走，刚从洞檐翻出，又倏地一下穿过飞瀑，落在水边的一根红藤上，恰好一只蓝翎雀从他头上飞过，春水伸出右手一抄，那飞鸟两脚被他夹在中食两指间。蓝翎雀奋力扇动羽翼企图挣脱。春水左手中食两指夹着，那鸟双翼奋力扑腾，两脚乱蹬喳喳鸣叫，怎么也挣脱不了。

春水从半空飞下，这一切早被师兄看在眼里。他走到山姑跟前，抱手一揖说："师兄，蒙您数年教诲，倾心关爱，春水无以回报，今日偶得翠鸟，鸣叫清脆，羽翼漂亮，请师兄收养。这是我送师兄一份不成敬意的薄礼。"

春水已经长成男人。来时一个纯真少年，如今比自己高出一头，黑发粗而柔，剑眉大眼，脸膛微紫，鼻正口方，身材匀称。一身黑色的布衣展示出宽阔肩膀，倒三角的身躯，浑身上下的肌肉从薄薄的衣衫中透露出来，从上到下，无不喷射出青春魅力。

好一个顶天立地的奇男子，好一位英武豁达的剑侠。

山姑的眼里掠过一丝惊奇，千般柔情从明眸中溢出。她为春水的飞檐走壁之功和疾如闪电的擒拿手法叫绝，更被他的青春魅力倾倒。

她为他对自己的感恩之意情满心田，伸出嫩白的纤纤玉指从春水的指间捧过小鸟。

"师弟不仅武艺精进，而且还有独创能力，把壁虎的吸附和螳螂的扑杀结合得浑然天成，后生可畏。这鸟漂亮逗人，师兄我十分喜爱，谢谢师弟一片深情。"

"师弟啊，鸟和人都有共心，向往自然，热爱生活。愿它和我们一样，天天自由自在。如果它有机会重回蓝天白云间，到它自己想去的地方你愿意吗？"

山姑说毕，也没有等春水回答，她两手平摊，那鸟扑棱棱在上空飞旋三圈，一声清鸣，直上云霄而去。

"放得好。师兄果然人好心更好。那鸟儿刚好飞过，我只想试一下螳螂掌的威力，果然一发命中。"

春水一身是汗，他对师兄竖起大拇指，跳进水池去泡温泉，洗刷一身臭汗。

"好好泡泡，我去准备早餐。"笑靥如花的山姑走进滴水洞。

春水突然失踪，老父魂赴黄泉，其乐融融的一家瞬间失去欢乐和笑声。一晃三年过去，小弟不知下落，老父过世，秋水又得一图，一家人的生活担子越来越重。

夏水已是大小伙子，到了娶亲成家的时候。可是这家几乎又回到当年的尴尬窘境。

北山表叔又轮到种祠田，请兄弟两人过去帮工。一丘十几箩的大田，麦子刚割，要挑基肥，犁麦田，拦山水筑水做田沿坝，打耖，都是不轻的农活。表叔老了，当年种祠田的老的老了，走的走了，能种大丘田的人少了，秋水、夏水兄弟成了种祠田的主打劳力。好在两人都是血气方刚的年龄，也不在乎这些重活。秋水扶犁，夏水耖田，两兄弟的活儿让北山人又开了一次眼界。

耖田是插秧前的最后一道大活。耖大丘田的难度在平字上。新手耖田，山是山，海是海，插在高墩的嫩苗晒死，插在低潭的淹死，等那些黄秧还魂，长势已经远远地落在后面。没有五年耖田经验的农民不敢落大田坷耖，就是这个原因。

夏水把大水牛吆喝得飞快，他看清整丘田的高低走向，一遍横耖，两遍对角耖，再把高出水面的泥往低处载。过后从田中间开始，人站立在耖耙上，一鞭篾梢，一声呼啸，赶得大水牛四蹄直挂，田水像汹涌的钱江潮，滚滚向前，轰轰有声。他像一名远古骑士，一手勒住缰绳，稳稳地站立在耖耙之上，一手挥舞篾梢任大水牛在水田中飞跑。那样子就像大草原上的骑手，威风凛凛，势不可挡。

北山村是个几百户的大村，夏水耖十二箩祠田，竟然吸引了全村的老少娘们。他们从来没有见过这样猗耙耖田的后生，尽管泥水溅射一身一脸，个个竖起大拇指称赞。

表叔的一位远房兄弟，是北山村乌庄头，夫妻俩只育一女，一心想找个上门女婿。姑娘人品在北山是个村盖①，虽然有许多后生自愿入赘，这位叫荷花的姑娘都没有看上。

许是姻缘已到，坦头市日老娘叫荷花去看望舅妈。对她说你舅妈刚生了孩子欠奶吃，小孩肚不饱整天哇哇叫，白天忙不迭夜里更难熬，把这娘团俩都拖得失了神。这几天正是插秧时节，舅舅有里没外，娘要她在那里多待几日当个帮手。

昨天舅舅听村里人说苍山顶有一种专治无乳汁的草药叫黄狼树根，用它和猪前脚尖以小火炖汤，吃肉喝汤，这是女人通乳的独步方子。舅舅问荷花他北山村哪山里有。荷花听说就从周家岭外婆家回来，正好看见祠田前一群人指指点点在议论什么，她凑过去看热闹。人刚到田边，正好夏水徛耖耙朝这边冲来，大水牛还未到田边，激起的黄泥浆水溅得她一头一脸。她刚要看是哪个冒失鬼，夏水一扯牛绳，"哦——"的一声，跳跃着的大水牛听懂主人的口令，在荷花面前刹住了车。夏水一看坏事了，泥水把这位姑娘的脸面和一身新衣弄得像花猫皮。他一连串的"啊，啊，真不好意思，这牛力气大得没处去，又纵又跳弄脏了你的新衣衫"。荷花正要开口，像春风一样和蔼的声音送入她的耳朵。她一看这人怎么那么像以前在这丘田挂头埭的秋水大哥。仔细再看，没有秋水老眼，一个二十出头的毛头小伙子，方脸大耳两眼放光，赤裸的上身，两臂和肩膀的腱子肉结结实实，藏有使不完的劲。

荷花站在地沿，夏水从操耙上下来，泥菩萨一样的夏水风姿不减，一股浓重的男人味撞入她的心田。

"好一个后生，耖田徛耙像赛马。"荷花嫣然一笑，嘴里没说话，心里却议论开了，说了一句本不该问的话，"你是谁？怎么和上次在这丘田挂头埭的大哥一样。"

"噢，那年在这里挂头埭的是我哥秋水，我叫夏水。我们兄弟俩今天都在这里给表叔种祠田。实在冒犯了姐姐。"

听说兄弟俩又在这里种大丘田，还一口一个姐姐地叫着，这个陌生后生给了她一个难忘的印象。

---

① 村盖：形容姑娘是村里第一美人。

干干净净的衣裤粘满泥浆，这位平时不苟言笑的姑娘怎么一反常态，她旁边的村人有些不解。

都说秋水是插秧第一高手，今天来了兄弟俩，自然是村里的大事，祠田周围都站满了看热闹的人。

兄弟俩早已做了准备，田耙好了，秧也打齐了，他们俩来了个上端、下端两头同时"挂头堞"。

夏水在上首，秋水到下端，两兄弟低头从胯下看了对方一眼，调整脚步就开始插秧。大田里传来噗噗的有节奏的插秧声和间隔有序的哗哗蹚水声，一盅烟后两人都返回插第二堞。

众人走近一看，太厉害了。看似随手插下的秧，远远看去行行像用种田绳牵着一样。两人的交手行分毫不差，比牵着田丝绳还硬直。横行与直行一样，斜行向两对角延伸，行行堞堞，清晰挺直。村里的几个老把作说，"这随手丢下的秧一会儿就连成一行行绿线，木匠师傅的墨斗也不一定弹出这样匀称的直线"。

夏水身板扎实，上下肌腱坚挺匀称，一表好后生。没有婆家的姑娘借着看插秧，其实是出来看兄弟俩的风采。

荷花从来没有见过这样插秧，更没有见过种田插秧可以像大姑娘绣花那样入目的。一堞堞，一行行的绿线比绣娘一针一线还精准。这样的男人哪里找？这样的汉子她乐意，不用说父母也一定会喜欢。

真凑巧，第二天大伯来荷花家，荷花原想出去找个姐妹打听夏水的消息。一见大伯进门不知为了何事，她一个未出阁娘边囡，自然不敢相问，嘴里说道："大伯有事？我爹在菜园哪。"说毕她取消了原来的打算，反身回房，她很想知道平时很少到她家的大伯，这个时候来到底为啥。她不敢明目张胆地听大人说什么，只能暗暗地在里间偷听。其实大伯和父母说得很响。荷花的爹妈早已见过夏水，对他十分好感。二老私下说能把这样的后生招进做女婿，这是划一无二的好事，他们心里的大事也就落心肚了。大伯倒是直爽，他对荷花爹说："兄弟哪，老哥我今日踏进你的门槛有话就直说了，你的独子囡要招个进，现在机会来了，不知你有心讲还是不讲。"表叔是给荷花做媒来了。荷花她爹为独生囡的婚事也是伤尽了脑筋，他要人好人慧还要愿意上门入赘，所以一拖再拖。今日听老哥之言，好像有点门道。他边笑边俯首问道："老哥最懂我的心思，是哪家后生？"表叔一看时机到了，他说："我侄佬潘夏水，秋水的二弟，你认识的，昨天给我耖田，今天兄弟俩上下头一起挂头埭。一表人才，又慧又能干，没得说的。我已问过夏水自己，他说只要人家好，可以上门。你说呢？"真是上天对他家的恩施，荷花爹妈都看过夏水耖田种田，那时二老心里就在忖，能把这样的大后生讲进门，田垟生活就不用愁了。以前只是想想，如今就要成真。他很诚恳地说："老哥做媒，定是不错。一切就拜托你了。"一口把这门亲事答应了下来。

荷花在里面把表叔和老爹的对话听得沥沥清清。心底有一股蜜汁涌起，那个心妙，美不可言。

她装作刚从外面回来走过老爹跟前，她爹马上把喜事传达给她。她羞得不敢抬头，丢下一句"但凭父母做主"。躲进自己房中去乐。

北山村的乌庄头人家，一切都是现成的，荷花父亲到坦头择了吉日，就烧汤水大办喜事。他把全村各户的家长都请来座席，一桩婚事就高高兴兴地促成。

北山村的一丘祠田，成全了两对好鸳鸯。苍山脚下的四乡百姓把这事当作美谈。

于是泳溪有了这样的传言："插秧像穿梭，耖田如涨潮，头埭上下挂，女婿潘家找。"

下溪头潘氏三兄弟，都已长大成人，他们各据一地，忙着自己的一份生活。我们一起再返回桃柳溪，看看叶姓一家子在忙点啥？他们那里也一定不会闲着。

欲知后事如何，请听下回分解。

第十三回

李燕飞娘家贺寿辰
黄武举海游逞霸道

日月穿梭，光阴似箭，沙柳女李燕飞远嫁桃柳溪已有一十五年，如今子女一群，她很想回老家去探望父母，和他们说说话、尽尽孝，却一直不能成行，实在也是走不起身。很快大女儿出世，丈夫忙于生意，公公婆婆年事已高，一大堆的家务事必须自己照料，后来又有了两个儿子，更是离不开家，长长的十五年没有回过一次沙柳，正中了"生囡白养"这句老话。她思亲之情日萦心怀，睡梦里都在往沙柳走，但是却不知家在哪里，醒来不知所措。

李燕飞对丈夫说："今年五月十五是我老父生日，也是你岳父六十寿辰，我们再忙也要走一遭。老爹不但是你岳父，还是你的发迹恩人，你早早地准备一下，我们和孩子都应该到沙柳探望两位老人，看看十五年没有见面的父母和兄弟哥嫂一家，也让下一代孩子认认这条路，以后可以互相走动。亲眷家应该多走走多聊聊，互相了解，增进感情，亲情才能和谐久长。"

沙柳是叶建兴发家根脉所在，如今不但在泳溪拥有两家店铺，经营海鲜咸货和南北山货，又在坦头和县城各经营一家咸货行，三地生意都红红火火。他对沙柳李氏渔行的感恩之情自然铭记在心。今年是老岳父六十大寿，正是报恩机会。他吩咐管家，把寿辰的礼物准备定当。

叶建兴为老丈人的大寿定制了一副名人中堂。中堂长轴画面底色是淡彩的东海渔村，一轮红日喷薄而出，映红了天空，远处水面有几条渔船从大海归航。画面中部一株虬枝苍劲的古松郁郁葱葱，从一旁斜逸而出，一对丹顶鹤如舞如蹈相依相偎立于横着的树干上，一幅标准的松龄鹤寿图。一副洒金大红丝质寿联用颜体写成。上联：福如东海日月耀昌明；下联：寿比南山松鹤舞长春。一柄嵌金紫檀如意闪光耀眼，一把镶玉白银水烟壶造型精巧，一根漆色千年老藤雕刻的龙头拐杖黑里透红；两大盘粉红寿桃，三大盘点朱寿糕，八十斤寿面分成六份，一扎一扎系上红绸条，正中点红的八百对双喜馒头，还有寿公寿婆的红缎寿衣各一套，寿帽、寿袜、长寿鞋各一双。

管家报告说，除了分发伴手礼的寿桃之类在出发前一天送到，其余置办周全。叶建兴夫妇看后很是满意，重新一一包装候车，单等吉时启程。

大柳溪与沙柳中间隔着宁海桑洲镇，一路而行非山即岭，叶建兴一家五口分坐两架红绸马车。夫人带着小儿兆虎一车，春阳与弟弟兆龙一车，叶建兴骑一匹红色大马，照看前后。五月十四一早，两车一马连同下人车驾长长一溜，颠颠簸簸出泳溪，向桑洲进发。

姑爷、姑奶奶一家子到沙柳贺寿，老父李正东也早早地让儿子李守业到桑洲客栈接站。守业也是十五年姐弟未会，在客栈见面大有隔世之感。除了送亲望三日以后，姐弟就没有再走动过。两地说远不算远，说近也不近，平时没有什么大事要事，各家都忙着生意家事，姐弟间的亲情几乎忘了。三个外甥叫着舅舅，李守业看着都高兴，送走的是一个姑娘，接来的是拖儿带女眼角起皱的大姐一家五口，只感觉度日如飞，世事沧桑。在桑洲吃过中饭，还有几十里路要赶，大家匆匆上路，车马隆隆直奔前程不在话下。

到沙柳已是申牌时分，母女俩一别十五年，老娘已是白发苍苍，当年水灵灵的姑娘已是儿女成群的半老徐娘，相见时流泪又欢笑。李氏夫人抱着外孙女，细细端详，不就是当年水灵灵的亲闺女，容貌姣好，气质更在闺女之上，口中"宝儿、贝儿"呼个不停。又揽着两个外孙不放，喜得老外婆心花直放，三个大大的红包塞到外孙手中。春阳推却说，"自己已经是大人，不能孝敬外公、外婆已是大不敬，再受红包端端的使不得"。外婆说，"外孙女再大，老阿婆眼中都是娃娃，又是第一次见面，不可不受"。春阳偎依在老外婆膝下，虽然初次相见，却亲比祖母，这通着血脉的亲情自然不一样。

李家寿堂已经布置定当，门口一个寿牌彩楼，上面张灯结彩，两侧大红灯笼从彩楼一直挂遍整个屋舍，李宅笼罩在一片红光中。寿堂正中是女婿送来的中堂字画，四张小叶紫檀八仙桌前后拼接成一长溜，一对嵌寿落地大镴台上是十斤巨烛，红木太师椅分列两旁，红地毯、跪拜垫全部就位，只等寿诞吉时到来。

李正东生于寅时，子时已经把亲朋好友送来的寿礼全部摆定。里外灯笼，已经点燃，亮如白昼，很远就能看到李宅一片透天的红光。

沙柳街看热闹的人群早挤满彩楼。

寅时一交，司仪高唱：

"请寿公、寿婆上堂。"

李正东偕夫人一身卐字花红缎寿服，戴寿帽着寿鞋款款而出。寿星左手执玉如意，右手搀扶着执野藤龙头拐杖的夫人徐徐走向中堂。

"入座。"

二老分别在太师椅坐定。

"祝寿开始，奏乐。"乐队奏欢乐乐曲。

"献花篮，上寿果。"

一队家人双手端着女儿送来的寿礼鱼贯而来，依次摆放在八仙桌上。第一张是三牲福礼。第二张是四时水果，南北坚果。第三张是寿桃、寿面、寿糕、馒头。第四张是寿宴。

李守业点烛上香祭拜天地，给二老祝寿。他穿着簇新暗红缎面长袍，双膝跪地给父亲拜寿，口中说着："祝父亲福寿安康，长命百岁。愿母亲与父亲执手相守，白头偕老。"

"献茶。"司仪高唱道。

"八仙贺寿开始。"

这是渲染祝寿气氛，叶建兴特意从老家带来庆寿戏班。扮成八仙的演员一一而出，踏着唢呐锣鼓节奏从后面登场歌舞，贺唱庆寿献蟠桃辞。虽然都是乡间俚语，正是人人喜爱的好话吉祥语，一时响彻寿堂。

八个神仙，风采各异，依次歌舞上场。

第一个蓝袍执扇神仙飘然而至，他如在云里雾里边走边唱道：

> 沙柳斋主六十寿　福星高照耀寿堂
> 瑶池王母普慈惠　派遣仙翁送寿幛
> 上八洞府众神仙　降落寿堂凑热闹
> 第一神仙汉钟离　千年终南修大道
> 束发光顶不戴帽　身穿槲叶蓝衫袍

手掌团扇风飘摇　　光着脚丫驾云到
位列仙班第一位　　特来庆寿献蟠桃

汉大仙摇扇而去，后面一个又一个神仙接踵而至。

第二神仙曹国舅　　头戴一顶乌纱帽
身穿绣锦大红袍　　手拿云板笃笃敲
人情世故心中装　　不爱虚华爱清高
脚穿金靴驾云到　　寿庆宴前说蟠桃
第三神仙张果老　　头戴浅灰员外帽
身穿酱黄宽袖袍　　白发胡嘴挺直腰
手擎渔鼓咚咚响　　倒骑驴子哈哈笑
双手拍拍和高调　　寿庆席前唱蟠桃
第四神仙吕洞宾　　头戴青蓝道士帽
身穿宽宽蓝衫袍　　肩背纯阳斩魔妖
慈心救苦传妙道　　千世万古名声高
寿宴席上醉三遭　　寿庆时刻夸蟠桃
第五神仙铁拐李　　黑面浓眉奇相貌
身穿玄色短长袍　　背依葫芦跨九霄
裸脚云游坐芭蕉　　铁拐横扫驱邪道
练就千年长生诀　　寿庆宴席赞蟠桃
第六神仙韩湘子　　发系红巾书生装
身穿白色飘飘衫　　口吹玉箫阴阳调
百花宝篮身后随　　普度善人升九天
脚踏呢靴驾云到　　寿庆之际扬蟠桃
第七神仙蓝采和　　头顶双束长发飘
名山修炼年纪少　　最爱拍板震魔道
身穿百花旧蓝衫　　手提竹篮采仙桃
脚踏祥云已驾到　　寿庆场前颂蟠桃
第八神仙何仙姑　　青丝高挽人妖娆

红衫绿裙登莲瓣　荷叶荷花向上翘
苦志修炼千百载　终登仙界随风飘
手挥拂尘花叶扫　特来庆寿分蟠桃

八个神仙重新会拢，一起联袂歌舞，重现八仙过海，各显神通奇观。

海岛神仙把橹摇　海潮滚滚浪滔滔
一橹推来一橹扳　寿船直抵至善堂
寿烛对对光明照　寿香袅袅炉中烧
寿酒杯中殷殷献　寿花朵朵叶绰绰
寿轴一幅挂中堂　寿联对对两边照
九千年生仙蟠桃　有福之人快来尝
和合二仙演和合　刘海大仙撒元宝
财神菩萨送财到　财源滚滚如江涛
众仙都来献奇宝　福禄寿喜乐逍遥

同白：
"今日齐祝寿，长生永不老。"
蟠桃祝寿辞完，寿堂一阵鼓乐唢呐。司仪高唱："拜寿开始。"
儿子媳妇跪拜。
女儿女婿跪拜。
孙子跪拜。
外孙、外孙女跪拜。
族人、亲戚祝寿。
家人、伙计、朋友祝寿。
敬献祝寿词：（李守业）
"天道酬勤人增寿；
宾朋满座家多福。"
恭祝父亲：
乐享天年，寿比南山不老松；

喜逢盛世，福如东海千寻水。

"献寿桃。"

"喝寿酒，吃寿面。"

寿星寿婆喝长寿酒。

"鸣炮。"

"寿辰礼结束，开寿宴。"

李正东父子经营渔行几十年，生意场上的朋友一一邀请，镇上有头有脸的大户一家不少，还有宗亲姻亲，古老眷属，邻里街坊送礼贺寿的络绎不绝。

熙熙攘攘的李正东寿宴好不热闹。

沙柳乃渔港码头，寿宴席上，名贵海鲜琳琅满目，时鲜山珍应有尽有。叶李氏的寿桃、寿糕、红点馒头、寿面、喜糖等伴手礼分遍沙柳大街小巷，李记渔行名噪一时。

寿诞已过，外婆心疼女儿，希望把外孙女留在身边做伴，与女婿、女儿商量说："李家聘一宿儒给孙子、孙女授课，外孙女正好一起入学做伴。"建兴夫妇自然一口允应。再说沙柳是一港口鱼镇，比泳溪更长见识，一切有外婆照料，比在桃柳溪更好，哪有不放心的？

春阳比舅舅的孩子长几岁，聪明伶俐又在一般人之上。表弟妹的学业都是早年熟识的书本，对表弟妹来说，她是比老先生更好更亲和的启蒙人，能从自己的角度给弟妹提供更容易听得懂的解释，没几天表弟妹就把这位表姐当成了他们的真正先生和依靠。春阳自己却以吟诵历代名人名家诗词为业，在古籍堆里寻找真知和快乐。

半年以后，春阳回大柳溪去给两个弟弟伴读。

常言道，山山有老虎，村村有野狗。海游不算大县，地痞、流氓、恶霸一样横行霸道。

县都监黄海光有个儿子黄武举，人称黄三少。黄都监大老婆、小老婆都没有给他生个儿子，他从戏班里抢了个头牌花旦做三姨太，希望给他添丁继承黄氏香火，延续黄氏龙脉。听说海神庙海神菩萨十分灵验，就带着三姨太到海神庙进香。黄海光许下心愿，海神爷给他送个香火继承人，就来重塑金身。一年之后，三姨太不辱使命，果然生下一个儿子，黄都监大宴宾客，重塑海神金身。

黄都监中年得子，又是海神菩萨所赐的黄氏香火继承人，给儿子取名武举，一心要让儿子像他一样取得功名，做个更大的武官，光耀黄氏门楣。

海神庙讨来的黄武举长得牛高马大，头发稀稀疏疏，眉毛几乎不长，一双光溜溜的小眼睛没有一刻不动，一副穷凶极恶的样子，加上黄黄的皮肤像涂着蜡，一看就令人恶心生厌。

三姨太自从生了儿子，黄都监把她宠到天上。从此，她在黄府不管能不能做，开出口来不能有半点含糊，说出的话就像圣旨，不能有一点迟疑，连正房太太也忌惮她三分。三姨太更不把下人看在眼中，有一点不合心意轻则一顿敲打，重则随意处死，手段比黄都监狠。一日她要去海神庙进香，丫鬟把鞋子拿错了，她指责下人是故意怠慢，要耽误她的好时辰，随手把桌上的青花瓷瓶摔过去。花瓶锋利的碎片割断丫鬟脖颈大血管，当时血流如注。三姨太不以为事，边上的人不敢去救，这个丫鬟很快血尽气绝而亡。在场的下人吓得浑身打战，从此人人自危，害怕厄运会降临在自己头上，只得唯命是从，不敢有一丝差错。

儿子黄武举从小被她惯养，脾气暴躁，性格乖戾，酷喜夺人所爱，一经入目，非取不可。黄都监自幼给他聘请教师习文练武，为他增加夺人所爱的本领。这位宠子见书瞌睡，学文头疼，提笔发蒙，单喜舞刀弄枪和拳打脚踢的全武行。几年以后有了一点基础，黄海光又教他家传的黄氏画戟，自以为功夫不错和家里的武师比武，这些武师忌于都监权势，只能装作不敌。自此黄武举以为自己已无敌手，就把家里前后几个开蒙武师赶走。一天他心血来潮，为了再次验证自己武功，就四处找人比武。家人说西北有位武师，远近闻名，他要家人带路前去比试。

那位武师见有人上门比试，而且手持画戟和他一个模样，认为是同行切磋，互相交流就欣然领命。两人在院外的场子拉开架势较量。武师手拿一条烂银铁枪。黄门恶少是跟家里的教师学的花拳绣腿，虽然随父学过几式黄氏戟法但功力尚浅，两人几十回合下来渐处下风。武师一条银枪使得游刃有余。他看对方体力不支渐露破绽，看准时机一招将他打翻在地。武师口说承让，收势立于一旁。

恶少从来没有败在谁的手里，受过这样屈辱，他从地上爬起头皮刺痛钻心，摸了一把手里全是鲜血，这还了得，心里戾气顿生。他口中说："你等着。"被家人架着就走。

武师一笑说："随时领教，不送。"心里嘀咕，"一个没见过世面的纨绔公子，也敢上门嚣张，不给点颜色看看，知道天有多高地有多厚？"这位武师压根儿就没把对手的话放在心里。

恶少返回家里，缠着父亲说此仇不报枉为丈夫，一定要黄都监为他出点子。三姨太见儿子受屈，拉着黄都监不依不饶："儿子被人打伤，你不管不顾，儿子还有什么脸面在场子上混。他是你的儿子，你黄家从此还抬得起头，一家人怎么走得出门？"

黄都监一听心里怒气顿生，他说："打狗也得看主人面，何况这是我都监的儿子。这口气自然难平，这个仇一定要报。"他立马叫一起去的家丁来问，知道那位武师只是地方上的一个拳师，平头百姓而已，没有大背景。他对儿子说："报仇不难，只要如此如此，就能神鬼不知，官府也就无处着手。"

一个月以后的一个风高月黑之夜，一队人马从县城出发，马后都驮着坚柴和油桶，朝西北奔走。第二天尖山脚下传来一个噩耗，那位武师之家被一场无端大火烧得片瓦不留，正在睡梦中的老人、孩子几十人都在这场大火中丧命。

人命关天，一场大火烧死这么多人，县衙闻报自然不能坐视不管，马上派都头衙役前去踏勘，因为没有线索，武师一家已经灭门，就按天火烧结案。

恶少灭了无辜一家，这是绝上下三代阴德的事。下人暗中给他一个绰号："亡三代。"

"亡三代"怨气虽然已出，但是终究心里不踏实，花拳绣腿成不了大事，可是这真本领到哪里学？

一天家人来报，说城隍庙来了一个奇人，自报从南海而来。这人至少有三奇：一是生得奇特。头颅扁长，嘴巴宽阔，眼睛凸出，活像条灰不溜秋的大鲶鱼。二是人长得小细，却很灵活。别人使用刀枪剑戟，他使的是一把混铁小钢叉，厉害非凡。三是这人暗藏百般奇毒，出手必丧人命。下人对"亡三代"说，"这人行动神出鬼没，说话口气不小，研奇门怪术，炼天下丹毒，还说只会有缘之人"。

"亡三代"一听此人如此奇特马上心生羡慕。他想要斗得过别人，还要夺取功名，没有这样的独门秘籍，单靠正宗武术，如何胜得了别人？

这位远来奇人真的与众不同。此人外形猥琐，不像习武之人。"亡三代"怕又是个诓骗的，既然到来，就要问个明白，弄个清楚，再也不能盲目拜师。

家人把这个奇人领到都监府，"亡三代"看他一副萎靡不振的样子，有点心不在焉。家人把他说得如何厉害，可他与以前身高马大的师父没法比，是否又遇到口出狂言的冒牌货。

"亡三代"在肚里嘀咕，既然已经请进门，先摸摸底牌再说。他抱拳一拱道："不知高人尊姓大名，从何而来，有何高教？"随手从刀枪架中拈起他的画戟一抖，在硬货面前，不愁你真人不露相。

"不敢讳尊，在下年北窑，人称'从不饶'，自南海一路游历到此，只会有缘之人。黄少初次见面，以武会友，有个性。不知少爷想怎么个会法？"年北窑面对盛气凌人的黄少爷一点不生气，他好像在会一个世交之后。

"亡三代"在尖山下吃过亏，知道自己没有多少耐力说："听说你武艺高强，未逢敌手，如在十招之内胜我，愿拜你为师。如若胜不了我，那就请你自便。"黄武举脸无表情，一声淡笑。

年北窑接过话头说："要切磋一番很好。不知是文比还是武会。只是我大你小，若用器械胜你，那是以大欺小，胜之不武"，他举起右手，伸出食、中、无三个手指一摇。"亡三代"以为三十招，就说："依你三十招，如果赢不了，你自寻出路。"

年北窑一笑直摇头，说："你使家伙我空手，三招让你画戟落地，你能拜我为师吗？"

"亡三代"一听不觉好笑，几个师父都败在自己的画戟之下，上次比武，已出百招，后来力虚才落败。眼前这个比自己矮小的南海人，竟敢如此小看自己，一定不知手中画戟是黄家传世之术，厉害非凡，罕逢敌手。

"我拜你为师？那要问问我的伙计同不同意。""亡三代"不再搭话，一招蟒蛇出洞直奔年北窑心窝。

画戟带风而来，眼看正中胸膛，年北窑侧身避过，一招落空。"亡三代"顺势踏上一步，一个左转，呼的一声，横扫年北窑腰间。

年北窑好像知道画戟要横腰扫来，他不是跃起回避，而是矬身一矮，画戟从头顶飞过，他已转身到"亡三代"身后，嘘的一声，像一条毒蛇凌空腾起，口中一声"着"，黄武举肩头一麻，画戟脱手。那戟刚要着地，年北窑顺势一抄，画戟已在他手中掂着，连"当"的一声都没有响出。

年北窑站到黄武举前面，把画戟举在手里一晃，"少爷若不过瘾，可以再玩一局。"

竟然在三招之内落败，一直以黄家戟自诩的"亡三代"很知趣，他两腿一并，扑通一声跪在年北窑跟前，一连叩了三个响头道："师父，我黄武举有眼不识泰山，冒犯您老人家，请您执行家法。"他跪在前面不起。

"你是我千里来会的有缘之人，我们一回生，二回熟，打是亲，骂是爱，哪有责罚之理。起来起来。"年北窑很是高兴，他走遍大半个中国，终于在东海之滨找到这个似曾相识的有缘之人。

从此以后，黄家把年北窑奉为上宾，年北窑每天在后院为黄武举传授功法。

年北窑的混铁钢叉是师门祖传秘籍，他把这套功夫传授给"亡三代"。这套滚叉三十六式，分天、地、人三节。地上一十二式名为滚地雷，横扫底部让敌无立锥之地，然后伺机扑杀敌人于慌乱之间；中部一十二式横空出世护身雷，在对方进攻时防身之用。钢叉飞转时密密叉影使得对手无隙可乘；上部一十二式轰天雷，是神人合一时最后取胜的法宝。钢叉在空中鸣叫，激越的风声似虎啸猿啼，闻之胆战心惊。年北窑一路使力，似玩小孩家家，脸不红，气不喘，看得"亡三代"目瞪口呆。

年北窑轻功了得，轻快之中夹变化，让人无从捉摸。他能在三招之内像蛇一样穿越，夺得"亡三代"画戟，就是这轻功发挥到极致所成。习这轻功要起步早，功夫深，没有十年苦功难以成就。

南方荒蛮多毒，草有毒、花有毒，蛇虫八脚更是毒。年北窑广采花草蛇虫百毒，然后把动物、植物之毒提炼混合制成剧毒，如此之毒，性更烈，无单方可解。命中人体三天之内除他独门配制的解方几乎无药可治。

"亡三代"一贯扰乱作恶，无人敢言，后来仗着老子威风，放火杀人，毁宅灭口已经不可一世。如今拜南海奇人为师，学得几手毒活，更是目空一切。从此不把任何人放在眼中，到后来连县太爷也怕他几分。

欺行霸市，夺人妻女，无所不行其极。只要他的一个眼色，小老百姓不是财帛散尽，就是家破人亡，妻离子散。

百姓叫天天不应，呼地地不灵。从此以后只要听到杂乱纷繁的马蹄声，沿途的人早早地能躲则躲，能避则避，谁也不敢冲撞这个凶神恶煞般的地头蛇。

"亡三代"自以为是，野心越来越大，他要扩张实力地盘。但是成就一个梦想王国，先得有钱财作后盾。海游是他父亲管辖的地盘，不能太过出格，出县势力难达这让他犯难。后来他听父亲说蛇蟠岛是"三不管"地方且富得流油，如果能收在麾下，这是最好的支撑。他父亲对他说过，那里是海盗出没之地，官府多次派员上岛收捐缴税都被海盗拦截。后来虽然多次派兵围剿，实力都不如海盗，每次不是以失败告终就是暂时安稳几日，官兵退走匪盗马上复出。官府无力控制，蛇蟠岛成了天高皇帝远的地方，到"亡三代"已历几百年。

要扩张要实力，要地盘要攻坚，要称霸要冒险。他和父亲秘密商量，借官府之力行利己之事。如今他有真本领的师父相助，必能旗开得胜。黄都监想想也有道理，答应来一次假公济私，打击了海盗也是他的功劳。一切都在暗中准备。

一天，"亡三代"和师傅年北窑一起带着一帮爪牙，黄都监带领官兵驾两艘商船隐蔽接近蛇蟠岛，很快被扮作小渔船的海盗发现。不一会儿，四艘快艇从两侧包抄接近大船，几个海盗攀上大船去劫持人质，上去的八个喽啰没有一个回来，船上也没有动静。这样的事情马上惊动船上的海盗头目。领头的四大王从来没有遇到过这样蹊跷的事，亲自带着四个小头目跳上商船。"亡三代"和年北窑一个用戟，一个用叉对付两个大头目，黄都监和官兵对付三个喽啰。双方一交手，海盗哪里是他们的对手，被"亡三代"、年北窑、黄都监杀得一个不剩。大船不退反向海盗的小船驶来。没有上来的喽啰一看不妙，马上掉转船头回岛报告。

"亡三代"有官兵助威，有年北窑助力，指挥两艘大船追上蛇蟠岛。"亡三代"和年北窑一起带领官兵大开杀戒。海盗哪里遇到过这样的高手，只能闭门不出。

蛇蟠岛海盗抢得了商船、渔船，却奈何不了这一伙人。海盗表示愿意和谈。"亡三代"本意不是要把海盗赶尽杀绝，两下讲和，互退一步可以试试。海盗说只要"亡三代"退兵，不去麻烦他们，就尊他为首，听他调遣，按时向他进贡——缴纳保护费，奉他为岛主。"亡三代"一听，这正是他原来的打算，有地盘还有银子，更让他得意的是他成为蛇蟠岛的岛主，有了地盘还有实力，他得了大实惠。蛇蟠岛的条件符合他的本意，就答应了海盗要求，让父亲退兵而去。

"亡三代"在蛇蟠岛站稳了脚跟，就问附近还有哪些地方可以走走。岛上的人说坐船进内，就是两县边界小镇，也可以从渔村骑马直达。

这个小镇就是沙柳，在海游和宁海交界之地，过去也是天高皇帝远的地方。

沙柳鱼市虽然不及海游繁华，但是生意做得很远，也算富甲一方的内地，老百姓安居乐业，是东海边上一处生意兴隆的好地方。

"亡三代"到沙柳看了一周，这个海边小镇人丁兴旺，市场繁华，比蛇蟠岛还富裕。这里家家户户安居乐业，只要控制住沙柳，他的梦想就会变成现实。他在这里安下眼线，把沙柳纳入新的管辖地。从此，这片清净世界扬起血雨腥风，罪恶的大网正在向这片乐土罩下。

黄家爪牙听说李记渔行等三家是沙柳最有钱的地方大户，要他们每年交500两保护银。其他大小鱼商，一二百不等。这是平白无故的一笔巨大支出。大家都说，我们上不欠皇粮，下不少赋税，凭什么还要交保护费。一纸诉状进了县衙，半年过去，如石沉大海，杳无音讯。

第二年开春，"亡三代"自己亲临沙柳，又贴告示又敲锣又喊叫，限定三天之内一次交清保护费，拒不交者后果自负。

沙柳人还不知道后果自负是什么意思，尽管天天锣声震耳，没有一户去送这不明不白的冤枉钱。

"亡三代"不见有人送银子，他想不来个杀鸡儆猴，这白花花的银子哪能哗哗地流入黄家金库？

第四天早上，一队家丁冲进沙柳街边的一家二流渔行，把渔行的鲜鱼、咸鱼全部翻倒在大街上，任马队在鱼上踩踏。老板从里面冲出扑向一个为首的，后面一根马鞭"啪"一下把老板抽倒在地，老板额头流血，他挣扎着想爬起来，一匹马从后面冲来把老板踩在地上。几个伙计来救老板，都被皮鞭棍棒打得东倒西歪，霎时间哭喊声响彻大街。为首的骑在马上对着大街两侧声色俱厉地喊："不交保护费，就是这样结果！"

"宽限三天，再不交钱，都是这样下场！"说完，这队人马扬长而去。有人到县衙首告，击破官鼓，一问告的是"亡三代"，这状纸没有人敢接。看到被打的渔行老板躺在床上不起，上诉县衙又无结果，沙柳百姓真是上天无路，入地无门，这怎么办哪？

从此沙柳镇的保护费成了定例，想过安分日子，心再疼，限期一到，只能拼拼凑凑战战兢兢地把辛苦得来的雪花银送到黄家。

"亡三代"在沙柳逞霸无法无天，沙柳人以泪洗面。恶霸横行霸道，不知何时能了。

欲知后事如何，请听下回分解。

第十四回

滴水洞仙师传秘籍
旧道地春水返故里

日出日落，冬去春来，树木黄了又青青了又黄，一转眼潘春水在滴水洞已经整整五年。他从一个半大的孩子出落成一个身材高大，体魄健壮，年轻英俊的铁打男子汉。可是他自己感觉还是和昨天刚到一样。这里虽然有三人，但是每天都是他和师兄两人一起的多。师父经常发话，真正见面的机会不多，直到现在也不知他住在哪里。他依然没有看清师父的面容，从话语中辨出男声、女音。尽管如此，师父对自己的关爱和恩德让他十分知足。没有师父收留，没有师兄陪练指点，他真不知道自己现在还在不在人间，更不要说已经拥有一身受用的本领。

师兄是他形影不离的伙伴，他们一起习艺，一起采药，一起炼丹，一起在山前山后闲走，天南海北地说着自己的见闻。虽然睡梦中他会想起家中年迈的父亲，两位哥哥，像母亲一样关爱他的嫂子，还有那个可爱的小侄子。可是一觉醒来，只要看见师兄的笑脸，他什么忧愁心事都没了。

师兄在春水的心中，就是最疼他的爹妈，就是为他洗衣做饭的大嫂，就是最关心他的两个哥哥，甚至她比他们还亲、还细心。师兄好能干，好像能看穿他心里的一切。她能从他的一个细小动作中，一句不经意的话语里，知道他在想什么，需要什么。只要他稍一皱眉，就知道他哪里不舒服了。

一次半昼，他在洞口闲坐，天上一队鸿雁排着人字形的队伍鸣叫着往南飞去，他看了一眼马上低下了头，若有所失。师兄正好从外面进来，她说："师弟，不要难过，雁飞雁过，这是季节变化所致，人来人往，更是世间常情；如若没有这样的来来去去，人世间也就没有了轮回往复。看透了这些，就能以不变应万变，把苦变成甜，把日子过得快快乐乐，人才活得潇洒自在。"

师兄的一番话对他很有启迪，他的一腔愁绪立刻化为乌有。

他哈哈一笑，就跟师兄练起刀剑。一个刀花滚滚，一个剑诀绵绵，远远看去好似两团白光，一会在林间飞舞，一会在空中翻腾，像是姐弟踏青，一前一后嘻嘻哈哈；又似情侣游春，挽手并进柔情蜜意。潘春水在滴水洞似鸟归林，如鱼得水。他像一匹骏马，在草原自由奔驰，引颈呼啸，即将驰向远方。

"春水，你知今天是什么日子？"洞内传来师父熟悉的声音，这声音是从来没有过的，十分轻柔，充满柔情。

山姑、春水在打斗声里听得师父叫唤，马上收了招式，来到洞口。

"徒儿愚钝，请师父明示。"春水在洞口回答。

"你们两个还不进来？"

山姑、春水互看一眼，马上相携进内。师父平时不来打扰师兄弟练武，今天破例，一定有重大事情吩咐。两人入内，齐齐跪倒在师父座前，等候师父教诲。

"今天为师要告诉你俩几件你们必须知道的事情。你们都要牢牢记在心间。"师兄弟两人知道他们的师父一定有十分重要的事告诉他们。

"师父，我们在您座前恭听教诲，我们一定会记住您说的每一句话，按您的吩咐做人做事。"春水、山姑异口同声。

"起来吧。十八年前的今天，我云游归山，在一个破庙前听到哭声，进去一看是一个还不到一岁的女娃，冻得瑟瑟发抖，身上一块青一块紫，嘴唇发黑，饿得哭不出声。如果没人收养，熬不到天亮就会没命。我看着可怜，就把她带到滴水洞来，用野果、山粉喂养，总算活了下来。这个女娃很聪明，很小就会干活，后来我教她习武，练成了一身功夫，因为不知她是哪里来，从小靠吃山果长大，就给了她一个'山姑'之名。"

"师父，山姑从小被人抛弃，您就是我的亲父亲。"听了师父说自己的身世，山姑泪流满面，她跪在师父脚边，重重地磕了三个响头。"师父的教诲，徒儿我永远铭记在心，一刻不忘。"

"这都是以前旧事，你也不必难过，都是师父与你有缘。"师父安慰山姑。

"五年前的今天，山姑奉我之命下山，路遇一场打斗，把春水带进滴水洞。"师父说到这里，停了一会，好像在斟酌什么。

春水听师父说自己，心里想这个闷了五年的葫芦终于要打开了。

"春水，你也不必过分伤心，这是命中注定的事。你进山的第七天，你父亲已故。"

"因为我和你父亲曾有一面之缘，所以我才要把你引到滴水洞来。现在你的武学已经八九不离十，我才把这些事情告诉你。这是一场因缘际会，你只要知道这些就好了，不必过分去挖底细究，因为这些事早在你出世前就安排了。以前的已经成为过去，也与你无关，你只要做好以后的，才不辜负你来世一遭，师父与你的这段情缘。"

春水听师父说父亲已亡，眼泪像山泉一样流下。他娘为留他一命，宁愿难产而死。如今父亲又是为自己去世已经五年，他没有尽一点孝道，连最后一面也没有见着。可是师父告诉他说这是前生所定，只能怪自己命硬，不能和父母共生活，尽孝道，陪双亲一起安享天年。

"我让你师兄找你，一是要看看你的心地，二是你要了一件很久很久以前的孽债，这也是我早年答应要了的一件功德，需得你去完成，所以才有五年前师兄救你的那一幕。"

"如今五年期限已到，只是对方势大力壮，必须再学两套滴水洞的独门秘籍方可出山。日后如何，只能看你的造化。"师父说毕，飘下两本典籍。

"你和师兄互相切磋，一同习练。这是滴水洞最高武学秘籍，练成后归还本师。"师父丢下典籍，人已不知去向。

春水接在手中，是两本发黄的自订手画本，一本写着滴水洞秘籍之一：缥缈手；一本写着滴水洞秘籍之二：无影步。

师兄弟两人退出内洞，翻开里面没有一个黑字，都是一幅接一幅的功法示意图。如何起手，怎样演练，很细致，很准确，也很难。

春水对师兄说："我们一人一本，先把里面的动作连贯一下，看看有什么不到位的，难度在什么地方记在心里，等两本要点记住了再互相切磋，共解疑难，不知师兄以为可否？"

山姑看着秘籍，她马上想起师父的来去无踪，不就是出自无影步！再看缥缈手，出手之迅疾更在师弟的螳螂掌之上。她知道这是滴水洞的镇洞之宝。她在这里已经一十八年，师父连提都没提。现在师弟快要出山，就把镇洞之宝全都端出，师父对弟子的教诲、关爱堪比父母。

两个都是功底了得、悟性甚高的徒弟，有本可循，有章可照，还能互相切磋，进步神速。他们很快把套路贯通，反复揣摩疑难之处，已经练得八成火候。

一日师父发话，要看看他们的手脚。两人到大厅拜见师父，请师父点评。

师父坐在高处，他没有多语，这是他一贯的作风。山姑和春水给师父请了安，站在一旁。

春水先下场，他走到中间，深深地吸了一口气，调整好心态才起手。

春水把无影步练了一遍。中堂之中，人影闪动，或圆或方，或点或线，变换之快，目不暇接。随着演练的深入，闪动成为闪耀，闪耀而成细小的光点，只要眼睛稍一分神，你再也看不见那一线的光在何处。只听轻微一响，春水跪倒在师父脚下，请师父指点。

"春水一套无影步，灵活灵通，步法机巧，轻捷多变，于无形中出其不意，让人眼花缭乱，达到倏隐倏现来去无踪效果。"师父说，"只是功力尚欠，火候不够。"

山姑演练缥缈手，这功夫说白了就是夺人之爱，手到擒来。

山姑下场，她在中堂绕走一圈，回身转向之际，师父座前的茶盏已在她的掌上。她高举双手，托着一杯热茶说："请师父用茶。"动作放松，在无意之间已经成就。

"如果把春水的壁虎螳螂掌融合其中，便可做到偷梁换柱不为人知。再加推练，至炉火纯青境界，就是偷天换日也只在须臾之间。你已经成为天下第一神手。"师父对山姑倍加赞扬。

师父收回两本秘籍，当着他们两人在厅堂火化。

"从此之后，世上就没有这两种功法，你俩好自为之，不可辜负为师一番心机。"师父谆谆教诲，两人在一旁频频点头。

"孽债圆满之日，也是滴水洞秘籍无踪之时。以后春水若遇难关，只要向西念诀，师兄自会助你一臂之力。切记除暴安良，为民消灾，造福百姓是你一生的使命。莫忘莫忘。"师父说完无影无踪。

山姑给春水整理衣物，一脸的愁绪在心，她知道师弟一去，何时能再会，没有人能告诉她。

春水肩背一个长布包，他把师父所赠飞凤追风刀和逍遥霹雳剑收在包内，手提软铁棍和钉耙，拜别师父和师兄，下山而去。山姑送春水到滴水岭头分手，她看着师弟渐行渐远，一直目送到无影无踪。山姑终于控制不住自己，泪水唰唰地往下流，她冒着寒风还在山巅不住地挥手。这一别，五年相处孕育的真情如何了？这一去又向何方，有了危难谁替他分担？她真想步他后尘跟随而去，与他比翼共赴患难。她突然想起师父的话，师弟有难他自为呼喊。他们已经心灵合一，互为感应，到时候他们一定能相会。这真是相见时难别亦难哪！有一首古诗正好送给山姑：

纤云弄巧，飞星传恨，银汉迢迢暗度。

金风玉露一相逢，便胜却人间无数。

柔情似水，佳期如梦，忍顾鹊桥归路。

两情若是久长时，又岂在朝朝暮暮。

正好又是桑洲集市，春水刚好走到路廊，耳闻有人在里面哭喊求饶。春水走进一看，原来是五个头包黑布、脸涂炭灰的落壳强盗在光天化日之下打劫路人。

春水上前一步，拦在五个落壳前面，两个农民退在一旁，瑟瑟发抖。春水对这伙落壳抱拳一揖说："诸位好汉，我看这两个真是穷苦山民。他们上有白发老人，下有黄口小儿，挣区区几个小钱实不容易。诸位看在下薄面，放他们一马，让他俩回去尽个孝道吧。这可是一件功德大事。"

五个落壳一呆，一个毛头小子竟来管他们的美事，不觉有些好笑。

一个年岁大些的落壳点着春水的鼻子道："你小子黄毛未褪，乳臭未尽，倒是脚肚子下大上，敢来管老子的闲事！识相点走还有你的生路，在这里碍手碍脚的，断臂折腿别怪我们出手重了。"

旁边的几个嚷嚷："一起做了，免得以后麻烦。"

"也不称称有几斤几两力在腰里？胆敢来管这等好事。上！"一语未了，三人从三个方向扑来。

春水未动，待三只手快到身前，一个回转，他的软铁棍从三人手腕处刮过，顺便一个旋子腿轻轻一扫，三个落壳一声"妈也"，齐齐地射出一丈仰天倒地躺在三个角落，口里齐刷刷喊着："妈呀，手骨断了，痛死我也。"

剩下的两个见这后生轻轻一扫，三人摔出丈外，痛得叫爹喊娘。他们知道来者不善，今天是遇到真佛了，丢下地上的三个同伴立马反身钻进山里，一溜烟逃得不见人影。春水也不追赶，心想就这点本领，也敢出来做强盗？他对两个农民说："不早了，赶紧回家，以后出门要成群结队过岗，像这样拦路打劫的就不敢胡来了。"

两人跪下，满口道谢救命之恩。春水一把挡住说："举手之劳，路上偶遇，也是你我缘分。赶紧走吧，免得家人担忧。"

两个农民已经走远，春水对三个落壳说："快快爬起来，年纪轻轻，手脚齐全，有田有地不种，却来干这等伤天害理的勾当。小哥我今天事多，暂且饶你们一次，下次再干这下流买卖，就没有今天这样便宜了。还不快走！"

春水看着三个落壳往山里去远了，他才回自己家去。

五年光阴转瞬已过，来到下溪头，这家已不是他离开的模样。三间石屋还在，原先打扫得干干净净的道地荒草丛生。石墙四周原来堆放有序的杂物零乱地随意歪斜着，屋前舍后静得让人惊悚。他靠在树干上，心神不宁地眯着双眼，只一会他看见父亲穿着那件百衲衣，慢慢地从屋里蹬出来，疲惫地坐在檐阶石上。父亲嘴里噙着一根吸了一辈子竹根镂挖成的烟杆，烟盅里升起袅袅蓝烟，缓缓而上，慢慢旋转。烟圈越转越大，越大越淡，渐渐地弥散在他的头顶，消失在空中。春水一喜，老爹不是好好的，谁说他已走了？

"爹！"春水一声呼叫，老爹被这突如其来的叫声惊得往后仰倒。春水飞也似的扑去，双手一抱，却是一块冰凉的卵石。潘春水紧闭双唇任凭眼泪哗哗地流。

好一会儿，春水终于清醒过来。他是在做梦，刚才看见的一切是他思亲情切的幻影。师父说得没错，父亲已故五年，没有人能起死回生，这是无法改变的现实。

他站在道地，没有听到笑声，没有见到哥哥嫂子，甚至没有看到当年的鸡飞狗跳。偌大的道地虽然菜地竹树依旧，却失去了当年的勃勃生机。一切今非昔比。

"哥哥，嫂子。"春水在门口叫着。

屋里走出两个小孩，一男一女，身上脏得像从泥水里钻出来的小狗。三头六眼，相互对看，谁都不认识谁。

小女孩胆小，很快低下头，躲到男孩身后说："哥，我怕。"

"小囡不怕，谁欺负你啦？妈来了。"屋后传来声音。

一个脸色苍白的女人从外面走来，她把背着的一大篮青菜放在道地。她看到一个年轻后生站在自家门前，有些面熟，特别像当年的秋水。可是秋水出门去了，也没有这么年轻。她一头雾水，用力搓眼睛，摇一摇头，似乎也有些害怕。她倒退了半步，把两个孩子护在身边，口中无意识地说："妈在这里，别怕，没事。"

春水看到当年的漂亮嫂子，短短五年竟然变得如此苍老，连自己都认不出来，含在眼里的泪水一下满出眼眶。

他上前一步，两腿一软，跪在道地。

"大嫂，我是春水，你最宠爱的小弟呀。"春水拉住嫂子的手哭着说。

"不，小弟早已没了。你，你，你是冤孽鬼，趁家里没男人来讨债的吧?"山红语无伦次，结结巴巴地说。

春水捋起衣袖，露出结实的肌肉，把嫂子的手按在上面。"嫂子，你摸摸，热热的。你再看看我的脚，好好的，再看看地上，我和你一样有影子。"

是的，他说得都对，他是人，是她的小弟春水。可是他为什么突然不见人影，五年音讯全无？老爹痛哭而亡，一家人为他寻找长久，心疼得许久回不过神来。这五年他又在哪里？为什么没有一丁点的信息，今日怎么会现身这里？

一连串的疑问她没法解开。

"大嫂，我大哥、二哥他们都去哪里了?"

五年，短短的五年，家里发生了这么大的变化，春水没有想到，也是一连串的疑问。

"还不进屋去坐，这是你的侄子、侄女，快叫叔叔。"山红把春水让进灶间，两个孩子怯生生地半天仍然不敢出声。他们也在想：这人那么像爸爸，可是他不是爸爸，这是怎么回事啊？

"两只洞里狗。"山红笑着骂孩子。

"你喝水，我把你的床铺整理好再来烧晚饭，你哥今天也应该回来的。"山红把一碗水端在春水面前，她去隔壁收拾房间。

春水把两个侄儿牵到自己跟前，从包袱里摸出一把野果给孩子。他细细地打量这两个孩子。

五岁的侄子一身泥粉，脸上是黑色炭灰，脸形和大哥一模一样，只是有些瘦。侄女三岁，像嫂子，长得很端正，眼睛会说话。大概境况艰难，一脸菜色。他搞不明白，大哥现在为什么这样艰难。

"好吃吗？要不要再来一把？"春水问两个孩子。

"要。"兄妹俩勾勾头，对这个陌生的叔叔已经放松了戒备，脸上也有一点笑意。

山红走进来，看见两个孩子一边一个倚着春水，嘴里咬着野果，对春水说："小孩箸头亲。""吃什么哪，谁给的？"

"叔叔给的，很好吃，比娘摘的甜。"两个孩子抢着说。

外面有人在说："怎么这么热闹？"

"娘，爹回来了。"小囡耳尖。

秋水跨进门槛，一看坐着一个大后生，一惊。他搓了搓眼睛，上上下下仔细打量着这位年轻人。

"春水，是春水。"他一把紧紧地抱住弟弟很久不说话，生怕他又从自己的手中飞走。

春水也抱住大哥，把头埋在秋水胸前，好像小时候靠着父亲，眼泪又哗哗地流。

此时此刻，纵有千言万语，也说不清藏在心间的千丝万缕。

只有血脉贯通的人，不用多言，只需一眼，心灵就会感应。哪怕再久的间隔，也挡不住这血的融洽速度。

倒是两个孩子在一旁发急："爹，这是我们的叔叔，你放了他吧，叔叔待我们可好了。"

"兄弟，你这一走，这热热闹闹的家也都跟着你走了。"秋水摇着头说。他一直疑惑，好端端的一个人，不能无缘无故地蒸发了。一定有什么悬疑在里面，只是旁人一时无从知晓。

山红做了一镬麦饼头，中间一大盆腌菜煮洋芋，还有一大碗天萝丝汤。吃了五年的野果、山粉，这餐晚饭总算闻到了久违的泥土香，尝到了熟悉的家乡味。大嫂的玉米粉麦饼头硬脆松香，汤菜咸淡适口，五年来肚子第一次吃得圆滚滚的。

山红把两个孩子洗涮干净，送到床上睡觉，自己和丈夫一起听春水讲述当年失踪和后来的事情。

山红听了春水的细说："真是奇遇，小弟是有缘之人，一定能让老潘家打个翻身仗。"

秋水把家里的变故说了一遍，夏水在北山村入赘让春水感慨万千。春水想，短短五年，父亲西归，三兄弟天各一方，不知何时才能兄弟相会。他对秋水说："哥，我回来的第一件大事就是明天去父母坟头上一炷香，向他们请罪，不孝儿子让二老都因为我丧命。如今回来了，一定要好好做人，重建家园，告慰双亲在天之灵。"

第二天，两兄弟走到坟地，春水一看，一抔黄土长满荒草，也没有坟碑。他用手把上面的草都拔了，点上三支棒香，跪倒在坟前痛哭流涕道："爹娘呀爹娘，是你们给儿一条命，儿却索命把爹娘害。十八年岁月我混沌过，没有来坟前哭一声。爹呀爹，娘呀娘，孩儿不孝枉为人。请你们原谅儿这一遭，只要孩儿我在世，一定先把你们好安排。但愿俩老管顾不孝儿，从今后，年年岁岁，岁岁年年都来看望爹和娘。"听着春水的哭诉声，秋水在一旁泪流不止。

上坟回来正好夏水从北山下来，他和秋水商量去外地打工的事情，三兄弟终于会齐了。

春水细细地看着夏水，和五年前没有什么改变，只是比原来老成。从衣着打扮看家境比大哥强得多，一样的大后生。尽管三兄弟经历了不一样的沧桑，三颗心依然紧紧地靠在一起。

大嫂山红为春水接风，她把家里好吃的都拿出来烧了一大桌，两个孩子拍着手说："叔叔回来好，马上过大年。我们要叔叔日日在家住，天天过大年。"

咸肉焐笋，溪鱼干煮扁豆，韭菜炒鸡蛋，鸭子炖毛芋，爆炒嫩刀豆，蒜泥烩苦麻，高汤溜豆面，豆皮菠菜汤八大碗，摆满一桌子。秋水拿出自烧原浆酒，三兄弟各斟一杯。春水说："我长到这么大，这些年没有见过酒，也不知酒是啥味道。今天我借花献佛，把这杯酒敬大嫂。她为我们潘家后继有人作出贡献，为大哥和两侄儿任劳任怨让我敬重。大嫂请。"春水把酒递到大嫂手中。

春水知道大嫂能喝，他这么一敬，大哥、大嫂连夏水都热泪盈眶，春水倒了一杯茶，和大家一饮而尽。三兄弟的一举一动，大人们的一言一语看得两个孩子目瞪口呆。

夏水对春水说："我也有一个孩子，北山村虽然在高山腰，那里的地理风物不比老家差，老人们对自己就像父母一样亲。村里的大人、小孩都把我当作他们村人看待，有什么事情都会叫唤一声。就是兄弟离得远，不能朝夕相处。你呢，以后一定要在附近村娶一个，和大哥一起继承祖业，替我多看望父母在天之灵，多为我尽一份孝心。"夏水说着，不胜唏嘘，泪水已经在眼眶里打转。

潘春水从滴水洞回到老家，三兄弟在下溪头重叙别情。五年间零乱的琐事都被这根亲情血脉串联在一起。虽然不通音讯五年，但是一家人的血肉之亲、手足之情没有因此而生出一丝疏远。

一本连环大戏刚刚拉开帷幕，真正的好戏才开锣闹头场呢。

欲知后事如何，请听下回分解。

第十五回

叶小姐初游三王岭
潘儿郎救人白石桥

叶春阳从沙柳回桃柳溪给两个弟弟当伴读。

叶家两个男孩和他们的父亲、姐姐不是一回事，资质平平还在其次，却惯上有钱人家的通病，好吃好玩，不思上进。这两位少爷上学读书只是应付差事，千方百计变着法儿偷巧。先生拿两人没法，她做大姐的也无可奈何。

叶小姐几次含蓄地对父母说起两个弟弟读书的事，无奈父亲忙于生意，在家日少，鞭长莫及。母亲也知儿子生性顽劣，只有不关痛痒的几句训导。这些话两个儿子听了如风吹耳朵丫，清水浇鸭背——一溜滑过，不留痕迹。

作为姐姐，拿不出更好的办法，她只能吟诗读经，自娱其乐，消磨时光。

叶建兴选的宅基真是好地方。叶宅傍山滨水，一边是溪水淙淙，一边是高山巍巍，前有菱藕，后植松竹，虽无王府奢华，却比田庄恬静。风和日丽的时候，春阳和贴身丫鬟小红一起划着舴艋舟在莲荷深处摘荷花剥新莲，去芦花丛中调丝桐，弹古筝，吟唱着李清照的《如梦令》：

> 常记溪亭日暮，沉醉不知归路。
> 兴尽晚回舟，误入藕花深处。
> 争渡，争渡，惊起一滩鸥鹭。

歌声飞过荷田，随着风儿在空中飘荡。

这是叶春阳一天最快活的时光。

水有水的情趣，山有山的妙味。她听人说过，起个早踏晨露，登千步岭上山岗，可看旭日东升，霞光飞升；可观云雾飞渡，如浪涌起。云退雾尽之际，极目天际，白茫茫的东海，似有风帆数点；绿生生的山谷，飘起农家炊烟；远山近水，传来鸡鸣狗吠之声。天地万物一时都在眼前，让人心旷神怡，乐而忘归。可是她一个女儿家，不敢独自到山顶的亭子去领略满目风光。近在眼前的美景，却无缘欣赏，十分不爽。叶宅虽好，终究日久生厌，就像被囚在金丝笼中的雀儿，好吃好玩，不用心计。虽然抬眼可望高远无际的天空，但只能在华丽的竹笼里大发叽叽喳喳无人理会的空论，与海阔天空任你高飞远走的大自然老死不相往来。

小红对春阳说："小姐，看你在家烦闷，不如到泳溪大姑家走走，总比整天关在院中开心。再说表小姐都约你几回了，你都没有领过人家一番好意。"春阳一想，小红说得不错，与其在家烦闷，不如出去走走，看看大千世界，听听乡言俚语，至少可以忘记眼前的愁闷。晚间去给母亲请安，春阳就把去表姐家这事告诉娘。叶夫人听说女儿到大姑家去散心，随即吩咐家人，明天一早备轿去泳溪，自己为女儿打点礼品。

叶夫人知道女儿长这么大，还是第一次一个人走亲戚，对女儿说："好好和表姐玩几天，也替娘问候你大姑和姑父，得闲时请他们来桃柳溪走走，亲戚家是要多走动走动才会亲近。"春阳一一答应。

第二天一早，春阳拜别母亲上轿而去。这是她第一次出门，轿子在山路上行走，迎面扑来的山风特别清凉气爽，两眼的松绿填满心间，鲜活的草木透着灵气。两山峡谷时有山鹰在林间飞翔，雉鸡在灌木丛里穿行，弄得树枝发出扑啦啦的响声。叶春阳的心被揉得痒痒的。各种灵巧的小鸟在山谷飞翔。云雀、百灵、杜鹃、黄鹂、画眉、竹鸡、夜莺、布谷鸟在枝间跳跃，传来一声声唧唧、雀雀、珠珠、咯咯、布谷布谷的鸣叫声，让人耳目一新。叶宅虽在山脚下，很少听见呼朋引伴的和鸣声和搔首弄姿的求偶之态。走着走着，春阳感觉自己的心情随着山境的变化而心旷神怡。她是第一次走在这荒山野岭之中，就像笼中雀儿放飞天空，一种回归自然的感觉油然而生，心情格外舒坦自在。

桃柳溪到泳溪不远，下了这条山岭转过几个大盘道就有一条山溪在路侧流淌，溪水盘旋曲折向山下而去。清澈见底的水中游鱼在沙石上历历可数，水流绕着高低错落的大小卵石，一声一声叮咚之音就像她在古筝中拨出的轮指颤音，终日难见的笑容在她眉间飞舞。她对丫鬟说："小红哪，我们一路而来，眼前的山景都是这样美好，我们以后要常来走走哇。"

"只要小姐喜欢，小红我天天都会陪你。"

拐了一个山弯，春阳的轿子在溪畔的一座石桥边停下。这里地势开阔，一条驿道从中间穿村而去。姑父家就在桥头西边。大姑叶敏芳和表姐已经在门外迎候。

叶敏芳是泳溪街胡三森的妻子，她丈夫早年就是哥哥建兴的朋友，这门亲事也是大哥搭嘴一手促成。叶建兴看胡三森头子活，嘴巴甜，人稳重，干活肯出力，就资助他开了一家店铺。胡三森为人精明又肯吃苦，他经营杂货铺，又当掌柜又当伙计，专卖日用百货，生意很不错。苦心经营一年就把本金收回，很得建兴信任。胡家从此一天比一天好，三口之家日子过得很是滋润，在泳溪村也算一户乌庄头。

叶敏芳头包一块蓝绸，一个硕大的发结像个蜂薮缀在脑后，发髻上横插着一根闪光的银簪，一副圆滚滚的鹅蛋脸有稀稀拉拉几粒雀斑。她身子已经发福，一件蓝绸长袍下露出白色裙边，移动着身子眼睛却一眨不眨地上下打量侄女，好像第一次见面。

叶春阳柳叶似的颀长身材，配着不大不小的瓜子脸，蛾眉、胆鼻、樱口，都长在适配的位置上，不高不低，不左不右，恰到好处。她脸上薄施粉黛，衬着白里透红的肌肤，紧身淡绿衣裙更凸显了窈窕身材，恰似一株刚出水的芙蓉，亭亭玉立。姑姑一见春阳就说："啊哟哟，我的肉啊，囡儿十八变，越变越出彩，几天不见成仙女啦。你娘都给你吃什么呀，长得葱指柳腰，人见人爱的。真是龙生龙，凤生凤，龙凤配对出仙女啊。看看你表姐，我都说不出话来。"大姑瞟了一眼身边的女儿露出一脸的无奈。

表姐胡鸣鹂营养过剩，着一身红衣裙，越发显得五大三粗，不知是娘种还是在外野得多了，她淡栗色的皮肤，像是敷了二遍粉，浓妆艳抹还是没把脸上的雀斑遮盖住，看去有些凹凸不平。人矮还胖，壮妞妞的像个大冬瓜。

听老娘在客人前贬自己，就没好气回道："有种出种，老鼠生儿打地洞，冬瓜生儿像水桶。"胡鸣鹂朝着娘狠狠地翻了一个白眼，上前一把牵着春阳手说，"多嘴老太婆，麦碎搅搅糊。不理她。表妹，我们走。"两人自顾前去，把老太太丢在后面。小红从轿下拿出行李，快步跟随。

胡三森家在泳溪桥侧的高地上，这里是一个不小的四合院，他们一家占了半个道地。鸣鹂房间临溪，听娘说她出生时一对黄鹂在柳枝上鸣叫。父亲说，"两个黄鹂鸣翠柳，就叫鸣鹂吧"。父亲曾经把她送上学堂，她说先生只教写字、读孝女经，头都大了，手也酸麻了。她回家对老爹嘟哝，上学这么累，又不去考状元，读了三年再也不肯去学堂。胡三森只这么个独生女，也信奉"女子无才便是德"的古训，只指望女儿以后嫁个能干的上门女婿，让他可以靠老就心满意足，至于要读多少书倒是无所谓。

春阳听娘说过表姐不愿读书的故事，和她说古论今一定是朝着板壁呵口气，白费劲还会自讨没趣。倒不如和她一起扯点天南海北稀奇古怪的事有劲头，也好乘此机会听听乡言俚语，长点见识了解点乡情为妙。

胡鸣鹂虽然见书头疼，可是坊间的家长里短她一清二楚很是在行。乡村的奇闻怪事她也知道不少，走到哪里，她都能说个子丑寅卯让你兴奋半天。

一天她们三人溯泳溪而上，春阳以为这里的泳溪和桃柳溪是一条溪。鸣鹂说："泳溪、桃柳溪是两条溪，都在苍山发脉，两条溪好像是一母所生的一对亲兄弟。桃柳溪在西，泳溪在东，各自沿着峡谷奔腾而下，最后在岩下方两溪牵手汇合成一条，之后经宁海到海游流入东海。你沙柳外婆家的那条清溪水，就是我们苍山两侧的大山和小山流出的山泉。同一条溪，在天台境内，鱼肥虾壮，鲜美夺口，一辈子卖鱼卖虾的宁海人他们最爱的还是泳溪的鱼虾，你知道这是为什么吗？"

春阳知道自己家里的鱼虾确实味美，但是不知道什么原因。她又爱刨根究底，摇着表姐的手，一连串地央求道："表姐，小妹孤陋寡闻，您就别卖关子了，我在一旁洗耳恭听呢。"

鸣鹂平日多闻表妹有学问，今天看她这样可怜兮兮地求自己，一定是自己学问也不在她之下，心里已有八分中意，何况自己的话一直少有听众，今天不露一手到哪里去找这么好的听众。她口中却说："也没有多少秘密，既然表妹想听，那我就费点口舌说给你听听。"

她说："不知哪个朝代，天台城里出了个神童，因家道贫穷无钱上学，只能站在学馆外听课。这孩子记性真好，学生没有记住的，他都能背。学生回答不出，他在窗外抢答。塾馆先生爱他聪明好学，就把他收为门生。后来他一路高中，官至内阁学士、礼部侍郎，着实为天台人争了荣耀。这位学士深得皇上信任。一次他和一起编写皇家书籍的众多外籍官员一起喝酒聊天，哪知酒一下喉，话就多了。他向其中的一个邻省官员夸说浙江风水好，官运亨通，官多官大，上至太傅太保，宰相尚书，官高位重，个个是皇帝的股肱重臣，你们那地方哪能和我们浙江比？邻省那些官员一听自然不服。他们说皇城官员千千万，满朝文武你少数，没有我们邻省人，你浙江人啥都不是！这位学士一听他们这么说生气了。他说，你们说你们做官多是吗？我提起羊毛笔，圈你一半人，看你们还敢不敢在太岁头上兴风作浪。"

"在座的邻省官员一听大事不好，与浙江人结上梁子一定没好果子吃，什么时候被他们灭了都不知道，心里焦急万分。其中一个说，我们要保命必须要铲除浙江隐患，才是上上之策。怎么才能从根子上铲除？只有派人到浙江去踏勘好风水，然后把所有的龙脉切断，堵塞他们的风水，破了他们的官运，我们外省人才能得个安稳。我们漳州的僚河是风水学祖师杨救贫的故里，那里研究风水学已有千年历史，寻风水找龙脉都是他们的老本行。请他的弟子出马到浙江，诱使富户去寻风水，找龙脉，然后风水先生随机把好风水的龙脉巧妙挖断，这样的事只有僚河人可以马到成功。这是一条从根子上断绝浙江人官运的好计，于是大队的邻省人被暗中派到浙江。僚河人乔装改扮，串通地方阴阳先生，以看风水之名干着谋风水之事。"

表姐说："我们走的这条三王岭，老名叫雁脖岭，这里有一处叫'北雁南飞'的风水宝地是个真龙穴。谁家祖宗埋葬在真龙穴可以出个六部大官。村里的财主知道真龙穴就在自家这条岭上，请了一群风水先生四出踏勘定位。哪知这些先生都是僚河来的。他们对财主说，这岭两侧高山是一对从北方南飞的大雁翅膀，这条从上而下狭长山岭是南飞雁的长脖，从高处往低处去直插溪边。连着溪边那个后高前低狭长小岗，是活脱脱的大雁头部的长嘴甲。这雁伸长脖颈从高空飞下就是要在溪水中寻找食物，补充水分，然后继续南飞。这脉龙穴的风水地就在这脖颈上，只要把祖坟埋葬在这里，不过三代一定能出个六部大官。财主听了风水先生的话再看后面的山势，真的极像一只北来的大雁从高空飞向溪边饮水捕食。财主命人在雁脖上破土凿岩做坟窟。经过一番开掘挖凿坟是做下了，活生生的大雁颈也切断了。南飞大雁断颈而死，别说出尚书，连岭下溪边的那个十来户的小山村都败落了。雁脖处挖个大窟窿，一穴好风水破了，财主人财两空，很快家道败落。大雁一死，溪里的鱼虾没了天敌，自然更多更肥更鲜美了。所以宁海人都喜欢到泳溪来钓鱼捕虾。"

"表姐，你博古通今哪。想不到泳溪的鱼虾还有这么精彩的故事。你哪，真是个泳溪通呀！"叶春阳听表姐滔滔不绝的一番叙说，竖起大拇指着实夸了一通。

这一夸胡鸣鹂是十分的高兴，她说："表妹，这样的故事表姐我有得是，以后你想听什么，表姐我给你讲。"

叶春阳笑着对胡鸣鹂说："表姐，这可是你说的，以后就让你带我走遍泳溪，把这里所有的人文典故都讲给我听。"

胡鸣鹂对春阳说："你是第一次到泳溪，这里一年一次的廿八市你知道有多热闹，到时候你早几天过来，我们一起去逛廿八市。"

春阳知道泳溪有廿八市，但是真不知道廿八市的来历和热闹，她一口答应下来。

眼看年关逼近，买卖年货是每年廿八市的重头戏，潘氏三兄弟和村里的后生分别到海边进鲜鱼和咸货，准备贩卖鱼货过年。

春水是第一次出门，跟着两个哥哥到沙柳贩海货，带鱼、白鲞、虾皮、龙头烤、海蜇、咸蟹，这都是山区春节餐桌上的主菜，根据往年经验，沙柳是价廉物美的市场，这次进入沙柳，以往的祥和气氛没了，老板、伙计皮笑肉不笑，而且价格也比往年高。

秋水今年也是第一次到沙柳，感到有些纳闷。他问了伙计，伙计说："税收太高，生意不好做。现在价格是提了，可是店家依旧无利可图，哪里还高兴得起来？"

"这个价进货，只能白贴力气。这里到宁海的一市不远，换地方看看再说。"秋水说得在理，三兄弟离开沙柳往北去一市。

一市是宁海的沙柳，也是海边市场，比沙柳还大，鲜鱼、咸鱼多得是，都比沙柳便宜。三兄弟每人进不一样的货，夏水到北山前后的山村里卖，进的鲜货少咸货多。秋水到三王岭灵坑一线卖，都是咸货。春水第一次做行贩，他以泳溪街为主，鲜咸各半，分量也最轻。在滴水洞五年，肩头缺少磨炼，这样进货都是秋水考虑多方需求安排的。

两天以后，三兄弟又在下溪头家里会面，夏水、春水都说大哥安排得好，第一天走了几个村，就剩下不多，第二天上午咸的、鲜的撺摊。

春水不留本钱，把本金递给大哥，多出的都交给山红。他说："我只要肚子饱，身子暖和，钱放在身上不舒服，还是大嫂收着妥当。"

秋水说："也好，你挣的钱叫大嫂替你保管着，日后给你讨媳妇用。"

春水说："我还年轻，娶媳妇的事慢慢来。区区几个小钱，都积起来，明年清明节，先把父母的坟地做好，让二老有个高燥通风的地方才好。"

山红给三兄弟做饭，今天的晚餐是鸡子镬拉汰。她知道三兄弟的食量，特地在二尺镬里糊。麦粉浆是下午准备的，她把火打到灶膛四周，右手在水中浸湿，又开五指抓了一大把粉浆，从身前镬边开始，用反手背向右推至对面，再用手掌从对面捋至左面，又快又柔和地从左边拉回到起手处圆滑交接，然后顺手转入镬底一小圈，手腕一拐，整个铁镬糊遍，手中粉浆刚好糊完。

她到灶膛加了一把松毛丝，手捏一块生板油在粉面上涂擦一遍，又把两个鸡子磕在凝固的粉浆上，弹入几粒盐花，拿镬戳把鸡子里从下往上转了一圈，随手一把葱花，盖上镬盖，又一把松毛丝，二尺镬里一阵麦香、蛋香、猪油香混合着葱花的香味扑鼻而来。她右手用薄刀从镬沿铲离镬拉汰，左手一拎拖入一个大盘中。

"秋水，来端镬拉汰。"

很快三只"二尺镬"端到桌上，一人"一镬"外加一碗稀粥汤。

春水是第一次吃鸡子镬拉汰，白白的麦粉、黄黄的鸡子浆，油亮油亮的粉面布满绿生生的葱花分外的香醇。他过去只看邻居吃过，今天终于品尝到这样香脆美味的镬拉汰，家的温暖一下充满心田。

"大嫂真慧。"春水无意流出一句心里话，他看了一眼大哥，很快低下了头，眼中几乎要溢出泪水。在滴水洞五年，山姑是师兄又是姐姐，春水非常感恩这位比亲姐姐还关心自己的师兄。但是和现在是不一样的感受，是不同的味道。他能明白地感觉这是两种不一样的感情，但是说不清不同在哪里。

三兄弟接连走了几趟一市，泳溪的腊月廿八市马上来临。听说东海带鱼大量上岸，他们还是走熟悉的一市进货。

今年腊月小，廿九当三十日，除夕日就在家捣青馍糍做饺饼筒。

三人进的都是鲜带鱼。春水感觉自己的力作已经压出来了，所以这次足足挑了一百斤银锭样的大带鱼。

百步无轻担，他在一市半夜起身上路，从松门岭上山，一路到筋竹庵，这里就是天台地界。筋竹庵虽小，却是两县交界的驿站，远路客商可以在筋竹庵歇息进餐。庵外有两条路，顺着横路可以直达华顶去天台国清寺，直下筋竹岭到泳溪。春水从筋竹庵下，廿八市的泳溪街已经没有摊位，他在街上转了一圈，也没有可以摆摊的空地。他挑着满担带鱼沿溪走，在石桥边看到还有一小块空地，勉强可以放下担子。肚子饿得贴着脊梁骨，他拿出冰凉的芥菜麦饼头啃着充饥。

身后一声门响，走出一位胖婆婆，从春水身边走过。突然，这位婆婆反身折回，把他端详了一会儿，说："后生啊，你的带鱼担可以移到我门前，那里地势高，场面也比这里大，走来过去的赶市人远远就能看见你的大带鱼，想买这样白蜡样大带鱼的，就找你了。"老婆婆见春水没动又说，"你不认识我，我可知道你。去吧，我不会收你摊位费的。"说毕友善一笑。

婆婆的话语和这淡淡的微笑让春水感到一种信任和踏实。

"多谢婆婆，我这就移过去。"春水拉长喉头用力咽下冷麦饼头，看了这位婆婆一眼，他点头致谢。

其实婆婆的大门就在身后丈许，婆婆看他艰难地吃着又冷又硬的麦饼头，从里面端来一大碗热茶说："大冷天的，喝口热水暖暖身子。"说毕婆婆把茶碗放在凳子上。

"啊呀，婆婆，太谢谢您了。"这杯热茶，对春水来说，简直就是雪中送炭。他现在最需要的就是这口热水。他们半夜起床，为了赶路，一路走得浑身热气腾腾，头上还冒汗。口渴比饥饿更甚，肚子虽饥，但是那个又冷又硬的麦饼头只啃了一半，就咽不下去。婆婆的这杯热茶，简直比参汤还珍贵，还顶用。

一个经过泳溪的路人看到春水的带鱼又大又新鲜，价格也实惠，一下买了十斤，他把银锭样的大带鱼挂在小扁担钩上走过泳溪街。旁人问他这么好的带鱼走遍整条街怎么都没看见，你这是在哪里买的？他转身指了指后面的石板桥自顾往前走。一群要买带鱼的人都围了过去，一担带鱼没有一个时辰就卖完了。

春水这时才想起要好好地谢谢主人婆婆。他在心里划算，下次应该送点好鱼给这位婆婆尝尝，也算自己的一点心意。

春水在收拾担子，刚想启担回家，突然前面石桥传来一阵惊呼声："有人从白石桥上掉下溪去，快来救人哪！"

桥上人来人往，那个人显然是被挤下桥去的。但是有人呼救，却没有人下水施救。

春水把担子放在门口，三两步地赶到桥上。他一看水不深，岸边有薄冰，刚淹到下巴，是一个老头。他两只手在水中乱划，已经喝了几口冷水，虽然极力挣扎人反而朝深水处滑去。好一个潘春水，他分开人群，轻轻一跃飞到桥墩石上，一个蜻蜓点水拉住落水人的手，又一个飞跃，把他拽到岸边，几个年轻后生把老头扛到岸上，附近人一看认识，马上把他扶回家去。春水半身湿水，半条裤子水淋淋的。

春水走上岸，挤着裤子水分，一声不响地把空担挑上准备回家。

他刚要起步，扁担被人一把拽住。一句话送入他的耳朵："不要命了，想冻成冰钻卖呀。"

春水回头，又是这位胖婆婆。春水说："婆婆，都廿八了，今年小年，廿九当三十日，我得赶紧回家去帮忙，这点水湿没事。"

"还一点湿？裤子全是水，天寒地冻的你能走回家？"婆婆把春水拉进她的家，"小后生就是不懂事。先在这里把裤子烘干了再说。"婆婆的话没有一点商量的余地，把春水按在椅子上，"老实坐着，我拿裤子给你换。不许乱走。"春水好像听到一道命令，乖乖地待在那里。

婆婆拿来一条夹裤，端来一盆炭火。"把湿裤换下，在这里烘，看着点，别烤焦了。等会我还有话问你。"说完自顾去了。

春水从来没有遇到这样的事，也没有遇见过这样的好婆婆。自己和她非亲非故，她是怎么认识自己的，怎么连一点印象都没有？难道这是做梦，梦中遇见了观世音菩萨下凡，化作一个慈祥的婆婆来照看自己？他正在胡思乱想，婆婆又来了。

"饿坏了吧，这是你的中饭，趁热吃。"

"婆婆，您我无亲无故，您这样待一个不相识的人，我心里有愧。"春水说的是实话。

"你是下溪头人，你村里人都叫你潘老三，失踪了五年刚回来，没说错吧。"婆婆笑吟吟地道，"吃吧，饿了一天，吃完了我给你加。"

这是一大品碗小山样的用咸肉丝、鸡蛋丝、香干丝、绿豆芽、金针干、芥菜梗丝拌炒的两面黄糯米粉果。

婆婆把春水当成了贵客。

春水本不会做作，实在肚子也饿了，他把这一大碗点心吃下肚，这是他这辈子吃得最好最饱的中餐。

婆婆待春水如亲人，却让春水丈二和尚摸不着头脑。吃饱、烘干了湿裤他要回家，婆婆的一席话从此改变了他的人生轨迹。

要知婆婆说出了什么重大的话语，请听下回分解。

第十六回

有缘女情牵意中人
贪财姑错失好儿郎

吃了上一碗下一碗的糯米粉果，烘着的裤子也快干了，潘春水正要开口，婆婆看着他道："这夹裤给你系不长不短，不胖不瘦刚好，如果不嫌弃，就不要换了。"

给地方摆摊，端茶送中饭，又送新裤子，天上掉下的馅饼也太大了。春水是个知恩图报的人，他一定要弄明白里面的底细，不明不白的心里会不安。

"婆婆，您老人家对我太好了。现在我肚也饱了，身上也暖和了，湿裤也烘干了。只是——"潘春水还没有把下文说出，婆婆开口了。

"是不是你想知道我老太婆为什么要这样对你好？"婆婆一脸笑容向春水招招手，"别急，坐下来，喝口茶，我都告诉你。"

"我有个妹妹嫁在你家附近的下岙村，她有个大囡嫁给你哥的好朋友王廷元，我常在妹妹家走，你潘家的三兄弟我都认识。老大潘秋水是种田高手，北山祠田一条头塪挂得名扬四方。老二潘夏水扶犁耖耙如老虎，招郎入赘在北山村。你老三，小小年纪在深潭骑着红鲤上水面。只是你们不认识我老太婆。"婆婆只说了个大概，她还在仔细打量眼前的这个卖鱼崽：看年龄比囡大，后生又撑昆。他背脊像板门，手臂像茶桶，双腿像麻车柱，满腰里都是使不完的劲。人忠实又厚道，落水救人不留名姓，真是百里挑一的大好人。

大姑丈夫胡三森中等个子，脸面白净微胖，一身灰色长衫天天坐在店堂，他是掌柜兼伙计，在泳溪街算个"殷实户"。二老只有一个独生女，把女儿视为掌上明珠。如今年过二九，早到了谈婚论嫁年龄。他只管店堂生意，女儿的婚事无暇顾及，家里大小事全由老婆打理。婆婆一心要为女儿找个可依可靠的上门女婿，经常走亲访友，串门过户四下走。她四面八方在暗中物色人选，这正中丈夫三森心意。胡家条件不错，又是街市头角人家，独自一家店铺生意红火，想到他家做上门女婿的踏破门槛。婆婆嫌那些人不是后生欠茁壮就是不够稳重。个子高大的她说像个四金刚，木头木脑，见着就烦；身子瘦小的她说是一根豇豆柴，能撑多少分量，一家重担他挑得动？灵灵活活的，她说光溜溜的像一把蛙蟆子，捏都捏不牢，后半生世怎么靠！村前村后的那些年轻人不是少这就是欠那，一个都没上她的眼角。自从她妹妹给她介绍下溪头潘家老三，她在村里第一眼看见潘春水，就被他的风采震住了。她妹妹把老三的人品一说，婆婆就把上门女婿的人选敲定了他，一直在等待机会亲近他。

今天有人把鱼摊摆到她的家门口，她从摊前走过打了一眼，好面熟呀，返回再看，原来是踏破铁鞋无觅处的潘家老三，就极力把他邀到自家门前。她想我费尽脑子想尽办法这么长时间了，一直没有机会接近他。今天真是个好日子，东南风吹来一粒苋菜籽刚好掉进针阔臂——太巧了。于是就有了上面一连串的殷勤事。

这天叶春阳也在表姐家逛廿八市，春水卖鱼摆摊，她和表姐鸣鹂在楼上也都看见，两人在楼上悄悄议论这个卖鱼人。她们躲在阁楼，说着女儿家的悄悄话。正说在兴头上，楼梯笃笃笃地响了起来。鸣鹂知道母亲上楼来，两人起立上前请安。

婆婆见侄女不是外人，就对女儿说："宝贝哪，你的终身大事日日在娘心头悬着，天天盼望着天上掉下个好后生完我心愿，今天终于看到希望。哎呀呀，天老爷要成全人的好事，真是三个手指撮田螺——轻轻巧巧。你看看，我们山里头的第一号后生现在就在我家楼下，你可以在楼上悄悄地看个明白，噶撑昆的后生一定会让你中意。"她一肚子的喜欢洋溢在满意的笑声中，坐在一旁等待女儿回话。

真是一根枝头开出两朵花，母女俩各心肠。老娘爱的是人品，这位独生女儿爱的是门当户对的有钱人家哥们。她朝窗下一看，竟然就是那个摆摊的卖鱼人，虽然人样不错，可惜是个贩夫走卒，哪能入她法眼。母亲在旁等待良久，不见女儿回话，还以为她没有看见老三，就指着门口卖鱼的那个人说："挺好的一个青年，浑身上下有使不完的劲，听你姨妈说，家里、家外什么样的活儿都拿得起放得下，还说他种的稻米比别人家的香糯，煮的米饭特别好吃。这个后生人四等，大腿油车柱样，又肯吃苦，见人危难，出手相助，而且不要回报，真是百里挑一的好人，这样的后生打着灯笼没处找哇。”

哪知女儿生气地说："一个穷脚担的，跟他去要饭！"

一个赞为天人，一个视为尘土，母女俩在楼上僵持不下。

后来桥头有人呼救，婆婆下楼去看是谁掉到溪里。她看见春水救人一幕，看到他分开人群，奋不顾身跳下水，一把救起在水中挣扎的老人。春水的一身好功夫她看在眼里记在心里，越发坚定了她的想法：招上门女婿，就是他了。

她把春水留在家里，想方设法款待他，让他烘衣裤，给他做中饭，把个春水弄得云里雾里一样。却在女儿面前碰了一鼻子的灰。

老三落水救人的精彩一幕感动了赶市的百姓，也撬开了一颗芳心，这人就是叶春阳。

她刚才听见表姐和大姑姑的对话，马上回想起春水落水救人的一连串印象，像梦境一样在眼前再现。

她见老三浑身淌着溪水从外面走来，被寒风一吹，身上衣衫飒飒作响，尽管后生三斗火，但还是被寒冷冻得浑身打战。

婆婆一把拉住老三，狠狠地说："你这样湿漉漉回家不要命啦，有人还心疼呢。"

听了这话，老三有点莫名其妙。父母早亡，除了家里的哥嫂，滴水洞的师父、师兄，居然还有人怜惜他这个无娘儿。一旁的叶春阳见姑姑如此开言，也就顺水推舟说："外面正刮老北风，你这样回家还不冻成冰钻哪！这里有干燥的衣裤，快换下来烘。铁打的汉子也经不住这样的折腾。"

春水听了婆婆的话，原来是一次巧合。他给婆婆深深鞠一躬，说道："婆婆的一番美意，春水永记不忘，告辞。"

民间有句俗话，下雨天，留客天。大概天意安排，合该有事。老三听完婆婆说的前因后果，天就唰唰地下起雨来，而且越下越大，天色也昏暗起来，看样子一时三刻停不了。老三在火塘上烘的衣裤也没有干透，就是想走也走不了，只能无聊地在一旁翻衣裤，等待雨止好赶路。

正在胡思乱想，里面婆婆领着两个姑娘走了过来。婆婆是实在喜欢老三，千方百计想让女儿鸣鹏多接触他，改变原来的想法。鸣鹏被老娘缠得没法，随口说:"春阳去她就去,春阳不去她也不去。"鸣鹂以为春阳一定不会答应,这样她就可以有借口了。哪知鸣鹂话一出口,春阳爽爽快快地答应陪她一起去。

春水听得楼梯有人走的响声,抬头看见一老二少三个女人已经在他跟前坐定。婆婆一脸笑容坐在春水对面,两个姑娘坐在旁边,一个侧身朝暗看不真切,还有一个坐在外侧,就是劝他换衣裤的那位姑娘。

人在慌乱之中,大概除了紧要的,其余都不会顾及。现在寒冷没了,肚子饱了,眼睛却是空的。春水抬头拿眼朝这姑娘一瞟,立即把头低了下去。他只一眼,吃惊不小,坐在他跟前的姑娘一头蓬蓬松松的黑发似乌云随风,飘落脑后;白皙的瓜子脸配着一副精致的五官:柳眉杏眼下的鼻子像一枚白里透红的玉坠,小巧玲珑;红红的嘴唇如一颗熟透了的樱桃,果香四溢;两耳垂上玲珑叮响,闪着微光;一身淑女淡妆,文静中散发着几分书卷气。春水在心里说,如此标致的姑娘自己从未见过,今天一见,却像在哪已经会过面似的。

婆婆想激发女儿对春水的好感故意对他说:"听你们村里人说,你从小没有进过学堂,一边放牛一边在墙外听先生教学生读书,学馆里的孩子还读不成句,你在墙外却能把整本的《诗经》背出来,那可不简单哦!"

老三春水听婆婆问起早年背书往事,虽然心怀遗憾,但也只得据实回话。他说:"我从小记性好,背几篇古诗也没有什么了不得。只是家里太穷,连一天的学都上不了,像我这样燥念,实在没有多大意思,要是学会了认字写字,那是真的好。"说到这里,春水神情黯淡,轻轻地摇着头。

春水的话母女俩只当在听别人讲往事,好奇而已。可是这话听在叶春阳的耳朵里却掀起一阵波澜。

叶春阳心里在想:他这么面熟,好像曾经见过。这后生不但是一帅哥,还有一身正气。他临危不惧,见义勇为,而且还如此聪颖,在墙外听听,就把一部《诗经》背了下来,好一个人才!只是他说的是否表里如一,倒要试他一试。

叶春阳坐直身子深情地说:"小哥哥隔壁听读,记忆超强,令小女子敬佩不已。小小年纪一边放牧,一边笃学,把一本《诗经》背下来实在少见,真的可喜可嘉。刚才向门外一望,北风吹得冷飕飕,山中已在行雨雪,几个路人被冻得踉踉跄跄,狼狈不堪。记得《国风·邶风》中有一篇《北风》的诗,小女子一时懵懂,那诗只记得前两句是'北风其凉,雨雪其雱。惠而好我,携手同行。'后面一时背不上口，只得请教小哥哥一二。"

春水耳中传来嘤嘤呖呖的莺歌燕语声，知道是这位天仙般美女向自己发问，这不是在试探自己说话的可信度？春水抬头一望，笑道："山野村夫，哪敢班门弄斧，已经几年未背旧诗，只怕多有淡忘，谬误之处，还请二位姑娘和婆婆指教。"

春水开口，一首诗歌从这个卖鱼人嘴中飘出。

> 北风其凉，雨雪其雱。惠而好我，携手同行。
> 其虚其邪？既亟只且！北风其喈，雨雪其霏。
> 惠而好我，携手同归。其虚其邪？既亟只且！
> 莫赤匪狐，莫黑匪乌。惠而好我，携手同车。
> 其虚其邪？既亟只且！

春水说："当年私塾先生告诉学生，这是反映古时贵族战败逃亡时的急迫狼狈景象，而这种气象愁惨的场景是运用比兴手法表现的。不到之处还请姑娘斧正。"

他看看里面那位大有心不在焉之意，婆婆也不过是陪着二位姑娘而已，所以就直接对着叶春阳回话。

叶春阳也对老三的听读能力心存疑惑，她是先生称嘉的好学生，那《诗经》中描绘的情景毕竟离她遥远，里面的每一首她都没少花功夫，心想你记忆力再好，也要好一会儿才能搜索得出。正在痴痴冥思之中，春水已经把全诗如高山流水般淌了出来，而且还记着这首《北风》所写的内容场景，真的令她大为惊奇，也更燃起她对他的钦慕之情。

叶春阳立起身子深深一福，微笑说："谢谢小哥哥，你的记性真好，学妹有一诗回赠，请笑纳。"

> 叔于田，巷无居人。岂无居人？不如叔也。洵美且仁。
> 叔于狩，巷无饮酒。岂无饮酒？不如叔也。洵美且好。
> 叔适野，巷无服马。岂无服马？不如叔也。洵美且武。

春水不但记忆超强，而且还能从别人话里听出言外之意。他虽然大字不识一个，但叶春阳诗中弦外之音那是最清楚不过了。对着如此才貌美女，小伙子岂是泥塑木雕一窍不通。两人心有灵犀一点通，他随口念了八句：

关关雎鸠，在河之洲。窈窕淑女，君子好逑。
参差荇菜，左右流之。窈窕淑女，寤寐求之。

看看屋外雨止天晴，春水起身对着三位女眷抱拳作揖，口中说道，"多谢婆婆关心款待，让春水免受饥寒之苦；多谢姑娘一片热忱，让我重温当年背诗之乐。现在天已晴朗雨也停了，春水就此告辞。婆婆您的恩惠容我后报"。说毕撩起空担，跨步出门，过桥而去。空旷的山野，从寒风中飘来了渐行渐远的歌声：

求之不得，寤寐思服。悠哉悠哉，辗转反侧。
参差荇菜，左右采之。窈窕淑女，琴瑟友之。
参差荇菜，左右芼之。窈窕淑女，钟鼓乐之。

春水离开婆婆家撒开大步直奔下溪头去不提。这里三个女人各怀心机。

婆婆见侄女与老三对诗，如在雾中，两人你一句我一句听到声音如山泉潺潺，好听不好懂。眼睁睁看着老三离去大失所望。独生女儿鸣鹂从小娇生惯养，不要说读书背经，就是描龙绣凤也是应付应付。听着表妹与那个臭行贩叽叽咕咕掉书袋子，对她来说，无异于在听天书。现在那个穷小子走了，心里倒一下轻松起来，母亲不会再在她跟前苦苦相劝，她是眉开眼笑一肚子的高兴。唯有叶春阳，好像突然丢失了心爱之物，一脸的彷徨无奈。看到春水出门离去，歌声从他身后传来。她不由自主地跟到门口，抬起一双脉脉含情的秀目从近往远一路追去。她想喊，她还有许多话没有说，还有许多情没有诉。他是她第一个离得这么近说话的青年男子，第一个有共同语言的小伙子，第一个令她佩服的仗义勇为的年轻人，第一个既撑昆又有才的"行贩走卒"，第一个让她心仪的白马王子……

"外面风大天冷，门口站久了会伤风的。"姑妈在里面说。叶春阳一惊，她望着寒冬中空旷的石子路，除了刀削似的呼啸山风，家家户户都关着大门，集市已散，街头乱窜的狗儿也躲得不见踪影。她回转身来对姑姑说，"来了两天，应该回去了。姑姑家真好，开春以后我还会到这里来玩"。

话一出口，叶春阳有些吃惊。长这么大，到姑妈家也只是第二次。这里真好？是泳溪的山水比桃柳溪美还是这里的村民比桃柳溪淳朴？她分辨不清。明年开春还要来，是看望姑姑还是拜访表姐？她理不出头绪。她越想越糊涂，越想越困惑，只是催促着姑妈她要回家，在家里她要细细地回味这一幕，她的无限情思还没有吐露给心目中的知音人。

有句老话说：有心栽花花不发，无心插柳柳成行。这话正好合着今天的场景。

潘春水已经远去，叶春阳无意在大姑家留宿，好在天色还早，泳溪到桃柳溪路也不远，姑妈、表姐为她略事收拾，轿子就启程了。

婆婆吩咐轿夫，一路小心。又对春阳说："囡啊，喜欢来姑妈家嬉姑妈随时候着，你和表姐做伴散心，姑妈高兴，你爹你娘都会放心。"

叶春阳回到家中，给父母请了个安就上楼去。她对丫鬟说路上累了想睡，姑妈家吃了点心晚饭免了。

人在床上，她辗转难眠，虽然闭着眼睛，可是满脑子都是那座黑铁塔的身影。她看见他在楼下卖鱼货时的沉着老练；看见他分开慌乱人群时的勇敢镇定；看见他估计现场的仔细认真；看见他纵身一跃的奋不顾身；看见他飞水救人的快速准确；看见他施救不图报的侠士风度；看见他口若悬河的真才实学；看见他……

叶春阳呀叶春阳，二八姑娘有自己的心事了。这个深藏闺阁的富家小姐开始怀春。朦朦胧胧中她似乎听见有人在对她唱歌：

关关雎鸠，在河之洲。窈窕淑女，君子好逑。
参差荇菜，左右流之。窈窕淑女，寤寐求之。
……

这声音好熟悉。叶春阳搓了搓眼睛，她要看看究竟谁在唱。可是越搓眼睛越糊，那歌声也越来越远。眼睛看不清楚，但是她的头脑很清醒。她细细地分辨着，这分明就是潘春水的声音。他一定有事找自己，或许还有什么没有说完的。叶春阳跑到高处扯起嗓子，对着前方喊了一声："我——春——阳，我——在——这——里——"

"小姐——小姐——你醒醒。看你满头大汗的还说我在这里，你不是睡在床上吗？"小丫鬟一边给小姐擦汗，一边把一杯热茶递到她手上，"小姐一定累坏了，尽说胡话，明天告诉老爷、夫人，请个医生给你把个脉开个方调理调理，可不要过年过节的躺眠床来着。"

春阳半躺着说："做个乱梦都吃药，亏你想得出来。明天要是敢在老爷、夫人跟前胡说，我饶不了你。"丫鬟连忙求饶说，"我也不过给小姐提个醒，小姐说没什么，小的哪敢乱讲！"

说话之间，院里雄鸡头啼叫起，主仆俩才迷迷糊糊睡去。

叶春阳思春暂放一边不表。回头再说春水挑着空担回家。

这个从小没有母爱的潘春水，以前也不知女人对男人的一生有什么重大影响。平日里一家四口，虽说四个男人四条光棍，日子过得单调清苦，但四个男人一样过得和和美美，只是苦了这个当爹的。田埂农活要他把作，虽然三个儿子一身力气，但是精心安排农事还是要他这个当爹的。家中诸多琐碎更是他这个老爹一人的事。小缝小补，洗洗涮涮没有一样少得了他这双像松树皮一样开裂的手。三个儿子很少淘气，但是要像女人那样细心照料孩子，懂他们的心事，真难煞这位老汉了。老三平时觉得自己老爹真的太好了，家里有点好的，老爹都让给三个儿子，特别是他这个小儿子。老三从来没见老爹一人在吃什么好的，他总说已经吃过了。

自从嫂子山红进门以后，四个男人的日子起了很大的变化。四个人吃得热热络络，穿得干干净净，破了有人缝补，三餐有人招呼。可他认为嫂子就是娘，有娘会管他的生活，知他的冷暖，自自然然，仿佛一切本该这样。

五年前在滴水洞和山姑朝夕相处，他感觉有个姐姐比有两个哥哥更让他舒服。山姑姐姐不但是教他武艺的师兄，也和嫂子一样关心他的衣食起居。他们一起习武，一起外出采摘野果，一起聆听师父教诲，感觉生活十分充实。和知心的山姑姐姐在一起，五年的光阴一晃就过去了。

婆婆的出现，让他有点出乎意外，他还没和老年人有过什么接触，对老年人很陌生，尤其是像婆婆这样的老女人，他只是感到可敬可谢，要牢牢地记在心间，有机会应该好好报答她。

今日见到这位姑娘，好像在哪里见过，只是记不起在什么地方。特别是她的眼神、她的声音，更是熟悉得像老朋友一样。她的每一句话，都印在他的心田，直到现在，这声音还在他耳边萦绕。

这个小女人为什么那么抓心？自己与她陌不相识，却一见如故。她不是嫂子那种张罗衣食住行像母亲的一类，也不是师兄那种体恤关爱像姐姐的一类。看到她，他心里很乱，乱得像一团层层扭曲的苎丝，理不出头绪来。看到她，他心里又很清晰，她是一潭清澈见底的净水，没有一丝尘埃；她像一支出水芙蓉，漂荡在水中，花香怡人，可远观，不可触及，更不可猥亵。

第一次被女性触及灵魂的潘春水也来了心事。

躺在木板床上，他侧进里翻出外，很像红镬爆泥鳅，四块木板被他碾得咯吱响。身上的旧被子又破又硬，他好像热得有点难受。两只铜铃大眼睛，在黑暗中盯着矮屋上粗粗的松木橼子。他没有一点睡意，满眼是一个影影绰绰的看不清、摸不着的美女。他突然想起了她送他的那首名为《叔于田》的诗：

> 叔于田，巷无居人。岂无居人？不如叔也。洵美且仁。
>
> 叔于狩，巷无饮酒。岂无饮酒？不如叔也。洵美且好。
>
> 叔适野，巷无服马。岂无服马？不如叔也。洵美且武。

他反复默诵着叶春阳送给他的诗歌，细细地咀嚼着十五句话，四十五个字。他有点不自信，堂堂富家千金，娇俏聪明才女，怎么可能对一个穷小子产生爱慕之心？她是高翔九霄的白天鹅，你潘老三充其量只是溪边的小青蛙，两者没有共同之处，更不能一起翱翔蓝天作逍遥游。既然如此，怎么还不自量力和她一曲"关雎"。他越想越觉得离谱，越忖越感到自己的冒昧。可是说出的话，是泼出的水，又是在大庭广众之中，如果谣传开去，那不是坏人清白！

这样一想，潘老三有点躺不住了。可是怎么收场，如何补救，他一筹莫展。这一晚他长夜没合眼，数着木橼半躺在床直到雄鸡喔喔啼也闭不上眼。

老三潘春水一夜没有睡好，他想得很多，很远。他和她仅仅是陌路相逢偶尔擦出的转瞬即灭的丁点火花，还是一见钟情已被月老的红线牵住两头？翻来覆去他无法解脱这份情愫。

欲知后事如何，请听下回分解。

第十七回

元宵献技春水扬名
寿桃传情春阳倾心

转眼春节将尽元宵来临，这年泳溪办了灯会，下午和晚上祠堂都有大戏。叶建兴收到大妹妹从泳溪送来的请柬，邀请全家去看戏观灯。

叶建兴因为夫人小恙在身不便出门，见女儿终日郁郁寡欢面带愁容，以为是替母亲担忧所致，就着女儿前去泳溪观灯散心。他吩咐丫鬟小红好生照料小姐起居，如果玩得开心，不妨在姑姑家多待几天，有表姐做伴，丫鬟伺候料也无妨。

叶桃姑以为年内一别，今世再难和老三相见，哪里知道泳溪的元宵灯会又给了她一次机会。她拜别双亲回房梳妆，就匆匆出门。

虽是山路且不甚远，轿后跟着小丫鬟，两个轿夫抬着小姐没一个时辰就到了泳溪。春阳拜见姑父、姑母，就和表姐执手相见，互道衷肠。

泳溪灯会不是年年都有，因为去年风调雨顺，五谷丰登，家家户户日子好过，这灯会又被提上新年活动的日程里。

春节里泳溪街家家户户要挂灯，大家忙着扎灯笼。附近乡村，有狮子的、有龙马的、有高跷的、有大鱼船的、有莲子行的，只要见长，都要拉出来遛一遛热闹热闹。因此入冬以后村村堂堂都在忙着做准备。

春节灯会，泳溪百姓有句口头禅："下溪头的狮子紫云山的戏。"下溪头的狮子有大有小，母子成对，大小狮子纵跳奔腾，张牙舞爪，以活见长。舞狮打拳互相穿插，武艺高人一筹；紫云山的戏台本全，行头新，生旦净末丑角色齐全，后场热闹。演员唱白念做口齿清脆，表情动人。只要长号一响，锣鼓铿锣，能走能跑的大人、小孩脚底像抹了油朝着灯火辉煌处去赶热闹。

下溪头的这台狮子和紫云山的戏，成了元宵活动群众翘首以待大饱眼福的盛宴。

正月十八以前，这是举办灯会的活动期。大年初一就有狮子登场，这样早的舞狮都是年里约定的。拜岁客都早早的登门来临。不管老客新客，新年都要拜岁，这样年年走动亲眷就一直会延续。如果平时走动得很少，连新年也不上门拜岁，只有一种情况，双方亲情隔代越来越远，这个亲眷就断了。民间有一种说法，姻亲一代亲，叔伯世代传。

新年里来客不管大小老嫩，只要踏进门槛都是贵客，主人都要热情招待。烧汤水、捣馍糍、煮汤包一样周全，不能怠慢哪一个。下午还要安排客人看舞狮子舞龙，晚上在祠堂安放长凳招待新年客看大戏。从十四到十八这五天，只要和泳溪人有点沾亲带故的，都扶老携幼，拖儿带女的从远近山村赶来。来客如云，老少牵手，摩肩接踵纷纷进门。整个春节，古老的泳溪街天天人头攒动，把一条弯弯曲曲的老街挤得跨不出步子。

元宵节这几天泳溪的大街小巷，不管贫困还是富裕，家家户户门口张灯结彩，狭长的泳溪街各式各样的彩灯映红了长街两侧的家家户户，街景倒映在平静的溪水里，仿佛是蓬莱仙境。室内红烛高烧。三眼大灶冒着水气青烟，主人在家烧汤水接客。火塘里烈焰熊熊，不管外面冰天雪地，朔风呼啸，户户人家温暖如春。

亲姐妹，表兄弟，外甥内侄济济一堂。朋友伙伴饮酒吃肉，有一搭没一搭地天南海北阔吹一通，欢乐的笑声传遍村道街角。

每天下午是各村的狮子龙马到泳溪献艺时段。铿锵的锣鼓伴着一招一式的南拳套路，长长的号斗吹出激越的号子声，"呜嘟嘟，呜嘟嘟嘟嘟，呜嘟嘟嘟嘟嘟嘟"，低沉的闷响声让人毛发倒竖，几里路外都能摄人魂魄。

十四傍晚，彩灯齐上。大大小小的宫灯、各种各样的花灯、形态别致的走马灯、美女灯，还有流动的龙灯、凤灯，把古老的泳溪街照得一片通红。

这样的热闹场面哪个年轻后生脚底不抹油？哪家姑娘还能耐得住寂寞？就是小小年纪的孩童，不是妈妈背着就是骑朗朗马随父一同行动。十里八里的早早赶了过来，二十里外的也要托朋友或者朋友的朋友挤上一晚，来赶热闹图快活。

一年一度的春节灯会，这是山区农民三百六十五天之中最放松、最快活、最富裕的日子。除了腿脚不便的，这短暂的几天是好吃、好玩、又能大饱眼福的时光，个个都要来凑个热闹图个快活。

白天舞狮舞龙是魄力和武艺的体现，晚上看大戏是嬉笑怒骂的糅合。紫云山人的戏都是人们耳熟能详的连台本：《包公案》《孟丽君》《沉香扇》等，一场接一场，一本连一本，尽管看过无数次，那些老婆婆、大嫂子、小姑娘们依旧边看边议边瞎替古人掉眼泪，小手绢擦得直滴水，嘴里还大大夸赞这个小旦身段窈窕唱做俱佳，那个生角扮相俊美武功了得，还有这个白鼻头恶少不得好死，那厢的大花脸奸臣必须刀下问斩，这才大快人心。

十四是正日，下溪头的狮子下午到泳溪朗台。舞这台狮子的台柱是秋水三兄弟，后场锣鼓是村里的老一代舞狮班子，随班的大小后生都是打拳舞棍弄棒的好手。

自从秋水成婚以后，村里的后生都跟他学武。一样的狮子南拳，经过秋水指点，每一套拳脚都上一个层面。过去的花拳绣腿，下溪头后生演练时不但动作更美，而且更近实战。一招一式，蹬足地动，出拳山摇，开弓呼啸，纵跳如箭，叫喊声、喝彩声响彻云霄。

为了这台狮子，夏水夫妻带着儿子也在村里过年。三兄弟大哥秋水控狮子球，二哥夏水做狮子尾巴，小弟老三春水把狮子头，兄弟三人将下溪头狮子的母子之情和勇猛强悍舞得活灵活现。

中午过后，下溪头狮子出发，一路的锣鼓点子节奏明快响亮。经呑溪、岩下方到泳溪湖，村民一听锣鼓点子，都说下溪头狮子去泳溪朗台，后面的人越跟越多。

狮子拉进泳溪先去胡姓祠堂拜老太公（祭祖）。

潘秋水舞着大红狮子球开路，狮子要在祠堂门口行三跪九磕大礼，再到里面盘祠堂柱。

好秋水舞着狮子球呼啦一圈，他脚尖点地跃起再接着一个倒鞭翻过门槛，夏水、春水哥弟俩的狮子从大门外蹿起俯冲进门，先行一拜三叩首之礼。秋水一个行进再倒翻到天井正中，大狮子一下从地面跃起俯伏在地复行二拜三叩首之礼。狮子球十字飞舞腾空跃身已到祠堂大殿，那狮子就地一滚正好匍匐在檐阶，瞬间后脚一蹬即时跃起丈余，俯卧在大殿摇头摆尾，三行三拜三叩首之礼。狮子跟着大红球在大殿左顾右盼，一会搔首弄姿，一会扑腾纵跳，尽显兽王风采，然后又在四柱中盘旋滚翻，红球大起大落，锣鼓一紧一煞，狮子追着红球在每根大柱间左盘右旋，上吻下嗅，东纵西跳，轻捷如飞。紧凑的锣鼓点子和狮子的跳跃把所有人都吸引到祠堂。

在每根大殿柱间纵跳盘绕后又向两侧廊柱环绕戏耍，然后匍匐在天井摇头摆尾与人相嬉似乎在等待什么。这时胡姓族长出来，狮子行跪拜礼，族长把一个大大的红包递到领队手中，他招待狮子队在厢房休息。

狮子祭祖就这样精彩，大家都要看看这只活灵活现的狮子是谁家后生在把控，身手如此了得。特别是远路来的客人，这是一帮大姑娘、小媳妇最关心的事。大家一听是潘家三兄弟，男人上前拍肩膀拉手表示自己对他们的敬佩。女人个个侧着耳朵谛听她们最关心的信息。大姑娘、小媳妇在一起议论只有四个字："后生撑昆。"至于身手了得、武功高低她们并不在意。

听说舞狮子头的是小弟老三春水，还是个童子身，又是一阵嘀咕声和咽口水声："啧啧，勿知噶好后生会落到哪家姑娘的石榴裙下？"

下溪头狮子拜祖朝宗就吸引了众多看客，他们说这台狮子祭祖就如此了得，晚上戏台演出一定更加精彩。消息一传开，新年客的胃口被这台狮子吊得老高。

狮子队在泳溪胡氏祠堂吃过晚餐，沿着泳溪村大街小巷走了一遍。"咚咚呗，咚咚呗，咚咚呗咚呗咚呗。"狮子锣鼓告诉看灯会客人，下溪头狮子晚上在戏台演出，舞狮以后还有大戏，这么高作的饱眼福机会谁肯放弃。

晚饭碗一放下，男孩爬到父亲肩上叫快走，女孩牵着娘手往外拉。一时间，偌大的泳溪里和泳溪湖两村的大街小巷，汇集了从三王岭、周家岭、筋竹岭下来的男男女女、老少爷们。他们举着灯笼火把，沿着弯弯曲曲的"之"字形山路盘旋而下，恰似三条扭动的火龙在黑夜里降临人间。看热闹的人群从四面八方汇聚一起，像潮水一样涌进古老的泳溪祠堂。

戏文棚两边角是小孩领地，棚前是年轻力壮后生闹插堂的场地，中年人在青年人后面，戏棚左右两侧是没有力气的老年人站位，年轻的姑娘、嫂子在抱楼下站立，楼上是有头有脸人的"包厢"。太太、小姐可以在包厢内安安稳稳看戏，身边有丫头、老妈等仆人侍候，桌上茶水、点心、干果、瓜子，边嗑边看边聊，享受着贵宾待遇。

春阳姑妈家在石桥旁，观灯区在老街，唱戏在祠堂，这两个地方离姑妈家都有一段路，两个姑娘躲在自家阁楼是看不到花灯也听不到大戏的，于是姑父早早的就在祠堂的东厢房抱楼上摆了一张条桌，围了一圈椅子。鸣鹏和春阳下午也随着人群在祠堂看狮子祭祖，她们不愿挤在人群里凑热闹，狮子盘柱结束就回家了。

听到狮子锣鼓的响声和长号斗"呜嘟嘟嘟"的呼唤，两人放下饭碗带着小红，跟着姑父朝祠堂挤。她们的座位在戏台的右侧面，这个位置居高临下，视距最近，视角最宽，视效最好。

狮子锣鼓在幕前不紧不慢地击打，似乎还在等待路上急匆匆赶来的看客。

台下已是人山人海，这些人挤得好像被捆在柴爿籔里一样，除了黑压压的人头和浮在头上面的一层人气，其余的什么都看不到。

突然锣鼓转紧，节奏加快，台下逐渐安静下来。锣鼓一阵刹住转轻，一大一小两只狮子从后台纵出。大狮子在台上打了三个滚，跃起空中落在台中。小狮子扭扭屁股摇摇头，返头去舔母狮右边的后腿；又伸出后爪去梳母狮的鬃毛。大狮子转过身子，小狮子再返头向左去舔母狮后腿，梳理母狮体毛。母狮张开大口叼起幼狮向上一抛，吓得台下观众尖叫声迭起。这小狮子在空中翻了一个跟斗，正巧倒立在母狮头顶，瞬间从母狮头上滚落脊背，旋即一弹着地，蹲坐在母狮一侧，侧头朝着母狮亲昵。这一连串惊险动作一气完成。台下掌声四起，叫好声震耳欲聋。母狮举起前爪，在幼狮头顶抚摸。一大一小的两只狮子把人间母子亲情表演得淋漓尽致。大小狮子向正面观众跃起点头致意，然后一个侧翻，再向右边观众点头致意，复一个左滚翻，向左边的观众点头致意。大狮子叼着幼狮突然横空飞起，在东边台角舞动跳跃，那小狮子几乎悬在观众头上，把观众吓得连连后仰倒退，人潮向后涌动。要掉落地的狮子在台板着力，叼着的幼狮一下翻上戏台，后仰的观众马上向前涌来。大小狮子一滚又向西台角扑去，那边的观众又向后退。挂出的狮子在戏台板借力跳起返回台中，人浪又向前涌。观众后仰前仆，人头起起伏伏，像潮水翻动，又像层层涌起的排浪，一浪接一浪。人群中发出的吼叫声，在戏台上空滚动。这台狮子把动物之王的威武勇猛和至亲至情表现得细致入微又惊心动魄。下溪头这台狮子，把观众兴致吊到极点。大小狮子舞遍四角，挑在空中转体面向观众，前脚摇摆三次，脱去狮皮，露出两大一小三人，潘家老三春水、老二夏水兄弟和侄儿铁成，挥手和大家道别。后台的狮子拳鼓点响起，咚咚呗，咚咚呗，咚呗咚呗咚咚呗、呗、呗。

开台狮子下场，第一个出场打狮子拳的是一个七岁的小孩，正是舞幼狮的秋水儿子潘铁成。他的一路"雪山"拳虽然稚嫩，但是踢、打、扫、挎、闷，个个动作到位，姿态舒展，一招一式都合着后台锣鼓的点子。一路拳脚下来，不喘不慌，最后一个抱拳旋转120°谢台，引得一片喝彩声。

中间隔着几个年岁大点的孩子，都有不错的基本功。再下来是王廷元、潘善华、潘善根的大洪拳、小洪拳、西川等南拳套路，一路打来，变化多端，刚健有力，比一般的套路要劲道得多，好看得多。

夏水体态轻盈，习的是猴棍。他用的是一人高的万年古藤制作而成的短棒，柔中有刚，韧而坚实。经春水传授，自是不同凡响，棍到之处，风声呼呼，人影幢幢，台上泥粉飞扬，空中棍棒飞闪，呼呼有声，势不可挡。

王廷良练的是罗汉拳结合的醉拳，潘春水教他把几式老猿攀岩的动作融入其中，看似一个醉汉，步履踉踉跄跄，东踏一脚，西跨一步，好像要醉倒在地，实是敏捷机灵，避实就虚，伺机偷袭，观众的心都提到嗓子眼，生怕踏空跌落台下。

秋水多年习练，自创一套扁担刀。这套刀法以随身常用扁担作武器，融合了棍棒与刀的长处，可做棍棒横扫直进，左右开弓，挡住一片。可做刀劈，切削时如秋风扫落叶，威猛凌厉。

最后是老三春水封台。老三舞双刀，是滴水洞飞凤夺命刀的简化版。他上台一个单手亮相，刀从后出，一声呼啸，拔地而起，空中旋转一周，落地一个劈叉，两脚一跤弹身半空，两手各执一刀。但听得晃晃的刀声和尖利的风声在身前身后发出，混合成一种无法模拟的怪声直入耳孔，嗡嗡作响。立时两团白光，在左右闪动，上下翻滚，人在虚无缥缈间。这时东西两侧走出两个后生，手中各端一盆清水，从两个方向对着刀花泼去。倏地，一阵水花从台上向台下射去，把台前半个天井的观众洒得一头雾水。锣鼓一声关门煞"呗"，恰到好处的结束演出。

春水一个收势，自左向右旋转一圈，人正好在两个无水的交叉点上，后场的锣鼓手身上一样干燥如初。

人群中发出一片鼓掌声，台下吼叫声四起："赞，妙，别无分号，独步天下。"

锣鼓长号又起，热闹的后台把前场的叫喊声盖过。祠堂里凡是有插足空当，都挤满了观众。连楼上雅座后也都挤满了人。

春阳居高临下，已经看到春水，这个贩夫走卒，竟然深藏不露，能诗又会武，文武两件一样的出类拔萃。看得她心里燃起一把火，脸上红光绽放，眉飞色舞，在心中暗暗叫好。

"小姐今晚最开心，"丫鬟小红见春阳喜上眉梢，在她耳边轻轻地说，"这个后生真慧，武功如此了得，今天算是开眼界了。小姐，要不要去问问他是谁家公子哥？"

"放肆！谁要你多事！"桃姑春阳故意吓唬小红，她早已知晓他就是那个卖带鱼落水救人的潘春水。

狮子离场而去，春水留了下来，他对两个哥哥说他要在这里看戏。其实这是他的借口。春水目光如炬，他早在舞狮打拳时就看见二楼东厢房里坐着的叶春阳了，他的两脚迈不开步子。

两人虽然近在咫尺，但这楼上楼下好似隔着高山。他希望天降祥瑞，能给他们一个相见的机会。他知道这是一种无法兑现的梦幻，可就是不肯放弃，他要远远的在暗中看着她，直到最后。

紫云山的大戏已经开始闹头场。

大锣小钎，战鼓笃板，一阵紧过一阵，闹得台下人山人海，人浪再起。戏台下似泳溪洪水泛滥，一会儿后面的人潮向前涌去，前面的人手顶住戏台，人浪前涌受阻就向后倒涌。很快人群像潮水一样前后左右轮番涌动，口中发出呜啊的叫喊声。一帮人个个被挤得臭汗淋漓，大口喘息。

台下人浪似海潮乱哄哄时，只要戏文棚上穿红着绿的戏文人出场一亮相，原来人声鼎沸、你推我搡的混乱场面，就像汤浇蚁穴，火燎蜂房，顷刻间无声无息，静若止水，这个戏班子就算魅力四射，大获成功。

今天场头已立，台下的人还在议论下溪头的狮子，称赞潘氏三兄弟的本领。他们不但听到，还亲眼看到，尤其是潘秋水父子和两个兄弟的表演，按他们的见识，都是顶尖水平，特别是潘春水的刀功，舞得滴水不入，还没有见过第二人。

俗话说，小孩吃奶第一口，习惯了就好。在一片叫好声中，要让观众继续称嘉，续这个貂尾有点难，不见真功夫，喝倒彩有得是。

祠堂里早已人满为患，春水不愿往里挤，更怕别人认出他，被人家指指点点。他个子高，视力好，就在门槛上一站，正好穿过人头看到叶春阳。

春水看到她好像有点心不在焉，是不是她以为自己已经离开祠堂回家去了还是别有所思？

台上头场锣鼓刹住，轻快的音乐声中走来一位神仙般的红衣美女。她两手各拈一只寿桃，踏着碎步在台上转圈翻滚，倒踢劈叉，好像一根鸿毛随风起起落落，飘荡在空中。两只寿桃随着她的舞动一会儿分开，一会儿合并，一会儿在空中升飞，一会儿在台板上滚动，看得观众眼花缭乱，喝彩声四起。

那个美女演员轻轻一跃，跳到台上一张立案，她把两只寿桃叼在口角两边，慢慢地一个下腰，成为倒立。她的两条纤纤美腿，越过后脑一直往下，穿过脸颊用脚尖直捧口中仙桃，然后两腿一缩一伸，动作灵巧地把两个寿桃同时抛向戏台两侧的空中。

"麻姑献寿啦，麻姑献寿啦。"台下有人叫喊，"快抢寿桃哇！"几乎所有观众齐声高喊着。

这是吉祥加戏，谁接到寿桃，谁就添福延寿，是上上大吉之乐事。

台下观众看到寿桃自天而降，如此神物哪有甘愿放弃之理。那个演员果然身手了得，一次发力，两只寿桃却飞向东西两边。站在中间的年轻人看到寿桃从自己头上飞过，就纷纷往上跳，寿桃被指尖一挡，跳得更高。落下来的寿桃又被挡了上去，台前马上秩序大乱。这时台下可不是闹头场时的泳溪洪水，是东洋大海里的接天巨浪，人浪似波峰，一浪高过一浪。原来东西两只寿桃被这汹涌的人潮涨到了一起，人潮中千手挥舞，寿桃只在指尖上跳舞，一个都抓不到。反正抓不到，就谁也别想得到。

本来在指尖的寿桃被大家弹拨得更高，飞得更快。那寿桃在空中飞了几圈，没有落下来的意思。这样下去，不但戏演不下去，还会出乱子。已经有人在场子里喊鞋子掉了，衣服纽扣扯了，力气小的在叫救命了。好一个潘老三，只见他两脚一蹲，身子腾地飞起，像一只蜻蜓朝寿桃而去，他一个左右开弓，轻轻一抄，那两只寿桃都捏在手中，人稳稳地落在台角。

"谁那么厉害，一手捏两只？"台下观众议论纷纷。

"就是刚刚舞双刀的小后生。"

一位从远路来的中年人说："就是去年赶廿八市跳水救人的小伙子。"

"哦，那个小青年，认识。就是下溪头村老潘家老三哪。"

"这孩子行，从小没娘，却很懂事，扶老携幼，人品好着呢。"

"啊，这么个好人我向他讨只寿桃，不知他肯也不肯？"

"老三，寿桃送我一个。"

"我也要一个。"

"我也要。"

……

向老三要寿桃的呼声此起彼伏，只有两只寿桃，这可难坏了潘老三。他刚才接寿桃是怕这样下去会伤着人，也影响正常演出，所以把那两只寿桃接了。现在观众踮着脚，扯着嗓子比响亮，这叫他如何是好？

台下抢寿桃场面早就惊动了叶桃姑，她不知老三还在场。人山人海的潘春水躲在最后面，她没有发现他的身影，一直在楼上左顾右盼，若有所失。虽然她心里不住地说，"这里做戏，锣鼓声你应该听到，你会到这里来找我"。叶春阳默默地自言自语，她相信她的判断，他一定不会走远，他一定会来找她。要不他怎么会留下"关关雎鸠，在河之洲"这样最明白不过的诗句？

听到台下的说话声，她一眼就看到了他，两行珠泪忍不住滚下脸庞。她偷偷地擦掉眼泪，也学着台下的人在楼上喊：

"我要——寿桃——"

"我也要寿——桃——"

姑娘家的叫喊自然没有楼下的粗犷响亮，可是叶春阳的喊声却极具穿透力，她喊第二声的时候，看见两道电光朝她的楼上射了过来。

姑父说："那么多的人，你声音他听得着？再说一个富家千金，哪犯得着向别人要！"

表姐鸣鹏说："经过千人万人的手，那寿桃脏透了。表妹要，明天到街上买一篮，谁要这臭男人的破东西。"

"姑父、表姐有所不知，这是麻姑献寿，那寿桃可是吉祥之物，不是桃子而是年寿。母亲常年身体欠佳，我要寿桃可以给母亲添喜添寿，她要是高兴了或许身体就好了，买的东西哪有这样喜庆吉祥？"

"还是我侄女想得周到，讨个寿桃给你母亲添福加寿。"姑父一边夸侄女有孝心，一边让自己的姑娘一起喊叫。

老三春水确定叶春阳小姐在他对面的东厢房，他马上想冲过去把两只寿桃献给心中的人。可是聪明的老三一想不对，众目睽睽之下就这样贸然送寿桃，不但会遭人唾骂，还会坏人名声，万万使不得。他得想一个两全其美的法子，寿桃送给自己心爱的人，别人还得心服口服。

这……这……这真的有点难，难，难！

老三把两只寿桃牢牢攥在手中，再高高地举过头顶，他对着人群说："我是怕抢寿桃出危险，正月大晴头的，弄伤了自己或别人都不好。我也不要寿桃，两只都可以送人，但是寿桃只有两只，除了我几乎大家都要，所以想要寿桃的人要回答我两个问题，答对一个送寿桃一只。"

"老三真是个大好人，公平竞争，谁都不用抢。"

"你出题吧。谁答对了谁得寿桃，我们都心服口服。"

"好吧，我出题。"潘春水大声说。

第一题：背诵诗经《燕燕》，回答出自何处？

第二题：背诵诗经《晨风》，回答出自何处？

老三补充道："这两个题目都不难，如果有两个以上的人答对了，那么再另出一题，万一有人两题都对了，也可以一人得两只寿桃。乡亲们有没有意见——好，竞争寿桃抢答正式开始——"

说实在的，到这里的人几乎都是种田农民，小时候读过书的还真不多，就是读过书的，这十几年的荒废早把那书里的东西还给了先生。听了老三说的题目，多少还是有点记忆的，但要真刀真枪的硬碰硬，都无希望可言。再说原来在抢的人大多是凑热闹玩的，没有一个真要那寿桃。就是抢到了，无非给小孩当个玩具而已。现在要背诗得寿桃，谁也不愿当众出丑。

老三出了题目，台下乱哄哄的人群立刻安静下来，没有一个敢出来接题。老三看看这样冷场，想刚才那么热闹，现在好像大堂上县太爷敲了惊堂木，一片肃静。他插了一句："要是没有人背，这么精致的寿桃我可要拿回家喽。"老三在吊大家的胃口。

一个十七八岁的小青年说，我来试第一题《燕燕》。

> 燕燕于飞，差池其羽。之子于归，远送于野。
> 瞻望弗及，泣涕如雨。燕燕于飞，颉之颃之。

> 之子于归，远于将之。瞻望弗及，伫立以泣。
>
> 燕燕于飞，下上其音。之子于归，远送于南。
>
> 瞻望弗及，实劳我心。仲氏任只，其心塞渊。
>
> 终温且惠，淑慎其身。先君之思，以勖寡人。

"啊，燕燕出自何处——一时真的记不起来。"那个小青年搔搔头皮对老三说，"都是邻近乡村同出山年，你放我一马吧。"那青年嬉笑着来接寿桃。

老三说："你能背出全诗，很是不错，但是没有全对，我只能说声对不起。"

"下一个——"老三把声音拖得长长的。

众人对小青年没能拿到寿桃表示可惜，也很赞同老三的信誉。都在等待下一个才子来抢答。

又来一个小青年，他说："诗刚才有人背了，我来说'燕燕'的出处吧。是《诗经》中《国风·魏风》。老三，快把寿桃奖给我吧。"

老三说："'燕燕'的出处你也错了，你能把这诗重新背出，我就送你一只。"老三知道那小青年要小巧，就将了他一军。小青年自知背不出全诗，也不敢再饶舌。

"我来试试可以吗？"

老三听声音从东厢房来，又那么熟悉，他故意大声说，"只要能背出全诗，答对出处，不管是男是女，这寿桃就是他的"。

叶桃姑（春阳）大大方方地站在窗口，向着台下黑压压的人头扫了一眼。她一下就认出了西抱屋下站着的潘老三。他好像也瘦了一圈，一定也在思念自己，眉头一酸，两汪青泪已经包住眼珠。大庭广众之中，高高兴兴之时，哪有珠泪涟涟的。叶桃姑强压情感，噙住了将要流下的眼泪。她略清嗓音，像竹筒倒豆子般的爽快，如深山出冷泉样的清越。那诗音从她口中吐出，似环佩叮咚，赛瑶琴和鸣。听得那满场观众屏气静声，小孩、老人不敢咳嗽。

> 鴥彼晨风，郁彼北林。未见君子，忧心钦钦。
>
> 如何如何，忘我实多。山有苞栎，隰有六驳。
>
> 未见君子，忧心靡乐。如何如何，忘我实多。

山有苞棣，隰有树檖。未见君子，忧心如醉。

如何如何。忘我实多。

"这是《诗经》中《国风·晨风》十篇中的一篇民歌。"

燕燕于飞，差池其羽。之子于归，远送于野。

瞻望弗及，泣涕如雨。燕燕于飞，颉之颃之。

之子于归，远于将之。瞻望弗及，伫立以泣。

燕燕于飞，下上其音。之子于归，远送于南。

瞻望弗及，实劳我心。仲氏任只，其心塞渊。

终温且惠，淑慎其身。先君之思，以勖寡人。

"'燕燕'出于《诗经》中的《国风·邶风》十九篇中的一篇。"

"请小哥斧正谬误。"

叶春阳话音甫落，黑压压的人群才反应过来。这位姑娘背诗竟然有这等魅力，让听众如痴如醉实在难得。台下不知谁鼓起掌来，众人这才想起应该鼓掌表示赞赏。于是台下一阵暴风雨般的鼓掌声把后场激越的锣鼓声都淹没了。

老三手持寿桃，在人群中挤过来。叶春阳看见老三往这边来，她也赶紧往楼下走。丫鬟看见小姐退出，就跟着过去。

叶春阳见丫鬟紧随身后，吩咐道，"这个位置不错，你就在这里看戏，我去去就回"。

丫鬟小红一嘟嘴："老爷、太太再三交代奴婢，不能离开小姐半步！"

"看你急的，我还飞了不成。好好在这看戏，我去去就回。"春阳不让小红寸步不离自己。

叶春阳下楼去私会情郎，丫鬟小红出来阻挡，他们两人能见面吗？

欲知后事如何，请听下回分解。

第十八回

路廊相会互诉衷情
主仆同心共牵连理

潘春水突然想出了个好主意，他知道戏文台前能像高山流水般背诵《诗经》的只有叶春阳，这两个寿桃非她莫属。这样春阳就可以冠冕堂皇地在大庭广众中当之无愧地收获礼品。自己也可以理直气壮地和她见面。他马上从人群中挤出祠堂去和春阳会面。

这边叶春阳摆脱丫鬟，往楼下而去。那边潘春水火急火燎地在人海里穿行。他看见黑暗中有人影闪动，一个箭步踏入门槛，和那人影正好撞个满怀。从黑暗中出来的是叶春阳，早已看清来人是老三潘春水，一头扑入他的怀里，嘴里三公子春水不停地叫着，生怕进来的他没有听见。

潘春水是第一次和女人抱在一起，而且抱得那样的紧，生怕他怀里的人会挣脱而去。他看不清来人，却听见这熟悉的声音，他把她紧紧地揽在一起，一股幽香透入脑门。这是他第一次真切地闻到女人的气味，年轻的小伙子醉了。他低下头去轻轻地嗅着女孩一头青丝，好久好久不忍分离。

他没有母亲，从小在男人堆里长大，后来在滴水洞师兄手把手地教他习武，整天与她耳鬓厮磨，她也只是师父说的师兄，是照顾他生活起居的好姐姐。他对如此关怀的师兄从来没有非分之想。两个嫂子一样年轻漂亮，他把她们当作自己的娘，她们给了他一份从小没有的母爱，那是一种纯洁高大无私的臻爱。而她，一样是女人，却一下子钻入他的心田，一次见面让他再也抹不去、赶不走。

台上的锣鼓声惊醒了老三，这里不能久待。老三拉着叶春阳的手从一扇边门走了出去。祠堂就在泳溪旁，离祠堂不远的溪边有一个三间门面的路廊，明亮的月光照进门洞。两人借光走进里面，内屋虽然亮着灯，但是漫无人影，大概照管路廊的大爷大娘也看戏去了。他们借着光亮，挑了一处干净的路廊凳坐下。

叶春阳半倚在老三怀里，悠悠地说："去年匆匆分手，没有一点你的音讯，难道你这么快就把我忘了？"

春水不想掩饰自己的感情，他真情地说："我夜夜做梦，总是和你在一起，你教我读书认字，我给你摘花捉蝶，每次玩得开心时，不是被响雷打散，就是被红闪惊醒，没有一次善始善终。我俩虽然相距不远，可是你我家境天壤之别，看来我俩是走不到一起的。"

春阳听了老三的诉说，伸手打住他的嘴巴。"别说不吉利的，只要两情相悦，金石为开。我是父母的掌上明珠，家里还有两个弟弟，只要我们真心不变，哪会有办不到的事情！"春阳给春水鼓气。

老三说："我不会写字，又不好上门找你，我们以后怎么联络？"

是呀，老三没有上学，这鸿雁传书也要写字读信。这可怎么办？

还是叶春阳有办法。她说："每逢初一月半，我会到这附近的寺院上香，父母、丫鬟看管很严，我会用《诗经》和你隔溪联络，望君莫辜负了奴家的一番心意。"春阳继续给他的心上人托底，让他对未来充满信心。

明月当空，寒气袭人，夜空中传来团聚的锣鼓音乐声暗示演出将近剧终，两人依依不舍离开路廊，返回祠堂。

老三把叶春阳送入边门，一把拦腰抱住她，在她的香腮上狠狠地亲了一口说："里面人多眼杂，为了避免闲言碎语，就此别过。保重！"说毕，撩开衣襟大步直奔下溪头而去。

叶春阳被老三抱得喘不过气来，两腮还留着他的热量。待她从梦幻般的甜蜜中清醒过来，潘老三早已走得无影无踪。

戏文好像就要结束，她借着微光摸上楼梯去和丫鬟会合。其实丫鬟哪有心思独自看戏，她一直紧随小姐身后远远地跟着。小姐的每一个动作细节她都看得清清楚楚。他们的每一句话虽然很轻，这个灵巧聪明的丫鬟都听得一清二楚。小姐扑向老三怀里的一刹那，她差一点儿没叫出来。他们在里面窃窃私语，她躲在暗处偷听。看到小姐和老三牵手往回走，她像一只敏捷的狸猫捷足从黑暗中潜回祠堂等待。

看到小姐从外面回来，小红假装什么都不知道，说："小姐，你一去这么长时间不回，让我等得那么久，都到什么地方去了？这么长时间不见回来是和谁在一起？都说些什么来着？要是老爷问起奴婢来，我该怎么向老爷、太太回话？"小红好像一无所知的轻轻地问小姐。

春阳听了小丫鬟连珠炮般的发问吃惊不小。她一定看到什么，或者听到什么，要不哪有这么多的问话？

叶春阳是个玲珑剔透的人，她想与其堵不如导，她确信这小丫鬟已经发现了她和他的私情。和她通通气，让她知道一点内情，一来可以摸底，二来可以准备应付万一之策。只要和她讲好了，或许以后他们俩的事还能让她出点力。

"小红，小姐待你好不好？"春阳明知故问。

"自从小红进叶宅，小姐一直视我为姐妹。"小红心里明白得很。

"你都知道了，你看刚才那个在戏台上舞狮打拳的老三潘春水人品怎么样？"春阳试探着问。

"潘公子不但人品好，武艺高，而且为人表里如一，诚实可信，小姐你真的好眼力。"小红从心底里夸赞潘公子春水。

"可是潘公子家道贫困，你说我以后能和他相处吗？"

"小姐，奴婢听别人说，只要两情相悦，有情人总能成眷属。潘公子眼前虽然家道贫困，但是他人聪明厚道，而且本领高强，这样的人只要扶他一把，说不定哪一天就成了大财主呢。"这聪明的小丫鬟无非没有明说你叶家老爷不就是这样的嘛。

"小红哪，小姐真没看错你，想不到你小小年纪竟有这般见识，你呀真是我的好妹妹，知心人。"春阳她要摸摸小红的心思，看看她的反应。

"小姐视奴婢为姐妹，从没把小红当作下人。以后小姐若有为难的事，需要小红出手，小红一定为小姐分忧排难。有用得着奴婢的地方，小姐你只管开口。"小红十分钦佩潘春水，她是真心要帮他一把。

小丫鬟一番贴心话，让叶府千金感动万分。她一把把小红搂在怀里，口中不住地说："好妹妹，我也没有姐妹，你就是我最亲最亲的亲妹妹。"

丫鬟手持两只寿桃蹦蹦跳跳和叶小姐一起回到包厢。鸣鹏嘴快："这么长时间你们都野到哪里去了？"

"那么多人挤得我头都发胀了，我和小姐在外面透气。哇，十五的月亮又大又圆，天上一个，水中一个，太美了。要是表小姐一起去，只怕现在还不想回来呢。"真是个聪明绝顶、口齿伶俐的小丫鬟，说着把手中的两只寿桃在鸣鹏眼前一晃，没有人能看出这么长时间在外有什么不当。

"小红，快给我一只，让我也沾点喜气。"胡鸣鹏向小红要寿桃。

小红听鸣鹏这么一说，人立时僵在那里不能动弹。她不知该给还是拒绝。这寿桃是小姐凭才气在竞争中得来的，又是潘公子相赠之物，哪能随意送人！

倒是姑父前来解围说："寿桃是你表妹在众多的男人手里夺取的，当然是稀罕之物，也是给你舅妈添福添寿的吉祥物，岂是谁人都能要的！你就不要和小红玩了。"

姑父见侄女一直都有丫鬟相伴，也就没什么多话追问。

叶春阳夺寿桃只是借口，孝敬母亲也是随机应变之举，会一会她的潘老三，摸一摸他对自己的心是她敢在大庭广众前取寿桃的真实意图。现在目的达到了，这寿桃有没有都无所谓。见表姐讨寿桃，就大大方方地说："表姐要哪能不给？为母亲添吉祥一只就够了，我夺了两只原本就打算送一只给表姐的。借寿桃喜气愿表姐早日找个如意郎君。"说毕从丫鬟手中拿过一只寿桃送给鸣鹏。

胡鸣鹏手中拿着寿桃，细细地看了一会，她白了父亲一眼说："这寿桃真的漂亮，做工很精，的确是个稀罕吉祥物，难怪那么多人在争。哼哼，这么多的男子汉全是笨蛋一群，倒不如一个女流之辈，表妹真是人中龙凤。爹，还是表妹知我心。"她把寿桃递给父亲，"给你一个现成人情，给我娘添点喜气。"她着实地把表妹夸了一通。

台上戏文已经散场，祠堂里的人也走得差不多了，他们才起身回家。

这一晚，叶桃姑睡得很甜，她在梦中和老三一起读书写字，一起采花捉蝶。她送老三去应试，看见老三得中状元，穿着大红官服骑马游街，父母亲给她穿戴凤冠霞帔送她去成亲，她在梦中笑出声来。

因为夺得寿桃，春阳提前回到桃柳溪，把吉祥物送给母亲。喜得夫人拥着女儿连呼心肝宝贝，说道："女儿真是娘亲贴身小夹袄，你一片孝顺，为娘牢记在心。"

桃姑站在身后，举起两个粉拳，一边给母亲捶背一边说："娘生儿十月辛苦，娘育儿十六载劳累；娘虽然人届中年，然已是白发斑斑，都是为女儿熬干心血。从今后儿为娘吃斋烧香，逢初一月半，进庙堂焚香许愿，求菩萨发慈悲心肠，替母亲添福延寿。"

柳夫人听得女儿如此孝心，顿时间气色红润，精神倍增，复把桃姑揽入怀里，喜欢得热泪涟涟。

为了践行自己的诺言，叶春阳天天吃素念佛，眼看二月初一就在眼前，就和母亲约好到崇法寺进香。

二月初一早晨，叶府两乘大轿起早出门。叶建兴对夫人说："礼佛在心，虔诚在己，方丈跟前，施舍莫啬。只要夫人玉体安康，小姐名花有主，钱财本是身外之物，该出手时就出手，不必过分计较。"他吩咐仆人小心侍候，不得有误。

叶府两乘轿子，一路上高落低逶迤而去。

潘老三自元宵节与叶桃姑私会分手以后，一人踏着月光迎着凛冽山风往回走。他没想到叶桃姑也会在那里看戏，没想到演戏时会有抛寿桃一节，而且他会一人独得两只。更没想到他的梦中情人会出来争寿桃，而且一举夺得两只，更没想到还会和他这个穷小子出来幽会。尽管朔风凛冽寒气逼人，叶桃姑软软的躯体，炽热的体温，纤巧的玉指，芬芳的香腮令他终生难忘。泳溪山坳里的头号富户，苍山脚下的第一美人居然会看上他一个无娘儿、穷光蛋，而且一见钟情，这让他潘老三刻骨铭心。让他更意外的是她还主动约他私会，告诉他时间、地点和方法。

明天就是二月初一，她到泳溪崇法寺进香，要他别辜负了她的一片真心。他一晚没有睡好，不知崇法寺是个什么场面？他该如何接应配合？事先要做什么准备？他们能顺利见面吗？……

老三是第一次有准备地去赴约，这是情人幽会，他现在还不能和兄弟明说，就找一个借口到泳溪去。

下溪头村到泳溪不足十里，老三走走就到。只是小伙子来得早了，于是就先进寺院浏览一番。

崇法寺在泳溪西面的山坳，寺院两侧高山相拥，寺后岗头又是数重山峰像一层一层的阶梯。全寺三进殿宇层层递升，两侧寮房沿山而筑，僧众逾百，大德高僧法师住持。崇法寺香火旺盛，进香拜佛，求子求财的信徒络绎不绝，一年四季佛事不断。

他没有到过寺院，寺院里的一切他都感觉很新鲜。看到慈眉善目的菩萨，不管大小，见个就拜。他听老年人说诚心向佛，菩萨会保佑你一生平安，心想事成。要是真能那样，他一定天天进庙礼佛，让菩萨保佑他和她不弃不离，百年好合。大殿正中摆着一个四方的木盒，有人告诉他这是功德箱，他顺手一摸，衣袋角里还有一块碎银，就塞进箱口。

泳溪寺院虽大，后生脚马，走走就完。看看天光已到巳时，估计桃姑她们也快到了。他不能在这里被她的亲人撞见，否则会坏大事。他走出寺院隐蔽在路旁的林子里，这样可以看她们到来，还能看看是谁和她一起进香。

老三刚刚隐蔽好，山路上来了两乘蓝呢暖轿，急急忙忙抬过树林在寺院山门停下。丫鬟小红掀开前面轿帘，一个熟悉的身影跨下轿来，她一身素装，虽然路远看不真切，定是叶桃姑无疑。一个女仆掀开后面轿帘，走下一位中年女子，一身蓝色服装，迈着沉稳步履，一副大家主妇气派，那一定是叶夫人了。

看着她们走进寺院，老三就偷偷地跟着。他刚抬起腿要进山门，冷不防半路杀出个程咬金。丫鬟小红叉手站在老三跟前，两个杏眼瞪得像铜铃，把老三吓了一大跳。

老三还没有见过叶桃姑的丫鬟小红，但是小红却认识老三。

"这位大姐，不知在下有何得罪，累你叉手瞪眼拦人去路？"老三有点莫名其妙，怎么会有人不让自己进庙。

"你好大胆，竟敢偷偷跟踪我家小姐芳踪，不想活啦！"小丫鬟柳眉倒竖，板着脸儿，一副不依不饶的样子。

老三一听这话，先是吓了一跳，他看了她一眼很快明白眼前的这位"程咬金"应该是叶桃姑的丫鬟，此时此刻在这里横刀勒马内中必有蹊跷。他明白他与她的事以后要麻烦她的地方多着呢。老三双手作揖，脸上堆满笑容。"大姐，在下也是初次到此礼佛，冒犯之处还望多多包涵。"老三又是深深一揖。

丫鬟小红也是第一次和老三说话，见老三语气和悦、举止文雅，哪像是手足无措的山乡泥腿子。刚才那副气势汹汹的样子早被寒风吹过山岗去了。

她马上换了一副脸色，温和地说："你就是下溪头村的潘老三潘春水吧？嗯，小姐、夫人正在寺内进香，闲杂人等一律不得入内。像你刚才那样冒冒失失往里闯，肯定坏事。还是小姐想得周到，令我在此等候。小姐生怕你冒失闯入被夫人发现坏事，就叫奴婢在此候着。"

"小姐、夫人进香得一个时辰，她让你在溪水对岸等候，千万不可轻举妄动，你要看小姐眼色行事。"丫鬟说完，告辞进内。

叶府母女在大殿点烛焚香，行三跪九叩之礼，虔诚拜佛。只是母女俩各许其愿。叶桃姑求菩萨保佑爹娘，福寿绵延，长命百岁。又拜观音暗里祈求成全她和潘家公子婚姻。叶夫人愿菩萨保佑家道平安，生意兴隆，财源广进；求女儿早择佳婿，婚姻美满。自然夫人最关心的还是女儿的婚事。拜佛礼毕，她在方丈楼的随缘本上写下不小的施舍。她请教方丈测测女儿未来的婚姻大事。

泳溪崇法寺寺院规模不小，常有大施主捐赠，今天进香的叶夫人也在随缘本上写下不小的数字，她现在要讨千金未来，自然不好推卸。方丈将叶小姐上上下下仔细看了一遍，立即闭目沉思。

"夫人，小姐本是千金之躯，绝非等闲之辈，她的一生早有定论，只是天机不可泄露。老衲送你几句，日后自会应验：'桃花迎春开，人去花也归。要知花去处，秋走春又回'。"说完反身离开。

叶夫人对方丈的话语似懂非懂，她踏上一步，想问个清楚。她对方丈说："大师佛法高深，民女愚昧懵懂，望请详解一二。"

"此乃天机，只能意会，不可言传。"

那方丈说完，一拂袈裟自顾而去，任叶夫人在一旁发呆。

方丈偈语，如听天书，云里雾里，祸福难断。叶夫人进香不喜反倒多了几分忧愁。出得寺院，两乘轿子匆匆离开，直下山岭而去，沿水往桃柳溪而行。

叶桃姑坐在轿内思忖，这样匆匆回去，那不是失约于老三了。她对小丫鬟说轿子走得太急，有点头晕，想小憩一会儿再走。丫鬟马上禀告夫人，轿子就在溪边凉亭歇下。夫人问小红小姐哪儿不适？小红说："大概行程匆匆，上下颠簸所致，歇一会儿就好。想去溪边洗下冷水，去去就回。"

小红打开轿帘说："夫人吩咐，歇歇就走，不可久留。"叶桃姑来到溪边，对岸一个后生坐在草地，这就是她的老三潘春水。母亲在上，丫鬟在旁，青天白日，一个黄花闺女胆子再大，也不敢贸然造次，她对着溪水轻轻唱道：

> 喓喓草虫，趯趯阜螽。未见君子，忧心忡忡。
> 亦既见止，亦既觏止，我心则降。

陟彼南山，言采其蕨。未见君子，忧心惙惙。

亦既见止，亦既觏止，我心则说。

陟彼南山，言采其薇。未见君子，我心伤悲。

亦既见止，亦既觏止，我心则夷。

老三不用回头，那嘤嘤之声，只有她才能吟得动人心弦。这分明是借题发挥，表达对自己的思念之意。他知道有人在旁，也没有回头即和了一首，表达自己对她的一片眷恋之情：

南有乔木，不可休思。汉有游女，不可求思。

汉之广矣，不可泳思。江之永矣，不可方思。

翘翘错薪，言刈其楚。之子于归，言秣其马。

汉之广矣，不可泳思。江之永矣，不可方思。

翘翘错薪，言刈其蒌。之子于归，言秣其驹。

汉之广矣，不可泳思。江之永矣，不可方思。

叶桃姑听得对岸传来老三的应和声，那是他借樵夫之口表达对自己的思念之苦。她这时才感到他们之间的恋情，远没有她起初想的那么浪漫，那么简单。他们之间隔着的距离要比眼前的泳溪宽得多，他们以后遇到的困难要比泳溪水深得多。该如何面对以后的日子？她有点茫然。

夫人已经差仆人来催了，她不能在此久留，站起身子，双手合十指地，然后手举过头顶，再两手左右平举。她怕他没看到，怕他没看懂又重复了一遍才转身离开。

老三从对岸看到叶桃姑举手的动作，一时真没看懂。对岸人影已杳，道上轿子也不见踪影。他有点晕，四周青山环抱，身边流水淙淙，他干脆倒在草地，又开四肢躺了下去。他需要冷静一下，再细细的思索一会儿，让扑通扑通的心平稳下来。

天上只有几丝薄薄的流云从西往东自由飘动，天蓝得很，高得很，他的思绪就像那片浮云，不知哪里是尽头。

他躺在草地上闭着眼睛，把叶桃姑的动作一遍一遍地反复演绎：双手合十指地，先下后上，再在胸前一字平举。他重复想着那个动作，嘴里默默地说着，先下后上，胸前一字，先下后上——他一下子顿悟了她的意思：下次约会和上次一样依旧在崇法寺。虽然没有和她面对面说话，但是她的意思他都明白。叶桃姑的歌声、动作给心思忐忑的潘春水又打了一次气，鼓了一把劲儿，让他对未来充满憧憬。

潘春水解开疑团心里一喜，谜底已破，佳人已远，还在老地方愣着把自己晒成人干吗？他发力把双脚向上抬起，胸腹跟进时昂首向上一个鲤鱼跳身子从地面跃起。他再抬头，虽然还是白云悠悠，蓝天深幽，但是他已经破解了谜底，再也不觉无所适从。溪水不深，他沿溪走了一会儿，眼前一段路有许多卵石露出水面，虽然没有町步，这又何妨？他提一口真气，撩起衣襟跨步腾空，左一脚右一脚踮着露出水面的一点卵石飞跃到对岸。

这次私会人是见了，却没有实质的进展。下次会面又会是怎样的场景他无法预测。那时再会自己对她应该说些什么，事先要做什么准备？对于下溪头的这位小哥，这样的男女之事，他手里捏着的还是一张白纸。该从哪里下笔，他手足无措，一片茫然。

潘春水不是刚下山的小和尚，也不是不知女人为何物的人。虽然从小没有母爱，也没有姐姐妹妹，他是在一群男人堆里长大的一个小男人。自从进入滴水洞那一刻起，潘春水有一位男女难分的师父，还有一个美貌又和善的知心师兄。师父不常见，除了睡着了，五年里他几乎天天和名为师兄的女人在一起。从滴水洞回家后，他的家里也多了两位女性。但是他对以前那些女人除了崇敬、感恩没有别的意念。而这个第一眼就让他过目不忘的少女，却给他一个别的女人所没有的新奇和一种别样的情怀。她已经深深地印在他的心里。他要细细地考虑，更需要好好地准备。

叶春阳因为母亲和家人在侧，她只能以一套简单的动作暗示下次约会，潘春水真的能破解了吗？他们都能如约而至把两人感情再向前进一步吗？

欲知后事如何，请听下回分解。

第十九回

叶桃姑牛游施援手
潘老三城门惩匪患

叶春阳在家吃素念经，每天早晚在自家佛堂拜佛。一晃又到了月半，她对娘说："今天是十五，要到崇法寺院去进香，然后在表姐家玩一两天，再和小红一起到大智寺拜菩萨，第三天下午回家。"

叶夫人向善，对女儿进香拜佛的一片虔诚之心深感欣慰，她吩咐丫鬟小红："好生看护小姐，不要离小姐半步，小姐若有闪失，定不轻饶。"

"夫人放心，小姐行事，自有主见，奴婢紧随小姐，不离左右。"小红诺诺连声。

姑姑家到崇法寺不远，她和小红与姑姑、表姐四人去寺院进香礼佛。

进香回家，姑姑对春阳说："我看中的她不要，前几天她爸托她婶婶做媒，说的是溪边村本家有一后生，家中排行老二，父亲在泳溪街开水作坊，家底不错，人样你表姐也喜欢，男方还说愿意倒插上门。阿弥陀佛，你姑姑的这笔心事总算有了着落。男方说虽然是上门女婿，结婚仪式也要操办的，到时你们全家都来会一会，成了亲戚要多走走，以后不管哪家有什么大小事情都可以相互帮一手。"她的人生最后一件大事完成，也为女儿有了一个门当户对的称心人不用再去东奔西走了，姑妈说完开心地笑了。

"那我先恭喜姑妈选中了乘龙快婿，也祝表姐一生幸福美满。到时候我们一定全家光临姑父家，一起为表姐贺喜。"春阳听了姑妈的话先是一惊，表姐出嫁，泳溪这个歇脚的地方算是断了。后来听说是上门女婿，一颗悬着的心放下一半。还有一半是什么，只有她自己知道。

下午，表姐妹俩在闺房谈论以后的人生，无非是些生活中不着边际的喜怒哀乐。春阳对小红说："上次来时在寺外看见一块卵石洁白可爱，你去看看，要是还在拾来带回，书房里的那盆漳州水仙开得正旺，如在水中再配上这块白玉石，一定不错。"

"是。"小红领命走到寺外，春水正在那里打转，一见小红出来说："我在寺外林子看你们进去，就是不敢上前，心里急得不行。"

"小姐早有安排，她让你明天上午在眠牛山大智寺相见，一定有重要的事告诉你，千万别爽约。"小红告诉春水，他才把一颗悬着的心放了下来，和小红告别返家而归。

"小姐，上上下下的山坡我都寻了个遍，那块白石子没有影踪。这块白石找不到了，一定是哪个识货人捡了去。"小红对小姐回话。

"你要石子我家有，都是我从泳溪捡来的上等货。你要多少随便拿。"胡鸣鹂对叶春阳挺大方。

"谢谢表姐一番好意。君子不夺人所爱，我也不过随便说说而已。"春阳回表姐话。

第二天上午，春阳告别姑妈、表姐说："回家路过大智寺，还去那里拜菩萨上炷香。"

其实是她有许多事情要与老三春水商量。这是她在崇法寺当着表姐面，让小红以寻找白石子为由出去告诉潘春水的。

眠牛山在大路南，因为山势像一只卧眠的水牛而得名。牛身朝东而卧，牛头伸入大智寺前的大水塘，远远看去很像牛在饮水。大智寺正好坐落在眠牛山，寺院建在牛的下腹部，寺田、寺山都在周围，这里水清山绿，古树连绵，远离尘世，是佛家修身养性之地。山脚有个村子叫神牛游。小红问小姐，牛游山的很多牛都在那里放养吗？

春阳把"泳溪通"表姐鸣鹂给她讲的故事说给小红听：

这是一座大山，山坡长满松竹，山脚水草丰茂，山坡随处都有草药。半山一村，土深肥沃，物产丰富，是个宜居养生的好地方。山外经常兵荒马乱，百姓为了躲避人祸，举家迁移到这里，盖茅屋开垦山地，想在这与世无争的山中安居度日。

因为这里山肥土沃，和平安宁，没有人来干扰他们的清静。没有多久来这里的穷人渐渐的多了起来，为了活命人们到处开荒垦地把山神惊动了，原来的绿色外衣变成了灰色的泥土。株锄铁镐，从早到晚，乒乒乓乓之声不绝于耳。原先一片清静世界一下变得嘈杂不堪。更让山神恼怒的是他的宅墙整天被敲得叮咚响，让他日夜不得安宁。山神生气了，他升在半空，用拂尘往山坡挥了一圈。

山神这一挥，可不得了，那山土马上变了颜色，原来好好的庄稼第二天焦黄、第三天枯萎，生活在周围的山民一看，他们辛苦开垦的土地没有一点儿收成，家家户户哭天喊地。

那些山地看看还和原来一样，可是犁头一碰山泥就一断为二。株锄挖下去叮的一声蹦得老高，铁钎打得火星直冒。眼看好好的土地种不了庄稼，居住在这里的山民哭成一片，他们跪拜苍天行行好，给深山里的老百姓一口辛苦饭吃。

很快这件事被下凡去会牛郎的神牛看见了，他对牛郎说，"我们都是农村出来的，深知农民不易，更不能忘了农民的苦，今天既然让我俩遇上这摊怪事，就不能袖手旁观"。

牛郎被神牛感动，他俩一齐降临山头。

神牛和牛郎一起找到山神。神牛对山神说，"民间百姓把山神土地当作自己的保护神，到处是山神庙、土地庙，他们四时供奉，只祈求平安。你虽在人间，却可旺享人间烟火，远比上界神仙安逸自在。今天一群老百姓在这里开山，只是为了有碗饭吃，求个安稳而已，你说是不是。这里的山民肚饱了你山神一样好吧。所以请你网开一面，给这里的老百姓一条生路如何？"

山神本也心地和善，听了神牛和牛郎的劝说想想也是。玉皇大帝把他派驻在凡间，原是让他管山护民，但是开山的嘈杂声让他不得安宁，一时不忍，就做了出格的举动。只是山神也要面子，总得有点名堂才好收场，不然就是自寻晦气。他对神牛说："你如果能赢我三次就依你们办，但只要输一次，一切还是我说了算。"

牛郎和神牛齐说："一言为定，你也不能反悔。"山神想我这几手厉害非常，他们只要输一局就是我山神胜出，到时候再把山地复原，这岂非他的大恩大德！

神牛对山神说："第一局比试开始。"

山神出手，拔剑朝山岩刺去，一把宝剑齐齐地插没在岩壁里，剑柄还在摇摆。神牛看了一眼，哈哈一笑。神牛后退了几步，对着那块岩石用牛角一触，只一下就山崩地裂。山神的剑被抛得远远的。山神惊得倒退一步，赶快把自己的宝剑接住。这第一比山神认输。

山神拿起手上的藤杖，向地上的岩石戳去，岩石上面留下一孔。神牛看了一眼，沿着山神在岩板上戳的洞孔四周轻松地走了一圈，留下许多的牛蹄印迹，远比藤杖孔大而深。山神一看这第二比他又输了。

山神二次比力都输给神牛，他想神牛就是一点蛮力，如果与他比变化一定能取胜。山神一想牛最怕牛虻，我就抓住他的短处，让他认输。山神在原地转了几圈，变成一只黑黑的牛虻，头上一张利口，前面一根长长的坚韧的吸管，偷偷地叮在牛肚皮上吸牛血。牛虻那么小，神牛一时不知山神在何处，正在四下寻找，忽然感觉肚皮又痒又痛，才知牛虻叮在自己的肚子上吸血。神牛十分生气，他想：你用这种下三流的本领来戏弄我，难道我就没有办法修理你？

好个神牛，他见边上有一块平坦的大岩板，就把肚皮一挺变成一块铁板，神牛伸开四蹄，俯卧在这块平坦的岩板上游[①]，比铁板还硬的牛肚皮在岩板上左磨右碾，把那块岩板游出一个大大的窝塘。神牛只听山神在他肚子下面大声求饶道："别游了，别游了，我认输，我认输，什么都依你。"

神牛说："你那么无赖又无理，我怎么信你？"

山神说："好歹我也是一方神仙，言出必行。"

"权且信你一次，如若反悔，我一个牛头拱，把你的老巢掀翻。"神牛警告在先，他起身收法。

一只老大的牛虻摇摇摆摆从牛肚皮下飞出，翅膀已经被神牛游得歪斜，他在地上一滚变为山神。山神起来用拂尘一挥，收了法术，变硬的山地依然可耕可种，庄稼长得绿油油的，老百姓乐了。

春阳对小红说："神牛游过的窝塘还在。老百姓感谢神牛，就把这里叫'牛游山'，那个村子叫'神牛游'。"

春阳说："听人说大智寺养过很多牛，可是不管你怎么用心养，最多只能养活九十九头，这第一百头的整数留给这只神牛。为了纪念神牛的恩典，老百姓把这山叫'神牛山'，这块被神牛游成窝塘的岩板叫'牛游石'。神牛山上

---

① 游：天台土话，即两个平面的物事互相碾磨。

到处有放养的小黄牛在山坡以百草为食，一山的小黄牛让一弯一弯的茶树长得又粗又壮，牛游山的茶叶也比别处的更香醇清心。"

春阳的故事讲完了，潘春水也赶到山上。

春阳对春水说："我们俩要走在一起，你必须要改变现在的生活方式。一要认字写字，不然一肚子的空虚，你什么都做不成。二要把生意做大，光靠肩头挑的日子走不出贫穷的阴影。"

春水听春阳这样说，难过得低下头，他说："小时候要读书，家里连肚子都垫不饱，上学只是梦想。现在做肩头挑小生意，只能混日子。不是我不争，是缺少这个底气。"他用手指做了个点银钱的动作，说完他摊开两手，无可奈何地叹了一口气。

"如果有人拉你一把，改变你目前的生活现状你需要多长时间才能成功?"春阳问他。

"谁帮我，怎么个帮法?"春水好奇地追问，他从来没有想过会有这样的好事。

"当然是我了，你愿意吗?"春阳也不拐弯抹角。

"叶小姐亲自出手?"春水怕自己听错了又追问道："你来帮我改变现状。"春阳看着春水肯定地点了点头。

"请叶小姐告诉我具体实施的办法。"春阳的点头让春水很兴奋，他继续问话。

"做生意要本钱是越大越好做，这事我来完成，你去经营。但是我只能给你一年时间，因为怕夜长梦多，以后的事情并不由你我说了算。这个不需我细说，你也明白里面的道理。"

"第二，你要认字我来做先生，但是怎么教你认字、写字是个大难题。我不能把你收作学生明着施教，我们也不能天天见面。你说学生和先生不面对面，这认字、写字怎么教? 不知潘公子有什么解套的好办法?"春阳把自己的计划全盘托出。她要听听他的意见，看看这位被自己高看的后生能不能说出个一二三四，道出个子丑寅卯。

春水听春阳这么说，他想了一想说："叶小姐，有你这么个千金搭桥铺路，我一定不会让你失望。我会把你的钱一毫不少地嵌在刀刃上。根据以往经验，有一年时间经营，本金至少可以翻十番。至于认字、写字也好办，今天你先教我认 200 个常用字，再教我写字的笔画名称和笔顺先后的写法，然后你把《诗经》里的诗一篇一篇写出来，我可以一边背诗一边对照着书里的字一个个认出来。十五天一期，你来检查作业。"

叶春阳听春水这么一说，简直是个无师自通的好办法。她很兴奋地对春水说："我果然没有看错人。你的想法和我的想法不谋而合。因为我不知你认读的能力，得先听听你自己的想法。现在我就可以做你的先生了，先认字再学写。这关能顺利过，以后就方便了。"

叶春阳拔下一根簪子，在一块泥地上把潘家的八个人名和她们家的五个人名全写在那里，然后教春水读了三遍，春水全记住了。春阳又把字的笔画名称和写的先后顺序讲了一遍，又重复了一遍，春水也记住了。没有多久，这些人名他都记住也能准确无误认读和书写，而且写得很端正，实在出乎叶春阳的意料。

春阳把 200 个常用字分五次教会了春水读写。她倒是实话实说："春水呀，先生称我是好学生，你呀要我说简直就是一个神童。你真的是一个让我最放心的人。"

她让小红把带来的包裹递给春水说："这里面是部分笔墨纸砚，称为'文房四宝'，你拿回去把今天认的字练写。中国的方块字不但要会写，还要写得美，这需要多花一点时间练习。别人说，字是人的长棉衫，是一个人的招牌眼，一点不错。人家说书中自有黄金屋，书中自有颜如玉，我更想看到你读书中状元呢。"叶春阳很满意地笑了，这是她从遇到潘春水以后第一次笑得这么灿烂得意。

天已过午，小红拿出准备的点心，三个人在牛游山上吃得很开心。

春阳十二分感慨地说："我家的两个小少爷这么不爱读书，你就是拉着把灌也不会给你咽下一口。今天遇到你潘三公子，还真没想到教学生认字、写字会有这么快便。你一个'穷小子'真的让人刮目相看呢。古人说'天生我材必有用'，在读书、写字这招上，你潘春水是少有的奇才。以后在生意场上，你潘掌柜也一定不会让我失望。"

已经到了回家的时候，她约春水晚上到桃柳溪去拿生意本钱，他们的事要紧着办。还是那句话，夜长梦多哇！

十六的月亮比十五的更圆更亮，所以天台有人说"十五的月儿十六亮"。

明晃晃的月光把黑夜照得亮堂堂。

二月春寒，山风呼啸，潘春水到桃柳溪刚交二更，村里已经没有人影晃动。他按春阳指点的方位找到叶宅，从后面山脚闪到后院，在院门上轻轻地敲了个一短二长。早在院子大树后等候的小红，听到暗号马上在里面把院门打开一条缝，春水侧身进了院子随手拉上门栓。小红把春水带到小姐闺房，送上两盏香茗退了出去，她到楼下为小姐警戒。

春水给小姐行了个大礼，慌得春阳不及还礼，一把扶住春水说："去年泳溪廿八市，我第一眼看到你就很吃惊，你这人好眼熟呢，就是记不得在哪里见过面。而更让我惊奇的是你的人品，你的见义勇为，大有侠士风范。对你的超凡记忆，我都自愧不如。"

"这就是你要帮我的原因？"春水说出心里的疑惑。

"这只是其一。我更看重的是你今后应该走的路。我看到的是一只羽翼未丰，实力不足的鹏鸟，在地上为了饥饿觅食。我要这鸟早日腾飞九霄，驾长风，临天宇，和同类比翼高瞻远瞩。我更盼望着有朝一日，你端着凤冠霞帔到叶宅。"叶春阳把自己的爱慕之情表达得很明白。

"我出生娘丢命，从小时运不济，父子四人只想衣食无忧，兄弟无虞，没有更多更大的打算。今天听了你的话，心中燃起了一堆大火。现在知道一个人如果只看到鼻尖下的一点实在渺小不过，自然也跨不出更大的步子。"春水好像在先生面前聆听教诲，心底涌起波澜，眼睛望着夜空中的明月，闪烁出一道光芒。

响鼓何用重锤，春水一点就通。

春阳叫小红把准备好的包裹打开，上面是一部《诗经》，还有她读过的四书五经等书籍，下面是她给春水的启动银子。

"这都是你需要的'本钱'，也是我叶春阳的一颗赤心，今天都交给了你，指望君子自强自励，我在这里静候佳音。一路保重。"春阳让小红把春水送出后院。

从此，潘春水开始了比滴水洞习武更为艰难的历程。

第二天，他和两个哥说有人资助一笔本金，他想把生意做大做远需要兄弟以全力相助。他说："泳溪是螺蛳壳，做不了大道场。想翻身，只有'生意兴隆通四海'，才能'财源茂盛达三江'。"兄弟三人在石头屋里商量着做生意的套路。

晚上，是他背书认字、写字的时候，每天不论长短，认一篇，记一篇，背一篇，写一篇，最后默写一遍。春水记性好，虽然不能一目十行，但是过目不忘的优势使他进步神速。就是外出，总有一本书不离左右。走过市镇，看见招牌字不识就问伙计甚至路人，必须把一路见到的生字都记在心里。看到写得好的字，他会当场临摹，一站半天。不管白天多么劳累，半夜前是他读书习字必不可少的时间，潘春水读书写字已经到了痴迷疯狂的程度。他告诫自己要补回以前失去的就学时间，更不能辜负了叶家小姐的一片真情厚意。

生意要做大，光走一市、沙柳太单一，春水一人在宁波、象山、宁海、海游、临海、黄岩、温岭、玉环等县的沿海市镇走了一圈，他在想，最好来回都有生意可做，这样就可缩短生意周期，有限的资金可以做出翻倍的效果。一路之上，他把当地百姓的生活需求都细心考察，一一记录在折子上，把各地的商家店铺出售物品也做了记载，一张完整的商业网络图在他的心里清晰起来。

春水从沙柳回泳溪，在张记渔行进了一担咸鱼鲞、龙头烤、炊皮一类的海货返回泳溪。出城时被两个小喽啰拦下要交出城税。

春水不是第一次出门，从来没听说有这样的税名，也没有向小贩收出城费这样的惯例。他只当没听见自顾向前走。两个喽啰一前一后一把拉住担头不让出城。

这不是光天化日之下拦路打劫？春水一副笑脸说："两位好汉住手，我这是肩头挑的小买卖，行个好，免了吧。"

"做生意赚钱，不交钱就出不了城！"两个喽啰一唱一和，没有商量余地。

"我们是穷苦的走脚行贩，进了货就没有余钱了。你看我进的鱼货全在担里还没有出手呢。嗯，要不你记个账，下次来一并交吧。"春水见两个喽啰依然不放，退了一步再次恳求。他一人在外不愿节外生枝，更不想多事。听人说，好话值千金，只要有耐心最难的事都会有条路走。

"记账？你也不去前面清水厕缸里照照你是谁呀。伙计，这是个不见真佛不烧香，不见棺材不掉泪的主，怎么办？"前面的喽啰对后面的说。

"这是个不打不相识的货，动手。"后面的那个话一出口，两人一前一后来拉春水的扁担，想把担子夺下来。

春水把担子往后移了一脚转身开步，两个喽啰扑了个空。其中一个是头儿，他见这个鱼贩想走，手拿家伙追到春水前面拦住，两个喽啰逼近担头伸手捏住担绳不放，口出狂语："马上放下，立刻交钱，免受皮肉之苦。"

"赶紧松手。"春水声音不大地说道。

两个喽啰恶狠狠一声冷笑，手中一紧，把担子往后拉。春水是第一次遇到这样油盐不进，好话不管用的强盗，那就给点颜色看看吧。

他把住担头左右一甩，口中说："倒。"两个喽啰没有提防这突然袭来的爆发力，像从身后被人踢了一脚，啪的一声，一东一西一跤趴在地上。一个狗吃屎摔得一脸血肉模糊，一个摔掉两颗门牙口吐鲜血。前后出城的路人大笑不止。

"站住站住，倒在地上不好看。"春水哈哈一笑，挑起担子出得城门往前而去。走在他前面的两个对春水竖起大拇指说："好汉，了得，这一手漂亮，你给穷人长脸了。这两个是蛇蟠岛海盗派在沙柳的小喽啰，是'亡三代'安插在这里的走狗。你以后到沙柳可要小心喽。"

"'亡三代'是谁？海盗头目？"春水问路人。

"这个说来话长了，你只要记住他是海游黄都尉的三少爷。他霸占了沙柳渔行，每年定时到这里收取保护费。谁要是到期拖延，轻则加收滞纳金，重则让你倾家荡产。沙柳渔行现在日子不好过喽。"

潘春水听到这个消息一惊，难怪去年他们到沙柳进货，渔行少有以往的祥和气氛；难怪鱼价往上涨，原因还在这个海盗兼渔霸"亡三代"的身上。

他把这个情况和两位哥哥商量，"沙柳生意不好做可以到其他县城，资金运作不能按兵不动。"他说，"我们先通明州沿海，把县与县的商路先建立起来。各地设好摊点，安置人员，然后局部扩大网点，生意就可以有条不紊进行起来。"两个哥哥听了春水的话，感觉小弟失踪五年办事的眼光比他们远大，安排处置也比他们得当。就是自己的小弟为什么会变得这样有头脑，他们有点摸不着调。

叶春阳相助得力，潘春水经商有方，三兄弟协力齐心，花了那么大的劲，他们的生意能发达吗？

欲知后事如何，请听下回分解。

第二十回

亡三代践踏沙柳镇
李正东被囚海水牢

潘春水在宁波、象山、宁海三地把商行网点布下，安排了廷元、善华、善根在三地当掌柜照料生意，聘请乡人当伙计。三处业务请二哥夏水总管，了解当地市场需求，及时向他报告。自己和大哥在外地采购进货。春水清楚各地需求行情，他们以最快速度、最好质量，以最有竞争力的价格把市场紧俏商品收购进来推销出去。潘家商行卖的是原产地的正宗货，价格却比别人的低。自从商行一开张就生意兴隆，春水的第一炮打得响亮。

三月初一很快到了，春水回到泳溪，依旧在大智寺会见春阳。他在临安给她买了一个原产地的翡翠镯子，给小红买了一个和田玉坠。

春阳很喜欢这个沉甸甸的碧绿透亮镯子，她拿在手里反复端详后说："这个翡翠玉镯质地纯净，做工精致，无一丝瑕疵，是正宗的缅玉经内地高手打磨而成，比母亲腕中的那个还珍贵，谢谢潘老板所赐。"她有意地称他为潘老板，肯定春水经商有方，把春水逗得哈哈笑："你真有眼力，随便一端详，就能看出它的产地、本质和加工，不愧为叶府千金。"

"叶老板，有这么一份心意我很满足。但是你现在最缺的还是周转资金。资金足够生意才能做大做强，做得有竞争力。不要过早把还不富余的钱用到暂不需要的地方。再说你买这么贵重的东西我们虽然喜欢，但是现在也不好戴出去，只能压在箱底收藏，这不是把活钱变成死货。而我最想要的还不是金和玉，你知道我更想要的是什么。"

"这点小东西只是给你一个信息，而且是用我个人的分红买的，一点儿不影响生意的周转资金。你想要的东西我也不会忘记，你看，我都带来了。"春水笑嘻嘻地给春阳回话，把一个包袱放在她的面前。

小红小心翼翼地把包袱打开，那是他每天晚上的写字作业。春水把一张一张的字纸按写的先后装订成一厚册，四方落正，平平直直，像一本厚重的大书。他拿在手上像一个小学生样捧着，再恭恭敬敬递到春阳面前。

春阳接过大书一看，就这写字本的样子心里喜想，能把一张一张的字纸端端正正装订成册，这绝对是个勤奋好学、一丝不苟的人。她一页一页地细细翻看着，每页的字都有进步，半年后的字已经写得很有书法韵味了。翻到最后一页，她看到写的只有六个字：叶春阳，潘春水。就这简单的六个字看得春阳一股热流涌上心头，心里像翻倒一个五味瓶，辨不清究竟哪种味占了上风，一阵脸红耳赤，她不敢抬头。

春水看她一直低头不语，一页一页细细地翻看，他以为一定是自己写得不好，惹得先生不高兴，所以一声不响。他谨慎地说："白天忙得没时间，都是晚上写的，我以后还会努力去写，一定让你满意。"

"不。你写得比我预料的好多了。只是你白天忙于生意，晚上读书写字到半夜，这样没日没夜不停息，着实让人心疼。"她抬起头深情地看着眼前的这个男子汉一眼，没有再说一句话。

春水一看春阳没有怪自己的意思，打在心头的结解开了。他说："我还有好消息要告诉你呢。"

春阳说："你早应该说了，还卖我关子，真坏！"说着一个玉指轻轻地点在他的脑门上，却是一脸的笑容。

"我哪有那么大的胆量，敢在先生兼老板面前耍花腔。"春水是真心实话，他从小在人前不会把一说成二，把方说成圆。

这是春水第一次为生意奔波，他把一路遇到的情况很详细地说了一遍，把人员安排也告诉她。春阳既高兴又担忧。她高兴春水的判断和他老练的处事应变能力，短短的时间就把大生意的底摆开。特别是沙柳的事，他不怕骚扰，也不张狂，在大庭广众中一招给横行霸道者恰到好处的教训。她担忧的不是怕春水在外吃亏，而是担心外公和舅舅他们以后的生意不好做，说不定会被"亡三代"欺负。但愿这样的恶霸早日滚出沙柳，还老百姓一个青天白日，这倒是她目前所企盼的要紧事。

再说沙柳的那两个小喽啰，被春水一下摔倒在地，一个断了两颗门牙，一个鼻子碰得歪在一边。两人血污狼藉地逃回蛇蟠岛诉说他们在城门收费被一个外地鱼贩打成这个样子。两人说："我们在沙柳劳苦，不说功多大，这辛苦总是有的。为了蛇蟠岛每日有进水，被外人打成这样。如若此仇不报，以后谁还敢去沙柳送死！蛇蟠岛也断了一条大财路。"

这天"亡三代"也在岛上，听了喽啰的哭诉一脚把座椅踢飞出去："他娘的。有人竟敢在我的眼皮子下撒野，一定是活得不耐烦了。好，他不要命，我就送他上西天玩去。"

第二天一早，"亡三代"带了几十个人到沙柳。听说外地鱼贩是在张记渔行进的货，这群恶棍不问青红皂白，把张记渔行的鱼货全部拉走。他要再来一次杀鸡儆猴，让沙柳人知道他"亡三代"的地界不能容忍他人在这里惹事称大。

伙计见有人带着喽啰把鱼货都拉走，赶快告诉老板。老板一看是"亡三代"抢劫，这平白无故地空头冤枉，哪里忍得？他问"亡三代"："我上不欠皇粮，下不欠赋税，你黄家凭什么抢我鱼货，我渔行哪一条触犯了你？"

"昨天一个外地鱼贩在你这里进货，有这事吗？""亡三代"不答反问。

"昨天鱼贩多得是，我怎么知道他们是哪里人？都在我的渔行进货。就是都在我这里贩的，你的人被打跟我渔行又有什么关系？你凭什么抢我鱼砸我店？"张老板想，我保护费一厘不少，你不来保护，反来无事生非，这口气实在难咽。

"你雇凶打我的人，还敢和我顶嘴，这不反了。给我砸，狠狠地砸！""亡三代"一声令下，几十个爪牙冲进里面，一顿棍棒把渔行砸了个稀巴烂。

"这是给你一个教训，也是给沙柳渔行敲一次警钟。你们沙柳，只要敢跟我黄三少作对，敢在太岁头上动土，都是这样，没有一个好果子吃。""亡三代"在街上用暴力告诫沙柳人。

两个喽啰吃了一次小亏，"亡三代"在沙柳安下一个执勤队，以防不测，也给沙柳的匪盗壮胆。

张老板无缘无故地吃了大亏，他一行一店地走遍沙柳去讨说法。老板们聚在一起好几次，没有想出一个可行的办法。他们把"亡三代"的横行霸道、欺诈勒索告到县衙，尽管他们击穿官鼓也没人敢接诉状。"亡三代"依仗人多势大，在沙柳为所欲为，小老百姓的鸡蛋再也不敢往墙上砸。

从此以后，沙柳渔行老板个个忧心忡忡，不知自己哪一天就成了第二个张老板。胆小的连聚会议事都不敢参与。生怕被"亡三代"的眼线盯上自己吃棒溅①。

张记渔行被砸，沙柳人束手无策。他们无力面对"亡三代"，没有人知道自家渔行哪一天会遇到飞来横祸。一种人人自危的无形恐怖笼罩在沙柳。

几天后，一个从沙柳回家的人把这消息传到泳溪。

"亡三代"在沙柳大打出手欺压善良的消息传到下溪头，春水听到后和大哥商量今后的经商方略。秋水说"亡三代"这样的海盗在沙柳横行霸道，我们只能恶狗远避，恶人远离。反正海边一带渔行多得是，这条路不走也罢。春水回想起那天事情，原非本意，只是纠缠不清没法脱身才教训两个喽啰，不想这小小的一甩，竟给沙柳埋下隐患，心里很是过意不去。

春水心里不平，他想恶霸不除沙柳百姓和外地行贩就难以生活，永远是自己心中的一个结。独善其身这不是师父的教诲。但是他现在要忙的是尽快打开商路，对"亡三代"这类恶霸还需等待时机。

春水把自己最近在沿海一带走动所了解的情况对两个兄长说："沿海人吃在海中，内地人长在山中，两地天然环境不同，出产的东西不一样，生活习惯不一样，需要的东西也不一样。明州、台州、温州各沿海县水产丰富，什么稀奇的鱼货都有，他们吃的、穿的、用的多数要从内地输送过来。"春水看准两头缺口，他继续说自己的想法。"从婺州、严州、衢州进山货，到杭州、湖州等地进丝绸、布匹和日常生活用品运往沿海。一来一去不走空手趟，这样能降低成本，缩短时间，利润就可翻番。"两个兄长笑着赞同。果然几个月后本金和利润已经翻了几番。有时他让大哥跟货，自己在外采购，生意门路打开，两头货源滚滚来，生意活了，时间有了，他读书写字的工夫也多了。《诗经》早已能默写出来，四书五经也能啃得动了。他记起了春阳对他说的话："只有胸藏万卷书，才能前进不迷路，遇事不糊涂。"现在读书还刚开了个头，已经是眼前纵有千条路，也能看准自己应该走的道。难怪有钱人家都把孩子送出去读书。古人说"书中自有黄金屋，书中自有颜如玉"，真是金科玉律啊。

---

① 吃棒溅：天台土话，因为劝架等事而意外受损或受伤。

他准备去开辟台州、温州的市场，他要在一年之内完成十倍利润，然后向叶府提亲，把他的"伯乐"大吹大擂地娶进门。然后把师父、师兄也请出山来安居。春水以为这个日子就在眼前，不会遥远。

春水脑中有一幅蓝图，暂时放弃沙柳，在临海、温岭等海边再开业两个点，扩展原来的业务，准备用一年时间，一路向南开拓直至温州。这样就可以把自己老家的穷乡亲都带出来和自己共事，让他们也来做生意赚钱，一起跳出穷困圈。

他看到这幅蓝图已经慢慢展开，一步一步在变成现实。他经营的几处商行生意兴隆，一片红火。乡亲笑了，兄弟笑了，心中人也笑了，他已朝着成功目标起航了。

秋水从南边沿海回来对春水说："最近沿海不安稳，海盗出没频繁，已经够渔民苦了，几天前又有消息传来，蛇蟠岛海盗还想和倭寇联手，这些匪帮竟然到岸上明抢硬夺，南边沿海一线已经几次遭遇袭击。这样下去，很快会影响到宁海、象山，沿海一带渔民已经人心惶惶。"

秋水的话好像一盆冷水当头泼下，春水的发展蓝图受到严重影响，他要亲自去看看局势变化，然后再作打算。

"亡三代"和海盗勾结，水陆两路得益，势力越来越强。县内百姓不认识县太爷的很多，但没有不知道"亡三代"的。他天天耀武扬威，老百姓只要远远地听到一阵混乱的马蹄声，那一定是"亡三代"的人马横冲直撞来了，原来人来人往的街道马上不见人影。

他的马队闯进沙柳街，正好李记渔行在进货，伙计躲避不及，把街面的十几担鲜鱼全撞翻，满街的海鲜被马蹄踩踏得一片狼藉。李正东老板正要吩咐伙计赶快搬移，可是已经晚了。他口气和缓地对一个带队的说："爷，街面不窄，你的人把我的鱼担都撞翻了，鱼货撒了一街，你们看看怎么办。"

"嘿嘿！口气不小，你的伙计挡了我的马头，我没问你不是，你倒还敢拦我去路。老头儿，怨活得久了是不是？"恶奴骑在马上，手摇着马鞭在李正东眼前皮笑肉不笑地说。

李正东在沙柳是个说一不二的老板，人缘很好，沙柳渔行没有不买他账的。他一不欠税，二不欠粮，只要生意平安，一些小头开支从来不去计较。就是"亡三代"这样节外生枝的每年五百两银子的保护费他都一次交清，所以生意做得兴隆。

今天的事和这个恶奴的话让这个不惹事的李老板也忍不住了。

"是你们的人撞翻我的鱼货，还是我拦了你们的马头，你让大家评评理！不说清楚不能一走了之。"李正东一脸不屑，反问恶奴。

"唷！是不是今天的太阳从西边出来了。我黄府三少爷过路竟然有人拦住不放？就为了这几条臭鱼。"恶奴指指一地的死鱼，爆出一脸奸笑。他的马鞭在李老板头顶上绕了个圈。

李老板哪里受过这样的凌辱，他自幼学武，天天习练，常年不松劲，又是满手的理，真要动手，就这几个恶奴，他还没有放在眼里，所以非要讨个说法不可。

"叫你们主子来说话，不然你们就不能走。"李正东把话说得很响亮，表示了自己的意志。

"老不死的，就这点臭鱼，还要我们三少亲自上门，做青天白日梦吧。噢，还要我给你打扫场地垃圾是吧。来人，把街上的鱼都给我收拾了。"恶奴一声嗥，马队一齐往鱼上踩踏，还把搬进店堂的鱼也拉出来一起踩踏。

恶奴一边笑一边用马鞭又往李正东头顶绕："今天你是自作死，可别怪我狠！"

"下来！"李正东忍无可忍，一把抓住马鞭顺手一抽，恶奴猝不及防，身子一侧倒在地上。李正东一脚踢在胸部，把恶奴踢出丈外。他赶过去一脚踩住背部，不让他起来。

"横行霸道，无法无天，让你知道沙柳不是任人欺负的地方。"李正东痛打恶奴，街上的路人拍手称快。

那些小喽啰一看头儿吃亏倒地起不来，都木在那里不敢轻举妄动。

李正东喝道："把鱼货收拾起来，赔偿损失，否则一个都不能离开。"

这些喽啰面面相觑，不知是进还是退。突然喽啰们醒悟过来，他们丢下头目回身一鞭把马打得飞也似的向前逃去。

"李老板，躲躲吧，他们人多势大，老百姓玩不过他。"李正东知道"亡三代"的狂妄凶残，他听了大家的相劝举手一揖说：

"谢谢各位同人关怀，君子争气不争财。'亡三代'这样横行霸道，老百姓还能做人吗？我李正东希望沙柳人能同仇敌忾，把这个恶霸赶出沙柳。一味地忍受，沙柳人就没有太平日子。"

李正东的儿子李守业从外面结账回家，听说家里被"亡三代"砸了，一看这样场面，预感一场暴风雨就要来临，不知如何处置。

他把老爹拉进店堂，从后门出走。

果然没有多久，"亡三代"带着人马赶到李记渔行。在店堂里找不到一个人，叫喽啰放一把火烧了渔行，自己骑马往蛇蟠岛而去。

"亡三代"马队离去，众人涌出救火，好在火势不大，很快把火扑灭。

小喽啰把李正东家找到，"亡三代"马上纠合家奴和部分海盗把李宅围了个水泄不通。李正东把家人藏好，他对儿子说："外面不管发生什么事，你千万不要出来，等这帮强盗走了，你到泳溪找你姐夫商量，请他出主意。就是到了衙门，他们也不好把我怎样。"李正东认为自己走得正，理也在自己手上，就把希望寄托在官府身上。他以为凭自己的声誉官司打到衙门，当官的也不能把他怎样。

"开门开门，再不开一把火烧了你一家老少。"喽啰恶奴把大门擂得山响。

大门打开，李正东直挺腰板从里面走出来。

"你就是李正东李老板，好，有胆量，有魄力。既然自己出来，就跟我们走一趟。""亡三代"黄色的脸像一块直簇的棺材板。

"你的人马撞翻了我的鱼货，不赔还侮辱人，你们还有理？"李正东脸无惧色。

"你把我的人打伤，又怎么说？""亡三代"气势汹汹。

"你的人撞翻鱼货，砸我渔行在先，又烧我渔行难道这不是事？"李正东据理力争。

"跟他啰唆什么，带走。"一帮喽啰起哄。

"今天要是放过这个老东西，以后谁还敢来沙柳，谁还会来收保护费？"被打的恶奴在一旁煽风点火。

"还不把他带走？""亡三代"发令。

四个喽啰一拥而上，从后面捧住他的手脚，他们想把李正东摁倒在地上。

李正东虽然六十开外，功夫不减当年，他两手一夹，双膝一弯一抬，四个小喽啰"呀"的一声被摔到檐阶外去。

"反了反了，一起上，把他拿下。""亡三代"没有想到这个李老板有这么厉害。

他一搠画戟对准李正东刺去，李正东一个侧身让过，顺手从喽啰手中夺过一支枪，和"亡三代"斗了起来。

喊声和刀枪声惊动了李守业，他躲在大树后进退两难。他见父亲以一敌众想冲出去助一阵，但是敌人在数量上占绝对优势，到头来父子同归于尽，连个报信的人都没有。他捏紧拳头把牙齿咬得咯咯响，眼泪直下。父亲的话在他耳中回响："外面不管发生什么情况，你千万不要出来，等这帮强盗走了，到泳溪找你姐夫商量，请他设法救人。"李守业无计可施。

李正东毕竟花甲高龄，哪能和血气正盛的"亡三代"比试，旁边一群喽啰从四方围攻偷袭一个老头，他双手难敌四拳，身上几处受伤体力不支，被"亡三代"瞅个空当一戟横扫倒地就擒。

"亡三代"吼道："绑了带走，回蛇蟠岛去好好审问。"

他在想，这个李正东如此强硬，背后一定有人在指使，不然沙柳这个地方为什么老要他难堪。他要从这个李老板着手，把沙柳人的屡屡反抗查个水落石出。哼哼，倘若一个渔行老板都摆不平，以后还怎么与倭人联手，独霸一方，成就百年基业！

"亡三代"把李正东带到蛇蟠岛，一顿严刑敲打没有榨出一个字来，无奈只得把半死不活的他关押在海牢之中。他要慢慢地消遣他，从他的口中逼出他要的所谓支持者和后台，万一死无对证，起码也可以震慑沙柳的老百姓，让这些刁民不敢乱动。

海盗退走，李守业连夜逃出沙柳，长夜赶往泳溪。

叶建兴已经很久没有去沙柳了，渔行的账都是账房按月去结，他自己走宁波、奉化、四明山这路生意。

天尚未大亮，桃柳溪叶宅家人来报说沙柳舅爷到来。叶建兴和夫人慌忙起身。没有天大的事，不会长夜奔波来这里，两人急忙到客堂会见李守业。

李守业从来没有遇到这样的大凶险，见到姐姐、姐夫已急得言不成语，欲哭无泪，一时还不知道应该从哪里说起。他口中直念"老父被抓"四字，其余什么也说不清楚。李燕飞看到兄弟这副模样，以为父母不测，一把眼泪就哭了起来。紧要关头，还是叶建兴沉着。他把一杯热茶端给小舅子说："先喝口热水，稍稍的平静一下心态。已经到了这步田地，再大的事情你也要慢慢地说个清楚。急也好，怕也好，在姐夫家一时三刻不会有什么大的意外。你把事情说清楚，把岳父遇难的经过说出来，我们就可以商量如何搭救他老人家。要不什么事都干不了，你说是不是。"

李守业走了一夜，又饿又累，一杯热茶喝下，情绪慢慢地稳定下来。他想想也是，就把蛇蟠岛海盗霸占沙柳后的这几年变化和这两天家里发生的事情细细地说了一遍。叶建兴夫妇大吃一惊，一时不知如何安慰他。这真是一桩从来没有遇过的棘手难事，两人都呆在那里。李守业对着姐姐、姐夫说："父亲再三关照，他不准我去帮他。我是睁着眼睛看父亲被'亡三代'打翻抓走的。虽然父亲自幼习武，但他毕竟已过花甲之年，武功再强双拳也难敌四手，何况匪盗人多势众，他被'亡三代'抓去，现在死活不知。一家老少十几口也不知在哪里躲藏，是否安全。更不知这个'亡三代'有没有发现家人下落？父亲如今被抓走，又会关押在哪里？自己一时回不去，在这里心又不安，不知如何是好？姐夫，老父说过，这事只有和你商量才有方向。"

叶建兴听后，知道处理这样严重大事越急越会头绪不清。他安慰小舅子说："事情已经到了这一步，你也只有安下心来，焦急是没有用的。越急越没有办法。大家只有冷场思考，才能细细地商量解救办法。看看，天也亮了，你已一夜奔波，劳累不堪，必须好好地睡一觉，尽快把精神养起来。我和你姐姐先商量一会儿，我们一定尽快想出办法去把岳父的事情摸清楚，然后设法施救。"叶建兴把小舅子安排休息，他骑着快马出村而去。

叶建兴单枪匹马，他要走遍泳溪的几个大村，还要公布"亡三代"在沙柳的种种劣迹。他的话有多少人会有共鸣，这样的事有多少人会鼎力支持，又有多少人心甘情愿冒着生命危险为一个不相关的人挺身而出？

李正东被关押在海岛能否生还，叶建兴外出搬兵有几成把握，谁是李正东的救星？

欲知后事如何，请听下回分解。

第二十一回

海盗窝匪倭相勾联
大自洋兄弟遇不测

　　从高空俯瞰蛇蟠洋，一座四面环水的海岛悬浮大海，西北隔着不宽的海沟连接大陆，过渡可通海游沙柳和宁海一市。岛上有两座山岭，一高一低，一长一短交杂而生，好像一大一小两条纠缠在一起的青蛇，蛇蟠岛之名由此而来。

　　蛇蟠岛是台州沿海的一个大岛，岛上山岩质地细熟白净，是上好的建筑用石材。山岩经过上千年的开采，留下了大大小小、高高低低、深深浅浅的又奇形怪状的千余洞窟。这些岩洞如犬牙参差，错落连环。走进岩洞，里面是大洞套着小洞，横洞连接竖洞，直洞拐转弯洞，地洞直通天空，旱洞又通水洞，支洞四面而出。这里是水中有洞，洞内藏水；大的像厅，小的如室，千奇百怪，隐晦曲折。一朝一代，被逼无处安身的游民在这里聚众为盗，机会来时干些抢劫贪官污吏和奸商巨富大船的勾当，他们自己种地和海岛百姓和谐共处。这样的海盗高竖"忠、义"大旗，讲究"盗亦有道"。他们只抢官商和为富不仁者，从来不吃窝边草和穷困渔民。这个海岛地形险要，岩高水深，滩涂辽阔，可守可攻，进退有据。虽然历朝历代官兵围剿多次，收效甚微。皇帝换了许多，蛇蟠岛还是海盗的地盘。

　　后世有人评曰："亦商亦盗舰船浮沉三千里，可褒可贬海洋纵横八百年。"

　　蛇蟠岛成了穷途末路的难民和恶心膨胀的亡命之徒啸聚山林之地。

　　自从拜年北窑为师，"亡三代"的武艺比过去的花拳绣腿有了很大提升，在地方上再也没有遇到对手。几次火拼把蛇蟠岛的海盗也收归属下。他并不甘心做土地爷、土财主。他想做府台、道台那样独霸一方的大员，然后把势力扩张放大。他说面南背北称孤道寡就不能姓黄？

为了早日实现他的狼子野心，他心无"忠义"二字，见财起意，睹物即抢。什么"盗亦有道"，都被他丢到东洋大海喂鳖去了。

小小沙柳近在咫尺，富得流油，这是口边的一块肥肉，如今竟然有人敢和他顶撞，和他对抗，还屡次打伤他的爪牙，如果连一个渔行都煞不了水气，他黄家班又如何去做大称霸，面南为王？

蛇蟠岛海盗大首领汪直原来是个外省人，人称"笑面虎"的地痞加流氓。后来因为赌博输了杀人越货，被官府缉捕逃到这里避祸。他上岛以后使出了"笑面虎"的本领，得到原首领的赏识，又笼络了一批小头目为亲信，逐渐有了自己的势力。这个"笑面虎"不甘久居人下，暗中笼络了一批走狗，暗杀了岛上的大头领坐上了第一把交椅。此人看上去文质彬彬，却是一个心毒手辣、笑里藏刀的狠角色。二首领许海，原是这里的一个小头目，因为好吃懒做，不孝父母，被族人逐出祠堂。他怀恨在心，把族长杀死逃到岛上为匪，后来为汪直暗算原头领出了大力才坐上第二把交椅。三首领厉光头也是地方上一个痞子，和汪直一白一红，沆瀣一气，坏事做尽，而且手段凶残。汪直为寇，他跟着一起上岛，因为暗杀原岛主有功坐上了第三把交椅。

这三个恶棍以凶狠著称。过去岛主是逼上梁山的穷人，虽然称为海盗，劫富不劫贫，附近的小渔船从不去骚扰。他们开垦荒地种植庄稼，与岛上居民和平相处。自从汪直谋得大首领交椅，只要探报有利可图，就六亲不认，商船渔船，格杀勿论，岛上居民无不咬牙切齿。

但是这批海盗他们势不及"亡三代"，武斗不过黄家班，只能俯首称臣，把他拥为岛主。"亡三代"一心要爆发，收罗了岛上力量可以扩大势力范围，补充实力，又利水陆并进，平日里可以狼狈为奸，继续鱼肉百姓为以后积蓄能量。

听说"亡三代"来到，汪直一边吩咐摆酒，一边率领手下出洞迎接。

"少岛主驾到，有失远迎。"汪直迎出山门，抱拳作揖，一脸的谄媚奉承。

"嘿！""亡三代"只发出一声，一肚子的不顺全写在棺材板面上。

"三少，这点小事哪用这样烦恼？我们为你准备了刚上船的海味，给你压惊。兄弟们边吃边议，没有什么大不了的事能难倒我们蛇蟠岛新岛主的。""笑面虎"汪直阿谀奉承一套套，拍马溜须不损腰。

"少岛主请上坐。"汪直站在右位，把"亡三代"让上正位，与许海、厉光头顺序坐下。

"岛主公事繁忙，你很少在此驻跸。托岛主洪福，今天鱼来网抽，捕到一只青蟹王，还有大黄鱼、白带鱼、马鲛鱼、东海大白虾，正好请岛主尝鲜。"厉光头抽动着脸颊皮极力装出一副笑意。

"好大的蟹。""亡三代"拿起一只最大的青蟹在手上掂了掂说，"谢谢各位抬爱，县城海鲜不少，但是新鲜味不能和蛇蟠岛相比，青蟹的个子也没有这么大。"

"沙柳刁民不少，如果不治理，等到都养成这么大的青蟹王，我们的宏图还怎么施展？""亡三代"借物喻事，"我们应该设法在它身强力壮之前把它消灭了。就像这只蟹。"说着"亡三代"两手一掰，用力把顶盖从蟹身上掀下，表示他要把地方势力消灭在眼下。因为蟹太大，用力过猛，右手的大拇指被顶盖刺戳了一个大窟窿。"亡三代""哎哟"一声，大青蟹和顶盖分别从左右两手射出，朝两侧的汪直、许海飞去，正打着两人脸面。红色的蟹膏蟹黄，奶白色的脂肪好像崩流的脑浆涂了两人一脸。"亡三代"痛得两手在空中乱颤，鲜血泼了厉光头一脸。

一餐拍马宴不欢而散。

半夜时分，一只快艇靠岸，有两个人匆匆上岸走进山洞。值夜亲兵报告汪直："告大王，二百里加急快艇飞报，在外求见大首领。"

"快让进来。"汪直听报后很是兴奋，他感觉出头露面的机会来了，他和上岸的两人在密室谈了很久。

第二天天一亮，汪直穿便衣打扮成一个富商摆渡到对岸，他带着一对亲兵在基地据点骑大马进县城去见"亡三代"。

县城都尉府在衙门东边大街，原来的都尉府经过"亡三代"的几次扩大，占领了大半条街，都尉府设练武场、习武厅、讲武堂、操练台、兵器库、马厩、厢房，还有大小厨房和下人住室一概不少。县衙的武备不及他黄家一个零头，县太爷办事前先要看看黄都尉的脸色。"亡三代"的气焰越来越嚣张。

"报，大首领求见。"侍卫进门通报。

"进。""亡三代"面无表情更没有一点客套只把手一挥。汪直从外面进入大厅，"亡三代"不冷不热说："起早赶见岛主，不是要事定是好事。"

汪直连带笑容回道："此事关系重大，是大事也是好事，不是一两句话说得明白，请岛主到里间说话。"

"亡三代"喝退左右，他一按桌下按钮，背后密室门徐徐打开，两人前后进入，亲信点上灯退下。

"莫非海上有信息？""亡三代"发问。

"昨夜二百里加急飞艇从象山港外洋来报，按照您的吩咐，我们的密使终于见到对方头领，把您的意思和对方商谈。他们说合作可以，但必须驱逐岛上老百姓，然后把蛇蟠岛作为他们的秘密基地。截获财宝三七开，他们得七成，我们得三成，基地的治理仍归我们。"汪直照直报告。

"他娘的小倭鬼，够狠。蛇蟠岛有的是洞窟，给他们做基地倒没什么，但要赶走岛上农民，麻烦有点大。""亡三代"虽然感到不满，但是他还是答应下来。

"我们的密使在象山等地暗中探听几个地方，从定海那边南来，都是这样处理，各地的头头说倭人得细软，我们得地盘，这是各取所需。都这样合作，也暗合双方意图。"汪直把外地情况摊给"亡三代"听。

"那就依样画葫芦吧。有了地盘，财富自会跟着来。赶快把事情敲定下来，我们也可以扩张自己，壮大自己。要逐鹿群雄，只能先这样办。如果小不忍就会乱大谋，你说是不是。""亡三代"一副老谋深算的口气。

"岛主英明，年轻有为，这是蛇蟠岛之福。"汪直顺水推舟，马屁拍得恰到好处，手段一流。

"时不我待，你马上去实施。我在这里专等好消息。""亡三代"给汪直下令。

秋季来临，山货上市，夏装要换秋衣，春水兄弟从下三府进了两船丝绸和山货运往象山宁海。货物走水路，随杭州湾海路经宁波镇海再沿象山港走大自洋，然后一船到石浦，一船经蛇蟠洋到一市。这条水路已经走过几次，可谓顺风顺水。这次的两船货要分发两地，船至白沙湾外的大自洋，秋水发现前面有许多快艇向他们包围过来。秋水对春水说："我们遇到海盗拦截。"

春水兄弟一人押运一船，这些快艇不知从哪里一下窜出这么多，直奔他们的货船而来。

春水细看，每只快艇八人，个个手拿家伙。这伙人一手拿挠钩，一手执刀枪，口中叫着："此洋是我管，此水是我道，要过大自洋，留下过水钱。"

"春水，我们怎么办？"秋水和春水打招呼。

"海上一片汪洋，进退无路。打，寡不敌众；冲，船重人手少，怎么办呢？"春水一顿说，"哥，两船并拢，拉起三道风帆，见机行事。"

"弟兄们，路遇不测，今天要辛苦大家了。一人掌舵，其余兄弟各执木棍铁棒，守候左右，不要让海盗上船，回到家每人重赏。"春水吩咐船员。

王廷良第一个从前舱站立出来，他对着大家说："三水老板一直都是我们的亲弟兄，把我们从老家带出来，有福和我们一起共享。今日横祸飞来，我们一定和老板站一起同挡祸水，不让海盗上船。"朝明兄弟异口同声呼应。两只船上水手齐声应和道："我们拼上一命，决不让倭寇得逞。"

说话间，海盗船已经把货船包围起来，好在货船高大，快艇低小，海盗一时难以上船。春水、秋水兄弟各守一面，两人带领伙计，奋力抵抗反击。几个不要命的倭寇被春水兄弟击落海中丧命。海盗一看船上有能人指挥，他们的快艇开始离开货船，用弓箭进攻。飞蝗一样的箭矢从四面飞向货船，马上有伙计中箭，三个负伤。

春水舞动双刀，飞箭全部落入海中，如果这样僵持下去，必定要吃大亏。"哥，赶快躲让，把你船的人并入过来，放弃一船，我在后面拦截，你指挥行船脱离险境。"

放弃一船，固然有效。大多数海盗船去抢货船，春水总算嘘了一口气，手中一松，一支飞箭正中左肩，他一声"啊呀"，差一点儿跌入海中。

秋水冲来一把扶住他，正好海上风起，货船三帆吃风，像箭一样驶出大自洋。

海盗出现，伤了四人，丢了一船货物，春水第一次遇到挫折。轻伤的三个水手都由秋水安顿，一船货物一半发到象山，一半发到一市，春水带伤回到泳溪，下溪头家已经无人，他只能躲在桃柳溪春阳闺楼养伤。

春水被小红引入闺楼，左肩一片红色，把春阳吓得不轻。春水把大自洋与海盗搏斗的大致经过说了一遍，他对春阳说："一点轻伤，不碍大事，我有金创伤药，休息几天就可痊愈，你只要帮我换换药就行。"春水安慰她，"你看，我不是很好嘛。"他摇动右手，想证明自己伤势不重。可是这一摇，额头豆大的汗水一下冒了出来，终于忍不住"啊"出声来，伤口涌出鲜血。

"我害了你，都是我害了你。不是我限你一年，哪会有现在这样的危险事。"春阳见春水头冒汗水，伤口流血，她一手给他擦汗，一手轻轻抚摸伤口，深深地责怪自己，泪水一下从眼眶溢出。

春水伸出右手，接过手帕，按在春阳的眼上，把泪水吸干，"你一哭，我的伤口也跟着流眼泪了。"春水忍住伤痛要逗春阳开心，他嘻嘻一笑，以手指点伤口，"看，肩头是不是也在流眼泪。"春阳被他一逗破涕为笑，"油嘴滑舌。"

"来，先用盐水给我洗伤口，再上药。"春水拿出一个小瓶，放在春阳手中，柔柔地说。

小红剪去春水外衣，春阳给春水洗伤口。她怕他痛，战战兢兢地在皮肤上擦拭血污，一边用口往上面呼呼吹气。春水从来没有受过这样细致周到的护理。他在滴水洞整整五年，有点出血受伤，山姑师兄三下五除二就搞定了。

"男人在外拼死拼活，理所当然。这点轻伤算不了什么，是我对海上情况不明所致。我不但要报这一箭之仇，更要挣回我应该赚到的钱。"春水对春阳说出心里话。

"听别人说，伤口上药很痛，你要咬紧牙关忍一忍哦。"春阳把药粉撒在箭伤上，春水闭紧双眼，攥着拳头咬着牙。春阳在伤口外蒙上纱布固定，再扎上白布，她用手帕擦去春水额头沁出的汗水。

春水一把握住她的两只玉白小手，紧紧地按在自己的胸膛，久久不说话。一阵强烈心跳从那双玉指传递过去，它带动春阳的筋脉，两颗炽热的心在一起同步跳动，扑通扑通的声音两人听得清清楚楚。

小红端来饭菜，都是他平时爱吃的。春阳一看，有辣椒鸡块、姜丝泥鳅干，她对小红说，"伤口长肉，要忌辛辣，这两碗撤去。明天去买两只乳鸽煲汤，猪蹄红烧。用红豆乳鸽煲汤是帮助身体康复、愈合伤口、修复疤痕最快的食疗。猪蹄营养丰富，复原身体效果最好。这两样东西养伤最佳，你去买，我来做，潘公子吃了伤口快好。"

第二天春阳亲自下厨，她从瓦煲里夹出一大块炖乳鸽直接送进春水嘴巴，把红豆乳鸽汤舀入一个小盏，让春水多喝汤吃肉。春阳变着法儿每天给春水做好吃的，春水的体力、精力很快恢复了。七天一闪过去，他的箭伤已经长得差不多了。春水要回一市，他人在桃柳溪，心里想的都是宁海象山的生意。一船的丝绸和山货，要多少次来回才能补平这个大缺口。这条水路不安全，以后怎么走？人不到现场，宅在家里不会有切实可行的好办法。再说这帮海盗不灭，不但商路堵塞，影响物资流通，还会有许多好人白送性命。一箭之仇不报，还算什么男子汉；不能为民除害枉为大丈夫。

他正在左思右想准备告别，叶春阳从楼下上来，眼泪汪汪，好不伤心。刚才下楼好好的，就这一会儿眼泪如雨下，这是为何？

"阳，什么事让你难过，我能为你做点什么？"春水赶上去拉着她的手问。

"呜呜。"春阳哭得更伤心。

"……"春水见不得女人的眼泪，一时懵在那里，不知所措。

"小姐外公家里出大事了。"小红在一旁垂泪道，"潘公子你又有恙在身，小姐急哪。"

"阳，不哭。你不说话，眼泪流光也解不了急。"春水再劝，"你把事情说清楚，我们才能对症下药，是不是？"

叶春阳是多聪明的人，她只是一时忍不住外公被抓的心痛，听了春水的劝，把外公家的事情原原本本说了一遍。

春水一听这是自己留下的祸根所起，他十分气愤，一时也无法说明，只能安慰春阳说："兹事体大，也不是一时三刻可以解决的。你好好休息，让我想想，等有了可行办法再和你商量。"

李守业连夜赶到桃柳溪，他边哭边诉把"亡三代"如何在沙柳横行乡里，欺行霸市，践踏渔市，搜刮民脂民膏，又如何把老父捉拿关押蛇蟠岛的事细细地对叶建兴说："姐夫，我父亲的事只有靠你了，家里一帮人没有头绪，我必须马上回去。'亡三代'还要来，只能以死相拼。父亲有命没命就靠你了。"母亲、妻子、孩子一大帮人挂在心里，他第二天就告别姐姐、姐夫直奔沙柳。

叶建兴着家人把外湾的两个表兄请来，一起商量如何救岳父。

大表兄蒋水成说："听说海游黄都尉儿子'亡三代'不但是地方一霸，还和蛇蟠岛海盗勾结在一起，如今他人多势大，地方上都忌他七分，外公被他抓走，恐怕凶多吉少。"

"小表兄你怎么看，可有搭救方法？"建兴问蒋水强。

"我紫云山娘舅王泰来号称紫云大王，他有一帮兄弟了得。紫云山人在桑洲赫赫有名，那里有什么大事小事，没有他们平息不了的。我们这里的人在桑洲出了事，只要请到王泰来，由他出面，双方都会听他裁决，没有摆不平的。如果能请他出山，或许会有转机。"蒋水强向叶建兴推荐紫云山能人王泰来。

也是病急乱投医，叶建兴带着蒋水强直上紫云山，不管传言有多少可信度，走一遭是必须的。

紫云山村是泳溪最东的一个山村，在高高的紫云山上，西北和苍山遥相呼应，下面还有两个小村。往南而下不远就是宁海最北的两个山村，从这里出去就是宁海地界。紫云山虽然属天台，但是他们和宁海人交往甚密，男婚女嫁亲戚往来平凡，许多生活习惯与宁海相通，赶集买卖，也都是桑洲路近。自从紫云山出了能人王泰来、王继根、王不见"三杰"，紫云山人在宁海桑洲一带更是名声煊赫。要是有点口角什么的，只要说是紫云山人，马上大事化小，小事化了。

宁海桑洲人如此崇拜紫云山人不是空穴来风。

桑洲有个武举，一向自视甚高，在宁海桑洲几乎目空一切。一次一个桑洲人因为生意上的纠纷与天台人龃龉，那人请武举出手要摆平天台人。正好紫云"三杰"路过，老大王泰来对这位武举的粗暴实在看不下去。王泰来认得武举，他上前一揖说："都是邻舍，常有往来，把事情说明白就好，没有必要争落脚句①。"武举不知来者何人，他自恃自己武举出身，根本没有把王泰来的话当回事。他说："你说得轻巧，你们人到桑洲欺负宁海人，得了便宜就卖乖，这是笑我宁海无人不是？"

"哪里，知道武举是地方豪杰，不会和小民百姓一样见识，再说大人不生小人气，别和他们一般见识。"王泰来耐着性子劝说。

"你这是要在桑洲摆杠②？"武举不但没听，反而咄咄逼人。

王泰来一看武举不识抬举，他说："那依你要怎么办才行？"

武举打量王泰来一起来的三人，个个身体瘦弱，好像三餐没有饱饭吃，压根没把三人放在眼里，他说："你们每人能赢我一招，这事罢休。如果招招都输，全给我滚一边去。"

"你要怎么个斗法，文斗还是武斗？"王泰来问。

"文武兼备。"武举口出狂言。

---

① 落脚句，最后一句。意思是说话要拿赢头。

② 摆杠，天台土话，为别人的事在场面上讲硬话，做硬事。一种比喻说法。

"请。"王泰来毫不示弱。

前面一个大宅院，双门紧闭，武举说："谁先进入大堂者为胜。"

武举看高墙凌云只有破门而入，他运动周天，把真气提到膀子，直向大门撞去，"嗍"的一声，屋顶灰尘纷纷扬扬而下，大门只开了一条小缝。第二次嘎的一声，门是撞开了，武举刹不住脚一下扑倒在高门槛上几乎撞断肋骨，一时爬不起来。王泰来见门边有一个半圆小洞，他两手往左右肩一拍，人一蹲，从小洞里钻了进去。武举从地上爬起来朝里看，王泰来早已坐在大厅上和他招手。武举一见王泰来笑容满脸和他打招呼，只得认输回头。

武举走出大宅，在门口和王不见差点撞个满怀，他说："第一局你们赢，第二局比暗器。"

王不见脸无表情地说："第二局我来。怎么个比法，你画个道。"

武举用手在身上取暗器，半天没有动静，一下傻在那里。

王不见从搭袋里摸出三支梭镖在空中一晃，对武举说："举人老爷，要不要我借你几支试试？"

武举一看那不就是自己的东西，什么时候到他手中？武举明白自己不是他们的对手，反身就走。那个桑洲人见举人都溜了，拔腿就逃。

紫云"三杰"与宁海武举一场没有结束的比试，让桑洲人从此对紫云山人敬佩有加。

表弟蒋水强带着叶建兴到了紫云山王泰来家，他正要出门，见外甥带着客人又返回家。

王泰来名震一方，家中和一般农家没有两样。一个小道地，住着四户人家，正屋东向是他家，占据小道地四分之一地方。主人把客人引进东面横堂前，蒋水强向王泰来介绍叶建兴："舅舅，这客人是我表哥，桃柳溪叶建兴，有一疑难事请你帮助，舅舅你一定要替我表哥做主。"

"叶老板，久闻大名，无缘相识，幸会幸会。"说着王泰来抱拳一揖，依礼相见。

"王大侠忠义凛然，早有所闻，今天一见，果然侠士风范，佩服佩服。刚才表弟水强已经提到，我岳父被海游恶霸扣留，现在身陷囹圄，听说囚禁在蛇蟠岛水牢，不知生死，你看如何是好？"叶建兴直叙情由，他想先听听这位高人意见然后再作进一步打算。

"海游有个黄三少，沿海人都知道，此人上通官府，下交匪盗，心狠手辣，六县闻名。蛇蟠岛人进出都在海盗的眼皮子底下，即使混入，若要带个病人出来难上加难。为了保全性命，你只能花些钱财买通海盗，让他们好生待你岳父，不要让老人再雪上加霜，然后再伺机搭救。"王泰来一席话语很实在，谁也没有进过蛇蟠岛，更不知其中细节，一时很难有可行的路走。他的话也很中肯，叶建兴边听边点头。

"等到你岳父身体好转，我着人打探路径再行搭救，叶老板以为如何？"王泰来反问叶建兴。

"您说得在理，此法比较稳妥，我马上去沙柳，找合适人选上岛，后面的事情就拜托您了。岳父自由之时，就是我叶建兴报答之日。"叶建兴告别王泰来，自己直接上马去沙柳，和李守业一起安排疏通看守之事，只身在沙柳等候。

李夫人随后赶到沙柳，安慰老娘。叶春阳父母都去沙柳看望外公、外婆，所以春水在叶家养伤非常安静，好得很快。今天听丫鬟说父母都回来了，而且紫云山人去蛇蟠岛一次，不要说救人，连岛也上不了。所以哭成一个泪人。听了春水一番话，她一颗悬荡的心终于安静下来。

潘春水人在桃柳溪，计出沙柳地。他说了什么话有那么大威力，让叶春阳看到搭救外公的希望。

欲知后事如何，请听下回分解。

第二十二回

乔装哑巴海岛探路
家湖隐士设计救人

春水得知叶建兴已经和紫云山人协商成功，他对春阳说："我也知道沙柳'亡三代'的厉害，那次出城遇到的两个小喽啰都敢明火执仗抢夺，就是一例。这次打砸渔行，又把人抓走，官府居然不闻不问，这'亡三代'的恶势力已经覆盖县城。现在要把关押在蛇蟠岛的人捞出来，不是一次就能奏效。紫云山人答应了，让他们先去摸底，我在暗中相机行事。你暂时保密我的去向。人少目标小。如有危难，我可以暗中助他们一把。"

紫云山人在这三县一带名声响亮。因为当地人非常佩服紫云三杰——老大王泰来的散筋缩骨功，老二丐王王继根的消息速递，老三王不见的闪电手。他们三匹快马直奔沙柳，悄悄潜入李守业家，伺机动作。

沙柳到蛇蟠岛有水路，王泰来三人扮作行贩，去海边收鱼货。蛇蟠洋虽是浅海，但也无风三尺浪，船在海面颠簸前行，把三个山里人抛得晕头转向。驾船的问他们想到哪里看看。王泰来说："我们是初来乍到，行情不清，只想多走一些地方，熟悉周围情况，最好环岛一圈，然后到岛上走走，拉些人情，以后好方便买卖。"

小船沿岛行驶，王泰来问船家："这岛上怎么不见人影？"

"客人有所不知，蛇蟠岛以前居民不少，最近听说都被黄三少爷赶走了，人家说这岛他们买下了，谁知道里面的龌龊。"船家心里不平，"现在连我们都不让上岛。从古老皇以来，蛇蟠岛都是人人可去的地方，现在倒好，他们一句话，这岛成了禁地！"

人在船上，就可以看清岛上山岩峭壁都是大小的山洞，朝码头有一个高大的洞窟，前面是一个大广场，从码头往里三步一岗，五步一哨，戒备森严，防守不懈。

船家说："船再靠近，上面就会喊话驱赶，如果继续靠近，小则乱箭呼啸而来，重则炮弹轰来，谁还敢近去？"

离开码头，渔船依旧沿岛走，只要有悬崖的地方，他们看到层层叠叠的岩洞，有的在明处，有的在暗处，明岗暗哨，不知其数，防卫很严，无从下手。

三人远望，只看了个大概。

花了一天时间，绕着岛看了一圈，不是悬崖，就是滩涂，防守严密，无隙可乘。三个人回到沙柳，只有一个答案，变只小鸟也找不到人在哪洞。救人出岛，除非七十二变的孙悟空。

比他们迟来一步的潘春水，知道紫云山三位高人碰了壁，正在束手无策，不知如何是好。他想，既然远望无果，那就近取。常言道"不入虎穴，焉得虎子"？这是与虎谋皮，是你死我活的搏击，风险很大。但是敢闯虎穴龙潭，往往是出奇制胜的法宝。他以一锭银子代价找到一个能进入蛇蟠岛的送菜老人，扮作他的下手前往蛇蟠岛。两人一上岸，一身破衣烂衫的春水在哨口被拦了下来。"老头，怎么弄个陌生人来？"一个小头目问话。

"老汉儿子生病，叫我侄子来代班，今天菜多，他力气大就把他叫来了。"老汉回话不慌不忙，滴水不漏。

"你什么姓名，多大了？"小头目问春水。

"啊，啊！"春水装哑巴。

"哦，他从小不会说话，天生哑佬。"送菜老汉说。

小头目看看春水一副忠厚老实相，挥挥手示意放行。

送菜老汉在这里天天送年年走，平时都是与儿子一起，也是两个人，码头进来，里面的小喽啰几乎都熟，春水低头前行，老汉一路打招呼过来，谁来管你挑担的是张三还是李四。大厨房在靠大海一边，这里洞穴密布，上下都是，有高又有低，有大也有小，不是里面人，你进得来，也出不去。想逃出去，外面是茫茫大海，绝无生还之路。送菜老汉偷偷告诉春水，大厨房左边第三个高洞下有三个比海面高些的小洞，就是这里的水牢，曾经关押过岛上犯规的喽啰，他去送过饭，所以知道一点内情。因为这种地方太凶险，看管不算严。现在关着沙柳李记老板，里外各有两个小喽啰把守，一天四班倒。

利用吃中午饭空隙，春水用壁虎功吸在岩壁暗处看了个清楚。春水把这个地方看得格外细致：进大洞往右拐，里面是蛇蟠岛的牢房，左侧的牢房一半在上，一半在下。地上部分都用原大粗木棍拦住，再往前是个审讯室，透过粗粗的木栅栏，里面的镣铐、火烙、老虎凳等刑具一应俱全。从这里向前是一个大水池，大水池里是两排町步，走完町步岩壁有一个不到一人高的石洞，粗大的木棍做成的门，一根黑黑的铁链锁着，推开粗木门，里面就是蛇蟠岛的水牢，从外向里弯弯曲曲，三道岗哨，一路高低不平，没有熟人，莫说救人，让你找你都找不到地方。过水牢转两个穿洞就是去海边的山路，这给接应提供了方便。只要计划周密，人手有实力，劫狱成功的可能性十之八九。下午春水随着老汉离开蛇蟠岛回沙柳，一匹快马直回桃柳溪。

他把沙柳行的情况和春阳细说一遍，提出一个救人的方案："蛇蟠岛四面环水，看上去防守森严，但是依旧有漏洞。只要人手足够，救人计划可以实施。"

"我也听说紫云'三杰'，他们各有特长，只要配合默契，加上我们兄弟三人和部分水手，马上可以实施营救计划。中间的调定需要你父亲撮合。"

春阳把春水当作小红表兄，把沙柳两拨摸底的情况和春水计划向父亲提议，她说："紫云'三杰'各有所长，也了解蛇蟠岛外围情况，小红的表哥潘春水不仅水性好，武功更是独领风骚。他们还有自己的团伙，更重要的是潘公子已经进过蛇蟠岛，知道水牢位置，这才是最要紧的。"

"我怎么见见这位热心的潘公子？再听听他的打算。"叶建兴对女儿说，"这是大事，考虑得越周全成功的把握越大。"

"潘公子已经去象山会合他的兄弟，他说所有实施计划最后都在沙柳敲定。"

"爹，潘公子还说，王爱山上的家湖村有位张先生是个饱学隐士，他急公好义，乐于助人，如果请他一起计划，胜算的把握更大。"春阳建议。

"家湖村隐士张先生我认识，知道他有一番侠义心肠，你不说我也要去请的。"

次日，叶建兴一匹快马前往家湖村张家。俗话说秀才不出门，能知天下事。隐士张先生对叶建兴说："蛇蟠岛那个黄武举，来历非凡，他靠着父亲都尉势力，正在做着称王称霸的美梦，他以蛇蟠岛为基地，扩张实力，外联倭寇，内刮民脂，谋财害命，罪恶滔天，人称'亡三代'。这是个人人得而诛之的恶人，虽然他现在无法无天，只因他孽缘未满。但是他多行不义必自毙，以后必食恶果。你岳父也是劫数所致，有此一难，我给你协调一番，即可度过此劫。"

与君一席话，叶建兴一颗悬着的心总算有了着落。他请了隐士张先生，直奔沙柳李守业家。

潘氏三兄弟也及时赶到。

叶建兴对在座的人深深一揖，他和潘氏兄弟虽然初次见面，但是三兄弟的大名早有耳闻，今日目睹，更觉与众不同。特别是潘春水，铁塔一样的身材，方面大耳，鼻正口方，一表人品。尤其是那双大眼睛黑得闪亮，透着智睿的光，绝非泛泛之辈。

"诸位，你们为营救我岳父，不辞鞍马劳顿，从四面八方赶来沙柳，鄙人先表谢意。今天在座的有紫云'三杰'，下溪头潘氏三侠，王爱山家湖村隐士张先生和还在路上的泳溪各路英雄好汉。蛇蟠岛的情况大家已经聊过，还是请张先生安排分工。"叶建兴把"三杰"、三侠、隐士张等人分别一一介绍给在座的众人。

隐士张说："都是家乡人，大家很熟悉，只是从来没有过这么大的合作，需要一个周密计划才能做到滴水不漏。各人只要依计而行，定能马到成功。"

"后天是中秋节，蛇蟠岛历来在八月十五午夜拜月祭神，祈求龙王保佑他们出海平安，一帆风顺，财源广进，四季无恙，然后全岛开怀畅饮，狂欢到天明，年年如此。这是蛇蟠岛最松懈的时刻，一个难得的可乘之机，各位只要按计行事，密切配合，定能马到成功。"说毕他把具体分工做了明确安排。

十五一早，蛇蟠岛在沙柳、海游采办的快艇陆续回岛。春水、秋水兄弟在路上截获两个厨子，问清了情况，他们把两人捆在一个冷庙，给每人腰兜塞了一块银子。春水安慰说："你们是无过的，我们也不会害你，但是今天只能委屈你们，明天这个时候醒来就可以回家。只要你们自己不说，没有人知道这事，也不会有人来找你们麻烦。"秋水倒出一杯水捏住嘴巴每人灌了一口，不一会儿两人昏昏睡去。兄弟两人扮作厨子顺顺当当进了岛。夏水从一市出发驾着一艘快艇隐蔽在稍远的礁石后等候时机。王泰来在峨眉山十年，人称铁掌缩骨侠，抓了一个小喽啰，他把一块卵石一拍为二。

"看见了没有，你的头硬，还是这卵石硬。"王泰来问小喽啰。

小喽啰看他轻轻一下，厚厚的卵石对断，早就吓得半死，口里只喊"爷饶命，我也是苦出身，只要你留我一条小命，什么都依你。"

"你只要听话就行，若是乱说乱做，你的脑袋就到肩下。"王泰来比方着做了一个样，那个喽啰浑身打战，连说不敢。

"把我们两个顺顺当当带进去，你还能看见明天海边日出，只要你什么时候有半点异心，先死的一定是你。"王泰来再次警告小喽啰。

"是是，我要养家糊口，不敢有半点异心。"小喽啰浑身像筛糠。

王泰来、王不见两个也顺利蒙混过关。

王继根人称丐王，出门坐轿，吃香喝辣，脚踏三县，手牵四方。蛇蟠岛的小喽啰不少都是他海游丐帮弟兄的熟人，他人脉广播，消息灵通，堪比六百里快马谍报。蛇蟠岛千洞百窟，几个人互不见面，很难协调一致，由他负责通联，可以在最短的时间里把消息传达到每一个人。

王继根的一个四袋弟子替他安排好一切。只有他是大摇大摆在蛇蟠岛随便溜达。

中午不到，王继根就传消息给沙柳，人员全部上岛，没有惊动海盗。叶建兴一颗悬着的心又宽了三分。

春水、秋水两人混在厨房，来了许多厨子，有相识的，更多的是不认得的。他们穿着厨子的装扮，行动十分方便，一个下午就摸准了关押李正东的水牢。这个水牢有三道关卡，两道在外，一道在水牢门口。清除哨兵后有两条路可走，一是走大门。带着一个病人，要突破重重关卡，还有水路都在箭炮射程之内，全身而退根本不可能。一条从后面山路下，比较隐蔽，但是道路难走，还要过四关。船岸距离高，下船有较大危险。春水把营救方案画在纸上写上说明，他利用送菜机会找到一个手臂上有一块黑布的人，又和秋水等待送密件的人。两人转过一弯道，看见路边有一小片发黄的纸，拾起来一看，上面写着十二个字："后退五步，左手高的石缝取物。"秋水在原地警戒前方，春水退后五步顺手一摸，一个小包捏在手中，随即收入囊中。

两人走到厨房，借洗菜机会打开小包，原来是一包迷药。这包迷药足够蒙翻二十个人。他一算，水牢四人，加上前后经过地方和后山岗哨，刚刚二十。但是水牢的钥匙在看守身上吗？如果看守身上没有，岂不是白费了那么多周折，下次就不会有这样的机会。春水忽然想起迷药包还有一句话，"一个时辰后再去。"时间一到他马上返回那里，一摸果然里面又有一张纸，上面写着"钥匙有人送，后山有接应。"好及时！

这么快把信息传递过来，这是哪位高人？

一切准备就绪，就听动手信号。

拜月祭天祈求龙王的仪式正在忙碌的进行中，场面很大，进进出出的人穿梭一样，一副训练有素的样子，进行得有条不紊，看来这是蛇蟠岛海盗的一个传统节日，套路熟练，分工有序。春水看到有几个和这里的海盗不一样的人，还有"亡三代"也在这里，和他们在说着什么，一会儿声音响亮，一会儿好像窃窃私语，一会儿又是浪笑。他对秋水说："那几个不一样的海盗很可能就是我们在大自洋遇到的那一伙，看来'亡三代'和倭寇已经联手，以后的日子更不会平静，凶险更多。"

月上正空，祭台两根一人高的红烛高烧，粗大的棒香青烟直上，岛上除了防守值班的海盗都在那里，洞里一下安静下来。

拜月祈祷的主祭还是汪直，"亡三代"和三个倭寇都在一旁观看。倭寇虽是海盗，可是从来不搞这一套，"亡三代"更不懂人间世故，海盗干的这种勾当更是闻所未闻。仪式由司仪主持，过程和民间的祭祖宗、谢天地大同小异。这些海盗，每年要让多少人财破身亡，搞这一套无非是安慰罪恶之心，让大小头目狂欢一次罢了。

祭祀很快结束，开席以后的零星活都是请来的厨子和帮工的事。海盗首领、倭寇在大厅主席宴会，大头目在下面陪宴，小头目和众喽啰都在外面。一声炮响，祭天祈海酒宴开始，一片呼喊声和吆五喝六声响彻蛇蟠岛。

春水说："大哥，号炮已响，我们走。"

话刚出口，王泰来、王继根也赶到。春水一招手，四人侧身隐蔽朝水牢疾走。转过两个弯，下了一层石窟，王泰来、王继根突然出现在去水牢的路口，两个看守还没有反应过来，各人一手把两个防卫喽啰挟到一边，用力一夹，把两个死喽啰丢入一旁的地窖。春水兄弟前面是一条开岩留下的石壁隔墙，一片黑黝黝的不知路在何方。还是春水眼尖，这是一个水池，中间有两条圆形町步道通向深处，里面射出一丝亮光，春水给秋水耳语："走过町步再一拐就是水牢，那里有两个小喽啰看守。"两人悄无声息地走到转角，里面传出牢骚声："妈的，都这么久了，还不见换岗，叫老子出去喝海水、吃石块。"两人一下出现，那两个以为是换班的来了，仔细一看是两个不相识的大汉，张口大呼有人劫狱，伸手想去按警铃报警。春水一掌，秋水一棍把两人打倒，正要找钥匙，赶到的王泰来一吹火折，王不见拿着钥匙把牢门打开。水牢比外面还低，一个人大半浸在海水中昏昏沉沉的，他叫了一声："李老板，李正东，我们来救你了。"

秋水把人拉到一侧，他一惊，"你们是谁?"一个微弱的声音传来。

"先别问是谁，赶紧走，越快越好。"秋水对李正东说。

"他走不了，我来背他。"春水过去一把背上李正东就往白天选定的路走。

秋水把迷药交给王继根说："你和王不见两位到厨房拿酒肉再到后山开路，我和春水、王泰来三人随后就到。"

二王两人在厨房提了酒肉，往后山去。那些不能到场吃喝的喽啰早已直咽口水，看见厨子送酒肉，高兴得满碗喝下，出口第一关四个喽啰悉数放倒。半山腰四个又被麻翻，山岗四个正在叨念，一看送酒肉的来了，一把夺过酒壶，一人一碗还没有喝干，手中的碗已经跌在岩板上粉碎。下山腰四人听见碗碎的响声大喊："还不快点把酒拿来，老子早就渴死了。"

王继根、王不见依法炮制，两人又把四人迷倒。下去一看这里是一个卡口，只容一人上下，就把喽啰拖到一边让道。

山脚还有一关，下面是个高坎。守关四人无精打采，嘴里骂骂咧咧："他娘的，天都快亮了，到现在还没有人来换班，想饿死老子。"两人听见，回话道："不好意思，一路上有那么多人，路又这么远，爷们见谅。"

四个喽啰好像三天没吃一般，端酒就喝，见肉就往嘴里塞。

王不见说："倒，倒，倒，倒。"这酒越往下喝，药越浓，药力更足。四人口吐白沫软在一边。

春水兄弟轮着背李正东，刚到山岗，听见厨房有人在高叫："不好了，水牢被劫了，快来人哪!"

这一呼叫，所有人都听见了。值班头目报到大厅。

"亡三代"正要把一大块青蟹膏往嘴里送，一听水牢被劫，把手上的青蟹一下摔在桌上，弹起的蟹膏反射在倭寇脸上，他问汪直："你是怎么关押人犯的?"

"水牢看管严密，任何人没有我的手令不得擅进，否则格杀勿论。"汪直简直不信会发生这样的事。

"蛇蟠岛从来没有出过越狱这码事。"许海、厉光头在一边做证。

一脸蟹黄的倭寇被这突发事件一惊，他用手把蟹膏抹了一脸大骂："八格牙鲁，还不赶快封锁全岛。"

"老三，你带弟兄全岛搜查；老二，你去封锁要道，不放一人出岛。岛主，我们去那边看看。"汪直吩咐，他真的没想到从来没有出过事的水牢会被劫。

蛇蟠岛被灯笼火把照得通明，杂乱的脚步声和"抓逃犯喽"的呼叫声从身后传来。

"哥，你背李老板先走，王大侠护送，我来断后。"春水把李正东交给秋水，请他们赶快离开。

"春水，不要硬拼，夜晚好隐蔽，我们等着你一起走。"

王泰来在前面引路，已经走到码头，码头两扇大木门紧闭着，四个喽啰身上都没有钥匙，夏水听到秋水说话声，攀到上面，他进不来，里面的出不去，四个人被这大木门隔开，营救的快艇就在下面，却无法出去。

山岗已经接火，刀枪的碰撞声清晰传来。三个人怎么拉撞，那寨门纹丝不动。上面搏斗声越来越大，越来越近，三人急出一身的汗。

王泰来木匠出身，他把寨门上上下下、左左右右仔细地看了一遍，发现这寨门是从上往下开的，马上有了办法。他说："我出去再看看。"寨门高大厚实，都是原木串成，如何出得去。秋水有点疑惑。

"我有办法。"王泰来蛮有把握地对秋水说。

原来寨门边上留了一个出水洞，他运用缩骨功，一声吸气，把四肢收缩得很小，一下从水洞里钻了出去。秋水、夏水看到他从这么小的洞里出去，真还是第一次，竖起大拇指对王泰来这一手十分佩服。

王泰来和夏水两人在外面用手攀住寨门下的底框，下蹲发力，"嗨"的一声，门边柱顶起，一拉移出门臼，寨门向一侧倒去，秋水背起李正东沿着夏水带来的木梯下到快艇。

秋水看春水已经退到半山，就在下面等候。

春水看海盗越来越多，再不走就走不了了，他一个口哨，只有他们兄弟能听懂。夏水说："春水让我们快走，迟了可能都走不成。"

秋水吩咐夏水说："你们快走，我留下助小弟一把，你相机接应。"

夏水一个口哨发出，解缆开船，春水知道快艇已经出发，还没有走远。就守在关口不让一个海盗下去。他真是仁义之至，海盗不是手断就是脚断。可是海盗蜂拥而至，前面倒下，后面又到。

山岗突然出现火把，"亡三代"和汪直赶到。"不要放走他们，要活的。""亡三代"发话。

春水一看后面的海盗蜂拥而至，看看快艇已经消失在海面，他大声说："近我者亡，远我者生！"他准备大开杀戒。

"他们已是笼中之鸟，插翅难飞。给我上，不要被他吓唬。"汪直在后面叫喊。

两个海盗一左一右同时向春水扑来。春水使一条柔铁棍，这是师兄传他的定海棍法，他要试试此棍威力。

好春水，手握铁棍一招闪电般地前挺后挫，棍风虽然没有伤到海盗，两人都被逼退。他把定海棍舞得呼呼风响，那些早来的小喽啰知道春水厉害，口里喊得响亮，人却不敢上前，后来的一看就知道上前没有好果子吃，跟着一起高声呐喊，两脚稍稍的向后溜。

春水占着有利位置对付两个匪首，已经发现汪直只是苍蝇添秤头，刀刀花架子，招招无实力。春水一点儿不愁。

"前面一个我来收拾。"秋水赶到向春水发话。

"小心，这两个是蛇蟠岛大头目。"春水看到大哥没走，忧喜参半，他要秋水不能大意，自己对付"亡三代"。

"亡三代"被春水一挫，马上意识到遇到了对手。这个"亡三代"，经过年北窑指点和几年打拼，已经步入武林高手行列。他使的依然是一把画戟，再也不敢小觑眼前对手。他把画戟舞得呼呼风起，步步紧逼，一心要擒拿对手；潘春水手中柔铁棍左右翻飞快如疾风，横扫落叶，招招索人性命。方天画戟柔铁棍，你来我去不分上下，只听得乒乒有声，火光闪耀，一时难分伯仲。

这边汪直和秋水交上手。大海盗汪直虽然位列第一把交椅，但在武学上只是花拳绣腿，秋水一上手，就把他看透。但是他有众多的头目帮衬，几个人围着秋水四面夹击，秋水一时奈何不了他。

春水一看，后面又有人来，时间一久他们要吃亏，等到天亮，就走不脱了，他一边棍下使劲，口中响出一声口哨，告诉秋水，不可恋战，伺机扯呼。

春水把定海棍拉起，使出一招大棍压境，以排山倒海之力，凌空而起。马上有一股厉风从天而降，海盗们被棍风压得睁不开眼。

只见黑暗处有两条人影飞起，直朝悬崖外扑去，嘭嘭两声，海面窜起两支水柱。

等海盗们清醒过来，追到悬崖，哪里还有影踪？

"还不赶快放箭，别让他们逃走。""亡三代"大声叫喊。

这里岩崖很高，又是涨潮时节，飞蝗一样的箭矢飞入海中，什么也没有看到。

小喽啰们说："这么大的潮水，这么密集的箭，绝无生还之理。"

"亡三代"和汪直一看直跺脚，把那些喽啰骂了一顿："都是饭桶，这么多人，却被他们逃走。"海盗们骂骂咧咧地咕哝着返回山洞。"亡三代"把汪直也怪上，"一个半死的老头都看不住，你们有什么出息？"

山头清静下来，月亮也已偏西，这里依旧空旷清冷。寨门下面的坑沿有两个人站起来。正是春水、秋水两兄弟。

春水兄弟趁海盗避棍风的瞬间，一人从地下抓起一个蒙翻的小喽啰抛向海里，玩了一个偷梁换柱之计骗过了海盗的耳目。这时夏水的另一只快艇悄悄靠岸，两人下船，直奔离去。

李正东蛇蟠岛脱险，春水兄弟骗过海盗的眼睛也安全离岛，夏水的快艇载着自己的兄弟驶向秘密据点。他们要往哪里去呢？

欲知后事如何，请听下回分解。

第二十三回

倭头领鼓气众匪首
叶家宅青睐潘三少

两个劫狱的人眼睁睁地在戒备森严的蛇蟠岛上消失得无影无踪，"亡三代"气急败坏地从山上下来，一路骂骂咧咧回到大厅依然怒气未消。他一脚踏在椅上，一手叉腰，一手指着众人暴跳如雷。

"我养了一群废物，铁打的牢笼居然关不住一个半死的老头。全岛的人手包围了他们，李正东居然能从水牢消失。你们难道都不知道我为什么只关不杀？沙柳是蛇蟠岛看中的一块大肥肉，又是海游的西北要塞，对我们今后的扩展至关重要。这老头是沙柳渔行喝得动的人物，我让他生不如死是要磨他的性子，让他为我所用，成为蛇蟠岛在沙柳的一条不用喂养的忠实看家狗。现在倒好，你们成事不足败事有余，马马虎虎的让一只煮熟的鸭子飞走了。最重要的是把我的千年大计全打乱！一群脓包，全是窝囊废！"

"蛇蟠岛那么多两脚狗都看守不住一个半死老头，今后如何称霸一方？如何面南发号施令？"

"你们都是一群只会嚎不会咬的断脊狗！""亡三代"越骂越来气，就差一个大巴掌打在三个人的脸上。

"亡三代"使完性子，气还没有出够。他给自己倒了一大碗酒，一把端起，一口喝下，然后举起右手一下把碗摔得粉碎，吓得在场的人一大跳，不知他还会爆出什么令人吃惊的事。三个首领被骂得像泄了气的皮球，瘫坐在椅上一动也不敢动。

"啪啪啪。"突然一阵掌声响起。倭寇中的带队头领龟森墨代立起身来，他举起双手向下频频按动，示意大家不要害怕。他说："安静安静。黄岛主办事果然雷厉风行，事事向前。考虑大局周到细致，有才能有决断。岛主办事既能顾全大局，又会利用人心，把全盘计划统筹考虑，而且年轻又有胆识，此真大将之为，帅才一个，前途无量。你们的黄岛主果然是个不可多得的人才。我们东瀛十分看好蛇蟠岛，看重黄岛主。"龟森是浙东沿海倭寇的总头目，一个矮小微胖的半老倭人。他头上包着一块白布巾，额头发亮，双目似睁未睁。他脸色黑紫，两颊赘肉横生，两段浓黑倒挂的断眉，一小撮仁丹黑胡子下的臭口吐出阴阳怪气的议论为"亡三代"鼓气。

"今天初造宝岛，虽然出了点纰漏，逃走一个死囚，没事的，没事。你们中国人有句俗话叫'来日方长'。我们相信，浙东有黄岛主这样的人才在，今后的合作一定会前途无量，收获大大的，大大的。"这个倭寇把"亡三代"吹得云里雾里，捧得他心花顿开，刚才的怒火被这个倭寇的一盆冰凉海水浇得连火星点子都没了，棺材板脸上露出一抹僵硬的笑意。

"龟森君过奖，过奖。""亡三代"抱拳作揖，心里在想，强大的倭寇都这样看重自己，称王称霸只是早迟而已。

"汪、许、厉三位首领，你们把蛇蟠岛守得好好的，这里我们会常来常往，喜欢喜欢的，大大的哟西——"龟森墨代鼓励三个匪首，他特意把最后的两个字拉得长长的。

三个海盗一听倭寇头目也在夸他们，心里一激灵，齐齐起立，异口同声说："承蒙龟森太君抬爱，我们一定会把蛇蟠岛守得大大的牢，像山洞里的水牢一样不让外人骚扰，你们可以待在里面，不受风雨之苦，大大的安全安全的有。"三个海盗学着倭寇腔调说。

"你们的说到做到，把蛇蟠岛守得像水牢一样牢不可破，我们在这里安全安全的。你们忠诚帝国大大的好，大大的好。"倭寇又是一番鼓励。

"众兄弟，与我重整杯盘，大家放开了喝，不醉不休。"听了倭寇一番鼓吹打气，"亡三代"来了后劲，原来的烦恼都丢在了蛇蟠洋，好像什么事都没发生过。在座的人好像一下从水牢里释放出来，重新忙碌起来。

第二天早上，"亡三代"马上派人重新包围李记渔行。那里除了一片狼藉，遍地是火烧的木炭，连个老鼠洞也没有发现。

"天天给我死死地盯住，不能有丝毫的放松，只要有一点儿线索，马上报告，立即清剿。决不能让这个老东西死灰复燃。""亡三代"给沙柳爪牙下死令，"李正东不能为我所用，就把他一扫而光，不留后患。"

从此以后，黄家恶奴和蛇蟠岛海盗搅在一起，明目张胆、倒行逆施，不把老百姓放在眼里，沙柳百姓更是雪上加霜，敢怒不敢言。

春水、秋水跳入夏水来接的快艇，他拨转舵把回头，清晨东南风起，快艇扯起三道风帆，箭一样犁开水面飞一样前进，快艇把蛇蟠岛丢在脑后。兄弟三人没有回沙柳，而是驶向一市。

隐士张对叶建兴说，"闹出这么大的动静，沙柳一时不能回去，海盗一定来寻事生非，只有等到风头过去再作打算。众人在一市准备了车马等候"。

天刚鱼肚色，王泰来的快艇到一市，他陪着李正东上岸，暂时在李正东的表弟家休息。

叶建兴问王泰来："春水三兄弟为什么没有一起回来，难道他们还有什么要事不能脱身？"

王泰来把救援的经过详细说了一遍。他说："这次营救，要是没有潘三少侠过关斩将，又奋不顾身断后，李老板的安全脱险就没有这样顺利快捷。"他继续说，"春水、秋水兄弟留下断后，夏水留下接应，不知现在如何，实在让人放心不下。海盗人手众多，双拳难敌四手，何况还有倭寇数人，也不知夏水有没有接应到？但愿他们兄弟三人吉人天相，安全无恙。"

三水没有回家，一干人等好似热锅上的蚂蚁，急得团团转。

"都是我忍不得一时之气，害得这么多人为我涉险。如果他们三人有个三长两短，我一把老骨头罪孽深重。"李正东躺在床上自责。

应该回来的没有到达，一屋子的人无心吃喝。

众人议论纷纷，一个家丁匆匆进厅。

"外面来了三个后生，要见老爷。"家人来报。

"还不快请？"叶建兴起身往外走。他看到大厅外站着的正是春水三兄弟。他三步两步出厅迎接，一手一个拉着春水、秋水，向夏水点头表示问好。

"看见你们三个安全回来，救援这事大功告成，我一颗悬着的心总算落地了。"叶建兴又高兴又感激地说出心里话。

"没有你们三兄弟深入虎穴，勇探龙潭，冒险拒敌，这次营救哪有如此顺当？"叶建兴转身一挥指向中堂，"走，我们里面说话，三位少侠请。"

"这次营救，计划周密，安排恰当，配合得天衣无缝，这都靠我们的张老先生神机妙算，消息传播及时，物资速递到位，码头的巧妙脱险全仗紫云'三杰'，我们三兄弟只是配角。"春水十分谦逊，说得中肯又实在。他的话让在座的各位纷纷赞扬："年纪轻轻，谦恭有加，还有如此见识，人中龙凤也。"

　　春水起身说："李老板是不畏强暴的长者，是沙柳人的榜样，他是为抗击'亡三代'受的屈，救他老人家是每一个正直中国人应该做的事。"说毕三兄弟到卧室看望李正东，祝愿他早日康复，重新带领大家一起反击恶势力，直到胜利。

　　隐士张对叶建兴说："一市不是久长之计，更不可久留。沙柳更加去不得，养病还是远离海边为宜，既清净又安全。"

　　"我也在考虑这个问题。如果岳父愿意，全家人都到桃柳溪。我那里屋宇宽敞，都是按照岳父您的设计建造的。沙柳有的，泳溪也有，生活习惯也没有多少不同。'亡三代'的手再长，也伸不到桃柳溪，老人家可以安心调养。"说得李正东夫妇心花大开。

　　第二天一早，众好汉先后告辞回归各自住地。叶建兴择日起行，车队从一市出发经岔路，上松门岭过筋竹庵直下筋竹岭，过泳溪里，上枝树岭到桃柳溪叶府。叶春阳和李氏夫人早早的在大厅等待。家人来报，老爷和太老爷已经到长弯了，李夫人带着三个孩子接到村口。

　　车马一直到大门口，李夫人见父亲气色好转，母亲虽然无恙，但经历了这样一场风暴，担惊受怕苍老了许多，眼泪还是溢出。因为大难脱险，应该庆贺高兴才是，李夫人硬生生地把泪水逼回眼眶，不让它流下。

　　春阳和两个弟弟拉着外公的手祝贺，又走到外婆跟前请安。

　　沙柳抗霸后，叶、李两家暂时生活在桃柳溪，给叶家注入了活力，也给叶春阳带来了喜气。

　　春水回到一市，他和兄弟商量把原来走沿海水路商道做了调整。货船从以前全水路改为先水路再走陆路，海盗是躲过了，因为人工费用的增加利润也大幅减少。他想这应该只是暂时的现象，倭寇海盗不会任他们横行无忌的，剿灭害人虫是迟早的事。生意上的事他让两个哥哥管着，他要回家看望他为之舍命的人。

　　叶建兴记得春阳说过，潘春水是小红的表兄，这样仗义勇为的年轻人让他从心底里佩服。虽说大恩不言谢，但是连个感激话还都没有说出口，他觉得自己太薄情寡义了。叶建兴来到佛堂把这事与夫人商量，夫人说："阿弥陀佛，为了救老父，暂不说我们耽误了人家多少生意工夫，他们是把命拿在手上救人的。老爷这事不能延误，你得赶紧去和老爹商量，还不能轻谢。"

李正东原无大损，只是气虚力亏，经过几天精心调养，已经恢复得差不多了。

他见女婿过来就问："潘家三兄弟，特别是那个潘春水，好像我还没有谢过他呀。建兴，我们商议一下，这救命之恩是一定要报答的，我们可不是薄情寡义之辈。"

"岳父，您和我想到一起去了。叶、李两家，素以仁义待人，知恩必报。潘家兄弟抛工舍日，勇闯匪窟，涉险救人，我都不知该怎么答谢他们才好呢。特别是潘少侠，他仗义勇为，事事当先，以一人之力独拒匪众，这是把命吊在腰里的险事，正想和您好好的商量一番。"叶建兴笑着和岳父说自己所想。

翁婿俩想到一块，说的一样。两人都称赞潘春水的侠士风范。

"这次营救，潘家三兄弟已经提前行动，不是春水事先潜入摸清水牢位置，不是三兄弟奋力担当，在山岗抵抗海盗，我是出不了蛇蟠岛的。我这里有一包银子，你替我向他们表示一点感恩之心。"李正东要叶建兴去答谢救命之恩。

翁婿俩正在商议如何答谢的事，小红在门口通报："老爷，潘家三公子求见。"正是说曹操，曹操就到，叶建兴很兴奋。

"快快有请。"叶建兴吩咐小红。

"潘公子，我家老爷有请。"小红退出客厅。

潘春水知道李正东年老体衰，又有内伤，他亲自进山去找了几味草药炼制成丸。他在想，和"亡三代"这样的恶魔斗，还要把他消灭，光靠兄弟几人，或者像李正东那样单打独斗不但不会成功，弄不好还会搭上老命。要和"亡三代"这样的恶霸海盗斗，只有当地老百姓自愿组织起来，把一捆散麻拧成一根粗绳，才能绞杀海盗恶霸。组织老百姓要有领头人，李正东正是最好的人选。他武功深厚，既有财力，又有号召力，而且饱尝海盗之苦，深知此理。他希望他早日康复，早日把这团散麻拧结实了去对付蛇蟠岛海盗。

叶建兴把潘春水迎进门。潘春水进内把两人当作长辈，施以晚辈礼相见。叶建兴赶紧把春水拦住说："千万不可，你是我岳父的救命恩人，应该我们谢你才是。少侠一旁请坐。"

李正东还是内虚，他声音不大地说："潘少侠，老汉身陷囹圄，没有你们舍身相救，这条老命如何还有今天？你的救命大恩我们李家永远铭记在心，这区区纹银请你收下，稍稍补贴你生意场上的损失，万勿推却。"家人把一大盘银子送到春水手上。

潘春水接过银两，他单刀直入说："前辈，海盗倭寇内外勾结，横行乡里，像您这样正直厚道的商人都不放过，一般的老百姓哪有平安日子过？如果任凭'亡三代'勾结倭寇为非作歹，沙柳乃至沿海一带百姓还能活得下去？您渔行被毁，人受牢狱之灾，在沙柳不只您李氏一家吧？就连我这个过路人在沙柳也被他们纠缠，在象山外海还被夺去一船货物。现在摆在我们面前只有两条路可走：一条是像以前那样，各人自扫门前雪，那就无力抵御强暴，沙柳百姓永远都是歹徒案板上的牛羊，任他宰割；另一条路是众人捏成一个铁团，奋起反击，不让强盗得逞。"

李正东说："潘少侠所言不差，强盗恶霸专捏软柿子，如果老百姓抱成一个铁疙瘩，就能砸死强盗。可是谁来组织百姓，谁来领导百姓，又让谁来训练百姓？"他摊开两手表示心有余力不足。

"前辈所虑极是，我倒有现成人选和方法，只要前辈有心，这事就有希望。"潘春水胸有成竹。

"少侠不妨说来听听。"李正东、叶建兴异口同声。

"把自愿参加的老百姓组织成民团，就可以把敌人拒之门外，再看准时机一口一口地吃了他们。但组民团必须要有一个德高望重的长者出面才能一呼百应。沙柳地方，能让人信服的就是您李正东老前辈。您为人正直，经商讲究信誉，买卖公平，无论沙柳百姓还是行商小贩，有口皆碑。只要您去举义旗，应者无分老幼，都会齐聚在您的大旗下。人多团结力量大，沙柳还会和以前那样任人践踏吗？"

春水边说边看两人反应。李正东、叶建兴想插话，他们动了动下巴但是都没有开口。看得出这事关系重大，还有许多事需要商议。但是两人都被潘春水的话打动心坎，他们还要细听下文。

"有了组织，要使散沙抱成一个有力的铁团，还要有教练，这个角色由我们三兄弟来承担。开始是暗中组织训练，待到有了实力，一把扫平'亡三代'

的爪牙，再把沙柳民团的大旗举起。这个组团和训练过程大概需要半年的磨合时间。"潘春水说出自己的计划，解了两个难题。他没有等待两人问话，开始了另一个话题。

"民团组织起来，马上需要一大笔资金，这也有两条路可走：一是民团经营捕捞和买卖，二是商家捐款。刚才老前辈赠我那么多银两，我是却之不恭，受之有愧。今天，我就把它捐献给沙柳民团，作为沙柳民团暂时的启动资金。"春水起身，把一盘银子送到李正东手上，"请沙柳民团收下我的一份心意。"

春水把银子送回，李正东和叶建兴心里疑难全部解脱。

叶建兴接过话头："潘少侠不但武艺高超，眼光远大，而且智慧出众，为百姓的事不计个人得失，令我等汗颜。难得，实在难得！"

李正东就是因为咽不下这口气，才遭遇不测，如今有一条大道展现在前，正合心意，他立起身来说："少侠一片丹心，可鉴日月。你是我的恩人，也是我沙柳百姓的救星。恶霸海盗掳我财物，害我同胞，此仇不报，枉为人子。如今由你引路，由你训练，更由你资助，虽然明知山有虎，也要山上行。重振沙柳，驱除倭寇，消灭恶霸，虽九死一生，我也要一马当先。"听了潘春水的话，他所担忧的难题都有了着落，李正东虽然还在病中，毅然地挑起了这副担子。

"建兴，既然目标明确，难题都有了着落，自然越快越好。我们明天起身，先到一市，把沙柳商会的人先联络起来，让他们暗中发动，秘密组织，然后请潘少侠兄弟教习武功。早日把这群豺狼赶到东海喂鳖。"李正东看到希望，既然东风已经鼓起风帆，时不我待，他立马付诸行动，把正船舵看正航向立马启航。

"老前辈，这是我这几天刚从山里挖的草药制作的药丸，专治体虚和内伤，您以热黄酒为引，一日一丸，连服七日，即可复原如昔。"春水把一包伤补药交给李正东，"前辈，抗霸除匪，是我们大家的事，愿您早日康复，祝您马到成功。"天色不早，叶建兴把春水留在叶宅。

第二天一早，叶建兴向岳父请安，他说："潘春水要回一市，问他还有要交代的事情没有。"正说着春阳的丫鬟小红进来。

"老爷，听说我春水表哥来了，小姐也想见见这位潘少侠，只是小姐怕老爷不答应呢。"小红像一只小鸟，叽叽喳喳的一阵鸣叫。

"什么？你说什么？"叶建兴明知故问，他眼睛看着岳父，他也想听听老人家的意见。

"好呀，这样少年有为的人，桃姑是要见见的。潘少侠，你可不能拒绝哦。"李正东耳亮嘴响地说，他似乎比女婿看得更清，放得也开。

"小丫头，怕是你想留表兄吧？好啦，你和小姐一起带潘少侠玩几天吧，可不能不懂规矩啊！"叶建兴见老岳父一口推荐，心里浮起一丝希望，他很快答应了小红的请求。"潘少侠，不知可否在桃柳溪玩上几天，让小女也见识一下社会世故，知道做人的艰难。"叶建兴想把客人留下，却把留客的原因说得很客观。

真是天外飞来喜讯，潘春水有点手足无措，犹豫不决。这个刚刚口若悬河的少侠，这下有点张口结舌了。他不知是答应留下还是马上离开去会合两个哥哥。

"潘公子，我家小姐听说你在学堂外边听听，就把一部《诗经》倒背如流，小姐想和你切磋交流呢，不知潘公子能否赏光？"小红一看春水为难，赶忙出来圆场补缺。

"啊，没想到潘少侠文武双全，世间少有。"小红一说李正东又在夸奖，"我外孙女自幼聪明过人，与你切磋，那是天作之合，天作之合。哈哈哈。"李正东这是不做媒的媒人，几乎在拉郎配。

"有潘少侠指导，不但小女有幸，以后她的两个弟弟也有榜样了。潘少侠，以后桃柳溪的叶宅就是你的家。你可不要推辞哦。"叶建兴正担忧自己两个儿子的学业无成，一听潘春水在墙外听听就能把一部《诗经》背出来，真是文武双全哪！他高兴地一再邀请潘春水要常来桃柳溪，把叶宅当作自己的家。

"两位前辈，潘春水出身贫苦，有一点能耐都是家父、家兄的榜样和师父师兄的教诲。既然两位前辈这样抬爱，那我恭敬不如从命。"潘春水没有想到事情会有这样的戏剧性变化。

小红在一旁添油加醋说："表哥，老爷和太爷如此恳请，你一定要接受的。我家小姐说过，一个人最重要的不是有多少财富，有多大势力，而是他心里把老百姓摆在什么位置。像你这样为了乡亲都能吃饱穿暖，把他们带出去一起发财；为了救一个和你毫不相干的老人，你不惧龙潭虎穴，冒险出手，这才是人中龙凤，强手中的高手。小姐说她要带着两个小少爷好好向你学习，有你这样高风亮节的榜样，两个小少爷也会向你看齐，也一定会让老爷和夫人高兴。"

小红的话正好补充了别人没有说出的妙处，特别是"带着两个小少爷好好向你学习"这话最让叶建兴中听。他说："潘少侠，你表妹说得在理，以后你回老家一定要常来桃柳溪走动，把叶宅当成自己的家，弟弟妹妹也可以向你学习讨教。"

冒险探龙潭，机智退海盗，潘春水没有想到桃柳溪会成为可以大大方方常来常往的地方，太出他的意料。本来他们两人中间像是隔着一条鸿沟，一垛高墙。为了相见两人需要借助外力跨越许多障碍。他们的每次相会只能躲躲闪闪，避人眼目。没想到救援李正东的这场灾祸使这垛高墙自动坍塌，正好填平这条拒人千里之外的隔离鸿沟。现在他不但可以堂堂正正地进出叶家，还被叶家尊为嘉宾。

这一天是潘春水早就盼望的日子，没有想到的好事竟然这样快就来到了。

潘春水心里清楚，道路虽然开通，禁忌依旧存在。离他们两人心归一处的美妙组合目标还有很远的路；前面还会有无数的意外埋伏在暗处；他们还是要小心谨慎，一步一个脚印，循规蹈矩地走完全程。他不会跨出落人口舌的哪怕只有很小的一步。

他和叶春阳的恋情又会怎样发展呢？

欲知后事如何，请听下回分解。

第二十四回

七弦琴高山传佳音
兰花亭二春论书艺

　　小红是个有心人，她目睹潘公子的人品和为人，打心眼里敬重钦佩这位出身低微却志向高远的男子汉。小姐虽然没有明言要以身相许，但是小姐的一举一动、一言一语早已经让她明白其内心的真情实意，只是现在老爷心里是怎么想的她小红心里没底。平日里无缘无故的她一个下人不敢造次，如今沙柳外公脱险，他们也来到桃柳溪，一家人一个劲儿地夸赞潘公子舍身忘己，只身潜入蛇蟠岛，又联络紫云"三杰"，从龙潭虎穴把水牢中的病人救出险境，她要趁着这次好机会，去摸摸老爷的底牌。小红一脚踏入厅堂，看见老爷翁婿和潘公子都在，心里暗喜道："择日不如撞日，三头六眼，当事人一个不缺，这真是最好的摸底机会，千万不能错过了。"好一个小丫头，灵机一动，大胆地踏进厅堂就朝着春水口呼表哥。这一声亲切称呼，把八竿子打不着的潘春水一下子变成自家人。自作聪明的她以英雄的表亲身份替小姐来试探老爷对潘春水的态度。叶建兴一听是女儿要讨教学问，就当着小红面对潘春水说："少侠，你原来是小红的表兄，这就是自己人嘛。既然小女有请，你就劳驾去走一趟吧。再说这么多天的惊心动魄，一路劳累，如今大事终于圆满成功。现在我岳父已平安到家休养，你也一定要放松几日好好玩几天。年轻人聚在一起大家讲个话，聊个天，休息休息宽宽心，有时间还可以和小女切磋学问，说不定还有个功名在等你这位年轻人呢！"叶建兴看中了春水为人，开始放手，他心里希望这个潘老三可以成为叶家一根可靠的支柱。

　　叶建兴如是说，小红知道大事告成，她轻轻扯了下春水衣袖，"表兄，老爷叫你去，走吧，我带路。"

"噢。"呆若木鸡的潘春水突然醒悟，想起小红曾经叫他春水哥哥，叶建兴说自己是小红的表兄，原来都是小红在暗中捣的鬼。这丫头真是个"机灵虫"，聪明不用人教，巧妙又适时地见缝插针，把两个毫无瓜葛又不着边际的人用一句"表兄"就牵在一起又毫无破绽，真像细木老司合榫头，顺顺当当，弥弥服服，分毫不差，合情合理。春水想既然这样，自己也只能像木匠师傅那样，逢错作错走了，不然她的一番好意泡汤不说还要坏事。他转过身对小红说："表妹，你带路，我们一同去拜会你家小姐，请她多多指教。"

两人走出中堂，潘春水在小红耳边说了句只有她一人能听懂的话："人小鬼大。"用手拁了一把她的后衣襟轻轻地说："还真要感谢你。"小红笑而不语，只顾往前走。

走到后院外面，小红对春水说："潘公子，今天你好好休息一天，我家小姐说她明天一早上山，她会在千步岭兰亭等候你，请你一定准时前往，到时候你们在高山之顶，蓝天之下畅畅快快地聊一天，玩一日。"春水一听，这样安排正合心意，这么多天的劳累，原本就想好好睡个痛快。和小红分手他回到自己客间休息。

桃柳溪在一个大峡谷里，从苍山顶下来的溪水到这里已经耐下性子在和缓平坦的溪床中潺潺流淌，千步岭就在桃柳溪的拐角处，溪岸两侧是附近的最高峰，高峻陡峭，直插云霄。站在兰亭向后可以一览无余地仰望桃柳溪上游，高山来水像无数的小白龙从大大小小的坑沟直扑而下；向前可以俯察泳溪的下游，溪水环山而出，高低颠簸，直冲下游。

这条千步岭山路缠绕，鸟语声声，山道两侧，尤多兰花。越往山顶，幽香袭人，一路美景，伴随而行，让游人醉翻在花间。

所以千步岭又称兰花岭。山上一年四季兰香弥漫，花艳叶秀，花品繁多。春兰、建兰、墨兰、寒兰四季可见。虽然近在村边，叶春阳几次想登高赏兰，因为无知己伴行都没有去成。这几天她的心上人在这里，如果和他一起上山观兰花赏美景，一定是人生一大快事。虽然他们天天见面，却像隔着一道透明的屏障。不要说两人拉家常说情话，就是正眼也没有对视过。她从小熟读圣贤书，知道女儿家规矩："非礼勿视，非礼勿听，非礼勿言，非礼勿动。"一个待字闺中的小姐，即便是心中的爱人，在没有父母之命前，这道粉墙儿高似青天。今天是个好日子，外公把春水视为救命恩人，父亲已经把春水当作自家人，两人对春水打心眼里的喜欢。她终于看到了希望的风帆，而且是顺风顺水向着她的小码头驶来。

她知道小红前去探口风，只要父亲松口，以后再也不用躲躲闪闪。他们可以互诉衷情，可以切磋学问，光明正大地行走在一起。是的，她已经很长时间没有过问他读书的进程了，也不知道他字写得长进了多少。蛇蟠岛救人消耗了他的体力，不知现在可康健？

小红去中堂回来说，两位长辈不但没有反对，还一味要春水少侠把叶宅当自己的家一样。老人一句话，这道高墙一下拆了，她没有想到好事情竟有这么顺当。从此以后他们彼此可以吐露心声，可以随时切磋学问，她太兴奋了。

第二天，春阳起得很早，她对着妆镜精心梳洗。本来嘛，情人眼里出西施，可是今天的西施更要与往日不同，她要让她的三郎为她沉醉，为她倾倒。

挽起高高的云鬟，梳顺细黑柔亮的青丝，前插一支悬珠凤钗，一步一晃，后缀一枚玉簪，压住黑云。她淡描蛾眉，略施粉黛，一层浅浅的红晕从白皙的水灵灵的如凝脂白玉一般的肌肤中透出。她把对他的思念全装在那一颦一笑之中。她上下一身紧袖淡红衣裙，被周围的青山绿叶衬着，分明是百花仙子降临凡间。她袅袅婷婷在前面行走，小红在后提着物件，主仆二人在晨光中向千步岭走去。

千步岭从溪岸起步，左曲右弯像一道天梯直通天公。山道两侧，时有兰花从山石间草丛中探头而出，把清爽的幽香送给行人，让你在芬芳中徐徐升顶，一身的疲劳被这兰香化解。山岗之上还有一块高地，筑有一座凉亭，八角翘檐直指天空，碧瓦红柱在这空旷之巅分外耀眼。凉亭四周兰花遍地，这个时节正是建兰怒放，寒兰初孕之季。建兰又名四季兰、秋蕙、雄兰，花香浓郁，色泽多变，随处可见。还有万代兰、斑舌兰、石斛兰、飞燕兰、堇花兰、莲瓣兰、猫眼石兰、仙人指甲兰等，多得数不胜数。兰花随处生长，兰香飘逸山间。在兰亭东北隅一株寒兰和建兰争艳。她的叶面比春兰油亮，蜡质感强；她的枝条比蕙兰更显糯润，更比建兰俊挺潇洒，是兰中少见的绝品，识者誉为国美之兰。因为此山四季有兰，此亭即以兰命名，曰"兰亭"。

正是清晨时节，一层山岚轻浮其间，眼前好似瑶池中的仙境。春阳正襟危坐兰亭，怀抱七弦素琴，云里雾里的她宛若九天仙女。她面朝东南，和煦的晨光从低角度平照在她的上半身，浑身上下又红又亮，她成了一个飘飘欲飞的仙人儿。

小红把七弦琴安放在兰亭的琴架上匆匆下山而去。叶春阳用她那如茅芽的纤纤细指，在琴弦上轻弄慢挑，佩环般的清音升腾在山岗。随即一首古诗从歌喉飞出，似百灵和鸣，如幽泉叮咚。歌声轻柔，却传得很远很广。

> 瞻彼淇奥，绿竹猗猗。有匪君子，如切如磋，如琢如磨。瑟兮僴兮，赫兮咺兮。有匪君子，终不可谖兮。
> 瞻彼淇奥，绿竹青青。有匪君子，充耳琇莹，会弁如星。瑟兮僴兮，赫兮咺兮。有匪君子，终不可谖兮。
> 瞻彼淇奥，绿竹如箦。有匪君子，如金如锡，如圭如璧。宽兮绰兮，猗重较兮。善戏谑兮，不为虐兮。

琴声伴着歌声，在山间飘荡，又随着山岚下沉，在山腰嘤嘤出声。这袅袅之音，传入心有灵犀之人的耳间，就是黄钟大吕之声，振聋发聩之闻，一下就印入心田。

春水上山，一路兰香入胸，心旷神怡。在半山腰听到高山之上飘来的仙乐之音，如此轻柔，如此悦耳。这空旷之地，少有人在，除了她，还有谁能把卫风里的《淇奥》唱得如同天籁一般，脆生生的如玉佩互击，柔绵绵的如深山暗泉不断。

他听出了歌声里的情深意切，感觉到了她的温情热忱，她把心都展现在这起伏缠绵的旋律里；她钟情他的侠肝义胆，更钟情他的勤奋自勉，对他的不离不弃。越往上走，这甜甜的歌声越让人如痴如醉。春水提一口真气，飞一般跃上山顶。

云在飞雾在飘，兰花丛中仙子展歌喉。他不忍打断她的美声，不忍打扰她所沉醉的意境。他放慢了脚步，轻轻地站在她的身后，静静地聆听着天籁之声。

这靡靡之音，渐渐地消失在旷野的兰香里。

他情不自禁地从《硕人》中和唱了几句：

手如柔荑，肤如凝脂。领如蝤蛴，齿如瓠犀，螓首蛾眉，巧笑倩兮，美目盼兮。

春水的歌喉，满含着男子汉对自己心上人的赞美和眷恋。

"潘郎，我终于等到了梦里所盼的这一刻，我终于登上了兰亭。"叶春阳缓缓转身，徐徐起立。她没有吃惊，一地的兰香从身旁飘起，云雾在脚下流动，两人一步一步地走近，突然相视一呆，倏地幡然醒悟。他张开双臂，她一下扑入曾经在梦里熟悉的他的热情怀抱。春水捏着一朵粉红的蕙兰，一点一点插入她的鬓角。他扶住她的小脸，端详这个早就熟悉的脸庞，两颗炽热的心怦怦地跳在一起。

他从来没有这样细细地品赏过她的风采，更没有在光天化日之下，这样明目张胆地瞧着她。他想，这世界只有他们两个，那该是多么的美好，多么的自在。他抵不住心头的冲动，低下头去把她热吻，久久不止。

他们手牵着手，肩并着肩，一步一步在云里行走。云雾退尽，和煦的晨光把远山近岭涂上一层金辉。山下鸡鸣犬吠，低矮的屋脊炊烟袅袅。他们回到生活的现实之中，两人在亭中坐定。

春阳看着春水，眼前的他已经不是在廿八市中见到的那个凭着本能跳水救人的毛头小伙子，也不是把翡翠镯子戴在她手上的英俊后生。他的所有行为已经从下意识变为自觉，不仅成熟，而且老练。这无意之中的变化在这么短的时间里从何而来，她想知道。

"水哥哥，人是会变的，包括你和我。怎么变过来，自己也不一定明白。往往在不经意间，想的和做的都会有很大的不同，我是深有感触的。不知是不是每个人都有一样的感悟？"春阳的声音发自心底，很轻很微妙，是自语也是探询，只有灵犀相通的人才能感知。

"阳妹妹，当年跟师父、师兄在一起的时候，师父怎么说，我就怎么做，做好了师父、师兄满意，我自己也会满足。自从遇到了你，一切都不是原来的样子。就拿读书认字来说，我对'学而不思则罔，思而不学则殆''温故而知新，可以为师矣'这两句话最有体会。以前有师父、师兄在身边督促，他们会及时提醒；现在我的老师不在跟前，只能靠不断地思索不断地反复温习才把四书五经通读了一遍，感觉收获匪浅。但是还只明白一点粗浅道理。说到经商，单单为了填饱肚子大可不必没日没夜。如果为了金山银山，一定会唯利是图；想一锄头掏满瓮，只能适得其反。我们兄弟经商，只想让带出去的同伴都有饱饭吃，都能过上衣食无忧的日子。我们宁肯自己多劳累，多走地方，也要把最地道的货进来，这些紧俏货和人家大路货卖一样的价，甚至略低于市价卖出去，看起来一件东西的收入比人家少了，可是一样的东西我们物美价廉，销量很大。因为周转期短，虽然薄利，但是积少成多，挣得还是比人家多。这是'喻于义'和'喻于利'的较量。我突然顿悟：为别人，其实也是为自己。大家好了自己一定也好，是吧。虽然前段时间有所损失，还是把既定的目标提前实现了。"春水侃侃而谈，又是实话实说，春阳频频点头。这是高山流水遇到了知音，两支细流合在了一起，奏响了一支最和谐最美妙的曲子。

"你冒险潜入蛇蟠岛，以一人之力，力战群魔，堵住海盗追杀，你知道这有多危险？那几天有人每天心惊肉跳的睡不着觉，你耳朵不痒，喷嚏也不打？"春阳嗔怪他。她是看在眼里，爱在心底。

"以前在滴水洞，'饭疏食，饮水，曲肱而枕之，乐亦在其中矣。不义而富且贵，于我如浮云。'可是回到老家，有老有小，一人饱，全家不饿的日子没了。于是君子开始爱财，但一直把'取之有道'放在前面。可是有人不想让我们吃饱着暖。不说别人，我有一担鱼货在沙柳阻于霸道，差一点儿血本无归；一船货物在大自洋失于倭寇，险些连命搭上。这是蛇蝎之为，荼毒天下者必然众叛亲离。圣人说'得道者多助，失道者寡助。寡助之至，亲戚畔之；多助之至，天下顺之。以天下之所顺，攻亲戚之所畔，故君子有不战，战必胜矣。'这就是我鼓动李老板的底气。这些海盗，为非作歹，气数已尽，他们的尽头就在前面。而我们拥有战必胜的天时、地利、人和三大件呀。"春水深情地看了她一眼又说，"我是人在天涯行，心在桃柳溪。我背着一个大包袱，由不得自己，再说你外公的事，我能不上心吗？耳朵再痒也只有搓一把算事。现在你身边，想咬嘴巴开大点，咬一口算一口，咬得不过瘾，可以再抽几下，千万别把怨气藏着掖着，那是要生病的。来，动手还是动口？"说着春水把手臂伸到春阳嘴边。

"你坏，你坏，你真坏。你知道我说说而已，还来逗我。"春阳捉住他的手，在臂弯的腱子上狠狠地亲了一口。她嘴上如是说，心里直赞这个没有上过一天学的潘老三，居然能把圣人的话视为金科玉律，自觉践行。有朝一日，让他治理一方，必定是位造福地方百姓的父母官。她心里暖洋洋的，把上身全依偎在他怀里，一动不动，像一只小猫由着春水慢慢地梳理毛羽，随意拨弄玩耍。

"山上风大，小姐怕冷，我给你送披风来了。"小红看见小姐被潘公子搂在怀里，递上披风，侧身站在一旁偷偷地笑，"小姐，你要的东西都带来了。"

"小姐，这是一对食盒，老爷听说你们上千步岭游山玩水，一时不会下山，特意吩咐厨房做的。都吃中饭时节了，趁热吃了再说吧。"

小红从食盒里摆出四个冷盘，四个热炒，给二人各斟了一盅自酿红曲酒。

潘氏兄弟在石浦、一市开的三水商行生意做得红红火火，而且价廉物美，这都是春水和大哥秋水走遍下三府，跑遍上八府，把各地最地道又是最便宜的正宗地产收购进的货。兄弟俩人一心扑在生意上，一日三餐只要吃饱，从不挑剔咸淡肥瘦。两兄弟以苦为乐，别人问他们，生意做得这么兴，又不是少钱花，在外那么辛苦，可不要怠慢了自己。春水说："过去天天是吃了早餐不知中餐在哪里，现在餐餐不愁吃，天天换新鲜，日子过得神仙样，已经太满足了。"摆在前面这么丰盛精致的一桌菜肴，他还是第一次见，就细细地观赏着。

红红的醉虾、香颜的卤肉、酒制的熏鱼、白斩的鸡块拼成四个冷盘。四冷色泽鲜亮，看一眼五彩缤纷，闻一下食欲顿起；酱焖海参、老鸭笋煲、清蒸鲥鱼、爆炒三菇四道热菜，热气腾腾，香味扑鼻，光是看着就把食虫勾起。

春水对春阳说："你爸想得周到。爬了山，唱了歌，肚里打小鼓，这饭菜来得是时候。"

两只斟满的酒盅，里面泛起一种深沉，一股纯香直透脑门。春阳把一盅端起说："这酒我代外公感谢你不辞危难，独闯龙潭虎穴的救命之恩。少侠，请满饮此杯。"

潘春水看了一眼盅中之物，红中透绿，清澈见底，他把酒盅轻轻一晃，里面出现一条条的酒液像大热天的汗水挂在光溜溜的脊背上，一支支慢慢地往回流。酒液沿着盅身四周，中间微微隆起。他平时不喝酒也没有酒瘾，更没有这样细看杯中酒。听人说这样的酒至少是窖藏了十五年的女儿红。他饮了一小口，双唇被什么黏住了，喝进的分明是水，口中品出的是带酒味的甘露，那黏黏的液体特香特醇，滑入咽喉流入肚子，一种四通八达的快感立即传导到身体的所有血脉，上达头顶，下至脚心，畅快淋漓。

春阳请酒，他痴痴一笑，不愧为大户人家的小姐。他说："路见不平拔刀相助，这是我行走江湖的分内之事，何况他是你的外公，我不上前谁上前？叶小姐，你请。"

两人举盅，一饮而尽。

小红斟满第二盅酒。

"这盅酒我替父母亲感谢你，他们与你没有交往，你却能为他们出谋划策办成一件大事，替我尽了他们一片孝心。三公子，请满饮这酒。"叶春阳举盅齐眉。

"能为乡人办事，这是我的荣幸。何况我是小红的'表哥'，又是为'表妹'主人的父亲尽力，我一定奋力向前，是吧！"春水向她一瞥，举起酒和叶小姐同饮。春水两眼转向狡黠的小红，默默地微笑。

"这第三杯酒，是我叶春阳敬你这个行侠仗义，无师自通的好汉，切莫辜负了大好春光，朝着心中的目标勇往直前，那里有人在等你同行。我的三郎，你请。"

"生当为人杰，死当为鬼雄，见义勇为是男儿的本色。小姐的一片芳心，我潘春水铭记不忘。"

两人举酒，再饮而尽。

春水平时不喝酒，更没有逢餐必饮习惯，三大盅红酒已经上脸，一股酒味散发在兰亭。春阳更是白里透红，像一颗含苞欲放的花蕾，瑰丽香艳，令他爱不释手。

春水对小红说："我们既然是'表兄妹'，你也不用那么拘谨，一起吃饭吧。接下来我们都听你的安排。"

"小红，听潘公子的没错。"春阳出自真心，她也从来不在下人面前摆谱，对小红就像姐妹。

三人饭后，小红收拾桌子，摆上春阳让她带来的东西。这是春水交的作业，装订成册的大习字本。

这是每天夜里赶写的书法作业本，不管白天多累，他每晚写字从不缺勤，积少成多又订成一册。春阳看到封面题词："潘春水习字本"六个柳体字。不知是跟哪位学的法帖。

春阳临过欧颜柳赵四体，对这四种书法颇有研究。初学者多以颜体为本，颜真卿楷书结构方正紧凑，笔画横轻竖重，笔力雄健厚实，字体庄重大气，初学者容易跟帖。柳体书法潇洒清瘦，中间笔画穿插紧凑，四周开阔处宽绰潇洒，笔力遒劲，起笔回收棱角分明，短撇如匕，长竖如剑。柳体出自颜体，但均匀硬瘦。后人把他们俩的书法特点归纳为四字："颜筋柳骨。"初学用笔规律不好把握，一般都在颜体基础上再学柳体。

她看着封面上的六个字，这个学写那么短时间的学生，已经把柳体字的用笔规律掌握到令人吃惊的程度，实在匪夷所思。

"潘"字的三点水，高点圆润中点方，三点如石击水往上挑，互相呼应略成弧形；采字首撇逆锋起，势如利刃见锋芒；撇下二点低起高回相呼应；长横逆锋再铺毫右行，笔力按提有度，缓去急回，协调平稳，收锋处如刀切；垂竖露圆却润，左撇尖细右捺长润；下面田字，起转方陵，左收右放，整字稳重紧凑。

"春"字三横笔笔斜势方头，却有差异，长撇短捺舒展宽绰，底下之"日"，紧凑稳健，以小顶大危而不倒。

"水"字虽然笔画单纯但初学者很难把握。据传"书圣"王羲之的字就是从学写"永"字开始的。这个"水"字，中竖勾像重锤悬空，如壁立旷野，两侧撇捺如匕首，又似钢刀利刃墨断而势连，却能左右呼应连成一气。

运笔有序，落墨稳健，结构内敛，错落有致，这哪里是一个从认字起才一年时间的手写的。能把柳体写得如此有范，又有自己的个性，实属罕见。

春阳把所有的字都翻看一遍说："三郎，你这是跟谁学的字，你知道这是什么体？"

潘春水一听她这么问话，一脸的茫然。他自信学武有点天赋，拿着器械可以使劲，可以虚狂。这写字的笔轻飘飘的好像大手抓一草茎，重了怕捏断它，轻了怕不到位。春阳这样发问，一定是毛病多多。他说："去年路过兰亭，见一位先生在教孩子写字，一半的孩子写笔画横轻竖重，笔力雄健厚实的字，还有一半孩子在写笔画遒劲，棱角分明，撇如匕首，竖如利剑的字。先生见我在那里看了好久，就问我道，后生一定也是爱书之人，能如此一看半天而寸步不离，必定也是书写好手，不知喜欢哪种体？我说喜欢撇如利刃、竖如出剑的那种字。这体方正有度，看上去像侠士习武，刀剑之声呼呼。先生听我说得实在又好学，就把写那种字体的方法要领告诉我说，'这是书法界楷书四大法帖欧、颜、柳、赵中柳公权的柳体'。他还说'柳体虽然出自颜体，但有魏碑斩钉截铁之势，笔画爽直，骨力遒劲，结体严实，与颜真卿体相比则均匀且瘦硬'。人说'书贵瘦硬方通神'，看来古人所说不虚。"春水说毕在一旁恭听"先生"批评。

"依我之见，写字的功力不在什么体，而在于写出的字有神韵、有自己个人风格。你能在行色匆匆之中，把柳体学得这样入神已是少有。春阳我自愧不如。"

"承小姐赞扬鼓励，我会继续努力的。"潘春水谦虚应声。

小红摆出文房四宝加水研磨，春阳说："我们各写一幅，以志难忘一日。"

春水欣然命笔，他略一思索，用柳体写下一行字："鹏之徙于南冥也，水击三千里。"他以大鹏自喻，要高飞翱翔于无边的蓝天之上，去完成自己的人生前程。

春阳一看，十二个字，潇洒倜傥，尽得柳筋铁骨真谛，道出他的心声与愿望，字如其人，一点儿不错。

春水给春阳铺纸研墨，把笔递给她。春阳早把春水当作心中的楷模，她佩服他的人格和真诚，和他在一起，哪怕天翻地覆，也感到自己身后有山靠着顶着，放心又安全。她支持他的选择，她义无反顾地跟着他前行，哪怕有惊涛骇浪，也在所不辞。春阳有感于斯，用兰亭行楷写下十二个字："大学之道，在明明德，在亲民，在止于至善。"春水说："好字。你的王体行书点曳之工，裁成之妙，烟霏露结，状若断而势连；凤翥龙蟠，势如斜而反直；一笔一画如山风出谷，字势雄逸；如渊龙跃天门，一往无前；如虎卧凤阙，立地生威；古人赞美之词，都被你付诸笔端了，也让我领略了书圣行书的精妙所在。"潘春水打心眼里佩服她的书法。

两人正在兰亭品评墨宝，有家人上山来报："小姐，老爷传话，请潘少侠和小姐二位下山议事。"

小红在一旁收拾东西，春阳对小红说："我们先下山，免得老爹等候。我有少侠陪同，你慢慢来吧。"两人牵着手，一路欢声笑语不断。

不知又有何事，需要他俩前往？

欲知后事如何，请听下回分解。

第二十五回

胡鸣鹏懵懂成大礼
贪心贼铁心投匪寇

叶建兴从小红那里得知女儿和潘春水在千步岭上的一天活动，他们切磋学问，交流书法非常和谐，他已经迈出了成功的一步。他要用女儿这根红丝线，牵住这位能保护叶、李两家的少侠心。岳父已经回一市去了，眼前是他泳溪的外甥女要完婚，只能让女儿先去应酬，最好是潘春水一起同行，把影响扩大出去，但不知他们两人想法，把他们叫下来，要先听听他俩的意思。

春水跟春阳一起来到她父亲书房，叶建兴对春阳说："你大姑姑来人说，她已经择日为你表姐鸣鹏完婚，希望娘家有人早点过去出点主意，在一些大事上掌掌舵。我最近事多，你娘身体又不适，所以只有你去比较合适，有潘少侠同行就更好，不知你们俩有何打算？"

以前没有一点音讯，突然听到表姐要结婚的信息很是吃惊，春阳不知表姐婚期就在眼前，去泳溪和表姐说说话，了解一下婚姻大事中的一些繁文缛节未尝不可，但是她的三郎能不能同去，她不好做主了。她说："爹，表姐成婚是大事，你们忙着女儿我应该代劳。表姐婚前一定会有许多事情要仔细斟酌，多个人出出主意一定比一人好，何况表姐没有三兄四弟，也没有姐姐妹妹可以说说私房话，女儿过去虽然帮不了大忙，但是见识一下也是必要的，只是潘公子能不能同行要看他自己那边的安排了。潘公子，您说是吗？"

"叶前辈，我原来也是要来道别的。年关越来越近，象山那边有些事情要去处理，以后沙柳的民团组织好了事情一定更多。我安排好象山那边的年事，如果能赶得上，我一定会去泳溪大姑家凑个热闹。"说到泳溪，潘春水自然想起廿八市在那里发生的一切。没有叶春阳大姑的热心肠，就没有他跳水救人的那一幕，就没有在大姑家烘衣吃糯米粉果的事，就见不到他的春阳，也就不会有后来发生的那么多意外。他和叶春阳恐怕就是擦肩而过的影子，一个闪客路人而已。

"潘少侠说得极是，生意做好了，其他事也顺了。一切以事业为重。泳溪的事您看着办，有时间去凑个热闹捧个场，增进感情也是一件好事。以后有空回家，多来桃柳溪坐坐，我家的两个顽童也要您指教。"叶建兴把大门全打开了。

"叶前辈，叶小姐，潘某那就告辞了。"潘春水一个大揖出门而去。

"春阳，你替我去送送少侠。"叶建兴吩咐女儿。

"是。"春阳跟着春水出门。小红在后面随行。

"三郎，这一去我们何时能再见，切莫让人空等着望穿秋水！"人未出行，先问归期，春阳口刚开，眼眶已红。

"以后的事很难预测，多少事等待我去决断。海盗倭寇互相勾结，儿女情长只能暂放一边。"春水也不知象山宁海那边内情，一切大事都要他去敲定，他何尝愿意匆匆而别。

"你此去天已日凉，风餐露宿，要早睡晚起，切不可为了读书深夜不眠，也不要寒夜研墨冻伤手指。"春阳的心里有太多的话，太多的事让她放心不下。

"书中处处是智慧，书里事事有教诲，没有你的书，没有你教的字，我潘春水至多是一介莽夫，一个掮客。你的关怀我时时记在心头。送君千里终须一别，你多保重。"男子汉毕竟要以事业为重，他明白肩上的担子有多重，他要走的路很远，更不知前面有多少危难和关卡在阻挡他前进。来日方长，眼前的儿女之情只能暂搁一厢。潘春水拱手一揖，转身上马挥鞭而去。

《西厢记》的"长亭送别"在春阳心底升起。

"悲欢聚散一杯酒，南北东西万里程。"

"恨相见得迟，怨归去得疾。柳丝长玉骢难系，恨不情疏林挂住斜晖。马儿迍迍地行，车儿快快地随，却告了相思回避，破题儿又早别离。听得道一声'去也'，松了金钏；遥望见十里长亭，减了玉肌；此恨谁知？"

"望郎眼穿早日回。"春阳早已泪湿衣襟。

"我记住了你的期盼。"马蹄哒哒，旷野寂寂，人已去远，这声音在山间回荡。

"小姐回吧，三公子早走远了。"

"是的，人去远了，他会很快回来的。"叶春阳一边念叨，一边依着小红，她从来没有感到心里会一下空荡荡的，浑身没有一丝力。要不是小红在侧，她真会回不了家。

四围山色中，一鞭残照里。遍人间烦恼填胸臆，量这大小车儿如何载得起？

春阳望着远山，默默地叨念：

"量这大小车儿如何载得起？"

第二天起得很迟，小红进来说："小姐，在家太闷，不如我们今天去泳溪吧。大姑家的喜事只有三天了，到那里可以和表小姐说说话，心情一松，你就舒畅开怀了。"

"小红说得对，我们今天就去表姐家。"告辞父母，主仆俩一乘小轿前往泳溪而去。

潘家三水在蛇蟠岛救李正东的事早已在泳溪传扬，人人都称赞潘家三兄弟行侠仗义，只有一人不舒服，这个人正是叶春阳的表姐胡鸣鹂。

胡鸣鹂想，自己当初嗤之以鼻的穷酸鱼贩，竟然会是个武林高手？听说现在生意做到象山、宁海几个县，泳溪多少人跟着他赚大钱吃好饭，他潘家的财富不比叶家少。如今又被舅舅看中成为叶家的准女婿，太出人意料。她越想越难过，越想越生气，到嘴的肥肉白白落入别人的口。更可气的是她俩还瞒着自己，在元宵节夜故弄玄虚，装什么背诗赠寿桃的把戏，偷偷溜出去私会，还在自己面前假装正经，他们父女俩一直被蒙在鼓里。

"哼，骗我瞒我，把我当三岁孩童自以为得计。可别落在我的手上，这账总有一天要算的！"胡鸣鹂把这事藏在深处，一股酸味充满心头。

婚事就在眼前，这个小妮子也应该来了。她一边骂一边在惦念。

"鸣鹂，你表妹春阳来了，快下来。"她正在烦恼，老娘在楼下传话。

"哦。"鸣鹂在楼上应，心里在说，"白天不念人，晚上不说鬼，我刚在想，她就到了家门。哼，我要等待时机，让她别那么得意。"

"哎哟，几个月不见，我表妹越来越光鲜了。难得你来泳溪陪我解闷。"鸣鹂装出一脸的笑容，刚才的哀怨被她垫到脚底里。

"表姐大喜日临近，我因家事不能早来与表姐相聚，请表姐不要怪罪。"

"楼上请，我们上楼说私房话去。"胡鸣鹂拉着叶春阳就走。

"表妹呀，你可出大名了。"

"我出什么大名？一个整天价待在家里的女孩儿，又有谁知道呢？出大名？

这从何说起。"

"表妹，在我面前你还装！"

"表姐，我真的没有什么可瞒的，你倒给我亮亮耳朵，有什么稀奇的你尽管说，小妹我一字不漏地仔细听表姐的教诲。"

"你是真不知还是不想我表姐知道？"胡鸣鹂假装生气的样子。

"表姐千万别生气，小妹没有事可以瞒表姐你的。"春阳说得很认真。

"那好，既然你不知，表姐我给你点一下，你就不会再说不知道了。"看着春阳莫名其妙的样子鸣鹂说，"泳溪人都在传，桃柳溪叶宅给女儿找了个好女婿，独闯蛇蟠岛，只身救出李老板，还在外县经营几家大买卖。这人就是廿八市下水救人的下溪头潘春水。没错吧，表妹。"胡鸣鹂一口气把事直摊出来，那意思是你瞒得了我能瞒得了千人万眼吗？

"表姐，别人说得有鼻子有眼，好像廿四捣臼已抬经进家门了。其实画廿四捣臼样的哪块岩都没有影子呢。表姐，这大写的'八'字还真没一撇呢。别人要说我能怎么样？总不成我一双手去扪千人万嘴！由他们说去吧。"春阳很坦然地说，"如果真有这档事，那也是我小妹一生的福报。不过姻缘天成，富贵命定，这事由不得自己。表姐你说是也不是。"春阳说得不亢不卑，一副不肯定也不否定的回答，把有和无的悬念回给对方自己去忖度。

"表姐还缺什么，你说一声，我父亲让我带信给你，他去办还来得及。"春阳向表姐转达父亲的口信，并把送嫁的东西由小红拿给她亲自点收。大红绸面百子被、大绿福寿缎面被各一条，鸳鸯双栖大红枕头一对，两合桶鸡子，两雕新妇娘糕共八件。外甥女结婚，外婆家要送的礼品一件不缺。大姑一看喜得合不拢嘴，八件礼品货真价实。见老娘高兴，胡鸣鹂对春阳说："难为你妈，叶家出手大，又都是上品，表姐我喜欢得很。"

天台老百姓有句口头禅："囡落地，娘主意"，胡三森在泳溪街小有名声，独生女又是入赘的，嫁妆早就准备了，只要女婿看中，一切都是现成的。现在把舅舅家送来的百子绸缎被、大红双栖鸳鸯枕往床上一摆，一定羡煞左邻右舍。

鸣鹂婚礼的女方伴娘是舅表妹叶春阳和姨表妹王鸣芳。

婚礼上叶春阳、王鸣芳两人一身翠绿，一左一右搀扶着红缎新娘到中堂。左右绿色烘托一朵红牡丹，光彩照人。三人徐徐前行，众人目光却落在两侧的绿叶伴娘身上。特别是男宾议论最热烈：

"哟，两只天鹅左右飞，那是谁家小娇娘？"

"月里嫦娥下凡尘！"

"右边更比左边妙。"

"蛾眉柳腰樱桃口，碎步频频举止雅，如此曼妙小娇娘，不知花会落谁家？"这边男人赞不绝口。那边半爿天更是议论纷纷。

"她婶子，这伴姑是谁呀？"一位年长的妇人问。

"噢，你说的是她。还记得当年桃柳溪那件稀罕事吗？一个小女孩刚出娘胎就会对人笑，听村里人说还天降祥云，香满溪岸呢。"

"哦，记得记得，就是叶老板的女儿，因为落地娃娃长得像一朵还没有开的桃花蕾，小名就叫桃姑。哎哟，真是王母娘娘身边的仙姑下凡，不然怎么会长得这样标致，这样喜人。"

女人总比男人知道得多。这帮女人一边目不转睛地注视着叶春阳，一边窃窃私语。

"看看，两个伴娘，一样衣衫，一样装扮，粗看一模一样，细看一个凤凰一个雉鸡，天差地别，天差地别！"真是最毒不过妇人口，只要被她们盯上，捧你一定上天，踩你一脚入地。

胡鸣鹂看上胡克仁家境不错，还有一副好皮囊，和她可说是门当户对，这门亲事一说就成。可是她不知这个骨子里是个混混的胡克仁，给她带来的厄运已经在走近这户克勤克俭的本分之家。

仗着家境尚可，胡克仁早早和社会上不三不四的人多有交往。吃喝玩乐，寻花问柳无所不能。就是不干当家励志大事。他愿意倒插门，不是因为胡鸣鹂美色勾人，而是胡三森在泳溪里是个少有的乌庄头，还开着一家店铺。两老百年以后他可以独揽她的家业，自家还有三分之一家产份额。他以为一进鸣鹂家要人有人，要财有财，这团近十里八村的无人可及。他在这家，只要坐享其成，一生的福分都在这里了。

婚宴席上两个伴娘坐在新娘左右，胡克仁那么近距离细细地审视叶春阳，她走有走样，坐有坐相；笑不露齿，走不动裙，进食无声；说话声如莺歌燕语轻轻软软。他大着眼盯着春阳看了好久，真是百里挑一的大美人。突然间他的喉结上下滑动，咽下一大口涎水。这不是瑶池仙女，人间还有美人？嘿嘿，这块天鹅肉我迟早要细嚼慢咽，好好地把她品尝一番。

胡克仁青天白日做着美梦，可是他还不知道，这个秀色可餐的伴姑是哪家小娇娘？

胡克仁拜过天地，被送入洞房。白天咽口水做美梦的心一直没有平静过，现在灯下看新娘，虽不能和伴娘并举，但灯光映照之下，化了妆的老婆毕竟也是一块未开垦的处女地，散发着女人味的新鲜肉。此时他无法舍近求远，走上前去，一把掀开红盖头。那个一脸害羞扭扭捏捏的新妇娘，倒比外面的野花入味。见她一副羞羞答答的害怕样子，一下燃起一把烈火。他三下五除二脱了自己的衣衫踏前一步，一把拉开她护在胸前的两只手，像剥狗皮一样从上往下嘶的一声把她剥了个精光滑脱。一身的二遍粉皮肤倒是结实有弹性，乳峰高耸，芳草萋萋，顿时雄性勃起。他像一只饥不择食的饿狼发现羊羔，一下扑了过去变着法儿撕咬着他的猎物……

一晃十天过去，胡克仁的新鲜劲稍减又心血来潮，"鸣鹂，你的伴娘是谁呀？"胡克仁从老婆肚上滚下来突然发问。

"你问这个干什么？"套路已熟的胡鸣鹂不再扭捏，听了问话，女人的那根敏感神经被触动，她不答反问。

"怎么，对我还保密？"胡克仁皮笑肉不笑。

"吃着碗里，看着锅里了是吧。"鸣鹂一句戳中胡克仁的痛处。

"哪里，只是随便问问。总不能别人说起你的伴娘，我一问三不知吧。"胡克仁把话挡开。

"不把话唱明，我是不会告诉你的。"胡鸣鹂一定要知道底牌。

"老婆信不过我？"胡克仁用话搪塞。

"男人都是馋嘴猫，见着鲞头喵喵叫。"胡鸣鹂初为人妇，醋性一点儿都不比哪个女人差劲。

"既然那么不放心，我就实话告诉你吧。我在桑洲有个好朋友，他家有三间店面，又是独生子。这人品学才貌闻名桑洲，扬言非天下美女不娶。我看那天在你右边的这位伴娘倒是个人选。如果能牵上线，人家能亏了我们吗？如果你肯帮忙，我把这份功劳全记在你的账上。"胡克仁见没有甜头鸣鹂不松口，就编了个美丽谎话先甜她一甜，把底牌套出来。

"让我当月老，你老早把底抖出，也不用说那么多废话。你真以为我小心眼呀。"胡鸣鹂得意自己的胜利，她一个手指戳在丈夫的额头，因为用力大了，差一点儿戳着他的眼乌珠。"以后对老婆说话要有一说一，有二说二，藏着掖着，你在我这里休想蒙混过关！"

"老婆英明，老婆厉害。差一点儿把我的眼睛乌珠戳瞎了。现在总可以介绍你的这位伴娘了吧。"胡克仁一边揉眼睛一边装疼骗胡鸣鹏。

"还算一个场面上混混的男人，连这么个大美人都不知道，反要老娘告诉你。你呀以后要好好听老婆的话才是，不然让你三十日走夜路，一直黑到底。"鸣鹏使出她的小心眼，得意地教训丈夫。

"是，是。以后三十夜走黑路，一定要把老婆带走。万一碰壁了跌入水坑，老婆也会把我扶起来给我搓揉。"这个油嘴滑舌的胡克仁已经摸清这个醋瓶子的底，没有甜头你别想她开口。你要知道真相，得先在她嘴里放点香燥的，再慢慢地把这个醋罐子摆平了方可办事。

"泳溪街兴隆渔行你不陌生吧？"鸣鹏发问。

"老板叶建兴，泳溪里第一渔行。"胡克仁回胡鸣鹏问，"这么说，这位美女伴娘是叶府千金？"

"我表妹叶桃姑（叶春阳）。"胡鸣鹏也为自己有这么个表妹高兴，"人家是位才女，一肚子的学问。桑洲人配得上吗？"

"我朋友可是宁海有名的才子，人说美人配才子，天经地义，你说般配不般配？"胡克仁一不做二不休，既然把无说成有，就得把方（谎）吹得滚圆。

"表妹待字闺中，再说我舅舅也不会把她许到宁海去。"胡鸣鹏知道表妹和潘春水的关系，她故意不露口风。

"婚姻是由天成，好姻缘出在哪里也不全是父母之命，只能随缘。"叶春阳是飞着的天鹅，胡克仁就是一只癞蛤蟆，癞蛤蟆妄想着这只高飞的天鹅，有朝一日会掉到它的嘴里去。痴人在说梦。

新婚蜜月里，胡三森夫妇把胡克仁当作娇客一样伺候，他以为自己已经成了他家的新少爷。他在这个新家白天饭来张口，夜有娇妻相伴，着实过着赛神仙的日子。

一个月以后，胡三森对胡克仁说："我膝下少丁，你是我一生的依靠，我家招婿入赘就是把你当儿子的。"歇了一会胡三森补充说，"你能明白我的意思吗？"

"明白，我是这里的新少爷，是这里的新主人。"胡克仁听了十分兴奋，一心以为胡三森让他这样的日子可以一直过下去。

"你说得没错，这个家你是新主人，以后就全靠你来支撑这个家。"胡三森一听这位新姑爷一口一个新少爷、新主人，压根儿就没有立业的打算和准备。

"做新少爷、新主人，还要有新打算。不知新姑爷有什么新计划，不妨说来听听。"胡三森没有让这位新少爷、新主人蒙混过关。整整一个月，他没有提过从业的一个字。一个月过去了，他可不愿空养一个游手好闲的浪子。

"啊，新打算——新打算，噢，我正在计划中，只是还不够成熟周全，所以还不能拿来见客，是不是过四五天再商量呢？"胡克仁没提防这位老丈人会在这个时候和他商量干活的事。他在自己家里从来没有人要他干活。现在刚到这个新家才一个月，就要他干活，这不是来受罪当长工吗？

这五天的日子真不好过，他挖空心思在想一个两全之计，可是他能想出办法来吗？

不愧为"荡荡动"①，他马上想到对策，自己没办法可以去求人，去找他的酒肉朋友商量，让大家一起帮他渡过眼前这一关。

泳溪街都是熟人，他把几个混混约到桑洲一家酒店。

"克仁兄，人家都说新讨老婆三年香，上趟茅坑张三张。这才几天呀，是犯腻啦还是讨饶了？"他们的头头孙志武打趣他。

"没日没夜的陪着新讨老婆，把哥们都丢到垃圾堆去了。好日子一人独享，忘记这帮弟兄了。"外溪村叫蒋山地插嘴。

胡克仁见大家嘻嘻哈哈，对掌柜说："店家，快上好酒好菜。"胡克仁吩咐酒保后转向这帮混混道，"这不，今天把哥们儿都请到桑洲，算兄弟我给大伙赔礼。"

众人坐定，胡克仁说："兄弟今天有难，请各位老大出个好主意，以后有了好日子，自然不会忘了大家。"

"兄弟，别的事我们不一定帮得了忙，如果没力气对付新嫂子，你开个口我们一定白尽义务。"同村人朱五取笑，众人哈哈大笑。

"对，对，老朱说出大家的心里话，你对付不了新嫂子，我们一定助力，随时准备，随叫随到。"

"哈哈哈哈。"这些混混个个露出淫荡之色。

---

① "荡荡动"，意为人华而不实，别人无法把握。

酒菜上齐，胡克仁起身举杯："哥们先干了这一杯。"

酒过三巡，话归主题。

"都做了新当家，你还会有啥困难？"下岙的王千峰问。

"有福同享，有祸同当。你有什么过不去的河，说明白了我们把你扛过去。"泳溪街的朱五拍着胸脯说。

"你们知道小弟我从来没有干过活，现在倒好，一个月刚满老丈人要我去干苦活。你们说兄弟我是干苦活的料？"胡克仁对着这些弟兄大叹苦经。

"让你上山去种地，还是出门去拉大车？"蒋山追问。

"那倒没有那么严重。他要我说出个立业经商的计划。我小时宁可做牵牛娃，打死也不肯进学堂，这计划我哪里拿得出？"胡克仁总算说了句人话。

"要你拿计划？克仁老兄，这么好的发财机会来了，你可要接住哇。"老大孙志武接过话头，要他马上抓住这个好机会。

"你有什么好方法？说来我听听。"胡克仁问他们几人的头头孙志武。

"你老丈人叫你去立业做生意，你只需如此如此，这般这般，还怕钱不够花？"孙志武给胡克仁献上一条漏沙计①。

"志武兄果然妙计，高人一筹。以后还怕没钱花？来，弟兄们，我们今日一醉方休。"胡克仁举杯一口而尽。四个人喝得东倒西歪才回家。

"家里有得是酒，出去一整天不回来，一身的酸臭味，在哪里灌了这么多清脚水②。说，今天在哪里，和哪帮无脚鬼混在一起？不说个子丑寅卯别想上床。"胡鸣鹏捏着鼻子瞪着眼，要胡克仁说出在外一天干了些什么。

"老婆，你爸要我去经商，我到桑洲去找朋友商量大事，人家帮我出主意，还请我喝酒，你说我不喝能行吗？"胡克仁说正经没门，编造谎话像大才子写文章，脱口而出，立马可就。骗这个傻里傻气自以为是的女人简直像骗猪骗狗一样。

"他给你出了什么主意，说来听听。"胡鸣鹏好奇，她想早点知道。

"桑洲朋友家里开了客栈饭店，还有南北货店。他们说要发就要有闯劲，只做家门口生意永远只能养家糊口。他家现在和桑洲几个同行约齐做海上生意，一次生意都超过以前一年的利润，因为合伙，人多力量大，生意做得活，所以我去讨教他们，反而是他们请我吃饭。"胡克仁把这个猪尿泡越吹越大，

---

① 漏沙计，贪污合伙人生意中小钱的一种隐晦说法。

② 清脚水，天台方言人尿土话。一种低看人喝醉酒的话。

胡鸣鹏听得喜滋滋的乐。她也想自己的丈夫像潘春水一样，做大生意发大财，她在家做阔太太，气死叶春阳。

第二天，胡克仁去见老丈人，他把自己的计划说给这位岳父听。

胡三森做的是日杂货，从来小心谨慎，他的口头禅是"小本生意赚得起，亏不起。"闻着他身上残留的浓重酒味，再听胡克仁说做海上生意，头摇得像个辘糖鼓。

"山坑小地方，少有大客商。和桑洲大市镇不一样，泳溪街只能小打小闹，小心驶得万年船。你从明天起，给我去坐店去，别的就不用你操心。"胡三森一下把大门关紧。

"嗯。"胡克仁半天才反应过来。老丈人的话像一盆冷水当头浇灭了他的发财梦。整天坐店堂再好的计划都无从说起。

他垂头丧气回到卧室，倒在床上直往外叹气。他发不了财，从明天起，一天不缺地去坐店堂冷板凳。

胡三森是个精明的生意人，他不会轻易涉险，更不会把一生的积蓄交到这个不着边际的外人手中。他也不会白白地养一只光吃米不下蛋的大公鸡。他用胡克仁顶换一个老年伙计。

胡三森管得很精，有一点细微的漏洞他都马上给堵住。胡克仁的一切都在他的手掌中。别说漏沙，连地上拾个小钱的机会都没有。

蜜月一过，胡三森再也没有把他当作客人一样招待，日子远没有他在自己家舒坦自由。吃的更是寻常的农家饭菜，和刚进门比一落千丈。他心中的不满，一身的力气无处可使就一股脑儿发泄在胡鸣鹏身上。这个从小娇生惯养的小女人哪里受得了无节制的蹂躏，两人开始龃龉，很快相骂打架，三日一小吵，五日一大闹，原本平静的生活被这个"荡荡动"闹得天花粉飞。胡三森夫妇开始没有在意，后来两人越闹越响，越骂越凶，女儿一天到晚哭哭啼啼，连邻居都瞒不了，老夫妻俩好不烦恼。

这种刻板日子胡克仁一天也过不下去，就去找他的哥们，一起商量对策。

孙志武说："你想不想在这户人家待下去？"

胡克仁说："我实在不想过这样的窝囊日子，但是我不想现在就离开。"

"把底牌摊出来，不然别人不好出主意。"孙志武要实话。

"我倒插门上她家，他们把我当伙计用，每月只给一点点钱，我不能白白地轻易退场。哥们能给我出口气不。"胡克仁要在胡三森身上打主意，让他出血，还要让他打落门牙咽落肚，有苦无处诉。

"这个好办，不过要你配合。"孙志武一口答应。

"怎么配合？你说个痛快。"胡克仁回应道。

"只需如此这般。但是你要答应弟兄们的一个条件。"孙志武在胡克仁耳边说出他的计划。

"这计谋好，什么条件，说来听听。"

"我们这伙人虽然都是你的朋友，但是实行你的计划大家是把性命押在上面的，你说应该怎样回报。"

"应该的，但是我不知道该怎样回报朋友，你给我出出主意？"

"一种用银子，一种用享受。"

"银子要多少？"

"一次冒险，至少几十人，每人几两是小意思，你能出就好办。"

"这个我心里没底。你说说另一种享受。"

"这些人都是你知道的朋友，你只要能让年轻人过把瘾能做到不？"

"嗯，去采野花，花费也不低，我进水没到，也难。"胡克仁是只切骨柴的燥地鸭，他讨教孙志武，有没有省钱又顶事的好办法。

"办法倒是有一个，这要看你自己了。"

"我能做主的事都好商量，你说。"胡克仁很兴奋。

孙志武神秘兮兮吐出六个字："朋友妻，朋友嬉。"

胡克仁听了一脸的茫然，这办法省钱，但是那骚娘一定不会答应，他双手一摊说这事他做不了主。

"其实你一点儿都不用担心，只要到时候把老婆引出来就行，你一毛不拔，大事告成。"孙志武给他一个绝妙的好办法。

胡克仁本来就是个吃惯野味的孬种，反正已不是什么新鲜物事，只要能办成大事又不花钱就一口答应下来。

大伙在酒店大吃大喝一顿才回家。

家里吵吵闹闹不得安宁，年关将近，胡三森让胡克仁下个集市和自己一起到明州进货押车，也让娘儿俩清静几天。胡克仁马上把这个消息告诉孙志武。

孙志武说："明天把你老婆带到桑洲，只要如此如此，这般这般，就神不知鬼不晓地把好事办了。"

　　胡克仁一路在想，这个傻女人虽然小心眼，但也很精灵，一不小心她这个关就过不了。要把她带到外地，先得把她胃口吊起来，否则她不会入套。回到家他对胡鸣鹏说："宁海朋友托人带来口信，要我去他家商量到县城做大买卖，大概少则三五天，多则半月，明天一早起身。这些天我不能在家陪你了。"说完故作神秘之状。这个娘们一心爱财，也没有出过远门，听说丈夫到宁海这么多天去谈生意，嘬着嘴说："别人家夫荣妻贵，有福共享。你倒好，外面去吃香喝辣的屁股一掸抬腿就走，根本没有把老婆放在心头。我是哪世作的孽，嫁了你这么个没良心的男人。"胡克仁一听她的话，知道鱼儿已经看到饵了，他说："不是我不想带你，一是路远，二是时间没有定数，三是两人出门要多一些花费，再说怕你父母不放心，所以我不好带你一起走。"胡鸣鹏听他说的不无道理，就挨到他身边坐下说："我从小没有出过远门，只知道青天在高山之上，跨出门槛不是上岭就是爬坡，外面世界怎么样一点儿都不知情。你说的我也清楚，出去谈生意要时间这是应该的，父母处我会解释。你没钱我也清楚，我有些私房钱，这次外出的开销我出，只要你以后发了别忘掉我的好处。"

　　胡克仁在肚里说，这个傻女人就是一尾饿鱼，一下就把钓钩吞没了。好，你贪，我就成全你。胡克仁一脸笑意说："鸣鹏哪，我俩都是青春年少，何忍分离。有你一句话，明天我们一起动身。生意谈好，一定要在那里玩耍几天，再给你买几件首饰。以后赚了大钱都归你管。夫荣必定妻贵，你说的一点儿没错，这天一定会到来。"说得这个傻女人顿时心花怒放。第二天一早两人雇了一辆马车直奔宁海而去。到了桑洲下车，她屁颠屁颠一路跟随，不断地左顾右盼。二人在街上转了几圈，却没有一个落脚去处。怕女人看穿把戏，胡克仁把老婆领进一家客店说："看你走得气喘心跳，在这里休息一会儿，我去问问朋友再说。"他找到孙志武一伙说："人已经带到，总不能老是在街上瞎逛。"孙志武叫他的桑洲同伙出面去诱骗胡鸣鹏，顺手把一个小包塞在胡克仁手上，在他耳边轻轻地说了一声。那个同伙对胡鸣鹏说："嫂子，不好意思啊，我们老板本来下午到，他刚要起身，明州一位大客商刚好进门，今天是来不了了，只好委屈你俩在这里等待了。"胡克仁说："生意场上，这样的事情不少见，既来之，则安之，我们先去逛街。"反正花的是她的钱，他们在一家打金铺给女人打了一副款式好看的耳环，在一家绸缎庄买两块衣料回到客店。晚餐胡克仁叫来许多她最爱吃的好菜和小吃，两人你一杯我一盏，把个胡鸣鹏喝得酩酊大醉。胡克仁把晕晕乎乎的老婆扶回客房睡觉。

他怕她晚上醒来坏事，就在她喊口渴时把孙志武塞给他的迷药倒入水中又给她灌了一碗。这一夜，胡鸣鹏毫无知觉地被男人一回回压在下面，一阵紧过一阵地不知过了多久。她既喝高了，又被蒙翻了，一个整夜任人百般蹂躏，也没能醒过来。胡鸣鹏到第二天中午才睁开眼。她感到下身撕裂般的疼痛，两腿并不在一起。她像突然大病一场，坐不起身，就大骂胡克仁道："你个骚猪精，一夜没消停，把我几乎弄瘫在这里。你再看看这床铺怎么给店家交代。我还怎么在这里？"胡克仁不敢多话，他立马雇了一乘小轿把她抬回家。

三天后，胡三森和胡克仁还有两个伙计推拉着两架独轮车从宁波返回，经过大峡谷，上了一个长长的荒岭，走到一个转弯角，不远处冲出一帮蒙头的落壳强盗，他们在半岭堵住了胡三森的去路。其中一个黑衣人，手提一把明晃晃的大刀对着他们高声喊道："呔！车辆停下。此山是我买，此路是我开，要从此路过，留下买路钱。"两个伙计一听落壳喊话，两脚像弹棉花一样颤抖，各自丢下车把往后就逃，他们躲在胡三森后面不敢出声。胡三森一生经商，哪里见过这样场面，和伙计一起吓得蹲地求饶。胡克仁从独轮车上拉出一根木棍和强盗打了起来。一条木棍哪里是这伙打劫者的对手？不一会儿胡克仁被那伙落壳强盗打翻在地绑了去，两车年货全部被抢走。刚才那个歹徒对胡三森说："快去通报你家老板，要人拿一百两银子来赎。期限三天，过期到这里收尸。"

强盗说完，消失在树林后。

胡三森跌跌撞撞地逃回泳溪。一生小心谨慎的他第一次遇到这么大的灾难，两车年货没了，还赔上一条人命。

他连爬带滚回到家，一脚跨进门槛，就跌倒在地晕了过去。

老伴叶敏芳听得一声闷响从里面出来，一见老伴扑在地上就喊："鸣鹏啊，快下来救人哪！"

老娘的悲哀声里带着恐惧，鸣鹏从楼上下来，看到老爹昏死在地上，眼泪哗地下来。"爹，爹，爹——你醒醒，你醒醒呀！"

还是老娘清醒，"快把你爹扶上床，赶紧，赶紧去烧姜汤，多切些老姜，再加红糖，要浓点。"她一边说一边给老伴轻轻地捶背揉胸。

鸣鹏把一碗姜汤端来，一口一口地喂入父亲口中。半碗姜汤喝下，胡三森重重地出了一口气，母女俩把他的脏衣服脱下重新扶到床上躺平盖好被子。

慢慢地身子暖和了，胡三森睁开双眼，一看母女俩在自己身边，他虚脱地说："我没死，还活着？"

"嗯，你终于醒了，吓死人啦，怎么会这样？"老伴在他耳边说。

"爹，你醒来了。出了什么大事，把你急得这样？"女儿问他。

鸣鹏给老爹端来一碗面皮，或许是饿坏了，胡三森把一碗面皮吃得一口不剩，坐了起来。他把回来路上遇到强盗的事给母女俩说了一遍。他说："这条大峡谷是官道，从来没有出过强盗，大白青天的不知哪里来的歹徒抢了两车年货，还把克仁绑了票。他们要我拿银子去换人，这一百两银子是我一生的积蓄，这辈子算是全完了。"

"胡克仁抵抗强盗，我亲眼所见，他和强盗打斗时多处受伤。他被捆成一个粽子由两个歹徒扛走，如果人不赎出来，我不好向克仁家交代。"胡三森把看到的现场讲给母女听。

胡克仁在家几个月的所作所为，三人心知肚明，这尊佛是他请进的，他只有用钱去买命，别无他法。还不能让别人知道，否则他胡三森的脸面往哪儿搁。他是哑巴吃黄连，打落门牙吞落肚，有苦有疼说不出口。

这一百两银子是胡三森一钱一两几十年的积蓄，他让伙计背着一同去大峡谷。到了那个地方，他叫伙计等候送钱，自己偷偷地在隐蔽处观察。

果然在预约处看到了几个来人，伙计说："老板受惊后无法前来，请好汉出示人质。"

"把包袱打开验货。"对面强盗喊话。

"一百两，白银十锭。"伙计打开包袱，银子闪闪发光。

"胡克仁，出来。"强盗叫人。

"包袱放在原处别动，你往后退五十步。"另一个强盗大声说。

伙计看到出来的是胡克仁，就往后退了五十步，他看到胡克仁大步走来，拉着他手就往回跑。强盗提着包袱消失在山沟里。

胡三森回到家里，他把赎人的细节重新回放一遍，他发现了几个疑点。

胡克仁明明被强盗打伤，可是只隔了两天，他走路不像有伤的样子。他让女儿偷偷地检查他身上究竟有没有真伤。女儿告诉父亲，她丈夫生龙活虎的身体好好的，什么损伤都没有。

胡三森一惊，明明看到胡克仁被打倒后抓走的，怎么身上会没有一点儿皮破或红肿的地方。

其中一个强盗说话的声音很特别，一口浓重的天台腔里夹杂着嗡声的宁海话，带着很重的鼻音。还有一个走路样子高低脚特别像他熟悉的一个泳溪街人。三点联在一起，胡三森知道这事来得突然，其中必有蹊跷。他要在泳溪街把这两个蒙面强盗的真身找出来。他相信自己的感觉和判断，里面一定有内鬼，要不哪有这样多的疑点？

胡三森换上旧衣服，戴着破帽子，每天在泳溪的大街小巷低头行走。在一家酒店楼上雅座，他终于看出了端倪。走路一跛一跛的是王千峰，说话有点嗡声的是孙志武，这两个都是泳溪里人。两个地痞隔三岔五地在这里喝酒作乐，这是摆着的实情。

胡三森又悄悄地买通账房查看银子，果然有他暗中做记的十两重银锭。一切证据在手，他要把自己的损失夺回来。

胡三森带着酒店账房拿着银子把胡克仁、孙志武、王千峰等以内外勾结抢劫罪告到县衙。人证、物证俱在，衙门立马派都头差役赶往泳溪捕人。一个曾经参加抢劫的匪徒在县城看到胡三森和酒店账房走进县衙，感觉事情不妙，马上赶回泳溪让孙志武、胡克仁、王千峰、朱五、蒋山五人躲避风头。等到都头差役赶到，这帮匪徒早已人去楼空不见踪影。

县衙在泳溪张贴海榜通告捉拿胡克仁、孙志武等人。孙志武说："泳溪回不去，怎么办？"

"一不做二不休，既然这样，就上山吧。"王千峰提议。

"听说海游蛇蟠岛正在招兵，还是投奔那里去吧。岛上什么都是现成的。自立山头、新打场面势单力薄太辛苦，弄不好会被强手一窝端了。"浪荡公子胡克仁说。

胡克仁的话正合这帮回不了老家匪徒的心意，他们就直接去蛇蟠岛投奔"亡三代"。

"亡三代"能信任这些败类吗？泳溪里的癞蛤蟆泼皮一下成了咬人狗，也给沙柳和潘氏商行埋下定时炸弹，给百姓和民团遗患无穷。潘春水如何训练民团队员，沙柳民团如何应对新情况？

欲知后事，请听下回分解。

第二十六回

潘氏兄弟训练民团
渔家子弟首战告捷

潘春水告别叶建兴父女快马加鞭直奔石浦，三兄弟商议后春水说："就是海盗再猖獗我们也要把生意做好做活，不然对不住家乡出来的这些好兄弟。也是因为海盗太猖狂，过去走的运送线路必须要重新开辟，一定要避开海盗出没的洋面海路。根据进货、出货的不同地点，唯一的方法是把原来走全海路运输改为沿陆边水路和水陆路兼顾的运送线路，避开走东海一线。同时加强路途中的防卫力量。"秋水提议说："把王廷良、王廷元、潘善华、潘善根四人调往运输队增加进货护货人手，夏水坐庄总管两地经营。"他的提议得到春水、夏水兄弟共识。春水把带出来的青年重新分工，这帮泳溪乡人深知眼前经商的不易，春水兄弟把他们当成亲兄弟一样，大家秉心一同，齐心协力都把分配给自己的那份工作出色完成。

经营大事定当，三水商行少了后顾之忧。春水、秋水兄弟除了采购进货，或一起或轮流到秘密基地教练沙柳民团。春水说："最安全的办法是把老百姓武装起来才能保护一方安宁。看以后机会再配合官兵，剿歼海盗，方可克敌制胜，剪除后患，永享太平。"

潘家三兄弟各司其职，稳定采购运输销售通道，"三水商行"素以价廉物美著称，名声在外，各个商行生意做得很火，许多伙计都把家眷带在身边，一心一意做好商行经营。

春水安排好商行运作，和大哥秋水两骑快马一起到沙柳民团的秘密据点拜会李正东，看望这支暗中组织起来的民间武装团体，尽快把他们训练成一支能战能斗的武装力量。

海游匪盗有硬实地盘和强大的实力，他们熟悉周边情况，了解百姓弱点，是比倭寇更难夷平的地方土匪。只有把蛇蟠岛"亡三代"的力量削弱了，倭寇也就成为无本之木，无源之水。

民团秘密训练基地设在一市，属于宁海管辖，但离沙柳不远，"亡三代"手再长，目前还骚扰不到这里。基地周围是高山峻岭，弯弯岙岙的只有一条小路和外界相连，高山下来的许多小溪沿山路而下，只有一条坑沟流出。进出基地要通过仅容一担柴草直着可走的自然关卡。这是个一夫当关、万夫莫开易守难攻的险要之地。关卡里两个小山村，山民一样恨死"亡三代"，这里群众基础扎实，保密性好。万一外面有什么动静，远在卡口岗岭瞭望的暗哨马上会发现，岗哨发出暗号，里面就做好隐蔽和防守准备。这是个进可攻、退可守的好地方。

春水、秋水兄弟俩先到一市联络点，由民团的暗哨带他们进入基地。这条山路下段平坦，到关卡下是一段叫百步耸的陡岭，卡口里侧是悬崖，外侧是几丈深的溪坑，路面仅八寸，山里人把这卡叫八寸关。出入的人经过这里，只能谨慎地直着走，粗手大脚的一碰撞就会跌入几丈深的溪坑，不死也是重伤。过了关卡上面又是一段很陡的曲折山道，上了陡坡前面就是一块开阔地。

民团训练处在两村之间的一个大弯坡上，按山势高低新建了许多用山石堆叠为墙的茅草蓬，石屋前的坡地很宽阔，已被平整为一个很大的练兵场。李正东闻报在大厅等候。

"李老前辈，春水我和大哥秋水前来拜见。"春水走进草厅，两兄弟向李正东行晚辈礼。

"二位少侠是我李正东的救命恩人，这不折煞老朽。快快请起。"李正东一手扶着一个，不让两人下拜，"两位少侠既是恩人又是民团发起人，还兼教头之职，以后我们都是领头人，千万不要客套才好。"他说的是真心话。

"和前辈在桃柳溪一别已经月余，不知民团组织状况如何？"春水也不客套，直入主题。

"潘少侠，正如你所说，沙柳渔行同人早就有此想法，只是没有头人发起而成散沙，才屡受'亡三代'欺压。我把你的意思一说，没有一个不赞成的。他们说年轻力壮的拿刀拿枪，各渔行的捐钱捐物，只有把'亡三代'赶走，沙柳才能重见天日。现在渔行商会头人都在后面，就等你来调遣了。"李正东说完就把春水兄弟带到后院。

这是一处很大的院落，十多个渔行老板早在这里等候，他们见春水兄弟一起进来，都上前相迎。兄弟两人和他们一一相见。春水把自己最近经商中了解的大局情况对这些头人作了详细报告，把组织民团的可能和困难都做了周全部署。春水说："民团暂有上百号人，分成十队，前期由我和大哥分别教练，以后我们兄弟轮流在这里督促练兵。明天一早就开始操练。早一天操练，早一天把'亡三代'赶出沙柳，早一天返回老家过自己的小日子。"

第二天一大早，民团队员分列东西两侧，一边五队。秋水带领五队练棍，春水带领五队练枪。沙柳民团都是精壮小伙子，是受了家庭嘱托，为了各自利益而来，个个都很卖命。当他们知道这两位教练是在蛇蟠岛把李正东从水牢里救出来的大英雄，训练更是勤奋努力。

十天时间很快过去，兄弟俩很满意，于是开始第二期训练。两队对调，又是十天。接下来练习对抗。这是真刀对真枪的实打，需要眼、手、脚同时配合进行。春水吩咐众团员说："战场上是你死我活的打斗，不讲情面，没有侥幸，不是鱼死，就是网破。你们要保全自己，就要战胜敌人。克敌制胜，一靠勇武，二靠智谋，三靠耳聪目明、出手快。舍此没有他法。"

为了让每人有切身体会，春水把前些天练得最好的队员点出三人。他说："真刀实枪的战场对抗是以命相搏，生死存亡都在一瞬间。保存自己，消灭敌人靠什么？所谓两军对阵勇者胜，其实就是三个字：智、勇、快。你们三人一起向我进攻，看看谁把这三个字学到了。"春水见三人不动，他鼓励说："现在我就是你们的敌人，要奋勇向敌人进攻杀死对手，你们不勇，就会后悔。"

秋水在一旁鼓劲说："教练现在就是你们三人的敌人，大敌当先，勇者存，怕者亡。死亡线上只有敢于拼者有生存希望。大胆上，没有第二条路可走。"

三人拿刀提枪从三个方向朝春水进攻。春水手提木棍，看准三人先后，只听得乒乒乒三响，三个后生手中家伙脱手而飞，人也甩出一丈。三人立即跪倒在春水脚前，口称惭愧。

春水扶起三人说："大敌当前勇者胜，凡是遇敌，畏首缩脚，缺少勇气，出手不狠，没有不败的。"

他的现场示范，民团队员看了立刻明白过来，从此操练都拿出狠劲来。练兵场上，这百来人的打斗声、呼叫声此起彼落，声震山谷。

兄弟俩又从每队中选出两人作为队长，分别教了适合个人的武功，平时就由队长带领，两人一组轮番进攻，找出失败原因后再练，果然实战水平提高得很快。

李正东和张老板是民团的正、副指挥。平时归他们统一调遣。经过一个月的训练，两位指挥看了演练很满意。

"李老前辈，一个月的教练已经有了打斗基础，以后每天都要训练，兵贵于勤，战贵神速，在敌人尚未发现之前，切不可轻易暴露自己，更不可松懈斗志。随时窥测敌情，准确把握战机，才有胜算。时机不成熟不可贸然出击，只有首战必胜，打赢第一仗，才能唤起人心，壮大自己。才能鼓励更多的沙柳人来参加保卫自己的民团。"春水把自己的想法和盘托出。

"老前辈，民团来自百姓，最好隐蔽，每天派出暗哨，摸清匪盗的活动情况找出规律，然后才可以聚歼敌人。"秋水又把自己的经验告诉李正东他们。

"两位少侠金玉良言，句句在理，我们会按照你的吩咐去做，并且及时和你们联络。"李正东说。

"抗击海盗、倭寇，不光是沙柳的事情，只要是中国人都有责任。听说朝廷已派抗倭英雄戚大帅前往浙江，到那时我们的力量就更强大了。"潘春水看好前景，信心十足。

春水兄弟告别李正东，他们要去采办年货应市。因为有沙柳民团，春水安排完生意留在一市，方便接应沙柳那边的突发事件。

再说李正东他们按照春水的意见在外围安排一个秘密据点，早晚在那里训练，白天都隐蔽在家里摸敌情，寻找战机，一心要把"亡三代"匪徒赶出沙柳。

李正东在蛇蟠岛被人救出，让"亡三代"十分气恼，他做了三件事：加强蛇蟠岛的防守力度，任何可疑之人一律不准上岛，所有要道除了明岗还放暗哨，再加日夜巡逻；加紧加强蛇蟠岛驻地实力，让倭寇他们早日上岛；增加沙柳兵力，日夜驻守，发现异常，格杀勿论。

暗访的民团队员向李正东报告了最近两个异常情况：匪徒人员比原来多了一倍，巡逻次数也增加；每天在沙柳买的食品、蔬菜比以前翻番。

李正东、张老板他们分析："亡三代"增加沙柳防守力量是他害怕老百姓不服造反，蛇蟠岛的匪徒可能大量增加。如果像春水所说那样，"亡三代"已经与倭寇联合。要是判断属实，沙柳民团的压力越来越大。李正东吩咐团员，扩大线索，继续跟踪摸底。在自己还没有暴露前寻找最佳战机，一定要狠狠地教训这帮无法无天的匪徒。让他们知道老百姓不是任人宰杀的羔羊，哪里有压迫哪里就有反抗的怒火。

春水从石浦到一市，接到李正东的信息，他到一市秘密驻地商讨怎么给"亡三代"一次教训。

春水说："'亡三代'三面着力，比一般匪盗厉害得多。目前民团力量弱小，也没有实战经验，所以鸡蛋不能往石头上碰。民团要胜就要避实就虚，专挑他的软肋才能奏效。我定了个'调虎离山'计，您看如何？"他把此计细节向李正东完整地说了一遍。

"好，潘少侠果然高人一筹，后面的安排我来做，到时候你来指挥。"

转眼已到腊月初八，蛇蟠岛准备过大年。今年是"亡三代"联合倭寇的第一个年，他要让倭寇看看自己的实力，让这帮海盗悍匪为他面南称王出力。他们四处采购，到处掠夺，把所有经过蛇蟠洋、大自洋的大小渔船、商船抢得一无所剩。

中午，一船满载年货的大船向码头驶去，被蛇蟠岛匪徒发现。守在沙柳海边的一队盗匪正在为办不够年货发愁，这送上门的礼物哪能轻易放过？说也凑巧，守在这里的匪徒其中有胡克仁、孙志武等五人。

"亡三代"吃了李正东一次亏，陌生人要进蛇蟠岛，必须要有"重礼"贡献才能上岛。五人以为献礼的机会来了，主动向头人提出带队去劫货物。

年货已经上岸，此地前面是山，后面是树林，正是前不把村，后不着店的荒郊，多少商旅在这里命丧黄泉。二十辆大车骨骨碌碌地向沙柳进发。

突然树上飞下一群海盗，把车队团团包围。中间走出一人，大声喊："此林是我栽，此路是我开，要过此路去，留下买路钱！"说此话的匪徒就是孙志武。

二十辆车、四十个赶车人捧着脑袋求饶，匪徒正要劫车，突然山上冲下一大队身穿黑衣、头包着黑布的人把匪徒反包围。押车的人一见自己人到了，从车里拿出武器，把蛇蟠岛匪徒夹在中间，双方在林子里拉开架势大打出手。这些黑衣人记着春水的话，两者相遇勇者胜，又是第一次开战，个个是初生的牛犊不怕虎，奋勇向前和海盗搏斗。

孙志武一看对方来势凶猛，人多技高，喊话说："哪路好汉？切莫大水冲了龙王庙，报个万儿，有话好商量。"

黑衣人中有一人看清说话的竟然是泳溪地痞头儿孙志武，居然投靠了蛇蟠岛匪徒。说时迟，那时快，他手一扬，两颗石子直飞而去。只听得孙志武"啊呀"一声，石子击中双目，血流满脸。这个发石子打孙志武的是从小能以石子击毙麻雀的王廷良。

众匪徒见带队的受了伤，都慌了手脚，仓促应战。一场混战在林子中展开。民团队员见带队的海盗头目重伤，他们越战越勇，集中火力和匪徒拼杀。

蛇蟠岛匪徒过去都是欺压手无寸铁的渔民，他们把老百姓当牛羊宰，从来没有受过这样的打击。黑衣人十分勇武，一场混战，打得匪徒大半死伤，其余的落荒而逃。

匪徒逃回老巢，一点人数，一半没有回来，回来的不是刀伤就是棍伤，新投靠的五个人中只有胡克仁背着孙志武回来，其余三人不知去向。

蛇蟠岛外围匪徒被打得大败而归，"亡三代"接到报告，损失惨重还不知是哪路高手和他过不去，让他在倭寇面前大跌身价，脸上无光。

他一面派喽啰补充外围驻守力量，一面派暗探寻查黑衣人的来历。他在想，如果是绿林好汉，弄明白了一定要把他们收归属下，这是一支重要的力量。只要有价，不管付出多少，买也要把这些黑衣人买过来。他蛇蟠岛目前最缺的就是实力，就是一大批的精壮汉子。黑衣人如果是敌，那就不能养虎遗患，就是掘地三尺也必须找到他们，一网打尽。这里都是蛇蟠岛的根基，他"亡三代"休息、睡觉的地方哪里能容别人在这里打呼噜睡大觉。

潘春水从李正东口中知道蛇蟠岛匪徒的实况，他根据"待天以困之，用人以诱之，往蹇来连"的"调虎离山"计，取得了很大成功。沙柳民团初战告捷，大大地鼓舞了士气，队员们看到了自己的力量：只要团结一心，再厉害的敌人也可以打垮，树立了消灭海盗土匪、战胜洪水猛兽的坚强信心。

李正东很佩服潘春水的计谋和调兵遣将的能力，他要春水对大家说说这次成功的经验。

民团第一次出击，就把海盗打得落海而逃，本来就要总结一番的。收获胜利，吸取教训，积累经验，这是比打一个胜仗更为重要的事情。

潘春水说："民团一战成功，这是沙柳百姓全力以赴的胜利；是民团子弟日夜苦练勇武机智的胜利；是两位指挥调定得当的胜利；是民团隐蔽自己，摸清海盗活动规律的胜利。'调虎离山'只是在这些坚实的基础上，利用海盗贪婪成性和麻痹轻敌之心，以多胜少的一次尝试。蛇蟠岛第一次被打败，这只是在牛身上拔了一根毛，不疼不痒，损失不大，但却引起了'亡三代'的警惕。民团以后的行动困难会更大。如何继续重创敌人，这对民团来说是一个更大挑战。"

春水的一番话说到了民团心里，两个指挥都竖起大拇指："两位少侠训练有方，春水少侠妙计独步，你们真是我沙柳百姓的福音。"

春水知道任何时候都不能被胜利冲昏头脑。随时保持冷静，才能为以后的胜利奠定坚实基础。他说："蛇蟠岛内外勾结，官匪相通，人手众多，实力强大。加上海岛易守难攻，这次小胜一定会让'亡三代'加强防卫力量。如果民团轻敌，就会吃大亏。以后的日子更要隐蔽自己，勤加训练，常备不懈，让'亡三代'摸不清袭击他们的是什么人。这样就能更好地保存实力，寻找适合伤其一指的战机，一步一步削弱海盗的力量。"他对李正东说，"李总指挥，初战告捷，虽然没有大的伤亡，但是轻伤的人也有十几个，要尽快安排好伤员的治疗和慰劳，以安定民心。奖罚分明这是民团立于不败之地的一个重要保证，要赶快去做。"

"'亡三代'目前一定在暗中刺探黑衣人的来历，千万不可暴露行踪，这样民团取胜的机会就多。一旦真相暴露，以目前蛇蟠岛的实力，他们可以在一天之内把民团全歼，这是最严重的现实。也不要把这次小胜在家中传扬，如果随口而出，一夜之间，黑衣人的秘密马上会暴露在'亡三代'面前，必须让队员闭紧牙关，不得透露一丝风声，切记切记。"这是潘春水目前最担忧的事情。一旦暴露，沙柳百姓就会遭受灭顶之灾。

潘春水在给民团打预防针，下山后和大哥秋水一起回泳溪去办一件大事。

"亡三代"派人四处打探神秘黑衣帮下落。年关临近，蛇蟠岛派出的密探都无果而归，他们说这批黑衣帮来去无踪，访遍大小山寨，都与这次事件无关。这么大的动静怎么可能没有留下一点儿蛛丝马迹？

"亡三代"不信这里会出现天兵神将，但是他也没有想到沙柳百姓会那么快组织起一支强悍的民团，而且久经打斗的海盗也不是沙柳的这盘散沙可以轻易击溃的，这其中的奥秘让这个蛇蝎心肠的"亡三代"心惊肉跳，一筹莫展。

他把汪直、许海、厉光头和倭寇头人龟森墨代、海地一日带到密室。他说："黄三少我不信神不信鬼，一大帮黑衣人杀了我兄弟，他们不可能入地上天。既然是人，一定有影，把诸位请来不为别的，一起把黑衣人找出来，本岛主眼里容不得一粒灰尘。"

"是人就有行踪，杀我弟兄的黑衣人不会来得很远。据密探报告，这些人没有把货物拉走，好像是专门来和蛇蟠岛作对。"厉光头说出心里疑惑。

"附近山头都是我的拜把子兄弟，他们绝不敢和蛇蟠岛作对。"汪直托出老底。

"沙柳密报说，这几天大街商行年货充足，这里大有文章。"许海是直管沙柳的头领，他也把疑点摊了出来。

"诸位，既然道上兄弟不在此列，那一定是近地所为。我们怎么挑破这层薄纸。""亡三代"要大家献计。

"岛主发兵一百，直奔沙柳，砸他个稀巴烂。"厉光头手痒痒的，对手无寸铁的老百姓开刀是他的拿手好戏。

"你这是要把这只金饭碗打碎，弟兄们以后到哪去吃饭？""亡三代"想得比厉光头长远，"要是可以这样，我早早地就发兵了。"

"黄岛主，你的谋略高明。"龟森墨代对着"亡三代"竖起大拇指，"饭碗没了，饿着肚子能干几下？诸位头领都是人中豪杰，捣毁沙柳，斩尽杀绝，不费吹灰之力。但是把饭碗也打破了，不行的不行。蛇蟠岛不能没有大后方，不能自毁吃饭的地方。"

"我的有一妙计，只需如此如此，这般这般，就可把黑衣人围而歼之，杀他个片甲不留。"龟森墨代附在"亡三代"的耳朵上说出一条毒计。

"龟森君果然厉害，不愧是个中国通。""亡三代"十分夸赞这个倭寇。这条毒计正好能捕风捉影，又不打碎饭碗，最符合他对沙柳的意图。他对着倭寇龟森竖起双手，伸出两个大拇指。

"少岛主说得好。中国的计谋，用于中国，大大的好。这就是你们中国的'以其人之道，还治其人之身'的东瀛版。"龟森对"亡三代"的恭维频频点头，说完呵呵大笑。

"三位头领，龟森君为我们蛇蟠岛消灭黑衣人设计了一个锦囊妙计。但是有妙计还只是开头，后面有大量的配合需要你们去布置，去做实。我们必须用最充分的准备打底，这个计谋才能开出好花大花，蛇蟠岛才能报这次失败之仇。等到消灭了黑衣人，我给你们庆功敬酒。自然，在庆功宴上，龟森君、海地君都是我的贵宾，我们一醉方休。""亡三代"好像是已经打了大胜仗凯旋的将军，举杯庆祝蛇蟠岛大获全胜。

龟森墨代和海地一日起立鼓掌："黄岛主英明，你的我的，合作的愉快。"

"亡三代"把备战任务交给了三个头领，他分别对三人作了不同交代。他附在汪直耳边说"汪头领，你只需如此如此准备，不可走漏消息。"又附在许海边上轻轻地吩咐："许头领，你要这般这般与大头领呼应，做好你的本分。"最后大声对厉光头说："厉头领，你要密切关注两位头领的动向，他们交代你的事情，无论大小，不管早晏，就是你立马要完成的首要任务，不可等闲视之，掉以轻心。什么时候行动，你们听我的号令。"

蛇蟠岛匪徒在紧锣密鼓中准备全面反击，沙柳民团在暗中密切注视着"亡三代"的一举一动，双方虽然剑拔弩张，但都屏声静气，在背地里使劲，都在等待最佳战机出现。

这一仗何时打，战机又在哪里？"亡三代"的阴谋能实现吗？到底谁能掌握未来战争的主动权，获取胜利。

欲知后事如何，请听下回分解。

第二十七回

紫云山三杰牵红线
下溪头二春结良缘

日子过得很快，叶春阳里拔门闩，把所有的体己钱全都支持她眼看被埋没在沙土里的"黄金"，希望他闪闪发光已满一年。潘春水果然没有辜负她的期望。他不仅把三水商行生意做得风生水起，还把老家的穷苦兄弟带出去跟着他一起摆脱贫困，而且完成了一件令乡人震惊的大事，从蛇蟠岛水牢捞出李正东。今天正是他在叶春阳跟前许下诺言的日子，他必须要返回泳溪一次，去完成三件大事。

春阳要他一年为期把生意做成做大做强，如今他不但把本金翻了十倍，而且大大超出了原定目标。他要把本金加双倍归还给春阳，兑现自己的诺言；他还要上紫云山去，请紫云"三杰"出山，共图大事。一年的马不停蹄奔走，春水十分清楚，他目前最紧缺的是人，有真本领的高人。生意做大需要人手，进货护航需要人手，这事由秋水去完成。外出辛苦，但是辛苦能换现钱，虽然不是招兵买马吃军粮，一样有很大的危险，以大哥秋水的能力，可以招收一批他们需要的人员。

春水和大哥在下溪头一宿，他已经几年没进家门，当年垒的石墙长满了黑斑，后壁墙全是墨黑的爬山虎。多久没见的侄儿、侄女都长高了，嫂嫂山红苍老了许多，生活的艰辛都刻在额头上。他把自己的一份红利交给嫂嫂。他说："大嫂，你对春水有养育之恩，春水把你当嫂娘，这是我的分红，把爹娘的坟重新翻修，余下的钱你给两个侄儿和你自己买点好吃的好穿的，就算春水我孝敬嫂娘的，千万别亏待了自己。大哥也长年不在家，千斤重担都压在你一人的肩上，请嫂嫂原谅我兄弟两个不能为你分担家庭责任。"

"三弟把我视为骨肉亲人，做嫂嫂的再苦再累都是应该的。你们兄弟做的都是为穷苦人的大事，恨我不能与你们一起出力，但我不会拖你们后腿。有嫂嫂在，公公、婆婆的坟我会请人做好，让两位老人地下有知，保佑你们平安顺利。家里的事你们也不必牵挂，安心做你们的大事去。"山红说的都是实在话。晚饭是春水最喜欢的鸡子镬拉汰。

第二天一早，兄弟俩分头出发，秋水去附近几个村子招收人工，春水前往桃柳溪，他把李正东转交的信送到叶建兴手中。叶建兴对春水的到来十分高兴，看来他已经把桃柳溪当作歇脚之地。春水见过叶建兴，他说："前辈，这是李总指挥托我捎的信，请您收下。我还有些事情要和春阳小姐商谈，不知她在不在府上？"

"少侠，春阳在后院，你自己去就是了。"叶建兴接过书信让春水自去后院。他拆开岳父信函仔细地看着，岳父便信告诉叶建兴，沙柳民团在潘春水的调教下已经打了一次胜仗，他和沙柳百姓都十分敬重潘春水，这样的人才十分难得，希望他当机立断，把女儿的婚事确定下来，以后成了一家人，沙柳的事情就更有依靠了。

叶建兴看完岳父的信，他心里想的和岳父一样，只是此事不知从哪里做起。如今岳父已经把这事提到日程上来，就应该从快处理。他思忖道，把女儿嫁出去容易，但是得有媒人，总不能自己拉着女儿上门去送吧。可是谁来做这个月老呢？叶建兴一时想不出合适的人选。他到后堂去与夫人商量。夫人对春水一样中意，再说女儿都二九了，不能再拖了。夫人想起救老父时靠紫云山人一起出力，她对丈夫说："我看只有紫云'三杰'中的王泰来最合适。他两边都熟，而且和春水是好朋友，这婚事非他莫属。"叶建兴听夫人推荐王泰来，也觉得没有比他更合适的了。叶建兴一匹快马直奔紫云山。紫云"三杰"都在，见叶建兴快马登门定有要事，众人在王泰来家里坐定。叶建兴和三人道过客套，他把岳父的吩咐说给王泰来听："岳父给我一件大事，我不知如何处置，想请'三杰'出力，助我一把。"叶建兴不转弯抹角，他对王泰来直抒胸臆。王泰来转身对二王两人说："叶员外岳父慧眼识英雄，远见卓识。潘春水和叶小姐原本是英雄美女，这是天造地设的一对。看来这个大媒非我们莫属。"说完他对着二王大笑，"我主媒，你俩帮办如何？"三人一起拍手称快。王不见说："潘少侠四处奔波，商行、沙柳都少不了他，此事宜快速决。"叶建兴一听有理，就把这桩婚事拜托三人。

叶建兴在紫云山把女儿的大事定了下来，夫人听了连连称好，她高兴地对丈夫说："紫云'三杰'都是过来人，他们最了解两头情况。喜事是要速办，万万不要耽搁了他们的大事。"

潘春水告别叶建兴去到后院，正好碰到小红。"潘公子请，"小红一脸笑容说："小姐好像会掐算。"

春水没有明白小红的话："你家小姐给谁掐算？"

"小姐说你今天一定会来，催着我下楼接你。我刚打开院门，你就到了。你们是早就有约在先了。"小红说出自己的猜想。

春水只是一笑，跟着小红上楼，春阳已在一旁迎迓。

"你怎么知道我已经到桃柳溪了。你是掐指一算？"春水有点儿好奇，他问春阳。

"我可不是神仙，没有那么大的能耐。你知道今天是什么日子？"春阳羞羞地问春水。

春水看着春阳，一只手摸着后脑勺半天。"噢，去年的今天，你把自己的体己全部交给我做本金，我答应一年为期，一定要把本金翻十番。没错，就是今天。可是你为什么知道我今天一定会回桃柳溪？"

"我也不知为什么，只是想你不会逾期的，再忙也不会把这个日子忘了。你一定会准时回到我身边的。何况昨晚灯结双蕊，小红说灯结双蕊，喜事连连。准吧！"春阳有感而发，一脸的喜气，笑吟吟地把春水引到椅边。

春水没有坐下，他徐徐俯身，慢慢跨前一步，双手一抱，把叶春阳搂在怀里，轻轻地附在她的耳边说："上苍巧合，天遂人愿。"

"老天可怜你我，促成美事一桩。"春阳低低地应和着。

春阳说："家里挺闷的，不想出去走走？"

"好啊，我也想轻松一下，想到哪里，骑马去吧。"春水说。

"从桃柳溪十八渡到岩下蒋，一路绿水青山，两岸风光旖旎，无须去山阴道上，就能感受陆游笔下'山重水复疑无路，柳暗花明又一村'的美景。我一次都没过，今天你在，陪我玩一次吧。我们不骑马，就这样边走边聊。"春阳摇着春水的手，她要和他一路携手并肩向前。

"路很远的，你行吗？"春水担心她会太累。

"'我以真心寄明月，随君直到柳溪西。'有你在侧，什么都不怕。"春阳稍稍地改动了李白诗的几个字，把自己的一腔柔情都化在里面。

"她把李白诗做了应时改变。"春水没说出来，他心里明白，这是一番由衷的自然吐露，日月可鉴。

"走！"春水拉着春阳的手朝着十八渡而去。

桃柳溪从高山飞流至村前，水势已趋和缓，大自然的鬼斧神工造就了千变万化的两岸绿水青山。这溪，就在两山间曲折穿行了一十八次，一弯一弯，弯弯有景，出自天公，景景不同。

他们两人一路随溪而行，春阳说："我表姐是百晓，她虽然是泳溪街人，却知道这里的山形水势。不知是她杜撰还是真有其事，我们一路走一路看，是不是和她说的一样。"

出村的第一道町步又大又高，溪水从町步间淙淙而出，千步岭就从这里开始。

町步高大，都是用上千斤的大卵石砌筑，是村两岸往来和外出的第一通道。春阳扭动着腰肢轻松而过，迎面一组山峰扑入眼帘，她问春水道："潘公子，你仔细看看溪边这两山有点讲究不？"

春水细看两边山势，他对春阳说："这边峰下有一个红色小岗好像一盏摆在桌上的纱灯，溪对面是高低错落的几个山峰，山形总体像一匹昂首向前的马。嗯，越看越像。"

"表姐说过出村就有一组山景，这边叫'天灯盏'，对岸的叫'神马山'。村里流传说'天灯来照明，神马把路引'。说的就是这里了。"

"好景，你表姐博古通今。"春水脱口赞美道。

前面又是一道町步，步石比村口的小，春阳一样稳步踏过。

跨过第二渡，两岸青山一大一小，各像一道拦门石挡在溪边。春阳对春水说："左右两山伸出部分各像一道石崚，表姐说我们这里有一组'大崚对小崚'的山，想来就是这里了。"

两道山崚切近溪边，这里的町步高低错落，上面有的满水，踏不准町步会弄湿鞋子。春水指着满水的町步试探地问她："能过吗？"春阳点点头，她要自己走。这个娇小姐胆子不小，她像一只小鸟，两只金莲在町步上雀跃而过，步子很准，鞋子没沾一点儿水痕。春水对她竖起大拇指。

走出"大嵝对小嵝"的石门关，前面又是一渡，两岸又换一景。春阳说："你看这组山景像什么？"她要春水说，听听他说的是否与前人对口。

潘春水顺着春阳手指看去，他说："左边山峰是一个顶圆下摆逐渐放开的弧形巨岩，嗯，这像什么？噢，极像崇法寺院那座大青铜钟。右边一脉前峰低矮，中部顺长，后面高耸宽大，好像一只入溪饮水的黑牛。不知叶小姐以为然否？"

"三公子所言极是。村人把这景称为'金钟对石牛'。所见略同，果然好眼力。"春阳赞不绝口。

前面一渡水深流急，春阳在水边被哗哗的水声怔住，町步上水漫过面，町步下是旋转的深水潭，不说鞋子要湿，还有滑倒的危险，她不敢涉险，等待外援。

"回头还是向前？"春水问她。

"前面还有美景，你说能不去看看吗？"春阳反问。

"我保驾护航，走。"春水去牵手，她不伸反退。春水以为没有抓住又去牵，她还是往后退。

春水一想，他笑着说："不给，我抢了。"说着他抄起双手，像娃娃那样一把把她抱在怀里。

"啊！"春阳一惊，双手一下抱着他的脖子，把春水紧紧地搂住。

好春水，提起一口气，脚尖点着水面飞一样越过町步。他没有把她放下，继续飞奔向前。

"快放下。"春阳被春水搂得气喘吁吁，伏在他的耳边轻轻地说。她从来没有这样被男人抱得这么紧实，也没有闻过这样浓重的男人气。她大口地喘着，一种说不清的东西在浑身上下游走，心里感觉特别的爽。

"你走累了，多送一程，让你多歇会儿。"春阳的整个身体都被他结结实实地紧夹着，他感觉到了她的心跳，她的体温，她的坚挺又柔软的酥胸和光滑、细腻、洁白的肌肤。

走了一段平路，春水要把她放下，可是她的脸颊紧贴着他的脸庞，双手紧搂着他的脖颈不放。她索性把头埋入他宽阔火热的胸膛，一动不动，两个人的胸膛合在一起，两颗炽热的心在一起跳动。一种无比的安全感在她身上扩散蔓延，这是她一生中最幸福的时刻。她要牢牢地把握他，不许他稍纵即逝。

春水注视着她的青丝，一根一根，细细长长，柔滑丝软。洁白的头皮在黑发下闪耀着银光。他俯下头来，细细地闻着女性特有的馨香，这味儿像无数电流涌遍全身十二经络，当年师兄给他吃的人参果都没有这样销魂。

"我们回去吧。"还是春水警觉。

"不。桃柳溪十八渡的美景还没有玩完，我们继续向前走。"春阳松开了手，她整理着起皱的衣衫和零乱的发丝，两人手牵着手一路向前。

前面还有两组山景，一组是一连串的山峰，一个接着一个，起起伏伏的像扭动着的蜈蚣在爬行；一边是一座矮小的下大上尖的山岗，酷像一只伏在水岸边的田游螺，这山景名为"蜈蚣吃田螺"。拐角外又是一个大弯，一组山景呈现在前，这边的山样像一把敞开的雨伞，对岸山岗像一个圆溜溜的大绣球，名为"雨伞罩绣球"。

溪水从外弯一路而下，两人来到岩下蒋，站在溪岸远眺。上游来水平平展展，前面突然出现几道凹陷，水流到此形成一排排，一层层，一个个漂亮的柔和的圆形"挂泉"。挂泉下山势突然收紧，溪床在村前出现一个落差很大的弧形断层，断层下又是一个三面收缩的深豁。桃柳溪水从高处跌落第一道坎，形成无数条飘洒的瀑布阵。来水向前兜在这个落差很大的大漏斗里，继续往下面的深豁冲击。冲下的溪水又从溪底向上翻卷，白浪、飞沫、雾气把整个深豁笼罩。一阵阵水风从翻腾的溪面升起，收干了行人一路的汗水。周围的岩壁闪耀着古铜色的光泽，坚硬的石壁被溪水冲刷得一尘不染。从下游朝上仰望，搅动的溪水似一条洁白的蛟龙，被牢牢地控制在这条狭长的深豁里翻卷，又像自天而降的白亮亮的波涛。震耳欲聋的水声轰鸣着，在山谷里回荡，声势十分壮观。这是桃柳溪最为著称的一景——"小壶口"瀑布群。

春阳说，"没想到家门口的绿水青山竟然藏着这么多美景，以前只是耳闻，今天总算眼见为实。虽然到不了黄河壶口，但在家门口已经有惊心动魄的体验。今日一走，不虚此行。谢谢潘公子陪游。"说毕深深一福。

春水赶忙托住。"小姐如此大礼，岂不是把春水当外人了。时候不早了，我们返回吧。"说毕抱起春阳驮在背上，大步流星飞越十八道町步往家赶。小红在村口，看到两人过来打趣地说："我准备敲锣寻人了。夫人、老爷等候多时，叫奴婢唤你俩去大厅说话。"

"紫云'三杰'带来口信，他们对你们三兄弟的事业很是佩服，希望与你们合作，不知少侠兄弟有否意向。"叶建兴问春水。

春水听叶建兴如是说，他马上回复道："前辈，您是知道的，我现在最缺的就是人手，像紫云'三杰'这样的人才求之若渴。到紫云山也是我这次回家的主要行程之一，明天一早前去，然后直接回石浦。"春水把自己的行程回复叶建兴。

"几时回石浦等你去了紫云山再决定吧。明天就从这里出发。你们还有事情等晚饭后再聊吧。"叶建兴暗留春水。这话正合春水之意，在桃柳溪他还有一事未了，许多话正好与她商谈。

晚餐很丰富，叶建兴夫妇特别热情，春水感到比在自家还放松。叶建兴一再劝酒，春阳一杯一杯地给他斟满，他从来没有喝过这么多，也没有喝得这样开心。

"春阳，好好款待潘少侠。"饭后叶建兴吩咐女儿。

这又是从来没有过的事，叶春阳在心里嘀咕。父母从小对自己管教很严，唯恐她说出什么不庄重的话，做出什么越礼仪的事，今天怎么啦？

晚餐后他俩起身告辞双亲，回到后院。

一个纯真少女，这回真不知道如何才能掌握"好好款待他"的分寸。

春水喝了不少酒，但没有烂醉如泥。他头脑清醒，步履稳健，跟着春阳到闺房。

春阳在书房摆开一套宜兴紫砂茶具：一把深紫三柱供春提梁壶，两个紫砂茶盏，一个大茶缸。她像一名熟练的茶艺师，碾茶、筛茶、煮水、洗壶洗盏、洗茶、泡头汁、斟茶，她把洗净的还没有展开的茶叶放入茶盏再泡二汁，一个凤凰三点头，盖上闷盖，她熟练有序地泡出香茗，斟给她的三郎。

"潘公子请先用醒酒茶。"春阳一字一句款款而语，深恐她的三郎酒醉迷糊。

"香。"春水端起看似粗陶的茶盏，一缕幽幽茶香随风而来，茶还没有进口，神志突然清爽了许多。"好茶！"春水又说了一句。

他一手端盏，一手用碗盖把粗壮的茶芽拨在一边，啜了一小口清澈汤水，嘴里有一种黏稠感，一股微苦夹甘的清香弥散在口中。他徐徐咽下这口香茗，茶香的特别味直冲脑门流入腹腔，心里顿觉通畅了许多。一连几口，把这盏茶汤喝了，酒劲一下减弱了许多。

春阳又给他续上。他把第二盏茶又喝了，酒气全被这汤水冲没了。

"好茶，真是好茶！"春水对春阳说，"我们家泡的茶怎么没有这个味？"他自语道。

"你知道这茶哪里采？"春阳笑问春水。

"泳溪四面都是大山，村子四周都有茶山，哪座山里没有茶采？"春水随口而出。

"潘公子说得轻巧，你摘的茶有过这样的口味？"

"……"春水一顿，他一时回答不了春阳的话，只好在一旁傻傻地笑。

"这是云雾中的大智山野生明前茶，要二三万粒芽才能炒出一斤干茶。三年前我采到半斤茶芽炒了二两，一直舍不得泡。"春阳如是告诉春水，这茶叶的珍贵自然不一般。

"这么好的茶你分点给我，也让我两位哥哥尝尝茶的美味。"春水第一次向人家开口，他想让他两个哥哥也能喝一口这样的好茶。

"茶叶分点没问题，但是你能泡出一样口味的汤水吗？"春阳反问。

"你教教我嘛！我一定能学会的。"春水央求。

"泡茶不难，以你的天赋一学就会。"春阳边笑边说。

"那是舍不得茶叶？"春水感到不解。

"你以为有茶叶就有好茶喝？"春阳反问。

"把井水烧开一泡，不可以吗？"

"春水少侠样样精通，只有这窍不明。"

"溪水、井水、山水，难道水还有讲究？"

"你知道这壶里是什么水？"

"难不成还是仙水？"

"差不多。"

"说来听听。"春水好奇，第二次央求道。

"一壶好茶，茶叶第一，水不能说第二，还有这茶壶，它们和茶叶是并立的。喝茶人讲究'扬子江中水，蒙山顶上茶'。那是说好茶要配好水，好茶再斟紫砂，这茶才是越喝越有味的香茗。天台虽然没有天下第一的趵突泉，也无闻名四方的龙井虎跑水，但我们有紫凝天下十七瀑，还有石梁雪瀑和桐柏福圣瀑。这三地的水被誉为天台水中'三绝'。这茶水出自八十里外大西乡的高山之巅，被茶圣陆羽誉为'天下第十七水'的紫凝雪泉，是三年以前大雪融化时去接的，一直埋在后院梅树底下。老爹要我好好的款待你，这才想起用大智山明前茶和这天下第十七水的雪泉烹煮，再用这套能使茶味更厚润的供春提梁紫砂泡茶，款待你这位贵客。"春阳论茶，滔滔不绝。

"真不知茶水有那么多的讲究，泡茶有这样的不易。领教。"

"你去时分你一半。"春阳很大方。

"不，还是留在你这里，什么时候你请我们三兄弟到你家来喝吧。"春水打消原来的念想。听了春阳一番说道，他知道想喝一口好茶真不是随意可得。

"还有一件最紧要的事，你猜猜？"这回轮到春水发问了，他要把本金归还她，却没有直说。

"猜啥？"春阳突然脸泛红光，她羞得不敢看他，她以为……

"很正经的事，你一定猜得到。"春水以为这样提示，她心中有底，一口猜中。

把"要紧、正经"联在一起，春阳感觉脸上发烧，她把头别向暗处，这话女儿家能说得出口吗？"你坏，我不猜。"

这会儿又轮到春水发呆了，这样的好事怎么就变坏了。

原来丈母娘谈天郎说地，两个人想的不是一条筋，榫卯合不到一起。

春水还是不明白自己"坏"在什么地方？他半眯着双眼，用两个指头敲着额头，没有明白她不猜的原因。

他突然想起他来时的情景。

"小姐说你今天一定会来，催着我下楼接你。"

"你们是早就有约在先。"小红开门时对他这么说。

"你知道今天是什么日子？"

"我可不是神仙。"

"你再忙也不会把这事忘了。"春阳见面时这样回答他。

她忘了这事，我提醒她吧。

"叶小姐，你怎么知道我要回桃柳溪？除了想念你，我还得守信誉呀。"春水扶着她的肩头转过她的身子，一双黑眼睛深情地看着她。

"原来你是带着银子来还我？"春阳边说边笑，肚里在骂自己"以小人之心度君子之腹"。

"我说过，我会按时奉还。请叶小姐过目。"春水把一大包银子放在春阳桌上。

她的目光在包上扫过，比她的本金多了至少两倍，这回轮到春阳生气了。

"潘公子，当初给你本金我说过是借还是高利贷?"

"没有。"春水回答得十分干脆，十分肯定。

"那你把这许多银子放这里是什么意思?"

"今天你来还高利贷。"春阳不爽。

"……"春水无言以对。

"潘郎，你的一片赤诚之心早已印在我这里。"春阳以手指画胸膛，"我要银子何用? 官匪相通，倭寇海盗勾结，你能为百姓安居乐业行侠仗义，涉险组团，我敬你重你。小女子虽有丈夫之志却无男儿之勇，区区银子算是我的一点心意，你就往最需要的地方使，只要你看好的，我都支持。"春阳结好包裹，放在春水前面。

"叶小姐胸怀百姓，一腔侠肝义肠，令春水铭记在心。我潘春水不把匪盗赶尽，誓不罢休!"

"盼潘郎大展宏图，早日凯旋。"两人互道晚安。

翌日，春水一匹快马直奔紫云山。

紫云"三杰"受叶建兴嘱托，他们早在家等候。看到一匹快马驰来，就迎了上去。春水一看紫云"三杰"一起，他跳下马来和"三杰"相见。

四人走进王泰来堂屋，春水说:"'三杰'别来无恙。春水迟来问候请别见怪。"

"我们虽然远在山里，但少侠兄弟为百姓打拼的事时有耳闻。不知少侠枉顾山场有何吩咐?"王泰来说。

"紫云'三杰'不是外人，我就实话实说。"春水开门见山，"恶霸土匪外加倭寇，让百姓民不聊生，我们做生意的也屡受其害。不把这些害人虫消灭，谁也别想安居乐业。要想早日过上安稳日子，缺少的就是像'三杰'这样的人杰。春水单枪匹马，不知能否请得动'三杰'出山。"

"少侠一心为民除害，敢于独闯虎穴龙潭，我等三人佩服之至，今日少侠登门相请，哪有不明之理? 待我等安顿好家事就一起共事，少侠以为如何?"

王泰来代表三人说。

"原来三位早有准备，我代民团感谢你们。这是给你们的安家费，希望诸位妥善安排家事，我在一市和大家会合。从今后我们同仇敌忾，共抗匪盗，保家安民奋斗在一起。"春水把安家银放在桌上，他没有料到邀请紫云"三杰"竟然如此顺畅。"三杰"的加入，让抗击匪患的力量大增，他十分高兴这次任务完成得如此顺利。

春水立起，抱拳作揖，准备直奔一市而去。

王泰来说："少侠果然急公好义，令我紫云山人敬重。在少侠起身之前，老汉有一事动问，不知能否耽搁片刻？"

"三位有话，尽说无妨，只要我知道的。"

"我们知道少侠尚未成家，老汉想做一次月老，如何？"王泰来没有拐弯抹角，很正经地直说。

春水没有想到这招，他不知是一口拒绝还是听听下文，一时开不了口，竟有些不知所措，呆在那里。

王继根见春水在疑惑，他补了一句："女方千金你认识的，听大哥一次。"

"大哥出面牵红线，不会有错。"王不见在一旁帮腔。

"'三杰'是我敬重的长辈，既然如此，说句心里话，春水心里已经有人，再也容不下第二人了。"春水把自己的意思告诉他们，希望三位谅解。

"大哥如是说，他一定经过权衡，随便人他也不会向少侠提议。"王继根对春水说。

"听说姑娘来自桃柳溪，你也熟悉。"王不见把距离拉得更近，就差指名道姓。

王不见的话其实已经告诉春水底牌，在桃柳溪除了她，他还认识谁家姑娘？

"春水愚钝，请三位别怪。"春水第一次在人前这么害羞，"我听三位前辈安排。"

王泰来对春水的迟疑十分满意，叶建兴没有看错人。

"姑娘就是叶建兴之女叶春阳，美人配英雄，天造地设的一对。"王泰来心想，叶家千金春阳的月老他是做成了。对春水说，"少侠要务缠身，后天就是黄道吉日，你在老家等做新郎，后面的事我们通包。"

喜从天降，春水告别"三杰"，他回到下溪头和大哥商量婚事。秋水夫妇一听喜得合不拢嘴，山红说："三弟早该成家，现在总算圆满。"

"这么大喜事，我去一市把夏水和廷良、善华他们约回，让大家好好团聚一番，热闹一次。"

秋水去搬兵，王泰来他们更是马不停蹄，小红把这个消息告诉春阳："小姐，你的大喜来了。"

上午春水离开桃柳溪，下午还会有什么高兴的事。"哪里来的道听途说瞎嚷嚷。"春阳以为小红又在说让她开心的话。

"紫云山来了三人，替潘公子做大媒，老爷、太太一口答应这门亲事。小姐，你要赏我哦。"小红伸出手来，"小姐，灯蕊双开，喜事连连。这样的好事天地都有感应。我是头报，加倍拿红包。来！"她打着手势边说边乐，把春阳也逗笑了。

春阳对这个结果并不意外，但是来得这么快太出意料。她从腕上勒下自己的金镯子给小红戴上，等待父母的确认。主仆俩刚坐下，门外楼梯一阵笃笃声响起，小红忙去开门，难得来后院的夫人和两个弟弟一起上楼，春阳赶紧给母亲请安，拿好吃的给两个弟弟。

"母亲身体不适，不必亲自上楼，有什么事您吩咐小红，孩儿我自会来聆听娘的教诲。"春阳举着玉拳，轻轻地给母亲捶背。

"我儿大事，为娘怎能马虎？儿啊，你父亲把你许配给了潘春水少侠，不知我儿意下如何？"李夫人把婚事正式告知女儿。

"女儿婚事由父母做主，再说潘公子本是人中蛟龙，感谢父母大人为女儿觅得好夫君。"春阳说毕，一跪到地。

李夫人一把拉住春阳："女儿免礼，这是做父母的应尽之责。"春阳本是娘的心头肉，说毕眼中情不自禁地闪着泪光。

"娘，女儿我不管走到哪里，您永远都在我的心头，我会常来看你们。"

下溪头的弟兄当天都回到家，二话不说忙着给春水布置新房，一切都由大嫂山红指挥。

春水进入新房，一张漆色新鲜的雕花软条七帐床，里面叠着高高的红绸百子被，绣花枕头是二嫂的手艺，两只鸳鸯比翼齐飞。床单、床帘绣着吉祥图案，这是大嫂早早地为春水准备的。新房内的全套家具、金银首饰、古董摆件都是娘家抬过来的。春水对岳父、岳母表示，他不会在家多待，最多十天半月，其他一时用不上的东西就没有再往下溪头送。

春水高兴得很，虽然没有叶家考究，也是村里之最。花轿仪仗都是秋水筹备，接亲是送三接七，只等时辰一到，马上出发。

叶建兴知道春水繁忙，沙柳军情紧急，一切繁文缛节可省则省，能免就免，把婚事办得既风光又不落俗套。

潘春水的婚事在下溪头热闹了三天三夜，亲眷、朋友、伙计都来贺喜，衷心祝福有情人终成眷属，愿他们百年好合，白头偕老。

一场喜事，主婚双方皆大欢喜，只有一人咬牙切齿。这人就是春阳表姐胡鸣鹏。

几天前春阳还当她面故作无辜，耳畔声音还在，就发帖子来请她喝喜酒，把她当作三岁孩童玩，这口气实在难咽。她思来想去，只得静待时机。

春水、春阳，一对梦中恋人，终于成为眷属。两春并辉，就像桃柳溪、泳溪一样，虽然发源在各自的高山，但是只要坚持向下奔流，不管山有多高，峡谷有多险峻曲折，迟早会合二为一。

欲知后事如何，且听下回分解。

第二十八回

三水三杰计破贼寇
春水春阳再度蜜月

山里习俗，送亲伴姑要么金童玉女，要么父母双健、子女齐全的年轻媳妇，意会多子多福，世泽绵绵。叶春阳结婚，胡鸣鹂虽然已婚但是丈夫弃家出走不知去向，别说子女双全，她已形同寡妇，自然在送亲伴姑中剔除。当她知道新郎就是当年那个被她嗤之以鼻跟他去会要饭的穷酸贩鱼人，如今已是这山里一呼百诺的新掌门人，而且还把苍山脚下最富、最美、最慧的女人抱在怀里，她把拳头捏得青筋暴露，牙齿咬得咯咯响，一肚子的嫉妒和怨恨。

"死囝，别得意，总有一天我会收拾你。"胡鸣鹂的一腔怨气无处发泄，就往软的捏。她把火气一股脑儿撒向叶春阳。

潘家办喜事的热闹场面不多见，繁文缛节也无需多述。恩爱伴侣也非一般农家夫妻可比。客人都是春水手下的兄弟和伙计，他们都知道春水有多忙，肩上的担子有多重，这难得的几天喜庆日子对他是多么的稀罕。什么闹新房、玩新娘的场面很快走结束。客散人静，新婚夫妇在灯下对坐。两人有说不完的情话，忆不尽的往事，一件件、一桩桩的回忆像流水一样不断淌出，都清晰地在眼前呈现。

春水回忆，虽然好事多磨，毕竟还是风顺帆正，水到渠成。两人从第一次偶然相见，这中间经历了多少感情的折磨，付出了多少心血和劳累。他的智商是她给开发的，他的情商是她给铺垫的。他一路走来都是以生命为代价的，虽然满含凶险，但总是逢凶化吉，一关一关顺利而过。他曾经听人说过这样的话："好人自有好报，吉人自有天相。"想想前前后后，这话很有道理。种瓜得瓜，种豆得豆，撒下善种得福报。

春水自语："当年在滴水洞，师兄待我胜亲人，不光教授一身本领，还把衣食住行刻刻放在心里。只要自己有一点儿不适，师兄就知道哪里不舒服，几下就把自己调理得舒舒畅畅。"春水知道师兄是那样的爱他，为他的成长付出了许多心血，可是在他的心里她依然是他的师兄，没有一分意外之想。滴水洞一别数年，他天天念师兄、盼师兄，可是这么多年过去，师兄却没有给他丁点儿音讯。他几次路过那个路廊，也曾多次进山去寻找，他循着当年走过的山道转来转去最后还是回到老地方破路廊。他曾经说过，一旦有了出息，他要把师父、师兄接到家里和他一起享受人间温情，欢度晚年。可是，可是他们在哪里呢？春水想着想着泪水不由自主地在眼眶里打转。还是春阳想得开，她劝说道："人的悲欢离合不全是自己可控，但是个人的努力是一生成败的关键。就拿表姐来说，抛弃一切，只把享乐和富贵当作唯一追求，这就把自己的眼睛蒙住了。好与不好，有时就在一瞬间。你师父、师兄是你的大恩人，你没有忘记他们，他们也不会忘记你。现在见不着面，不过是时候未到吧！只要心存念想，你和他们总有相会的一天。"春水说："你说得对，心存念想，总有相会的一天。"

夜已深沉，三更鼓起，贺喜的人早已经散尽，一对纯洁的恋人经历了千辛万苦终于并坐到一起。春水浑身上下没有一丝多余的赘肉，两块宽阔的胸大肌连着六块匀称的腹肌，手臂结实得像茶桶，双腿如油车柱，整个儿像块铁疙瘩，散发着令美人颠倒的雄健男人味。双目微闭的叶春阳舒展着四肢平躺着，她的肌肤光亮细腻，一身上下凹凸有致。婀娜柳枝生就了蜂腰圆臀，一对坚挺乳峰如昆仑耸天，山下是一马平川的草地，在昏黄的灯光下就像一座精雕细琢的白玉件，简直就是一处桃花盛开的胜景。两人互视纯洁胴体，春阳迷迷糊糊中似在呓语："三郎，春宵一刻值千金，这是我雪藏了一十八年最珍贵的大礼，单等着这一天的到来，你赶紧拿去。"春水被眼中的新奇激起，他从来没有见过这样赏心悦目的景致。一股燥热突然从心里升起，他不由自主地紧紧地捧着她。一阵阵像杨梅红时的春雨，飘飘扬扬，柔柔和和洒向那块未开垦的处女地。干旱大地之上的万物尽情地吮吸着天赐甘霖，犹如初涨的春潮，热忱和谐，上下涌动。兴奋的春阳紧紧地搂着春水语无伦次地叫着："我要飞了，我在空中飘荡。三郎，千万不要把我丢下！"

新婚夫妇的恩爱缠绵自是不同寻常。

新婚三天一过，商行和沙柳迭迭来报，秋水、夏水等人分别奔赴自己驻地，很多人把老婆、孩子也带上，免得心挂两头。家家户户都铁将军把门，王廷良、王廷元一行，他们的家属只要能起身的，都跟随前往，浩浩荡荡地向两地商行进发。

春水对春阳说："我的流动性大，也没有一个久长的居地，再说岳母身体欠佳，岳父也要走动，家中有你在侧，岳父和我都放心，我也会经常来看你。"

"潘郎，'愿得一人心，白首不相离'。我已托身于君，只盼你荡平匪寇，早日凯旋。只要与你在一起，富贵贫贱无所忌。"春阳话未完，泪已流，"潘郎啊，'得成比目何辞死，愿作鸳鸯不羡仙'。我哪里知道新婚三天，就要天各一方"。身在闺阁的娇小姐真正体会到生活是如此的艰辛，如此的身不由己。

"'身无彩凤双飞翼，心有灵犀一点通。'你是我的知音，最能读懂我的心。要家平安，必须帮无虞。如今大敌在先，我不向前谁向前？只要心志不移，得道者一定多助，胜利一定是我们的。"春水安慰妻子，希望她能稳定心绪，他才能安心在外。

他简单收拾新家，把妻子送回桃柳溪。他不敢久留燕巢，沙柳要他赶紧去，紫云"三杰"已经在那里等候。

清溪的源头之一就是桃柳溪，春水在那里为民请命，她在家睹水思亲，是谁把他们分拆两地，是谁让她和亲人不得相聚。她摆下瑶琴，一曲《卜算子》飞向远方。

> 我住清溪头，君住清溪尾。日日思君不见君，共饮一溪水。
> 此水几时休，此恨何时已。只愿君心似我心，定不负相思意。

唱得溪水呜咽，唱得百鸟哀鸣，唱得热泪涟涟。

马蹄嘚嘚，春水早已绝尘而去。抚琴人却一遍一遍地反复。空旷的山野，只留下哀怨的琴声和满脸的泪痕。

"小姐，姑爷已经远去，他一定会很快回来看你。我们回吧，老爷出门去了，老夫人在等你。"小红一边劝慰一边把她扶起。

春阳口中讷讷道："天长路远魂飞苦，梦魂不到关山难。长相思，摧心肝！"

春水快马加鞭，在沙柳的秘密据点和李正东、紫云"三杰"等相会。李正东报告了"亡三代"活动的最新密报。

"最近蛇蟠岛大量采购辎重物资，并且收编了一个山头的绿林强盗，岛上加强练兵。但是目前还没有出击的迹象，不知葫芦里装的什么药。"

春水把春阳的银子交给李正东。他说："外公，这是春阳托我代交的一笔善款，是一位天台女子对沙柳抗匪寄予的厚望，请您转交沙柳民团。"春水说，"敌人训练有素，无论人员装备、后勤保障都比民团强。在敌我力量悬殊情况下，没有全盘掌握敌情前切不可轻举妄动。探清敌情，这是眼前最紧迫的要事，越快越好，越细越妙。"

"摸清敌情，快速传递，没有比丐王更合适的。"王泰来推荐王继根。

"神手不见可谓来去无影，如果有他配合，自然如虎添翼。"丐王邀请王不见同行。

"有二王出山，一定旗开得胜。"李正东正在担忧弄不清海盗在搞什么鬼，现在高手出场心里安定了许多。

第二天一早，沙柳街上、码头、海边多了几个衣着不一的叫花子，他们出没在各种场合，有的和几个"亡三代"的爪牙混在一起称兄道弟。

在一家酒楼，一位衣衫不整的白发老者和一位方巾长袍打扮入时的中年人同坐在一个临街包厢。

"店家。"这位中年人在呼叫。

"客官，小的在，要什么请吩咐。"小二闻声从店堂上来。

"好菜好酒尽管上来。"中年人发话。

"好咪，请客官稍等。"小二退出包厢。

这两位就是易容的二王。

"蛇蟠岛不甘被伏击，倭寇帮他们设计一个圈套，想把黑衣人一举消灭，但不知何计。"丐王王继根把刚得到的信息告诉王不见。

"我扮作海盗混入蛇蟠岛，那里准备了许多物资外运，听一个头目在嘀咕，'龟森君的这个妙计真能引黑衣人入套'？"神手王不见说出自己探听到的信息。

"这是真正的内部信息，我们回去吧。"王不见起身付账，两人直接回据点。

在沙柳民团密室，二王把消息作了报告，李正东说："'亡三代'心狠手辣，我们不能落入他设下的圈套。不知春水少侠和'三杰'有何高见？"

"海盗囤积物资是引我们出现的诱饵，然后一举消灭黑衣人，这是'引蛇出洞'，真是凶恶之极，可是我们如何破他，又是一个难题，不知春水少侠有何打算？"王泰来一时拿不定主意。

"'亡三代'从来没有对手，黑衣人的出现使他士气受损，而且阻碍他的势力扩展。他竟然利用倭寇为他助力，真该千刀万剐。现在他使小利诱骗民团，我们只能将计就计。我们要让敌人误以为中计，然后来一个前后夹击，把上岸的海盗一锅端，狠狠地挫败'亡三代'灭我的阴谋诡计，让他再不敢轻举妄动。"春水分析敌情继续说，"然后我们用'螳螂捕蝉，黄雀在后'之计，打他个措手不及。"他把整个计划做了周密安排。"第一，我们要继续练兵，随时摸清敌情，适时调整对策。第二，一切行动听从指挥，没有命令不得轻举妄动，暴露目标。"

春水离开沙柳，他先去一市再带着秋水一起赶往石浦，三兄弟加上廷良、廷元兄弟一起商讨围歼"亡三代"的战斗步骤。他们在那里策划一支水上力量，由夏水带领配合沙柳行动。

"我们这次出来，把家属都带来了，虽然不要她们上阵，但是她们一样有用武之地。"春水要夏水把石浦的船队拉到一市待命，自己返回沙柳。

李正东告诉春水，密报消息，蛇蟠岛明天有一队海盗上岸，前往海游运送二十车货物。

春水问是怎么发现这个消息的。李正东说："海盗送货没有偷偷摸摸。二十车货连押送的也就六十个人，敌人好像很不在乎。"春水说，"这是敌人计划的第一步，明摆着要让别人知道，引我们上钩。"

"敌人的'引蛇出洞'开始实行了。我们也按照原定计划行动。请总指挥告诉团员，不要走漏消息，今晚到达指定地点设伏。"春水向李正东发出战斗指令，自己马上到一市部署配合的行动。

第二天一早，蛇蟠岛的一条大船从海游方向过来，船上二十辆货车和押运海盗六十人上岸，一路大摇大摆行进。

二十辆货车在山脚的一片林子里休息，李正东带领的黑衣人冲出伏击地朝海盗包围过去。突然货车打开，一下跳出四十个海盗，把黑衣人弄懵了。海盗已经追杀过来，和黑衣人展开搏斗。

李正东奋勇向前，他大喊一声："弟兄们，有我无他，为了家乡，为了百姓，拿出我们的血性精神来。"黑衣人和海盗混战在一起，双方打得难分难解。正在这时，春水和紫云"三杰"从山上下来，四人如猛虎下山冲入海盗群中，他们四人奋战四个海盗头目，两个很快被春水和王泰来搋翻，海盗难以支撑，开始混乱。

民团转为优势，正在这时，蛇蟠岛二头领齐海率领一队海盗赶到。"儿郎们与我顶住，抓住一个赏银十两。"这帮海盗一看来了救星，立马抖擞精神，民团陷落下风。春水一看海盗来了大头人，他吩咐"三杰"顶住，自己冲入和齐海对阵。正在危难之际，春水听得一声口哨，他大喊："弟兄们，我们的救兵到了，海盗无处跑了，冲啊，杀他个片甲不留。"

原来秋水带着一市人马赶到，民团队员信心倍增。海盗一看黑衣人来了援兵，都往海边退。齐海大声喊："儿郎们，蛇蟠岛大兵马上就到，这些黑衣人一个都走不了。"

春水对着齐海："今天是你的末日，蛇蟠岛你是回不去了。"

齐海是个惯匪，一看春水武艺比他高出许多只能勉强应付，他说："岛主上岸，定要你们粉身碎骨。"他想从心理上威胁黑衣人。

"看看是你先死还是你的喽啰先完。"秋水从后面冲杀过来。

春水不及回话，他只打了一个口哨，秋水带着一市来人去对付刚上岸的海盗。一支生力军的加入，民团士气大增，海盗被打得伤残无数，一看还无救兵到来，开始落荒而逃。

齐海坐等蛇蟠岛来合围，他哪里知道蛇蟠岛几个码头被夏水的船队用火箭封锁，到处烈焰冲天，又被震天的战鼓吓得魂飞魄散，自保不及，哪里还敢渡海救援？

齐海知道后援无望，只能拼死和春水周旋。这个齐海，手上功夫哪能和春水相比，但是虚张声势，声东击西惯有一手。春水一时摸不清他的套路，就和他僵持着。现在大势已定，海盗十去四五，但是这里不可久留，夏水他们也不能在海上久待，他不想和他耗下去，更不能饶了这个惯匪，就使出了飞凤追魂刀，从上下左右四个方向围住齐海，绵密的刀花把左躲右藏的惯匪罩住，他招架不及，春水跳到身后一刀从后背插入毙命。剩下的海盗见二当家的被杀，全部下跪举手投降。

春水对李正东说："前辈，海盗头领已经被歼，这些投降的匪兵你看着办。"

他让李正东处理这些降兵。

李正东对着几十个海盗说："少侠有好生之德，你们若肯放下屠刀，不再与百姓为敌，为'亡三代'卖命，可以饶你们不死。"

"大帅能放一条生路，就是再生父母，我们马上回老家。"众喽啰在地上叩头求饶。

"与老百姓为敌的都不会有好下场，自食其力才是长命大道。"春水说毕一挥手，那些喽啰起身往山里逃命而去。

李正东一行胜利班师回到据点，大摆筵席宴请各位壮士和参战勇士。

李正东是东道主，他举杯说："这一杯酒，先敬石浦和一市的勇士，你们远道而来堵住蛇蟠岛海盗，为沙柳民团奋勇杀敌解除后患立下大功，勇士们，干！"

"第二杯酒，敬紫云'三杰'和三水少侠，为这次粉碎'亡三代'阴谋立下汗马功劳，我们一起干！"

"第三杯酒敬沙柳民团全体战士，临危不惧，不怕牺牲，奋勇向前，干！"

民团张副指挥举杯说："我今天这杯酒要敬一位没有在场的人。"大家你看看我，我看看你，不知这位不在场的英雄是哪位暗中相助的高手。

张副指挥说："这是一位你我都认识的女中豪杰，她为了沙柳百姓不被'亡三代'欺压，把一生的积蓄捐给民团。这位没有到场的好人就是——潘春水少侠的夫人，李正东总指挥的外孙女叶春阳女士。同胞们，我们为她的善举干杯！"

大家被春水夫妇的智慧和实打实的付出所感动。

沙柳民团群情激昂，紫云"三杰"和前来助阵的民工、船工都向潘春水举起拇指。

石浦、一市来的民团战士说，"匪盗虽然在沙柳，但是打击消灭害人虫是所有人的职责，今天受害的是沙柳，如果养虎遗患，明天、后天就会危及自己。以后用得着，总指挥说一声，我们同仇敌忾，勇往直前"。

龟森墨代见"亡三代"两次败在黑衣人手中，而且一次比一次惨。龟森对蛇蟠岛的所为十分恼火，大骂他们是扶不起的"刘阿斗"。他得知朝廷派遣的戚家军等将领已到浙东，无暇顾及蛇蟠岛，直奔他的老巢而去。

"亡三代"损兵又折将，连吃两次亏，这次赔上一名大头领压根儿没弄明白黑衣人究竟是哪路神仙？他一时没了头绪，只能龟宿在岛上休眠。沙柳一带和蛇蟠洋获得了暂时的安稳。

两次大捷大长沙柳民心，支持民团的商家富户越来越多，潘春水的名声也越来越响。

春节已过，叶春阳做了一个梦，她踏着千步岭走到兰亭。一群孩子在放风筝，各式各样的都有，飞得又高又远，有的还发出各种好听的飞笛声音。

一只翅膀长长的雄鹰风筝飞得最高最远，那风筝一会儿高翔，一会儿低飞，在众多的风筝群中穿插飞舞，就像她心爱的潘郎，带着他的乡人一往无前。她眼睛盯着风筝，一脸笑容。

突然这只风筝失去控制，从远处向她这边一抝一抝地飞来，怎么会这样呢？她忽然看见一根线团在小树上飞，原来是天上那只雄鹰风筝。春阳一跳把线团抓在手中，慢慢地收回风筝。她对那些放风筝的孩子说："这风筝多漂亮，飞得又高，可这风筝线一定要牢牢地抓住呀。"

"这是谁的风筝？到我这里来取。"春阳说了三遍，居然没有一个人来认领。她感到很奇怪，那么好的风筝，怎么没有人要？她把这些放风筝的孩子细细地看了一遍，怪了，每个孩子手上都攥着一根风筝线，这这这，这是谁的风筝呢？她转了几个身，四处搜寻放雄鹰风筝的人，但是除了眼前的这群孩子，没有其他人。她只好把风筝线牵在自己手里。

突然从千步岭跑上来一个女人，恶狠狠地说："风筝是我的，还我。"这么熟悉的声音，啊，是表姐胡鸣鹂。

春阳迎上去一看，这不是表姐，表姐哪有这样丑陋？可是这声音和表姐一模一样。

丑女人走到她跟前二话不说来夺她手中的风筝线。春阳一举手，把风筝线藏在背后说："一个大女人，好意思抢小孩的玩意儿？"

"这风筝本来就是我的，是我让你玩一会儿的，怎么你还不想还了？"

"这是我跳起来从空中抓得的，凭什么给你？"一个不可理喻的人，春阳说完反身就走。

丑女人追过来，一步跳起，用劲在春阳背后猛推了一把。春阳没提防背后一掌，手一扬人向前扑去，那只雄鹰风筝线一下脱出掌心，直向高空而去，很快飞得无影无踪。

那个丑女人竟在后面狂笑，她说："嘿嘿，我得不到的，谁也别想拿走。"说完不见人影。

"我的风筝，我的雄鹰。"春阳见风筝飞了就哇的一声哭了起来。

她一哭醒来，原来是梦。可是这梦令她太伤心了。她感到这不是好兆头，迟迟不起床，小红送来的早餐依旧冷在一旁。

趁着民团休养整顿，潘春水返回桃柳溪。

"小姐，快起来，姑爷回来了。"小红在叫她。

"我要睡。"春阳一动没动。

"小姐，姑爷都上楼了，你看。"小红一本正经地说。

楼上响起沉着而熟悉的脚步声，春阳一骨碌坐起来。春水已经走到床前，看她两眼红红的还有泪痕，就坐在床沿，一把抱住她。

"谁欺负你了？这么伤心。"春水一边轻轻地给她抹眼泪，一边悄悄地问。

这一问，春阳的泪水又流了出来。春水以为她一定受了很大委屈，不知怎么安慰。他问小红："谁欺负小姐了？"

"没有啊。"小红很肯定地回答。

"那小姐为什么这么伤心？"

"起床时小姐就在哭，说别人抢她的风筝。"小红也说不清为了什么。

"你什么时候学会放风筝了？小孩玩的东西，你要是喜欢，我给你买几个回来。"春水劝她。

"我的风筝是天赐的，能买回来？"春阳说了一句呆头呆脑的话，把头埋在春水怀里越发抽泣起来。

春水把她抱在怀里，一边擦眼泪一边轻轻地说：

"小时候我也放风筝，从来没有听说谁的风筝是天赐的。你把事情说清楚，那风筝就是值千万，我也能给你要一个来。"春阳依旧不开口，眼泪簌簌地流，她紧紧地抱着春水，生怕他被人夺走。

"别人说女人是水做的，你不说话光流泪，把泪流完你就变成了老太婆，变成人干，你愿意！"春水跟她说笑话。

"我不要变成老太婆，我怎么可以变成老太婆、丑女人。我要与你一起永远年轻。"她想，要是变成老太婆、人干，她的雄鹰真的就把不住了。

春阳喝了一口茶，她把晚上的梦细细地说给春水听。

"日有所思，夜有所梦，你就是怕我走不起身。我是你的风筝，风筝飞得再高再远，这线永远牵在你的手上，谁也抢不去。"春水安慰她。

"真的。你摸摸我的手，潘春水不是被你牢牢地拴在手上。"

春阳用手搓眼睛，这不是梦，她的潘郎就在她的手上，结结实实的，是她想多了。

她终于露出了笑容，像雨后刚开出的一朵阳春花，滋润而鲜艳。

转眼桃柳溪山花盛开，春水带着新婚妻子一起游山玩水，他们在一个雨后的清晨一起上苍山赏石浪里的樱花。

云雾从天外飞来，飘浮着像大海的波涛，在苍山南坡的峡谷起起伏伏；滑下山谷的好像从天而降的瀑布。樱花树生在石浪间，一行行一排排，远近错落，高低交叠。这白云雾气在樱花间漂流升降，隐隐约约，花显花没，宛若瑶池仙境，人间天堂。

春水记起大智山野茶正是采摘时候，他们一起到大智山去采茶。

大智山像一只侧身卧牛，大智寺传来隐隐的早课声，钟鼓齐鸣，如闻仙乐。大智茶出在卧牛背上，云雾在神牛腰部流动，四周的群峰回绕在牛背前后，活像大水牛卧在水中央。牛背上的野茶浸润在云雾之中，吮吸这天地精华，经过一年的滋润，茶树顶端叶间显露一粒粒鹅黄的嫩芽，这些幼芽浑实饱满，像一粒粒绿色的珍珠，带着雨露晶莹剔透。两人在茶林间迂回，四只手在叶间跳动，整整一个上午，手忙脚乱地摘了一斤青芽，炒成二两明前茶。

春水看着如蟹目雀舌状的嫩芽叶尖，闻着特别清馨的醇香，他要自己动手沏一壶好茶。

"夫人，你是老师，我跟你学茶艺。"春水神采飞扬，他调皮地看着春阳，一副顽童样。

春阳把茶叶倒入小茶磨粉碎后过筛子，再把茶粉倒入茶碗洗刷，再在紫砂壶泡上开水，给丈夫斟上一盏。春阳说："这是大智山佛茶，我敬你一盏。"

春水喝了一口说道："这茶和上次相似，只是口味特别清冽，果然是佛门禅茶，喝后心思归一，有万念皆空之感。"

春阳说："天台有好茶，还有大十景、小十景。景景之间还有华顶寺、国清寺、万年寺、护国寺，我都数不过来，听说光华顶脚下的石梁桥就有一瀑三寺，我们都未造访，那里还有许多美景，趁你在家陪我走一次。"

爱妻有兴致，何乐不为？春水说："夫人有此雅兴，三郎唯你马首是瞻。"两人骑马从苍山出发。

他们在峰峦重叠，山有八重的华顶寺住了一宿，一早登上台山第一峰的拜经台看日出。两人在山顶静坐，突然看到脚下的群峰有云雾自东飘来，很快把山峦笼罩，云雾起起伏伏，群峰隐隐约约。远处的天边有一丝隙缝裂开，不断张开的孔隙在黑空里吐露一抹微光，这一丝微光渐渐染上淡淡的红晕，裂缝开始扩大，红晕变成粉红，粉红不断增色，很快凝成暗红又变成为紫色，周围山色也从朦胧中苏醒。突然那暗红扩大成一片紫红色鹅毛。那鹅毛不断扩大，紫红渐渐增光增色。云雾里露出由远及近的大小山尖，犹如大海中的渔船，在波涛里起伏。那片鹅毛不断涨大，很快变成血色的半圆。后面的红光已把天边映红，眨眼间一个暗红的火球跃出云海。火球越来越大，越变越红亮，远远近近的云雾染上一层红晕，高高低低的山尖被照得金光闪耀。不一会儿它放射的光焰越来越亮，红光转明发白，让人不敢直视。

春阳紧靠在春水怀里，她是自语又像是对丈夫说："光明不是轻易可得，只有经受住苦寒的人，才有资格享受黎明时的美丽晨光与灿烂朝霞。"

两人经太白读书堂到灵墟寻找王羲之的学书之地，悟"永"字八法之妙。经墨池下行，两人从道家十四福地来到又名石桥的石梁。

石梁桥传说是神仙造就，石桥两侧崖石挺立，峭壁夹峙，中间一条如苍龙脊背的石梁横跨两岸。两支溪水从东西两侧山沟奔腾而出，在石梁桥上相遇成瀑群。瀑水经历三折，穿过石梁，冲出桥洞跌入数十丈断崖下的碧泓潭。水势如白虎下山，水声似惊涛骇浪，形状若飞雪凝霜，捷如飞珠溅玉。真是"巨石横空岂偶然，万雷奔壑有飞泉"。这样的人间奇景，普天之下，绝无仅有。

石梁上下有三寺，分别为上、中、下三座方广寺。上方广寺居山岗高地，枕金溪碧流，四周丛篁古木合抱。人说它"四山滴翠环初地，一路听泉到上方"，颇能吸引游人。

中方广寺在石梁桥侧，月色朗朗之时，可仰观天河，可夜听飞瀑，给人一种特别的感受。寺内一联道："风声水声虫声鸟声梵呗声，总合三百六十击钟鼓声，无声不寂；月色山色草色树色云雾色，更兼四万八千丈峰峦色，有色皆空。"春阳对春水说："此联含义深长，把山景禅意融为一体，在平凡中寻求独特意景。它化外观尘世，冷眼看凡夫。朝代兴废、追名逐利，不过境由心生。

色即是空，空即是色。世人不明于此，造无数冤孽。只是多少人总不能醒悟。"

下方广有五百罗汉道场。寺院建在山腰上，四围绿荫笼罩，远离尘世，一方净土。一群僧人正在做早课，大雄宝殿钟鼓钤钹声起，梵呗之音时起时落，悠悠扬扬，佛经佛音道入心间，顿有出俗离世之感。

领略石梁飞瀑的神奇伟岸，在铜壶滴漏，那瀑水是从上宽下弯形如铜壶嘴状的岩裂汩汩而出，甚是罕见。下游就是珠帘瀑，从铜壶倾泻的这支瀑水，到这里从宽阔岩板上滑下，水流像倾倒而出的一粒一粒珍珠。两人齐声惊叹："只有天公才有此魅力。"出石梁向下，一路顺便游览了万年寺、佛陇三寺，复经高明从幽溪直下看螺溪钓艇。

两人一骑往西去桃园，游览双女峰畔的桃源洞。他俩被从剡溪来的两个采药青年刘晨和阮肇，不畏艰辛、路远迢迢为救乡亲疾病翻山越岭到天台，在桃源溪边遇见两位仙子赠予神药的美丽传说所感动。春阳对春水说："听表姐讲过，这里不远还有龙穿瀑和司马瀑不能错过。"两人来到瀑下，在摩崖双耸夹壁，断崖壁立之间因龙穿破壁而成的高达百米奇瀑从山顶石窟喷涌而出，洋洋洒洒从高山峭壁呼啸倾下，赛如飞珠溅玉，气势非凡，往外而出的司马瀑，晶莹剔透如丝如缎，在绿色屏障中飘行，与别处飞瀑相较，另有一番情趣。

两人一路随山岭而出，在金庭洞天游历道教南宗祖庭桐柏宫。这里三面环山，宫殿翠峰拥抱，前庭紧临金庭湖，四季烟波浩渺，仰观可见云舒云卷，俯听可闻福圣泉瀑。两人双手合十朝拜南宗祖师先哲，瞻仰了紫阳真人张伯端坐像。

下桐柏岭翘望声若震雷的天台山大瀑布，那长长的瀑水足有百丈之遥，一折一折自天而降，飘飘洒洒，分明是九天银河倾下凡间，气势磅礴，天下罕见。走万松径过临溪一轩的寒拾亭，走过丰干桥就是五峰环抱，一行到此水西流的隋代古刹国清寺。春水看着一副门联说道："'昔日灵山同听法华，千年古刹永承衣钵。'此寺历史悠久，佛法永承。"春阳回说："'行在止观总持百家千如，宗依法华判释五时八教'，道出国清寺不仅佛学深厚更兼传播广泛。"

两人登隋塔看五峰胜景，到赤城山西院访济公读书之处，瞻仰修缘读书堂。进元始天尊玄都说法之地的第六洞天，犹如踏入与世无争的清静之地；攀顶上梁妃塔，天台田园山水尽在脚下。他们又直奔紫凝易经圣地，沿陆羽足迹观十七水品黄茶香茗；到寒岩山寻访诗僧寒山子踪迹，在寒岩夕照里走石径，穿"鹊桥"，入寒山隐居地，进明岩洞府，诗僧的灵感和诗风让两人顶礼膜拜。

穿越山岭两人携手走南黄古道，山岭两侧巨枫古松林立，溪水潺潺，幽泉叮咚，如闻仙乐，不觉心旷神怡。

春阳很有感慨地说："'赤城霞起而建标，瀑布飞流已界道'。家乡如此壮丽多娇，难怪遍游天下的诗仙李白说'龙楼凤阙不肯住，飞腾直欲天台去'，真不是一个人的臆想。"

两人走遍了天台名胜古迹，弥补了蜜月的遗憾，一路品赏了天台的地方小吃：五虎擒羊、修缘蒸糕、乌糯饼、九蒸干、栾皮胶、百果糕、蛋清羊尾、蒸方糕，吃得两人咂舌舔唇。春阳高兴地说："吃着真正的天味美食，观赏家乡的旖旎风光，跟随心爱的人潇洒走一回，不枉此生。"

与所爱之人，经一番纵情游历，尽情翻阅家乡山水美景，让春阳余韵绵绵，喜不自禁。

人生本有两重天，仁人邪恶两边开。壮士为民日夜忙，邪恶小人意猖狂。

他们哪里知道，一场血雨腥风的争斗已经在暗中启动，敌人撒开大网，悄悄向善良的他们罩来。

欲知后事如何，请听下回分解。

第二十九回

亡命徒蛰伏伺反扑
胡克仁返家收情报

  倭寇首领龟森墨代为"亡三代"设"引蛇出洞"毒计。他们企图用少数内藏祸患的小运输车队做诱饵钓民团上钩，然后用前后包围、水陆夹击，吃掉势单力薄被诱入包围圈的黑衣人，企图把民团一举围歼。哪知道偷鸡不着蚀把米。

  春水和民团指挥一起把密探传递的情报细加分析，他们摸到了敌人的底细，就用将计就计麻痹敌人。又调动经商船队火攻蛇蟠岛，把封锁民团退路的计划变成阻挡后援的火墙，一举粉碎蛇蟠岛的阴谋。

  一场混战，蛇蟠岛的援兵被夏水带领的船队用火炮火箭堵住，岛上多处房屋被黑衣人快船上的火箭火枪射中。蛇蟠岛火焰熊熊，大火把岛上外面的码头、寨门、哨所烧了不少，众喽啰要冒着火箭火枪危险救火，自顾不暇，他们计划中增援围歼成了一纸空文。

  "引蛇出洞"蛇没有抓到反被咬了一口。这一仗第一批上岸的喽啰几乎全歼，还倒贴一名二首领齐海，真是赔了夫人又折兵。

  龟森气得暴跳如雷，他从"亡三代"开始，一直骂到大小头目，个个被他骂得狗血淋头，就差钻老鼠洞了。

  "我的计谋大大的高，是你们走漏了消息，才让黑衣人得逞，这么大的损失使蛇蟠岛元气大大的损伤，还贻误了我的军机。八格牙鲁，死啦死啦的有。"

  "一帮抬举不起的臭阿斗。"龟森起身，走到码头，又丢下这么一句世故警语。

  倭寇发泄完了，他们坐着快艇直向大自洋外海驶去。

"亡三代"从来没有受过这样的窝囊气，但是两次行动失利，蛇蟠岛损失重大，是应该清醒头脑，查查哪里出了毛病。他送走了龟森静下心来，感觉龟森骂得有理。他细致回想两次失利，是要从失败中吸取教训。

　　"亡三代"从来没有遇到真正的对手，第一次是轻敌麻痹所致。第二次倭寇给他设计，计划安排全面周到。他故意泄露消息，麻痹敌人，引诱对方出击。自己暗藏实力，前后夹击，让黑衣人无处遁逃。这一战本来是三个指头撮田螺，手到擒来的事，哪知道最后是煮熟的鸭子飞上了天，赔了夫人又折兵。现在山寨需要休整，喽啰需要补员，最主要是海岛缺少拼命的人和有头脑的将才。

　　汪直他们把蛇蟠岛吹成坚兵利船，固若金汤，他只听一面之词，自从霸占蛇蟠岛以后，从来没有去全岛巡视一次，才有连连败仗。

　　"汪大哥，从明天开始，你带路，我要巡查全岛。""亡三代"对他们下令。

　　他走进三重石洞，上上下下，弯弯曲曲才到水牢，还要过一个大水坑，牢门只有一人高，是个仅容一人进出的小洞穴，李正东关在这个铜墙铁壁的山石水洞里却被人劫走。劫牢的人到这里必须过五关斩六将才能把人救出。"亡三代"对汪直说："水牢层层把守，应该插翅难飞，可是我们的守兵被杀了很久才发现，蛇蟠岛巡防意识太松懈，责任在值班主管，我们太轻视对手，才导致这一系列的失败。"

　　他们来到后山，单门独路的五道岗哨，没有一处发出警报，五道岗哨二十个喽啰一个不剩，高大结实的码头寨门居然被敌人轻易打开，一干人等逃之夭夭，连个影子都没有发现。"亡三代"问汪直，"蛇蟠岛固若金汤，关在水牢的人都看不住，你有何话说？"

　　汪直被问得热汗直流，他强打精神说："回去好好安排，此类事故一定不会再有。"

　　"蛇蟠岛的防务只停留在岛上，水上防务是空白，如果建有水寨，何至被黑衣人烧得直不起腰，走不出岛。""亡三代"点名厉光头，"你是水船总管，今后以船为家，以水治军，操练出一支攻能打仗守能自卫的水军，蛇蟠岛不能被敌人堵在洞中等死。"

　　"汪直大哥统领岛内事务，厉老弟指挥水军操练，三月为期，再作新的打算。""亡三代"给两人下命令，定期限。

　　岛上最不缺的是站岗放哨的，面上的事也看得见摸得着，真正难寻的是能独当一面的领头人，可以领兵打仗的一线首领。为此，"亡三代"已经搜索枯肠很久，一直没有看见他所希望的人选，这是他当前最大的心病。

他让汪直把所有大小头目召集到大厅，他说："蛇蟠岛经历了两次败仗，也尝到失败滋味。如果不能转变现状，这样下去蛇蟠岛兄弟会死无葬身之地。所以蛇蟠岛一要组织水军，二要大练兵，三要从严治军，四要招揽人才。其中最要紧的还是招募人才。弟兄们，你们有相识的，引来投奔蛇蟠岛，用一个奖银十两，多多益善。最重要的是弟兄们能毛遂自荐，探清黑衣人去向者赏银五十两，摸清李正东下落者赏银百两，能为蛇蟠岛谋良策者可坐第二把交椅。"

此话一出，全岛轰动。在岛上的胡克仁一听机会来了。这个浪荡公子虽然惯使口舌之利，但是蛇蟠岛没人信他那一套。现在岛主重赏求贤，这是千载难逢的好机会。一定要抓住这根救命稻草，自己才有出头之日。这次蛇蟠岛"引蛇出洞"失利，他也在其中。只是这小子眼观六路，耳闻八方，他不敢冲锋陷阵，看看敌不过黑衣人，就早早地开溜。

在与黑衣人的对抗中，胡克仁从直觉上感到黑衣人很熟，但是没有人听他胡说八道，所以他一直把这事藏在心里。如今"亡三代"给了他说话机会，他想以自己的小聪明，顺着这个方向一定能搞清黑衣人的来龙去脉，把他们的真面目揭开。

趁着蛇蟠岛难得的招贤机会，他毛遂自荐要见"亡三代"。

一个头目把胡克仁推荐给"亡三代"，他被领进大厅。

"参见首领。岛主英明，广开言路，招贤纳才，此大将之为，蛇蟠岛之福也。"胡克仁单膝跪地行大礼，先送"亡三代"一顶高帽。

从来没有人这样吹捧"亡三代"，因为耳顺，"亡三代"把胡克仁仔仔细细地看了一会儿。他手下的人不是歪瓜裂枣就是贼头鼠目的下三烂之流，见这个胡克仁长得身材高大，人模人样的，就有了几分好感。他问道："家住何处，姓甚名谁？"胡克仁一一回答。

"你不是本地人？怎么到此？""亡三代"奇怪。

"因为好交朋友，家父骂我一心做大，不务正业被赶出家门。"胡克仁当面撒谎，"因为生活无着，是弟兄指点到此已一年有余。"

"既然在蛇蟠岛有这么长时间，都干了些什么？""亡三代"继续发问。

"因为初来乍到，只参加过这次上岸行动。"胡克仁不敢据实坦白第一次败仗他也在场。

"噢？那你说说这次行动为什么失利？""亡三代"见他毫发无损，不惊不乍，心里有一种想法。

"岛主计划周全，部署合理，步步诱敌，本该大获全胜，但是最后失利，责任在带队的没有把握好出击时机，延误战机，被对手钻了空子。""亡三代"刚刚被倭寇骂得气堵心头，听了胡克仁的话心里宽松些许。反正死无对证，胡克仁以亲历者身份把失败的责任都套在齐海头上，大大减轻了他作为岛主应受的压力，对他多了一层好感。

"你见本岛主就是为了说这些吗？""亡三代"追问。

"岛主，这只是其一。"胡克仁说。

"你把其二、其三的都说来听听。""亡三代"对胡克仁的话有了兴趣。

"岛主的'毛遂自荐'也适用于我这个外地人吗？"胡克仁要听听"亡三代"的原话。

"岛上弟兄，不分东南西北，只要是蛇蟠岛人，不管从哪里来，一视同仁。本岛主所言，斩钉截铁，不是儿戏。""亡三代"要让胡克仁放胆说话。

"我有弄清黑衣人来龙去脉的线索。"胡克仁给"亡三代"一点儿希望。

"黑衣人是谁？他们在哪里？""亡三代"听到"黑衣人"三字就有点急不可耐。

"岛主，我只是有线索，这个线索现在只能意会，还没有到可以言传的时候。"胡克仁既是卖关子吊"亡三代"胃口，也是他的揣测，万一错了可以有个退路。如果把话说得太实，"亡三代"这口碗里的硬饭会把他噎死。

"你有条件？""亡三代"听话有些不快。

"不是条件。是我在行动中有所发现，在没有确证之前我不能蒙岛主。"胡克仁摊底说实话。

"你想怎么办？有什么要求直接说，别像人家女人做鱼丸样，挤一下吐一个。""亡三代"听胡克仁说得在理，给他一条路走。

"岛主，这事和小的家事有关。需要岛主扶一把我才能走下一步。"胡克仁看看目标在向自己这边靠近，又露了一点。

"既然这事与你家有关，那好，只要你给我弄明白黑衣人的去向，不要说扶一把，就是一路扶你到家有何不可？"为了摸清黑衣人下落，"亡三代"要下狠心了。

"岛主，我说过我是被家父赶出门的，如果就这样回去，一定进不了家门，所以请岛主破例，支银若干，方敢回去。"胡克仁不知"亡三代"能给他多少，只说了个模糊数字。

"亡三代"听胡克仁的话，感觉他说的不全是捕风捉影。一个蛇蟠岛，各色人等几百号还没一个有他的见识。在这样的情况下他必须押上重彩赌一把，否则永远也不知自己在和谁打斗。"胡克仁，我就相信你一次，给你一百两银子。但是你必须把黑衣人找到，如果你耍小心眼，应该知道那会是什么后果！""亡三代"一把轻揉一把死卡，他必须把胡克仁牢牢地掌握在自己的手心里。

胡克仁没想到"亡三代"出手会这么大方，他说："岛主怜我过去，是我再生父母。有了岛主的帮扶，家父就不会计较以往，我会很快把黑衣人底细弄明白。我明天起身，请岛主赐快马一匹，静候佳音。"

第二天一早，胡克仁骑着快马直奔泳溪，中午赶到家。他在大门外头一边呼唤一边敲门："家里有人吗？开门。"

叶敏芳在楼下给老伴炖药，探出门缝看见一人衣着鲜亮骑着大马，不知是谁，就打开大门。

"你找谁？"叶敏芳站在门槛里问来人。

"娘，您怎么连我都认不出来？"胡克仁跳下马，"娘，我是克仁。"

不到两年时间，叶敏芳老了很多，头发花白，额上刻着一道道深深的皱纹，脸颊松松垮垮的。她搓了一下眼睛认出眼前的这人竟然是失踪两年的胡克仁。她感到一阵心痛，说："谁是你的娘，我不认识你，我家没有这样的人。"一把关上大门。

"娘，是我不好，可是我有苦衷，是迫不得已才离家的。"胡克仁在门外诉苦。

"娘，您在和谁说话？"听到楼下有人大声说话，胡鸣鹏从楼上下来。

"哪有什么人，一只野狗在外面嚎。"叶敏芳没好气地说。

"明明白白是两个人说话，怎么人变成了狗？"胡鸣鹏好奇，一把打开大门，她要看看娘在和一只什么样的狗说话。

因为开得太快太用力，大门发出"呀"的一声，惊动了拴在树下的马，那马前蹄挂空一声嘶鸣，倒把她吓了一跳。

胡鸣鹂一眼认出胡克仁，也是一惊。原来是这个比狗不如的到顶子孙扫帚星，难怪娘说在和狗说话。胡克仁马上过去拉着鸣鹂的手，他说："鸣鹂，是我不好，可是我有难处，你听我解释好吗？"

"你还有脸回来，我家被你这把搪光扫帚弄得精光滑脱，竟然还说有难处，快滚，滚得越远越好。"鸣鹂翻了一白眼转身就走。

胡克仁跨一步挡拦在她前面说："我今天是来赎罪的，好歹你听我几句，也不枉你我同床共枕夫妻一场。"

"夫妻一场"像一支利箭，把胡鸣鹂钉在原地动弹不得。她慢慢转过身，突然举起两个粉拳，擂鼓似的打在胡克仁胸膛，泪水唰一下滑出眼眶。

胡克仁一动不动地任胡鸣鹂捶打，直到她无力垂下两臂，"如果还不够，你再扇我几巴掌。"

胡鸣鹂一下心软，自顾往楼上去。胡克仁紧跟其后。

"你有什么苦衷快说，要是有半句不实，我立马赶你出门。"鸣鹂话说得很重，脸色已经和缓。

胡克仁看时机已到，开始继续把他的谎言假话编圆满。

他说："我离家出走是万不得已，自己没有做过对不起家里的事。我是被人所迫，当时不走，就会坐牢。虽然逃奔在外，却如同乞丐，飘荡半年才遇到一个做生意的朋友。替他跑运输，半年后和他合作，总算有了一点本钱。现在自己也开始当东家。你看这一包银子就是我一年多辛苦的酬劳。"他把一包银子交到鸣鹂手中。

白白的雪花银是货真价实的证据，何况是整整的一百两。胡鸣鹂破涕为笑。她看着银子，一下扑在胡克仁怀里，娇气地说："既然是被迫，你为什么不跟家里说明白，却要在外吃那么多的苦，还害得我青春年华独守空房。"

"那个时候我说得清吗？你会信吗？你爹妈会信吗？"胡克仁叹苦，"县里衙役来抓我，你们能证我清白吗？"

胡鸣鹂被胡克仁一连串的谎言和白亮亮的雪花银征服了。她对他的无数个"吗"深信不疑。

"你一路而来辛苦了，好好歇歇，我把银子送给老爹，把你的苦处说清楚，他们都会原谅你的。"

说千道万，银子最亲最有说服力。这白花花的百两银水把过去的坑坑洼洼都填平了。他的所有谎言都被这白银圆得一无破绽。一切回到从前。胡三森的病很快有了起色，叶敏芳的皱纹也不显眼了，胡鸣鹏又像一只黄鹂鸟，叽叽喳喳都是她的声音。

一个念头爬上胡鸣鹏的记忆，她在想，我丈夫也成了老板，我和你叶春阳已经平起平坐，或许你还要看我的眼色才行呢！

胡克仁顺利走出成功的一步。有了这么好的垫底，下面的事情就好办多了。

"老婆，我一年多没在家，都不知家乡有些什么变化？"胡克仁从不设防的胡鸣鹏嘴里开始掏底。

"苍山还是苍山，泳溪还是泳溪。托你的福，爹娘被你折腾得老了很多。"胡鸣鹏心里还有怨气。

"你要是还生气，打我一顿也可以。"胡克仁还不能把底牌翻出去，只好嬉皮笑脸地说。

"我哪敢？以后还坐望你赚钱给我们过好日子呢。"胡鸣鹏心里在想：只要红米头饭有得哼，哪管老倌像猢狲。何况他后生还算撑昆，这么多的白银是他送上门的。这样下去不要多久自己也要当老板娘，至于别人家变化不变化她可没有那份闲心去操。

"我说就是像你姨妈、舅舅等人，他们家里不会还是过去那样子？什么时候我们也该去拜访这些长辈人，联络联络表兄弟、表姐妹的感情，也是一件好事。都是自家人，以后有什么事情大家可以互相照应一下，也不失亲眷情分。"胡克仁用各种借口打探他需要的信息。

"舅舅忙着生意，舅妈常年身体不适。姨妈、姨父在家种田，哪有什么变化？"胡鸣鹏随口回答。

"你的两个表妹过得好吗？"胡克仁没有得到有用的信息，他又转向。

一听胡克仁问表妹，鸣鹏马上来了醋意："不知道。"

敲锣听声，说话听音，胡鸣鹏三个硬邦邦话音让胡克仁马上意识到话说得太直白。他改口道："我的生意都是宁海朋友抬举，记得以前我对你提起过，要给他牵根红线，如果有合适的，这媒成了，人家会亏待我吗？"

"别乱梦吃绿豆芽了，两个表妹，都已名花有主。"胡鸣鹏这才说实话。

"哎哟，我来迟一步了。不知都嫁到哪里？也该去拜会一下的，这也是你们表姐妹一场的情谊。"胡克仁好像在为她着想。

"人家比你阔绰，谁稀罕你的拜访！"很明显，胡鸣鹏对表妹有一肚子的怨气。

虽然哪个名都没点，胡克仁直觉知道她对叶春阳不满。他必须用话把自己想获取的信息从这个女人嘴里套出来。

"我们周边没有什么殷实大气的后生，难道还有谁比我运气更好，挣得比我还多还快。"胡克仁故意挑鸣鹏生气。

"王婆卖瓜，自卖自夸。你挣的这些只怕没有人家这个。"胡鸣鹏伸出右手，把一根小指在胡克仁眼前晃动。

"你这是气话。山里几个后生，我也略知一二，以后我一定会比你舅舅挣得更多。"

"你省省吧！钱还不知生在哪棵菩提树上，就吹大牛。人家现在不但名满家乡，连桑洲、沙柳都是人见人赞的英雄。你这百两银子算是哪门子的葱！"胡鸣鹏把老公和春水列在一起，那是乌鸦和雄鹰比，没法相提并论。

"谁有那么大的能耐，我在缑城、海游都没有听说过。"胡克仁看看真相快要出来，他再次挑逗。

"这算什么，你两年才百两白银，人家还把许多乡亲都带出去挣大钱，你能吗？"胡鸣鹏反呛他。

沙柳不大，攻打蛇蟠岛的人远远多于本地人，原来是这样。胡克仁心里喜滋滋的，这信息已经离实情不远了。他还要试探一下，没有得到明确证实的信息，万一张冠李戴，在蛇蟠岛"亡三代"面前可不是玩儿的。"想不到老家还有这样的能人，我猜猜——"他扳着手指，装模作样地说："你村里除了我好像再排不出人，我村里有能耐的人倒是有一个，可是老得连路都走不动了，要是早二三十年倒有可能。嗯，上下几村，只有岩下方、岩下蒋、外溪、呑溪，好像也数不出高手。哦，下溪头王家、潘家是有人才，比较潘家更强。这么说起来潘家三兄弟，老三最有本领。他，对！就是他潘春水。老婆，我说得不错吧。"胡克仁心里高兴，没有在脸上表现出来。

"算你聪明。我娘叫吃晚饭。"胡鸣鹏起身下楼，胡克仁紧紧跟随。

"克仁哪，我刚从街里听来，秋水回来招人呢，村里的几个后生都报名了，好像明天就要到一市集合训练。不知这些人都去练什么？还那么赚钱。"叶敏芳一边吃饭一边把街市头听到的闲言碎语在家里唠唠叨叨。

这话别人听了不过是风吹空竹筒，一头进一头出。他胡克仁听了心里一惊，这么重要的信息他一定要弄个一清二楚。只要暗中跟随，就能找到他们的落脚点。

这一夜他很兴奋，抱着老婆不放，差一点儿就要把心里的秘密泄露出来。他对鸣鹂说："回家许多日了，明天要回缑城去。"说完呼呼大睡。半夜胡克仁大叫，"我要发大财了，我要发大财了。"把胡鸣鹂惊醒。

"神经病。发大财也用不着半夜三更大叫大喊。把别人都吵醒了还有屁财发？"说着在他背上打了两巴掌，居然没有把他打醒。

胡克仁很早起身，胡鸣鹂问："这么早就走，也不在家多陪我玩几天，真那么狠心！"

"鸣鹂哪，我也舍不下你。可是朋友要出门去，我能赖着不去吗？你家也做生意，这点你比我明白。"胡克仁又在哄骗这个傻女人。

"我爹自从你出走，身体一直不好。你一去路远迢迢，家里两个老人都只我一人照顾，现在虽然有了起色，可是元气已损，万一有个三长两短，你可是他的养老送终人。"鸣鹂说的话，胡克仁心里在咕咚，早死早宽心。他嘴里却说："我到你家，你的父母就是我的爹娘，两位老人的大事，永远都在这里。"他用手指点自己的胸膛，意思是这个家一直都在他的心里装着，让这个傻女人放心。

"你安心在家，好好守着父母，一有机会我就会来看你。家里如有急事，你到桑洲悦来客栈找李掌柜，他会把信息转给我。"

在家里得到的这些信息满足不了他的要求。为了得到更多确实信息，胡克仁不敢贪恋家事。他匆匆告别家人，把胡鸣鹂抱在怀里，狠狠地亲了一口说："老婆，好好在家，照看好爹妈，我在外心里安稳。等我把外面的基础打扎实，找个好地方，把你和两老都带在身边，我们一家在外面享福。你说好不好。"

这个水泼天，说谎骗人不用下饭菜，却把这个傻女人开心得一怔一怔的。胡鸣鹂说："女人嫁人，早早晚晚的就等这一天。你一路顺风，我在家专候佳音。"

胡克仁骑上大马，一声响鞭把马儿催得直奔大道而去。

他急急忙忙要去哪里？他到底要去干什么？

欲知后事如何，请听下回分解。

第三十回

卖鱼郎泳溪报旧恩
胡三森安详入地府

　　胡克仁不知去一市的人马什么时辰起身。他怕被大家发现自己在跟踪人家，第二天起了个大早。他要走在众人前面，他更不能被家人知道自己的意图，他怕岳母嘴快，把他匆匆离开的消息散播出去。一个人急匆匆离家去沙柳选择埋伏点。他必须在去一市必经之路的一个合适的隐蔽点躲藏，等发现秋水一行再伺机跟踪。万一不慎被秋水他们发现，他的整个计划就泡汤了。这可不是小事，不要说"亡三代"那里交不了差，秋水他们带出去的这帮人也不会放过他。他一定活不到第二个日头升起。他赶到桑洲把马寄在客栈，然后赶紧上路，前去一市和沙柳必经的一个三岔路口，静等秋水一行。

　　胡克仁寻到的这个岔路口前后都是山岭，两县以岗峰为界。北边是宁海，南边属海游。岭下是一块坡地，有一片空旷的杂树林。林子下面是密密麻麻的灌木茅草丛。此地前不搭店，后不着村，十分荒凉。他在这块林地走了一圈，选择了一片稠密的灌木丛。灌木丛下是一条一人深的坑沟，人站在那里可以从树缝底下的空隙里窥见大路人来人往。只要无人告密，不是篦子样的搜索，没有人知道这么荒凉冷僻处会藏着个人。

　　他从巳时等到申牌时分，从桑洲方向传来杂乱的脚步声和众人的说话声。一队农民没有往沙柳去，他们一直朝一市方向前进。

　　胡克仁探出身子从树缝窥望，正是秋水这次回家招募来的一伙乡人。他暗自庆幸起早摸黑一天的辛苦没有白费。这支有五十人的队伍从这片树林穿过，顺着左边的山路是去一市方向的。这些人的脚步声踏得地上的卵石嚓嚓响，他一动不动地蛰伏在坑岸，不敢发出一点响声。

　　走了一天的山路有点累，有人提议要在这里稍事休息一会儿。秋水看这里平坦，过去又是上山的小路，就让大家随便找地方坐下歇一会儿。有人拿出冷点心，有人找水喝。胡克仁远远地看见几个人朝他这边走来，吃惊不小。他以为自己的行踪被人知道了，蹲在坑底人像筛糠一样簌簌发抖。如果有人走到坑边找水，他的小命不保。碰撞的石子发出清脆的响声，而且一直朝胡克仁藏身地过来。这三个人在离他不远的坑边定住脚步，一个说就这里吧。

　　胡克仁一听差点儿叫出声来，他拼命地把身体往低塘紧贴，屏住气息不敢动。突然几块卵石从上面朝他头顶上飞过，扑通扑通掉入坑水里。胡克仁以为自己被发现了，他立起身体，做好搏击的准备。一个人说，"你挖大洞拉牛屎哪"。胡克仁这才把心安了下来。那三人褪下裤子，两人站着小便，一人蹲着拉屎。正好都在胡克仁的头上。两支像水箭似的尿液如瀑布一样从上面浇下，像一肥勺又热又臭的脚水从胡克仁的头顶淋到脚后跟。他赶快把嘴巴闷住，口里的"啊"字才没有发出。大便的粪臭令他要吐，他用一手捂住嘴，一手狠狠地掐着大腿，硬是没让一点儿声音响出。也就是一盅烟的工夫，秋水一声走，这支队伍继续前行。

　　秋水带领的队伍离开以后，胡克仁终于忍不住了。他不停地大声呕吐，又大口大口地喘了一会儿气，一颗悬着的心总算平稳下来。他一把擦去头脸上的尿液，马上喜笑颜开。他在心里鼓励自己，这是天上掉下来的灾难，是老天爷在考验自己。能在这样紧张危险的时刻控制住自己，不出一点儿问题，而且能不动声色熬过来。这是他大难不死，今后前程一片光明的好兆头，心里不忧反喜。他走出树林，左右一看，赶紧朝一市方向追赶。

　　秋水他们在前面走，他悄无声息地紧跟在后面。秋水他们登岭进山，他只能不紧不慢地远远看着。进山后只有一条小路向上。半山腰有一个窄窄的哨卡，那里有哨兵把守。他不敢往前，隐蔽在暗处等待时机。

　　这时天色渐暮，村里灯光亮起，这个胡克仁真是贼胆包天，他不退反进，像一只鼹鼠从山沟里的岩壁摸索向上。避过岗哨，他在阴暗角落窜来窜去，他要看看李正东、潘春水这些人住在哪里，周围有什么特征，前后有几条出路？可是这里除明岗还有巡逻，山沟坑边都有哨兵，防范严密，无隙可乘。再加上是个月黑夜，什么都看不清。但是黑衣人的据点已经暴露在他眼前了，他的第一目的已经达到。

　　胡克仁摸黑赶回桑洲已是半夜后，他敲门想把客栈的小二叫醒。小二睡得正香，他没法进门。只好绕到后门，爬进矮墙，把店家叫醒。他在那里喝够吃饱过了一宿。第二天一早，胡克仁直奔蛇蟠岛。

　　在渡口胡克仁把马交给岛上喽啰，过渡进石窟。"亡三代"闻报，就在大厅见他。"亡三代"说："胡克仁，你几天时间就回来了，事情可有眉目？"

　　"岛主，请密室详谈。"胡克仁神秘兮兮地说。

　　两人走进密室。这是大洞里面的一个小洞，虽然是洞中洞，但石洞很高很敞亮，里面不用照明，光线从洞顶一个横着的扁洞进来，洞外是倒挂的悬崖，一匹瀑布自天而降，正好成密室帘幕。从外面发现不了这里有洞，连小动物都没有，私密性极高。"亡三代"说："是不是又有困难？但说无妨。"

　　"托岛主洪福，这次外出，时间虽短，收获颇丰。"胡克仁说，"黑衣人从哪里来，他们在哪里落脚，都有眉目。只是黑衣人很狡猾，他们防范严密，又经常变换据点，没有人盯着，行踪难摸。"胡克仁给"亡三代"一点儿滋味，又为自己埋下后路。

　　"克仁哪，说说你的计划，只要可行，有什么要求只管直说。""亡三代"向来牛声牛气，这次对胡克仁的问话很是客气。他对胡克仁这次回来抱有很大希望。

　　"桑洲是外线，需要有人常驻，才能时刻关注黑衣人动向。中间有暗线沟通，岛上有专人接线，这样可以直接把消息传给岛主，才不会耽误时机。"胡克仁的话很有见地，让"亡三代"很赏识。他说："常驻桑洲不是什么人都去得，你想怎么安排，说个方案来听听。"

　　"岛主英明，我自己算一个，另外还有我的三个同乡，他们在这条道上走得多，情况熟悉。不知岛主是否认可。"

　　"岛上派出四人，代号'鼹鼠'，你是组长，另外三人归你调遣。他们是两地联络员，直接由我指挥。日后剿灭黑衣人，你就是岛上二头领。"八字还没一撇，"亡三代"就把官许下了。

　　"谢谢岛主提携。我会把消息源源不断地传递给你。"胡克仁明白他久等的机会离他又近了一步。

　　胡克仁凭着一张天花嘴，顺利地为蛇蟠岛揭秘黑衣人走出了第一步。

朱五、蒋山、王千峰三人在沙柳被黑衣人打散后逃走，他们回不了家，只好又偷偷地找胡克仁回到蛇蟠岛。只有孙志武被打瞎双眼后流浪他乡。常言道："干活亲兄弟，上阵父子兵"，这次机会正好把他们三人安插在自己手下，蛇蟠岛的喽啰他一个都不要。他带着三人再次回到桑洲，在悦来客栈包了两个上房住下。他对朱、蒋、王三人说："我们本是一家人，以后更比一家亲。这里天高皇帝远，只要你们听我的，好日子就在后头。"乐得三个浑蛋点头哈腰。

　　"兄弟明白，在蛇蟠岛一年我已经看透了，那是一条等死的路，现在算是囚鸟出笼，全仗胡大哥提携。以后我都听你的调遣。"朱五表示对他的忠心。

　　"组长给了我们自由，日后唯组长马首是瞻。"蒋山、王千峰不甘落后。

　　三人的话让胡克仁很是受用。这个组长虽然只有三个兵，但是独立一方，官不算大，权倒不小。自由自在没人管束，最重要的是自己的话说一句算一句，句句有分量。他对三人发话说："我们这个小组代号'鼹鼠'，这是岛主亲自定的。我是一号，王千峰二号，蒋山三号，朱五四号。为了保密，以后联络都以代号相称。对外我是掌柜，你们仨是伙计，专营皮货、山货收购生意。在这里要谨慎行动，切莫暴露目标。若有不听指挥的，别说我没有提前告诉你们。"

　　四人住在桑洲悦来客栈，每天化装后往一市方向活动，看到几个熟悉的家乡人，虽然擦肩而过，也没有被老乡认出。

　　桑洲、一市属宁海县管辖。沙柳、蛇蟠岛属海游管辖。两地近在咫尺，"亡三代"的势力范围无法越界，这就是他查不到黑衣人下落的根本原因。现在他把胡克仁安插在桑洲，他是在放长线钓大鱼。只要胡克仁把黑衣人的一举一动摸清楚，瞅准机会就能把他们一窝端。为了这一天，他"亡三代"也是费尽心机才见到成效的。他暗自庆幸他招贤纳士的英明，大胆重用胡克仁的胆识。

　　胡克仁坐镇桑洲，每天带二人去一市，把摸来的密报交一人快马去蛇蟠岛递交岛主。这些零碎的信息对"亡三代"来说，过去是瞎子看天白茫茫一片，现在总算有个一鳞半爪印象。他已经明白黑衣人不单是沙柳人，还有很多外地人。一市就在蛇蟠岛西北，沙柳在蛇蟠岛西南，所以黑衣人来去快捷，撤退迅速，难以捉摸。他想，只要胡克仁能不断提供情报，他早迟有机会搬掉这块绊脚石。

　　自从胡克仁逃脱以后，胡三森知道自己是被蒙骗了。他在途中被劫被敲诈都是这个内鬼所为，气得吐血。他一辈子小心谨慎，辛辛苦苦劳作的积累，一下被这个浪荡子扫帚星一顿败完，还白贴一个黄花闺女。人是他自己看中的，亲事是他定的，可是知人知面不知心，画龙画虎难画骨，进门的却是一把撸光扫帚败家精，一只吃人的白眼狼。胡三森以为破财消灾，从此可以清静，哪里想到这个克星两年后突然回来，并且带来一百两白银。从金钱上说他得到补偿，可是他的身体已经被这个吃里爬外的白日鬼彻底击垮了。他对胡克仁的劣迹很清楚，凭着他一生经商经验，这个白眼狼根本没有做生意的本领。他没有大本金，也没有大场面，更没有大队人马为他奔波效力。这百两白银来得不明不白，这么多的银子来路十分可疑。胡克仁走后，他越想越觉得蹊跷，想弄个明白，但是他已力不从心。他常常半夜呓语，梦中惊叫，病情渐渐加损。他对老伴说："敏芳哪，我一生世做人，都是以礼待客，不用私心去称量别人，还注意自己的缺点，尽力做到不和别人斤斤计较。按照古人的老话，不符合礼制规定的，不去看、不去听、也不说，更不动。虽然做生意讲究赚钱，但我经商老少无欺，不赚昧良心的钱，这是我一生奉行的信条，一直到现在。我胡三森家门不幸，有眼无珠，让这个扫帚星进门弄得这样下场，这是我前世作的孽报。你把鸣鹂叫来，我要吩咐她几句。"说完一阵激烈的咳嗽，老伴马上为他捶背。

胡鸣鹂下楼到父亲病榻，几天前还好好的，突然病情加重。她见爹瘦得皮包骨头，两眼发黑，双颊塌陷，眼泪滴滴答答地往下流。

"爹，您要保重，克仁已经浪子回头，我们以后有靠了。"鸣鹂在病榻前安慰父亲。

胡三森苦笑，他喘着大气对女儿说："鸣鹂呀，为父就你一根独苗，从小望女成凤，长大后希望你能嫁个好人，一生有个依靠。只怪你爹错看了人，把个无脚鬼引入家门，让你独守空房。老爹不久人世，你母亲的晚年就全靠你了。那个活无常不可靠，他的事你少参与。你要学会自力更生，黑道、白道你要分得清。不明不白的钱不能要，切记切记。"说完又大口喘气又连着咳嗽。鸣鹂一边轻揉一边安慰，她让老娘去炖参汤，一口一口地喂老爹。胡三森服了参汤，慢慢睡去。

胡三森病入膏肓，参汤只是吊命而已。叶敏芳对胡鸣鹂说："你爹这个样子，参汤只能拖延时光。常言道'嫁鸡随鸡，嫁狗随狗，嫁个柴株立地守'，你把克仁找来，不管怎么说，他是你的丈夫，是这个家唯一的男人，你爸的后事要他来担当。"

"这个无脚鬼，镶灶打在脚肚上，我到哪里去找？"胡鸣鹂有苦难言。父亲只剩下一口气，不知早晚，她如何走得起身，又到哪里去找？在一旁有苦说不出口。

小姨家的表弟都跟秋水去了，舅舅家的哥们从小不谙世事，去了也是白搭。她思来想去，还是到桃柳溪同舅舅商议。

叶建兴也老了，额头布满皱纹，两鬓苍白，做事怕累，他要把大儿子带走外出，让他出去走走，开开眼界，练练手脚，慢慢地去适应市场运作。他想早日把肩上的担子交付给他，这是他后半生最大的事情。胡鸣鹂见舅舅要远行，到嘴的话说不出来，眼圈立刻红了。叶建兴见外甥女这个样子，他说："有什么事情你尽管说，舅舅再忙也不在这一刻。"

胡鸣鹂把父亲病重的事情说了一遍。家里没一个男人，什么事情都没有方向，希望舅舅为她做主，帮她一把，让她渡过这一关。

亲眷之间除了亲情，无非是有了难处拉一把，帮一下，这本是人之常情。叶建兴说："外甥女别难过，你的事情就是舅舅的事情，你知道外甥女婿在哪里？我这次要路过桑洲，替你带信去找，还有什么大小事情，可同你表妹商量，她也会给你帮助的。"说毕两父子就要出发去桑洲。胡鸣鹂看舅舅行色匆匆不再多说："舅舅路过桑洲，到悦来客栈找李掌柜，就说胡克仁他丈人病危，请他转达胡克仁让他立马回家。"

鸣鹂谢过舅舅，告诉胡克仁在桑洲的住地，就到后院去见表妹。春阳和小红正从外面回家，见表姐一路忧伤，就把她迎进书房。春阳听了表姐的哭诉，安慰她道："表姐不要伤心，生老病死这是人生无法逾越的一关，倒是保重自己最要紧。姐夫暂时回不了家，我和你一起先把必须的事情安排下去，好在春水今天也会到家，先让他来主持一下家务，等姐夫回来再作道理，免得到时候手足无措。"

春阳把姑父病重的事情跟娘说了，主仆俩随即跟鸣鹂一起到姑妈家。春阳看望了姑父，靠着参汤吊命的他已经认不得侄女。他直挺挺地躺在堂前一角的临时铺上，眼睛半闭，嘴巴一张一合，就差还有这口气在喘。

春阳到了不久，潘春水的快马也到了姑妈家。原来叶建兴在去桑洲道上先遇见了春水，把泳溪的事情和他说了。春水知道这事重大，他快马加鞭直接来到泳溪里。

春水对姑妈是十分的敬重。他常常对春阳说起姑妈的好，却不知道如何报答。岳父在路上告诉他姑父病危消息，他一路马不停蹄而来。当年姑妈在泳溪桥头把他叫到她家门前摆摊，给他端来热茶，留他在家里烤火、吃中饭……这一幕幕的往事在他眼前流动。如今听说姑父病危，他急匆匆赶路来到姑妈家，他没有别的办法，只希望自己能为姑妈多分担些困难。

征得姑妈和表姐同意，春水请来村里老人给姑父安排后事。坟地和寿屋老人自己早早地备下，寿衣是老人生病时准备了的。他问过姑妈，还需要什么一一票出，马上着人在泳溪街置办整齐。他一再对姑妈说，"只要用得着的，都去置办，不要怕花钱，姑父的后事一定要办得风风光光，不能让别人小看了胡家无男丁的低路"。

春水把后事都料理好，请村里老人和姑妈一一过目。他对姑妈说："您老不要见外，一切有我在，您现在最需要的是保重自己，也不用为花钱担心。"

姑妈看着春水，她说："老三哪，我没看错，你是大好人，是我胡氏没有福分。"边说边揉心窝腔，两行老泪不知不觉滴滴答答掉在大衣襟上。

这一夜，大家都陪在堂前，只见姑父情况有了好转，人也精神了许多。多日不会说话的他开开口，姑妈马上给他喂参汤。几口参汤喝下，他睁眼竟说肚子饿了想吃饭。春阳把他平时最喜爱的红烧肉端来，鸣鹂用一小匙喂他。这个命悬一线的老人居然把一小盏米饭吃完，又喝了几口汤。他看着春水，好像见着了自己久违的亲人，他脸露笑容，眼中却流出泪水。胡三森从发病起到这个晚上，是他最高兴最有精神的一次。他又看了春水一眼很快就睡着了，病床上发出轻轻的均匀的呼吸声。

姑妈、表姐、小姨、表妹还有春水、春阳和在场的亲属总算把一颗悬着的心放了下来，大家都轻松地笑了。

众人守到半夜，都累得像捣米阉。鸣鹂见老爹安然入睡，以为危险期已过，打算请大家回去休息。她走到床前，见父亲睡得安详，脸上还有一丝笑容，她去把被子盖好，免得老人家着凉。她拉好被子，用手在老爹的下巴上摸了一下，冰冷的皮肤激得她马上把手缩了回来。鸣鹂连连叫着"爹，爹"。她爹早已灵魂出窍，驾鹤西归，只留下一具冰冷的躯壳。

春水、春阳和在场的人为他送终。鸣鹏捧着火盆，把换下的衣衫、草席、被子在村口火化。

一切忙完，天已大亮，春水、春阳陪着鸣鹏开丧。出殡日子要等胡克仁到后再定。

叶建兴到桑洲，他找到悦来客栈，问过店家，李掌柜说有这么个人，只有晚上偶尔回来，等他回来，一定把口信带给本人。

"亡三代"要胡克仁抓紧时机摸清黑衣人底细，他一直在一市和蛇蟠岛跑。这天他回到桑洲，一脚踏进店堂，李掌柜马上把胡三森病重消息告诉他。胡克仁想，老头子死了最好，以后这个家就是我的了。没有了老头，家里这对母女就是他掌中的面团。他要搓圆就圆，他要压扁就扁，以后的一切都是他胡克仁说了算。

他让伙计去向"亡三代"告假，自己骑着快马回家。

胡克仁到家已是四日之后，潘春水把家里的准备情况向他兜底交代，以后的事情都由他胡克仁做主。

胡克仁和潘春水没有直面过，两人一见，都给对方留下很深的印象。胡鸣鹏没有见过两人在一起的场面，不是这样的日子，她也只有一个模糊印象。如今两人面对面地站在一起，不管是身材、体魄、外貌、举止、说话，从外表看，一个是天上飞翔的雄鹰，一个是树上呱呱的老鸹。比内在的，一个是纯洁无瑕的白玉良驹，一个是肮脏龌龊的狗屎堆。她在心里恨自己有眼无珠，为什么送到口的肥肉掉到别人的嘴里！

胡克仁是第二次见叶春阳，她依然苗条如迎风的柳枝，婀娜多姿；美艳如出水芙蓉，远远地飘着馨香。她比当年略结实了一分，却更具少妇的风韵和不加修饰的自然美。面对如此仙姬一样的女人，他又一次滑动咽喉，把大口的馋涎吞下。

春水因为姑妈的滴水之恩，把胡三森当作至亲丧事来办，他像亲人一样从头到尾陪着。出殡以后，他和春阳白天在胡家尽孝，晚上回桃柳溪，直到满了三七。春水告别岳母和爱妻一匹快马直奔一市。他明白这么久在家里还是第一次，秋水他们一定等急了。

泳溪里人对春水的赞扬给胡克仁提供了许多有分量的信息。他从村民口中知道，沙柳有一个民团，一色的黑衣，是春水把他们组织起来的。民团总指挥是叶春阳的外公李正东。潘家三水是民团的教头和智囊团。除了三水，还有紫云"三杰"，各村的精壮年轻人。他们都是三水商行招去的运输队和护商队人员，他们全力支持沙柳民团，难怪蛇蟠岛连连吃亏。这些重大信息对他来说，是千金难买的第一手情报，是"亡三代"梦寐以求的重要信息。

一次丧事，让胡克仁不出家门就得到重要情报，他的身价看涨。他想，在蛇蟠岛单凭这些就是晋升的最好筹码。如果能坐正岛上第二把交椅，自己身价还不比你潘春水高？他在肚里笑，到那时候，叶春阳就是自己手中的玩物。哼哼，你潘春水有何怪招只管放来，怕你不是胡克仁！

五七一过，胡克仁必须去蛇蟠岛一次，他要把这么重要的信息告诉"亡三代"，他对鸣鹂说："因为回来得急，我必须去宁海一次，那里有很多事情未交代清楚。等我把外面的事情安排好，断七前一定回来。鸣鹂，我们的好日子马上就到了，你在家等我的好消息吧。"

胡克仁赶回蛇蟠岛，倭寇已经在浙东登陆，他们横行霸道，烧杀抢掠，无所不用其极，四乡百姓遭殃。胡克仁去蛇蟠岛又会干些什么勾当？

欲知后事如何，请听下回分解。

第三十一回

倭寇横行民不聊生
水陆遭劫祸不单行

朝廷吏治不力，穷困百姓衣食无着，又不准沿海百姓通商贸易。嘉靖四十三年（1564），基本结束的倭乱再起。其中以江、浙、闽、粤沿海为最。倭寇攻击浙东，杭、嘉、湖、苏、松、常、镇、淮、扬，直达南通，沿江郡县数百，"守土以丧地被逮，总师以失律受诛者无数"。倭寇所过之处，"村市荡为丘墟，庐室为之一空"。

猖狂的倭寇看到朝廷不顾民生，他们开始登陆潜入内地，联合沿海匪盗，从海上抢劫发展到内地掠夺。

海盗的横行霸道，让很多内地商家、百姓一起遭受荼毒，激起当地人的强力反抗。浙东沿海，盘踞在蛇蟠岛的盗寇被组织起来的沙柳民团数次击溃，这些暴徒一时无路可走，只得暂时蛰伏在岛上。

紫云"三杰"看到蛇蟠岛吃了两次败仗，短时间会有个缓和期，回家团聚去了。潘春水妻子已经怀孕，夏水也多了一个孩子，众人都沉浸在一片胜利的喜悦中。

眼看端午临近，内地需要大批的黄鱼、大虾等应时海鲜。夏季到来，沿海居民需要大量的丝绸、夏布之类衣料。商机摆在那里，必须赶紧组织货源。春水和两位哥哥商量，要趁时机进足货。他们派出廷良、廷元、朝明、朝林等人手，在近地收购海鲜鱼货，然后快船沿内海进。他把这副担子交给两位哥哥，叮嘱他们要尽量避开风口，宁可多走一些山路，平安来去就是最大的红利。万一遇到意外，人比货重要，万分危急的情况下，人命重于泰山，一切以人为根本，千万不能往四方眼里钻。安排好诸事，他自己回桃柳溪看望妻子。

三水商行两只收满鱼货的海运商船，顺风顺水行至明州近海，正逢涨潮时节，秋水发现有不少大小渔船在外海漂行，秋水看那些渔船形迹可疑，他向夏水发暗号，两船并进，全速离开这个是非之地。夏水带着朝明、朝林兄弟在前后指挥船工，伙计们齐心合力，快速与秋水靠近。秋水没有看错，这些渔船全是倭寇贼船伪装的。他们盘踞海岛，在涨潮期靠近沿海，接近渔船、商船，趁其不备，实施抢劫。这股倭寇有大船，也有快艇。他们看到秋水兄弟的两艘货船，突然加速向西北而去，知道阴谋已经败露，于是对秋水货船来了个前后合围。秋水一看前有包抄，后有追赶，虽然港口已在视线之内，但按现在航行速度，很可能被倭寇抢先。要是抢不到先机，不但两船鱼货全失，还会威胁到几十个人的生命安全。秋水给夏水发暗号，采用舍货保人的方法，以求快速脱险。

夏水站立船头，鼓励大家齐心合力，他喊着低沉号子，船速一下上去。两船一靠近，船员纷纷跳过去，夏水把船舵一拨，货船突然转弯，他奋力一跳，货船在夏水的激力和风力下，像一支利箭，朝反向驰去。他自己借势跳起，一脚踏在秋水船沿，又顺势向上一跃，一个悬空倒翻扯住船帆，正好落在秋水身旁。一船的人被夏水的三个连续纵跳翻滚惊得心悬半空。合围的倭寇看见一船往外海突围，在前面合围的倭寇赶紧去追堵，后面的倭寇也分散了注意，弄不清是怎么回事，速度慢了下来。

秋水、夏水两船的人齐心协力把货船划得箭样，直朝港口驰去。倭寇不敢贸然深入炮台射程，灰溜溜地退回去。

一场惊险过去，虽然没有人员损失，但是付出一船鲜鱼才脱离危险。他们改变沿海北上线路，把鱼货在宁波周围销售，然后去蚕桑基地收购丝绸、布匹，不再走海路返回。平路车载，山路肩挑马驮，一路晚出早歇。秋水还派出廷良、廷元兄弟两人做前站，打探路况，避开盗匪出没路段，一心想平安到达目的地。眼看到了大峡谷分水岭，成功已经在眼前。

哪里知道在家门口长长的大峡谷里，不期遭遇大股从海上往内地的倭寇、匪徒回追堵截。秋水兄弟没有遇到过如此胆大妄为深入山区的匪徒。

百来个倭寇靠着火器猛打，护送队的刀枪哪里是他们的对手？秋水对夏水说："留得青山在，不怕没柴烧。把肩上、马背上的货物往山沟里抛，别让这帮恶贼轻易得手。"他对伙计们一声大喊:"人要紧,赶快往前面那个平岗撤。"秋水看到倭寇还在追赶,企图在山沟抢夺货物。他们看见前面有一个山岗,正好扼守通道。路下面是山坑,这是个易守难攻的好地方。秋水指挥把所有布匹统统抛到路下,人员迅速占领这个卵石遍地的山岗隐蔽。他对护送队的弟兄说:"这里遍地石块,等倭寇临近,我们让这帮强盗尝尝石弹阵的厉害。"众人马上把卵石堆积在身前,做好抗击的准备。

倭寇高声大叫,火枪像飞蝗一样乒乒而来。秋水看准敌人已经涌到岗下去搬布匹。他大喝一声"给我狠狠地砸!"几十个人举起卵石像雨点一样抛下。这突如其来的石雨把前面抢布匹的倭寇全部砸死,纷纷而下的卵石继续往大峡谷像洪水一样滚下,追击的倭寇不死即伤。后面的一看这群商人这么厉害,才反转逃命。

看看倭寇去远,秋水他们下到谷底,把货物重新搬上,一场生死之交的争夺战有惊无险地结束。

这条长长的峡谷是秋水他们走了多少遍的老道,仗着地形熟悉,几十人从山间小道撤回一市,安顿好一行伙计他返回老家。

一次贩运,几乎血本无归,所幸没有人员伤亡。但是对潘家商行来说,已是伤了元气。春水从桃柳溪回到下溪头。秋水说:"以前倭寇都在海上,现在居然明火执仗上岸掠夺,而且动用火枪,上百人竟然在内地目空一切,横冲直撞,大出意料。"

"我们一路返回,看到被害村落情况非常惨烈。凡是倭寇经过之地,村庄被烧,牛羊骨头遍地。村民被杀,活着的避祸进深山。过去热闹的街市,如今一片焦土,荒凉不堪。"夏水补充说,"目前商行流动资金短缺,沿海一带人心惶惶,新到的布匹也没有多大销路,不如把两地店栈暂时关闭,等待时机。这样既可减轻负担,也不会造成人员意外伤亡,于我们大家都好。"

春水听了两位兄长的意见,他说:"倭寇如此猖獗,大批上岸,确实出乎意料。以商行微弱的力量和大股海盗打斗,无异以卵击石,我们不去硬拼。二哥说得对,非常时期非常处理,现在损失一船鱼货,大家一路的劳累辛苦,损失还在可控范围里。如果出现人员伤亡,那就愧对父老乡亲。你们马上去石浦、一市,关闭店铺,每人发两个月生活费,人员全部遣散返乡。其余的事我到一市看情况再作道理。我们明天分头出发,秋水去石浦,夏水去一市,我去民团，下步怎么走到时候再作计较。"

春水回到桃柳溪，已是黄昏。春阳见出去时日日开开心心的丈夫回来一脸凝重，一定发生了很大意外。以春水的性格，一点儿小事是难不倒他的。晚饭以后回到后院，春阳说："我有了身孕，你都快要做父亲了，还有什么事能把你难成双眉打结，心绪不佳？"

"岳父和兆龙出门也该是回家时候，为什么到今天还没有回来？"春水不提自己商行发生的事，他反问春阳。

经春水提醒，春阳也觉得有些不对劲儿。到底出了什么情况她一片空白。人无千里眼，更无顺风耳，父亲他们没有准时回家，她一时不知所以。春阳没有回答春水的问话，她两眼看着丈夫，想从他的口里得到答案。

"东瀛倭寇再次作乱，而且来势汹汹，过去只在沿海骚扰，现在大队登陆抢劫，所到之地，烧杀抢掠，民不聊生。这次秋水、夏水带队进货，船队在海上遭遇倭寇袭击，丢了一船货物。回来到嵊城又和进入内地的海盗遭遇，虽然所有布匹失而复得，没有人员损失，但已经让大家心惊胆战。这是我经商以来第一次遭受重大挫折。回来一看，你父亲和弟弟都没有准时回来，你说我还能高兴？"

春水这么一说，春阳马上感到事情的严重程度，远远超出她的想象。这个乖巧女人第一次有了恐惧，她声音打战着念："菩萨保佑，祖宗管顾，阿弥陀佛，阿弥陀佛。"这样危险的事情，她不敢对老娘说，只有口念弥陀，求菩萨保佑，替叶家去祸消灾。春水安慰说："海盗不得好死，善人总有善报，过分伤心会影响胎儿。"春阳这才勉强止住泪水。

第三天黄昏，小红来报，老爷回来，大少爷没有到家。春水夫妻赶紧下楼，父亲在大厅呆呆地不说一句话，母亲在一旁哭泣，一声一个"我那可怜的儿，你在哪里？痛杀为娘也。"

倭寇横行，祸及千家万户，远在大山深处的桃柳溪已经深受其害。春阳夫妇一个安慰老娘，一个了解出事经过。

叶建兴把回来遭遇给春水细说了一遍。

叶建兴是第一次带大儿子兆龙出门，他带儿子认道识人，了解市场行情。他要让儿子在自己走过的生意道上历练一番，以后方可独当一面，早日接他的班。回路时从六横岛进了一船时鲜鱼货，很快鱼市散完，船离开码头时他和其他几只进货船都被海盗拦劫而去。他们不敢反抗，眼睁睁地看着几船鲜鱼被倭寇抢走。

回来路过一座大山，父子俩被一队抢劫村庄出来的倭寇撞个正着。父子两人往大山里跑，后面的倭寇喊着别让两人逃跑，要抓活的。倭寇越追越近，父子两人被逼到一个悬崖边。叶建兴环顾四周，后有追兵，前无去程，崖下是哗哗的水声。后面追赶的倭寇越来越近，他已无可选择。叶建兴是第一次遇到杀人强盗，深知被他们抓住定是生不如死。倭寇越逼越近，"抓活的"喊声就在身后。叶建兴拉着浑身发抖的儿子兆龙跳下悬崖。倭寇向着山下打了一阵火枪走了。叶建兴被崖上松树挡了几下掉入溪里。从小玩水长大的他水性好，落入水中的叶建兴随水漂了一程上岸，但是一直不见儿子踪影，只得游回去找。他在山下呼叫，没有儿子的回音。他重新爬到山头也不见人影。分明是自己拉着一起跳崖，这人怎么不见影子？虽然浑身伤痕累累，他冒着跌落危险，又从崖顶一点点地滑溜而下，在一块凸出的岩边，儿子兆龙蜷曲着倒在一侧，他伸手往鼻孔一探，还有气息在。叶建兴忍痛爬上山坡，找了两个打柴的农民，把儿子弄到山场暂息，自己雇马回到桃柳溪搬救兵。

春水说："先把人抬回家才可做下一步的安排。"他安顿好家人，带了村里几个后生，去把兆龙抬回桃柳溪治疗。兆龙头部撞击受伤，加上一路惊吓，一路风寒，花了很多银子总算保住一条命，但留下了严重的后遗症。

大儿子叶兆龙从小养尊处优，哪里有过处理发生紧急情况时的应变方法。他从高山下跌时翻了一个大跟斗，虽然也从树间穿过，但落地时头朝下撞在岩板上一下昏了过去，父亲上上下下爬了几次山才发现了他。叶建兴呼他名字，摇他、翻他都没有反应。小儿子兆虎也不是经商之才，叶建兴从此不再出门，守着家业度日。

再说蛇蟠岛经过一番休整，元气基本恢复，"亡三代"自然没有忘记让他两次败仗的黑衣人，但又无法可使，直到现在他都没有弄明白这些黑衣人从哪里来，到哪里去？他终日闷闷不乐，动不动就训斥下属。胡克仁知道"亡三代"的心事，他献计道："岛主宏图未展，大仇未报，心绪难平，我有一计，不知该讲不该讲。"

"亡三代"正在郁闷中，听了胡克仁的话正中心头。他已把胡克仁从桑洲调回蛇蟠岛，成为他手下的一个红人。虽然没有坐上第二把交椅，但对这个外地人已经另眼相看。如今胡克仁说有计，不管妙不妙，听听是必须的。"亡三代"说："老胡，你已经是蛇蟠岛的头人，有话尽说无妨。"

胡克仁见"亡三代"让他说，自然不能放过展示自己效忠蛇蟠岛的一次难得的机会。他说："黑衣人来龙去脉已经清楚，只是他们不在本地，很难摸清他们的行动规律。我有一计，只需如此如此，这般这般，就能逼出他们原形。"

"亡三代"连败两仗，以前的目空一切有所收敛，他听了胡克仁的鬼主意，马上夸他有高见。他对胡克仁说："依你计划行事，只要大事办成，你就是蛇蟠岛第二把交椅。在外时要有需求，你可先斩后奏，变通着办。"

"亡三代"的话无疑是给了他一把"尚方宝剑"。胡克仁对"亡三代"道："承蒙岛主厚爱，岛主如此看重在下，在下一定不辱使命回报岛主。"一副厚脸无耻的奴才相，一个泳溪人的败类，一条丧心病狂的疯狗。

胡克仁当天一匹快马回到泳溪。胡三森一故，胡家已露败象，胡鸣鹂已经没有过去那样娇纵。娘儿俩靠着胡三森留下的家底度日，对于胡克仁这个捏不住的浪子，已经不抱多大希望。

胡克仁心术不正，感觉不钝。他一进家门，看母女俩对他不理不睬，十分冷淡，马上堆下一脸的笑容说："妈好，鸣鹂，我回家来了。喏，这是给妈的，这是给你的。"

两个大礼包及时出手，马上阴天转晴，柳暗花明。胡敏芳看到这么精致的长礼盒，打开一看，里面是一支粗粗的五两以上的老山参，这支人参很像一个侧卧的小胖子，下部的所有根须从粗到细，直至发丝一样的毛根全部固定在盒子下面的纸板上。叶敏芳丈夫经商，但是这样体面的人参她还是第一次看到，脸上有了喜色，她起身说："你远路而来，坐下说话，我去烧水做饭。"说毕退了出去。

胡鸣鹂打开另一个四方盒，里面是一只沉甸甸的墨绿翡翠镯子。她对着光线细看，翠得晶莹，绿得纯净，正反两面，外围里圈，没有一丝瑕疵，好名贵哇。表妹春阳手上有一只，听说是潘春水送的，她的一股酸水直往心头冲。现在自己也有了，就往手上去套，不大不小正合适。她心里想：看不出来，这个浪荡子还真是个有心人，看样子也真有钱了。她露出两个笑靥说："这么久不见人影，我们以为你早把我娘俩忘了。这次回家来，又有什么大事？"

"生意不忙，回来看看妈和老婆，或许还想要个儿子传宗接代，你说可以不回来吗？"胡克仁编谎话心不跳，脸不红。胡鸣鹂一拳击在他前胸说："想得美。"转身要走。胡克仁赶上一步，抄起两手把她抱着上楼，一把丢在床上滚在一起，直到老娘在楼下叫吃晚饭两个才下楼去。

胡克仁还是使出老方法，要从胡鸣鹂那里探听他想要的信息。

胡鸣鹂得了实惠心情不错，她对胡克仁说："看样子你现在生意也做得不错，为什么那么长时间不来看我？被春水带出去的年轻人，人家都连家小带走，老婆、孩子都跟着享受天伦之乐。看样子你现在也算发了，怎么不学学人家样把老婆拴在腰上。你倒好，只顾一人在外快乐，却让老婆独守空房。"胡克仁一听机会来了，心想舌灿莲花还不如孔方兄顶用，虽然把领来费用的大部分花了，还是值得。他说："老婆啊，在家不知出门苦，你知道男人忙完了白天最想得到什么？我哪天半夜不是被折腾得睡不着觉！我们是两地相思一样苦哪。我正在想办法，迟早要把你带在身边，也不至于到现在两人还是孤家寡人。"

"既然你那么忙，没有时间回家来，那你这次就把我带走，省得你两头跑，两头不讨好。"胡鸣鹂抱着胡克仁头颈说，她从小到大还没有走出泳溪大山，她要去看看外面的世界。

"我不是正在创造机会嘛。你也给我说说春水他们是怎么做的，我也好学着点。"胡克仁又开始套话。

"这有什么好学的，带着老婆外出还要学吗？你再带一帮人助你一起赚钱，这样你不是也和别人一样了吗？平时听你说得天花乱坠，一肚子的鬼主意，这办法那么简单你都想不出来？傻瓜一个！"其实她也不知道把家属带走有多难，更不知自己的丈夫干的是什么勾当。胡克仁一听不好辩解，这个傻瓜帽现在还不能摘。他只能说："多个门户多路风，一个人在外干手燥脚。单身汉镬灶打在腿肚子上，说走就走。一人吃饱全家不饿，走到哪里随便都可以对付一晚。拖家带小的，要房要灶，喋喋嗒嗒的杂事一大堆。而且我的生意流动性大，带着家小更难。我现在还不能独立经营，如果像春水他们那样开一家商铺，你守店我走外也是一个办法。这个要等我这单生意做成了或许可以把你带走。"胡克仁本想听她说，可是胡鸣鹂被他这么一说，难处一大堆就不出声。胡克仁知道自己把事情说得太严重了，他转过话头悄悄地对胡鸣鹂说："其实你也不用怕，还没有到要你担忧那么严重。什么难事情都会有个破解法，我们明天出去走动一下，或许就有好办法呢。"

"我们明天去看看表妹，听我娘说她有喜了。"胡鸣鹏随便一说，胡克仁马上看见一个机会。他装作一脸喜悦地说："这么重要的一桩喜事，我们一定要去探望的，明天就去。"

胡克仁买了很多礼品，和鸣鹏一起到桃柳溪。春水就要出门，看到胡鸣鹏两人进门又停了下来。

"春水啊，我们可是连襟，恭喜贺喜。你比我这个做襟兄的能干多了。你啊生意做得大，又惠及家乡父老兄弟，如今又要'升官'了。哈哈哈。"这个胡克仁，场面上很有一套，却让你摸不透他的心肝五脏是什么颜色，长在哪里。

"克仁兄客气，春水谢谢你远途来探望舅舅，我老家有事需要走动，不能久留，失陪。"他抱拳作别。

"你是大忙人，公事在身，不必拘泥小节，回见。"胡克仁抱拳相送。

春水走后，胡克仁夫妻在叶家看了一遍大吃一惊。他从舅舅口中得知一二，叶家遇到倭寇，损失很大，表弟已成废人，舅舅没了往日精神。他在蛇蟠岛虽然听说倭寇上岸消息，但不知实情。叶家遭遇可见形势变化之快，虽然没有从春水口中探得一点新消息，但是从他匆匆离开桃柳溪，他们的日子也不会好到哪里。这是一个重要信息，他必须马上回去把真实情况摸清楚，他需要果断决定，不能错失坐上第二把交椅的好机会。

胡鸣鹏见叶春阳也没有往日开心，脸色萎黄，一副忧心忡忡的样子，见她的到来也没有像以前那样的高兴。她以为这是女人怀孕后的必然反应。她们两人在后楼说私房话，知道表妹已有三月身孕，可自己还是腹中空空，对春阳羡慕不已。她把买来的补品和安胎药交给春阳说："这是我母亲怀我时候吃过的保胎药，灵验得很。母亲说她怀我的那阵子吃了这药，不呕吐、不出酸，孩子在里面很乖。这药是按一个已经过世的老郎中开的原方子配的，你早吃早安胎，也不会像现在打不起精神来。"她看看天色不早就告辞下楼，胡克仁已在庭院等候。她把叶春阳的忧虑对他说了。

胡克仁把叶春阳的忧虑纳入叶家现在的反应，这里面大有文章。他马上对鸣鹏说："我忘了一件大事，要和老板去商议，必须赶快回桑洲。""都那么晚了，今晚再陪我一宿，明天一早再走不迟。今天我很开心，说不定今晚我能给你一个孩子。"鸣鹏用身体勾引他，不让他连夜走。胡克仁说："有没有孩子不在这一晚，等我把老板的大事办妥了，我们以后天天在一起，那时你也像表妹春阳那样，真的会给我留个种呢。"他把鸣鹏送到泳溪桥头，让她自己回家。胡克仁连马都不下，一个响鞭在空中甩出，马蹄嘚嘚，很快消失在大路上。

这个泼皮无赖，在一个不见世面的女人面前轻易地玩弄骗局，好像玩狗玩猫一样随意，而且玩得滴水不漏，把个女人哄得滴溜溜地转。

胡克仁在泳溪只待了一晚，他急急匆匆到底要去哪里，又有什么阴谋诡计要出笼？

欲知后事如何，请听下回分解。

第三十二回

无仁义毒设连环套
李总指计中黑松林

这个无仁无义的胡克仁得到最重要的第一手情报，连老婆的热情挽留都不顾就急匆匆离开胡家。他没有在桑洲停留，而是连夜赶到一市，在黑衣人营地像一匹猪獾一样向角角落落隐蔽窥测。他无法进入村子，但是从屋内的灯光判断，发现这里人员比过去有明显减少，也没有发现来自老家的人。

胡克仁回到客栈，他把在桃柳溪探得的重要情报和刚才这些情况串联起来分析：倭鬼来势汹汹，已经上岸并大开杀戒，影响深远；潘春水目前自顾无暇定有隐情；黑衣人实力大受影响。只要把握时机，蛇蟠岛可以打一个大胜仗。

他为"亡三代"上过两次战场，深知敌情的重要和兵贵神速的道理。第二天起早，他快马加鞭赶往蛇蟠岛，去向"亡三代"献计献策。他明白只有坐上蛇蟠岛的第二把交椅，才能高人一着，出人头地；才能让别人刮目相看，受人夸赞；才能呼风唤雨，随心所欲，才有享受不尽的荣华富贵。

今天风和日丽，海面波澜不惊，一群贼海鸥在低空盘旋俯冲着，把浮游在水面的鱼儿从海中叼起飞向远方。此情此景有点像自己目前的处境。胡克仁在蛇蟠岛已两年多，也记不清有多少次进出岛上。他还是第一次碰上这样的好天气，好海景，他很开心。他想，这是老天爷在暗示，我胡克仁好事临头，马上要升官发财喽。他喜滋滋地在海边站定，一手牵马，一手吹响口哨，向漂在远方的小船发出过渡信号。

不一会儿，一只小船从一丛芦苇后出来，箭一样驰向岸边，胡克仁连人带马上船，向蛇蟠岛进发。

码头一个小头目直进大厅。"报岛主，胡克仁在外求见。"

"胡克仁？你有没有看错？""亡三代"以为小头目认错人了。

"岛主，小的看清楚了，正是胡克仁求见。"

"快传他进来。""亡三代"见下属从来没有这样迫切、急促。

"胡头领，岛主有请。"小头目退出传唤胡克仁。

胡克仁知道"亡三代"的脾气，一般小头目即使有事也要等上半天，现在他这么快就接见自己，说明自己在岛主心中已经有一定分量。他进入大厅单膝跪地说："胡克仁叩见岛主。"

"胡克仁吗？快快起来说话。""亡三代"一见离开蛇蟠岛头尾才三天的胡克仁这么急匆匆回来，一定有他想要的重要信息，他心情很是不错："老胡，你这么快赶回来，一定有好事告诉我吧？"

"岛主英明。托岛主洪福，事情有很大进展。"胡克仁听见"亡三代"称他为老胡，顿觉身价倍增，一脸的高兴。

"说，把事情详详细细地讲清楚。""亡三代"急着要听他的好消息。

"岛主——"胡克仁把话拉得长长的。

"都是头领，大家都要听听，让其他头领也长长见识。""亡三代"让胡克仁放话。

胡克仁一看，"亡三代"如此抬举，这正是显示自己与众不同的难得机会，就把这次行程的全过程加油添醋地说了一遍。

他说："倭人已经从水路偷偷摸摸发展到明目张胆向内地推进。他们不仅抢东西还杀人放火，所到地方鸡犬不留，十室九空。百姓不死即入深山，连地方上的官员都因抵抗不力被处置不在少数。像我舅舅这样的老商人也深受其害。听说东南沿海一带的大小市镇都被劫掠一空，焦土一片，哀鸿遍地。黑衣人中一部分外来者也因此退出沿海返回山区避风，他们的实力大打折扣。以我们现在的实力，不但可以重回沙柳，还可以设计大败黑衣人。同时因势利导，和倭人联络，借他们的力量实现蛇蟠岛的宏图大志，目前正是最好时机。"胡克仁滔滔不绝，唾沫四射。

"摸得细，分析透，看得远，说得好。""亡三代"从来没有这样赞过别人。

"岛主，这还是其一，要紧的还在后面。"胡克仁还在卖关子，故意说一点儿留一点儿，吊"亡三代"的胃口。

"噢，还有更精彩的。老胡你别卖关子，快说快说。""亡三代"的神经被触动了。

"岛主，这是战略机要，具体计划知道的人越少越好，所以只能易地细议。"大小头领不少，胡克仁提出自己意见。

"老胡说得对。军机不可外泄，我们俩密室细谈。""亡三代"遣散众人把胡克仁让进里间。

蛇蟠岛的海匪都知道"亡三代"的密室没有几人进得去。今天在大庭广众前他十分急迫地把胡克仁引入密室，这是把胡克仁当作十分重要的大头领了。胡克仁在众海盗前的地位一下升高了。蛇蟠岛的元老汪直、厉光头他们都没有受过如此重视和抬爱。

"岛主，我也深知黑衣人的厉害，我们几次三番吃他们的亏，四处寻探都没有摸清他们是哪路神仙。好在岛主把我派出，经过这些时日的奔波，如今不但找到目标，而且弄明白了他们目前的真相。昨天我把所有探得的情况全部梳理了一下，如果我们用一个'引虎下山'之计，只需如此如此，这仗一定成功。但是还欠一个时间点，我还得再出去一次，行动日子，你们听我的密报。"胡克仁把自己的计谋向"亡三代"作了详细交代，把有关事情说得一清二楚。

"老胡哪，以前在这里是埋没了你。这个计谋与以前完全不同，你是一个将才。等你回来，这个仗由你指挥，我给你做后台。""亡三代"听了胡克仁计谋的全部细节，他在他身上的花费终于有了着落，他向胡克仁许愿，要把这个痞子收为心腹。

"亡三代"的话让胡克仁感恩戴德，他说："岛主如此厚待胡某，胡某为蛇蟠岛两肋插刀在所不辞。"

两人走出密室，"亡三代"对在场的大小头领宣布："弟兄们，胡克仁为蛇蟠岛的崛起劳苦功高，从今天起，他就是蛇蟠岛的二爷。"

"恭喜胡爷高升，请二爷以后多多关照。"在场的头领都来祝贺。

"谢谢各位弟兄捧场，胡某不能一一答谢，等打败了黑衣人，我在沙柳为大家请酒。只因要务在身，不能久留，就此告辞。"胡克仁握拳作别，又离开蛇蟠岛。

胡克仁此行何去？

他要去摸清潘春水一伙现在的底牌。他十分清楚蛇蟠岛两次吃亏，都是因为不了解潘春水的动向。光凭沙柳民团实力，别说一个，就是十个沙柳早已夷为平地。他在桃柳溪看见潘春水匆匆离开，里面定有隐情。他的"引虎下山"计能否成功，就看他对潘春水现况的了解。

胡克仁又回到泳溪，胡鸣鹏看到他仅仅隔了一宿就回来了，心里不是高兴而是一肚子的怨气。她在叶家看到舅舅家一下败落成那个样子，庆幸自己当初拒绝是老天照应。现在自己刚好在兴头上，好日子就在她前面展现，她是多么需要男人和她共享快乐时光，而自己的红粉腰带居然拴不住这个浪荡子。

"鸣鹏，我又回来看你了。"胡克仁以为他的陡然出现一定会让这个骚娘一下扑入他的怀里。可是他的呼声好像说给一个石像听，他又加大声音叫了一声，"鸣鹏，我回来了。"

"脚长在你肚皮下，来来去去随你喜欢，关我什么事？"鸣鹏没有把胡克仁的回家当作喜事。

原来她在生自己的气，不是没有听到。胡克仁知道这骚娘脾气，他开始将她的顺毛说："鸣鹏哪，你以为我那么绝情吗？你以为我不想和你缠绵在一起吗？你以为我不知你的好，把你的一片痴心当作驴肝肺吗？鸣鹏哪，你一定知道吃人家的饭要受人家难的这个道理。这就是为别人家做事的不易啊。老话说'做一天和尚撞一天钟'。撞钟容易但是撞准难，天天撞准是多么的不容易呢。我把钟准时撞好我才有饭吃。我不但要自己有饭吃，也要让你娘俩有饭吃，还要吃好饭真不容易呢。如果我撞不好主人家的钟，我没饭吃，你娘俩也得饿肚子呀。"道理一拨一拨的，说得胡鸣鹏在云里雾里摸不着边际。

"'萧山尿壶好张嘴。'我说不过你。但是你要把昨天匆匆离去今天又急急回来在干什么，一五一十、老老实实告诉老娘我才行，否则老娘我这个家没有你进的门！"胡鸣鹏想知道底牌，用大岩头压他。

"那我是站在大门外和你说，还是到楼上细细的和你说？"胡克仁又来了他的拿手好戏。

"死鬼。"胡鸣鹏骂了一声自往楼上去，胡克仁随手关上门在后面追。

"说！"胡鸣鹏坐在窗前对胡克仁发命令。

"不说千里迢迢，也是上百里外一口气赶到这里，嘴里都冒火了，你也给口茶让我润润喉灭灭火，要不我满口喷火还不把你烧坏了。"萧山尿壶的好嘴把胡鸣鹏逗笑了，一肚子的怨气逗没了。

她沏上一杯浓茶给他："拿着，边喝边说。"胡鸣鹏脸上有了笑容。

"没有老婆想老婆，有了老婆怕老婆。做男人真难。"胡克仁的话好像油腔滑调，其实也是实在话。他一边慢慢地喝茶，一边在想，现在把真相说出来，是否会吓着她，甚至起反作用？他要先试探一下，以防万一。

"老婆，你希望你老公成为哪一种人？"胡克仁喝下一杯茶小心翼翼地说。

"有钱，有很多的钱让我尽情花，让老婆家人都过上好日子。"胡鸣鹏不会拐弯抹角兜大圈子，她随口而出，说出的是她梦寐以求的心里话。

"那你看像你舅舅那样好吗？"胡克仁给出第一个方案。

"好。也不好。"鸣鹏先肯定，一会又马上否定。

"此话怎讲？"胡克仁一向鬼主意多，鸣鹏的回答一会肯定，一会否定，他一时难明白。

"舅舅做了一辈子生意，开了好几家大门面，也赚了很多钱，可是一下就完了。现在人都变了个样。太不禁烫火了。"鸣鹏交底，把好与不好说得很明白。

"原来是这样，你说得有道理。那么像潘春水那样好吗？"胡克仁打开第二个方案。

"潘春水本领比你大，人也比你能干。他能笼络别人，有一帮人跟着他。人家人多力量大，钱也赚得多，泳溪人都夸他好。但是最近好像也不景气，我们女人家弄不明白其中奥妙。"鸣鹏从内心喜欢潘春水，尽管自己把到手的肥肉让给别人，等她明白过来，她也没法贬低他。

"那你是喜欢你的老公也成为潘春水一样的人？"胡克仁追问。

"你和他不是一类人，你再怎么着也成不了潘春水。"胡克仁过去的劣迹深深烙在心底，她从心眼里看不起自己的老公，他的前科在她眼前晃，父亲就是被这个荡荡动蛤蟆子活活气死的。可是她耐不了贫寒也吃不得苦。她想人生一世，总得风风光光一回。她不愿像那些老死乡间的贫妇，辛辛苦苦一辈子，没有一天享福的日子；也不想像自己的老妈那样默默无闻地走完这一生。怎么办？待了一会儿她说："白猫黑猫，能逮住老鼠的就是好猫。你只要把钱赚来尽我花，我管你做贼做拐！"这原是傻女人一时的气话，她根本不知道这样说会起什么作用，会有什么后果。

胡克仁倒是被胡鸣鹏的话吓了一大跳。这个女人的狠劲上来真让他不敢正视。但是有她这么一句话，后面的事反而好办了。他说："鸣鹏哪，你也与别的女人不同哦，和叶春阳更不是一路人。虽然你们是姑舅表姐妹，但是你两人天壤之别。不过有你刚才这话，我发誓，一定让你有钱花，让你这一生风风光光走几回！"

"你别萧山尿壶好张嘴，老是拿好话甜人。风风光光走几回？什么时候让我风风光光走一回，我才能知道你现在说的是人话还是鬼话！"这个爱财女人为了一己私利把自己的男人往绝路上逼。

"快了。一个月里让你见分晓。"胡克仁终于狠下心来背一次。

第二天，他对鸣鹏说要在附近了解一下市场行情。他也没有骑马，一路走一路看。他听说这里的每个村子都有人在潘氏商行干过，一定能从家属口中掏出他想要的信息。

他翻过一条岭，沿桃柳溪方向出去就是外弯，这是叶建兴的外婆家，他的表兄弟还在，那里或许能有令他兴奋的东西。再沿桃柳溪一路出去，可以直到潘春水老家下溪头。他心里说，只要功夫深，掘地三尺总能寻到真宝。

这个胡克仁，他心术不正，但动的坏脑筋很到位，很肯下苦功。如他所料，桃柳溪两岸的破旧木石屋里，藏着许多他需要的原始信息、第一手情报。他算是找到了这个藏量最丰富的原始信息矿。

外弯一个村民告诉他，三年前，潘春水在沙柳把蛇蟠岛的两个喽啰打得满地找牙，鼻血横流；

又一个老人对他说，沙柳民团总指挥李正东是叶建兴的岳父，潘春水妻子叶春阳的外公；

一个刚从一市回家看父母的伙计告诉他，潘春水是潘家三兄弟在石浦、一市开的潘氏三水商行的大当家；

他和村民一套近乎，他得知沙柳民团的大半力量来自潘氏商行的员工；

紫云"三杰"一起参加两次沙柳行动，一起把李正东从蛇蟠岛水牢中救出；

潘氏商行最近被倭寇打得大败，丢了鱼货差点又丢了丝绸夏布，损失惨重；

最近潘氏商行已经全部从石浦、一市撤退回老家；

潘春水兄弟现在也像热锅上的蚂蚁，急得团团转。

一天时间，走得很累，但胡克仁获得这么多的珍贵情报，在海游、缑城一百年也找不到其中一条。出一千拿一万也买不到这么多的第一手信息。他的"引虎下山"之计已经到了"只欠东风"的时候。

傍晚回到泳溪，他对胡鸣鹏说："老婆，为了赚钱，我明天一早回去把行情向老板报告。下次回来一定让你心花怒放。"胡鸣鹏听他这么一说，感觉真的要成为老板娘了，她一把抱住胡克仁的腰不放，两人倒在床上滚在了一起。

再说潘春水从桃柳溪出来和两个哥哥商议，让秋水在家把商行的人员联络好，一有行动马上可以拉出去。他要他在家等候消息，他和夏水一起先去一市。

他们到一市据点，和李正东、张副指挥一起讨论怎么对付倭寇和海盗的对策。

春水说："倭寇横行沿海，蛇蟠岛很可能与倭寇已经联手了。在强敌前面我们不能拿鸡蛋往石板上摔。民团力量单薄，据点可能已经暴露，必须马上转移据点，隐蔽好队伍保存实力。在没有百分百的可靠情报资源时，不管出现什么情况，一定要稳住阵脚，千万不能轻易出击，以防落入敌人圈套。"

为了防备意外，春水、夏水两人化装成卖柴人在沙柳、蛇蟠岛一线观察动情，这样可以及时把握敌人动向传递信息，防备海盗突然袭击。

第二天一早，胡克仁快马加鞭回蛇蟠岛。

他向"亡三代"报告最新情报，"亡三代"拍着他的肩膀直夸胡克仁是个将才，他说："我身为一岛之主，竟然有眼不识泰山，如果早早地把你重用起来，蛇蟠岛早已起飞了。不过还好，我的一道毛遂自荐令，你终于从一只土鸡变成凤凰，这是天助我也。"说完他一阵狂笑，以为蛇蟠岛兴旺发达的日子就在眼前。他对胡克仁说，"以后有什么新的变化你自己决断，我们只等你的进攻令下，把黑衣人一举全歼，在蛇蟠岛再给你庆功贺喜。"

胡克仁离开蛇蟠岛又往一市方向出发，被隐蔽在海边的春水兄弟发现，他们没有看清此人是谁，但是这人上岛不久又很快离开，形迹可疑。春水示意夏水跟进，把这人盯住，他自己留下监视岛上动静。

胡克仁在一市民团的老据点发现这里人去楼空，大为惊异。只相隔一天，黑衣人无影无踪，他进入山村，假装讨水喝，那些原来的住房都是临时房，真正的居民是三户管山人家。他们也不知住在这里的黑衣人到什么地方去了。夏水远远地跟着，他不认得这个人是谁。胡克仁离开山场有点走投无路，他不知道应该往哪个方向走。夏水继续隐蔽跟踪。

胡克仁边走边想，黑衣人走得那么蹊跷，不早不迟，在他即将大功告成之际，平白无故地从他眼中消失。是不是自己的行踪让他们有所觉察，还是民团确有高人指点。他手足无措，来到桑洲住店。

"店家，老字号住宿，好酒好菜房内伺候。"胡克仁是这里的常客，店里有他的包房。掌柜的一看是他，马上吩咐厨房切肉煮鱼，杀鸡焖鸭，一壶陈酒送入包房。夏水从窗隙见胡克仁上楼他也进门，他对店家说："我从远方来，一路劳顿，要清静房一间休息。"掌柜的说："楼下普通间还有，清静房在楼上，只有一间，宿资较高，不知客官可否？""请店家开门即可，再送一荤一素一斤酒来。"

夏水随小二上楼，经过一间亮着灯的上房，里面有人在嘟哝："……太不凑巧，累死我了。"这声音正是他跟踪的那人。他进入自己房内，环顾四周，上面大台架下有一处很大的缝隙，可以看清隔壁动静。他挪过一条凳子上去察看。这一看夏水差一点儿从上面跌下来。隔壁那人是一张他熟悉的老家人脸。他搓了把眼睛，把那人看了又看，这不是胡克仁吗？叶春阳表姐胡鸣鹏丈夫，泳溪有名浪荡子胡克仁，他怎么在蛇蟠岛？居然为海盗"亡三代"卖力？

胡克仁一向狡猾，为了隐蔽自己，出门都易容化装，晚上才恢复真面目，他没有料到后面会一直有一双尖锐的眼睛盯着他。

这一眼让夏水不再淡定，老家的人怎么会反水投敌做叛徒与民团作对，而他竟然还是春水的亲眷？令人难防呀！他必须把这么重要的情况及早告诉春水和李正东。他草草吃罢睡下，第二天天刚亮，隔壁还在梦中，夏水起身上路。他直奔春水处把胡克仁一天行径告诉他。春水说："这是条非常重要的信息，必须马上通知民团和秋水。"春水从小道去民团据点，把发现胡克仁的情况详细交代给总指挥李正东，让他们不能轻易现身，更不能轻举妄动，这个据点不准任何生人进入。春水带了民团一个队长同行，依旧监视蛇蟠岛动向。夏水回下溪头和秋水计议胡克仁通海盗可能引发的后果，随时准备配合沙柳民团行动，他也向紫云"三杰"通报胡克仁的劣迹，然后让他们和春水秘密会合。

胡克仁一夜醉酒，第二天醒来日上三竿。他想黑衣人据点不管在哪里，只要你老巢不保，不怕你不现身。只要你露面，蛇蟠岛就能收拾你。他打定主意再回蛇蟠岛。

胡克仁对"亡三代"说："黑衣人躲躲藏藏，分明是害怕蛇蟠岛，现在他的外援没了，正是报仇的最好机会。我们兵分两路，一路绕道隐蔽埋伏在一市到沙柳必经的半途，一路浩浩荡荡扫荡沙柳，黑衣人不现身伏兵始终不动，黑衣人过后两路夹击，在山弯里，把他们包围起来，然后来个'瓮中捉鳖'一窝端。"

"'引虎下山'加前后夹击两计连环就能'瓮中捉鳖'，此计果然精妙。弟兄们，这次行动由胡二当家统一调遣，不得有误。""亡三代"喜不自禁，他向手下发布命令。

蛇蟠岛派出一股匪徒向沙柳进发，这让春水犯疑：这样明目张胆的强盗不多见，这背后一定隐藏着更大的阴谋。这是哪路的歪门邪道？春水让民团队长回据点去通报李总指挥，让他们做好迎战准备。让夏水快马报秋水带队来沙柳。他自己跟踪海盗，必须摸清蛇蟠岛的全盘计划，才能作出保全百姓，减少民团损失的决策。

沙柳暗哨得知蛇蟠岛来袭，家家户户关门落锁往山里躲。

匪徒进入沙柳，万人空巷，汪直一声令下："搜！"这帮匪徒被禁在岛上太久，马上四处打砸。入店狂抢，什么都要。还有一些不肯离开的老人被抓到一起，汪直举起马鞭喊话："只要说出黑衣人去向，东西归还，马上可以回家。"他一连喊了几遍，看到的是一双双充满怒火的眼睛。"贱，给我狠狠地抽！"汪直大发淫威。喽啰们把这些老人打得血肉模糊全部倒在地上，也没有一个开口。"限你们一天时间，再不交出黑衣人，一把火烧光沙柳。"汪直说完留下喽啰看守，骑上大马自顾回蛇蟠岛去。这一切都发生在春水眼皮子下，为了大局他捏紧拳头，牙齿咬得咯咯响。他还没有完成任务，只能在暗中忍着。

夜晚，几个胆大的潜回沙柳，看到街道被毁，老人在地上奄奄一息的惨状怒火中烧，但又无可奈何。他们返回山上，派人去民团驻地报信，请民团回来报仇。

半夜，春水悄悄进村，他潜入一个哨位，一击打闷一个，又一手夹住一个脖子拖到暗处，他说："要命还是像那个一样。"

"好汉饶命，有话好说。"喽啰求饶。

"半句虚假，命归地府。"春水警告喽啰。

"说，这次袭击沙柳是谁指挥，想干什么？"春水用匕首在喽啰脖子比画，冰凉的刀锋一下吓得匪徒尿裤子。

喽啰打着颤音说："别，别，别，我交代，我交代。这次袭击沙柳是大头领汪直带队，因为一直找不到黑衣人下落，他们在这里杀人放火，想把黑衣人诱出山再消灭。"

"怎么引诱？汪直去哪儿？这里有多少人？"春水的匕首在前面一晃，"继续说，若有半句隐瞒你的小命没啦！"

"因为不知黑衣人在哪儿，汪直回岛去听二头领安排。"哨兵吞吞吐吐。

"看来你不想活了。"春水举起匕首，做了一个刺杀动作。

"好汉饶命，我说就是。岛上新来一个二当家，好像姓胡，这次打沙柳都是他指挥的，听说叫什么'老虎下山，瓮里柯鳖'，胡头领是总指挥，在这里只有一个中队。其他的我们小兵真的不知道。"春水的手在他头上一拍，两个哨兵倒在一起，他匆匆离开现场回到隐蔽之地。

春水上过蛇蟠岛，那里有多少兵力他有个大数。蛇蟠岛出动打沙柳不到一中队人，只有汪直一人指挥在沙柳打打杀杀，这是他们在激怒民团诱他们出山，既然有"'引虎下山'和'瓮中捉鳖'"两计，一定还有大部分的兵力派到别处去围攻民团。但是到沙柳的这些兵是他自己看着的，那大部分的匪徒一定从西北面往一市方向去了。"亡三代"、胡克仁等匪首一定在那里设伏。他们攻打沙柳只是一个引诱之计，把民团引下山，然后在某地两面夹攻来一个"瓮中捉鳖"，把民团消灭在途中，好歹毒的恶计，难怪有人说胡克仁老在泳溪各村走，原来他是在收集情报。敌人已经在伏击地等候，如何把消息通报民团，这是个难题。春水一夜难眠。

第二天，汪直又到沙柳，继续指挥抢砸，放火烧了李正东的商行。民团暗置的眼线已经把蛇蟠岛匪徒的烧杀抢掠情报送到新据点，队员们急着要下山去拼个你死我活，李正东对大家说："春水少侠再三叮嘱，没有确切情报不能贸然行动，必须要有可靠信息、弄明敌人动向后才能出山，如果现在下山，我们会忍不住眼前的小疼而打乱整个计划部署吃大亏。"

第三天暗线又来报，总指挥商行烧毁，街上没有完整房子，两个重伤老人去世，在那里的敌人只有一个中队，汪直在沙柳坐镇。

民团群情激昂，纷纷请愿，特别是老人去世的两家人直言，民团不去自己下山，他们不能做不肖子孙，对不起列祖列宗，就是死也要和家人倒在一起。

山上人声沸腾。"我们要下山杀敌""杀父之仇，不共戴天""血债要用血来还，我们和蛇蟠岛海盗拼了。"民团叫喊声响彻隐蔽点。

李正东听说自己经营一辈子的商行被蛇蟠岛匪徒烧了，血直往上冲。在那里的匪徒只有一个中队，民团虽然没有外援，但实力还是超过匪徒，而且经过两次交锋，民团远比海盗勇敢，他把自己的想法和张副指挥说："马上整队出发，和海盗拼个你死我活。"

潘春水绕道赶到新地方，沙柳民团据点早已不见人影，只剩下几排空屋在呼啸的山风中颤抖。他大叫一声不好，民团中计下山，敌人的"引虎下山"计已经成功。他拍马急追民团，远远看到民团已经冲下山岗，向一片不大的山谷松树林奔去。春水勒住马缰，看到两边山头隐藏着的几百号海盗从民团后面包抄过去。他心里说，民团已成"瓮中之鳖"，几年辛苦毁于一旦！

沙柳民团义愤下山，贸然行动，春水在后面阻拦已经来不及了。他们心里只想自己的小家，却忘掉没有摸清敌情不可轻举妄动的忠告。忘掉虎视眈眈的海盗一直张开的血盆大口，时时刻刻千方百计要吃掉民团的罪恶野心。

暗中隐蔽在半山的蛇蟠岛匪兵，从两岗夹击已成包围之势。民团竟然没有觉察，他们以为只要冲过树林，翻过山岗直奔沙柳，就可以把一个中队的匪兵歼灭。

李正东率领民团误入包围圈，危局马上爆发。

春水清楚地看到，民团中计误入敌人圈套，这一仗险情横生，他们还有生还的希望吗？

欲知后事如何，请听下回分解。

第三十三回

总指挥再陷深水牢
贼内奸献美黑石洞

潘春水进入据点只剩几排空房，不见一兵一卒，全体队员已经全部下山，他一抖缰绳掉转马头立即从原路下山，朝沙柳方向急追。越过两个山岗，转过三个大弯，远远地看到山下有一块不大的狭长开阔地，两侧是杂树丛生的峻峭坡面，地面长满黑松树，穿过这个松树林子又是一条上山陡岭。这个林子四面埋伏匪兵，黑衣人已被包围，而他们毫不知觉，还在一路往下扑去。春水从高山往下俯瞰，这块狭长地极像一只大瓮，只有一条陡峭的山坑从瓮边滑过，这里是一处极佳的设伏场地。他从半山瞭望，蛇蟠岛海盗早已隐蔽在山坡的草丛中，只要民团全部进入"大瓮"，两端一堵、两侧包抄，里面的人不管是向前还是向后都没有退路。民团不懂地形，百来人已经到了这里，像一只大鳖钻入这只大瓮之中。春水仰天长叹：不顾敌情，贸然下山，深陷腹地，民团危矣！

蛇蟠岛埋伏的海盗看到黑衣人进入树林，四周呐喊声起，几百名海盗从上往下压。大队人马从后山追击已被民团发现，他们只有冲过前面山岭才能到达沙柳。李正东人到半山，汪直带领一中队，在沙柳的海盗已经从岭头往下冲来。前面堵住，后面追赶，两面夹击，民团一下被包了饺子。他们从来没有遇到这样危险的处境，顿时慌作一团。李正东在马上大喊："弟兄们，今日一战，不是鱼死，就是网破。我们只有一条路，拿出勇气来，各自为战，互相接应，拼出一条血路，保存力量，就是胜利。"

双方在树林里开始混战。呐喊声、刀枪撞击声把个僻静的山谷闹得杀声震天，血肉横飞。

民团在春水兄弟严格调教下训练有素，每天不间断地对抗打斗，又有两次实战经验，一人能顶两人用。虽然海盗人数众多，在这狭小地方也不能全部展开。李正东和队员奋力反击，一时难分胜负。但是敌人采用轮番进攻战术，一批上一批下，民团体力渐渐不支，没多久就落入下风，不少队员相继倒下。在山上的潘春水把这场混战看得一清二楚。他纵马从后面冲入海盗队伍，如飞般大开杀戒。铁棍所扫之处，海盗纷纷倒下。"亡三代"看到从后面杀出一匹黑马，回头来战春水。两人都经高手调教，可谓棋逢对手。一支戟，一条棍，如两条游龙在半空搏斗。"亡三代"手摇画戟朝春水刺去，春水牵马跃过，那戟正好插入身后松树干。"亡三代"激力一扭，"啪"的一声，松树上部断裂。潘春水兜转马头，一棍横扫马脚，"亡三代"坐骑腾空前跃，铁棍扫着马后的松树，"啪"的一声，那树只剩下一个树桩。场地太小，两人弃马而战。一戟一棍搅在一起，树林中松枝噼啪作响，松针如雨纷纷而下。两人一会儿在地上斗得火光迸裂，一会儿在空中打得天花乱坠，没有一个匪兵敢近前。在人群中春水看见了胡克仁，他知道今天这场伏击战就是这个人渣、败类一手炮制的，恨不得一棍打趴他。他一边和"亡三代"对抗，一边有意往胡克仁身后靠，伺机给他一棍，即使不能一击毙命，也要让他终身残废。

春水一身黑衣，胡克仁认不出他，但是场地的打斗他看得一清二楚。

胡克仁在这次伏击中已升为二头领，他没有真本领，手中捏着令旗，只在一旁督战，让厉光头围住李正东大战。

春水的定海棍是滴水洞守山棍，威力无穷，他从平地跃起，在空中以泰山压顶之势对着"亡三代"劈下。"亡三代"人在死角，只能以迅雷之捷向后连滑三步躲避。潘春水一看"亡三代"后退躲避，他的定海棍头在"亡三代"戟尖借力，趁势向胡克仁飞去，把直击变为横扫，直朝胡克仁拦腰劈去。也是这个败类命不该绝，身下坐骑被棍风惊得跃起，那棍只扫到他的右腿，胡克仁"哎哟"一声从马上跌下。在春水扫击时"亡三代"已经从后面追至，一戟朝春水戳来，春水闻风侧身避过，胡克仁已经被人救走。

春水不退反进，他要去解李正东之围。就在胡克仁落马之际，李正东、张副指挥两人已是多处受伤。李正东被厉光头一枪刺中肩头落马，人已被海盗截获。张副指挥又被围困，春水只能先解他的围。民团已经落败，春水心急如焚，他一人如何顶得住几百匪兵？春水正在绝望之中，沙柳那边山岗冲下一彪人马，秋水、夏水兄弟高喊："兄弟莫急，天降救兵。"秋水兄弟连同紫云"三杰"和王廷良、王廷元一伙泳溪帮冲入匪群，如入无人之境。海盗连连后退，"亡三代"见天降神兵，威力无比，海盗一挡即倒，抵抗者立马送命。新来的黑衣人从上杀下，势如破竹，杀得海盗丢盔弃甲。"亡三代"一看不好，他马上高喊风紧，扯呼。这群匪徒听见呼叫马上回头直往蛇蟠岛方向逃命。

春水把秋水他们拦下，查看民团人员损失已经过半。蛇蟠岛一时不知底细，一旦他们狗急跳墙，力量对比还是悬殊，没有好处可捞，不如见好就收。

民团回到沙柳，安排善后事宜。沙柳百姓吃够了蛇蟠岛的苦，不少青壮年踊跃参加民团，补充了实力，依旧回到秘密据点休整训练，暂由张副指挥负责统领，一起商议如何搭救李正东。

春水说："蛇蟠岛已经有了一次教训，防范必定从严。这次搭救李总指挥，在没有确实可行的办法以前，再也不能意气用事。"他说了三条："第一，派出细作，随时监视蛇蟠岛动静；第二，一切从长计议，发挥王继根弟子作用，从内部打开通道，保护总指挥的生命安全；第三，倭寇凶狂，百姓遭殃，蛇蟠岛很可能与倭寇联手荼毒百姓。但是朝廷已经委派戚家军与俞大帅在江浙一线抗倭。民团要赶紧打探消息，主动配合，协助朝廷消灭他们，这才是最重要的当今大计。"

春水对秋水、紫云"三杰"说："胡克仁吃里爬外，回去后要剥掉他的羊皮。沙柳这次吃大亏，都是他一手策划。我们要揭开他的假面具，不能让他在老家有立锥之地。"

再说胡克仁这个败类，他吃了潘春水一棍，大腿骨被打粉碎，杀猪样哭喊连天。"亡三代"秘密派喽啰到泳溪胡家。胡克仁吩咐两个能说会道的小头目，见了夫人说话要格外谨慎，哪些话可说，哪些话不可说。两个小头目见到胡鸣鹏，满嘴的夫人、嫂子不停，两人对胡鸣鹏说："夫人，胡当家在外不但当了大老板，而且发了大财，因为一路劳累，偶感风寒，正在延医用药，我们都是大手大脚的男人，照顾多有不当，所以想请夫人亲自去调养，胡老板的病情才能早日康复。"胡鸣鹏一听丈夫发了大财，还当上大老板心里那个高兴，但听说生病了，又大吃一惊，眼眶满含泪水说："你们远路赶到这里，克仁一定病得不轻。"她话也说不清楚。两个小头目安慰道："夫人、嫂子但请放心，只是胡老板想念你罢了。"胡鸣鹏想起胡克仁离家时说下次就要把她带走的话信以为真。她告别娘亲，马上跟两人上路。胡鸣鹏问丈夫现在哪里，两个小头目说为了医病，他在岛上休养。他们来到海边，看到海中央有一块山地，这里的人称为蛇蟠岛，四周白茫茫一片。胡鸣鹏上岛以后问他们，两个小头目说这里的人干的都是打家劫舍的活，住的是山洞，睡的是石床，你要有心理准备。原来自己的丈夫在海岛当强盗。这样的鬼地方，还有全是流里流气的一帮人，她哭爹喊娘，闹着要回家去。郎中告诉她，你丈夫是粉碎性骨折，医好了也是一个大瘸腿。她哭着喊着，不顾一切捶打他，她要回老家照顾老娘。胡克仁说："你打也好，骂也好，我是牢记你对我说的'白猫黑猫，能逮住老鼠的就是好猫。只要能把钱赚来让你花，不管我做贼还是做拐！'我是在你批准下才丢了桑洲生意到这里的。你看我现在是不是真有钱了。只要你安心在这里，把我照顾好，这些钱都是你的，你爱怎么花随你便。"胡克仁手指床下的大木箱继续编造他的谎言，糊弄这个图虚荣爱金钱的傻女人。

出于好奇，也是想验证一下他的话是真还是假。胡鸣鹏从床下拖出一只很重的粗木箱，打开锁着的铁索，里面全是她从来没有见过的金银首饰和元宝。她对自己说，胡克仁的确有钱了，但是落成现在这样子，全是自己这张不吉利的老鸦嘴，她只得自种黄连自吞苦水无话可说了。

胡鸣鹏见到这么多的真金白银还有数不尽的首饰，突然想起一件事来，她对胡克仁说："你不会打仗，是谁把你的腿打成这样的？"胡克仁说："黑衣人中有一高手，他从后面扫来一棍，幸好马儿跳起，棍子打在腿上，岛主又从背后杀向黑衣人，自己才侥幸逃过一命。你问这个干吗？"胡鸣鹏说："我听说黑衣人中，春水本领最高，他用的就是铁棍，你一定是被他所伤。"胡克仁说："你说得不错。他一棍把我打成残废，此仇必报。"胡鸣鹏说："这仇你准备怎么报？"这一问，胡克仁一下噎在那里。胡鸣鹏说："一个男子汉，简直就是一个破饭桶。我有一计，可报一棍之仇。"胡克仁说："你有好计说来听听。如若中用，你就是我的王母娘娘，以后什么都听你的。"胡鸣鹏说："此话是你说的，不能反悔。好，我告诉你吧。岛主就是个好色之徒，几次来调戏我，都被我躲过。你看有机会把叶春阳推出去做钓饵，就可以把他们两人一网收拾，既报了一棍之仇，又满足岛主的嗜好，于你我都有好处。你说是不是。"胡克仁说："你真是女中豪杰，我哪敢反悔。此计一箭双雕，一切照你的计谋去办。"

"亡三代"把李正东审了几回，岛上的刑具都用遍，没有打出一个字来。他被关在水牢，加强了看守和巡逻。他对李正东束手无策。汪直对"亡三代"说："岛主，老胡虽然不能行动，但是他的头没有挨揍，去问问他或许能打开一条新路。"

　　"亡三代"一听这话有理。"亡三代"和汪直、厉光头三人来到胡克仁石屋，胡克仁拖着一条腿，像一只打断了后腿的跛足狗，半卧在床，嘴里哼哼哈哈地喊痛。

　　"老胡哪，你对蛇蟠岛劳苦功高，多少弟兄赞你、夸你呢。你虽然一条腿断了，但性命无忧，要我说呀，你这是'大难不死，必有后福'呢。你如今已是蛇蟠岛数一数二的二当家，多少人在羡慕你。弟妹你说是也不是?"唾液四射的"亡三代"把半死不活的胡克仁吹了一通，学着荡妇样抛给胡鸣鹏一个媚眼。

　　胡克仁知道"亡三代"无事不登三宝殿，这许多人来不是光来说好听的，也不是真心来探望他，他们一定还有什么难事不决想听他的意见。

　　"岛主光临，胡克仁感恩不尽。岛主如有疑难之事你直说，我忍住疼，也会好好地听；岛主若有困惑，只要我知道的，一定为你分忧。"说得"亡三代"心花大开。

　　"老胡，你是我的心腹干将，你说李正东这个老骨头，刑具用遍一字不吐，我想留着也无用，不如把他做了算了，你说呢?""亡三代"承认李正东是一条硬汉，他已经无计可施。

　　"暂停，暂停，杀不得，千万杀不得。"胡克仁正在谋划如何报一棍之仇，"亡三代"却及时赶来，要听他说说怎样征服李正东。胡克仁马上反应过来，报一棍之仇的机会来了，他不假思索连连喊停。

　　"亡三代"听了又吃一惊，问道："老胡，李正东是蛇蟠岛的克星，既然他死不开口，留着何用?"

　　胡克仁一本正经地对"亡三代"说："岛主，这个老不死的李正东他本人已经没有作用，可这个老东西是个宝呢。"胡克仁听了胡鸣鹏的挑唆，他要报断腿之恨，这个李正东是他实现报复最有利用价值的人。现在时机来了，他要把折磨半死的李正东作为一箭双雕的诱饵。

　　"此话怎讲?""亡三代"在口里说心里想，这个胡克仁他一定又有好办法了。

"你不是要消灭黑衣人吗？可是你知道黑衣人为什么你找不到他，也消灭不了？因为他身后有高人在指点。这个高人就是潘春水兄弟和他手下的一群生意人。这群生意人在一天，对蛇蟠岛的威胁就一天不会少。我们只要把潘氏商行的三兄弟拿下，蛇蟠岛就可以南北三千里，纵横江浙闽，无敌于东海了。"胡克仁一边哦吔啊呀，一边出卖灵魂，为恶魔再献毒计。

　　"你们听听，老胡又有妙计出笼，都学着点。""亡三代"对汪直、厉光头说。

　　"岛主说得是，我们都在洗耳恭听。"几个匪首异口同声。

　　"李正东不但不能杀，还要好好地养着、奉着，不仅要把他的伤治好，更不要关在不见天日的水牢里，这样他就是一个活的诱饵。你把李正东弄死这有何难？但是鱼饵死了，蛇蟠岛就没了引诱黑衣人有价值的筹码，黑衣人就会用尽一切力量替老家伙报仇，这不是为难自己吗？所以有时还要让李正东在岛上溜达，把消息通到沙柳去。这样民团就会千方百计来救他。李正东是诱饵，他人在民团不敢火拼蛇蟠岛。我们只要外松内紧，黑衣人的大头领潘春水迟早会自投罗网，就可以捉住这条大鱼。抓住了潘春水，黑衣人没有了掌舵人，沙柳民团就没有了出大力的支持人，真的到了那个时候，岛主你说以我们的力量，还会除不了沙柳那几个人？""亡三代"不等胡克仁说完，大呼："妙计，真是妙计！老胡，你是蛇蟠岛的'智多星'吴用！"

　　"岛主，这是其一，还有其二呢。"胡克仁说。

　　"啊！还有二。老胡你快说来听听。""亡三代"急不可待地想知道后面的二是什么。

　　"李正东有个外孙女在天台，生就的天姿国色，美色可餐。你放出风声，只要他外孙女来做压寨夫人，李正东就可回沙柳，蛇蟠岛保他做海游鱼霸。"胡克仁瘸了一条腿，他明白自己已经没有希望得到这只美艳的白天鹅，就拿她送人情、做本钱、报私仇、泄大恨。

　　"亡三代"本是好色之徒，用一个半死老头交换美女何乐而不为。可是他没见过叶春阳，心里有些犹豫。

　　胡克仁自然清楚他的意思说："岛主把李正东送回沙柳，暗里派人埋伏，伺机出击。如今李正东女儿、女婿都在病中，一定是这位美女来沙柳探望外公，你就马上可以遂愿。说不定还能钓住黑衣人中的一条大鱼。"

"一个半条命的老东西，放了又怎样。明天就依计而行。老胡，你是我肚里蛔虫，好事成双之时，你就是大媒人。与我一同在蛇蟠岛乐享天福。"

　　李正东被一群蒙面人护送到沙柳，沙柳人以为他已脱险，纷纷前来探望，都被看守兵丁拦在门外。李正东回到沙柳，这消息很快传到桃柳溪。叶建兴和夫人知道老人家第二次被"亡三代"关在水牢，正在家里哭哭啼啼，不知如何救他。自从儿子受伤以后夫妻两人身体一直没有复原，无法起身去沙柳探望老人。他和夫人商量，大儿子有病，小儿子不谙事，只有春阳可遣。可是明知女儿已经怀孕，却开不了口。春阳深知家底，况且自己身体不错，她对父母说："我们一直担心外公在蛇蟠岛有生命之危，现在已经回家，前去探望老人家越早越好。我是唯一合适去沙柳的人，让我去吧。"

　　叶建兴想想女儿说得有理，而且看望老年病人，女人比男人更妥。他立即派了两辆车四个家丁，护送春阳、小红去沙柳探望外公。

　　春水在新据点训练民团回到桃柳溪，听说李正东返回沙柳养病，十分奇怪。叶建兴还命春阳带着小红前去探望，他惊出一身冷汗。这分明是蛇蟠岛引诱之计，怎么能落入这个圈套。

　　他马上到下溪头找两个哥哥、廷良、廷元兄弟等几个，骑上快马直奔沙柳。

　　叶春阳的马车到了沙柳，看门的一见是两个美人到来，马上通报"亡三代"。

　　"亡三代"听说美人已到，吩咐大开正门，自己随即跟进。

　　叶春阳踏上台阶，"亡三代"正从里面出来，他看见叶春阳一呆，这个美人不但比他想得美艳，还这么眼熟，好像在哪里早就见过。他兴冲冲上前一大步去拉春阳的手。春阳以为是舅舅正要相见，但是仔细一看，分明是恶魔一样的陌生人。她退后一步说："这里是我外公家，你是谁？赶快走开，我不认识你。"

　　"亡三代"见春阳不进反退，嬉皮笑脸说："我就是你外公的儿子，你的亲舅舅爱哥哥，你怎么忘记了呢？"他追上前去张开双臂要抱叶春阳。"亡三代"刚把手伸出，半空里一条软鞭从天而降，抽在他的手腕上。"亡三代""啊哟"一声差点跌倒。他退后一步看到又是在山里和他对打的黑衣人。"亡三代"知道这人的厉害，翻身往里逃。廷良、廷元兄弟马上护送春阳、小红上车返回。

　　秋水他们一齐上前，把蛇蟠岛的几个匪兵打倒在地，一直向里追赶。"亡三代"就从后门逃走。李正东被绑在大堂椅上，春水一刀割断绳索，背着他离开沙柳，追上马车直奔桑洲回桃柳溪。

"亡三代"听从胡克仁的"妙计"，却是赔了夫人又折兵，一只手吊在脖子上，但是他很高兴。他对胡克仁说："老胡，你果然神机妙算，一位天仙降落人间，这样美女只能配我黄三少。她早晚是蛇蟠岛的压寨夫人。老胡，以后你要继续为蛇蟠岛多献妙计、良策。我们共享富贵。"

"岛主，以蛇蟠岛现在的实力，想真正强盛富贵，还有不少难度。听细作密报，龟森墨代已经上岸，东瀛小国窥探沿海几省，大发横财。上次因为我们被民团暗算，他们不高兴离开，现在他们听说民团被我们打败又想与我们合作。我们应该马上派人去联络，趁此机会扩大蛇蟠岛实力，然后占领整个东海。倭寇是我们的借用力量，只要蛇蟠岛基地巩固，他强龙也难压地头蛇。等到我们统一东海，这东瀛小国还要怕他什么？"

"亡三代"、汪直、厉光头把胡克仁的话当作金科玉律，一心想称王、称霸的海盗小丑忘记了自己有几斤几两骨头。

"亡三代"带着汪直亲自出马去和倭寇谈合作。他头脑中那个照了一面的美女挥之不去。他也知道只有自己统治了沿海地盘，这个国色天香的仙女才能成为他掌上之物。

蛇蟠岛开出一大一小两条快船，在外海一个大岛上和倭寇谈判。龟森墨代表示可以和蛇蟠岛合作，但是他开出两个条件：第一，蛇蟠岛必须成为他们往南拓展的重要储存和补给基地；第二，蛇蟠岛的所有人员必须接受他们的统一调度和指挥。浙东沿海占领后他们必须继续南进，这沿海一带由蛇蟠岛实施管辖，但依旧是他们的后勤基地。

这样傀儡式的合作"亡三代"认为最合适蛇蟠岛，他们只要跟在后面就能坐享其成，就能轻易成为一方霸主，可以为所欲为成全一己私欲。

跟着龟森墨代，蛇蟠岛的主要力量都上岸给倭寇冲锋陷阵当炮灰。杭、绍、宁、徽、严、温、台成了倭寇横行之地，到处一片焦土，田园荒芜，百姓往大山里躲。

"亡三代"在台州湾借着倭寇势力，更是横行乡里，比倭寇有过之而无不及，东海一线海边成为海盗扫荡的重灾区。

朝廷降旨抗倭，戚大将军挥师沿海而下，他在桃渚驻军，收编地方抗倭力量，重新组织民团，训练对付倭寇、海盗的战术，一支御敌于外的队伍很快拉了起来。

沙柳民团受损后在更隐蔽的据点休整，他们派出的密报很快传来戚家军进驻章安消息。春水和张副指挥都认为要迅速去联络戚大将军，把民团的训练和他们同步进行。地方武装力量只有融入正规军，才能发挥民团消息灵通、隐蔽有据的特长，并可补大军不足，增实力、作向导的特殊作用。春水从民团中选出两位能说会道又有较好武术功底的团员做代表，让新任的张总指挥带领去联系戚家军。

两支敌对力量，都在寻找自己的同盟军；双方都在做全力的准备，企图通过合作壮大自己，削弱对手，一场你死我活的争斗在暗中较着劲。

欲知后事如何，请听下回分解。

第三十四回

浪荡子报应亡命地
贪财女自食黄连果

蛇蟠岛和倭寇联合后，大部分喽啰被龟森墨代调遣到外地，他们一路烧杀抢掠，如入无人之境，大发血肉横财。倭寇横行所得，把蛇蟠岛所有的山洞堆得不能转身。被"胜利"冲昏头脑的"亡三代"以为自己飞黄腾达就在眼前，而这一切都是胡克仁的指点，他要好好款待这个"智多星"。

"亡三代"一有什么事情老是说先问问胡克仁，出什么决策时总是要先听听胡克仁的意见，变得一刻没有胡克仁都不行。"亡三代"对胡克仁言听计从、十二分的依靠，这让蛇蟠岛的原班人马心里不平。特别是汪直、厉光头等人，他们一听到"亡三代"说先问问胡克仁，好像往他们心里插一把尖刀那样难受。所以只要有什么事，他们都说你去问胡克仁吧。一次、二次……"亡三代"以为他们谦让，天天如此，一日不变，"亡三代"好像悟到了什么。

倭寇在内地抢掠的东西越来越多，几乎把大大小小的洞窟塞满。一天，"亡三代"要在蛇蟠岛查点洞窟，就把汪直、厉光头叫到大厅商量。两人见到"亡三代"第一句就说："问问胡克仁头领，他一定有好办法。""亡三代"一听不是味，他说："你们是这里的老东家，这里的一草一木，层层叠叠的石洞都在你们肚里，胡头领初来乍到哪有两位明白，何况他行动不便走不了山路。"

"可是我们的话没有人爱听。"汪直、厉光头异口同声说。

"这是什么话？只要有见解的本岛主都采纳。"

"属下愚钝，不知胡克仁的哪些话为蛇蟠岛立下创业大功，请岛主明言。"汪、厉直言。

"这个你们都清楚，难道还要我说？""亡三代"有些奇怪。

"那好，我来数点胡克仁的'功绩'，请岛主思量。"汪直开始把心里的不满爆发出来。

"据岛上的老兵说，胡克仁在第一次蛇蟠岛和黑衣人交锋时已经到了这里。他们一共有五人，第一次打斗时五人中的一人被黑衣人打瞎双眼不知去向，三个逃走。后来胡克仁自作主张依旧把三个逃兵安排在自己身边。第二次，我们用了'引虎下山'和'瓮中捉鳖'连环计，依旧被黑衣人打得有去无回。这黑衣人是怎么得到我们用连环计的秘密的。黑衣人把我们打得大败不算，本岛还着了黑衣人船队的火攻，岛上损失惨重。据老兵们说，这是蛇蟠岛从古老王以来没有过的事。以前就是官兵来剿蛇蟠岛也没有输得这样惨。第三次，他毛遂自荐，设计黑森林伏击，到后来我们依然被他们的援兵打败。第四次，他用美人计，不但李正东放虎归山，而且岛主差点被黑衣人带走，连美人的手也没有牵着。他极力鼓吹和倭人联合，岛上的精锐都让他们带走，如今蛇蟠岛只有几个守岛的兵丁，万一黑衣人大举进攻，我们能抵敌几时？难道你真没有细想过这些成功在握的进攻，最后都功败垂成是哪里出了纰漏？"

汪直的话让"亡三代"大吃一惊。他顺着汪直的思路回想，不得不对胡克仁起了疑心。他真的不该冷落这里的老主人而把一个来路不清的人当心腹。

很多疑点在"亡三代"心里浮起：为什么他要隐瞒参加过第一次与黑衣人的行动？为什么李正东成了"瓮中之鳖"突然会天降神兵？为什么极力主张和倭人合作让蛇蟠岛自身难保？为什么主张不杀李正东？为什么自己差点命丧沙柳？这些重大疑点他以前都视而不见。但是胡克仁被黑衣人打断腿骨这又作何解？何况这人的确有比汪直他们高明之处。他真的需要认真试一试这个"智多星"，到底真是自己人还是黑衣人暗中埋下的细作？

"亡三代"一想，有办法了。他走进胡克仁的石洞，这个人渣外伤已愈，走路要靠两根拐杖，已经失去独立行动能力。他来到门口，正好胡鸣鹂在哭哭啼啼。

海岛生活单一乏味，对胡鸣鹂来说，像在青灯黄卷的冷庵度日。这里除了无边无际的海天，只有进进出出的海盗，没有一个可以说心里话的贴心人。她需要花花世界的缤纷五彩，众星捧月般地嘘寒问暖，人人欣赏她从头到脚价值千金的珠宝玉石，满足她的虚荣之心。她天天闹着要回老家，可是她没有双翅，飞不过白浪滔天的大海，只能望洋兴叹，无可奈何以泪洗面。

"亡三代"看到胡鸣鹂的忧郁，也看到胡克仁的伤残，这样的人在岛上就是一对废物，不如放他们出去。

他说："老胡，你行动不便，这里都是岩洞，进进出出累着弟妹，她也不习惯岛上的生活。这样吧，给你换一个环境，不知你是否愿意？"他摆出一副关心的架势，对胡克仁说。

"谢谢岛主操心，不知岛主让我们到哪里去？"胡克仁试探着问。

"沙柳。你知道那里有岛上的据点，居住宽敞，生活方便，一样不缺。还有一个中队驻守，现在还没有人管理。你移居沙柳一是协助我管理那边的摊子，那里的人员由你统一调遣。二是你在那里弟妹也不用在海岛受难，你好她好，一举两得，怎么样？""亡三代"好像要把沙柳据点交给胡克仁打理。

"太好了，我们求之不得。谢谢岛主恩典。"胡鸣鹂抢在胡克仁前接受了这番"好意"。

两地相比，沙柳自然比蛇蟠岛好得多。既然胡鸣鹂答应，胡克仁也落得求个安稳。

"你们喜欢，最好不过。沙柳现在缺少一个领头人，你去了我最放心，以后沙柳防务信息都由你掌管，只要及时报告就是。"

"亡三代"明着照顾、优惠这个人渣，其实他是为了摆平岛上人心，暗里考察他对自己的忠诚。

听到胡克仁愿意去沙柳，汪直、厉光头对他的指责又在他耳中响起。只要胡克仁不在场，这些人几乎天天在他面前诉苦，戳胡克仁壁脚。他们说蛇蟠岛是这里的前人用自己的头颅换来的，辛苦守岛几十年，没有功劳还有苦劳。他胡克仁就凭着三寸不烂之舌独占风骚！再说都是他的臭主意，岛主你差一点儿命送沙柳，美人连个指头都没碰到，却把黑衣人的头人放走了。说不定他们是一伙人在捉挟你，而你还被蒙在鼓里。

汪直他们的一番话，说得不无道理。一个是这里的老主人，一个是新来乍到的陌生人，根基不同，人心难测。再加上在沙柳天鹅肉没吃着差点送了命，完全是他胡克仁一手策划，结果的确不妙。对这样的人是要多一个心眼，不能事事深信，处处不防。现在他已经答应到沙柳去，那里的一个中队就是日夜监视胡克仁一举一动的眼睛。他暗中吩咐据守的中队长，胡克仁如果有什么不轨，或者真有内奸凭据，他们随时可以要他的小命。

"亡三代"肚子里的打算，胡克仁哪能看得清？他真以为自己是"亡三代"的"智多星，知心人，肚里虫"。一口一个感恩，一口一个要粉身碎骨报答岛主恩典。第二天，一队喽啰把胡克仁夫妻送到沙柳去上任。

沙柳是个码头集镇，胡克仁在那里只不过应景而已，虽然说他是头，驻在那里的一个中队因为早已得到"亡三代"的密令，对他的吩咐都是阳奉阴违。沙柳的事胡克仁全蒙在鼓里。他在沙柳好吃好嬉，日子比岛上舒坦、自在，就天天叨念"亡三代"的友情和他的仗义。

从蛇蟠岛出来，最得意的是胡鸣鹂。沙柳虽然是一个鱼镇，热闹繁华不是泳溪街可比。她好像第一次见到天是那么的高远，水是那么的宽广，一条一条街道纵横交错，店铺鳞次栉比，除了渔行，还有泳溪街没有的商铺，外地来的各式地产店，除了胭脂花粉，还有各种香水。珠宝行里都是她在蛇蟠岛没见过的玉器首饰。她看到什么新鲜的就买什么，反正不差钱花。她想有朝一日回老家，她可以让左邻右舍开开眼界，让亲朋好友知道她今非昔比，也好让老娘知道她嫁了个有钱有势的老公，后半辈子可以和她一起坐享荣华富贵。

沙柳来了这么个贵夫人，很快引起民团暗线的注意。经过一番跟踪和侧面了解，他们弄明白这女人是蛇蟠岛新来的二当家、围剿民团罪人胡克仁的老婆胡鸣鹂。情报很快送到据点，张总指挥对春水说："少侠，民团因为这个胡克仁死了几十人，李总指挥到现在还没有痊愈，此害不除，必成沙柳大患。"

"张总指挥说得有理，根据密报信息，蛇蟠岛大部分喽啰离岛跟随倭寇四处扫荡，内部空虚不敢轻易外出，这是个难得的空当；胡克仁曾经是'亡三代'的大红人，突然单独一人被从本岛发放到沙柳，说明海盗内部不和，互相倾轧。胡克仁已经失去'亡三代'信任被排挤出局。沙柳驻兵名为一个中队，实际只有两个小队，没有什么战斗力。我们只要控制守兵，处理胡克仁这个败类应该手到事成。我们只要请丐王出山，如此这般，锄奸可以神不知、鬼不晓的瞒天过海。"春水的分析深刻又实在，民团即时派人去沙柳传信。

第二天，沙柳街上多了一些难民、乞丐，其中几个乞丐和喽啰打成一片。喽啰听乞丐讲倭寇上岸后扫荡的惨烈残酷，一些外地来的喽啰都在担心自己的家人是否安全，有的大骂倭寇是魔鬼，不得好死。沙柳乞丐把自己讨来的百家饭请喽啰吃喝。有的甚至想跟乞丐走，表示宁可去要饭，也不想为蛇蟠岛卖命。一个乞丐头儿说："你们这里来了新主，可不能说这么叛逆的话，这是要掉脑袋的。"一个小队长说："新来的头儿算哪根葱，他不过废人一个。他若敢欺负我们，我一刀宰了他，岛主还要升我的职。"一帮乞丐把这个队长捧得不知东南西北。

胡克仁在沙柳一住月多日，他每天无所事事感觉有点儿对不住"亡三代"的厚爱。一天下午，他忽然心血来潮，吩咐中队长说："我们驻扎在沙柳，没有一点儿作为，怎么向岛主交代？从今天起，必须每日都有进水，你们出去多收些捐税，送到岛上，至少岛主没有白养我们。"中队长面上唯唯诺诺应允，走出门外心里大骂胡克仁狼心狗肺。他们好不容易过了几天安分日子，他倒好，屁股还没有坐热，又压他们去祸害百姓，要不是老家灾荒，早就开小差逃回去了，谁愿意在刀口上混日子？

队长在街上遇见乞丐头，向他叹苦。乞丐头说："他不过随便一说，你们也不必当真。"队长一想也对，岛主没有开口，你胡克仁算老几，我不收，看你奈何我？

晚上，胡克仁不见队长来回话，派喽啰把队长叫来。他问道："今天是第一天，你们发了多少利市，说来听听。"队长有意把火发在倭寇身上说："东瀛小国把百姓的血肉刮光了，收不到税银。"胡克仁一听队长这样回话马上来火，看来不拿出家法，以后怎么服人，他这个二当家还怎么干？

"来人，把他拿下。"胡克仁吩咐亲信，"捆打四十，明天要是不把今天补上，再打八十。"他的四个亲信把队长捆了，四十板子打得队长血肉模糊。队长被两个喽啰搀扶出去，其余的喽啰都去看望队长。喽啰们见那么点事就把人打成这样，大骂胡克仁没良心，总有一天让他连本带利一起还。队长忍着痛，叫大家放心，胡克仁一定会付出代价的。

乞丐弟兄听喽啰这么说，胡克仁驻守沙柳，无故殴打中队长，已经和众喽啰发生冲突，马上把这个重要信息报到民团据点。春水对大家说："这是天助民团也。胡克仁这个败类，他恶贯满盈，死期已到。"

三水兄弟和紫云"三杰"等化装成乞丐混入沙柳，春水对乞丐兄弟说："我有一计，名为'鱼目混珠'，沙柳驻兵如果想报仇，你们一起助力。只要如此如此对他们说，驻兵就可以执行密令锄奸。不但让胡克仁当场出丑，而且有口难辩。"

傍晚，驻兵回队，胡克仁叫来队副问话。队副说："我们今天巡视抓到两名奸细，经过拷问，他们自招是民团队员，说只有看到你本人，才肯招供。"

"带进来。"胡克仁一听抓到民团的人，他马上来了精神。只要从两人口中审出实情，岛主一定会大大嘉奖他，自己也算是蛇蟠岛的有功之臣。

两名黑衣人被推到大厅，胡克仁说："黑衣人，你们也有今日。来人，把他的头套摘了。我倒要看看黑衣人有没有马王爷的三只眼，竟敢胆大妄为和蛇蟠岛作对。"

卫兵摘了黑衣人头套，那两个黑衣人同时笑着对胡克仁说："胡二爷，好不容易我们终于找到你了。"黑衣人这一声"胡二爷"，胡克仁浑身一颤，马上脸上失色，所有在场的喽啰大吃一惊。胡克仁一看这两个人还真认识，都是他泳溪的老乡，吃惊之下胡克仁一呆，张口结舌竟不知从哪里说起。这一切在场的喽啰都看得明明白白。

"混账，谁是你的二爷？与我打嘴。"胡克仁清醒过来声音颤抖着说。

两个黑衣人在下面大叫："胡二爷，胡克仁，李总指挥让我们俩来找你，有密信给你，你不好好接待我们，怎么还敢叫打人？"

"你，你们是哪路奸细，竟敢在蛇蟠岛撒野。与我狠狠地打。"胡克仁忽地一下从椅上站起来，他"哎哟"一声，又跌坐在椅上，痛得他龇牙咧嘴。

蛇蟠岛一位队长上前一步说："胡克仁，原来你是内奸，难怪蛇蟠岛接连失手，黄岛主险些被抓，原来都是你这个吃里爬外奸细干的好事。"

"胡，胡说，你竟敢污我清名，不要命了！卫兵，还，还不与我拿下！"胡克仁十分紧张，一贯伶牙俐齿的他话也说不连贯。

突然从外面飞进一群黑衣人，手起刀落把胡克仁的四个卫兵砍了。众喽啰想反抗，一名黑衣人把刀架在中队长脖子上从外面进来，他大喝一声："谁敢动一动，马上把他宰了。"

"大家别动，黑衣人是来找胡二爷的，与我们无涉。"中队长让大家放下武器不要胡来。

"胡克仁，民团叫你打入蛇蟠岛做内应，你这个逆贼，竟敢贪图富贵，出卖弟兄。现在你还有何话可说。"黑衣人中的头领说。

"你，你，你血口喷人，你，你们来陷害我，弟兄们给我抓了。"胡克仁语无伦次，暴跳如雷，"动手啊，抓住黑衣人，每人赏银十两。"没有人听胡克仁的叫喊，喽啰们在看热闹。他们都想知道这事里面的真相。

一个黑衣人走到胡克仁面前，一把抓住他的胸衣把他拎起来。黑衣人去掉头套，露出一张英俊又愤怒的脸。胡克仁一看是潘春水，他一下瘫坐在地上，大喊："兄弟饶命，你不看僧面看佛面，鸣鹏和春阳是姐妹呀，你只要饶我一命，我，我一定痛改前非，重新做人。"

春水说："胡克仁，你这个两头奸细的羊皮已经剥下，你为了一己私利，多少人无辜送命，多少人妻离子散，今天是你的末日，我代表乡亲，代表沙柳百姓对你进行宣判，向你讨还这笔血债。"春水刚说毕，蛇蟠岛的那个中队长说："大侠松手，让我来执行岛主的密令。"

中队长对胡克仁说："岛主早有指示，你就是让蛇蟠岛多次失败的内奸。现在人证、物证俱在，你还有何话可说？"

"不，不，你们都中了黑衣人的奸计。他就是黑衣人头领，他叫潘春水，快把他抓了，我重重有赏。"胡克仁的话没有一个人听，众喽啰一动不动在看热闹。

队长把那封信一抖："胡克仁你这个内奸，人证、物证俱全，你是死有余辜。我代表蛇蟠岛主除了你这个大内奸。"他举起尖刀刺入胡克仁的心脏，结束了这个人渣的罪恶一生。春水掏出一张纸，上面写着"内奸胡克仁死有余辜！"九个大字。

众喽啰说，他老婆是个吸血鬼，胡克仁做的那些事，一半起因在她，把她一起除了，斩草除根，以绝后患。春水说："一人做事一人当。胡克仁老婆没有血债，罪不该死，放她一条生路，逐出沙柳。"

胡克仁老婆胡鸣鹏在里面，胡克仁被杀的全过程她听得一清二楚，虽然从门缝里瞧，也看得明明白白。她在后面吓得浑身发抖，一句话都说不出来。她以为胡克仁一死，自己也难逃这一劫，特别是有人提议把她一起宰了那一刻，胡鸣鹏吓得瘫坐在地。后来听春水说自己罪不该死，她的一颗悬着的心才放了下来。第二天天未明，她怕蛇蟠岛喽啰反悔，没有等喽啰来赶，就悄悄地从后门溜了。

从棺材底漏出来的胡鸣鹏侥幸活命，她没有目标地外逃。她不知道应该往哪里去？泳溪老家不能回，她没脸见自己的老娘，也没脸见乡亲，更没脸见桃柳溪舅舅和表妹。何处是归路，她没有目的在四处流浪。后来有泳溪人在一座深山的古庵中看到有个光头尼姑十分像她，寻踪追去，却不见人影。

沙柳匪兵内讧，胡克仁被蛇蟠岛中队长清除刺杀，"亡三代"听了沙柳几个在场的队长、喽啰等人的报告先是一惊，后来又看到密信和纸上的九个黑字，"亡三代"说："这个胡克仁，伪装得这么好，原来真是个内奸。难怪蛇蟠岛几次遭殃，把我蒙得狠呀！"汪直、厉光头听说胡克仁被民团揭底由中队长处死，多年来心里悬着的这个重锤总算落地。汪直说："我们一直怀疑胡克仁来路不明，可是没有证据。现在民团把这个两面奸细拎出来，又是铁证如山，他是罪有应得。岛主啊，蛇蟠岛清除了内奸，我们都应该拍手称快呀！"

为了加强蛇蟠岛防守力量，"亡三代"把驻守沙柳的这个中队撤回岛去。

春水他们除去内患，就派秋水、夏水去联络戚家军，他自己回了一次桃柳溪。

李正东身体大有好转，老夫人也在一起，叶建兴夫妇也比原来健康。老人无恙，晚辈安心，这是他最感欣慰的。

他把民团锄奸的经过向李正东、叶建兴两位长辈报告。李正东说："少侠，我虽然位居长辈，但是你的为人品格和做事的正道，永远是沙柳百姓的榜样。我李正东一世阅人无数，你是我最欣赏的年轻人。我外孙女有福，能有你这样的青年才俊陪伴一生，这是叶家的福分，连我李家也沾了很大的光。我已两次从死里逃生，没有你，李正东早就不在人世间。如今我已风烛残年，你带着守业多指教他，让他为沙柳百姓多做好事，多办实事，为我李家奋勇杀敌，把'亡三代'和倭寇赶到东洋大海。"

清除了胡克仁，除掉海盗内奸，这是对蛇蟠岛匪盗的一次沉重打击，是一件大好事，众人都拍手称快。可是潘春水却是一脸的忧愁。李正东、叶建兴感到不解。叶建兴问他："铲除内奸胡克仁，这是为民团办了一件大好事。但不知少侠还有什么难事未了，能不能说给我们听听，如果需要大家出力，我们一定全力而为。"

李正东看着潘春水热情地说："少侠，你是民团的功臣，是叶、李两家恩人，我们也是你最亲近的人。我们不知你遇到了什么难事，你说出来，不管事情有多大多难，我们一定不会让你一个人为难。即使困难比天大，我们也不会让你一人去顶的。"

叶、李二人如此关怀，春水说道："两位长辈，我春水从小受父兄影响和师父、师兄的教诲，知道人是要相互帮助的。这是做人的本分，都是应该的。就像我第一次学做生意，要是没有大姑姑对我的关心和帮助，到现在我可能还是一个靠肩挑脚跑的行贩，也遇不到春阳这样知书达理的好女人。如果没有我的师父、师兄不断地教诲指点，我也不过是个泛泛之辈。我常说好人有好报，可是眼前的一件事情却让我自羞自愧。我是辜负了恩人的一片好心，没法报答。"说到这里，春水低着头，内心非常痛苦。

两位老人齐声说："少侠有什么心事，你尽管说，只要我们能插上手，一定帮你过这个缺。"

春水说："民团除了内奸大害，也误伤了一个好人，她的后半生因为我的原因而无依无靠。而我自己，也不知道后来如何，又在哪里落脚生根？无法把恩人赡养起来。"

"这个好办，既然少侠认为是恩人、好人，你无法帮他，这个担子我来给你挑。"叶建兴安慰春水。

潘春水父母早故，兄弟各自为家，妻子就在眼前，他到底忧什么，愁的是哪一位，他说的恩人又是谁？

欲知后事如何，请听下回分解。

第三十五回

戚大帅独创鸳鸯阵
狼筅兵首战振民心

潘春水从沙柳回到桃柳溪，把铲除内奸胡克仁的经过向两位长辈详情报告，同时坦言他自己还有一个难解的心结未了。他说："民团用计把被'亡三代'排挤出局的胡克仁作为蛇蟠岛内奸铲除了，这是他出卖老百姓、害死许多无辜的恶报，死有余辜，但他是胡三森和大姑的入赘女婿，是两位老人养老送终的半子。胡克仁背叛乡情是罪有应得，他又害得两位老人的独生女胡鸣鹏无脸回老家去向不明。胡鸣鹏母亲叶大姑是个有情有义的大好人。一户好端端的人家因为选错了人弄得家破人亡。大姑是我的恩人，在我最困难的时候她帮助过我。因为她我的生活发生了根本的变化。我一直想要好好地报答她，这是我的心愿，但一直没有机会报答这位老人。如今大姑老了，她所依靠的人死的死了，走的走了，而她今后最缺的不是钱财而是亲情，是子女的不离不弃。今后她没有亲人做伴，没有儿女依靠，成为一个孤苦伶仃的可怜人。中国古话说，'父母在，不远游'，就是要我们做世人的明白这个最简单的道理。而我又不能久在老家与她为伴。现在大姑举目无亲，我愿意顶替做她的儿子，愿意为她养老送终。但是我几乎天天在外颠簸，连自己的妻子都照顾不了。我记得有句古话叫'忠孝不能两全'，现在轮到自己身上才真正明白这话的分量。所以心里着急，不知两位长辈能不能为我解忧解难？"出自肺腑，言在口头，真正的一位侠骨柔情的男子汉。

潘春水的一席话深深地打动了两位前辈。叶建兴对潘春水说："潘家有你这样知书达理的好后代是几世积的德。你大姑遇到你这样知恩必报的后生是她的福佑。你也不用着急，你大姑她本是我的亲妹妹，无论如何我也不会眼睁睁地看她流落在街头。但不知你想怎么孝敬她，报答她？"

"每日能有人陪伴左右，和她说说话，不要让她感到孤苦伶仃，无可依靠。我外出时希望有人经常去看望她。大姑的一生费用，都由我来负担，直到她百年。"潘春水把一百两银子放在桌上。他说，"这是第一笔生活费，以后我会定期补充。"

叶建兴说："春水，你的一片孝心我们都领受了，我会马上把妹妹接过来，和我们一起生活，由我来照顾她。你是重任在肩，潘氏商行不能没有你，沙柳民团离不开你，抗倭打海盗少不了你。但是你心里还要记住，除了大姑，这里还有一个更需要你的人在日夜盼你。你一定要早日回到桃柳溪，千万不要辜负了她的等候，好去好回，一家人专等你的佳音。"

潘春水感谢岳父对自己的体谅，给大姑的晚年做了最好的安排，比他原来想的要好。他告别长辈去到后院看望妻子。

春阳到沙柳探望外公，在外公家门口被"亡三代"的突然出现吓得胆战心惊。虽然春水兄弟一行及时赶到让她有惊无险，还意外救出外公，一起被廷良兄弟护送回桃柳溪。但春水一直忙着铲除胡克仁的事情没有回家，如今看到妻子瘦了一圈，脸上失去血色，白得像一张纸，让他大吃一惊。他没有想到这一惊吓后果如此严重。小红说："姑爷，小姐自从沙柳回来，吃得很少，晚上也没有睡过一个实觉。半夜里忽然惊醒叫着姑爷您的名字，却哪里去寻您的踪影，抚慰她的一颗芳心？小姐挺着个大肚子，没个贴心人在旁安慰，这么多日子谁扛得住！"小红虽然没有明说，一肚子的幽怨都在这几句大实话中了。

春水走上前去，轻轻地把妻子搂在怀里，一边在她背上柔柔地抚摸。这一摸，一手的肋骨让这位铁血汉子忍不住要掉眼泪。他赶快衔住泪水，嘴里说："都是我大意，没有防到胡克仁会有这么卑鄙一手。好在这个恶魔已经铲除，你可以安心在家保养玉体，等我们的宝宝出生，这大千世界应该风和日丽，再也不会有任何惊吓了。"

"三郎呀，我一生看中的就是你一副铁肩担道义的铮铮铁骨，一心为百姓办事的勇往直前，龙潭虎穴也不回头的拼劲闯劲。你早早地就是我命中的注定。只要你除暴安良，造福百姓，我不会怨你。只希望你早日扫平蛇蟠岛海盗、东瀛倭寇，还百姓一个清平世界，再苦再难的日子我都认了。"

"倭寇、海盗勾连，沿海百姓遭殃，好在戚家军已经来到这里。全歼海盗，消灭倭寇，我们胜利的日子不远了。你在家安心等着，等着我们班师凯旋吧。"

"嗯，那时候，恐怕我们的宝宝也出世了，就等着你来做爹。"春阳在春水怀里笑得像一朵刚出水的娇艳芙蓉。

第二天，春水告别妻子，拜辞长辈，他在马上说："岳父，大姑和春阳全仗您老关照！"他拉转马头悬空一个响鞭，胯下的坐骑四蹄凌空，飞一样消失在山岭转角处，灰蒙蒙的山路只留下一溜烟似的尘土在山间飘荡，很快消失在人们的视线里。

春水回到据点，沙柳方面密报消息说，蛇蟠岛海盗只有少数留守，岛上看管严密，不准任何船只靠岸。已经有几艘渔船因此被蛇蟠岛海盗击沉。

秋水、夏水也从戚家军驻地返回，两人拜见了戚大帅。戚大帅对蛇蟠岛海盗扰民的行径早有耳闻，对"亡三代"与倭寇联手也已听说。他正在联络江浙地方武装，招募新军。他要训练一支克敌制胜的有生力量，对沙柳这支经过实战的民团武装尤为重视。戚大将军告诉秋水他们，与海盗在水中或上岸是两种不同的战术，他已经创造了一套专门对付上岸倭寇的套路和一种在泥水中追击逃窜海盗的工具。他的战术阵法必须要像沙柳这样有经验的队伍做示范，然后扩大范围，这样才能快速提高训练效果。

兄弟两人回来是要组织队伍，然后暗中送到戚家军驻地，开展练兵，再与卢大将军会合，开始对倭寇和海盗打围歼战。

春水说："要全歼倭寇、海盗，单凭地方民团只能起一点阻挡作用，只有大军围剿才能斩草除根。戚大将军既然了解沙柳民团，我们就要赶紧组织演练，早日清剿，早日安康，早日让老百姓无忧无虑去干自己想干的事，这才算清平世界。"

说到组织民团参加训练，春水马上想到应该先摸一下团员的底牌，事先知道他们对参加戚家军有什么想法。他说，"加入戚家军和在沙柳打海盗是有区别的。我们团员的家庭都吃过海盗的苦，怀着一腔义愤自觉投入保家的战斗。他们虽然是一名战士，依然经常可以和家人团聚，因为打来打去都在自家门口。投奔戚家军抗倭和在家打海盗有很大不同。如果把想法不同的人一呼隆地带出去，人心难齐。到那时再去补救不仅被动，人心更难一致。所以在出发前要把事情讲清楚，广泛听取每个人的想法，有事大家先商议，把两者的不同和可能遇到的困难讲清楚，让大家自愿参加才能做到人心齐，泰山移。"

张总指挥说："春水少侠句句中肯。常言道百姓百心，人心不会划一。就好像摊开手掌伸出五指，一定有长有短。不把长短理齐，一刀下去，弊端多多。如在组织前陈述利害，说明困难，打开天窗说亮话，我相信大家都会明白自己该走哪条路。明白所以，不管走到哪里，只有先把倭寇、海盗全部肃清，家家户户才有永远的长治久安，沙柳老百姓才能世代安居乐业。"

张总指挥的话深得紫云"三杰"赞同。民团马上集合。秋水先讲他在戚家军看到的情况，他说："当前倭寇、海盗四处打砸，猖狂掳掠，东南沿海百姓深受灾难。目前沙柳的一时平静只是暂时现象。他们会很快回过头来把刀枪对准民团，我们不能坐等蛇蟠岛海盗联合倭寇把沙柳一扫光。朝廷派戚大将军从义乌东来，联合浙江总兵一起抗倭。戚家军招兵买马在秘密训练新军，誓灭海内外盗寇，他要报效朝廷还百姓一个清平世界。"

春水说："海盗横行沙柳，家家户户深受其害，我是外地人，一样受他们的残害，这样的日子不能任它蔓延。我们要一刀斩断他们的魔爪，单靠民团的力量无法斩草除根。怎么办？只有把民团的小股力量融进戚家大军之中。军民合力，倭寇、海盗才无藏身之地，成为过街老鼠，人人喊打。好在戚家军已经到我们这里，就等着我们前去加入，合力消灭害人虫。"

张总指挥说："只有国宁才有家安，只有舍小家才能保大家。大树不倒，鸟巢安然，大树被砍，鸟巢鸟蛋，一起毁灭。弟兄们，我们前面只有一条路，参加戚家军，保卫东南沿海，全歼海盗，险中求胜，舍此别无他路。"

二位现身说法，人人都听得明白，民团群情激昂。

"参加戚家军，打遍沿海路。"

"倭寇、海盗不消灭，誓不回家门。"

一个打开天窗说亮话的动员会，一下把大家紧紧地拧在一起，没有一人在这大是大非前打退堂鼓。

第二天傍晚，沙柳民团在夜色中悄悄离开据点，避开蛇蟠岛暗探，朝戚家军驻地进发。一夜急行军，拂晓到达古城。戚大将军闻报，亲自出城迎接沙柳民团。戚大将军看到这支雄赳赳、气昂昂，个个身强力壮的地方武装，深感浙东沿海百姓抗倭的决心和力量。他的戚家军正需要这样有实战经验又有统一步调的队伍做榜样。他把沙柳民团分为八队，每队十二人，四队为一哨，夏水、紫云"三杰"、王廷良、王廷元、潘朝明、潘朝林八人为队长，秋水、春水为副总指挥兼哨长，任命张总指挥为哨总统领，调度八队人马。戚大将军看到民团的实力，很是兴奋。他把二哨编为一营秘密行军至山阴集结。

戚大将军从北往南一路抗倭，积累了丰富经验，他根据扫荡南方倭寇情况，编写了适合新军训练的《纪效新书》，作为新军抗倭学习教材。书中有文字说明，有图像分解，便于识字不多的农民军阅读，并要求各个队员在限定的时段读背，记不住、背不出要受罚。戚大将军一声号令，一时间大家互学互研，新军军营成为书声琅琅的学堂。沙柳民团的八队学员，在春水的指导与督促下，苦练实干，每次抽查考核，都是名列前茅，多次受到戚大将军表彰。新军有民团的示范，训练有了目标和样板进步神速，很快达到戚大将军的要求。

戚继光让新军学习《纪效新书》，还根据东南沿海地区滩涂广阔，丘陵众多，河渠密布，沟壑纵横，道路窄小和倭寇作战惯用倭刀等实情，创造了一套"鸳鸯阵法"，发明了两件独特的实战武器——"狼筅""涂塌"。

"鸳鸯阵法"由十二人编为一队，兵力分一左一右两列为基础阵法；当两端不动、中部外凸时又叫"梭形阵法"，如果变成三小队，也称"三才阵"。一队十二人为一个作战单位，利用重长兵器的优势和互相配合的战术重创敌人。

"狼筅"是一种变形长枪。枪尖用竹枝构成，后有数层形如树枝状的多刃尖兵器。使用者力大勇猛，这又长又重的武器对付用倭刀的海寇有奇效。戚大帅为狼筅编排拦、拿、挑、据、架、叉、钩、挂等十几式进攻和防御动作，厉害非凡。

民团在戚家军秘密基地苦练"鸳鸯阵法"，由春水指导训练。各队哨长为持旗手指挥本哨进退，协同配合发挥整体威力。每组鸳鸯阵十二人，有队长一人，指挥本阵进退和变形。第一列二人为盾牌手，一人手持圆盾，另一人手持立盾，一左一右阻拦敌人靠近进攻。他们手持利刃或匕首，在盾牌的掩护下伺机刺杀敌人。春水把武艺高强、机灵的队员安排做盾牌手，不让敌人有接近机会；第二列两人是狼筅手，选用身强力大的队员担任，调教练习拦、拿、挑、据、架、叉、钩、挂等十几式进攻和防御动作，特别是直刺横扫，不让用倭刀的海盗有近身机会；第三列、第四列是长枪队员，四人配合狼筅兵刺杀向外躲避敌人，不让倭寇有逃走的机会；第五列是两名锐钯[①]队员，他们手持锐钯，击毙逃离的敌人，另外一人为伙夫。

"鸳鸯阵法"变化快捷，队长可以根据敌人进攻方向和阵势，变为"梭形阵"或"三才阵"向敌人进攻，充分发挥长短兵器配合使用优势，充分利用阵法多变特点左右开弓，互为补充，强力冲杀，刺卫兼备。"鸳鸯阵法"的攻防连用，变化灵活，应急快捷，成双成对又彼此呼应的特点，使新军威力无穷。

"涂塌"专用于海滨滩涂作战，是一种单个载人、简易轻便的快速追击工具。涂塌下面是一块狭长的前端翘起的平滑木板，前端有个立起的把手，形如小船。只要手扶前面把手，一腿单跪在木板上，一脚向后猛蹬，滑板就能在海涂泥水上飞快滑行。这种专为在海涂上快速追杀溃逃敌人的工具，老百姓也叫"水上飞"。因为轻便、快速，一直被沿海滩涂渔民沿用。

仅用两个月时间演练使用，民团队员就为戚大将军表演操练。队员不但快捷灵活，而且勇猛果断，成为沿海地方抗倭的一支生力军，多次受到戚大将军称赞。

戚大将军训练新军成功，他在驻地打造的四十四艘战船刚完工就接到情报：倭寇二万多人，数百艘战船进犯台州，准备登陆打劫。戚帅分析地理、潮汐和军备情况，他说："台州湾一线，敌人最有可能对位于东南方武备较弱的新河发起进攻。胡将军，你带领本部人马和沙柳民团驰援新河。"

新河是戚家军抗倭的一个点，平时只有戚夫人在那里。新河得知倭寇前来，百姓自动组织，携带锄头、棍棒助战。戚夫人率领妇女整队上阵。新河城里城外，战旗飘扬，火铳声声，助威、呐喊之声不息。这阵势和倭寇掌握的情况出入很大。他们以为情报有误，正在犹豫之际，胡将军和新军楼将军赶到。两支戚家军来了个两面夹击，春水率领的民团八个哨从中间突破，他们摆开阵势攻打倭寇。

新军一式的"鸳鸯阵"战，用又重又长的狼筅直戳横扫把倭寇打翻一片。倭寇是第一次遇到这样阵仗和怪异武器，他们用倭刀进行的近身拼杀发挥不了威力，低矮的进攻四面被堵，没有门路，纷纷后退。在晨雾中被从天而降的狼筅兵杀死不少，其余倭寇乘着大雾向南逃窜。

---

① 锐钯，即火铳。

抗倭新军首战告捷，张总指挥百感交集。他说："面对来势汹汹的大批倭寇，戚大将军成竹在胸。他临危不惧，指挥若定，一举把这么多的倭寇打得落荒而逃。我们的'鸳鸯阵'在新河小试牛刀，就把敌人打得抱头鼠窜。呵呵，我们正在兴头上，这仗已结束，实在不过瘾。"

新河一战，人们抗倭信心倍增。以前谈倭色变和倭寇不可战胜的神话一下粉碎。战士们个个摩拳擦掌，等待着下一次战斗大破贼兵。

戚大将军在缑城再战又胜，回台州途中经西南的梁王山，戚帅闻报倭寇进犯桃渚，敌人先头部队已至离台州府城仅二十多里地方。此时天正在下雨，战士们踏着泥泞，冒雨火速赶路。谍报敌人已至离府城二里的花街。戚帅发令：把总陈将军、王将军为右路，丁将军为左路，他自率中路大军三面夹攻花街倭寇。敌人用"一字长蛇阵"向戚家军进攻，戚帅一看倭寇阵脚尚未摆稳，立即用"鸳鸯阵"冲击"一字长蛇阵"。戚元帅的三路大军，两头夹击，中间开花，把"长蛇"切成几段。倭寇舞刀过来，长长的狼筅直刺横扫，加上长枪火铳轰击，敌人大乱。春水振臂举刀直冲敌首，突然一个纵跳，把在前队举刀指挥的倭寇头领斩杀。新军将领，见春水得手，个个英勇奋发，在混乱中接连斩杀了五个倭寇头领。

秋水带领的一哨冲击一队倭寇，他很快发现有三个不离左右的倭寇好眼熟哦，仔细一看，原来是和胡克仁一起投奔蛇蟠岛的朱五、蒋山、王千峰。秋水大喝一声："泳溪败类，投敌逆贼，居然在这里为虎作伥，我看你们往哪里逃？"他一声呼啸，"队员们，这三个是假倭寇，他们是胡克仁的帮凶，一起把民团的情报出卖给海盗，害死我们许多弟兄。与我拿下，要捉活的。"

一队狼筅兵把朱五等三人围困在中间。这三个败类原本是小混混，哪里禁得住狼筅兵的围剿，因为秋水要活的，所以像猫抓老鼠一样，不是一口咬死，而是把他打倒，再让他爬起来，刚站立，又打他扑倒，直到三个人渣直挺挺躺在地上受死，才把他们捆绑起来。

这股倭寇的头领全做了戚家军的刀下鬼，剩下的顿时成了无头苍蝇。被狼筅戳死无数，逃走的被火铳击中。其余的残敌连退带逃，被压到灵江，又淹死无数。另一股逃至新桥，被在左路堵截的丁将军围困。走投无路的倭寇，被"鸳鸯阵"的狼筅长枪歼灭了三百多。丁将军所部新军把被倭寇掳走的五千个百姓全部解救出来。

整个战斗，从开战到结束，只用一顿饭的工夫。当地百姓听说戚家军从梁王山冒雨赶来救援，还饿着肚子和倭寇搏斗大获全胜。花街百姓家家户户动手，用米粉和面粉做成中间有一孔的干饼，当地人称为"光饼""肚脐饼"，一串串送给将士充饥。

　　秋水把这三个俘虏交给戚家军。

　　戚家军在花街大获全胜。蛇蟠岛海盗连同"亡三代"、汪直、厉光头都随倭寇倾巢出动，但是到现在没有这些人进一步的消息，不知逃亡什么地方。正好民团送来三个俘虏，戚帅吩咐把俘虏带到大帐。

　　戚帅大帐威风凛凛，帐外帅旗迎风飘扬，旗子上大大的"戚"字分外夺目。帐内刀斧手、旗牌手分列左右，中军传将令带俘虏上堂。传令兵拖腔拖调一声高喊："带——人——犯——"三个人渣被这一声虎威气势吓瘫在地上。三人被拉到帐下，偷看这位威风凛凛的大将就是把倭寇打得屁滚尿流的戚大帅，啪的一声跪倒在地，磕头如捣蒜，口中哭喊："大帅饶命啊，我们都是被骗才上了贼船的。"三个假倭寇在帐前浑身发抖，已经没有人样。

　　"做了海盗不够，还要假扮倭寇一起屠杀自己骨肉同胞，现在又喊饶命。好，如果真的不想死，也看在你们三人不是真倭寇，本大帅可以饶你们不死，但是你们必须老实交代倭寇动向，才有生还希望。"

　　"大帅饶命，你要什么信息，只要我们知道的一个不剩告诉大帅。"朱五、蒋山等瑟瑟发抖。

　　"倭寇扫荡沿海，如今要往哪里去？"戚帅发问。

　　"大帅，我们三人只是蛇蟠岛上三个最小的头目，不知道更详细的计划。但是因为倭寇上岸以后，遇到你戚大将军逢战必败，所以我们这路不敢继续在沿海骚扰。他们准备经什么峰过仙居到内地扫荡。其余我们真的不知。大帅饶命哪！"朱五把自己知道的全部倒出，磕头求饶。

　　戚帅一听，心里有底，他喝道："你们的招供如有不实，定会从严法办。"

　　"大帅好德，小的说话，句句属实，如有半句虚假，愿随军法处置。"三人再次叩头。

　　"左右，把这三个假倭寇交给地方政府发落，带走。"戚帅发令。

　　根据喽啰的招供线索，戚大帅根据倭寇连吃败仗的担忧，改变原南进计划为往西突围的行动，这正好与他们的贪婪狂妄本性一致。所以倭寇企图避开大军锋芒从山道西窜，妄图到守备较弱的处州打开新缺口，到那里抢劫金银矿完全符合强盗逻辑。戚大帅查看地图又从本地向导口中了解到这一带山地的特点，一个全歼倭寇的计划已经在他心里酝酿成熟。

假倭寇朱五他们供出敌情，戚大帅心中妙计已定。戚家军如何破倭寇，扫残敌呢？大帅胸中自有百万兵，他已布下天罗地网口袋阵，单等倭寇往里钻。

西窜的倭寇真的如戚帅所料，会往他指定那条路逃窜，戚帅又会在什么地方布下天罗地网，单等豺狼往里钻。

欲知后事如何，请听下回分解。

第三十六回

上峰岭巧布口袋阵
西窜寇一举遭歼灭

　　倭寇在浙东登陆以后连连败绩，龟森墨代和海地一日没有了以往的高傲，两人愁眉苦脸四目相视。这日傍晚，海地一日对龟森墨代说："首领，我们自出海以来，一路顺风顺水，倭刀挥向哪里，不管山高岭峻，都是势如破竹，如入无人之境。蛇蟠岛的千余洞窟全都满满当当。哪里知道这个戚大个子竟是我们的克星，连同缑城一战，前后连败八次，人员损失已近五成。这里沿海一线虽然富饶，交通便捷，但是他戚家军太厉害了。那个什么的叉叉，把我们打得血肉横飞无处躲藏，我们的武士见了这叉叉，马上魂飞魄散，丧失斗志。这仗不能再这样打下去了。所以现在如果重回沿海一路，依旧在那里和戚大个子开战，一定是凶多吉少。不如改变原来南进的计划路线，往西去比较稳妥可行。"

　　龟森墨代听完海地一日的话，他说："海地君，你的想法和我的一样，与其和强手对拼，以卵击石，不如另辟蹊径，转道西去，让戚大个子在海边捕风捉影。等他南下福建，我们再杀回马枪。我看过地图，我们从健跳登陆，不南进而西行，过大田翻越一条大岭就是白水洋，那里邻近仙居地界，然后斜穿至缙云，把控处州，那里有银矿、金矿，是一块大大的肥肉。听说处州守备薄弱，民间武装只是个样子而已。我们来一个速决战夺得金银就原路返回，等他们得到信息再集结军队，我们早已远走高飞无影踪，说不定已回东瀛睡大觉了。海地君，你的方向对头，马上行动。你去安排队伍，我们明天五更出发，避实就虚，让戚大个子扑个空。他们一时不知我们去向，只能在沿海捕风捉影瞎忙活。"

倭寇在计议西窜路线利弊，戚大帅也在布置他的口袋阵。他找来几个本地军事向导，向导对他说："从这里西去，附近有一条只有采药人才去攀登的山中小道，因为险峻没有人走，但是可以比走官道近而且直通白水洋。"戚帅从地图上看，这条山路是横插到上峰岭的，比走大路要近三分之一，岭下就是上峰岭中段的那条大峡谷。戚大将军兵分三路。一路在新河设防阻拦海盗增援；一路在太平看守，防止倭寇呼应；他自己带领大队走采药小道提前去上峰岭埋伏。

　　上峰岭是两县交界的一条很长的山岭，途中没有人家，平时少有人行走。戚大帅请当地采药山民为向导，从驻地后的一条羊肠小道攀登而上，戚帅的大军到了山岗，站在高处向西眺望，一条狭长山岭呈现在眼前。两边峡谷紧逼，满山树木葱茏，确是布口袋阵打伏击的好地方。他吩咐大部队迅速在两侧埋伏，巧妙地隐蔽在茂密的灌木丛下，把沙柳民团的八个鸳鸯阵摆在口袋中段，在这里筑就埋葬倭寇的大坟场。

　　戚大帅和全体将士的马匹都用松树枝遮身隐没在两侧山坡。没有他的号炮，任何人不许轻举妄动，不得发出一点儿声响。

　　这日正是端午，大队倭寇起早开拔，他们以为戚家军都在海边，这是一条不设防的斜插直进处州的快速道，就大模大样地在山岭行进，因为被戚家军打得一路狼狈，走得松松垮垮，队伍拉得很长，直到中午才到上峰岭南侧。倭寇一路沿岭而上，一坡连着一坡的松树林，遮天蔽日，只有松鼠在松枝间跳跃觅食。远远望去，松荫森森，野草萋萋，山间没有走兽嚎叫，林间没有鸟雀啼鸣，山野十分宁静。

　　龟森墨代骑着高头大马，和海地一日并缰而行，空中是山风吹松针沙沙作响，地面是马蹄击顽石笃笃出声。远不见旌旗飘荡，近无人影晃动。海地说："首领果然高明，我们突然从这里横插而去，人不知鬼不晓，直到我们占领了浙中银矿，他们看到六百里谍报组队追击，早已是野猪过岗，来不及了。"

　　倭寇全部进入伏击圈，前头部队开始上坡。"海地君，只要金矿、银矿得手，我们班师凯旋。哈哈，哈哈……"龟森墨代的青天白日美梦笑声还没有完，戚大将军隐蔽在松林高处的信号兵红旗一挥，第一声号炮轰然打响，原绿色的灌木丛里霎时间旌旗飘扬，宁静的松树林中号角震天，长长的峡谷两侧一队队"鸳鸯阵"从山坡向下冲击，如猛虎出山。龟森墨代差一点儿被惊马掀翻在地上。海地一日策马向前，被这突如其来的喊杀声吓得趴在地上。龟森举着指挥刀大喊："不要惊慌，给我顶住。奋力向前，冲出包围，就是生路。"倭寇在龟森的喊声里，仓促应战。他们被逼到一个小山坡开始顽抗，这时从西面来的一支新军从高处压来，一个声音从背后传来："放下武器，投奔旗下，可免一死。"秋水、春水两人带领八个小队从中间杀入，哪里有抵抗就往哪里冲。夏水率领的小队，恰如一只猛虎，廷良、廷元兄弟的两支狼笔被这两个大力士拦、拿、挑、据、架、叉、钩、挂、缠、铲、镗、钝，再配合后面的长枪火铳，新军所向披靡，杀得倭寇哭爹喊娘，人仰马翻。春水看见龟森墨代在马上和张总指挥对战，他招呼秋水说："打蛇打七寸，擒贼先擒王。和张总指挥对阵的就是倭寇首领，你招呼王泰来去战海地一日，只要把这两个拿下，这群恶魔失去头领不战自乱。无论如何不能让他们逃出这个大口袋。"

张总指挥在马上正逢龟森墨代，一枪一刀打得松花纷飞。春水大喊一声："张总莫急，我来也。"

春水看龟森用的是一把长倭刀，他把棍子夹在马上，从背后抽出夺命霹雳剑，向龟森劈去。龟森一看来的是一个使剑的，正合胃口。他放过张总指挥，来战春水。那龟森原是武林世家出身的武士，一把倭刀舔过多少国人的鲜血，少有对手，今天总算遇到劲敌。两人在山地间来来去去乒乓作声，刀剑相逢，电光石火，一来一去斗了三十回合都在试探对方套路。龟森大叫一声，从马上跳下，倭刀直砍马蹄。春水拉起马头，一声嘶鸣跳到龟森背后，他放马脱缰，和龟森在地面近战。

龟森用刀几十年，这把狭长弧形刀在龟森手中，刀走直线，势凶力猛，步步紧逼，砍杀狠毒，又让人难测去向。春水看破龟森倭刀漏洞，砍劈为主，以攻为守，防御疏漏。只要在合适时卖个破绽，引他进击，就能险中求胜。

好个滴水洞弟子，他以快捷灵巧的无影步法，在龟森四周游走。龟森直刺，刀距人前一指，眼看就要见血，龟森定睛一看，春水却在左边，他左劈右砍，眼看正着，却刀刀落空。倭刀直下，春水在龟森身后；倭刀横扫，春水一纵跳上半空。龟森被春水扰得眼花缭乱，不知所措。春水挥剑向他划来，几次把这恶魔吓出一身冷汗。霹雳剑像闪电一样劈下，龟森的和服袍子已有几处破碎。龟森墨代看看实力不如对手，想伺机逃跑。春水一看敌人已经黔驴技穷，岂能容他剑下漏网。他看前面只有一条小径，让过龟森大力一劈，一个无影步，人在他面前消失。龟森墨代以为春水躲避，逃离时机已到。他一个箭步向前跨出，朝前面的一条小路冲去，趁机溜之大吉。可是他这个冲刺动作刚做出，脚刚过树前，春水突然从道旁大树后闪出，他的夺命霹雳剑从龟森前胸插入直至剑柄。这个两手沾满中国人鲜血的倭寇首领龟森墨代连个"啊"声都来不及发出，四肢抽搐连蹬两下就大开大张倒毙山地。

春水挥剑割下龟森的头颅，看到张总指挥和一倭寇头领大战，春水看那人正是海地，他把龟森人头朝海地一日抛去，正好打在他胸前。海地一日一惊，被张总指挥一枪刺入胸间，从马上摔下，一命呜呼。那些还在顽抗的倭寇，见大小首领都死，纷纷逃往白水洋，躲进朱家大院。戚家军追至门口，一看是高墙深宅，一时攻不进去。潘夏水和王泰来一看是民宅，不能来硬的。夏水说："王大侠，你我越墙而入如何？"王泰来一看没有别的路可进，迟了里面的百姓要遭殃。他向夏水招手，同时越上高墙，一个用剑，一个用枪把几个守门的倭寇杀了，他们打开大门。戚家军一下涌入院内。里面的倭寇没想到大门这么快被打开，一部分举械投降，负隅顽抗的一律斩杀。外面追赶而来的新军，看到三个倭寇从后门逃出，跟着追上山去。这时春水、秋水、张总指挥他们刚从山上下来，见三个倭寇在逃，马上在一旁拦截。这三个倭寇慌不择路，在岔路口被春水他们撞个正着。春水一看，这三人不就是蛇蟠岛的"亡三代"他们吗？春水大喝一声："'亡三代'，举手投降。""亡三代"一看是春水、秋水等人，没命地朝山上钻。张总指挥说："穷寇莫追，从这个方向去，他们只能潜回蛇蟠岛。这些海盗，已经是惊弓之鸟，把这里的事情弄好了，回去再和他们算总账。"

白水洋西界仙居，北与天台为邻，秋水老婆山红有一表妹就在这条古道的山脚第一村，多次邀秋水夫妻到她家做客。现在正好路过，秋水约春水一路同行。秋水一是唯恐"亡三代"他们从这里逃窜祸害百姓，二是顺路去看看这位应承多年的山红表妹。兄弟二人从南黄古道一路走来。春水说："想不到这古道宽敞坦荡，沿途古木参天，红枫合抱，溪水沿岭而下，清静安宁，很是难得。以后若有机会，一定要带春阳再来一次，看看这里的满山红枫，黄叶遍地。"回去路上，表妹送了许多山红、春阳最爱的白糖葱香黑芝麻馍糍团。

一路上秋水说："这一仗，除了蛇蟠岛三人在逃，戚家军台州湾直落九连胜，全歼了这股倭寇。戚家军和浙江总督卢帅、参将牛将军一起合围宁波、温州的倭寇，二百艘战船缴获的缴获、焚烧的焚烧，余下的倭寇闻风丧胆，全往福建方向逃窜。从此台州湾、浙东沿海再无倭寇骚扰。"

民团与戚家军告别，张总指挥对戚帅说："倭寇已除，大患已平，但是海游的蛇蟠岛还盘踞着一小股海盗，就让我们民团自己来对付吧。"戚大帅说："你们沙柳民团出了大力，本帅代表朝廷和新军感谢你们在抗击倭乱中贡献的智慧和力量。有你们这样的强手，蛇蟠岛一小股海盗一定逃不出灭亡的下场。"

戚帅另有任命，民团和当地百姓敲锣打鼓十里相送，台州湾抗倭胜利收官。

再说"亡三代"、汪直、厉光头三人从朱家大院逃脱，差一点儿被民团抓去，吓得丧魂落魄一路往深山里钻。为了避免被百姓认出，三人扮作难民溜回蛇蟠岛。

汪直对"亡三代"说："拼种田无谷，拼养猪无肉；三人杀头牛，不如一人剥条狗。依靠外强不如自己单干。如今倭寇被歼，蛇蟠岛也损失了大部分有生力量，所好留下的东西不少，还有这个老巢依旧，只要及时招兵买马，用不了多长时间，仍然可以恢复元气。"

厉光头也说："岛主，留得青山在，不愁没柴烧。蛇蟠岛多次吃亏都是沙柳民团造成的。我们以前对这些刁民心太慈，手太软，把这帮刁民喂肥了，养壮了。现在戚家军往南去了，这里依旧是我们岛主的天下。"

"亡三代"一颗惊魂未定的心被两人的话安了下来。他说："以前我们被小矮人的势力蒙骗了，吃的亏不小，还是兄弟的话有理，有吃没吃，要靠弟兄。戚家军大队远去，区区民团，不足为道。只是现在实力太小，无法照应里外。两位可有妙计。"

"我有一计，不知行不行？"汪直献策。

"汪兄是蛇蟠岛老大，久经沙场，什么行不行，说来听听。""亡三代"急于行动。

"跟着倭寇我们失去主动，老是被他们牵着鼻子当牛当马使，当炮灰用，没有一点儿自主权。要我看，蛇蟠岛还是要从沙柳发家。第一，黑衣人现在被胜利蒙了两眼，是我们进攻的最好机会；第二，上次在李府你见过那个神仙般的女人，何不以此逼迫沙柳，交人还是保命，让他们自选。顺便我们也找个姣好的乐乐。哈哈，哈哈哈……"汪直说完一阵淫笑。

"大哥远见，果然好计，见者人人有份。"汪直之计正中厉光头下怀，他第一个表示赞赏。

提到李府那笔账，"亡三代"马上色迷心窍，那个貌比天仙的美女似乎正在向他招手。但是怎么施行，能让美人投怀入抱呢？三人一番议论，妙计果然有了。汪直说："我把这计叫'空巢引凤凰'。"

"好一个'引凤之计'，不说别的，单听名字就雅，大哥果然高明。"厉光头连连喝彩。

"那就依计而行，一步一步走，不急不躁才能好事成双。""亡三代"最后敲定计划。

民团送别戚家军回到老家，都以为倭寇已除，"亡三代"不知去向，沙柳人的好日子可以重新开始，人人都很放松，没有了忧患意识，李正东夫妇也回到沙柳。桃柳溪虽好，但是总没有自家习惯。张总指挥向他说了戚家军连胜倭寇大捷，两人都沉浸在喜悦中。戚家军把倭寇全歼，对于蛇蟠岛这股残匪，都有些轻敌意识，认为"亡三代"一时三刻不敢兴风作浪。

春水一行也都回家团聚。这一切都被几只暗中窥探的眼睛看得清清楚楚。

经过一段时间暗探，蛇蟠岛的匪徒已经顺利实施计划的第一步。他们摸清民团内情，已经淡化高度的敌情，也没有设置暗哨。第二步，半夜深入沙柳，包围了民团首领家。第三步等待命令，发起总攻。

天刚亮，南边一声火铳震天响，潜伏在李正东家周围的匪徒打砸门户，冲进里屋，把睡梦中的李正东惊醒。他一下从床上起身，随手从剑盒里抽出武器，冲出房门。"亡三代"和汪直带着一帮海盗把他团团围住。

"放下武器，留你一命。""亡三代"一声断喝。

"又是你这个贼子，我与你拼了。"李正东挥剑迎战。

"带上来。""亡三代"没有接招，他后退一步说："你不放下武器，我马上把她宰了。"

李正东一看，"亡三代"把刀架在头颈的正是自己的老伴。

"正东，我已是死过几回的人了，别管我，快跑呀。"老伴挺直身子，没有一丝畏惧。李正东被老伴的忘我精神感动，但是他看见了后面还有他的儿子和家人一大串，都在"亡三代"的手中。

李正东无奈放下手中的武器对"亡三代"说："你放了他们，有什么事冲我来。"

"把他带走。"几个匪徒上前把李正东捆了起来，把他的儿子和家里几个年轻的女人一起押走。

厉光头一伙在张总指挥家也如法炮制，这场抓人的战斗很快结束。

第二天沙柳街上贴出告示：

> 为了整顿沙柳市场，保护沙柳商人正常经商，本岛及时捕捉扰乱沙柳安定的李正东等头目，还百姓一个平和交易市场。以后沙柳的管理仍由蛇蟠岛负责。老例不改，新例不增，特此布告。
>
> 蛇蟠岛　某年某月某日

蛇蟠岛匪徒扬长而去。沙柳百姓失声顿足，他们没有想到，倭寇灭了，一场新的灾祸这么快就降临到他们头上。民团队员都在家里，却是群龙无首，个个像红镬里的炒豆——又跳又转，噼啪乱窜。

"亡三代"把抓了的人分别关入各个水牢，他叫汪直依计提审李守业。汪直把李守业带到审讯室，里面的老虎凳、火烙、夹棍、皮鞭等刑具丢了一地。李守业一步一哐唧走进刑讯室，以为此去不死也得脱一层皮。李守业经历了多次战斗，民团的硬气早刻在心中，他告诫自己，咬定牙关，直着进去，横着出来，就是死百回决不能出卖灵魂。

"你叫李守业?"汪直皮笑肉不笑地说。

"……"

"怎么，请酒不喝喝罚酒?"汪直见李守业没有理他，马上变了一副脸色。

"与你这班强盗有什么可说的!"李守业回了一句。

要是换个对象，汪直早就暴跳如雷，今天他是被"亡三代"派来完成一个特殊使命的，不能把岛主的好事搅黄了。他马上又回到"笑面虎"的模样。汪直换了一副口气说："我和你直说吧，你有一个外甥女，我们岛主喜欢，只要你前去报讯，让你外甥女到蛇蟠岛做压寨夫人，你就是岛主的大舅公，我们可以放了你们一家，还可以把沙柳的管辖权都交给你李家。你家没有一毛的损失却可大发横财，这是多好的买卖。"

李守业听了就是一肚子的火，他嚯地一声站立起来，举起手要狠狠地抽他一巴掌，让这个惯匪清醒清醒。可他的手还没有举到胸前，就被手上的铁链牵住，因为用力过猛，他差一点儿跌坐在地。李守业骂道："一个蛇蟠岛的海匪，竟然想吃天鹅肉，也不去清水屎缸照照那副鬼相。"

汪直见李守业气愤不平，他再展"笑面虎"的本领，没有因为李守业的大骂而生气，却嬉皮笑脸地补充了一句："别急，别骂人，说白了就是岛主请你做媒人，好事成双有你的风光。到那时，我们都要仰仗你这位大舅公呢！"

李守业气不打一处来，他痛骂这帮不知廉耻的匪寇。你们把我外甥女当成什么人，把我当成没心没肺的爪牙。呸！他张嘴准备开口大骂一顿，就是死也不会做这样丧尽天良的事。

突然一个念头在心里升起：沙柳不知多少人被捕？除了李、张两家，其他人现在有什么行动？有人给春水他们去报告沙柳的情况吗？如果久久不决，关在水牢的人怎么办……

李守业想，我何不先摸摸他的底再做计较。

"让我为你们办事，就这么对付我？"他把手上、脚上的铁链抖得哐哐响。

汪直好像记起什么，他朝边上喊："混账，我叫你们请李大公子，你们就这样请客吗？还不快快把李大公子的铐锁打开。"

"是，我们办事不周。李公子请你大人不记小人过。"两个喽啰赶忙把李守业的手铐、脚镣打开，掇过一把椅子说："李公子请坐。"

"这才像请人办事的样子。"李守业泰然坐下。

汪直一欠身笑嘻嘻说："李大公子息怒。"他转身对几个喽啰吆喝，"还不退下，这里没你们的事。"

汪直以为已有转机，他对李守业说："大公子，岛主对你外甥女十二分的爱慕，你只需把这事的利害关系和你姐夫、姐姐说个明白，他们一定会认可这门亲事。只要新娘上蛇蟠岛，你们李家的人都是岛主的至亲，多好的事哪！"

不知死活的魔鬼，我外甥女婿的厉害你还没有吃够，又在白日做梦。李守业在肚子里骂，他口里却说："要我走一次可以，但必须先答应我三条，若有一条不从，一切免谈。"

"大公子，只要媒做成功，别说三条，就是三十条都可商量。你说。"汪直以为大功就要告成。

"第一，必须保证沙柳所有被你们关押的人不能出一点儿差错，特别是我父母家人不能依旧泡在海水中，若有一丝亏待，那样的好事你们日里白想，夜里瞎想。"李守业说。

"应该，应该。我们马上把所有关押的人从水牢里提出来，有病治病，有伤医伤，一定不会亏待他们。那第二呢?"汪直马上答应第一条。他回过头吩咐小喽啰说:"马上到水牢把李老板提出来，送到一等客房，好生款待，不得有误。"

"第二，不准再去沙柳骚扰百姓，让他们好生营业。"

"没有问题，明天我们去沙柳把鱼市开起来，把生意热热闹闹做起来。"汪直爽快答应。

"第三，婚姻大事非同儿戏，特别是岛主娶亲。我外甥女长在陆上，你们在海上，生活多有不同，所以蛇蟠岛必须另择佳处建造一幢高楼做新房。再说我外甥女孝敬父母，如果要她远离双亲，一下子肯定转不过弯来。这种好事不能硬逼，所以时间上要长一点，岛主应该有耐心，一切听我安排。否则一切免谈。"李守业说完三条，等待汪直回话。

"李大公子，你说的这三条，天公地道。我和岛主说去，一定能满足你的要求。今天已晚，明天一早送你上路。我们在蛇蟠岛专等你的佳音。"汪直回头命小喽啰把李守业送到客房安息。

李守业从牢房来到客房，他心里暗忖自己的话已经起作用，但自己从来没有单独处理过这样的大事，何况又是在和海盗说事。这么大的事情没有一个人可商量，他翻来覆去一宿未睡。话是说出去了，下步怎么走，心中无数。他想自己只能摸着石头过河了，看一步，走一步，算一步。

李守业明天就要去桃柳溪，他只有和姐夫商议，如何才能不露声色地牵住"亡三代"一伙的鼻子，使他们深信不疑地步步进入自己预设的圈套，然后腾出时间准备营救被关押在蛇蟠岛的家人和张总指挥等沙柳人。然后他要去联络潘春水把这事详细报告他，他一定会有好办法的。李守业对潘春水充满敬意和信心。只要他出手，最大的事情一定都能成就。

李守业到了桃柳溪，如何与姐夫、姐姐见面，安排大事，使匪徒不起疑心。

要知后事如何，请听下回分解。

第三十七回

桃柳溪稳摆迷魂阵
铁狼笼大破蛇蟠岛

第二天早上，一个小喽啰在客房外把李守业叫醒。汪直对他说："岛主非常关心你的安全，已经派了四个护卫跟你一起行动。你有什么重要消息，让其中二人回来报告，这样不耽误你要办的大事。"

这分明是不信任自己派的监视哨。好吧，现在人在蛇蟠岛，随你怎么处置。只要能飞出牢笼，收拾你们这帮匪徒是早晚的事。我们走着瞧。李守业在肚里嘀咕。

四个喽啰紧随李守业马后，他一路慢悠悠地走，带着喽啰绕道远行，好像在游山玩水。第一天在桑洲宿夜，第二天傍晚才到桃柳溪。李守业对众喽啰说："这里山高岭峻，民风剽悍，你们几个不可乱说乱动，否则出了人命，我可担不了责任。丑话说在前头，你们好自为之。"

四个喽啰离开了驻地，没有了靠山，听李守业这么一说，四人满口的"谨遵命，我们一切听你的安排，唯李公子马首是瞻"。

为了不让喽啰有暗中的动作，不让他们有机可乘，李守业面上是关怀，背后是严密的防范。他以一副十分关心的样子说："我姐夫是大户人家，家规森严，有一点儿差池，轻则五十板子，重则捆绑投水。这次来办这么重要的大事，你们先在这里稍候，我去通报了再来叫你们，切不可大意。"李守业的话把四个喽啰吓得如同下山的猴儿，低头垂手站在那里不敢多走一步，也不敢随便说话。

李守业赶快进宅，见过姐姐、姐夫。他悄悄地对姐夫说："春水在不在这里？"叶建兴从来没有见过李守业这么慌张，感到必有大事。他对夫人说："你去歇息，我们有事里面说去。"一把拉着李守业到书房。李守业把前天发生的事情简要地说了一遍，最后他说："我反复思忖这事，没有可行的好办法。不知春水在不在桃柳溪？外面还有同来的四个蛇蟠岛喽啰，需要严密监视。全家上下，不能让下人们看出内里一点破绽。"

叶建兴说："我先把你和四个喽啰安排住处，然后我们去后院找春水商量，听听他的意见再议。"

李守业到外面山脚，那四个喽啰老老实实地待在一旁，没离开原地一步。他把四人引入前院东侧，两个喽啰一间，自己住在他们隔壁。

他对四个喽啰说："你们的任务是传递消息，老老实实地待在这里。没有得到允许，不得随意走动。"众喽啰从窗缝里看去，每道门口都有两个带刀的家丁看守，果然是森严的大户人家，四人点头称是。

李守业安排妥后随即和叶建兴到后院，春水准备去下溪头，三人在楼下相遇。春水吃了一惊，这么早李守业怎么会突然到桃柳溪？一定出了大事。他把二人带到楼上书房。春阳见春水刚下去又马上返回来，还有父亲和舅舅一起同来，一定出了什么大事。春阳叫小红煮茶，自己坐下听他们说话。

李守业把蛇蟠岛袭击沙柳，抓走李、张两家人的经过细细地说了一遍，最后才把这次来桃柳溪的原因说了一遍："'亡三代'竟然还在痴心狂想，做癞蛤蟆想吃天鹅肉的白日大梦。可是他把我父亲和张总指挥两家作为人质，逼着我来这里，还跟着四个喽啰。"

潘春水边听边摇着头说："我们又犯了轻敌老毛病，才让'亡三代'有空子可钻。现在事情已经到了这步田地，急也没用。蛇蟠岛的人和事现在只能放一边去，我们赶快做好三件事，方可破解眼前危局。第一，马上重组民团，重新操练'鸳鸯阵法'。第二，这场假戏必须真做。除了我们四人，对其余家人暂时保密。更不能让四个喽啰看到、听到这里的真实情况。第三，已经有言在先，要把这里劝说准备的信息传递出去，麻痹敌人，稳住匪徒，确保被关押人质安全。二、三由你们两人去办，假戏越真越能瞒过众人眼睛，再适时把蛇蟠岛想得到的信息泄露给四个喽啰，四人深信不疑，'亡三代'就不会轻举妄动。我负责第一件事，回下溪头去组织队伍训练。只有把'鸳鸯阵法'练好练精了，我们方能出击蛇蟠岛，夺取胜利才有希望。"

叶建兴、李守业认为这是可行的办法。春水对春阳说："这事又要委屈你了。为了彻底打败'亡三代'，消灭蛇蟠岛匪徒，你要配合着做，该怎么着就怎么着，哭得越伤心越能迷惑人。只有这样才能拖延时日，不让敌人轻举妄动，为民团训练赢得时间。"

潘春水说："你们要是没有新的想法，我就去完成我的那份任务。"春水告别岳父、舅舅自回老家去。

叶建兴回到中堂，他大声对夫人说："你弟弟告诉我，岳父他们又被囚禁在蛇蟠岛，如今生死难测。你兄弟还说，若是能把春阳送去做压寨夫人，不但岳父一家无恙，被关押的沙柳百姓都可无罪放回。蛇蟠岛主还放言，沙柳以后就由岳父管辖，蛇蟠岛还能保护沙柳安全。因为这事重大，牵连着沙柳和桃柳溪两地千家万户，更关系女儿的一生，你看如何处置是好？"为了把戏演得逼真，叶建兴没有把事情真相事先透露给夫人。

夫人听了一愣，她重新问丈夫："你说什么？又是沙柳，又是蛇蟠岛，还有我父亲和女儿春阳。我听不明白，你再说一遍。"她的眼里早已是泪水满眶。她不是没有听清，而是不相信事情会有这么糟。

叶建兴说："岳父被囚蛇蟠岛，要春阳去交换。"

"我的天，为什么厄运都跟着我老李家，现在又害我姑娘。"夫人的眼泪好像江河决口，一下冲出堤坝，她忍受不了这么大的打击，哭着哭着，一下昏了过去。

"夫人，夫人，夫人你醒醒。赶快请郎中。"叶建兴一边叫夫人，一边吩咐下人。

他的一句话，弄得夫人一下昏厥，闹得里里外外尽人皆知。守在前院的家丁都在议论，蛇蟠岛四个喽啰听得一清二楚。

这是闹头场，做得逼真又惊险。连本大戏刚开始，必须继续往下演。

第二天，叶建兴把女儿春阳叫到大厅，他说："春阳哪，外公是最疼你的人，如今老人家又被囚蛇蟠岛生死难卜，你是去救还是袖手旁观。"

春阳说："老爹，您能不能把事情说得明白些。"

"你外公第三次被蛇蟠岛抓走，岛主让你舅舅来这里传话，他说只要你肯上岛，什么事情都烟消云散。现在就等你一句话了。"叶建兴把话说得很明白。

"爹，娘也是为此事昏厥，她本来身体欠安，如今这个样子，你要女儿离开亲娘，你这是要活活逼死我娘俩。"春阳说完，眼泪一把一把地往下掉。

"既然如此，那我等你们母女俩心情好些了再议。"这一说，事情有了，时间有了，消息也出去了。叶建兴家每天都有郎中进出，家里药味四飘，好戏正在酝酿中。

两个喽啰偷偷地离开桃柳溪，他们去蛇蟠岛回报探听到的真实情报。"亡三代"和汪直他们一听齐声说："这是人之常情，很正常。""亡三代"吩咐道："不要惊动叶家，注意新的动向，有事急报。"两喽啰领命而回桃柳溪，叶家家丁见了连个问话都没有，他们好像什么都没有看见一样。

夫人昏厥，家中每日药味四飘，一晃半个月过去，叶夫人身体恢复得差不多了，叶建兴这时才把真实情况告诉她。夫人知道这是为了消灭海盗，搭救她父亲计划中的一个插曲，又生气了。她质问丈夫："既然是做给海盗看的，你应该先让我知道，也不用我这样伤心伤肝。"叶建兴说："如果早早地让你知道，你还会这样伤心欲绝吗？春水说假戏要真做，敌人才相信，这也是没有办法的办法呀！"

叶夫人想想也是，她问丈夫说："以后还要怎么配合，你尽管说。"

"这么伤心的场景是没有了，以后你只要多唱反调就能把敌人慢慢引入圈套。"

一晃又过了十天，叶建兴对夫人说："你身体也好多了，岳父还在蛇蟠岛受苦，你是管还是不想管？"

"'养儿防老，积谷防饥'，老父身陷囹圄，做子女哪有袖手旁观之理？"叶夫人说得响亮在理。

"有你这句话就好，那你准备怎么管？"

"他要多少钱，我们设法给他。"

"如果用钱能办到，岳父早早地就出来了。何用一直在蛇蟠岛吃苦？"

"他'亡三代'不知人家是有夫之妇？这不是强抢民妻吗？我知道蛇蟠岛在海中央，这哪是良家妇女住的地方？把我姑娘塞到风高浪急的海岛去你能放心？女儿在那她能住得安心？"

"你怎么一点儿不开化，女儿是去做压寨夫人，人家还能亏待了她？你父亲出来重新经营沙柳渔行，这不是两全其美的大好事，你怎么会这样想不开？"

"就算我同意，女儿能听你的吗？"叶夫人反问丈夫。

"父母之命，媒妁之言，婚姻大事，父母定夺，由不得她。何况这是为救她外公，自古以来，多的是'卖身救父'的孝事，何况她是去做压寨夫人，多高的地位，别人想去都没有机会。她应该挺身而出才对。"

夫人一听，眼泪哗哗地往下流，也不搭话，转身回房。

接下来的日子，两人天天为这争吵，没有一个定案，只是从口气上听，夫人的语气变得和婉了不少。

一天，叶夫人对丈夫说："我看蛇蟠岛也只是说说而已，他一不挽媒，二不送娉，难道我女儿白送？"

"夫人说得不错，我也没有往深处想。我们在这里天天吵架，他们那里在等天下馅饼。"

喽啰们把叶建兴夫妻的话传到蛇蟠岛，"亡三代"一听喜出望外。这一招果然灵验，他马上请李守业为媒，聘金聘礼两大车送到桃柳溪，只要女方收下聘礼，他们马上择日迎娶。

叶建兴收下聘礼，在老家为女儿定打嫁妆。

两个月后的一日晚，春水秘密潜回桃柳溪。他告诉叶建兴，"鸳鸯阵法"已经训练就绪，狼筅等武器全部到位，他的大半队伍要扮作送亲人，其余都隐蔽在路上接应。

这边叶建兴让李守业回蛇蟠岛报信，让"亡三代"择日娶亲。"亡三代"听到这话，差一点儿没把李守业当爹跪拜。他对李守业说："蛇蟠岛天天是进财进宝的好日子，明天就是黄道吉日。"

这个恶魔，他张开大嘴，哪里还顾得上初一月半，吉凶之说。他一边说一边流馋涎、咽口水。

桃柳溪送亲队伍浩浩荡荡：八个粗大的藤燎火把引导，四块"吉庆大喜"直牌前导。八面大锣，八把唢呐，八盏大红宫灯跟随其后。山路一片红光，响器声震山谷。大红花轿前八个伴姑提着温馨的红纱灯，一身喜庆服饰的小红骑着一匹披红的小毛驴，一路跟随花轿一侧。后面是十里红装：长的、方的；圆的、扁的；高的、矮的、扭曲的；铁器、木器、竹器；桶具、农具、手工具；还有一杠一杠的床上用品丝绒被褥、各式绣花鸳鸯枕、四季帐帘；新房摆的金器、银器、珠宝、铜器、锡器、瓷器、漆器数不胜数；四人扛的，两人抬的，肩挑手提的，逶迤跟进。送亲队伍吹吹打打，浩浩荡荡，这样的排场绝无仅有。

再仔细看看，送亲之人，个个都是精壮汉子，矫健的行走姿势都非同寻常。送亲队伍到了桑洲，全部改乘蛇蟠岛接亲的大车。"亡三代"骑着高头大马，头戴状元帽，身穿大红缎子喜服。那一张宽大的扁嘴，嘴角拉到耳垂，馋涎流到下巴。他走到花轿跟前，伸手去拉轿帘。小红一下闪出，堵在轿门前挡住两侧，一把拦住"亡三代"伸过来的手，一脸正色地说："姑爷，动不得！"

"早晚是我的人，为什么不能尝个鲜，先睹芳容？""亡三代"被小红挡住，他不甘心，但是他不敢硬来。

"姑爷，新娘在上轿之前，头戴红纱，身披红袍，脚踩红莲，才登上大红花轿。她一路之上鞋不沾泥，目不看天，这是为了把喜气带到夫家旺夫呢。你现在一掭轿帘，红光透露，喜气尽失，不光夫家走厄运，新郎还会遭五雷劈顶之灾。"小红一本正经，说得头头是道。"亡三代"听到"新郎还会遭五雷劈顶之灾"大吃一惊，举着的手一下缩了回去，灰溜溜地退走。他急忙到前面让赶车的喽啰催马快走。

车队到了沙柳，在满街老百姓看热闹时悄悄地混入几个人，到码头的海滩，已是薄暮冥冥，又有一群人趁着混乱涌上渡船。

蛇蟠岛大厅外搭着一个巨大彩牌，红地毯从码头一直铺到这里，然后继续往里，整个蛇蟠岛灯火辉煌；山崖挂红披，山洞满宫灯，曲曲折折的山道一路红烛高烧。汪直、厉光头都是上下喜服，在码头迎接"亡三代"，随着新人朝里走。

新婚仪式在彩牌后的大厅举行，汪直司仪，他操着一腔雄鸭嗓高喊：

"新郎、新娘入大堂。"新娘由小红和二姑家的小表妹左右搀扶着从左边款款走来；新郎由厉光头和他的表弟相伴从右边进入。

"一拜天地。"雄鸭嗓扯起喉咙直喊。两人双双跪下，向着夜空磕头。

"二拜高堂。"雄鸭嗓再唱。

两人对着"亡三代"的父亲和生母磕头。

"夫妻对拜。"雄鸭嗓三呼。

两人退后一步，新娘由小红俩搀扶跪下。"亡三代"叩首，新娘没有低头。

"送入洞房。""亡三代"去牵新娘手中红丝巾，突然场中一声火铳震响。"亡三代"还没有明白这是怎么回事，新娘一把扯去头饰，飞起一腿朝"亡三代"裆下踢去，"亡三代"向后一个空翻，躲过一腿。他一看新娘不是他见过的美娇娘，分明是他的老对手黑衣人潘春水。

王廷良、王廷元、李守业、紫云"三杰"，各带一队"鸳鸯阵"，往海盗多的地方冲杀。蛇蟠岛的海盗没有见过"鸳鸯阵"，更没有遇到过像一棵七丫八叉树枝般的武器。想逃无处逃，想躲无处躲，更无从抵抗，碰着者不死即伤。蛇蟠岛的海盗被紧紧地包围在洞口，没有多久在现场的全都被歼。秋水、夏水看到春水已经和"亡三代"搅在一起，汪直和厉光头从左右过来夹击。秋水跳到汪直身后狠起一棍朝他腰际扫去。汪直听到风声回身以铁叉一挡，跳到一边来战秋水。夏水从斜向往厉光头挥去一刀。厉光头一看刀已近身，来势汹汹，他不敢硬拼，向后避开，两人在一个大洞里对阵。"亡三代"的父母一看形势不妙，就往后山跑。他们刚到山岗，王廷良的"鸳鸯阵"正在追击散兵，看见来的是"高堂"，把两人抵住，黄海光虽然是都尉，哪里见过这样阵势，他的长剑在铁狼筅面前没有一丝威力。在狼筅、长枪的轮番攻击下被王廷良一狼筅戳死。那个女人见男人毙命跪地求饶。王定元说："'亡三代'就是她宠出来的狼种魔鬼，不能留下后患。"一枪结果了她。

蛇蟠岛千数洞窟，海盗往隐蔽的地方逃，王泰来说："明的不见，暗的一定还有躲藏，守住出口，不准出入，天亮搜山，除恶务尽，不能放走一个。"

紫云"三杰"从山上下来，没有遇到三水兄弟，众人焦急。王泰来说，"我们各带一队，分头去找"。

原来三兄弟顶住三个匪首，在洞内大打。"亡三代"经年北窑指点，武艺自有高着，加上在洞窟之中，春水一时奈何不了他。秋水对蛇蟠岛的惯匪汪直，在石窟里面找不到便宜，只能斗个平手。王廷良兄弟各带一队，在后山岗听到打斗之声，从上面压下。他们看到正是夏水和厉光头在打斗。两队"鸳鸯阵"从左右包抄过去，厉光头知道"鸳鸯阵"的厉害，自己不是对手，他马上虚晃一枪，跳下码头朝海边逃。王廷良看到厉光头逃窜，只要过一条小海沟，一艘快艇就泊在那里。这个海匪，在海涂上连纵带跳，很快远离岸边。

王廷良大喊："厉光头，我看你往哪里逃！"他拿出"涂塌"往海涂一放，双手扶把，左脚半跪在涂塌板上，右脚向后一蹬，涂塌像水鸟般在海涂上飞驰。王廷良在后追得呼呼有声，厉光头翻身一看，一个人飞一样地正向他追来。他只能拼命地往前纵跳。看看快艇就在眼前一步之遥，他突然从滩涂中跃起往快艇扑去。王廷良一看，你想逃之夭夭，没有那么便宜。他一手拔出佩刀，随即奋力一掷，利刀呼啸着从厉光头背后插入。厉光头上身扑入快艇，两脚在海水中无力地直了一下不动了。王廷良赶到一探，厉光头已经没气了，他拔出利刀插入刀鞘，一脚后蹬涂塌像箭一样回到岸边。

王泰来三人在洞外听到打斗声，循声寻去，正是秋水和汪直。王泰来大喝一声："匪寇哪里走！"汪直闻声一惊，看到秋水的援兵到来，无心恋战，就想开溜。他仗着熟门熟路，在山洞一下向左，一下往右，飞快躲藏。他钻进一个大洞，待到秋水他们转到这里，哪里还有人影？大家在黑洞里小心翼翼地四处张望，仔细搜寻，还是王不见眼快。他说："云梯上一个黑影，汪直逃出洞去了，分头追。"

夏水和廷良他们回到岛上，一条黑影像一只恶狼向前冲出，正被他们拦住。廷元的"鸳鸯阵"把他捆在中间，汪直已经筋疲力尽，深知这"鸳鸯阵法"把倭寇打得全军覆灭，他举手投降，企图留住一条狗命。王泰来他们从洞中追至山上，看到汪直求饶一幕。王泰来把手一招，他说："我来问他一问。"王泰来走到汪直面前，"倭寇覆灭，你们在白水洋逃脱，为什么不思悔改？说！"

"都是岛主之故，他要东山再起，我们是被他所逼。"他把所有的罪过一股脑儿都推给"亡三代"。

"这次袭击沙柳谁的主意？"王泰来追问。

"都是厉光头的主意，他好色，纵容'亡三代'娶李正东外孙女。"

"你一件坏事都没做？"王泰来再问。

"'亡三代'说我无能，他不信任我。"汪直把自己刷得清清白白。

"一派胡言，我们从派往桃柳溪的喽啰口中已经知道，这都是你一手操办的。你是至死不改，死有余辜。动手。"廷良发令。

民团队员吃够了蛇蟠岛海盗的苦，尤其记起汪直带领海盗从上面冲下来截断了民团撤退去路，多少沙柳人死在峡谷中。他们把所有的仇恨都倾泻在这个匪首身上，和他玩起了猫捉老鼠，把他活活累倒在"鸳鸯阵"中。最后每人拿出利器往他身上掷去，这个恶贯满盈的海盗死后像只鼠猬。

"亡三代"在石洞里转来转去，发现所有的洞窟没有一个人影，知道大事不妙。他虽然还能抵挡一阵，但是已经没有斗下去的勇气。他在石洞里弯来拐去，一心想开溜。春水在"亡三代"后面追踪，一个山洞一个山洞跟进，都是看到一个黑影，突然踪影全无。他追踪到洞外，天色已明。在洞外春水很快会合民团，让抓到的喽啰领路，把整个蛇蟠岛翻了几遍。汪直、厉光头都死，就是"亡三代"生不见人，死不见尸，没了踪影。民团队员把洞窟内的水牢打开，救出了李正东、张总指挥等人。海盗抢来的物资运到沙柳，部分实物分给沙柳百姓，金银留作民团费用，一把大火烧了匪巢山寨。

蛇蟠岛海盗全歼，"亡三代"却不知去向。他无影无踪，难道他成了孙悟空，一个跟斗云飞上了天，还是像土行孙那样从地下遁了？

春水在洞前和大家会集，他说："海盗已除，匪巢也焚毁了，目前已无大患。但是匪首'亡三代'不见踪影，此人不除，死灰还会复燃，沙柳百姓的安危依然存在风险。所以就是追到天涯海角，都不能放过他。"

这个"亡三代"他究竟怎么离开蛇蟠岛的，他又要往哪里去？一个个疑问，在三水兄弟和紫云"三杰"、民团人心里挥之不去。

"亡三代"是从民团的眼皮子底下逃脱了。他从一个秘密的暗洞内一架木梯而上，然后从顶端的通天小洞沿着垂下的铁索钻出，下面就是一个十分隐蔽的小码头。他不敢驾船，那样目标太大也逃不快。他明白要避过民团众多的眼睛，只能顺着水路潜回海游。

他不甘心失败，他不想就此罢休，他要东山再起。他知道他还有牌可打，要他认输没有那么容易。

他到底还要打什么牌，不罢休又能怎样？

欲知后事如何，请听下回分解。

第三十八回

恶魔漏网哭诉不饶
兄弟秉心誓灭豺狼

"亡三代"在洞窟和潘春水周旋，他发现偌大的蛇蟠岛除了自己不见一个人影，也没有听到乒乒作响的打斗声。汪直和厉光头到哪里去了，他们是溜了还是被狼筅兵杀了？他突然想起上峰岭之战，十里长的倭寇进入早已设伏的口袋阵，在那里被戚大帅的新军"鸳鸯阵"打得落花流水，不堪一击。就连自以为武功盖世，目空一切的中国通龟森墨代、海地一日都被灭倭新军一个个杀死。倭寇全军覆灭的场景让他不寒而栗。自己逃得快才从死人堆里捡回一条命。早日气焰嚣张的蛇蟠岛，莫非只剩下他孤家寡人？他知道自己不是潘春水的对手，再不溜之大吉，迟早会步龟森、海地后尘。趁着洞窟的奇幻，上下的联通，及早开溜才是保命之策。"亡三代"凭着熟悉的路径，在洞里不断拐弯避开春水，他突然钻进一个阴暗的逃生小洞，从巨石后一架隐蔽的木梯而上，那里有一根铁索从洞顶悬下，他熟练轻巧地爬到山顶溜出，然后下到一个极其隐蔽的小码头，从水路跳入大海离开蛇蟠岛，他怕被民团发现，潜水朝海游方向而去。

他逃回家里，父母都没有见着，心里一紧，这不是好兆头。他在家里睡了一天才起来，这几天发生的事又在他眼前不停地晃，他大喊一声："完了，一切都没有了，彻底完蛋了。"他捏紧两个拳头，往屋柱上打去，窗户被震得咯咯响。他突然想起，这个潘春水好面熟，怎么像在哪里见过，好像他曾经和自己打过一架，被他打得无处可逃。莫非他现在又来索命不成？

"亡三代"白天、黑夜都在做噩梦，这个玩命的家伙开始感到害怕。他只要一闭上眼睛，就有无数穷鬼冤魂前来索命。他的耳边一片"还我命来"的叫喊声，吓得他用双手把耳朵捂紧，钻在被子里面躲藏。

这样一连几天，他不敢再躲在家里。他要出去寻找一个没有打扰的去所，可是这个地方究竟在哪里？

他开始排队梳理，很快一个小小的人影从很远的地方向他走来，这个人影越来越大，越来越清晰。他终于看清这个人正是号称"从不饶"的师父年北窑。

师父来了，他就不会感到孤单。师父来了，他不会让孤魂野鬼伤害自己。师父来了，也一定会为他报杀双亲之仇，雪夺蛇蟠岛之恨。可是师父在哪里？

他记得清清楚楚，自己登上蛇蟠岛主位后，师父就云游四海去了。师父也没有说什么时候回来。现在他是多么需要师父，可是到哪儿才能见到他？

他正在胡思乱想，从外面传来一阵轻轻的敲门声。"亡三代"想我住在这里，还没有人知道，怎么会有人来敲门？是不是民团派人来抓他了。他有点儿心神不宁。这门是开还是从后窗逃走，他一时拿不定主意。出于好奇和害怕，他蹑手蹑脚走到门口，偷偷地从门缝里朝外看。他见到的是一个熟悉的身影，师父年北窑站在门外等候。"亡三代"以会自己看花了用力搓揉眼睛，细看真是他日思夜想的师父，一直站在门外等候。他一把拉开大门，马上跪地哭拜："师父，您想死我了。师父，您要救救徒儿。"

自从"亡三代"在蛇蟠岛坐大，年北窑就外出云游，一去就是两三年。最近老是心神不宁，他想一定是在外太久了，应该去看看他那个唯一的徒弟，或许也应该稍歇一下。他到都监府，令他大吃一惊，此地早已人去楼空。听人说黄都监已死，这黄家人都到哪里去了？年北窑记起"亡三代"曾经带他去过黄家在北门的一个秘密住所，他好不容易才找到这里。年北窑还未踏进大门就被"亡三代"抱住双腿。年北窑说："三少何出此言？起来说话。"他从来没有见过他的徒儿萎靡到这个程度。

"亡三代"知道自己一向飞扬跋扈，怕师父不会替他报仇，跪着没有起来。

"怎么？不听师父话了？"年北窑有些奇怪。

"师父，徒儿险些见不到您老人家了。您要答应为我讨回公道，否则徒儿只能跪着。""亡三代"没有听到他想要的话，赖着不肯起来。

"有什么事也要起来说话，只要你说得在理，哪有徒弟吃亏师父不管的？

你说来听听，是哪路高手把你打得如此不堪。"年北窑问"亡三代"。

"谢过师父。""亡三代"起身，他在心里想，要师父答应替自己报仇，一定要多加点佐料，把小事说大，把大事说绝，只有把师父激将起来，这好戏才能做响唱亮。

"师父，您知道徒儿在蛇蟠岛有一块领地，我一心想把那个海岛建成四季风光如画，终年富贵荣华的福地，然后把师父您老人家接到岛上安享天伦之乐。这些年来蛇蟠岛已被徒儿整出个样儿。我的经营计划快要完成，不想从外地来了一帮强人，看上了蛇蟠岛这块宝地。他们联合沙柳刁民，把蛇蟠岛抢了去，还杀了我的亲信，打死我的亲人，一把大火把那里的房屋全烧了。为了报仇，我从蛇蟠岛潜水回家。如今我居无定所，出无去向，闻讯无着，一无所依。师父哪，这帮刁民竟然口出狂言，说想夺回蛇蟠岛，就是号称'从不饶'的师父年北窑来，也要让您尝尝在戚大帅那里出来的新军厉害，用没有见过的新刀枪把您剁成肉酱包麦饺。他们不但把我赶出海岛，更没有把师父您放在眼里呀。师父哪，徒儿我现在成了无依无靠、孤苦伶仃的人，怎么是好！""亡三代"一把眼泪一把鼻涕，他一边煽风点火，一边加油添醋。他知道只有把师父这堆风干硬柴点燃了，报蛇蟠岛覆灭之仇才有希望。

"亡三代"编造的谎言乱语果然见效，年北窑听完脸色大变，这是不把他放在眼里不说，竟然还要吃他的肉。他像紧压的弹簧一下从椅子上立起。

"我年北窑走遍东南西北，只要一亮名号，哪个山头不给面子？说，放大话要把我剁肉酱的是哪路高手？既然口出狂言，不妨会他一会。我年北窑可不是东瀛倭寇，什么'鸳鸯阵法'，什么铁狼筅，在我这里没门。"年北窑气不打一处来。

"也不过是一群名不见经传的小字辈，哪能和师父您老相提并论？""亡三代"说不出对方来头只能虚晃一枪。

"怎么，连名声都没有的一帮人，你都不是他们的对手？"年北窑显然有点儿不高兴。

"师父，不是徒儿我本领不及他们，是他们手中的兵器太厉害了。"

"什么兵器这样厉害？莫非他们手中的太阿剑、纯钩剑，削铁如泥、断金如切！"年北窑从来不讲究武器，高手过招，就是一根篾梢也比宝剑厉害。

"那倒不是。""亡三代"讷讷地说。

"那是赵子龙手中的龙胆亮银枪，有万夫不当之勇，区区蛇蟠岛几百人抵挡不了?"

"也不是。""亡三代"轻声说。

"那一定是关云长手中八十二斤青龙偃月宝刀，过五关斩六将，他的拖刀计人人闻风丧胆?"

"他们哪来这样的神力，更没有关爷那双绝世丹凤眼。""亡三代"一口否定。

"这不是，那不是，那就是你无能!"年北窑生气，他没能调教出一个有出息的徒弟。

"师父，他们在戚大帅的新军里练就一种'鸳鸯阵法'，使用一种叫铁狼筅的武器，厉害非常。目空一切的倭寇都被'鸳鸯阵法'、铁狼筅杀得哭爹喊娘全军覆没，我蛇蟠岛区区几百兵，如何抵挡得了。""亡三代"为自己的失败找垫背。

说起戚家军打倭寇，年北窑在南方也听说了。他没有见过"鸳鸯阵法"和铁狼筅，但是能打败不可一世的倭寇，足见其厉害非凡。"亡三代"说得有鼻子有眼，年北窑说："这是临阵行兵布阵之法，敌人从海上来的，对付不熟悉地理的倭人自然管用；但是单打独斗，靠的是机灵快捷；取胜于敌，靠的是个人的武术功底。如今你是想再纠集一大股人马去破他的'鸳鸯阵法'，还是单报杀父夺岛之仇?"年北窑老谋深算，他要知道"亡三代"的底牌。

师父这一问，"亡三代"很难把真话说出。因为他从师父口中知道，戚家军的"鸳鸯阵法"以个人的力量去对抗，结果一定和倭寇一样，必败无疑。师父是不会拿着鸡蛋往山岩上碰的。如果单打独斗，如何能引得对手上钩，这里面大有学问、大有讲究。"亡三代"从小不爱学习，只要翻开书本就头疼。一次先生叫他背书说"关关雎鸠"。他不知下句，手上正在玩泥鳅，顺口对了一句"黄鳝泥鳅"，气得先生夺门就走。他只有简单的暴力，对付手无寸铁的老百姓他是撮虾过酒的高手。面对比自己强悍的敌人，又怎么能轻易夺回蛇蟠岛? 想把对手单独引出，他哪有这个能耐?

"亡三代"，他手捏麦饺，一口想咬两头。可是他没有这样的天赋，也没有那种分身本领。

要用师父之手为自己扫平坎坷，他只能把潘春水单独引诱出来，两夹一，那潘春水只有黄泉路一条。可是怎么才能不惊动"鸳鸯阵"呢？他一时无从着落。

"只要师父为我报仇，您说咋办就咋办，我听师父您的。""亡三代"自己没有办法，只有把这个硬核抛给师父年北窑。

年北窑深知这个徒弟的劣根——"不学无术"。没有听到"亡三代"的引敌之计，他说："我看你也劳累得不行，我一路远行到此深感疲惫，我们俩先好好将养几天再作道理。"

"鸳鸯阵"狼筅兵大败蛇蟠岛海盗，沙柳人分得胜利果实，也看到团结的力量。只要把散沙捏成团，麻片拧成绳，就可以击杀敌人，绞死恶棍。他们感谢潘春水兄弟和紫云"三杰"等天台勇士，欢迎奋战的英雄在沙柳定居经商。张总指挥说："沿海百姓要安居乐业，必须要一支常备不懈的民团，居安思危，时刻警惕，才能永保平安。"

沙柳百姓为天台英雄举办盛大欢送仪式，他们说：海游天台紧相连，沙柳泳溪一家亲。

倭寇、海盗没了，春水对秋水说："老家山高土薄，生活不易，还是把潘记商行重新开张。把老家的这些人员全部安排了，大家都可过几天好日子。如果紫云'三杰'愿意，再在海游健跳设一个分号，你和夏水一起安排。"他顿了一下继续说，"春阳快要做产，我必须回去一次。但是'亡三代'下落不明，这是一块心病，这个毒瘤不除，沙柳不会安宁，我们也不会安宁。你们要派出暗哨密探关注此人动向，这事请丐王协助最为妥帖，一有消息，马上通知我。"

潘春水快马加鞭回到桃柳溪，春阳一看丈夫回来自是高兴，可是仔细一看，人瘦了一圈，脸色黄黑，好像大病初愈。她问丈夫："看你又黑又黄，人也瘦了许多，是不是病了？"叶春阳爱怜地抚摸着丈夫宽厚扎实的背肌，一头靠在他的胸膛上。

春水听了先是一惊，他低头看了自己一回，又将起衣袖伸出手臂，把拳一握，上面的肌腱一条一条地绽起。他把手臂伸在妻子面前说："你看，这就是精神力量，我怎么会生病呀！"

"那你怎么会这样又黄又黑？"春阳还是不放心。

"这次在外这么长时间，大家都很辛苦，你说天天风餐露宿，能不黑点瘦点?"春水哈哈一笑,他要让妻子放心。

春水和妻子一起去给老人请安,他看岳父、岳母身体都好,大姑一见春水,就要给他下跪。春水一手挡住大姑,把她扶到椅子上坐下说:"大姑,您是天底下最好的人,没有您的关爱,我春水就没有今天的日子,要谢的是我。在这里您和我岳父、岳母安度晚年,这就是我和春阳最大的欣慰。您好,我在外也就放心。我们准备重启商行,给您仨老多积点养老钱。只是以后在家的时间也不会太多,春阳要你们多加照看。"

叶建兴说:"我们和你大姑都托你的福呢!你今天远征归来,我们好好地庆祝一番,就算为你凯旋接风。"晚宴之中,春水为三位长辈一再斟酒。他坐在妻子和大姑中间,特别为大姑夹菜,劝酒,让她多喝多吃。他对大姑说:"我父母都不在了,岳父、岳母和您就是我最亲的人。只要你们每天高兴,就是我春水的福分。以后我会把生活费用钱定时往家里送。我不在家,春阳和即将出生的孩子就全靠你们了。"三位老人齐声说:"有我们在,春阳和孩子你尽可放心。"一家人从来没有这样和乐团聚过。

饭后,春水牵着妻子回房。春阳说:"这是我最开心的一天,但愿天天有喜,年年如此。"她靠在丈夫身上,甜甜地微笑。春水在妻子耳边轻轻地说:"苦尽甘来,以后的日子定是芝麻开花节节高。你睡个好觉吧。"

睡到半夜,春阳突然哭了起来,春水被惊醒。他坐起来,抱起挺着大肚子的妻子问:"春阳,怎么啦?别怕,我在你身边呢。"春阳把丈夫紧紧地抱住,哭得更伤心。"是不是梦到什么不好的了,说来听听。"春水不停地抚慰妻子。好一会儿,春阳轻轻地说:"晚上不讲鬼,清晨不说梦,睡吧。"春阳在丈夫的安慰中慢慢睡去。

春水在想,什么梦能让春阳这么伤心,还这么忌讳,不问个明白心里总是挂着个秤砣。上午,春阳给春水泡大智茶,这是春水第二次喝这么好的茶。春水打趣地说:"这么好的茶,我真想每天喝一壶。可喝这茶还是我们结婚以后的第一次,你真小气。"

春阳说:"我们一同摘茶,你是知道这茶来之不易,泡更麻烦。凡喝大智茶,这茶具、炉火都要换专用的。十七水的雪泉是一小罐一小罐地埋在地下。一罐起出,最多只能保存三天。你每次匆匆而来,急急忙忙离开,哪有闲工夫在家。我也不舍得白白消耗这么珍稀的资源。这已是最后一罐十七水,以后就靠你去取水了。这次民团大获全胜，又把'亡三代'赶得没了影踪，我想你一定会多在家些日子陪我散心，所以才泡这茶让你慢慢品尝它的与众不同。"

"喝好茶还有这么多的讲究，闻所未闻，领教。"春水边说边把春阳拉近，在她的脸上甜甜地亲了一口。"怪痒的。"春阳摸了一下脸颊说，"凯旋归来，不许远离这个家，我还没有犒赏你呢。"春水一听妻子要奖励自己，从来没有这样开心过。他说道："有你这么一句，比山珍海味、稀世珍宝都强。我有一个疑问你若能让我释然，就比什么犒赏都好。"

"你说，只要我知道的。"春阳欣然答应。

春水见妻子精神状态不错，他说："只要你知道的，是吗？"

"没错，你说吧。"春阳很有信心。

"你把晚上哭的原因说给我听听。"春水看着她的眼睛说。

春阳没料到他还记着晚上的事，她原本想这样令人揪心的梦把它忘得一干二净最好。两人难得有这样机会团聚，别让噩梦搅乱彼此的好心情。现在他明确提出，不说不好，说了也不利市。她迟迟不开口，春水在一旁敲手指催促。

春阳一想，是福不是祸，是祸躲不过。说白了就有防备，这祸祟或许就避过了，跟他直说吧。

"不过是个梦境，日有所思夜有所念罢。我说了你也别太放在心上。"春阳安慰春水，"昨夜梦里，我看到一个坏人，他偷偷摸摸地约了对手，从一个暗道跳出来偷袭你。而你抬头望天没有防备，被他一棍打在脚上，我大声喊你，可是已经来不及了，我就大哭起来，惊醒了你。"

"你呀，真是被海盗吓怕了。你丈夫就那么好对付吗？"春水呵呵一笑，他虽然没把梦当真，但是也给自己提了个醒。"亡三代"没有下落，万事不能掉以轻心。后脑勺是要生只眼睛，多关注自己背面是否有情况发生，这样才能预防万一。

第三天中午，夏水快马来到桃柳溪，他对春水报告了两件事：石浦、一市门面已开，人员也已安排定当，两个商行第一天的生意都不错；紫云"三杰"他们谢谢我们的一片好意，也已经回紫云山了。丐王报告说，他的弟子在海游见过"亡三代"，和一个老头在一家酒楼包厢，不知在说什么，只听到一句，"务要单挑"，不知什么意思。

春水一听就明白，他对夏水说："我明天到一市，我们三兄弟会个面。害人虫不除，沙柳难安，也会殃及一市甚至石浦，不可不防。"

夏水回一市去，春水把夏水带来的消息简要地给春阳通了个气，他说："这次出去，不把'亡三代'铲除，我绝不回来。"

春阳听春水这样说，一手打住他的嘴巴："不准说不吉利的话。我，还有宝宝都在等你早日回到桃柳溪团聚，这个家不能没有你。记住了，我的丈夫！"她指指自己的大肚子特别提示春水，必须时刻把将要出世的孩子牢牢地记在心头。

"开口乱说，是该打嘴。你说得对，我一定早日回来，和你一起做爹做娘。再做爷爷、奶奶，然后慢慢地老去。"春水只想让妻子高兴，顺着她的意思说。

第二天一早，潘春水直奔一市，他的两个哥哥在那里等候。

春水赶到一市，秋水、夏水都在大厅等候。这天连他的两个嫂嫂也在。大嫂山红见春水一头汗水，把一盆水放在桌上让他洗脸凉快，小嫂荷花递上一碗热茶。春水擦去汗水，端起茶碗看着长高的侄子、侄女，高兴地摸着孩子的肩膀说："看看，这四个侄儿都这么高了，我们肩上的担子不是轻了而是更重。我们一定要为他们把生活的基础打扎实了。再也不能像我们小时候那样老是揭不开锅，穿不温暖。"

"大人说话，你们出去玩。"山红把四个孩子哄出大厅。

秋水说："'亡三代'既然已经躲避，我看就别去管他了，他要害民，自有官府出面，何必抓个大虱来让自己不爽。"

夏水也说："你也快要做父亲了，趁着'亡三代'现在躲着我们，你可以多陪陪弟妹。真要有事，可以再商量。"

春水听出这是两个哥哥的一片好意。但是他说："两位兄长的一番心意，春水藏在肚里，以后有机会慢慢报答。只是这个恶魔他不是一般的海盗，我们都多次吃过他的亏。如果落水狗不打，让他爬上岸将息，待到他恢复了元气，就会狠狠地反咬一口，再洒你一身脏水。这样的事情已经发生过很多次，所以必须趁他喘息未定之际，力量单薄之时彻底解决他，这才是正章。我知道两地生意刚开张你们很累也很忙，跟着我你们没有一刻消停，你俩还是在家经营好商行，我只需一人行动，万一有事，再招呼你们也不迟。"

秋水听春水说得很有道理，他说："干活夹脚多，上阵兄弟兵。你说的我懂，铲除'亡三代'，你是为了所有的老百姓，也是为了我们兄弟。可是'亡三代'诡计多端，像条泥鳅，滑溜得很。你一个人和'亡三代'斗风险太大，什么时候走，我一定跟着。"

"大哥说得有理，上阵兄弟兵，打'亡三代'我们都有份。你春水说到哪里，我一定跟到哪里。"夏水拍拍胸脯，表示自己的决心。

春水见两个兄弟要随行，他说："今晚一宿，明早直去海游，我们都和'亡三代'照过面，到那里要化装行动，不能过早暴露自己。"

次日，三兄弟三匹快马到海游，找了一个客店住下，把马交给店家喂养。三兄弟扮作山里人挑着山货分散在海游大街小巷，他们要寻找"亡三代"的住所，他和谁在一起，摸清他的活动规律。

晚上三兄弟在客店会齐。秋水说："'亡三代'早先住宅找到，自从其父黄海光死后，那里已经没有人居住。新地方在何处，问讯了几处去找，都不对号。"

夏水说："我在路上遇到两个乞丐，好像是丐王的人。可是我和他们陌生，只听他们自语，'"亡三代"这个害人虫，不得好死，都没处躲藏了，还要害人，作孽啊'。我上前一搭腔，那两个一下不见人影。"

春水说："'亡三代'现在是狡兔三窟。他居无定所，平时都和一个外地老者一起，听说是他师父，从南海过来的一个高手。虽然我们都没打听到确凿信息，但是他人在海游，不是一人，而是两个。只要他们不离开这里，镶戳镶沿迟早要碰到的。"春水说，"我还听到一个消息，那个从南海来的师父和这里一个大寺院有来往。明天那里有一场大佛事，他们两人可能会在那里出现。我们应该去走一趟。"

潘春水三兄弟到处追踪"亡三代"有结果吗？年北窑师徒会去寺院吗？这对前世冤孽能再次相遇吗？

欲知后事如何，请听下回分解。

第三十九回

小师弟恨除盗匪首
山姑姐刀刃恶教头

　　出海游城往西北向走，一溜的高山下有一个很大的村子，村后崇山峻岭，一层一层地重叠而上，两侧朝东西延伸。山岭满坡古树，连绵不绝，绿荫笼罩，不见天日。山岭中有一个很长的大弯，像一个巨人的左右手围拱三方。大山弯正中有一座东晋古刹，南宋后改名为多宝寺。寺院宏大，住持和尚来自西域，布局很像喇嘛寺庙。多宝寺香火旺盛，适逢寺院举办大法会，四乡五庙信徒会聚一起，虔诚礼佛；千名僧众，手执法器，一边打击一边高唱佛经，盛况空前。

　　潘家三水兄弟随着熙熙攘攘的信徒挤进寺院，里面早无立足之地。寺院做的是千僧斋法会，数不清的和尚穿着不同的僧衣，手里敲打不一样的法器，像盘龙一样在庭院里弯弯曲曲地游走。领头的早已远去，跟随的小和尚还不见尾，站在四周的信徒连排队入列的机会还没轮到。

　　春水对两个哥哥说："他们不会在这里的，我们不妨随意看去。"秋水、夏水点头称是，一同跟着春水往前挤。三人远离法会，进入一个半开着门的殿堂。案桌上有一本善缘簿，春水拿起用黄表纸装订的本子，一页一页地翻看。他想"亡三代"父母被民团除了，说不定他会到这里为他们做佛事超度。这本子上都是法会捐资人出资的记录，他从前朝后一页一页地仔细翻看。在最后一页果然有"黄武举捐银百两，超度先考黄海光、先妣李氏"等字。这是"亡三代"在这里为其父、其母做佛事的记录。佛事未了他应该还在寺院某处，所以海游城不见人影。三人小心翼翼地在后院寻找他的蛛丝马迹。

后面有一栋二层高楼，门楣上号着三个颜体：方丈楼。三人悄悄接近高楼，在东边一个窗下，春水听到楼上有人走动声，循声而去，从一个大窗户外听到有人在说："师父，今天佛事结束，我们长夜回住处，这样不易被人发觉。"

"也好，在这里多日了，是要出去走走。"一个不是本地的苍老声音说。

春水离开窗子，对兄弟说："是'亡三代'和年北窑在说话。这里是佛门圣地，不能在这里动干戈，扰乱寺院清静。他们晚上回海游，我们在路上悄悄跟踪，一定能知道他们在哪儿落脚。"

天上一弯下弦月，将近三更时分，淡淡的月色下，两个黑影从寺院窜出，朝海游方向疾行。经过一片松树林，后面闪出三条黑影紧随其后。林子，山路，村道一一后退，前后五条黑影沿着一条山路急速远去，而后弯入一条大海沟。春水他们一路跟进，在一座小山前又拐弯。秋水说："前面就是海游北门。"

两个黑影越过城墙，朝东南方向的一幢大院而去。年轻的在大门上轻击三下，马上有人打开一扇大门，只听那人说："少主回来了。"两个黑影闪入，大门马上紧闭。三人追踪到这里，春水说："你们在此稍候，我进去看看。"一个纵跳，悄无声息地落在一棵大树后。春水发现灯光在前面二楼，潜到墙下，一个声音从楼上传出："师父，这几天跟着和尚累死了，早点休息，有事明天再议。"很快灯灭人静。院子里有巡夜的，一会儿三更鼓响，春水退出，回到客店，他对两位哥说："这里是'亡三代'去蛇蟠岛以前的秘密住地，几乎没有人知道。'亡三代'在这里遇见年北窑，拜他为师学艺。现在里面人手不多，但防守严密，外人不许进入。我们与'亡三代'已经是私仇，不想在县城弄出响动。私仇私了，不要惊动官府。"一夜无话，各人自去安歇。

既然春水把这事当作私仇了结，秋水说："他们师徒俩，我们弟兄三，实力相当，那就斗个光明正大，约好时间、地点，你们俩决斗，以武论输赢，生死听命。"

夏水说："春水哪一件不比'亡三代'高出一筹，你们决斗我们旁观，不让他师父年北窑插手。"

两位兄弟说的正合春水之意。他说："我写战书，你们看哪里最合适？"两位兄长同说海岸码头。春水知道那里远离城区，平时少有人在，他点头称好。

春水写好战书，让夏水化装后送到"亡三代"大门口，交给家丁，吩咐道："务必亲自送到主人手中。"

　　家丁不知什么信件，马上报给主人说："一个农夫模样的人送来一封信，那人说必须马上送给您。"说毕把信递上。"亡三代"接过一看，是一封挑战书。上面写着十八个字："三天后辰时，码头海涂地；单打独斗，生死听命。"没有抬头落款，"亡三代"一看知道这是潘春水下的战书。他对年北窑说："师父，他们寻上门了。您看怎么办？""亡三代"一时没了主意。

　　年北窑接过挑战书一看说："天赐良机，我们正在忧虑仇家难寻，仇家他自己送上门来。还一对一，单打独斗，生死听命，正合吾意。"

　　"师父，我和他已经多次交手，每次都是我落败，这不是去送死吗？""亡三代"没有底气，说话吞吞吐吐。

　　"有我在侧，你放心去打。师父不会让你吃大亏。"年北窑给"亡三代"打气。"亡三代"不知师父怎么帮他，他心里没底，又不敢多问，这一宿他没有睡好。

　　第三天一早，春水三兄弟早早地在海滩等候，辰时还欠一刻，一黄一红两骑大马向海滩驰来。"亡三代"真的昨晚欠一觉，人在马上，萎靡不振。个子不高的年北窑精神抖擞，凶相毕露。

　　春水骑马打拱，口中说："来人可是黄武举。"

　　"亡三代"被春水一叫，一下子清醒过来，他说："你可是黑衣人潘春水？难道不知我海南派的厉害！"

　　"你不断追杀民团，还三番五次夺人所爱，你早该授命。如今蛇蟠岛匪徒已被民团全歼，你和沙柳恩怨已了，只剩下你我私仇。今日一对一决斗，生死由命，其他人不得插手。你敢吗？"

　　秋水、夏水腰插利刃，手执狼笔，两人四目虎视眈眈直逼年北窑。年北窑没有说话，他向"亡三代"做了一个暗示。

　　"亡三代"手提画戟，催赶坐骑黄骠马，他说："不必啰唆，看戟！"直奔潘春水而去。

　　潘春水背插一刀，银光闪闪，他骑着白马，一根定海棍在手，看着"亡三代"高举画戟冲杀而来，他勒住缰绳静待。

　　"亡三代"以为春水胆怯，双脚一夹马肚，那马加速似箭一样飞去，画戟从上往下杀出。春水左脚一牵，白马一个后旋，画戟从背后扫空。春水顺势将定海棍平扫出去，"亡三代"带马向右一避，飘起的后衣襟被棍风扯去一角。"亡三代"吃惊不小，这第一回合险些毙命。他勒转马头，抖出三戟，名为"凤凰三点头"，分上、中、下三路朝着春水头、胸、腹三处刺去。这招原是吕布被刘、关、张三英围困难以脱身时的横扫虚攻解围之术，年北窑把横扫虚攻变化为直进上、中、下三路，火候稍欠之辈总有一处中招。春水在滴水洞和师兄对练无影步，"亡三代"一戟三点朝三处要害刺来。春水一侧身，用定海棍直竖横扫，"砰砰砰"三响，把画戟拨向一边，趁势纵马上跃，朝"亡三代"背后横去一棍。

年北窑从远处看得明明白白，他怕徒弟防范不及，一声呼叫："徒儿下马。""亡三代"明明看见人在眼前，戟差一丝，怎么一下什么都没有，他被师父一声"下马"惊醒，随身翻滚在地，捡回一命。

春水一看自己的套路被年北窑识破，就从马上下来，和"亡三代"在海滩再战。戟去棍挡，棍扫戟挑，两人渐渐朝海边远去。年北窑见两人越来越近海，他追了过去，被秋水、夏水两把狼筅兜住。年北窑看"亡三代"还有实力，两把狼筅在前，他还没有想出破解之法，就停了下来。

"亡三代"画戟舞起天花纷飞，潘春水铁棍使一招顶天立地，势如排山倒海，海空上铁棍画戟乒乓作响。春水扫地一棍，"亡三代"跃起后跳，正好落在船上。春水紧跟飞到船帮，两人在船上交手。海船摇摆不定，长武器在上面拉不开架势，施展不开手脚，"亡三代"拔出佩剑，潘春水抽出飞凤追魂刀从船后打到船头，又从船头战到船尾。"亡三代"一剑刺出，春水跃上风帆避过。"亡三代"又来一剑，春水转身避到帆后和"亡三代"捉迷藏。"亡三代"以为春水害怕，加大进攻力度，春水以逸待劳，他利用风帆作掩护，展开无影步壁虎功在上下前后又跳又躲，"亡三代"的利剑总是看看中招，到达跟前时春水早在他的身后。"亡三代"火起，一剑割断帆绳，高大的帆布哗啦一声从空中落下，帆布上的横木把两人震落海中。

一个原是海中夜叉，一个本是追鱼高手。两人在水中如鱼入水，各自施展实力。打得海水起浪，一浪更比一浪高。战得波涛翻滚如钱塘潮，虎啸猿啼胆战心惊。在一旁观战的三人一看船上没了打斗声，海滩不见人影，赶紧到水边寻人。三人跳到船上，在海浪中看到两人比鱼儿还要滑溜，斗得不可开交。天色向晚，年北窑怕"亡三代"体力不支就在船上叫喊："天色不早，明日我与你再战。"

春水回到住处，他明天的对手是年北窑，这人持一把铁叉作武器，突然想起当年在滴水洞学钢耙的情形，师兄的话在耳中响起。师兄告诉小师弟，此耙是专打持叉之人的独门兵器，是师父为他量身定做的器械。"钢耙一十八式，叉来耙去，看似简单，却暗藏杀机，用精了克敌制胜，功力不及，落败致命。你一生中必有所用，毋忘切记。"

第二天上午，年北窑对春水说："今天我来会一会你，若是害怕你早早认输我不找你麻烦。"

春水知道年北窑是"亡三代"师父，能力一定在"亡三代"之上，但是潘春水的心里从来没有一个怕字，你年北窑就是一只老虎，也要摸一摸你的屁股，捋一捋你的虎须。

他看年北窑手中拿着的依旧是把铁叉，随手从马背抽出专克铁叉的独门钢耙。两人相对而立，互相注视着对方的兵器，虽然嘴里不说心里都有所思。

年北窑一声断喝："小子接招。"举起急溜溜转的铁叉直扑春水脑门。

好凶险的铁叉，春水举耙朝天顶开铁叉，年北窑被震得后退数步。瞬间七个钢耙尖齿压顶而来，年北窑依仗了得轻功一个后跃避过。春水一个无影步闪到年北窑身后，连续打出五招，年北窑看见到处都是钢耙的虚影，心中已有怯意，这分明就是自己的克星。他原以为潘春水只是泛泛之辈，铁叉是难防兵器，他几招就可以击败对手，两人一交手，才明白"亡三代"为什么叫苦连天，一跪不起的原因。春水乘势一招"翻地起翘"，年北窑一矮一仰侥幸避过。"亡三代"在一旁观战，发现师父没有胜算，就从春水背后偷袭。秋水、夏水兄弟见"亡三代"动手，拿着狼筅阻挡，"亡三代"最怕这个不落兵书的武器，只得退在一旁。年北窑一看铁叉讨不到便宜，复从背后抽出利刀，丢下春水朝秋水刺去。夏水举着狼筅从年北窑背后冲去，秋水、夏水两把狼筅牢牢封住他的进攻。

"亡三代"见师父去战狼筅，他接下春水的场子，两人重新在沙滩开战。他们从滩涂斗到海中，干脆丢掉兵器，拳对拳、脚对脚，凭着实力论输赢。一个是海中巡海夜叉转世，水里是最能发挥特长的地方。一个是惯用徒手捕大鱼，把大锦鲤鱼当马骑的圣手。两人再次在海面搅在一起，不拼个你死我活都不肯罢休。

鸟儿能比翼和鸣，动物能互相援手，人更是心灵相通，感应敏捷有别于其他灵长类。

远在滴水洞的山姑师兄，这日一早就心烦气躁，坐立不宁。师弟离开以后，师父曾经说过，春水以后是要回来的，他是滴水洞的传人，和你原本玉人一对。他所以离开这里，那是他有一段情缘未了。后来师父无故消失，她把滴水洞里里外外、上上下下梳头似的找了几遍，依然了无音信。她不知自己该往哪去。山姑从洞内大厅走出，她突然记起师父的吩咐："春水以后是要回来的，他是滴水洞的传人。"只得在滴水洞继续等待。多少年了，日出日落，寒暑易节，没有一样东西能骚扰她。可是今天无缘无故地让她心神恍惚，坐也不是，站也不是，这是为何？冥冥之中，她的耳中似乎听到有人在叫"师兄"，声音很轻，但是很真切。山姑以为师弟回来了，她走出山洞奔上山岗。她举目四望，除了山风瑟瑟，只有一只孤雁掠过晴空，朝东南方向的海边飞去，身后留下一声"哇——"

此景此情，山姑突然想起师父的话，不好，一定是师弟有难，那飞雁明明叫她"快"。她没有迟疑，回到滴水洞，带上她的柳叶刀，把一个包袱系在身上，随着大雁逝去的方向一路飞也似的前往。

春水和"亡三代"在水中搏斗，终究是春水功底深厚，"亡三代"只剩下招架之功，没有了拼杀之力。两人在水中上蹿下潜，只是"亡三代"的滑溜远比红锦鲤鱼更难上手。眼看已抓到手，他一颠即从指间溜出。这一切都看在"亡三代"师父年北窑眼里。他一下拨开狼笎跳了起来，秋水哥弟看年北窑要插手，两人合力把他倒逼在船上。

年北窑号称"从不饶"，既然徒儿不济，他能眼睁睁地看别人在他面前杀狗给主人看！

年北窑一声断喝："退下，要不然连你俩一起宰。"秋水兄弟一听，这个年北窑还真是个"从不饶"，居然不顾江湖道义，背信弃义要二夹一。好吧，也让你试试铁狼笎的厉害。

秋水、夏水，两把狼笎一左一右把年北窑兜住。这狼笎在王廷良、王廷元兄弟手里已经了得，倭寇、海盗被打得狼狈不堪无一生还。如今狼笎在秋水、夏水兄弟手中，威力更胜一筹。兄弟俩一个在拦、拿、挑、据，一个在架、叉、钩、挂，两人合璧缠、铲、镗、顿，把个年北窑打得只有招架之功，没有还手之力。但是狼筅是凭着长重和多面取胜，没有更多的杀着，对付士兵，绰绰有余。年北窑是一方武士，他避重就轻，依靠灵巧轻功周旋在狼筅空当。几十个回合下来，年北窑很快摸清狼筅套路，看出狼筅的弱势。除了令人眼花缭乱的十二般变化，再也没有新花招。年北窑已经看清楚这把又长又重的兵器，除了枪尖是铁制，干支都是竹木为之。他马上改变战术，发挥自己的轻功优势，在两支狼筅空隙中无形躲藏。秋水、夏水合力围剿，就是碰不到他的身体。年北窑钻个空当，从地下上窜用刀刃削去秋水狼筅的枝干。再转身从空中扑下，一个横扫把秋水、夏水狼筅上面的枪头连竹枝一起斩断。两人大惊，不到一袋烟的工夫，手中的狼筅成了两根光棍。秋水知道不妙，他大喊道："春水小心，年北窑要出手了。"春水刚好蹿出水面，他喊了一声："你们快走，我自有办法。"两兄弟在船上听得，他们哪里会弃兄弟而去？兄弟俩拿着木棍拖住年北窑后腿，能拦一刻水中兄弟就少一分压力，"亡三代"就早一刻完蛋。年北窑见两兄弟死缠不放顿起杀心。他跳到两人身后，利刃正对秋水后背刺去。夏水一看，拿着光杆对着年北窑手臂击去，年北窑低手避棍偏了准头，刀口落在秋水左侧，一只手臂被生生砍断。年北窑把利刃转向夏水，他举刀向夏水劈去，可是一看水中情形，"亡三代"被春水抓住喉管，像一条死鱼，拎出水面。年北窑收回利刃，弹出两枚毒蒺藜向春水射去，一声啸声从上往水面飞去。夏水一声"三弟小心"。按春水本领只要把"亡三代"一推就可以躲避暗器，但是这个惯匪又成了漏网之鱼。好不容易抓住的杀机，岂能让他逃之夭夭，再去祸害百姓？春水紧抓贼寇不放，他闻风一偏，一枚暗器擦破左肩皮肤，立即有血水淌出。但是春水咬着牙把右手的匕首狠狠地插入"亡三代"喉管。春水被毒器击中，知道年北窑的毒蒺藜厉害，他一声呼叫："有人暗算，师兄救我。"话音刚出就昏迷过去，人在水中挣扎漂浮。年北窑见"亡三代"沉入水下，就向春水扑去要置他一死。

"头陀休得无理。"空中一声清啸，人如飞箭已从船沿飞来，一把短剑朝年北窑咽喉划来。年北窑脚还没有离船，没防天外飞来一剑，他一个铁板桥避过。夏水跳入水中已把春水抱上岸，给秋水止血。

年北窑立在船头，一看来的是一员年轻女将，他哼哼一笑，在心里说，我徒弟又多了一个替死鬼。

山姑在空中一个转身，看着已被救起的春水，两粒珠泪含在眼里说："师弟，我来迟一步。"她站在船帮，指着年北窑说："堂堂男子汉居然这么不要脸面，竟敢不守江湖规矩，还用下三烂暗器偷袭，你还算个男人？"

"江湖之上，武艺领先，谁的拳硬刀快，谁就是老大。贫嘴利舌不管用。要是不服气，放马过来，让手里刀剑做中人！"年北窑一副江湖地痞样，他没有把这个一身素淡的纤弱女子放在眼里。

山姑拔出一把暗绿短刀，这刀是师父离开以后她在师父座椅下发现的。山姑拿起刀来细看：这刀与一般利刃匕首不同，刀身像一片柳叶，倩薄轻巧，暗绿色里透着蓝光，刀柄上有四字：春柳叶刀。她拿刀在空中画个半圆，只见一道绿光闪出，刀锋所经之处树枝飘然而下；她看到一只山兔跑来，一挥短刀，那山兔在地上不动，提起一看已经没有气息，原来山兔脊骨已断。好厉害的宝刀。今天是去救师弟危难，才把这刀随身带着。

山姑举刀，年北窑一看这刀奇特，他赶快避过跳到一旁。此刀状如柳叶，遍身发绿，轻快锋利异常。年北窑看清这刀他浑身一颤。早年听师父说起，上古有一把柳叶刀出世，但没有见过。别的刀杀人见红，此刀杀人不见血。刀闪绿光，一瞬而过，皮连骨断，血全部流向体内。后来江湖上想夺此宝刀的不少，可是没有一人成功。因为只要看到此刀，一定活不过当天。传说这刀是铸造中华第一剑——轩辕剑时铁水还有剩余，就把不多的铁水铸了一把如柳叶样薄薄的短刀。此刀流落江湖以后不知去向，因此没有几人知道这刀的厉害。

"女侠，报个名号，死而无憾。"年北窑意志动摇，再也不敢小看这个弱女子。他想今天就是没命，也要知道自己是死于哪种兵器谁的手中，这样在师兄弟面前也不落下风。

"滴水洞主柳叶刀，见刀命亡，快来受死。"山姑曾经听师父说过，凡是见到柳叶刀的人必死无疑，她告诉他这刀的来历，让他死而无憾。

年北窑知道柳叶刀一出江湖，最少一人性命难逃。如果被柳叶刀杀死，那是自不量力。如若在柳叶刀前自刎，那是对天下第一刀的敬畏，定可名扬四方，威震武林。但是这个"从不饶"他心存侥幸，因为眼前的她只是一个黄毛丫头。又欺柳叶刀短小，就拿出长铁叉，他以为不让她靠近，伺机偷发暗器就有机会取胜。

夏水见山姑没有出手，他大声说："女侠，沙柳民团死了多少人，都是他教唆'亡三代'所为，我两个兄弟都伤在他手中，春水已经昏迷不醒，你不要放过他。"

山姑看着地上两人，口中喝道："年北窑你不守信誉，暗箭伤人，死有余辜。"

年北窑趁机摇动手腕，铁叉像一团白光闪耀直朝山姑刺出。山姑一个无影步加上缥缈手，避过铁叉闪到年北窑身后升空。年北窑的铁叉不断变换花样不让山姑近身，他在寻找机会伺机逃窜。山姑在滴水洞练就的无影步，功力远在年北窑之上，她倒要看看这个恶魔有多少实力。年北窑见山姑奈何不了自己，以为这柳叶刀徒有虚名，他不仅放弃外逃，还要夺取这把上古宝刀据为己有。他使出一身最高的武学和柳叶刀较量。山姑见年北窑不但不退，反而频频发威，他乘着山姑注意春水突然朝她上、中、下发出三枚毒蒺藜。山姑的无影步受到师父称赞，她一扭娇躯三枚毒蒺藜落在地上。年北窑见三枚失手又连发五枚，山姑见年北窑如此无耻，一纵跳过。夏水在一旁着急，他高喊："女侠，切莫与他多缠绕，春水已经发高烧。"山姑听到夏水的话，她一个无影步跳到年北窑身后，举起柳叶刀从上往下朝他划去。年北窑一看山姑身手远在自己之上，十枚毒蒺藜已经发完，他想躲避，山姑一声"着"，年北窑无声无息瘫在船板上，头颈像放了血的鸭子撇在一边，已经气绝身亡。

夏水过去一看，年北窑颈已断，头别向一边已经死去，却没有一点儿血丝流出。

夏水一看两个魔头都死，这个世间总算可以清平一时。他对山姑深深一揖说："亏你及时赶到，救了三条性命。不知怎么称呼你？"

"路见不平，拔刀相助。叫我姐。"山姑没有说出真相，她对夏水说："刀伤的已经点穴止血，生命无忧，只可惜没了左手。"她从年北窑身上搜出解药给春水喂了。肩上中毒的春水吃了解药，依然昏迷不醒。山姑大惊。她曾经听师父说过，苗疆有一剧毒，解药只能暂时保命，她得马上回滴水洞。她说："你把两人放在船上，顺水而进，到了村庄，雇车回去，最多三天一定要有解药，否则春水性命难保。"

夏水把两人移上船，他爬上桅杆，把风帆绳接上，正好东南风起，夏水把船推到深水处，跳到船尾拨转船头，扯起风帆，小海船满帆鼓风，不到一个时辰，已到沙柳。张总指挥、李正东听说"亡三代"已除，他师父被杀，皆大欢喜。但是看到春水兄弟这个模样，都失声痛哭。夏水说："现在不是哭的时候，救人要紧。你们给我捆扎两副担架，再派二十四个年轻力壮的后生和两匹快马。四人抬一副担架，一路不停，轮换前行。越快越好，把秋水送到下溪头，把春水送到桃柳溪。再派人去一市，把山红嫂嫂接回老家。"

夏水一说，担架马上就有，民团里的年轻后生都自动要抬担架送行。一切准备就绪，送行的人群飞快出发。夏水快马加鞭先回下溪头，山姑一路随行，不敢一丝大意。

春水肩头虽然只划破皮肤，但他中的是苗家歹毒，一路昏昏沉沉，满口胡言，不停地念着同一句话："师兄救我。春阳，我回来了。"山姑摸着他滚烫的额头，口里不停地说："师弟，你坚持住，解药很快就有。"

一路之上，春水越来越糊涂，人像火炭一样。山姑流着眼泪对护送的李守业说："病人中的是苗毒，非常危险，你们护送他回桃柳溪，一定要好好看护。我去取解药，你在村外官道等我。我到之前，只要用冷毛巾盖头，不管人怎么样，都别动他。切记！"

山姑离开担架，策马奋进。她口中喃喃自语："春水，你要顶住。师弟，滴水洞需要你，师父的衣钵要你继承，我一定会把你医好的。"

一路山岭起伏，颠颠簸簸，潘春水昏迷不醒，口中不停地念叨，一会儿"师兄救我"，一会儿"春阳我回来了"。李守业流着眼泪叫着："春水，你一定要挺住，你师兄回去取解药，她一定会把你救回来的。你是我们大家的救星，老天会保佑你平安无事的。你一定要挺住，我们大家不能没有你。"

一路的不停颠簸，少侠潘春水一直高烧不退，昏迷不醒，他能熬到桃柳溪吗？苗寨毒蒺藜如此凶险，山姑取药能妙手回春吗？

欲知后事如何，请听下回分解。

第四十回

稻香哥回滴水洞府
米鱼精入东洋大海

潘春水去一市会合两个哥哥，商量如何铲除"亡三代"这个毒瘤。叶春阳在桃柳溪扳着指头算日子，因为希望就在眼前，感觉日子过得很快。她的脸色越来越红润，精神越来越饱满。她真开心，丈夫马上凯旋，孩子就要出生，从此一家三口可以天长地久地团聚在一起，安享天伦之乐。她天天在绣楼背诵她俩曾经应和的那些诗经篇目，特别是她和春水第一次分别时她赠春水的《叔于田》和春水回诗《关雎》，吟诵声如唱歌一样入耳。那声音是高山流出的潺潺清泉，又轻又脆绵绵不绝；那声音如洞箫滑出的娓娓颤音，低低的跳跃着传得很远很远；那声音像风吹碧玉佩环，清越叮咚在花海间回旋；那声音似七弦瑶琴的一声裂帛，在草地一往直前，激越洪亮极具穿透力。叶府上下只要听到小姐吟诵诗歌的声音，他们虽然不知其中之意，但知道小姐最近心情很好。叶老爷和叶夫人听见女儿的读书声，真比做成一笔大买卖还高兴。叶桃姑看到了她希望的期盼很快就要到来，自然活得越来越舒畅。

可是这样的好景不长。昨天晚上她又做梦了，一个从来没有的可怕噩梦。

好像是一个阴晦的下午，她一人怎么会在海边走。天色是那么的阴暗，仿佛不是白天。云是那么的低，似乎只要一举手，就能把乌云扯下来。这样阴沉的天气竟然还有喧哗人声，从天地重合的海边朝她这里飘过来。她感到奇怪，就急速向前，要去看个明白。

海边泊着一艘三桅大船，有几个人在船上打闹，远远的看不清是谁，但那身形、动作她十分熟悉。叶春阳搓了一下眼睛，还是看不清脸面。她只能快步在海滩上奔跑。滑溜的滩涂，灰色的泥水溅得她一身点点斑斑，她依旧没命地朝前跑。快到海边，那船却被从岸上退回的潮水漾往海中间去。她在滩涂上喊，喊得口干唇燥，却没有一人回应她。

船上的人打着打着，突然被从天上闪下的一片白光抛到海里。落水的人很快被海浪推向岸边。她一看前面的那个竟然是她日思夜想的三郎——春水哥哥，后面的那个是在沙柳见过一面的黄脸强盗。她不顾海水有多深，一下扑过去，一个海浪把她打回岸边。她艰难地从海水里站起来又被水浪掀翻。她身小力单，跌倒了爬起来，还没有站稳又被后来的水浪推倒。她干脆在水中高声大叫："春水哥哥，三郎，我是春阳呀！"她不顾咸苦的海水扑面而来，迎着海浪她不顾一切伸出双手一把死死地抱住了他，嘴里不停地叫着："春水，三郎，我来救你。"她睁开眼睛一看，抱在怀里的竟然是小红。

"小姐，小姐，你醒醒，你别吓我。"小红从春阳手中挣脱出来，把她扶起。"小姐你又做噩梦了？"小红深深地叹了一口气。

春阳很快清醒过来，她对小红说："妹妹，不好了，春水哥哥在海边遇难了。我要去找他，救他，现在就走，越快越好。"

"小姐，半夜哪，外面漆黑一片，连路影都看不清呢。再说你这个身子怎么走？"小红看着她的大肚子一脸无奈地说。

"不，我管不了那么多，你给我准备东西，我们坐车马上出发。快，赶快!"眼看丈夫有难，她怎么可以无动于衷。春阳等不及了。

她一边催小红一边起身赶忙给父母写信：

爹爹啊娘亲，十月怀胎儿落地，爹娘养儿费心机。年年岁岁寻常过，寻常岁月多辛苦。几十年哪几十载，风刀霜剑严相随，白了娘的头，花了爹双眼。孩儿我何尝不知情，孩儿我岂是草木心。只因为孩儿我心中想亲情，只因为春水哥哥有险情，女儿只能先动身。但愿爹娘知我心，原谅孩儿不孝顺。爹爹呀娘亲哪，女儿我暂时告别莫伤心，等我回头再来奉双亲，恳求爹娘开大恩，女儿我三跪九叩禀双亲。

信写好，天色微明，春阳和小红要出门。

一个老妈走到后院，她刚要进门，发现春阳和小红下楼了。老妈对春阳说："小姐，姑爷的二哥到桃柳溪，老爷、夫人还没有起身，二哥说就先不惊动二老，直接来见小姐，不知小姐见不见他。"

"怎么不见，快，小红，你快下楼去请二哥。"春阳吩咐小红，自己在客厅等候。

夏水先到下溪头，把大哥受伤的经过和春水中毒情况简略告诉大嫂。他说："这次打斗实在太过凶险，虽然大哥断了一臂，已经止血，不会有生命危险。和春水相比，已是不幸之中的大幸。"让她不要太过担忧。安排好大哥的事他赶到桃柳溪。夏水一脸汗水从外面进来，看见春阳这么早已在客厅有些吃惊。他试探着说："弟妹，你怎么也起大早？"春阳没答。

他近前一看，春阳愁云满脸，眼有泪痕，"你，你——"夏水说不下去。

"二哥，你赶紧告诉我，春水被人打成重伤，生命危在旦夕，是不是，是不是。你，你快说，是也不是？"叶春阳好像已经知道事情真相。

夏水看到春阳的那一刻就在想，她好像已经知道十之八九。这个时候与其瞒着，不如现在就和她明说。她理应是最早知道实情的人。"弟妹，我有话直说，不管是好是歹，你都得挺住。"夏水看着春阳没有一点儿表情的脸说。春阳已经泪流满脸，她点了点头说："二哥，你快说吧，我急哪！"夏水说："弟妹，'亡三代'和他师傅都已经被春水和他师兄惩罚了，以后再也不用为这事担忧了。不幸的是春水中毒受了重伤，听说中的是苗蛮极毒，现在是危险期。春水一行很快会到桃柳溪。你一定要镇定。弟妹，春水是老百姓崇敬的英雄好汉，从古以来吉人自有天相，春水的师兄会把解药送来。现在春水的命全在你手上揣着，你一定要撑住呀。"夏水和她一样心痛万分，他只能这样劝诫弟妹。

"二爷，小姐晚上的梦和你说得几乎一模一样。"小红打开秘密。

"果然是灵犀相通，心脉相连。"夏水自言自语。

夏水在劝说春阳，安排春水到家后的处置。家人又来报："小姐，沙柳大舅护送姑爷已到前厅，不知在哪里安置？"

"赶快抬到楼上。小红赶紧把床铺好。"春阳吩咐两头。

四个老妈把昏迷的春水抬到床上。春水嘴唇微微蠕动似在说什么，没有一人听清听懂。春阳俯身春水，她听得清清楚楚："春阳，我回来了，你放心吧，我终于回到你身边了。"春阳的脸颊碰到他的嘴唇，春阳"啊"的一声惊叫：

"他发着高烧，炭火一样，这如何是好？"

"师兄说过，赶快用冷毛巾敷在额头。人不要移动。"夏水说。

"小红，快取冷水毛巾来。"她把毛巾叠成长条形，端端正正敷在春水额头，然后不停地替换。

这边夏水急得团团转。师兄说过，没有解药，春水最多能顶三天。眼看不到一个时辰就满整三天，可是师兄不知人在哪里，管用的解药找到了吗？他不能把这话告诉春阳，只好在一边干着急。

夏水一会儿走到窗前，一会儿走到门口，希望师兄像燕一样飞进窗户。

春水又说胡话："春阳，我们缘，缘……"

"春水，你清醒清醒，我就在你的身边，一点儿不远。我会一直守着你，再也不让你离开我。还有你师兄她也快到了。我们一定会把你医好的。"春阳一边安慰丈夫一边替他换冷毛巾，"你的病毒一定会排除的。"

春水开始烦躁，他四肢痉挛，脸色青黑。夏水知道那是毒气攻心所致。他冲下楼去，对着苍天高喊："老天爷，春水是大家的，你救救他吧。师兄，你在哪里！"

他低头一看，李守业领着师兄，两匹快马已经到门口。

"师兄，快，快，春水快不行了。"夏水泪水满脸，对着山姑语无伦次。

山姑没有回答夏水，她一头的汗水直往下流，连抹下都没有。她三步并作两步上楼，只有夏水知道师兄她是多么的不容易。

他把山姑领到楼上，一眼看到挺着大肚子的春阳，山姑几乎软倒在地，她救人的希望只剩下一半。山姑暗暗告诫自己，就是只有百分之一的可能，都要做百分之百的努力，我不会轻言放弃。山姑振作了精神，对春阳说："弟妹，拿酒来。"小红把一碗红酒递给山姑。山姑拿出解药在酒中化开。夏水张开春水的嘴巴，山姑用小匙给春水喂药。

一碗解药灌下，春水恢复了平静，慢慢地睡去。山姑说："他中的苗毒离心脏很近，这毒没有绝对解药，只有再用一种辅助疗法，才能彻底去毒。他现在睡了，也只是暂时的平静。十二个时辰后药性过去，他还会发作，而且一次比一次厉害。"

"师兄，你一定要把我的潘郎治好，要什么辅助药，你开个方子，上天入地我也要把药寻来。"春阳求山姑道。

山姑没有回答，她对夏水说："师弟睡了，让他好好休息，我们出去，这里由春阳陪伴。"

两人走到庭院，夏水马上问山姑："师兄，你说春水的毒没有解药，那我兄弟不是无药可救了？"说着夏水的眼泪又哗地流了出来。"师兄哪，春水他是为山区弟兄能吃饱饭，东奔西走没有一丝私心；为永绝沙柳百姓免受海盗之祸害奋不顾身哪；他是为了免除百姓的后患，才遭此荼毒的。师兄，师兄，为了他没有出世的孩子，还有日思夜盼他胜利凯旋、如今哀哀欲绝的妻子，你无论如何一定要救他一命。"

男儿有泪不轻弹，夏水的眼泪在脸上流，他真的为兄弟遭遇痛心伤肝。山姑的泪却在心里淌，她已经为他付出一生，只盼着他早日回归滴水洞再续师缘。哪里知道十来年苦苦等候的是这样的一个结果。她在想怎么回答夏水的要求。实说吧，她一个女儿家开不了口；回绝吧，于心不忍。而且那也不是她要的结果，也无法遵师命把春水接回滴水洞。

夏水见山姑一声不出，一定有什么难言之隐。夏水扑的一声跪倒在山姑面前，他声泪俱下地说："师兄，只要能救春水，你要什么我都能办到，就是上刀山下火海，拿我的命去换，夏水不皱一下眉头。"

兄弟的情谊像血一样浓，山姑被夏水的真诚感动。她一把拉起夏水，止不住眼泪泉涌。她说："夏水哪，姐哪会这样铁石心肠。你和他是同胞兄弟，我与春水同出师门，一样的割断了肉还连着筋。我和你一样的亲，一样的爱，只是——"山姑欲言又止。

"师兄，你说，我一定能理解你的一片赤诚之心。"夏水宽慰山姑。

"春水之毒，来自苗疆，众采蛇蝎和百草之极毒提炼而成，复以男女阴阳混合之身细细研磨制成，我的解药只能解表，无法除根。没想到他妻子即将分娩，无法以阴阳之身驱除毒根，这叫我如何是好。"山姑说出为难，夏水团团转。

山姑说："以春水体质，最多只能维持三天。过了这个期限，就是扁鹊再生，华佗再世，也无能为力了。"

"师兄哪，你一定要救活春水。他不单是我弟弟，他也是我们百姓爱戴的英雄、好人。现在只有你才能救他了。"夏水只能这样说。

"就看他的造化。"山姑只能这样回话。

半天过去，春水动了一下，他闭着眼睛口中说："茶，茶。"小红倒了一盏递给春阳。春阳问他："你看看我是谁？"春水依旧说："茶，茶。"他心里似火烧，额头还是滚烫。小红给他换冷毛巾，春阳喂茶。他一气把一盏全喝了，口里还是"茶，茶"地不停喊着。

山姑和夏水回到楼上，春水不停地要茶，这是毒气攻心的本能反应，他人依旧昏迷，脸色更青。

春阳问山姑："师兄，辅助药找到没有？"

"弟妹，辅助药很难找到，春水这样下去，熬不过两天。"夏水把底牌摊出，他想听听春阳还有什么打算。

春阳一听，眼泪像暴雨一样掉，一下瘫坐下去，人软得像空布袋搭在椅背上。她口中喃喃地说："苍天好德，你救救我的亲人吧。师兄哪，你救救我的潘郎。"

女人见不得眼泪，师兄和春阳一样心疼，但是隔着一层阻挡，她无法像春阳一样痛哭流泪，发泄自己的感情。她对春阳说："你要是放心，我把春水带回去，或许还有一救。"

"师兄，只要能保住春水的性命，没有比你带去更好的。"夏水马上表示支持，他转而对春阳说："弟妹，只要能救命，怎么医都可以，是吗？"他怕春阳说"不"。

山姑对夏水和春阳说："你们放心，我尽力而为。春水命不该绝，半月之后他可以痊愈返回桃柳溪。"

春阳听山姑说只要半月就能治愈，还有比这更合适的、更好的吗？她满口答应，脸上愁云去了大半。

为了抢时间，山姑叫夏水把春水扶起，她先在春水背部点穴，阻隔毒气继续攻心；又在左右两侧给他输入真气。春水脸上的黑气退了不少。春阳目睹山姑给丈夫输入真气，累得浑身直冒热汗，春阳感激不尽。

夏水说："此去路远迢迢，我们送你一阵。"一副担架，八人随行，一行到山岗路廊，山姑把春水缚在背上，运起真气，飞奔进山，很快消失在远方。

潘春水被师兄背回滴水洞，加上一路上下颠簸，已经气息奄奄。山姑被春水的样子吓得不轻。她马上给春水喂解药，如果三天后依旧没有起色，她会永远背着一个直不起腰的包袱。她不顾劳累，上午进山采药，下午制药到黄昏，晚上按阴阳调理法在温泉水里给春水排毒，和死神拉锯。三天之后，春水的脸色开始清白，看到了生的希望，她要继续奋战，哪怕累死，也要给春阳、夏水一个满意的结果。

第二天晚上，春阳噩梦不断。她隐隐约约看见她的春水哥哥躺在石板上只剩一丝游气，她扑过去，拼命摇着他的身体，她希望把他摇醒，可是春水一动不动，她只能伏在他身上哭呀喊呀，累得没有一分力气，也没有一人来帮她一把，连爹妈也不见面。哭声、喊声把小红吵醒，怎么劝都没用，她只是哭个不停。小红说："小姐呀，你不要哭了，你要相信师兄的话，她会有办法的，潘公子过几天就会回到桃柳溪。你这样不顾自己身体哭个不停，那会伤着胎气，你得多为肚子里的孩子想想，他可是你和潘公子唯一的骨肉血脉哪。"

小红这么一说，春阳马上止住眼泪。她说："好妹妹呀，你说得对，我不再哭了，我一定要好好保住三郎的一脉骨血，接续他的潘氏香火。"她想了一想对小红说，"你把我和孩子的衣物收拾起来，给我套一辆大车，我要去找春水，把孩子交给他。"

"小姐呀，你知道山姑师兄住在哪里？说不定半路你都到不了。何况一路的高山峻岭，你往哪里走呀！"小红劝说小姐不可冒险出行。小红说得没错，她想半个月的时光真的不长，不出十天，春水就一下在她身边出现，她咬着牙轻轻地点了点头。

十月尽头，一连阴了几日，本来该是凉爽的深秋，可是又闷又热十分难忍。不多久，满天的乌云从东边向西北挤压过来，云层越来越厚，天色越来越暗，整个天空像覆在人们头上的乌毡帽、大铁镬，令人透不过气。这样闷热的天气，连躲在阴暗角落的苍蝇、蚊子都出来赶热闹，嘤嘤嗡嗡地在赤身裸体的人群间飞舞。

老天爷行行好，你就下吧，下一场透雨，放一丝光亮，飘一点凉风赏给老百姓，不然大家都会闷死、憋死的。村子里的老奶奶、老爷爷都走到外面，他们在村口的土地庙、地藏殿、关帝庙、山神庙点烛烧香拜佛，祈求苍天大发慈悲，救救贱如蝼蚁的小民百姓。

突然远处一个霹雳，闪电像一条火龙，带着弯弯曲曲的火舌把乌毡帽剪开一道豁口，复一个震天雷，把头顶上的大铁镬劈碎成两边。那雨就像谁在云上倾翻了一豆腐桶的水，先从碎裂缝喷涌而下，很快雨势向左右扩大，三步之外的人都被这暴雨淋得像只落汤鸡。大风夹着暴雨从高山刮来，一下子冻得个个发抖，人们赶紧往家里躲。

叶桃姑的肚子开始作痛，她用手揉，用热毛巾敷，一切都无济于事。这可把小红吓坏了，她不管小姐许不许可，跑到厅堂禀告夫人。

夫人带着几个老妈子赶了过来，看到在地上打滚的女儿泪流不止。

"女儿呀，不管怎样你总是娘亲生、娘亲养，你有难处也要对娘讲，天大的事儿有娘给你担着。你这样折磨自己叫娘怎能不伤心。儿啊儿，你有苦楚快快对为娘说出来。"

叶桃姑从昏迷中醒过来，看到娘亲在一旁为她伤心欲绝，她一下看到作为母亲的慈悲胸怀，高大的形象，止不住泪水往外喷流。她哭着对娘说：

"娘啊娘，孩儿辜负你几十载。几十载岁月儿才知道娘亲的恩。娘为儿十月怀胎苦和累，娘为儿把尿把屎把辛苦忘，娘为儿三更半夜难入眠，娘为儿梦里还把儿来叫；冬天怕儿寒着凉，夏天打扇到天亮，风霜雨雪娘知情，添衣加被倍小心；读书习字娘陪伴，做人道理娘教导。"

"娘呀娘，可惜孩儿我不知情，娘亲跟前未尽孝，到如今一路坎坷才分晓。求娘亲不要把儿记在心，好比当初未生人；求娘亲日后自己多保重，饮食起居慢慢行；求娘亲吃斋念佛修自身，菩萨慈悲保佑你。"

"娘呀娘，孩儿今生难报恩，来世牛马任呼应。"

她说完，双膝落地行三跪九叩大礼起身。

叶桃姑依旧以泪洗面，这样的打击她实在无法面对。她曾经说过，她生是潘春水的人，死要跟他在一起。如今春水为她被人害死，她怎能独自偷生？不如今晚就悄悄地自尽，求父母看在生她、养她的分上，把她埋在老三身边，也算对得起老三为她而献身。

她突然口渴难耐，就用茶壶直接往嘴里灌，一壶水完了，她还要第二壶，第二壶完了她还要第三壶。楼上的水喝完了到楼下拿，没多久叶家所有的茶水都让她喝了个精光，下人煮水都来不及。她干脆伸出头、张开嘴在露天接雨水喝，渐渐的叶桃姑的人变样了。她原来不大的肚子很快鼓了起来，身体也长了许多。傍晚，人们突然看到东边的天空又炸响一个闷雷，风雨雷电交加而来。叶桃姑冲到门口，探身出去，她听见空中有人在发话，一个慈悲的声音说道：

"叶桃姑，你本是东海龙宫米鱼精，因为黄刺头精想霸占你，幸亏海边香哥来搭救，香哥转世已几遭，为报哥恩你下凡行。如今哥恩已了结，快借洪水回宫行。若是错过好时辰，天条戒律不留情。"

叶桃姑说："我已怀上香哥种，为报君恩愿受灾，如果允我把子生，虽死千回也心甘。"

叶桃姑说完跪地三拜，天上又一个霹雳响起，雨是越下越大，莽莽苍山一支又一支的山洪冲破山皮沿着小沟大坑滚滚而下，一条条山溪涌入桃柳溪。叶桃姑知道上天已经答应了她的祈求，她可以生完孩子再回东海。于是她反转身子，对着娘亲复行三跪九叩之礼，直冲门外，一个飞跃，跳入滚滚的洪水之中。等众人明白过来，哪里还来得及？只见溪中鱼儿汇集，叶桃姑坐在鱼背之上逐浪而行，突然一阵香味从水中扩散开来，好香好香。这奇特的香味很快传遍桃柳溪，直到叶桃姑在众人眼前消失。

叶桃姑驭洪水而去，桃柳溪鱼群护卫左右而下。在岩下方，桃柳溪和泳溪汇合奔流到下溪头。突然，一条白生生的大鱼跃出水面，在那个大旋涡里朝着溪边的三间石屋连纵三下，然后插入水中不知影踪。

村里的老人说，桃柳溪早年生一个小女孩天降祥云，满溪飘香，哪里知道一场大雨把这个神仙般的妹妹又招了回去。真是仙凡有别，天意不可逆呀。可是她干吗在出天台时跃出水面连纵三次？难道她还有什么舍不得的事没了？还有重要的话要对这里的亲人诉说？

结　束　语

　　叶春阳被鱼儿簇拥着随洪水一路漂流而下，她已经化为一条带仔的母鱼，在过下溪头时她答应把潘春水的孩子送回老家。她在沙柳清溪的入海口浅滩礁石下产仔过冬。她怕流水冲走她和老三的孩子，就把仔全部藏在石头下侧，自己回龙宫复命，算是了却这段旷世情缘。

　　叶春阳生性洁净，她的周边环境不许藏污纳垢，更来不得一点儿灰土污泥。她吩咐小红，她是宁洁而死，不浊而生。大苍山下来的原生态泉水清冽见底，质地甘甜新鲜，她就随着纯净溪水而去，她的孩子在清溪礁石越冬，这些孩子在开春后返回洁净家园。

　　跨越寒冬以后，这些产在海口的鱼卵全部孵化。和风一吹，春水泛绿，柳树吐翠，幼鱼在海口逆清溪而上，过沙柳，经桑洲，冲急流，跃高坎，不辞艰辛直上泳溪和桃柳溪。出自苍山的甘甜清泉和丰茂食物，把小鱼儿喂得很肥快长。这些小鱼儿有着叶桃姑遗传的体香，体背长有一条脂线，这是叶桃姑生前积余的脂膏。她洁身而来，洁身而去，把一生的积累全部留在小鱼儿背鳍下。因为小鱼儿有像叶桃姑一样的体香，人们就叫它香鱼。叶桃姑身材苗条，喜爱素雅，这鱼儿也遗传下来。鱼儿在清澈见底的溪水里游弋生长，它们在这里生活八个月，每月能长一寸。八寸大的香鱼身材颀长，穿着湖蓝色的外衣，扭动细长的腰肢成群结队或深或浅，或快或慢地在溪水里自由穿行，特别招人喜爱。一到十月，香鱼儿就成群结队地回归海边产仔，然后母鱼就回到东海复命。次年幼鱼经沙柳，过桑洲再逆水泳溪成长。这样年复一年轮回循环，泳溪香鱼就这样一代一代地繁衍延续下来。

　　因为香鱼有脂有香，口味鲜美，人们把香鱼作为贡品上传京都。御厨称此鱼为淡水之冠，因为深受皇上喜爱，从此后这泳溪香鱼名声大噪。

说也奇怪，自叶桃姑仙去以后，桃柳溪两岸原来那些灿若云霞的桃花再也没有开过，再后来那些桃树莫名其妙地枯萎。桃柳溪人种了几次，居然没有一棵成活，桃柳溪因为没有了桃树，人们就以谐音把它改名为大柳溪。

多少年后，叶家的后人回忆起崇法寺方丈的偈语，因为这是天机，和尚不肯点破，其实已把叶桃姑一生的际遇说得明明白白。

"桃花迎春开，人去花也归。要知花去处？秋走春又回。"

自从叶桃姑走后，叶建兴夫妇伤心欲绝，身体一日不如一日，家道很快衰落，没过几年两人先后去世。寄居在桃柳溪的叶敏芳独自出走，有人看见她被一个尼姑带走就再也没有回来过。叶建兴的大儿子流浪走失，不知去向。小儿子跟着一个江湖道人学了一些混饭吃的手艺，专给丧事人家做七拜忏。传说他能用麦筘洗脚，一根丝线吊得起石捣白，但是从来没人亲眼看见。不知过了多少年，一次大风暴雨，四面涌来的山洪把溪岸冲垮，叶家老宅也一起倒塌，连个柱石都没留下。又应了那首童谣儿歌：

"四四方方一座城，鱼水本是一家亲，纵然松竹围得深，汪洋一片水中清。"

不知过了多少年，秋水、夏水的儿子也先后作古。

一日，泳溪来了一对老年夫妇，两人发如银丝，却精神抖擞。他们操着一口带有天台腔的宁海话，出现在这大山里。他们一村一庄地走，一家一户地过，好像在寻访什么遗物。有人问他们，两人只摇头不开口。走过下溪头，行过桃柳溪，他们也只是多看了一眼。两个老人一直在山里走，往高处去，最后在苍山腰的北山村停下了脚步。他们看这里上有巍巍苍山，挡住北风，冬不严寒；下有清澈溪流，梯田长年自流；山上山下，土地肥沃，民风淳朴。这对老人自言自语说，这里山好水好土好人好田地也好，两老就在村边不远的一个荒坡搭了一个茅蓬住下。两位老人虽然白发如彭祖，却精神矍铄，步履矫健。两老还是一对老实能干的种庄稼把式。他们在茅蓬周围开荒造田，辟地栽茶，和村里人一样过起了面朝黄土背朝天的农耕日子。

不想这两位老人都是种田能手，瓜果蔬菜，稻麦玉米，经他们之手种出的庄稼又大又好又多。特别是二老种的稻谷，让北山村的农民羡慕不已。他们种的稻谷，粒粒颀长饱满，煮的米饭一股香味飘然，口味特佳。种的糯米，包粽捣馍糍，黏糯而不粘牙，口味香甜。走进他们的家，请你坐下，每人一盏香茗，甘冽清心，入口特别醇厚，余味无穷。有事无事，村里人都会到老人的草堂前坐坐。有人问他们从哪里来，他们摇摇头，摆摆手，只是对着客人微微地笑。人们没有问出个子丑寅卯来。村里人说，这是两个失语老人，以后就没有人再去打探他们的身世。

北山村里人发现老人的稻米种得那么好，都向他们要种。来者只要开口，两位老人是有求必应，而且不求回报。许多年以后，两位老人种的香米糯米已经在这大山周边普及，他们种的茶树也发遍了苍山坡上坡下。过年过节北山村民把糯米卖给城里人，家家户户都增加了收入。从此以后，天台县城居民说："天台糯米出北山（村）"，家里有大小喜事，要捣麻糍、包粽子非北山糯米不可。

老人用他们种的糯稻草编成草鞋，送给北山人穿。村人说，两位老人打的草鞋穿着稳脚又贴肉，紧实耐磨，一双顶过两双。

两位老人给北山村人带来了许多实惠，大家都说要好好地感谢他们。一年除夕，村里族长带领村民拎着年货到他们住地拜访，族长推开茅蓬竹篱，这里早已"黄鹤杳然，只剩旧楼"，不见人影。小板桌上留着一张纸条，上面写着几个柳体大字，两个小字：香米香鱼大智茶，世代相传。香哥。

看到这几个字，一位北山村白发老农哭了。他说："香哥不就是我小叔公吗？他在这里十几年，我却有眼不识泰山，竟然认不出爷爷的至亲兄弟。"

北山人记住了这对香稻老人的恩典，他们把村前村后的高山冷水田都种上香米。他们也学着两位老人的样子，把种子分给附近山里的农民，让大家在苍山脚下种香米，在山土厚的坡地开辟茶园。年复一年，这里的高山梯田，香米一丘叠一丘，茶园一坡连一坡，一代一代地流传下来。

泳溪人没有忘记老人曾经为大家作出的贡献。

为了纪念潘春水和叶春阳至死不渝的恋情和他为贫困百姓出生入死、义无反顾的品格，人们在当年叶桃姑和潘老三对诗对歌的泳溪峭壁上镌刻了两个大字："咏溪"，至今赫然在目。

2024 年 2 月 27 日

于北京朝阳东润枫景

后　记

　　《鱼米奇缘》已经付梓，这是我写天台草根三本专著的收尾之作。《鱼米奇缘》是继《打捞沉船》《巧得天味》后的第三本书。从书名看，这三本内容各异的书都有自己的故事和特点，为什么要把它们编在一起作为一套书？

　　从整体讲，这三部作品分别从三个毫无牵扯的层面写天台草根百姓的故事，但这三个侧面的中心人物都是天台人，写他们的聪明才智、勤劳和谐以及他们身上发出的大爱与大气。

　　《打捞沉船》侧重写他们是天台的能工巧匠，是天台古老手艺的继承人和发扬者。因为他们世世代代的不懈劳作，把流行在天台的非物质文化遗产一代一代下传到今天，其中不少种类的老手艺已成为国家级、省级、市级、县级立项的非物质文化遗产。

　　《巧得天味》侧重表现天台百姓在"民以食为天"的饮食文化中展现的传统手艺和技巧。他们用一双粗糙的大手，把寻常的五谷杂粮制作成花样繁多，风味各异的美食，让我们后来者舌尝美味而口留余香。

　　《鱼米奇缘》则着重表现天台人为了更好地活着而显露他们的本性本质。全书向读者展示了一幅奇妙的天台山风光、风物和天台人的生活习俗长卷；唱响了一首农民和合团结、精诚协力与除恶务尽的赞歌；回响着一支诗情缠绵，爱恨分明的可歌可泣的人间悲壮恋曲。天台山农民的和爱团结、见义勇为、一往无前的大气、义气、侠气、硬气和宁折不屈的骨气在他们演绎的故事中一一显现。

　　作者曾经当过多年农民，日出而作，日落而歇，又长期和他们生活在一起，熟悉他们，知道他们的爱恨情仇，懂得他们的日常需就，也深谙他们的智慧和能力。我想如果能把这些草根文化集结起来，不会比谁差劲。我们经常在说，历史是人民群众创造的。但是翻看历史，真正把农民当主角的这一块却是现实历史和文化的短板，我愿意尽微薄之力，给这块短板添一些花絮。只是花了退休以后的大多数时间，也只写了微不足道的一点。短板有没有一毫延伸，花絮是否有彩，只能请读者诸君评议。

《鱼米奇缘》从立意的2012年到付印的2024年经历了整整的十二年时间，故事发生的所在地天台县泳溪乡也换了多届领导班子，特别是本届党委政府，把《鱼米奇缘》放到了议事日程上，倾注了很大精力，才使这本书得以面世。

2019年秋，泳溪乡安排作者进行轮流蹲点采访，足迹遍及泳溪各村。为此作者要感谢天台最东面的紫云山、岙溪和大柳溪、泳溪、家湖、岩下方、灵坑、三王岭、大智、北山等村，是他们提供了有价值的传说资料和对采访的全力配合。

还要感谢在本书写作中曾经伸出热情友谊之手的文友挚朋，对本书提出的许多建议、指导、帮助。因为他们的指点，绕过了浅滩暗礁，少走了许多弯路，作者在此表示深深的敬意。

泳溪大山深藏不露，山地物产富饶。山泉静如处子，碧水清澈透底，山民淳朴无邪，深山冷岙的卵石屋，那里的一道道山墙、一寸寸热土都蕴藏着奇妙的故事。作者对泳溪的了解十分肤浅，这本新书的出版，只是截取了泳溪奔流激浪中的几朵水花，是一次抛砖引玉的尝试。天台的好山好水孕育了多少才子佳人，天台从来不缺写手，真诚地期待着热心的天台有识之士前去挖掘创造，把这块吉祥宝地的真、善、美尽情地发掘出来，把天台的美景和天台的深厚文化献给世人，这是作者写书的唯一目的。

甲辰年元宵节
于北京朝阳